普通高等院校"十三五"规划教材·公共基础课系列

古代诗词欣赏

主　编 ◎ 杜爱国　王朝艳　张鹏振
副主编 ◎ 阳　盼　杨　帆　冯　玫

华中科技大学出版社
http://www.hustp.com
中国·武汉

内 容 简 介

本书融合诗史线性陈述的条理性与名作美学观照的可感性于一体,采用以点带面的方式,分 9 章剖析两性恋歌、自然赞歌、家国壮歌、生命悲歌、怀古幽歌、尘世怨歌、人情醉歌、理趣清歌,从不同侧面展示中国古代诗词繁花似锦的全貌,揭示每类诗词各自的艺术特点,传授古典诗词欣赏的一般规律和技巧。案例选择突出重点,作品剖析多有新见,语言表述剀切生动。本书既适合做通识教材,亦适合诗词爱好者阅读。

图书在版编目(CIP)数据

古代诗词欣赏/杜爱国,王朝艳,张鹏振主编. —武汉:华中科技大学出版社,2019.1(2021.9重印)
ISBN 978-7-5680-4945-0

Ⅰ.①古… Ⅱ.①杜… ②王… ③张… Ⅲ.①古典诗歌-诗歌欣赏-中国 Ⅳ.①I207.2

中国版本图书馆 CIP 数据核字(2019)第 016299 号

古代诗词欣赏
Gudai Shici Xinshang

杜爱国　王朝艳　张鹏振　主编

策划编辑：张　毅
责任编辑：张　毅
封面设计：杨小川
责任监印：朱　玢
出版发行：华中科技大学出版社(中国•武汉)　电话：(027)81321913
　　　　　武汉市东湖新技术开发区华工科技园　邮编：430223
录　　排：武汉市洪山区佳年华文印部
印　　刷：武汉开心印刷有限公司
开　　本：787mm×1092mm　1/16
印　　张：14.75
字　　数：358千字
版　　次：2021年9月第1版第2次印刷
定　　价：39.00元

本书若有印装质量问题,请向出版社营销中心调换
全国免费服务热线：400-6679-118　竭诚为您服务
版权所有　侵权必究

前言

中国是一个有着悠久历史的诗的国度，太平洋西岸这片神奇的土地，不但孕育了数千年血脉不断的华夏文明，而且孕育了几千年震古烁今的诗歌长河。中国诗歌的历史可追溯到3000多年前，远古歌谣之后《诗经》诞生，300年后《楚辞》问世，接踵而来的是汉乐府、唐诗、宋词、元曲、明清诗词。几千年来，不论诗歌的品类如何嬗变，不论诗歌的形式如何出新，中国古代诗歌如同奔腾不息的长江，永远没有改变中国气派，永远没有片刻停歇。在世界诗歌史上，没有哪个国家、没有哪个民族的诗歌，真正像中国古代诗歌那样"源远"而又"流长"。作为民族精神的结晶、民族文化的瑰宝，在漫长的历史进程中，中国古代诗歌对中华儿女的价值取向、行为方式、审美情趣以及思维方式产生了潜移默化的深远影响。

一般地说，一个人最早接触的文学样式，不是小说，不是剧本，也不是散文，而是诗歌。我们相信，每个人心灵深处都栖息着些许好诗，连同童年那些遥远而美好的记忆。如果说，我们人性中至今葆有许多美好的东西，毫无疑问，与那些早年沁入我们灵府的文字是分不开的。诗是精神的雨露和阳光，离开了诗歌的抚照、润泽和滋养，人的灵魂是会枯萎的，如同植物一样枯萎。有人说："人半是天使，半是魔鬼"，如果灵魂枯萎了，那一半的天使就不复存在了。一个灵魂枯萎的人，是不能够诗意地栖居于世间的，他可能很会赚钱，看起来很潇洒，活得好像很滋润，但是免不了乏味之气、鄙俗之气和卑琐之气。腹无诗书，灵魂枯萎，怎么也难以"雅"起来、"华"起来。

我们可以不做诗人，但是，不可以远离诗歌。而事实上，在这个物欲横流的社会里，许多人已经远离了诗歌，不少人只能记住幼儿园、中小学所学的那些诗篇，还有些人脑中曾经植入的诗句已被岁月、被欲望蒸发殆尽了，这不能不说是人生的的悲哀。德国诗人歌德的诗剧《浮士德》，写魔鬼靡菲斯特（意为说谎者、否定者、善的破坏者）分别与上帝、浮士德两次打赌，魔鬼相信可以把浮士德诱入魔道，如果他赌赢了，浮士德的灵魂便归他所有。人的一生会遇到各种各样的"靡菲斯特"，各种各样的"靡菲斯特"正在千方百计地攫取现代人的灵魂。我们时刻面临丧"魂"失"魄"的危险，灵魂枯萎的人多了，灵魂丢失的人多了，一个民族也就没有多少希望了。

为人生计，为民族计，为"魂兮归来"计，不可不重"诗教"。孔子说过："《诗》可以兴,可以观,可以群,可以怨。"且不论"可以观""可以群""可以怨"这些宏观的教化作用,单是"可以兴"——打动心灵、激发精神、使人愉悦——这微观的怡情作用,就足以令人终生受益。那些含蕴优美情感的清辞丽句,会如润物无声的春雨点点滴滴沁入人的心田,无形之中引导人们求真、向善、爱美,会持续影响人的一辈子。求真、向善、爱美之人遍及华夏之日,便是中华民族伟大复兴实现之时。

  出于与高校学子一起共赏经典,陶冶情操,提升品位,修炼求真之心、向善之心、爱美之心的良愿,我们不揣谫陋编著此书。本书依据作品抒情内容归类,将中国古代诗词分为两性恋歌、自然赞歌、家国壮歌、生命悲歌、怀古幽歌、尘世怨歌、人情醉歌和理趣清歌八章,每章以时代更迭为序,点面结合地讲析每种类属的传世佳作,解说力求通畅、通俗、通透,以期易读、好读、耐读。但愿此书能为造就"诗意的栖居"的人、振奋民族的精气神略尽绵薄,诚能如此,则为大幸。

  本书由杜爱国、王朝艳、张鹏振担任主编,阳盼、杨帆、冯玫担任副主编。本书的付梓出版得到了编者所在院校和华中科技大学出版社等单位及领导的大力支持,在此一并致谢。

  此书编写,参阅借鉴了大量古代诗歌研究文献,在此一并向所有赐益于本书的专家、学者谨致谢忱!同时祈盼垂阅此书的一线教师、广大学生批评指教!

编　者
2019 年 1 月

目录

第一章　诗词欣赏路径 … 1
　　一、疏通作品字面 … 1
　　二、把握艺术结构 … 4
　　三、揣摩诗词意境 … 7
　　四、欣赏表现技巧 … 9
　　五、品味诗歌语言 … 12

第二章　两性恋歌欣赏 … 15
　　一、先秦汉魏恋歌 … 15
　　二、唐与宋代恋歌 … 25
　　三、金元明清恋歌 … 35

第三章　自然赞歌欣赏 … 42
　　一、汉魏六朝赞歌 … 42
　　二、隋唐五代赞歌 … 47
　　三、宋元明清赞歌 … 62

第四章　家国壮歌欣赏 … 70
　　一、先秦至唐壮歌 … 70
　　二、两宋至元壮歌 … 78
　　三、明至清末壮歌 … 89

第五章　生命悲歌欣赏 ········· 96
一、先秦汉魏悲歌 ········· 96
二、唐及五代悲歌 ········· 101
三、宋元明清悲歌 ········· 111

第六章　怀古幽歌欣赏 ········· 123
一、唐代以前幽歌 ········· 123
二、有唐一代幽歌 ········· 126
三、宋元明清幽歌 ········· 138

第七章　尘世怨歌欣赏 ········· 149
一、唐代以前怨歌 ········· 149
二、隋唐五代怨歌 ········· 156
三、宋元明清怨歌 ········· 170

第八章　人情醉歌欣赏 ········· 184
一、唐前人情醉歌 ········· 184
二、隋唐人情醉歌 ········· 189
三、唐后人情醉歌 ········· 198

第九章　理趣清歌欣赏 ········· 208
一、汉唐涉理诗篇 ········· 208
二、北宋理趣诗篇 ········· 213
三、南宋理趣诗篇 ········· 218
四、宋后理趣诗篇 ········· 225

参考文献 ········· 229

第一章
诗词欣赏路径

诗歌是最精练优美的文学样式，中国古代诗歌尤其精美。中国诗歌之精美，有一个很重要的形式因素，那就是它由汉字匠心组接而成。汉字是一字一音，音有四调（汉语是有声调的语言，声调是汉语构词的一种手段），如果平仄相错，偶句押韵，就自然会有一种节奏感和音乐美，这是其一。汉字一字多义，又加上词类活用，这样就极大限度地增加了语言的弹性，诗歌情感内容的表达因之赢得了含蓄性和丰富性，诗歌的至境便是以有限的语词营造出无限的境界。还有，汉字的体积空间大小一致，它们按特定的表达需要和一定的规则组合起来，就使诗歌的整体建筑结构具有了和谐性和整一性。这以上三个特点，是其他任何文字所写的诗歌不可比拟的。所以，欣赏诗歌，我们的首选就应该是中国古代诗歌（包括诗、词、曲）。古诗欣赏是一种高层次的精神活动，一种在阅读和欣赏过程中产生的审美体验，是欣赏者与作者之间进行情感交流的过程。古诗欣赏要做的事情是：体验丰富的感情，品味深刻的意蕴，领略独特的想象，感受音韵的和谐。欣赏大体可以根据这样的路数进行：疏通字面—把握结构—揣摩意境—品赏技巧—玩味语言。

一、疏通作品字面

疏通字面，是古代诗歌欣赏的第一步。因为古诗是历史的产物，它们的产生时代与今天相去甚远，我们的民族语言在数百年乃至数千年的历史长河中在不断发展变化，古代很通俗的词语，今人不一定能准确把握它的原意。如"床前明月光，疑是地上霜"（李白《静夜思》），诗中"床"是一种四脚很矮的条凳，而不是我们今天睡觉的床铺。"朱门酒肉臭"（杜甫《自京赴奉先咏怀五百字》）中"臭"是香，散发出香味，而非腐烂发臭。"耶娘妻子走相送"（杜甫《兵车行》）中"走"是"跑"，非行走之意。"天子呼来不上船"（杜甫《饮中八仙歌》）中"船"是衣襟，而不是船只。"烽火扬州路"（辛弃疾《京口北固亭怀古》）中的"路"是指宋朝时的行政区划，而不是道路。"时穷节乃现"（文天祥《正气歌》）中"穷"是处境恶劣，非穷困之意。如此种种，不胜枚举。

　　同时古人写诗有一种嗜好，就是爱在诗句中用典故，宋代江西诗派甚至把用典作为重要的审美标准。用典能扩展诗歌境界的纵深感，增加诗歌内容的丰富性和表达的含蓄性，但这给我们的理解造成了一定的困难。如不怎么喜欢用典故的李白在《行路难》用了三个典故：姜太公磻溪（在今陕西宝鸡市东南，相传是姜太公钓鱼的地方）垂钓后遇文王；伊挚（即伊尹，他原先是夏朝最后一位国君——桀的臣民，后来作为商汤妻子有莘氏的陪嫁，随之入商。商汤发现了他卓越的才干后，便任他为宰相，委以国政）将要受到商汤征聘时梦见自己乘船在日月旁经过；少年宗悫回答叔父问他志向时说"愿乘长风破万里浪"。前两个典故表达了对他人幸运的羡慕，对遭遇悬殊的愤慨，对昏君不察的不满，对奇逢难再的感伤；后一个典故表现对未来，对前途，始终不灭进取的信心和乐观的期望。李商隐《锦瑟》用典故编织意象，后世解说不一，乃至有"一篇锦瑟解人难"之说。中国诗歌史上最喜用典故、最善用典故要数辛弃疾，以致有人讥之为"掉书袋"。他的《水龙吟·登建康赏心亭》下片用了张翰弃官归乡、许汜求田问舍、桓温对树伤逝三个典故，分别表达决不归隐、仍要奋斗的心意，不为名利、一心为国的衷情，年华虚度、英雄坐老的悲愤。《永遇乐·京口北固亭怀古》用了孙权继承父兄遗业北败曹操据有东南，刘裕京口起兵率军北伐收复长安洛阳，刘义隆草率派兵北伐招致大败而回，霍去病追单于至狼居胥山封山而归，廉颇吃下斗米以示尚能带兵征战等五个典故，以抨击社会现实，感叹英雄迟暮。

　　另外，中华民族本就是一个以含蓄著称民族，有时出于特殊的抒情表意需要，并因诗歌形象思维特点所决定，诗句的内在意蕴往往很含蓄，即使诗句中所有的字眼我们都能理解，可是它究竟要表达什么意思，又颇费疑猜。如孟浩然的《望洞庭湖赠张丞相》从雄阔景象入手，进而说身处圣明之世，闲居而无所作为实为耻辱。可虽有报国之志，无奈无人提携，面对为官之人，只能徒增羡慕而已。显然，言外之意是希望得到张丞相的援引。如若不明白"舟楫"（"无舟楫"暗喻做官无人引荐）、"垂钓"（"垂钓者"暗指那些正在走向仕途的人）、"羡鱼"（借用古语"临川羡鱼，不如退而结网"之意，暗示无人援引，徒有从政的愿望而已）等真正的用意，这首诗便很难读懂。唐代盛行"温卷"之风，士子在应试之前，常把先以所作诗文投献名人，以求名人提携。朱庆馀《近试上张水部》（"洞房昨夜停红烛，待晓堂前拜舅姑。妆罢低眉问夫婿，画眉深浅入时无"），意在探问自己笔下功夫是否合乎要求，应试能否得到考官的赏识，但不好明说，于是把自己比做一个精心打扮、准备去拜见公婆的新妇，含蓄地表达了这番意思。张籍看完回了一首《酬朱庆馀》，将朱庆馀比作一位采菱姑娘，相貌既美，歌喉又好，必然受到人们的赞赏，暗示他不必为这次考试担心。再如章碣《东都望幸》云："懒修珠翠上高台，眉月连娟恨不开。纵使东巡也无益，君王自领美人来"。这首诗表面看是写宫怨，说东都洛阳的宫女盼望皇帝临幸，能从长安东巡到洛阳来，不料皇帝却带着美人来了，因此她们的希望彻底落空。此诗实际上是讽刺唐代科举制度中的徇私舞弊现象，诗里所说的宫女指的是准备参加考试的士人，士人们之所以"懒修珠翠"，满怀怨恨，是因为主考官带着自己的"美人"来了，他们登第的希望化为泡影。我们如果望文生义，势必出现解读笑话。另外，秦韬玉《贫女》诗也是如此，表面写为人作嫁的贫女找不到可以托付终身的人，实则是倾诉无人荐拔的士人的委屈和不甘。

怎么疏通字面？一是要具备一定的古汉语知识，明确诗句中古今语法的变化。这里择要说几点。

其一，句子成分的省略。在古诗词中，不完整的句子是常见的，如李白《宿五松山下荀媪家》后两联"跪进雕胡饭，月光明素盘。令人惭漂母，三谢不能餐"，头句省略了主语"荀媪"，末句省略主语"我"。杜甫《旅夜书怀》"细草微风岸，危樯独夜舟"，意思是微风吹拂着江岸的细草，立着高樯杆的小船在夜里孤零零地停泊，"吹拂""停泊"的动态在字面上没有写出来，没有谓语动词。刘禹锡《至潜水驿》"枫林社日鼓，茅屋午时鸡"，意思是为迎社日，枫林里响起了鼓声，中午时分，鸡在茅屋旁边啼叫。"鼓""鸡"的动作在字面上没有写出来，谓语被省略。还有省略其他句子成分的，这里恕不一一举例。

其二，名词性词组组成句子。在古诗词中，一个句子就是一两个或几个名字性词组，这种情况很多，如温庭筠《商山早行》中的"鸡声茅店月，人迹板桥霜"，陆游《书愤》中的"楼船夜雪瓜洲渡，铁马秋风大散关"，马致远《天净沙·秋思》"枯藤老树昏鸦，小桥流水人家，古道西风瘦马"等都是如此。

其三，修饰语取代中心语。在有些诗词中，主语或宾语的中心词省略了，如白居易《琵琶行》中的"东船西舫悄无言"，主语本是"（东船西舫的）人们"，而让"东船西舫"这一修饰"人们"的词语取代了。虞似良《横溪堂春晓》中的"东风染尽三千顷"，宾语本是"（三千顷）田"，而让定语"三千顷"代替了。还有谓语被状语取代的，如李贺《雁门太守行》中的"角声满天秋色里"，谓语"回荡"由状语"（在）满天秋色里"取而代之了。

其四，句子成分的顺序变换。谓语前置是古代诗词的一个突出的语法特点，如刘长卿《逢雪》中的"风雪夜归人"，"归人"实为"人归"，谓语前置了。欧阳修《采桑子》中的"双燕归来细雨中"，是"细雨中归来"的倒置（状语后置了）。宾语前置的情况也很多，如苏轼《蝶恋花》中的"燕子飞时，绿水人家绕"，宾语"人家"前置了，叶绍翁《游园不值》中的"春色满园关不住"，"关不住"的宾语"满园春色"，前置后宾语中心词"春色"又换到了前面，这样处理，画面有动感，有生机，有活力。主语置于定语之前的情况也很常见，如辛弃疾《清平乐》中的"破纸窗间自语"，顺序本应为"窗间的破纸自语"，"破纸"提在定语之前了。语序变化最突出的是杜甫诗歌，如"红如桃花嫩，青归柳叶新"，"青惜峰峦过，黄知橘柚来"，"碧知湖外草，红见东海云"，"绿垂风折笋，红绽雨肥梅"，"红浸珊瑚短，青悬薜荔长"，"翠深开断壁，红远接飞楼"，均将"红""青""黄""绿""翠"等表示色彩的词调至句首，诗句的组接显得鲜灵、活脱，景物的色彩格外鲜明、强烈。《秋兴八首》其八中的"香稻啄余鹦鹉粒，碧梧栖老凤凰枝"，正常语序应该是"鹦鹉啄余香稻粒，凤凰栖老碧梧枝"，诗人为强调京城景物的美好（那里的香稻不是一般的稻，是鹦鹉啄余的香稻；那里的碧梧不是一般的梧桐，是凤凰栖老的梧桐），将宾语"香稻""碧梧"提到了主语的位置。

其五，词类的活用。这在古代诗词中是多见的，如刘禹锡《乌衣巷》中的"朱雀桥边野草花，乌衣巷口夕阳斜"，名词"花"、形容词"斜"均用作动词。李嘉佑《同皇甫冉登重玄阁》中的"孤云独鸟川光暮，万井千山海色秋"，名词"暮"用作动词，名词"秋"用作形容词（用"秋"来形容海色的萧肃）。杜甫《望岳》中的"齐鲁青未了"，白居易《买花》中的"灼灼百朵红"，形容词"青""红"都活用为名词（青青的山色，红艳的花朵）。另如王安石《泊船瓜洲》中的"春风又绿江南岸"，周邦彦《满庭芳》中的"风老莺雏，雨肥梅子"，"绿""老""肥"都是形容词活用为动词的例子。

二是要具备一定的文史功底，明确典故的来源和含义。

如《左传·宣公三年》："楚子伐陆浑之戎，遂至于雒，观兵于周疆。定王使王孙满劳楚子。楚子问鼎之大小轻重焉。"三代以九鼎为传国宝，楚子问鼎，有觊觎周室之意。后遂以"问鼎"比喻图谋帝王权位。如"封疆恢霸道，问鼎竞雄图"（骆宾王《夏日游德州赠高四》），"沉吟问鼎语，但见东坡流"（李群玉《登章华楼》）。《汉书·蒯通传》："且秦失其鹿，天下共逐之。"颜师古注引张晏曰："以鹿喻帝位。"后来用"逐鹿"比喻群雄并起，争夺天下。如"四方争逐鹿，三户可亡秦"（尹耕《项羽墓》），"中原逐鹿人谁是，桃叶桃花自一村"（孙一元《桃源图》）。《后汉书》载，班超家境贫寒，靠为官府抄写文书来生活。他曾投笔感叹，要效法傅介子、张骞立功边境，取爵封侯。后来"投笔"就指弃文从武。如"垂泪方投笔，伤时即据鞍"（杜甫《送杨六判官使西番》），"怀铅惭后进，投笔愿前驱"（骆宾王《九成边城有怀京邑》）。《列子·杨朱》有一个故事说，从前有个人在乡里的豪绅面前大肆吹嘘芹菜如何好吃，豪绅尝了之后，竟"蜇（刺激）于口，惨（疼痛）于腹"。后来就用"献芹"谦称赠人的礼品菲薄或所提的建议浅陋，也说"芹献"。如"徒有献芹心，终流泣玉啼"（李白《赠范金卿二首》），"献芹则小小，荐藻明区区"（杜甫《槐叶冷淘》）《宋书·隐逸传》载，陶渊明曾作彭泽县令，因不肯"为五斗米折腰向乡里小儿"而弃官归隐。"折腰"意为躬身拜揖，后来喻指屈身事人，而诗人常反其意用之，如"安能摧眉折腰事权贵"（李白《梦游天姥吟留别》）。

二、把握艺术结构

把握结构，是古诗欣赏的第二步。也就是说，这有限的几句诗，几句词，几句曲，先后顺序是怎么安排的。读过一些诗词的人知道，格律诗有首联、颔联、颈联、尾联；词中的长调有上片（或上阕），下片（下阕）。我们把握结构，不是说辨出那几句是哪一联，或哪一片，这是明摆着的事。我们要进一步弄清楚这些作品先写什么，再写什么，最后写什么，一般是有规律可循的，《诗经》和《楚辞》提供了诗歌抒情的基本结构范型。

《诗经》中最常见的结构模式是三叠式，大家熟悉的《秦风·蒹葭》《魏风·伐檀》《魏风·硕鼠》等就是这样。比如《蒹葭》第二、三章是首章的反复，只换了几个字，第二章的"萋萋"、第三章的"采采"与首章的"苍苍"意思基本相同，形容蒹葭长得茂盛青苍鲜明。首章的"白露为霜"，第二章换成"白露未晞"，第三章换成"白露未已"，从时间的推移显示了找寻的长久和心情的急切。白露结霜时，他未找到"伊人"；等到霜融为露时，还未找到；直到露快要干了，他仍未找到，歌者焦急惆怅的情绪隐含其中。数章共叙一事，虽然各章只更易一两字，但能将人物感情的微妙变化或动作的前后过程曲折道出。最典型的例子是《周南·芣苢》，这首诗写阳春三月，一群女性结伴去郊野采集芣苢（车前草，古人相信此草可治不孕之症），三章才改易六个字（"采""有""掇""捋""袺""襭"），而采集芣苢的整个过程以及人物动作神态全然写出：邀朋呼伴往采—逐根逐根掐下（"掇"）—成把成把抓取（"捋"）—提起襟角兜住

("袺")一扎起两襟塞裹("襭")。重章叠句不仅便于记忆，传习唱和，而且形成一唱三叹的效果。借此特点，可以强化感情的抒发，所以在《国风》和《小雅》的民歌中使用最普遍。

《诗经》中也有些作品采用展开式结构，如《周南·关雎》《郑风·女曰鸡鸣》《邶风·静女》《豳风·七月》《卫风·氓》都是如此。《关雎》第一章写一见钟情（"窈窕淑女，君子好逑"），第二章写昼夜相思（"寤寐思服""辗转反侧"），第三章写热情求爱（"琴瑟友之""钟鼓乐之"），完全根据事情的发展顺序来结构，既表现了远古君子对意中人爱的真切和深厚，又表现了他求爱方式的艺术和优雅。《女曰鸡鸣》第一章写女催男起（"鸡鸣""明星有烂""凫雁"将翔），第二章写男士许诺（"弋言加之""宜言饮酒""琴瑟在御"），第三章写赠佩定情（"杂佩以赠之"）。《楚辞》也多采用展开式结构，如《山鬼》第一板块写山鬼赴约（"折芳馨兮遗所思"），第二板块写山鬼等候（"留灵修兮憺忘归""怨公子兮怅忘归"），第三板块写山鬼哀怨（"思公子兮徒离忧"）；《湘君》先写久候不至，再写怨怪怅惘，最后写捐玦遗佩；《湘夫人》先写望而不见，再写筑室遐想，最后写捐袂遗褋。长篇抒情诗《离骚》是一曲人生理想失落的悲歌，第一部分是"述怀"，第二部分是"追求"，第三部分是"幻灭"，这三部分组成伟大诗人心灵音乐的三部曲，采用的同样是展开式结构。

古代诗歌不少采用实虚式结构。或由事入情，如屈原《国殇》前半部分重于叙事，描写激烈战斗：严阵以待—浴血奋战—抛尸原野，收煞扣住"国殇"诗题；后半部分重于抒情，讴歌阵亡将士的报国意志和英雄品质，结穴示现"招魂"本旨。前半部分叙事是抒情的基础，后半部分抒情是叙事的升华，全篇浑然一体。无前半部分，热情讴歌则空洞无依；无后半部分，烈士伟美则无法尽显。后世曹植的《白马篇》完全袭用这种结构方式，前半部分描写少年英雄外在的"勇"，英武之姿—勇士来历—非凡本领—疆场破敌；后半部分歌颂少年英雄内在的"忠"，用饱蘸激情的笔触，深入少年英雄的内心世界中，从而揭示人物崇高的精神品质。或由景入情，七律一般上半写景，下半抒情，杜甫的七律大体如此，其名篇《秋兴八首》《登高》都采用这种结构模式。词曲的结构一般是上片写景（或叙事），下片抒情（或议论）。如柳永的《八声甘州》全词以"愁"（"归思"）为线索。上片写"秋景"，用"对""渐"分别领起总写之景和分写之景，逐层叙写，浑然一体。下片写"别情"，以"望""叹""想"三组句子逐层深入，先以直抒胸臆手法正面抒写离愁，后又以想象的描写，从侧面表现思归不得的惆怅，最后又以反问句方式向妻子倾诉相思之苦。或由景入理，宋诗多谈理，谈理先要有一个基础，就是写景，不然谈理就是空谈，如苏轼《题西林壁》就是典型的例子，上半从横侧、远近、高低的不同视角去描绘庐山峰峦重叠、变化多姿的景色；下半即景说理，谈游山的体会：一个人如果陷于某个具体的环境或事件中不能摆脱出来，那就无法全面、客观地认识这个环境或事件的真相，就会容易产生片面性和主观性。张若虚的《春江花月夜》则是由景入理再入情，作品以月贯穿，先写月涌春江，对良辰美景的陶醉，再写月下沉思，对宇宙人生的探索，最后写月照无眠，对游子思妇的关情。

为了避免实虚式结构的刻板性，古人在这种模式内部，又往往注意"起承转合"，否则就显得太死板了。"起"即开始，"承"即承上，"转"即转折，"合"即收合。"起承转合"是古诗人的一大创造，它既能使一个作品保持高度的完整性，又能够保证表述的曲折性。这种结构规律是在元代总结出来的，但元代之前包括唐代，诗人都自觉不自觉地遵守着这一规律。如杜甫《登岳阳楼》，开头两句点题，是"起"；三四两句写登楼所见，是"承"；五六句写眼前处境，是"转"；最后两句写望远怀乡，是"合"。苏轼《望湖楼醉书》以灵动急骤的笔调为稍纵即逝的自然奇景留下真切的艺术剪影，像是信笔挥洒，实际颇具章法：起（云）—承（雨）—转（风）—合（水）。起承转合，层次清楚。

古代诗歌的结构模式还有多种。如对比式、论文式、回环式、倒转式、问答式等。

对比式结构如欧阳修《生查子》、吕本中《采桑子》。《生查子》上下片形成对比，上片追忆去年元夜的欢会，下片抒写今年元夜重临故地，不见伊人的感伤。《采桑子》也是如此，上片写"恨君不似江楼月"，下片写"恨君却似江楼月"。以"不似"与"却似"隐喻男女的聚与散，倾诉会少别多、聚暂离长之恨。

论文式结构即开头提出问题，中间回答问题，最后解决问题。比如曹操《龟虽寿》，用神龟和腾蛇来作比，提出人的一生该如何度过？中间回答要像伏枥老骥一样"志在千里"，生命不息，奋斗不止。后面进一步提出人要注意保健，保健就能尽可能活得长一些，能延长为事业奋斗的时间。李白《将进酒》就是模仿《龟虽寿》的结构写出来的，开始提出的问题是一样的，只不过李白的回答是一种貌似消极的愤激（饮酒长醉），解决的办法是长物换酒。

最妙的是绝句的结构，绝句可以说是精短之作，篇章越短结构越是不好安排，越是不容易"活"，古人却很有办法。比如李商隐《夜雨寄北》采用回环式，起句写妻子来信（君问归期），次句写愁人不寐（巴山夜雨），三句写团聚期盼（西窗剪烛），四句写夜话想象（谈谈昔情），由此及彼，回环往复，联想重重，首尾叠合。倒转式结构像抽丝剥茧，完全倒着来，比如唐人金昌绪《春怨》，起句写驱赶啼莺（打起黄莺），次句写驱赶原因（不让莺啼），三句写止啼原因（莺啼惊梦），四句写护梦原因（梦与夫会），句句相承，层层递进，一气呵成，韵味无穷。问答式结构在古代乐府和民歌当中用得比较多，或自问自答，或主客对答，如崔颢《长干曲》其一（"君家何处住"）、南北朝《子夜歌》（"今夕已欢别"）等。

叙事诗的欣赏更要注意作品结构的组织，否则连起码的味道都读不出来。叙事诗的结构分析也有规律可循，抒情诗的结构分析要抓"诗眼"，如李煜《虞美人》（"春花秋月何时了"）的"愁"，李清照《永遇乐·元宵》的"怨"，岳飞《满江红·写怀》的"怒"，陆游《书愤》的"愤"。叙事诗的分析则要抓"线索"，"线索"没抓准，就谈不上结构分析。比如《茅屋为秋风所破歌》，它的叙事线索是什么？不是风，不是雨，也不是人，而是"屋"，开始写秋风破"屋"，接着写"屋"破难补，再写夜雨"屋"漏，最后写梦想华"屋"，找准了线索，才知道诗歌每一部分的联系是何等紧密。《长恨歌》的叙事抒情线索是一个"恨"字。这篇叙事诗是一个典型的三部曲，即"相见欢—惨别离—无限恨"，相见欢写李杨欢爱（无限恨的深层原因），惨别离写马嵬兵变（无限恨的直接原因），无限恨写生死相思（无限恨的本身情状）。

结构分析是一种总体观照，审美就要总体观照，不能只见树木不见森林。一首诗是一个整体，不能肢解诗句，将诗一句句拆开，再逐一加以诠释，而一定要从诗的形象整体上去探寻其感情的搏动；不能断章摘句，无视诗的整体内容，只摘取其中的只言片语，就断言诗中的寓意，这样最易造成误读。

三、揣摩诗词意境

揣摩意境，是诗歌欣赏的关键一步。中国诗歌一个重要特征，就是诗人们着意意境的营构。意境被称为诗歌创作的最高境界。文艺理论家们，谈意境可能写出一本书，玄之又玄。简单地说，"意境"就是由诸多"意象"和谐地组成的一种艺术境界。"意象"是"意"和"象"的融合。"意"是主观情感、思想；"象"是具体的艺术形象。意象既不是纯粹主观的，也不是纯粹客观的，在本质上它是主观对客观的感受、体验和想象。作为形象，它是变了形的，作为思想情感，它是形象化的，它的重要功能是暗示象征思想和情感。不论何种诗歌意境，或慷慨壮烈（如岳飞《满江红·写怀》），或雄浑苍劲（如曹操《观沧海》），或恬淡自然（如陶渊明《归园田居》），或悲壮苍凉（如文天祥《金陵驿》），或孤独冷寂（如柳宗元《江雪》），或清新优美（如贺知章《咏柳》），它们的构成元素无一不是意象。诗歌中多个"意象"共处于一个空间，这个空间必须足够博大，空间的大小许多时候是靠意象来营造的。古人如何使诗歌所展示的时空足够博大呢？一个方法就是使诸多意象构成一个无限延伸的"半十字坐标"。比如，王维《使至塞上》中的"大漠孤烟直"，就是立体的凸出，纵向的延伸；"长河落日圆"就是平面的展开，横向的延伸。诗歌中，凡是出现了"白云""太阳""月亮""长河""夕阳"意象的，境界就大得很，因为这些意象所处的空间位置就明确地告诉了读者。

仅仅知道一首诗使用了哪些意象还不够，还要思考这些意象的情感思想内涵，它们为什么出现？它们和谐地统一在一个艺术空间里，究竟展示了一种什么样的意境？如何把握这些问题？首先，要懂点古诗意象符号系统的有关常识。

中国古代诗歌中经常出现的意象是"残月""夕阳""晚云""钟声""杜鹃""衰兰""梧桐""秋叶"之类，每一种意象都有特定的内涵。例如，"梅花"象征不屈和高洁（如林逋《山园小梅》"疏影横斜水清浅，暗香浮动月黄昏"），"菊花"象征清高和坚强（如屈原《离骚》"朝饮木兰之坠露兮，夕餐秋菊之落英"），"落花"象征春残和寥落（如晏几道《临江仙》"落花人独立，微雨燕双飞"），"丁香"象征愁思或情结（如李璟《摊破浣溪沙》"青鸟不传云外信，丁香空结雨中愁"），"梧桐"象征凄凉和悲伤（如徐再思［双调·水仙子］《夜雨》"一声梧桐一声秋，一点芭蕉一点愁"），"杨柳"象征别绪或亲情（如王维《送元二使安西》"渭城朝雨浥轻尘，客舍青青柳色新"），"松竹"象征刚直或脱俗（如刘长卿《晚春归山居题窗前竹》"始怜幽竹山窗下，不改清荫待我归"），"鸿雁"象征相思和信使（如张若虚《春江花月夜》"鸿雁长飞光不度"），"杜鹃"象征哀怨或思归（如秦观《踏莎行》"杜鹃声里斜阳暮"），"鹧鸪"象征羁旅和离愁（如辛弃疾《菩萨蛮·书江西造口壁》"江晚正愁余，山深闻鹧鸪"），"浮云"象征游子或小人（如李白《登金陵凤凰台》"总为浮云能蔽日，长安不见使人愁"），"月亮"象征圆满或缺憾（如晏几道《临江仙》"当时明月在，曾照彩云归"），"夕阳"象征衰飒和乡愁（如李商隐《登乐游原》"夕阳无限好，只是近黄昏"），"孤舟"象征漂泊和无依（如孟浩然《宿桐庐江寄广陵旧游》"风鸣两岸叶，月照一孤舟"），"钟声"象征孤栖和清寒（如张继《枫桥夜泊》"姑苏城外寒山寺，夜半钟声到客船"），"猿啼"象征离别和悲苦（如古谣"巴东三峡巫峡长，猿啼三声泪沾裳"),"南浦"是水边的送边之所(如武元衡《鄂渚送友》"江上梅花无数落,送君南浦不胜情"),"长亭"是陆上的送别之所(如李白《清平乐》"何处是归程,长亭更短亭")……如果我们懂得这些意象的传统文化象征意义,对我们理解诗歌意境有较大的助益。

其次,要联系作品产生的时代背景和诗人的人生际遇及其创作风格来考虑,这就是前人所说的"知人论世",否则我们的理解就可能出现偏差,甚至于南辕北辙。读柳宗元《江雪》,如果不了解诗人的身世和写作背景,就无法从万籁俱寂的画面和孤芳自赏的情绪中找出诗人某种思想上的寄托;读刘禹锡《元和十年自朗州召至京戏赠看花诸君子》,如果不了解诗人被贬连州、又改朗州,十年之后才回京师的不幸经历,会误以为诗中抒发的只是一般的沧桑之感;读李煜《虞美人》,如果不了解这位南唐国君被囚禁之后"不得与外人接""日夕以泪洗面"的悲惨遭遇,就容易将其中寄寓的亡国伤痛和留恋往昔的复杂情绪,视为一般的感旧伤逝。世间物象无数,诗人选此舍彼,或舍此选彼,完全是根据创作时内心情感和表达志趣的需要。如李白诗歌的意象常常超越现实,很少对生活细节作精致描绘,而是驰骋于广阔的时空,穿插以历史、神话、梦境、幻境,用一些表面看来相互没有逻辑联系的意象,拼接成具有强烈艺术效果的图画,常用的意象是大鹏、明月、美酒、神仙、侠客、宝剑。意象的组合比较疏朗,如疏朗的写意画。杜甫诗歌的意象多取自现实生活,他善于刻画眼前真实具体的景物,表现内心感情的细微波澜,常用意象是路人、瘦马、病马、病橘、霜林、秋空、高江、急峡。意象的组合比较紧密,往往把几个意象压缩在一句诗中。在不同情感或志趣的导引下,就是同一物象也会选取不同的角度,形成不同的意象。例如,同是咏蝉,虞世南写为"垂缕饮清露""居高声自远"。骆宾王却咏"露重飞难进,风多响易沉"。两位诗人都选取了露水和声响两个客观物象,但因为当时诗人的处境不同,情感有很大的区别。虞世南身居高位,以清高风雅自许,自负才华;骆宾王无辜遭诬身陷囹圄,含冤莫白。所以在诗中的意象完全不同:一是"清露""声远";一是"露重""响沉"。

最后,要调动我们自己的人生体验,打开想象的闸门,这是最重要的。优秀的诗歌总以寓万于一、寓繁于简的艺术形象诱发人们的想象活动,使之"睹一事于句中,反三隅于字外"。周汝昌先生说:低级的欣赏者,常常局促于扪叩之间;高级的欣赏者,却能"补充"原作,恢弘原作。说到底,所谓欣赏实际上就是以原作为基础的再创造,再好的文学精品,也得活在活人的目光与思维中。没有联想和想象,没有情感体验和感悟,简直就无法谈得上诗词欣赏。美学家克罗齐说:"要判断但丁,我们就需要把自己提升到但丁的水平。"这句话的意思并不是说我们的诗艺水平要达到但丁的高度,而是说我们在理解诗歌意境的时候,我们此时的想象力要达到诗人彼时高度,和诗人当时那一刻的感觉或幻觉一致,这样才能准确地把握意境,悟出诗中所呈现的意境的妙处。诗歌欣赏的过程实际上就是一个体验的过程,我们在欣赏诗歌时可以根据自己在某种情景下的某种情感体验推及诗的抒情主人公身上,即调动自己的人生经历和生活体验理解诗歌。香菱跟林黛玉学诗,她读了王维的"渡头余落日,墟里上孤烟"这句诗后,说:"这'余'和'上'字,难为他怎么想来!我们那年上京来,那日下晚便湾住船,岸上又没有人,只有几棵树,远远的几家人做晚饭,那个烟竟是碧青,连云直上。谁知,我昨日读了这两句,倒像我又到那个地方去了。"香菱在这里谈的就是要调动自己的生活体验来理解诗歌。如果没有联想和想象,没有情感体验和感悟,古诗词中所营造的意境是很难领悟的。我们读黄景仁《别老母》，如果没有告别慈母的亲身体验，没有身临其境的丰富想象，是难以理解"惨惨柴门风雪夜"的人生惨况和"此时有子不如无"的内疚痛苦。同样读纳兰性德《金缕曲·亡妇忌日有感》，如果没有联想和想象，没有情感体验和感悟，词中那深宵冷雨愁人不寐、残月寒风泪洒坟头的情境，那超越生死、缠绵凄绝的人间至情是很难领悟的。

四、欣赏表现技巧

　　欣赏诗歌的过程，不仅仅是为了片刻的精神愉悦，还需要获得艺术上的教益。也许有人会说，我既不想当诗人，也不想当教师，为什么非要从诗歌作品中获取艺术上的教益呢？这样一种想法是一种短见，诗词欣赏水平若想有效提高，就非得思考这方面的问题，这方面的见识多了，欣赏水平就自然会得到提升。俗语言，会看的看门道，不会看的看热闹，一个会"看门道"的人欣赏水平自然要比旁人高一些，会"看门道"是对勤勉之人的一种福报。

　　诗歌的艺术技巧主要包括三个方面：表现手法、修辞手段、抒情方式。

　　诗歌常用的表现手法有：化虚为实、正反对比、渲染衬托、以动写静、化静为动、视听通感、虚实相生等。欣赏诗歌，懂得它的表现手法，对我们深入解读它不无帮助。化虚为实，最常见的就是心境物化，即将无形的看不见、摸不着的心理状态，用有形的、摸得着的景物状态来表现。如李益《宫怨》写弃置冷宫的宫女长夜难熬的心境："似将海水添宫漏，共滴长门一夜长"，把无形的感觉具象化了，生动感人。正反对比，最常见的是描述对比，即将两种完全相反的景象或心情描写陈述出来，形成鲜明的对照。如南宋民歌《月子弯弯照九州》，几家欢乐与几家忧愁对比，几家团聚与几家离散对比，两种境况、两种心情形成鲜明对照。渲染，本是画画的一种手法，指在画面的某一个地方，画家用浓墨重彩来突出它。就诗歌来说，本来一两句就写完的，诗人却一而再，再而三地描述。如《木兰诗》写木兰从军临行之前的东西南北市买装备就属于渲染；写木兰出征十年后回家时，爷娘姊弟的动静，也属于渲染。渲染属于正面描写，衬托属于侧面描写。例如《陌上桑》第一节描写罗敷，先从正面描写她的美，接着从"行者""少年""耕者""锄者"的动作反应侧面衬托罗敷的美，并且比正面描写给读者留下了更大的想象空间。白居易《长恨歌》中"回眸一笑百媚生，六宫粉黛无颜色"两句诗，以"六宫粉黛"黯然失色衬托杨贵妃的千娇百媚，这里用的是以美衬美的手法。与衬托（反衬）相关的手法是以动（声）写静，如王籍《入若耶溪》"蝉噪林逾静，鸟鸣山更幽"，是以声衬静；韦应物《滁州西涧》"春潮带雨晚来急，野渡无人舟自横"，是以动衬静。化静为动，即主体赋予客体活动感，清代如雪峤和尚诗云："帘卷春风啼晓鸦，闲情无过是吾家。青山个个伸头看，看我庵中吃苦茶"，雪峤独居庵中，春日看山色，听啼鸟，充满着闲适情趣，静态的山伸头看人吃茶，这就活起来了。另如宋代王禹偁《村行》"万壑有声含晚籁，数峰无语立斜阳"，因为客体融入人的感情，虽是无语，却令人感到其活力。视听通感，主要手法是将听觉形象转化为视觉形象，如韩愈《听颖师弹琴》"浮云柳絮无根蒂，天地阔远随飞扬"，用浮云柳絮在空中飘扬的情状来形容琴声的轻柔悠扬。王昌龄有一首《从军行》描写洮河大捷，四句诗描写这么大一场战争该是多么难呀，诗人避实就虚，不正面写主攻部队如何冲锋陷阵，而写增援部队浩浩荡荡地向前线进发，半路上就传来头天夜晚活捉敌酋的胜利捷报，这种表现手法比笨拙的正面叙事高明多了。

古代诗词中，为了使描写的对象更形象，常常运用修辞手法。比较常见的修辞手法有：比喻、拟人、夸张、互文、双关等。运用贴切新颖的比喻，能够加强诗的表现力，使形象更加生动。文天祥《过零丁洋》写河山沉沦和自身漂泊无依："山河破碎风飘絮，身世浮沉雨打萍"，上句用"风飘絮"来比喻"山河破碎"，下句用"雨打萍"来比喻"身世浮沉"。贺铸《青玉案》（"凌波不过横塘路"）中，"试问闲愁都几许？一川烟草，满城风絮，梅子黄时雨"多侧面地喻愁写愁，"闲愁"像弥望的春草一样无边无际、渺远迷茫；像随风飘扬的柳絮一样缭乱飘忽、纷茫无定；像殢人的梅雨一样绵延不断、纠结难去。拟人手法，是诗词中最为常见的手法。它往往使所咏事物带上了情感，具有更强的感染力。如韩愈《晚春》："草树知春不久归，百般红紫斗芳菲。杨花榆荚无才思，惟解漫天作雪飞。"诗人运用拟人手法对晚春花木作了生动形象的描写，同时将自己的褒贬寓于其中。诗词中的夸张，可以把所歌咏的对象描绘得更生动、更形象、更有感染力。诗词中不乏夸张，例子不胜枚举，这里从略。上下文中相对举而独立的两个词语在意义上互相补充、互相渗透，共同表达一个完整的意思，这种修辞方式叫互文。互文的形式常见的有当句互见和对句互见两种。前者如王昌龄《出塞》"秦时明月汉时关"，后者如《木兰诗》"雄兔脚扑朔，雌兔眼迷离"。互文是一种非常经济的修辞技巧，在有限的文字空间里容纳了双份的表现内容。南北朝乐府民歌双关最为常见，如《子夜歌（其一）》："始欲识郎时，两心望如一。理丝入残机，何悟不成匹。"这里的"丝""悟""匹"都是谐音双关，"丝"谐"思"，"悟"谐"误"（耽误了一段本应美好和悦的爱情），"匹"谐"配"（以织丝不成匹段隐喻情人不成匹配）。《子夜四时歌》（春歌）："自从别欢后，叹音不绝响。黄檗向春生，苦心随日长。"诗中的"苦心"表面说的是树的"苦心"在天天生长，其实表达的是人的"苦心"在日日增长。双关手法的运用，巧妙地倾诉了幽怨、思念、痛苦的少女情怀。《读曲歌》"不爱独枝莲，只惜同心藕。""莲"谐音"怜"，"藕"谐音"偶"而构成双关，含蓄地表达出对恋人的思念之情。

诗的本质是抒情的。只是抒情的方式有所不同：有的直抒胸臆，有的间接抒情。

直抒胸臆，是直接对有关人物、事件、场景和环境表明爱憎喜怒态度的抒情方式，主人公的强烈情感在毫无掩饰的情景下直接表露出来。如乐府诗《上邪》："上邪！我欲与君相知，长命无绝衰。山无陵，江水为竭，冬雷震震，夏雨雪，天地合，乃敢与君绝！"诗直接表现了主人公对爱情坦白、执着、热烈、无所顾忌的情态。元代女诗人管道升《我侬词》写得很俏皮泼辣，作品将夫妻比成两个泥人，打破后再用水调和重捏，"再捻一个你，再塑一个我，我泥中有你，你泥中有我"，从此密不可分。最后表明：夫妻生当同被，死亦同穴，永不分离。整个曲子平白如话，充满了柔情蜜意，表达了反对丈夫纳妾的鲜明态度。

诗在直抒胸臆之外，更多的是采用间接抒情。间接抒情，指诗人借助事、物、景、境较含蓄地表达情感。这样，使诗情显得更浓郁，更有感染力。

有些诗歌选取生活中一些细节、场景、片断和事件来抒情达意，这就是借事抒情。如张籍《秋思》："洛阳城里见秋风，欲作家书意万重。复恐匆匆说不尽，行人临发又开封。"这首诗通篇叙事，首句写在洛阳城里又见秋风，引起游子对家乡亲人的思念；

次句写想写家书，而思绪万千，不知从何说起，这两句比较平淡。三、四两句抓住一个细节，化庸常为神奇：行人（送信之人）要走之际，诗人似乎又想起什么内容忘记写入信中，只好拆开信封再检查一遍。羁旅之人对家乡、对亲人那种无限牵挂的微妙心理，正是通过这一看似平常的生活细节活脱脱地表现出来了。王维《杂诗》（其二）："君自故乡来，应知故乡事。来日绮窗前，寒梅着花未？"诗人用白描手法记录了一次对话，您从我家乡来，应该知道家乡的事吧？您来的时候，我家窗前的那株寒梅可曾开了花？诗人不直说思念，而我们分明感受到了诗人对家乡强烈的思念。古代诗词中有很多经典细节，如闲敲棋子（赵师秀《约客》中"闲敲棋子落灯花"），回首嗅梅（李清照《点绛唇·蹴罢秋千》中"倚门回首，却把梅花嗅"），卧病惊坐（元稹《闻乐天授江州司马》中"垂死病中惊坐起"），掷钱卜远（于鹄《江南曲》中"暗掷金钱卜远人"），隔篱尽杯（杜甫《客至》中"隔篱呼取尽余杯"）。它们都间接地表达了特定的诗情。

借物抒情，如屈原笔下的橘、陶渊明笔下的菊花、陆游笔下的梅花、郑板桥笔下的竹子皆为借物抒情。屈原《桔颂》就是一首理想人格的颂歌，诗人把"深固难徙"的桔和"苏世独立"的人融为一体，使它们在形和质上达到了和谐的统一。橘树像仁人志士，能负起重任；如正人君子，品格高尚，不随俗世；它大公无私，可为人师。这种若合若离、语带双关的拟人写法，有镜花水月之妙，充分显示了诗人咏物的才能。在我国诗歌史上，《桔颂》开创了咏物抒情和托物寓志的先例，对后代咏物诗影响很深。如陶渊明《和郭主簿》以严寒中傲然开放的菊花，象征自己在严酷的生存环境中仍要坚持高洁傲岸的情操。陆游《卜算子·咏梅》借驿外断桥边虽凋犹香的梅花，寓意自己生则高洁、死亦流芳的人格。郑板桥《咏竹》，以立根峭岩宁折不弯的竹子，表现自己勤政为民的亮节志向和坚韧不拔的抗争精神。

间接抒情，最常见的是借景抒情，许多优秀的诗词往往景语即情悟，借景抒情常有三种情形。或触景生情，通过描写景、状物来抒发情感。如杜甫《登高》，前四句写景，后四句抒情，前景后情，融为一体，诗人面对辽阔的江天，耳听清猿哀鸣，眼见飞鸟栖止不定，落木萧萧，长江滚滚，引发诗人老病孤愁之感。李商隐《端居》（"远书归梦两悠悠，只有空床敌素秋。阶下青苔与红树，雨中寥落月中愁"），写寂居异乡，平日很少有人来往，阶前长满了青苔，更显出寓所的冷寂；红树，则正是暮秋特有的景象。风雨之夕，月明之夜，胸怀愁绪而寥落之情难遣。或融情入景，诗人将感情融入特定景物，借自然景物来抒发情感。如李白《送孟浩然之广陵》，全诗一字未说离情别绪，而烟花含愁，孤帆载憾，别绪如长江不尽，离情如碧空无涯。李华《春行即兴》（"宜阳城下草萋萋，涧水东流复向西。芳树无人花自落，春山一路鸟空啼"），整首诗都是写诗人行经宜阳时即目所见的暮春景色，是安史之乱后的荒寂景象。在景物描写中，渗染着诗人感伤、哀愁的心情。或以景结情，通过写景状物来传达、折射、暗示诗人的感情（寄托、抱负）。如李白《送友人》（"青山横北郭，白水绕东城。此地一为别，孤蓬万里征。浮云游子意，落日故人情。挥手自兹去，萧萧班马鸣"），首联点出告别的地点，描摹出一幅寥廓秀丽的图景。接下去两联写离别的深情。这两句表达了诗人对友人的深切关心，感情真挚。最后以"萧萧班马鸣"作结，以景结情。杜牧《寄远》（"南陵水面漫悠悠，风紧云轻欲变秋。正是客心孤回处，谁家红袖凭江楼？"），后两句写正值客心孤寂之时，忽见红袖凭楼而更增思家之情，诗人看见红袖凭楼的情景时，一下子联想到家人也在盼望自己归来，于是思家之情更加浓重。

五、品味诗歌语言

"诗"字从"言"说明诗与言的密切关系。语言是诗人塑造形象，抒发情感的手段，也是沟通诗人和读者的媒介。阅读诗歌，就是通过语言的中介，去领悟作品中诗人对大自然、现实社会、人生、历史的认同、批判、赞美、追求、放弃等情感的表达。玩味语言主要是感受其三个方面的美：精练美、含蓄美、音韵美。

其一，语言的精练美。诗歌是文学中最精练的语言艺术，诗歌的原则就是以简括体现丰富，要在短小的篇幅内表达丰富的内容，必须要求语言精确简练，言约意丰，从而"片言明百意"，给读者留下广阔的想象余地。请看《西洲曲》中"采莲南塘秋"五个字说了多少东西，"采莲"交代了事件，"南塘"交代了地点，"秋"交代了季节，不仅如此，它描绘了一幅秋高气爽、荷叶满塘、荷花灼灼、少女舟行的画面，这是何等精练！杜甫是一个很注意语言锤炼的诗人，写作要求是"语不惊人死不休"。他在有限的诗句里，能够容纳尽可能多的生活内容和情感内容。比如他的《秋兴八首》其一中的两句："丛菊两开他日泪，孤舟一系故园心"，诗中的"开"和"系"均关联两头，两句诗至少容纳了四句诗的内容。中国古代诗歌的诗句不长，表示意象的词语占了很大的空间，一句中所用动词、形容词极少，五言诗中往往一句就一个动词或一个形容词，要么用在第三字位置，要么用在第五字位置，动词、形容词究竟用什么字，古人是很费心思的，所谓"吟安一个字，捻断数根须"，恐怕多半指的是动词、形容词的锤炼。动词、形容词数量虽少，作用却大，诸多意象靠它连接起来，且能化静为动，化死为活，化无生命为有生命。谢灵运《登池上楼》"池塘生春草，园柳变鸣禽"，"生"不仅陈述春草长出来这种事实，而且使池塘画面充满生气。"变"不仅说明园柳中的鸣禽由冬鸟换成春鸟，而且暗示出诗人侧耳倾听的神态。孟浩然《望洞庭湖赠张丞相》"气蒸云梦泽，波撼岳阳城"，"蒸""撼"两种力的方向不同、速度不同、力度不同，一向上、缓慢、优柔，一种平推、疾快、猛烈，"蒸"尽显了湖水周围水气蒸腾氤氲万状的景象，"撼"突出了洞庭湖波喧腾激天荡地的气势。李白《鲁郡东石门送杜二甫》中"秋波落泗水，海色明徂徕"两句，"落""明"二字精练传神，是该联的诗眼。"落"给"泗水"以动感，好像从天上落下一般，使静态的形象动态化；"明"赋予静态的自然色彩以动感，不说徂徕山如何青绿，而说苍绿色彩主动有意地映照徂徕山。苏东坡《念奴娇·赤壁怀古》中"乱石穿空"，峭壁和天空本来是没什么联系的，但用一个"穿"字，两者就产生了密切联系，把诗歌的境界垂直撑开了，而且使两个静止不动的形象有了动势。动词、形容词所处的位置也不是随意的，比如说，王维《山居秋暝》中"明月松间照，清泉石上流"两句中，为什么"照"和"流"要放在最后呢？动词放在最后能产生动作的延续性，这样，诗歌的意境就能得到有效的延伸。杜荀鹤《春宫怨》"风暖鸟声碎，日高花影重"，"碎"（众鸟叫，叫得欢）和"重"（花重叠，色艳丽）勾画出风和日丽、百鸟鸣春、万紫千红的境界，那两个形容词，同样具有意义的延伸性。阅读古诗词，觅取"诗眼"，即能知一字而把其命脉，明一词而豁然开朗。

其二，语言的含蓄美。含蓄就是语言深藏不露而不直接说出，而是曲曲折折地倾诉，言在此而意在彼，启发读者通过联想去领会"词外之情""言外之意"。北宋柳永《雨铃霖》的名句"今宵酒醒何处？杨柳岸晓风残月。"诗人描绘的是恋人间的离愁别恨，作为一种微妙、隐秘、复杂的内在感情，若从正面直接刻画，难免不尽人意。但诗人完全抛开了愁怨相思之类的文字，也没有运用典型的修辞手法，而选取了"杨柳岸"这个惹人情思的场景（柳岸是漂泊的场景），再把"晓风""残月"（寒风吹单，残月示缺），这一清新、凄婉形象剪接进去，从而形成一个朦胧、深远而又有点神秘感的意境。在古代诗人中，语言最为含蓄的恐怕要算李商隐，《锦瑟》是吟咏爱情与伤身悲己的佳作，全诗仅四联，便用了其中两联来引用典故，作委婉含蓄的表达。首联借物起兴，抒发作者思念亡妻和怀才不遇之感。颔联用"庄生梦蝶"的典故暗喻自己的满腹经纶、远大抱负以及对爱情美好的向往都已成为过眼云烟，宛如做了一场迷离而短暂的春梦。用"杜鹃啼血"的典故暗喻自己的伤逝悼亡之痛，以此聊泄心头的悲愤与伤感。颈联用"沧海遗珠"的典故暗喻自己虽如珍珠般熠熠生辉，但却被深埋海底，无处为用，更甚的是连爱妻也逝世，真可谓"沧海遗珠"。用"蓝田良玉"的典故暗喻自己的才华如玉一般精雕细琢，却遭埋没，但文章词采，终将显耀于世。尾联是以抒情感叹作结，待到今日追忆起当时之事时，却顿感悲伤，这一切早"已惘然"。纵观全诗，作者并不直抒胸臆，而是借助于这些典故来作隐喻含蓄的表达，让读者自行想象，典故在字面上只是一个概括的符号，所以能使诗语更为含蓄婉曲，更能经久玩味。他那些《无题》诗隐匿了写作意图，表现了极为复杂的内心世界，意蕴深远、含蓄委婉，再加上忧郁的感情基调，缥缈迷离的意境和富丽华艳的辞藻，使他的爱情诗呈现一种含蓄之美。李商隐的诗宛如一颗美丽而又闪烁不定的宝石，既以其诱人的魅力吸引着读者爱不释手，又以其神奇的光芒显示着这宝石内部存在着令人捉摸不透的深邃奥秘。在诗歌中，朦胧的语言不是语言不清，更不是表意的模糊，而是一种在语言上给人以多解性的艺术审美方式。含蓄可以通过语言朦胧来表现，它往往借助于比喻、象征、双关的修辞手法，或者运用模糊语言（语言的多义性）造成审美艺术效果，留下想象的审美艺术空间。这样的审美艺术空间，不但引起读者的深思遐想，而且使读者获得艺术的审美感受。

其三，语言的音韵美。优秀的诗词作品，读起来抑扬顿挫，听起来韵味无穷，这是因为它具备了音韵之美，中国古代诗词素有讲究音韵美的优良传统。诗歌的音韵美实际上来源于音乐的美，诗词与音乐一开始就结下了不解之缘。远古歌谣既是文学的萌芽，也是音乐的萌芽。《诗经》是春秋时期一部声乐歌曲集，《楚辞》则是战国时期流行于楚国的新兴音乐文体。"乐府诗"是可以被之管弦的诗歌，是音乐实现形式的一种载体。唐诗是可以入乐的，所谓"唐之绝句，唐之曲也"，"童子解吟《长恨曲》，胡儿能唱《琵琶篇》"就是明证。宋词、元散曲是中国传统音乐与文学在共同发展过程中的必然产物。韵律、声律、节奏是构成古代诗歌音韵美的主要因素。

韵律就是押韵必须遵循的规律，即能够将文字排列得更加和谐美好的规范。韵是中国古典诗词的基本要素，无韵不为诗。韵母的韵腹相同或相近的字叫"同韵"，诗人在句末使用同韵的字（又叫韵脚）就是押韵。押韵的目的是为了给中国古典诗词造成一种悠扬和谐、循环往复的音乐美。韵脚密（韵字距离短），节奏就急；韵脚疏（韵字距离远），节奏就缓。平韵飞扬，仄韵低抑，扬多抑少则调匀，抑多扬少则调促。韵脚疏密与平仄转换造成的节奏也有审美魅力。韵律运用得好便能成为凝结文字和思想的最完美的纽带，使一首诗或一首词在抑扬顿挫的语感中带给人无限美的享受。《诗经》开始趋向有规律的押韵，初唐以后的格律诗，一般是双句押韵，单句不押韵，一首诗的所有韵脚，必须从同一个韵目中选字来押韵。"合辙押韵"给人以整体的美感和稳定感。古体诗的押韵不太规则，这些不太规则的押韵增加了诗歌的灵动性，同时促进了诗歌的稳定性。

声律即利用不同声调有规律的更相交替，构成语句的抑扬顿挫。诗词的声律是靠平仄来构成的，平仄是根据声调确定的（南朝齐代永明年间，人们发现汉字有平、上、去、入四种声调），平声仄声有规律的排列、交替变化和重复照应，可造成诗句音响起伏变化、回旋跌宕的旋律美。唐格律诗和宋词是两种非常讲究平仄的文学形式，诗（词）有定调，调有定句，句有定字，字拘平仄。为了极尽诗句的抑扬顿挫，曲折变化之妙，唐人有意将平、上、去、入四声分成平仄两类音，规定了严格的交替格律，如一句之中平仄相重相间，一联之内平仄既相应又相错。古体诗虽不严守声律，但也有自然而有一定顺序的平仄节奏。如七言古平韵，上句第五字多用仄声，下句第五字多用平声。在诗词中，不同平仄声调（有些词还要区分四声）的文字交错配置，构成节奏的错落与平仄的谐和，形成一种音乐般的美质，使诗歌更具表现力和艺术美。

节奏是声音中强弱、快慢、松紧诸因素有组织的顺序。凡诗歌都有节奏，没有节奏便非诗歌，中国古代诗词的格律就建立在节奏之上。汉字几乎都是一个音节，音节长短差不多，因此每行诗句字数相等就构成了一种节奏。还有一种在此基础上产生的更大幅度的节奏性，就是通过音节的组合产生节奏，一般是两个音节或三个音节组成一个音组节拍。音组节拍又称"音步"，一般说来，四言诗有两个音步，五言诗有三个音步，七言诗有四个音步。诗歌有了和谐的音步，就能产生富于美感的节奏。节奏一般来说是固定的，但有时根据内容和情感的需要，句式长短也会发生变化，短句简洁明快，节奏急促，一般宜于表达强烈鲜明的思想；长句严密深沉，节奏舒缓，一般宜于表达委婉细腻的感情，长短句并用，参差错落，别有一番韵味。中国古代诗词的节奏形成元素很多，除了音节的律动、音步的轮替、句式的变换、平仄的交错，还常常借助双声、叠韵、叠字、虚字，或运用对仗、顶针、复沓等手法使音调铿锵，加强节奏美。

欣赏古诗词的语言美，要注意反复吟哦，读出抑扬顿挫，读出诗的韵味，读出作者的悲欢。若将苏轼《送安惇落第诗》两句诗改动两个字，庶几可作为古代诗词欣赏者的座右铭：好诗不厌百回读，熟读深思子自知！

阅读·思考·研习

1. 阅读陆侃如、冯沅君主编的《中国历代诗歌选》（人民文学出版社1983年版）。
2. 试谈学习中国古代诗词对人生的意义，拟定一份诗词欣赏学习计划。
3. 背诵自己最喜欢并已抄录的古代诗词佳作。

第二章
两性恋歌欣赏

古人说，感人心者莫先乎情，而情之至高至洁者唯有爱情。同样的，古今中外最感人的诗歌是两性恋歌。古代中国人体现在诗歌中的爱情丰富多彩，既有飞蛾扑火的爱恋，又有琴瑟相和的温馨；既有密约偷期的欢愉，又有候人不至的怅惘；既有依依惜别的感伤，又有刻骨铭心的思念；既有鸳鸯离分的痛悔，又有肝肠寸断的哀悼。在爱情抒发形态上也不拘一格，或深情脉脉，絮语呢喃；或激情奔放，泼辣爽直；或柔情缱绻，婉约缠绵；或幽情绵缈，含蓄蕴藉。两性恋歌是中国古代诗歌的重要组成部分，也是最值得吟诵的文学珍品。

一、先秦汉魏恋歌

中国古代爱情诗的源头可以上溯到夏代的《候人歌》，总共才四个字："候人兮猗"（心上人呀，我在等你啊）。它是中国有史可查的（据《吕氏春秋》载系大禹之妻涂山氏所作）第一首中国恋歌，被称为"南音之始"（南音，我国早期南方音乐）。

《诗经》305 篇作品，分成"风""雅""颂"三类。其中最有思想性和艺术性的是"风"，"雅""颂"的政治色彩太浓，对今人来说，文化考察价值大于阅读欣赏价值。十五国风是以抒发感情为主的，这些民间歌谣中有相当多的反映先民婚恋的作品。这些作品不加掩饰地描写了先民的爱情生活，其中有大胆热烈的爱恋，有缠绵婉转的相思，有撕肝裂肺的诀别，它们是华夏民族感情最真实、最坦率、最健全的反映。《诗经》中的爱情诗名篇，大家此前应该接触过一些。如开卷之作《周南·关雎》，写"君子"对"窈窕淑女"的一见钟情、昼夜相思、热情求爱，既表现了远古君子对意中人爱的真切和深厚（"寤寐思服""辗转反侧"），又表现了他求爱方式的艺术和优雅（"琴瑟友之""钟鼓乐之"）。《秦风·蒹葭》写歌者对"伊人"从隔河相望（"所谓伊人，在水一方"），到反复寻求（"溯洄从之""溯游从之"），到寻求不得而形诸歌咏，表现了追求的执着和爱情的真挚，他的追求既是对幸福生活的追求，也是对真善美的向往和追求。《郑风·溱洧》描写郑国三月上巳日青年男女在溱水和洧水岸边游春或曰相亲的情景，男女杂沓，场面活跃，私语调笑，互赠信物——芍药，他们踏青归来，或身佩兰草，或手捧芍药，撒一路爱情的芬芳。《邶风·静女》叙写一对恋人在城郊僻静之处约会的有趣情景，先是少女逗乐（"爱而不见"），接着是彤管定情（"贻我彤管"），最后是睹物相思（"美人之贻"），从中可以窥见古人对爱情的纯洁态度，那是真正的两情相悦，没有丝毫的铜臭味和游戏味，就像那根"彤管"一样天然、质朴和美丽。《郑风·子衿》写一个女子在城楼上焦迫地等候她的恋人。全诗三章采用倒叙手法，前两章自述怀人，对方是一位周代学子，男子的衣饰给她留下深刻印象，乃至念念不忘；第三章描写等候，地点在高高的城楼上，人呢？来来回回地走个不停，何以如此？相思难熬啊，一天不见面，她觉得好像分别了三个月那么漫长。《召南·草虫》分别写女子在秋天、春天、夏天怀人的情景，作品打破常规，以虚衬实，着重拟想所思之人突然出现在自己面前的情景，"我心则降""我心则说""我心则夷"，大胆率真地表明见到君子是她的整个精神依托、全部生活欲望、唯一欢乐所在。《邶风·击鼓》表达了长年行役于外的将兵思念家乡和妻子的心情。其中"死生契阔，与子成说。执子之手，与子偕老"几句，倾倒了无数身陷爱河、渴望美满爱情的人，成为山盟海誓的最好代言。

《邶风·绿衣》是一首丈夫悼念亡妻的诗。他由身上所穿的衣裳（"绿衣黄里""绿衣黄裳"）想起了缝制这衣裳的妻子（"女所治兮"），物在人亡，黯然神伤（"心之忧矣，曷维其已""心之忧矣，曷为其亡"）。诗中两言"忧""思"（"我思古人，俾无忧兮""我思古人，实获我心"），意深语凄，表现出无限的悲郁之情。痛哉哀哉，反复咏唱，让人为之落泪，启后世"悼亡"诗之先河。

《郑风·女曰鸡鸣》是《诗经》中富有韵味的一首情诗，它截取爱情婚姻生活的一个片断，真切地再现了一对青年男女在共同的游猎生活中所形成的无拘无束、情真意密的爱情关系。这个作品实际上写的是一对尚未正式婚配的年轻男女的一次幽会，与《关雎》《蒹葭》《静女》等不太一样。就思想意义而言，它是对封建礼义的突破；就形式创造而言，它近似独幕"话剧"。

第一章，"晨催"，女的催促男的起床——出外去射凫雁。

> 女曰鸡鸣，士曰昧旦。
> 子兴视夜，明星有烂。
> 将翱将翔，弋凫与雁。

这是开端：交代人物（女与士）、时空（时间：昧旦；空间：临水小屋）、场景（鸡鸣、星灿、水禽鸣啾）。"女曰鸡鸣，士曰昧旦"，女的轻轻推着男的说：你听，鸡叫了！而男的睡眼惺忪，嘟囔道：天色还朦朦胧胧的呢！男的说完，可能又呼噜呼噜地睡着了，女的却始终未能再进入梦乡。她惶恐不安，紧张地探望窗外的天色，发现启明星已升起在东方，于是再次催促男的起床："子兴视夜，明星有烂。将翱将翔，弋凫与雁"，女子说：请你起身看看夜色，东方天边挂着亮灿灿的启明星呢！天亮时凫雁即将游走飞翔，应该去射它们了。由"弋凫与雁"可知男的为猎人。要注意，女的催男的早起，其根本目的并非要他去射凫与雁，而是她担心早起来到湖边的人会发现他们，如果是这样，那就够羞人了，可见女子的心是很细的。闻远村"鸡鸣"从听觉上写她的警醒，见东天"星烂"从视觉上写她的警醒。

第二章，"酒乐"，并非写实，不过是想象中的美餐罢了。

> 弋言加之，与子宜之。

　　　　　宜言饮酒，与子偕老。
　　　　　琴瑟在御，莫不静好。
　　这是发展：男方描述未来婚姻生活的图景。"弋言加之，与子宜之"承上而来，男的说如果射下了大雁、逮住了野鸭，我为你烹制成美味佳肴。"宜"表明烹饪手艺不错，做得鲜美可口。男的似乎觉得吃肉喝汤还不够，还必须有美酒享用。"宜言饮酒，与子偕老"，让我们一边品尝这鲜美的野味，一边畅饮甘醇的好酒，和和乐乐，白头到老。"与子偕老"从时间长度上写婚后生活的美好。男子对未来美好日子的描述，越来越热烈，越来越浪漫。他不仅要让心爱的女子享受口腹之欲，甚至于还想要为她奏乐助兴，使她在动听的音乐声中享受人间美味。"琴瑟在御，莫不静好"，把琴瑟摆在我们面前，不是可以用它们和谐的音调来助兴吗？这个很有艺术修养的青年猎人，要让对方从物质（吃美味、饮美酒）到精神（赏美乐）都得到充分的满足。同时，琴瑟奏乐是夫唱妇随的同义语，暗示了婚后生活必然幸福和谐。"莫不静好"从和谐程度上写婚后生活的美好。男人这一番爱情表白极富层次感，所言生活境界是逐步提升的，由居家过日子的实实在在，上升到享受生活的甜甜蜜蜜。
　　第三章，"赠佩"，女方赠佩定情与男子私订终身。
　　　　　知子之来之，杂佩以赠之。
　　　　　知子之顺之，杂佩以问之。
　　　　　知子之好之，杂佩以报之。
　　女子听了男的郑重许诺和浪漫描绘，心情无比激动，这充分表现在她急不择言，同一个意思反复言说。"知子之来之，杂佩以赠之"，我知道你在好心好意宽慰我，好吧，我把贴身带着的杂佩解下来赠给你。杂佩是古人用珍贵的玉石、珍珠串起来佩在身上的装饰物，常被青年男女用作定情之物。"知子之顺之，杂佩以问之"，我知道你会一心一意顺从我，好吧，我把带着体温的杂佩解下来交给你。"知子之好之，杂佩以报之"，我知道你是真心实意疼爱我，好吧，我把从不示人的杂佩解下来答谢你。赠佩这个情节充分说明，这一对男女尚未履行正式的结婚手续，他们还只是处于试婚阶段，因为佩是定情之物，女子被男子所描绘的美好未来深深吸引住了，故此决定托付终身。女子的话虽然显得唠唠叨叨，但也是由浅入深、层层递进的，由"来"而"顺"而"好"，程度是逐步加深的，"来""顺"还是外在的，"好"才是内在的，"好"是男人情感的落脚点。由"赠"而"问"而"报"，程度也是逐步加深的，"赠""问"情感浓度还淡一点，"报"就把"恩"和"爱"融合在一起了。综观最后一段，诗中的女子之所以选中这个男人，把自己一生的幸福托付给他，是因为她觉得与面前这个男人结合，首先是有物质生活的保障，其次是有精神状态的舒心，最后是有白头偕老的希望。这三层意思与男子前面所说的三层意思基本是一一对应的，一唱一和，既显示出男欢女爱，心心相印，也显示出作品章法结构的严谨。
　　这首诗最重要的特征是对话描写出色。对话富于个性色彩，传形传神，形神毕肖，有想象力的读者不仅能从对话中看到他们的形体动作，更能从形体动作中窥见两颗年轻而热情相爱的心和在爱的过程中男女的个性差异，女的温柔精细，热烈而不失细腻含蓄；男的粗疏豁达，富于自信和理想而不失忠诚。对话不是静态的，始终保持着连续的动作性（如女之谛听、眺望、催促、解佩、赠佩；男之射雁、烹饪、举杯、牵手、弹琴）、画面感和抒情性。抒情性在诗中都不是孤立的存在，都被纳入时间流程和心理流程之中。

先秦爱情诗，还有一个重要的组成部分，即楚辞中的爱情诗篇。古代中国，北方是史官文化，夏商周时期，史官是政府的重要官员，执掌天文历法，负责文书撰写、档案典籍保护，成为中国文化学术权威。作为中国古代最早的知识分子，他们自始至终参与中国古代文化创造，形成了中国文明的特色及中国史官文化。南方则是巫官文化，即萌发于原始巫术和宗教的一种原生的文化形态。荆楚先人认为万物有灵，相信鬼神，认为诸神掌控着人的祸福，为了求得神灵保佑，他们就定期举行一种娱神仪式，娱神仪式具有祭祀、占卜、祛病三重功能。娱神仪式且歌且舞，多为情歌艳舞，只有这样才能真正起到娱神的作用。屈原《九歌》是以娱神为目的祭歌，所塑造的艺术形象，表面上是超人间的神，实质上是现实中人的神化，诗人用惊才绝艳的语言抒写情侣缠绵悱恻的爱情心理。如《湘君》和《湘夫人》所描写的神完全是人的化身，表达的是情人之间的相互思念。两诗始终以候人不来为线索，《湘君》由久候不至，到怨怪怅惘，再到捐玦遗佩；《湘夫人》由望而不见，到筑室遐想，再到捐袂遗褋，尽管在彷徨怅望中对对方心存怨望，但对爱情的坚贞不渝则是彼此一致的。两诗所写的情节不可避免地笼罩着忧伤抑郁的悲剧气氛，但其中充溢着爱恋与追求的狂热，显示出充沛的生命活力。《湘夫人》中"袅袅兮秋风，洞庭波兮木叶下"两句既描绘了秋日的环境气氛，又烘托了主人公淡淡的愁思和绵绵的情意。

《山鬼》是屈原《九歌》的第九篇，是祭山神的乐歌，它描写了山鬼等候恋人的情景和心理活动，表现出她坚贞不渝的纯洁情操。全诗也是分成三个段落。第一段写山鬼赴约，从体貌殊丽写到仪仗隆盛写到途中担心。

    若有人兮山之阿，被薜荔兮带女萝；
    既含睇兮又宜笑，子慕予兮善窈窕。
    乘赤豹兮从文狸，辛夷车兮结桂旗；
    被石兰兮带杜衡，折芳馨兮遗所思。
    余处幽篁兮终不见天，路险难兮独后来。

开头四句写山鬼出场形象。先写所在："山之阿"，在僻静的山坳里，点"山"；"若有人"，一个人若隐若现（体态轻盈、行走迅速），点"鬼"。再写装束："被薜荔""带女萝"，以修长的薜荔为衣，该遮该掩的地方全部遮掩起来；以柔曼的女萝为带，该凸该凹的身段全然显示出来。衣饰不假人工，全部取之于大自然，如同古代印度剧本《沙恭达罗》的女主人公，纯然是大自然的女儿。接写面容："含睇""宜笑"。"睇"，是斜着眼睛看，"含睇"，就是脉脉含情地看，多情女子暗送秋波就是这种样子。"宜笑"，笑得自然好看，微微地笑，一笑百媚生，妩媚得不得了。后写体态："善窈窕"，"窈窕"本来就得天独厚，又加上"善"，善于利用"窈窕"身段作态，且不让人觉得是在作态（否则就是卖弄风骚了）。清代戏剧家李渔说，女人之美，三分在貌，七分在态。按他的标准，山鬼美得无以复加。正因为如此，她赢得了心上人的爱慕，"子慕予"流露了山鬼对自己勾魂摄魄的魅力有着充分自信。屈原的写法与《诗经》不大一样，《诗经·硕人》中对卫夫人的描绘，采用一笔一画一部位地描写的写实手法，好处是细腻，短处是笨拙。《山鬼》中对主人公的描绘，实写中带有很大虚写的成分，一虚才显得空灵繁富，如同国画，简练传神，化静为动，寥寥几笔将山鬼写得顾盼神飞、美丽多情。接下来四句写仪仗隆盛奇美。"赤豹"——红毛黑纹的豹子当坐骑，"文狸"——毛黄黑相杂的山猫当随从，凶猛的动物乖乖听命，既突出了山鬼之美神奇的征服力量，又渲染了诗歌情节的神异色彩。车乘又如何呢？车是用香木辛夷做的，本身就香；山鬼还要在车前插上桂枝，当作旗帜；车帮也精心美化、香化，用石兰、杜衡这样一些香草缠扎起来。奇兽、芳草、鲜花绕前捧后，更衬出山鬼的美丽和多情。可以想见，山鬼赴约可谓一路飘香了。她还忘不了给情人带去一捧鲜花，"折芳馨兮遗所思"，闪烁着青春喜悦的光辉和对情人的无限深情。

后两句描述担心迟到的心理：因"终不见天"而不知早晚，因"路险难"而欲速不达。山鬼住在深密的竹林之中，见不到时间的标记太阳的移动，故此不知早晚。这一句还暗示了山鬼的脱俗高洁，苏东坡有几句打油诗，"宁可食无肉，不可居无竹。无肉令人瘦，无竹令人俗"，《红楼梦》中的林黛玉就住的潇湘馆。因为目的地是巫山（由下文可知），道路的陡峭难行不言而喻，因此，山鬼途中很是着急，唯恐自己迟到而使美好的约会减色。以上诗句表现山鬼对爱情的专注执着和性格的温婉多情。她既是女性美的体现者，又是自然美的化身。

第二段写山鬼等候。等候分成前后两个阶段：

> 表独立兮山之上，云容容兮而在下；
> 杳冥冥兮羌昼晦，东风飘兮神灵雨；
> 留灵修兮憺忘归，岁既晏兮孰华予。
> 采三秀兮於山间，石磊磊兮葛蔓蔓；
> 怨公子兮怅忘归，君思我兮不得闲；
> 山中人兮芳杜若，饮石泉兮荫松柏；
> 君思我兮然疑作。

前面六句是写初始阶段平静的等待。山鬼痴痴地站在高山之巅，为的是让恋人易于发现自己，也是为了尽早发现恋人，真可谓用心良苦。但她看到了什么呢？山下云海翻腾，如同水流奔涌，巫山的高峻由此可知。古代画论认为，山欲显其高，须以烟霞掩之。这一句写山间之云，同时暗示天气变化在即。果然，云层越积越厚，雨意越来越浓，山中阴暗愁惨，白天如同夜晚。随着东风的狂吹，开始下起山雨。然而，任他风雨交加，山鬼为恋人坚守在约会地点，心地安然而忘却离去，以"灵修"（最伟美的男性，当时一般用来称楚怀王）称情人可见山鬼对他爱到崇拜的程度，男情人眼里出"西施"，女情人眼里出"灵修"。之所以如此，是因为分别的时间已很久了，若是错过这次约会又不知要等到何年何月，"岁既晏兮孰华予"，如果年华老大谁还会认为我像鲜花一样美丽呢？山鬼要趁自己盛宴如花的时候与恋人相会，她最忧惧的是"美人迟暮"。

后面七句是写后续阶段的焦灼等待。在红颜将老的担心的驱使下，山鬼在巫山采集灵芝，同时，采灵芝也可以缓解苦等的难耐。灵芝一年三次开花，故称"三秀"，服食灵芝可以长寿、驻颜。但灵芝往往生长在人迹罕至的地方，山鬼爬过满坡堆积的乱石，攀缘纠结悬垂的葛藤，去采集这些可以延缓美貌的灵物，采集灵芝的不辞辛劳，不畏艰险，又足见山鬼心系恋人，爱之弥深。大概采集了不少时间，还不见恋人踪影的到来，山鬼难免产生哀怨，"怨公子兮怅忘归"，因惆怅不已，竟至忘记离去，"怅忘归"与前面的"憺忘归"心境完全不同。山鬼哀怨过后，又对情人爽约进行善意的猜测："君思我兮不得闲"，"君思我"是说对方并非不想念她；"不得闲"意谓恋人之所以不来相会，是没有空闲的缘故。然而，她很快对自己的猜想发生了怀疑："山中人兮芳杜若，饮石泉兮阴松柏"，自己并非一介蠢俗村姑，而是像杜若那样美丽芬芳的呀！不食五谷杂粮，而是"饮石泉"，心灵高洁可知；不息蓬草败柳，而是"阴松柏"，超凡脱俗可知，像这样的并世无双的异性，情郎怎能忍心随便负约呢？山鬼实在找不出一个能够自圆其说的解释。"君思我兮然疑作"，情郎对自己是真思念还是假思念，山鬼已不像"子慕予"那样坚信了，而是半信半不信。在分明绝望的情况下，还保留着一份期盼，山鬼的善良与痴情令人叹惋。

第三段写山鬼哀怨，在阴森的氛围中深沉慨叹。

雷填填兮雨冥冥，猿啾啾兮狖夜鸣；
风飒飒兮木萧萧，思公子兮徒离忧。

"雷填填兮雨冥冥"三句上呼"东风飘兮神灵雨"极力渲染环境的恐怖和暮夜的凄清。"填填"，言炸雷滚动，震天动地；"冥冥"，言夜色如墨，染雨为黑。"啾啾""夜鸣"写峡中猿啼此起彼伏，凄婉悲凉。"飒飒""萧萧"写狂风裹叶铺天盖地，衰残败落。如此环境，烘托了山鬼失望悲苦的心境。结句"思公子兮徒离忧"直接抒情，明知公子不可能再来，对公子的思念却万难割舍和放下，只能徒然忍受这一份恋情的无尽煎熬。全诗未写山鬼如何下山，给人留下艺术空白。

山鬼是屈原精心塑造的女神形象，是美的化身。其一，美在自然脱俗。她身段优美，面容如花，像杜若一样美丽芳香，住的是高大茂密的竹林，饮用的是石缝中的清泉，穿戴的是山中的奇花异草，一切不假人工，纯然是大自然的女儿。其二，美在温婉多情。她眼神明亮纯澈，笑容娇憨可爱，顾盼神飞，情感细腻。赴约时，她着意为悦己者精心打扮；误以为迟到时，她无法消释内心的愧疚；当恋人久候不至时，她做出善意的推想；希望落空后，她也只有哀怨而已。其三，美在专一坚贞。打算赴约之前，她不忘为心上人采集一捧鲜花；风狂雨猛之际，她依然坚守在高高的山顶；为所爱保容颜，她爬乱石、攀悬崖采摘灵芝；身陷恐怖境地，她依然放不下对情人的思念。在山鬼身上，表现出古代劳动人民美好的生活理想和严肃的生活态度。曲折细腻的内心独白，是这首诗形象塑造的一个重要特点。

《楚辞》中的爱情诗表现出与《诗经》爱情诗不同的美学品格。《诗经》爱情诗表现的是质朴自然之美（具有浓郁的生活气息和质朴淳厚的情感），《楚辞》中的爱情诗表现的是绮靡缠绵之美（具有神奇瑰丽的氛围和流动变幻的意境），对中国后世诗歌产生了深远影响。

汉代诗歌中的爱情诗，多见于汉乐府民歌和《古诗十九首》。汉乐府中的情诗失去了《诗经》时代自由欢快的气氛，多写女子的幽怨之情，不仅抒发浓烈的思念之情，表现盼望远游之人早日归来的心意，还加入了感叹人生短暂、时过境迁的感伤情绪，夹杂诸多人生领悟。汉乐府最好的作品应数《孔雀东南飞》，长诗描写刘兰芝、焦仲卿被封建礼教生生拆离以致双双殉情的爱情悲剧。长诗前有比兴的序曲，后有浪漫的尾声。主体分为"遣归""辞行""煎迫""殉情"四个大层次，"遣归"是矛盾的开端，"辞行"是孕育、发展，"煎迫"是矛盾的激化，"殉情"是高潮、结局。刘兰芝是诗篇最着力赞美的女性，她美丽："指如削葱根，口如含珠丹。纤纤作细步，精妙世无双"。她聪慧："十三能织素，十四学裁衣，十五弹箜篌，十六诵诗书"。她勤劳："鸡鸣入机织，夜夜不得息。三日断五匹，大人故嫌迟"。她手巧："左手持刀尺，右手执绫罗。

朝成绣夹裙，晚成单罗衫"。她善良："今日还家去，念母劳家里。却与小姑别，泪落连珠子"。她坚强：在凶暴的家长焦母和刘兄面前，一点也不唯唯诺诺、俯首帖耳，一点也不流露出可怜的奴才相，表现出人格的尊严和不可侮。兰芝的自杀，是在风刀霜剑相逼之下的勇敢举动，是对于封建制度反抗到底的表现，是"黑暗王国的一线光明"。《有所思》《上邪》是汉代乐府民歌中的爱情名篇，前者写一位女子听到情郎有他心之后的情感波动。作品以"双珠玳瑁簪"这一爱情信物为线索，通过"赠"与"毁"及毁后三个阶段，来表现主人公的爱与恨，决绝与不忍的感情波折，由大起大落到余波不绝。后者写女子呼天而誓，其情至死不移。诗的主人公直率地表示了"与君相知，长命无绝衰"的愿望之后，转而从"与君绝"的角度落墨，"山无陵"以下连用高山变平、江河干涸、冬天打雷、夏天落雪、天地合拢五件不可能的事情来表明自己生死不渝的爱。

　　《古诗十九首》的爱情诗，大多模拟女子的口吻，深入地揣摩、细腻地剖析女子的心理，代女子立言、抒情，其中的名篇有《行行重行行》《涉江采芙蓉》《迢迢牵牛星》《客从远方来》《明月何皎皎》等。《行行重行行》是思妇的内心独白，整首诗通过充满感情的语调，追叙往事，描述现状，夹叙夹议，一唱三叹，把相思之情发挥得酣畅淋漓。虽然写的是个人离别之情，却是东汉末年动荡不宁的社会现实的反映。全诗可分两个部分：前面八句写离别，是追溯过去的状况；后面八句写相思，是申诉现在的心情。分四步抒写：首叙初别之情—次叙路远会难—再叙相思之苦—末以宽慰期待作结。

　　　　行行重行行，与君生别离。
　　　　相去万余里，各在天一涯。
　　　　道路阻且长，会面安可知。
　　　　胡马依北风，越鸟巢南枝。

　　开头两句直抒哀怨之起因。上句写游子远行的情状，五字有四字是重复，中间夹一"重"字，显示游子行走无法间断，前路无穷无尽，与思妇的距离越来越远，在漫长的岁月中已经不知漂泊到什么地方。下句写思妇情感的痛苦，"生别离"出自《楚辞》"悲莫悲兮生别离"，一个"生"字透露出"别离"的不忍、无奈和痛苦。"别离"在前，"行行"在后，诗歌为什么要颠倒顺序？首句这个想象的镜头是为了突出女子的思念牵挂的深切，心随游子走天涯。诗歌一开头就笼罩着离愁别恨的气氛。接下来六句写夫妻别后两地相距之遥远。"万余里""天一涯"表达的是最遥远的空间概念，是对"行行重行行"结果的推测，由于年深日久、杳无音讯，思妇自然会产生这种想法。游子思妇天各一方，是否有机会团聚呢？"会面安可知"见出思妇清醒地意识到希望渺茫。为什么呢？"道路阻且长"！此句出自《诗经》"道阻且长"，"长"承上文"万里""天涯"而言；"阻"不但指道路的艰难，关河的间隔，凡一切足以造成旅行障碍的社会人事因素也都包括在内。因为如此，所以才说会面难期。虽是生离，也就等于死别了。"会面安可知"句所抒发的重逢无期的叹息，绝不单纯是"道路阻且长"。它应该还包括思妇的种种担心和无限的忧虑。"胡马依北风"两句承上启下，以人应该爱恋故土结束上文的写"远"，并兴起下文，换韵而转写离别之久及思妇之哀怨。尽管"会面安可知"，但思妇对于游子是不能忘怀的。游子的心情又是怎样呢？照情理说，应该不会忘记了家乡，忘记了相亲相爱的人。胡马尚且依恋故乡的北风，越鸟尚且选择遥望故乡的南枝，作为游子怎能忘记故乡和故乡的亲人呢？这样的一个设想，有力地带动了下文，为下文的思潮起伏掀起无限波澜，成为全诗的纽带。生离死别的悲惨，在动乱不宁的社会里，是一种带有特征性的普遍的生活现象。前面所写的只是别离；但在别离的后面，却有着一个隐隐约约的动乱时代的影子。后面具体刻画的缠绵悱恻的相思之情，正是这一动乱时代所带来的人生悲哀。

> 相去日已远，衣带日已缓。
> 浮云蔽白日，游子不顾返。
> 思君令人老，岁月忽已晚。
> 弃捐勿复道，努力加餐饭。

"相去日已远"二句写相思，为千古名句。"相去日已远"呼应前边的"相去万余里"，"万余里"从空间上写相距遥远，"日已远"从时间上写相距越来越遥远，以时间去乘空间，距离无穷无尽，隐含心灵距离与日俱增之忧。"日已远"又带出下句"衣带日已缓"，离别时间越长，担心就越重；担心越重，越是寝食难安；越是寝食难安，越是憔悴消瘦；越是憔悴消瘦，越是感到衣带变长，也就是说，相思与憔悴并行，离别时间越长久，思妇消瘦越厉害。这里不说思念，而说日益消瘦，衣带日益宽松，久别与长期相思之苦都用暗示的手法表现出来，体现了诗歌语言之美，此句远较柳永"为伊消得人憔悴"含蓄。"浮云蔽白日"二句写思妇因相思之深而产生了疑虑。"浮云"象征彼此之间情感的障碍。这两句是这首诗中最令人伤心的地方，因为前边所写的离别只是时间与空间的隔绝，两个相爱的人在情意上并没有阻隔，所以虽然离别，却有聊以自慰的力量，而现在连这种自慰的力量也蒙上了一层阴影。"游子不顾反"，也许是他乡柔情的牵绊（"不愿反"），亦可能是事务忙乱无暇顾及（"不得反"），其实很可能就是因"不愿反"所以才不回来，但作品以思妇的口吻说"不顾反"，显得温柔敦厚。"思君令人老"二句承上"相去日已远"二句，进一步写久别与相思之苦。相思的确是件苦事，夜不能寐，食不甘味，容颜憔悴，急剧消瘦……"老"即是说心身憔悴，有似衰老。"晚"，指明言岁暮，春秋忽代谢，相思又一年，暗喻女主人公青春易逝、坐愁红颜老的迟暮之感。"忽"字表明主人一直都沉浸在思念之中，突然之间发现时间已经流逝很久了，有触目惊心之感。以上"胡马""越鸟""浮云""游子"四句从对方着笔，是虚写；"相去""衣带""思君""岁月"四句就居者设词，是实叙。两两对照，彼此参错，句句有转折，越转而意越深。诗人是从回环往复的表现形式中来扩张其情感的容量的。末两句上接"衣带日已缓"与"思君令人老"，表明思妇要暂时搁下这剪不断、理还乱的离愁，好好保重自己的身体，重要的是还得活下去，以等待那希望渺茫的夫妻团聚。"努力"二字，充满了对绝望的不甘心和在绝望中强自挣扎支撑的苦心。一个人为了坚持某种希望而在无限的苦难之中强自支持，甚至想要用人力的加餐去战胜天命的无常，这已经不仅仅是一种男女之间的相思之情，而是一种极高贵、极坚贞的德操了。

本诗写作有三点值得注意：其一，重叠反复的咏叹，善于运用优美而单纯的语言，通过回环复沓、反复咏叹的表现手法来制造气氛，如"相去万余里""道路阻且长""相去日已远"；其二，精当绝伦的比兴，如以"胡马依北风，越鸟巢南枝"，比喻游子的思归故乡，以"浮云蔽白日"比喻思妇心头引起的一瞬间的疑虑；其三，淳朴清新的风格，措辞明白浅显，但它的内涵却异常丰富而深厚。不迫不露、句意平远的艺术风格，表现出东方女性刻骨相思的心理特点。

魏晋时代爱情诗比较著名的是曹丕《燕歌行》和潘岳《悼亡诗》。《燕歌行》描写了独守空闺的思妇对远行不归的丈夫的深切思念，思妇感情丰富，多愁善感，缠绵细腻，能谈会唱，形象美丽，气质优雅。诗作笔致委婉，语言清丽，感情真挚，凄婉动人，是曹丕诗歌中杰出的名篇。王夫之评此诗说："倾情倾度，倾色倾声，古今无两。"《悼亡诗》借助对亡妻故物进行铺叙状写，以表达对亡妻沉痛哀悼之情，情真意切，朴实无华，后人写哀悼亡妻的诗多用"悼亡"为题，正是受了潘岳的影响。六朝时代，礼教衰微，人性解放，情诗的数量有所增加。

南北朝乐府民歌中的大多数作品，描绘了一幅幅恋爱生活画卷。北方诸民族不曾或很少受到礼教的约束，因而北朝的情歌往往大胆干脆，直截了当，毫无遮掩，绝不扭捏。如《捉搦歌》四首便是叙述北朝儿女情长之事，抒发了热切、诚挚的情感和愿望。直言"愿得两个成翁姬""何不早嫁论家计"，郎要娶、女要嫁的强烈情意粗犷坦诚、明快爽朗地道出。《折杨柳枝歌》以少女口吻，大胆直爽地诉说自己的怀春之情，同样体现出北方民族爽快、质朴的性情。

南朝民歌多女子之歌，多相思之曲，其体制多是五言四句。如《西洲曲》《子夜四时歌》。《子夜四时歌》又称《吴声四时歌》或《子夜吴歌》，多写哀怨或眷恋之情。现存七十五首，其中春歌二十首，如"春风动春心，流目瞩山林。山林多奇采，阳鸟吐清音。"夏歌二十首，如"高堂不作壁，招取四面风。吹欢罗裳开，动侬含笑容。"秋歌十八首，如"风清觉时凉，明月天色高。佳人理寒服，万结砧杵劳。"冬歌十七首，如"渊冰厚三尺，素雪覆千里。我心如松柏，君情复何似？"婉约清丽者有之，质朴清新者有之，细腻缠绵者有之，大胆率真者有之，且因民歌本身的歌谣性质，音节摇曳，琅琅上口。南北朝恋歌还有民歌《乌夜啼》《读曲歌》，文人情诗则以汤惠休和徐陵为代表。汤惠休颇受"吴声""西曲"及《白纻歌》影响，善于写情诗，《秋思引》借用秋天本身的哀愁来衬托相思的绵延，堪称"秋天的情歌"，《杨花曲》用"江南"作为虚拟词语来形容相离之远、相思之深。徐陵《乌栖曲》（其二）近乎民歌《乌夜啼》《读曲歌》，从中可以看到《郑风·女曰鸡鸣》的影响。

《西洲曲》描写一位江南少女对情郎刻骨铭心的相思，展示了苦涩而又甜美、炽烈而又微妙的恋情，洋溢着浓厚的生活气息和鲜明的感情色彩。作品兼具吴歌的缠绵清丽和西曲的坦直率真，画面组接巧妙，声情婉转动人。

  忆梅下西洲，折梅寄江北。
  单衫杏子红，双鬓鸦雏色。

前两句所写"折梅寄远"并非当下事件，"忆"字统领两句，前一个"梅"实为爱情、情郎的象征符号，后一个"梅"则是致候、传情的诗性媒介。情郎远达西洲为因，少女折梅寄北为果，梅寓含思念殷切、爱情坚贞之意。"梅"在诗中还有暗示季节的作用，时值冬末春初。后两句写寄梅人——少女，只从穿着和发式落笔，就眼前春天景物取譬，让人从杏花般红艳的春衫、鸦雏般黑亮的鬓发去想象她的美貌。少女穿一件杏红衬衫，头发像小乌鸦毛那样乌黑发亮，通过衣饰、景物的映衬、身体局部的描写，突出少女健康、多情、美丽。"单衫"不仅暗示时已春末，而且突出了女孩身材玲珑。"鸦雏色"除了说明少女的年龄，还反衬了面容的白皙和姣好。白描中流露出怀春少女自我欣赏、自我陶醉的心境。以上忆及折梅、寄梅，引出绵绵之思。

> 西洲在何处？西桨桥头渡。
> 日暮伯劳飞，风吹乌桕树。
> 树下即门前，门中露翠钿。
> 开门郎不至，出门采红莲。

"西洲"八句写少女对情郎归来的期盼。"西洲"究竟在江北何地，少女并不知情，只记得送别村边桥头，情郎乘船北渡。"两桨桥头渡"，点出当初送别地点，送行的情景刻骨铭心。伯劳鸟仲夏鸣叫，可见季节已暗转到夏季了。伯劳鸟的出现，又表现了她的孤单感。古语有"劳燕分飞"一说，伯劳、燕子分别从不同的方向飞去，东飞的伯劳和西飞的燕子，合在一起构成了感伤的分离，成了不再聚首的象征。诗由"桥头渡"而及"乌桕树"，由树而及门，再由门而及人。乌桕树是落叶乔木，每年夏日开出黄色的花，因乌桕树树枝繁多，叶子浓密，所以鸟尤其是喜鹊喜欢在上面垒窝，民间相信喜鹊一叫就有喜事，故而下文有少女开门望郎的情节。"门中露翠钿"是一特写镜头，表露了急切而又害羞的少女情怀，让人从翠钿想见她的美丽娇羞和探头探脑的神态。任凭少女张望多久，还是不见情人的踪影。这样的生活场景可能多次重复，以致时光就在多次"希望—失望"的延宕中已进入夏末初秋。"出门采红莲"并非是为了掩饰望郎不至的难堪。对一个水乡少女而言，这是一个随着季节而至的理所当然的生活事件。"采红莲"一笔在情节上承上启下，又不露痕迹地把描写的笔墨从夏天伸向了秋天。

> 采莲南塘秋，莲花过人头。
> 低头弄莲子，莲子清如水。
> 置莲怀袖中，莲心彻底红。

"采莲"六句是全篇精华所在，它集中笔墨描写少女思念情郎、憧憬幸福的神情意态。"采莲南塘秋"总括性地交代了事件（"采莲"）、地点（"南塘"）、季节（"秋"），"莲花过人头"展示了南塘翠盖满塘、红莲星布的景象。这里的"过"有两重意思：一是指高度，高过人头；二是指动静，莲舟穿行于莲株之间，莲花扑面而来，打人头上掠过，借客体之动写出主体之动。"低头"两句一语双关，表面写少女采摘莲蓬后，把玩其中的果实，"弄"，轻轻地抚摸把玩，这一动作含喜爱之意。"莲子清如水"表面是说果实青嫩如碧色的秋水，内里暗示自己对"郎"的情意纯洁无瑕，一如清澈见底的秋水。"怀袖"为古人藏物之处，"置"莲于怀袖，即郑重地安顿收藏，这一动作含珍爱之意。"莲心彻底红"，这里有一个时间延续过程，并非在南塘它就红了。此句表面是说莲子成熟之后莲心整个变红，内里暗示自己对"郎"的爱情无比浓烈，如同红透底里的莲心。这些双关隐语的运用使诗歌显得含蓄多情。"南塘采莲"情节中连用七个"莲"字，着意渲染女子缠绵的情思。通过"采莲""弄莲""置莲"三个动作，极有层次地写出人物感情的变化：浪漫的期待—真诚的自许—执着的坚守，动作心理描写细致入微，真切感人。

> 忆郎郎不至，仰首望飞鸿。
> 鸿飞满西洲，望郎上青楼。
> 楼高望不见，尽日栏杆头。
> 栏杆十二曲，垂手明如玉。
> 卷帘天自高，海水摇空绿。

"忆郎"十句由思郎而望郎。苦苦思念,郎终未至。少女不禁把目光转向鸿雁,暗暗盼望情郎捎来消息。"鸿飞满西洲"为猜度之词,也许这些大雁是从西洲飞来的吧?鸿雁、鱼龙、青鸟,在古代诗文中都是书信的代称。少女"仰首望飞鸿",具有双关之意:一是遥望来自西洲上空的鸿雁,二是渴盼接到情人的书信。鸿雁南飞,寄寓了她对爱人的思念,又暗示已是冷落清秋了。因为不见有书信传来,少女的心情更为迫切。于是,登上江边的高楼去眺望等待,逆鸿雁南飞的方向遥望,或许能望见西洲。然而,尽管她栏杆倚遍,还是望不见情人回返江南的身影,整天只好独自在楼头徘徊。"尽日"从时间上写眺望之长,"栏杆"从空间上写眺望之细。"栏杆十二曲",夸张地写出女子倚遍青楼上所有的栏杆,试图寻找最佳角度"望郎"。"垂手明如玉",补写了女子的健康美貌,肤色雪白而有光泽,"垂"字隐隐透出倦怠和失望。天色晚了,视野渐渐模糊,"卷帘"是为了继续望下去,然而眼前所见,唯有高高在上的苍天和茫茫摇荡的江水,由于长江江面广阔,南人多以"海"称江,江天空阔无垠,不见一片归帆。"摇空绿"三字极妙,江中天与江外天连成一体,好像青天在随江涛起伏而动荡。通过少女的错觉来写情郎远在天涯,既不可望,更不可即。"青楼望郎"情节中突出一个"望"字,"望"的简单动作写得形神兼备。

> 海水梦悠悠,君愁我亦愁。
> 南风知我意,吹梦到西洲。

最后四句是全诗的尾声。"海水"勾连上句,意思落脚在"梦悠悠"三字上,"梦"是"忆"的另一说法,"海水梦悠悠"喻终年相思没有穷尽、没有边际。双方互相思念却不能相见,愁苦伴着思念延续,"君愁"是虚写,"我亦愁"是实写,诗中的少女相信远方的情人也会想念她,如果没有"君愁"的想象,就不至引出"我亦愁"的情感来,此句明言两人心心相印。结末两句是遐想,少女因为没有得到情人的音信,所以她希望"南风"能够理解自己的情意,把自己思君的梦境吹送到西洲,使它与情郎的梦境融合到一块,这样,即使白日不能重逢,在梦境中能见一面也足可慰心了。"南风吹梦",设想甚是新奇,凸显情思无限。

《西洲曲》标志着南朝民歌在艺术发展上的最高成就,被誉为"言情之绝唱"。其主要特色在于以情为轴心展开全方位描写,重点抒发少女的思想感情。诗歌通过对少女种种情状的描写,生动地塑造了一位美丽轻灵、纯洁多情的少女形象。与所表现的扯不断的情思相适应,成功运用了连珠(接字、钩句)、双关等手法,使整首诗似断实连,回环缠绵,音韵流美,摇曳不尽。用韵很有特色,不像其他换韵脚的诗一样,一个韵写一件事或一个场景,而是一韵钳住两件事或两个场景。这无疑也增添了诗作的缠绵韵味。

二、唐与宋代恋歌

唐朝国力鼎盛,政治开明,文禁宽松,思想活跃。文人情诗有了空前的繁荣。

初盛唐爱情诗名篇有张九龄《望月怀远》、王维《相思》、李白《春思》《相逢行》《秋风词》和杜甫《月夜》等。张九龄《望月怀远》通过主人公望月时思潮起伏的描写,来表达诗人对远方之人殷切怀念的情思。李白《秋风词》以女子的口吻来写相思之苦,"秋风""秋月""落叶""寒鸦",所有意象只是为了烘托相思之苦。杜甫《月夜》抒写夫妻怀念的至情，反映了乱离时代的相思之苦。不写自己望月怀妻，而将相思之情幻化为生动具体的生活场景，设想妻子望月怀念自己（"香雾云鬟湿，清辉玉臂寒"），进而盼望聚首相倚，灯照团圆（"何时倚虚幌，双照泪痕干"）。

中唐爱情诗写手、名篇甚多。李益《写情》描写情人约会不至而恼恨不已的心情，语言简练，诗境含蓄深邃，在唐代众多描写男女情事的小诗中别具一格。崔护《题都城南庄》抒发了对一个萍水相逢的乡村女子的真诚怀念，用"人面"和"桃花"作为贯串线索，把两次不同的游遇和产生的感慨曲折尽致地表达出来。王涯《秋思赠远》描写了诗人对妻子一往情深的挚爱真情，诗人对月怀人，浮想联翩，末句"唯看新月吐蛾眉"以景结情，语近情遥，有含吐不露的无穷美感。张仲素《燕子楼》先写早起，再写失眠："楼上残灯伴晓霜，独眠人起合欢床"。不写梦中会见情人，而写相思至极，根本无法入梦，将女主人公的精神活动描绘得更为突出："相思一夜情多少，地角天涯未是长"。用笔深曲，摆脱常情。刘禹锡任夔州刺史时，采用当地民歌曲谱，制成新的《竹枝词》，描写当地山水风俗和男女爱情。如《竹枝词》（"杨柳青青江水平"）极其真切地表现出一个怀春少女沉浸在初恋中的复杂感情（迷惘、眷恋、不安），是一首富有民歌风味的情歌。

白居易《长恨歌》《长相思》《采莲曲》是其歌咏爱情的代表作。《长恨歌》的千古迷人之处，就在于写了一段传奇式的"生死恋"：唐玄宗和杨贵妃天上人间的无尽相思。诗的整体情节流程是：相见欢—惨别离—无限恨。诗歌的重点是"无限恨"，"相见欢"是"无限恨"的根本原因，不能不写，写之不仅道出深层次根由，而且成为"无限恨"的对照性铺垫。"惨别离"是"无限恨"的直接原因，不能不写，写之才从"相见欢"自然过渡到"无限恨"（"天长地久有时尽，此恨绵绵无绝期"），在结构上两峰夹一谷，起承上启下的作用。这首诗叙事构思精巧，情节曲折，剪裁得当；抒情回环往复，缠绵悱恻，婉转动人；描写细腻传神，情景兼融，虚实相映；语言锤炼精当，音韵和谐，流畅婉转，博得"古今长歌第一""千古绝作"等崇高赞誉。《长相思》写的是一位女子倚楼思念亲人的情形，以"恨"写"爱"，巧妙而又明了地勾画出了思妇形象，表现出了思妇复杂的感情："思悠悠，恨悠悠，恨到归时方始休"。悠悠的流水和皎洁的月光，烘托出无限哀怨忧伤的情怀，极大地增强了作品的艺术感染力。《采莲曲》是一首荷塘情歌，以"欲语低头笑""搔头落水中"两个细节，曲折而逼真、坦直而含蓄地将一个少女意外见到情人时惊喜娇羞的神态和深婉细腻的情意表现出来。元稹《离思》表达对已经失去的心上人的深深恋情，接连用水、用云、用花比人，"曾经沧海难为水，除却巫山不是云"，写得曲折委婉，含而不露，意境深远，耐人寻味。《遣悲怀》三首以"悲"字贯穿始终，前两首悲对方，怀念往事旧情，从生前写到身后；末一首悲自己，抒发生者悲哀，从现在写到将来。叙事叙得实，如倒箧搜衣、拔钗沽酒、野蔬充膳、拾叶添薪等生活细节的勾画实实在在；写情写得真，写出了诗人的至性至情："惟将终夜长开眼，报答平生未展眉"。三首诗分开来各自成章，合起来又是血脉贯通、首尾齐全的组诗。

晚唐诗人"小李杜"写了不少爱情诗。杜牧《赠别》写与恋人难分难舍的情怀。首写离筵之上压抑无语，似乎冷淡无情；次句以"笑不成"点明原非无情，而是郁悒感伤。后面写无情蜡烛终夜垂泪，衬托有情恋人无限深情："蜡烛有心还惜别，替人垂泪到天明"。李商隐堪称中国古代情诗王子，他的《夜雨寄北》《无题》及悼亡之作

(如《正月崇让宅》《银河吹笙》《夜意》）等，把铭心刻骨的缠绵相思和魂牵梦萦的追念伤悼表现得分外动人，是中国古代爱情诗的极品。《夜雨寄北》以独特的视角勾画出一幅夫妻相思温情脉脉的画面。首句陈述妻子的殷切询问，以对方的渴盼团圆委婉地表达自己的思念之情，"未有期"透出无限感伤。次句描写当下的难堪环境，凄风苦雨，孤独寂寞，深夜难眠，对妻子的思念附着于景物描写之中。三句抒发欢聚的浪漫憧憬：夜阑秉烛，促膝夜话，"何当"显示了心情的急切。结句设想夜话的主要内容：远隔家山，孤苦思念，"却话"以此夜离散之苦反衬彼夜团聚之乐。《无题》诗所写的是一种残缺的、没有结局的爱，一种无法公开、无法正名的爱。它们大都具有朦胧的意境，寄托深邃高远，情致缠绵悱恻，篇章精丽细密，宛如行云流水，令人荡气回肠。这种深婉含蓄的、充满悲剧气氛和感伤意绪的诗风是古典爱情诗的正格。先读读《无题》（"相见时难别亦难"）：

> 相见时难别亦难，东风无力百花残。
> 春蚕到死丝方尽，蜡炬成灰泪始干！
> 晓镜但愁云鬓改，夜吟应觉月光寒。
> 蓬山此去无多路，青鸟殷勤为探看！

首联追叙别时情景。上句"别"字作为诗眼贯穿全篇，不是说当下正在话别，而是指既成的被迫分离。两个"难"字含意不同，前一个表示会面"艰难"（客观上的阻隔之难），后一个表示分别"难舍"（情感上的别离之难），"相见时难"既是别前的忧惧，又是别后的现实。重逢艰难的忧惧加深了被迫离分的痛苦，被迫离分的痛苦又加剧了重逢不易的难熬。下句写暮春花落景象，渲染离别的情景，加重别离的怅恨，蕴含着身世遭逢、人生命运的叹惋。自然景物是春暮花残，人事悲欢是难解难分（人把握不了自己的命运），内情外物，高度融合。又是一年春花谢，寄寓了生命易逝、年华易老的感伤。颔联通过比喻总写相思。诗人用"春蚕"和"蜡炬"连续作比，表示爱情坚贞至死不渝。前句以<u>丝</u>谐"思"，用春蚕吐丝至死方休，喻相思的缠绵和悠长。同时，从蚕丝的细腻、柔长、纯洁、美丽，读者可以联想到这种相思之情具有相同的特点。后句以蜡"泪"喻人"泪"，用红蜡燃烧成灰乃止，表爱情的炽热与永长。同时，蜡烛是在夜晚点燃的，由此读者可以想象到苦恋的双方深夜无眠，守着流泪的红蜡烛，一寸相思一寸灰的情景。这两句是脍炙人口的千古佳句，上句缠绵优美，下句沉痛刚烈，正因为如此，我们读之，不仅不感到比喻的重复，反觉得不如此连续设喻，就显示不出情感的浓度、苦恋的深度和执着的强度来。

颈联通过悬想分写相思。先写对方，设想远方的情人因相思煎迫而容色消退，早晨揽镜梳妆，为鬓添华发而发愁——红颜衰歇必愧对悦己者。这简直是一个悖论：容颜憔悴是她最害怕的，但逐日苦恋必然使人憔悴。再写自己，巧妙的是通过对方悬想揣度来写，她忧虑诗人别后会经常独自一人在寂寞的深宵，迎着寒风冷露遥望象征着团圆的明月苦吟相思的诗句。古人作诗，如《诗经·陟岵》、杜甫《月夜》都设想自己思念的人如何思念自己，这比写自己直接思念更深一层。"晓"和"夜"两个表时间的词前呼后应，突出了双方的思念从早到晚从无间断。"云鬓改"和"月光寒"这两幅设想的画面，因为一"愁"一"觉"，被笼上浓重的感情色彩，体现了诗人对女方的思念之切和了解之深。尾联化用美丽的神话传说写自己仍然存在的美好希求。分别既久，而重新聚首遥遥无期，万般无奈，诗人便只好乞灵于神异。"蓬山"夸说阻隔不可逾越,"蓬山"远在天涯,可望而不可即,呼应"相见时难";"无多路"臆想客观距离收缩,表明无望中仍抱希望,绝望中仍要追求。诗人把爱人想象成仙人,美丽高洁而又虚无缥缈,说明了深深的思慕中又有未尽自信的成分。末句顺着"无多路"进一步展开浪漫想象,仙凡相隔,己身难赴,于是,恳托神鸟热心地为他频传书信并探望远方的情人,唯有如此,才能慰藉此生无尽的相思。蓬山万里,青鸟难凭,它能否找到诗人心爱的人?找到了又能否带回音信?诗已结束了,抒情主人公的痛苦与追求却还将继续下去……

《无题》("昨夜星辰昨夜风")主要表达诗人对情人的难以遏止的思恋。

> 昨夜星辰昨夜风,画楼西畔桂堂东。
> 身无彩凤双飞翼,心有灵犀一点通。
> 隔座送钩春酒暖,分曹射覆蜡灯红。
> 嗟余听鼓应官去,走马兰台类转蓬。

首联写良宵欢会。上句记时间、天气,下句记地点、环境。"昨夜"就明确这一联的内容是追忆,二字在首句重出,洋溢着欣喜之情,表明刻骨铭心。其余三字写良辰美景:"星辰"见星光灿烂,"风"见和风习习。次句写欢会环境的美好,"画楼""桂堂"尽显楼阁屋宇的华美崇丽。"西畔""东"提示两情相诉的僻静去处。李商隐的爱情诗往往透过表面状貌的意境渲染,代替恋爱事件本身琐屑描写,叙写昨夜情事,却没有出现人物,更没有任何动作描写,只是将"星辰""风""画楼""桂堂"四个物象两两并列,使它们彼此映照,向读者暗示它们所包含的意蕴:与情人同对美景,共度良宵,一响欢洽,温馨浪漫。起联明写"昨夜"相聚的欢欣,又暗示了"今宵"孤独的惆怅。甜蜜回忆没有续写下去,次联转入"今宵",写独处情思。上句写身形相隔、无以相聚的苦恼,以彩凤双飞之喻,形容当下现实与爱情理想的反差,苦恼中有渴望。下句写心灵相通、相互信赖的慰藉,以灵犀相通之喻,形容隐秘情意与外在处境的迥异,间隔中有契合。寥寥十四个字,把那种深受阻隔的痛苦和心有默契的喜悦,以及越受阻隔越感到默契可贵和越有默契越觉得阻隔难堪的悲喜交织的矛盾心理,揭示得何等深刻动人。这一联不仅比喻新颖精巧,而且对仗精当工稳,"心"对"身"(名词对名词),"有"对"无"(动词对动词),"灵犀"对"彩凤"(走兽对飞禽),"一点通"对"双飞翼"(连组相对),构思极妙,匀整对称,流利圆通,成为脍炙人口的情诗名句。

尽管诗人对这段爱情充满信心,但事实上难以走到一起。颈联写宴会情景,这不是实写"昨夜"欢会,诗人与情人的欢会是躲躲闪闪的(这从"画楼西畔桂堂东"一句可以揣摩出来),绝不会在大庭广众中眉来眼去。这是一个悬想的生活场面:作为温柔富贵乡的女性,情人"今宵"肯定出现在灯红酒暖的宴会上。"隔座送钩""分曹射覆"的热闹景象,渲染了"春酒暖""蜡灯红"的宴会气氛,也委婉含蓄地表现出诗人的欣羡神往之情。春酒暖怀,红烛映面,佳人自然更添一段风韵。诗人没有写情人逢场作戏的举止神貌,一切留待读者去想象。描写对方处境的"热",是为了对照自身处境的"冷",冷热相悬也令人推想到爱的艰难。悬想对方过后必然回察自我,末联写自伤困窘。"嗟"字领起凄凉感喟。"听鼓"紧接"嗟余",意谓终宵不寐。"应官"表明职事无聊,毫无兴趣可言。"走马"顺接"应官",言被迫而匆忙的情状。"转蓬"之喻写尽身不由己的苦衷和劳劳碌碌的悲况。这两句既写出了恋情阻隔的怅惘,更抒发了身世飘零的感慨，诗的内涵和意蕴也得到了扩大和深化，在绮丽流动的风格中增添了沉郁悲凉的自伤意味。

《无题》（"来是空言去绝踪"）抓住"梦为远别"这条感情线索，描述了痴情男子对阻隔重重的情人的无限相思之苦。

> 来是空言去绝踪，月斜楼上五更钟。
> 梦为远别啼难唤，书被催成墨未浓。
> 蜡照半笼金翡翠，麝熏微度绣芙蓉。
> 刘郎已恨蓬山远，更隔蓬山一万重！

作品以倒叙起，先写梦醒，次述梦中，复写梦后，虚虚实实，如真似幻，层层揭示理想与现实、虚幻的完美与真切的残缺之间巨大的反差。

首联写有约不来的怨思。上句说对方负约，当初远别时对方曾有重来相会的期约，结果却徒为空言，一去之后杳无音讯、毫无踪影。"来"与"去"相对，应蕴含"别"与"恨"，"空言""绝踪"渲染了情人匿迹、无限空落的情绪。下句写梦醒天明。一觉醒来，但见朦胧的斜月空照楼阁，远处传来悠长而凄清的晓钟声。"月斜"点明时分，亦渲染环境的凄清。"楼上"点明地点，亦为下文"梦为远别"伏笔。"五更钟"呼应"月斜"，点明梦醒的原因，又给斜月照楼的清旷画面带来清悠的声音，增添了孤寂的情调，一种无言的怅惘情绪弥漫开来。颔联写忆梦修书的情景。上句写追忆残梦，有几层意思，一是因爱侣远别而积思成梦，二是梦中仿佛与情人在歧路话别，三是梦中也为伤离而悲啼不已，四是哭醒了也唤不回来情人远去的身影。"梦为远别"是全诗的诗眼，一切由此四字生发。下句写匆忙修书，也有几层意思，一是为强烈的思念所驱使而写信倾诉衷肠，二是未等到墨汁磨浓就急匆匆地下笔疾书，三是书信写成之后才发现墨迹淡淡。这个细节描写极为真实传神，在急切心情支配下写信的人，当时往往不会注意到墨汁的浓淡，只有等到"书被催成"之际，才会猛然发现"墨未浓"这个事实。这个富于生活实感的细节，把主人公相思之情的深度和强度逼真地体现出来。

颈联写情人独宿的想象。上句写褥衾可见，"蜡照"，就是烛光，残烛的余光。"笼"，罩，此处指烛光所照及的范围。为什么是"半笼"呢？因为有帐子阻住，衾被不可能被烛光全然照到，故称"半笼"。一个"半"字暗示了光焰的黯淡柔和。下句写帐香可闻。"麝熏"，古代豪贵人家用名贵香料放在香炉中熏被帐，这里指昔日熏被帐的芳香气味还可以依稀闻到。一个"微"字暗示了香气的若有若无。表面看起来，这两句是写实，其实只是幻景，主人公写完情书后坐待天明，痴痴地幻想着情人的香闺，正因为是悬想中的香闺，所以华丽的衾被、帷帐都蒙上了一层朦胧色彩，充满令人沉迷销魂的韵味。两地相思者的孤寂与凄凉的心绪由此烘托而出。末联写无法释去的离恨。上句写恨不得见，有两层意思，一是陈述典故，传说中的刘郎历尽艰辛才在遥远的蓬莱岛遇上仙侣，二是自比刘郎，现实中的"刘郎"即使历尽艰辛也无法到达蓬山重会情人，仙凡相隔如同阴阳限隔，双方阻隔不通，会合良难，故而"恨""蓬山"。下句写相见无期，"更隔蓬山"呼应"已恨蓬山"，"一万重"呼应"远"，意即与情人不止相隔一座蓬山，而是相隔万重蓬山，本就阻隔不通，会合良难，后来对方复又远去，会合的希望就更加渺茫。李商隐的无题诗往往别有寓意，这两句用刘郎遇仙女的典故也可作如是观，写所思慕的对象更加邈远难寻，可能寄寓着政治上的追求已更为渺茫的感慨。

李商隐《无题》诸诗，意蕴丰富，精致缠绵，着重表现重重压抑之下难以实现而又剪截不断的爱情思念。它们将爱情的歌唱与人生的感怀融成一片，从而获得了特殊的社会意义，赢得了后世数代读者的喜爱。李商隐无题诗宛如美丽而又闪烁不定的宝石，既以其诱人的魅力吸引着读者爱不释手，又以其神奇的光芒显示着这宝石内部存在着令人捉摸不透的深邃奥秘，因此前人以"旨意幽深""婉转动情""绮丽精工"来概括他的艺术特色。所谓"旨意幽深"是指意境的含蓄和寄托的遥深；所谓"婉转动情"，是指感情的深沉和表达上的委婉曲折；所谓"绮丽精工"，则是指色彩的绚丽和语言的华美精巧。

　　晚唐写爱情诗的名作还有崔郊《赠婢》（名句"侯门一入深如海，从此萧郎是路人"）、张泌《寄人》（名句"多情只有春庭月，犹为离人照落花"）、鱼玄机《江陵愁望有寄》（名句"忆君心似西江水，日夜东流无歇时"）、民间歌谣《君生我未生》（"君生我未生，我生君已老，君恨我生迟，我恨君生早"）等。

　　五代爱情词名作不少。西蜀词人韦庄《思帝乡》（"春日游"）写怀春少女对爱情的大胆表白："妾拟将身嫁与，一生休。纵被无情弃，不能羞！"词作语言质朴，富有情韵，在花间词中别具一格。《浣溪沙》（"夜夜相思更漏残"）抒伤离惜别之情，自与心上人分离之后，主人公朝思暮想，彻夜无眠。月下凭栏，益增相思，不知何时重聚，携手共入长安。作品欲言不尽，缠绵凄恻，幽怨感人。李珣《南乡子》（"相见处，晚晴天"）以明媚娇艳的南国风光为背景，写一位南国少女情窦初开后的情状："暗里回眸"一见倾心，巧"遗双翠"信物传情，"骑象""过水"暗示招引，将她的多情聪明的天性和矜持羞涩的心理惟妙惟肖地刻画出来，情态逼真，呼之欲出，富于南国情调和民歌特色。牛希济《生查子》（"新月曲如眉"）表现相思女子的苦恋，热望着同所爱的人早成佳侣，感情质朴清新，富有民歌情调。《生查子》（"春山烟欲收"）写情人作别时忧伤不舍的情绪，以凄清之景烘托离情；也写出爱情的慰藉和信念："记得绿罗裙，处处怜芳草"。冯延巳《谒金门》（"风乍起"）写少女怀春的境况。春风"吹皱"了春日池水和少女心波，她逗弄鹦鹉、手挪杏蕊，百无聊赖；倚遍阑干，沉思默想，搔头斜倾，貌似悠闲自在，实则孤寂难耐。结句写她满怀爱慕的喜悦，满怀信心地等待，洋溢着青春的欢乐，充满着对幸福的憧憬。小令细节传神，语言朴实，清新流畅。《采桑子》（"花前失却游春侣"）上片写失去情侣以后的心情，下片写失却伴侣而形单影只，全词情景相渗，风流蕴藉，雅淡自然。《鹊踏枝》（"谁道闲情抛掷久"）上片着重写情，词中人物为相思所苦，憔悴不堪（"长病酒""朱颜瘦"）；下片着重写景，"河畔青芜"青青惹恨，"堤上杨柳"依依牵愁。作品情景交融，意蕴深婉。李煜爱情词代表作是三首《菩萨蛮》，把自己与小周后相恋、相知、相爱的整个过程和心路历程展示出来。如写传情："眼色暗相钩，秋波横欲流"；写相约："脸慢笑盈盈，相看无限情"；写幽会："画堂南畔见，一向偎人颤"。《敦煌曲子词》中也有很多吟唱爱情的作品，《菩萨蛮》（"枕前发尽千般愿"）如同汉乐府《上邪》，写恋人向其所爱者的陈词，一口气举出青山崩塌、秤锤浮水、黄河枯干、参辰同现、北斗移南、三更见日等六件不可能出现的自然现象发愿，表现爱情的坚贞不移，说得那样情真意切，足以见出如痴如狂的精神状态。

　　宋代爱情诗大为减少，这一方面是礼教的强化，另一方面是爱情诗从唐以后日渐转向长于描述情爱世界的词体。词作中表现的离别相思，大抵发生于文人和情人（歌女、妓女）之间。林逋《长相思》（"吴山青，越山青"）以一女子的声口，抒写她因婚姻不幸，与情人诀别的悲怀。用清新流美的语言，唱出了吴越青山绿水间的地方风情，创造出隽永空茫、余味无穷的意境。

柳永《雨霖铃》（"寒蝉凄切"）以冷落的清秋作为背景，围绕"伤离别"（别前、别时、别后）构思，婉约缠绵地表现了情人离别的惨淡情景与悲凉心境。先写离别之前，重在勾勒环境。开首三句道出节令、时地、景物，以凄清景色揭开离别序曲。次写离别时刻，重在描写情态。"都门"三句写离别时的心情，欲留不得，欲饮无绪，矛盾至极。"执手"二句生动细腻，语简情深，极其感人。再写别后想象，重在刻画心理。"念去去"两句承上启下，笔随意转，设想别后的道路遥远而漫长。"多情"两句承"念"字而来，强调清秋别离之痛有甚于古人和常时。"今宵"二句，设想别后的境地，残月高挂，晓风吹拂，杨柳依依，清幽凄冷的画面烘托出离人凄楚惆怅、孤独忧伤的心境。"此去"遥应"念去去"，"经年"近应"今宵"，推想异地漂泊情景。末以痴情语挽结，强化了恋情的执着、孤独的感伤。词作巧用铺叙法和点染法，以时为序，情景兼融，虚实相生，层层递进，一气呵成。《蝶恋花》（"伫倚危楼风细细"）表达了对意中人的思念爱慕之情，却又迟迟不肯说破，直到最后才直言："衣带渐宽终不悔，为伊消得人憔悴"。张先《木兰花》以谙熟别离况味的体验，突出自己的离愁，写出不忍心望行人远去的心情，更其幽咽（"人生无物比多情，江水不深山不重"）。晏殊《玉楼春·春恨》描写少女送别情人时依依难舍的心情和离别后无穷无尽的离愁。上片写离别之悲，以恋人"别"之决然、遽然，反衬"别"之不忍、不舍；以五更钟鸣、夜雨飘洒烘托"离愁"。下片写相思之苦，以"无情"与"多情"对比，强调"多情"的缠磨难耐；以"一寸"与"千万"相较，突出"多情"的无限深苦。结尾以"天涯""有穷"与"相思无尽"对比，咏叹少女思之深、怨之浓，达于无限以至永恒。语意柔婉，抒情蕴理，真切含蓄。

欧阳修《生查子·元夕》抒发物是人非的怅惘和今昔对比的凄凉，同为月灯交织的花市夜景，一明亮、欣悦（"人约黄昏后"），一暗淡、伤感（"泪湿春衫袖"）。语言通俗，风格清新，节奏明快，具有民歌特色。《南歌子》（"凤髻金泥带"）写一对新婚夫妇甜蜜、热烈的爱情生活。全词采用通俗活泼的语言，描绘出新嫁娘天真的神态和细腻的心理活动。司马光《西江月》（"宝髻松松挽就"）写抒情主人公对在宴会上所遇舞女的爱情。上片写人，"宝髻"两句写其容貌，松挽发髻，薄施粉黛，淡雅绝俗；"青烟"两句写其舞姿，如青烟翠雾般袅娜，如柳絮柔丝般飘忽，妩媚动人，风情万种。下片写情，"相见"两句议论，以貌似无情之语，反衬舞女色艺双全、惹人爱恋，突出自己陷入深爱、难以自拔。"笙歌"两句以醒写醉，以酒醒的怅惘暗示此前的陶醉；以景结情，以清幽的夜色烘托孤寂的心境。小令将词人惊艳、钟情到追念的全过程都反映出来，而又能含蓄不尽。

晏几道《临江仙》（"梦后楼台高锁"）写男女至情，有聚时刻骨铭心的爱，有别时惘然若失的悲，有忆时绵绵无尽的恨，这种深情借助景物描写来抒发，显得曲折深隐。由眼前实景写入心中真情（"落花人独立，微雨燕双飞"）；由相思无尽想到前尘旧事（"当时明月在，曾照彩云归"），语似平淡，而含蓄地表达了惆怅怨抑之情。《鹧鸪天》（"彩袖殷勤捧玉钟"）写情人久别的相思、重逢的惊喜，昔以梦境作实境，今疑实境是梦境，"今宵剩把银釭照，犹恐相逢是梦中"，这一细节很富于生活实感，语丽情深，空灵雅致，风格婉约，手法精妙。李之仪《卜算子》（"我住长江头"）写出了隔绝中的永恒之爱，给人以江水长流爱情长在的感受。悠悠长江水，既是双方万里阻隔的天然障碍，又是一脉相通、遥寄情思的天然载体；既是悠悠相思、无穷别恨的触发物与象征，又是双方永恒友谊与期待的见证。

秦观《鹊桥仙》（"纤云弄巧"）借牛郎织女七夕相会情事，歌颂坚贞诚挚的爱情。上片写"会"，表达爱情理想。开头以工整对句、拟人笔法、轻快语调，渲染牛女七夕相会的特殊氛围。接着写双方渡河赴会，"迢迢"暗示赴会不易，"暗渡"点明赴会悄然。最后论相会的珍贵，节候风物"金风玉露"，映衬牛女爱情高尚纯洁；"一"与"无数"强烈对比，凸显牛女爱情超凡脱俗。下片写"别"，揭示爱情真谛。"柔情似水"即景设喻，写尽两情的欢洽和缠绵。"佳期如梦"比喻精妙，写出欢会的陶醉和恍惚。"忍顾鹊桥归路"写牛女临别前的依恋与怅惘，"顾"都不忍，何谈得"归"？"两情若是"二句系深情慰勉，坚贞永恒的爱情，并不在于长相厮守，只要两情至死不渝，不必贪求朝欢暮乐。这一脱尽凡庸的断语，于婉约情思中现豪迈气骨，升华了词作的格调和境界。此词堪称独出机杼，立意高远，给人启示良多。《江城子》（"西城杨柳弄春柔"）写暮春怀人伤别，上片侧重忆旧，抒发感伤离别之情。见柳飘拂而泪下如雨，忆昔"碧野朱桥"相会，叹今"人不见，水空流"。下片侧重咏怀，进一步抒发人生感慨。"韶华不为少年留"这句沉痛之语，引出年华老去而产生的悠悠别恨，即令"春江"化成泪，也"流不尽，许多愁"。《满庭芳》（"山抹微云"）写深秋离别伤感，上片着重写景，通过凄迷惨淡的景物微云衰草、流水烟霭、斜阳寒鸦来渲染离情之苦；下片着重写离情，通过分手时解囊相赠、轻分罗带、泪染襟袖的细节描绘来表现伤别之情，满纸凄凉色，无尽别离恨。

贺铸善写恋情，《青玉案》（"凌波不过横塘路"）追忆在横塘一次美好的艳遇和无尽的相思，上片写情之间阻，下片写愁之纷乱，辞藻工丽，即景抒情，比喻巧妙，是词美而情深的婉约佳篇。著名诗人黄庭坚曾亲手抄录这首词置于案头，把玩吟咏，并赋诗给予高度评价："解道当年断肠句，只今唯有贺方回。"周邦彦《蝶恋花·早行》写秋天清晨情人作别的黯然情景，"唤起两眸清炯炯。泪花落枕红棉冷"两句充分地表现出难舍难分的离情别绪。《少年游》（"并刀如水"）写佳人与所欢相聚，佳人之殷勤、细腻、高雅、娇羞、体贴和知音之间的缱绻之意、留恋之情皆跃然纸上。室外的天寒地冻反衬出室内缠绵依偎的甜蜜和柔情似水的温暖。虽是艳词，却艳而不俗、乐而不淫。吕本中《采桑子》（"恨君不似江楼月"）从江楼月联想到人生的聚散离合，词人取喻新巧，正反成理。以"不似"与"却似"隐喻男女的聚与散，倾诉会少别多、聚暂离长之恨。

姜夔《踏莎行》（"燕燕轻盈"）前面写梦里佳人体态轻盈（以燕比喻），语音娇柔（以莺形容），着墨不多，丰采尽显。后面设想伊人对自己的相思之深（"离魂暗逐郎行远"），声吻毕肖，实则为作者自抒情怀。《鹧鸪天·元夕有所梦》上片由梦醒写到梦中，"肥水东流"暗示岁月悠悠、相思无尽，"不合种相思"正语反说，言相思与时俱增、纠结难去。"梦中"两句记梦，梦中倩影不如画像清晰，一跌；梦境不料被鸟啼打破，再跌，无限怅恨，痛彻心脾。下片由伤逝写到相思，"春未绿"三句，先言岁月不居，思君速老，再道人间常情——久别哀伤甚于初别痛楚。"谁教"两句切题，两地暌违，深情难寄，遥忆当年，各自肠断。全词语言自然清丽，情韵峭拔隽永，意境空灵蕴藉。吴文英《风入松》（"听雨听风过清明"）写暮春怀人，上片写伤春怀人的愁思——凄风苦雨，借酒浇愁；下片写伤春怀人的痴想——香凝秋千，伊人不归。痴语深语相融，委婉细腻真切。

宋代女性词人相思词写得最好的是李清照。《一剪梅》（"红藕香残玉簟秋"）抒写对丈夫绵绵不绝的相思之情。上片写怀远念归。开篇兼写户内外景物，景物中暗寓情意，渲染了环境气氛，烘托了孤独闲愁。"轻解罗裳"两句写心事满怀泛舟河上。"独上"暗示处境，暗逗离情。"云中"句钩连上下，写舟中所望、所思，从遥望云空引出雁足传书遐想。"雁字"两句遥盼月满人归，情景交融，意境迷离。下片抒相思之苦。"花自飘零"一句上承景物描写，下启情感抒发。两个"自"字移情于物又借物抒情，韶光易逝的感伤、青春消磨的痛惜含蕴其中。"一种"两句推己及人，见双方情爱之笃与彼此信任之深。末三句写相思之苦无由摆脱。"情"须"计"来"消除"，沉重可知；竟"无计可消除"，无奈可见。"眉头"与"心头"相对应，"才下"与"却上"成起伏，相思之情的微妙变化描绘得惟妙惟肖。本词难能可贵处在于用平常的字眼表现新奇的意境。《点绛唇》（"蹴罢秋千"）描写当年初恋情景，上片以静写动，以花喻人，形象地勾勒出少女荡完秋千后柔弱、娇憨、慵倦、美丽的神态；下片以形传神，由外而内，细腻地展示少女乍见客人时惊诧、惶遽、含羞、爱恋的心理活动，一个天真、浪漫、纯洁而又略带羞涩的初恋少女鲜活地从画面走到读者面前。《浣溪沙》（"绣面芙蓉一笑开"）描绘了一位美丽多情的少女对爱情大胆追求，上片刻画其美丽情态：倩然一笑，美丽活泼；眼波流转、细腻羞涩。下片刻画其内心世界：凝视花月，苦苦思恋；写信抒怀，大胆追求。小令寄寓了词人对美好爱情的向往与追求，质朴深刻，生气盎然。《醉花阴》（"薄雾浓云愁永昼"）写美好环境中的愁闷心情，突出季节的凉爽、陈设的华贵、生活的悠闲，意在反衬离愁的对人身心的巨大损耗："莫道不消魂，帘卷西风，人比黄花瘦"，表达了作者思念丈夫的孤独与寂寞的心情。《凤凰台上忆吹箫》（"香冷金猊"）也是写对丈夫的深情思念，上片俱写离别前情景，下片设想别后情形，写失眠，写晚起，写消瘦，写苦恋，满篇情至之语，一片肺腑之言，词中表达感情绵密细致，抒写离情宛转曲折，用语清新流畅，舒卷自如，具有感人的艺术魅力。

长安名妓聂胜琼《鹧鸪天·别情》上片写别时情景，侧重写"别"。起句以送别入题，"玉"与"花"喻作者自己，"惨"与"愁"表现送别的愁苦。"莲花楼"点别之地，"柳青青"点别之景，"唱阳关"点别之语，"第几程"点别之远。下片写别后凄伤，侧重写"情"。始则欲"寻好梦"而"梦难成"，终则泪湿枕衾辗转达旦。妙在用雨作衬，情更凄悲。"帘前雨"与"枕前泪"相衬，以无情的雨声烘染相思的泪滴，更深化了离别之苦。

陆游用诗词抒写永恒相思和爱情悲剧，由于感情深挚，下笔即成名篇。《沈园》其一以"角哀"渲染"心哀"，写倩影永存心底；其二以"柳老"衬"人老"，写未死永难忘情。《钗头凤》（"红酥手"）表达的是鸳鸯离分的深沉苦痛和前缘难续的无尽哀怨，是一曲催人泪下的爱情悲歌。词牌选择见深情深意，陆游和唐琬相爱的时候，将家传之宝凤钗送给表妹做定情信物，词牌与爱情往事暗合。

  红酥手，黄縢酒。满城春色宫墙柳。东风恶，欢情薄。一怀愁绪，几年离索。错、错、错。

开笔追忆沈园旧事。引发追忆的是眼前的"酒"和游地的"柳"，词人独饮前妻遭人送过来的酒,自然追忆起十年前的情景。"红酥手"写人,写美。以部分代整体的笔法写唐琬的丰满和婉丽,唐琬的手肤色红润、肌肤酥软(富于弹性),其健康、年轻、美貌可知。"黄縢酒"写事,写情。"酒"与前面的"手"联系起来,再现昔日唐琬殷勤把盏劝酒的情景,见夫妻恩爱、幸福美满,突出了唐琬对诗人的款款深情。"满城春色"点明相逢时节,"宫墙柳"交代重晤地点,此句关合今昔,以美好的景色衬托当年携手游赏的欢快和当下不期而遇的惊喜。季节还是那季节,风景还是那风景,美酒还是那美酒,但夫妻已不是夫妻了。"东风恶"三字陡然急转,吐诉怨悔之情。"东风"承"春色"和"柳"而来,借东风的猛烈,隐射爱情悲剧的根源——封建礼教的残酷,"恶"形容残酷程度,又寓含不满情绪。唐琬的悲剧殆同于《孔雀东南飞》中刘兰芝的悲剧(夫妻过于恩爱,老母见疏怀愤),美满姻缘在封建礼教摧残下不堪一击,"东风恶"直接造成了"欢情薄"的悲剧。"欢情"字面扣首三句,"薄"写时间短促,离愁别恨很快就代替了两情欢洽。下面缘"薄"而来,具写悲剧性遭遇:"几年离索"——"一怀愁绪"(这两句系倒装),前者言离别之长久和难耐,后者言愁绪之深重和难解。美满姻缘被迫拆散,恩爱夫妻被迫分离,愁苦与寂寞随着时日的迁延越来越不堪忍受。大错铸成,势难挽回,词人悔恨不已,于是叠声长叹。三个"错"字连用(完全对己而言),一字比一字深,一字比一字重,说不尽的悔恨,说不清的懊恼,说不完的哀怨尽在其中。

春如旧,人空瘦。泪痕红浥鲛绡透。桃花落,闲池阁。山盟虽在,锦书难托。莫、莫、莫。

"春如旧"承上片"满城春色"句而来,写愁人情态。它勾连往昔和当下,并反衬"人空瘦","人空瘦"与"红酥手"形成触目惊心的对比。一个"瘦"写出"一怀愁绪,几年离索"对人熬煎折磨的严重程度,而"瘦"前着一"空"字,更增添了愁人命运的悲剧色彩,曾经的自我消磨徒然,往后的破镜重圆无望,一切永远得不到补偿!此三字凝结着词人的无限痛惜与感伤。"泪痕红浥鲛绡透"这一笔相当经济,既刻画了愁人的此在情态,又暗示了她数年来以泪洗面的苦况。"痕"见出愁人此前经常流泪,"红"点出泪为胭脂所染,"浥"表明红泪一直未干,仍在流淌,"透"极写泪水之多,离恨之苦,悲伤难禁。词人与唐琬猝然相会后又匆匆诀别,"桃花落"两句照应上片"东风恶",用附着象征意义的景物,隐含人事,暗寓人情。桃花凋谢的暮春景象、园林冷落的荒颓环境,暗示了愁人命运的萧条凄苦和自己心境的凄寂灰冷,这两句其实是心理风景,客观上说,"满城春色"不可能一瞬间变得如此衰飒空落,因为心爱的人身已另有所属,不得有所造次,提前离开此地,诗人重逢的惊喜一落千丈,遂感觉美丽的园林顿时一空,好景如同虚设,一切变得没有意义和价值。后面继续抒发伤感情怀。"山盟虽在,锦书难托"紧呼前面的"空"字,前后句构成强烈的转折,主观愿望是山盟不负、痴心不改,但客观现实是咫尺天涯、情愫难通。矛盾、痛苦、怨恨、绝望诸多复杂情感交织冲撞于词人心头,他万般无奈写下三个"莫"字(对男女双方而言),莫徒然无尽懊悔,莫徒然无益相思,莫徒然自我煎熬,因为一切都难以挽回!在极其沉痛的喟叹声中结束全词。三"莫"与三"错"呼应,把绝望悲愤之情推向极致,语气更哀伤,语调更凄苦,每个字都包含着不了之情、未尽之意和难言之隐。

陆游《钗头凤》信手成篇,流传千载。作品始终围绕重逢之地写景,叙事,抒情,借助景物暗示憾事悲情,采用对比叠现今昔场景,情感深挚,格调缠绵,用语平易，韵密句短，声情急促凄绝，令人不忍卒读，千百年来不知读碎了多少痴男怨女的心！

到宋代，开始有人用词悼亡，苏轼是首创者。《江城子·乙卯正月二十日夜记梦》与贺铸的《鹧鸪天》（"重过阊门万事非"）是宋代悼亡词的双璧。《江城子》表现对亡妻绵绵不尽的思念和生死不渝的深情。上片述思："十年"句言死别岁月之长，凄婉沉痛之莫可名状；"不思量"盘旋蓄势，"自难忘"扬起突发，质朴自然地揭示淡而弥久的情感，真情直语，感人至深；"千里"言生死途隔之远，"孤坟"痛惜亡妻独卧泉下的孤清，"无处"句哀诉幽明阻隔的孤苦；"纵使"转而通过假设之词写生死之恋，别开生面，另创新境；"尘满面"两句道尽死别十年辗转尘世、历尽坎坷的哀婉凄凉。下片记梦："幽""忽"状梦境缥缈朦胧，又含望外之意；"轩窗""梳妆"是平居生活画面，是夫妻恩爱的真实写照；"相顾无言"二句妙绝千古，泪眼相看，比千言万语更能显示出复杂深沉的感情；结尾三句推想未来岁月的生死牵挂，妙在化景物为情思，凄清幽独，余哀不尽。字里行间见悲凉之气、悲苦之色、悲伤之情，失意落拓之情与思念亡妻之情结合在一起，前者对后者起衬托作用，故情显得深沉笃厚。《鹧鸪天》成功地用日常生活细节，活脱脱地写出了亡妻的贤惠与勤劳，写出了伉俪之爱的温馨（"空床卧听南窗雨，谁复挑灯夜补衣"）。至哀无文，贺铸情郁于中，笔端自然倾泻，没有任何雕琢，回归平实素朴，生活气息鲜活，给人质朴真挚的感受。相对于苏词"轩窗梳妆"，贺词"挑灯补衣"写出同甘共苦之情，比单纯的爱恋更加深切动人。吴文英《莺啼序》（"残寒正欺病酒"）用意识流手法创造出凄厉迷惘的境界，把对亡妾的刻骨相忆之情表现得极为细致、微妙、深曲感人。

三、金元明清恋歌

金元明清情诗较少。特点是：文人借民间诗歌体式散曲来写爱情，夫妇之间互赠的情诗比以前增加了。

金代元好问，生长云朔，天禀本多豪健英杰之气，发而为词，清雄沉郁，也写儿女柔情的小词，风姿绰约，楚楚可人。《清平乐》（"离肠宛转"）写伤春思远的闺情，通过描绘女主人公视野中的飞燕、微雨、海棠、杜鹃等，自然而然地表现出细腻的情思。元好问的爱情词不同于流行于两宋爱情词的柔肠软泪，苦恋悲思，而独辟出另一种境界，即歌唱赞美那种感天动地、轰轰烈烈的忠贞爱情。如咏赞双蕖和雁丘的两首名作《摸鱼儿》，分别写人与雁的殉情，手法绵密，情致深婉。《摸鱼儿·雁丘词》是词人有感于大雁殉情而死所写，紧紧围绕"情"字，以雁拟人，谱写了一曲凄恻动人的恋情悲歌。

> 问世间、情为何物？直教生死相许！天南地北双飞客，老翅几回寒暑。欢乐趣，离别苦，就中更有痴儿女。君应有语，渺万里层云，千山暮雪，只影向谁去？

本要咏雁，却从"世间"落笔，以人拟雁，赋予雁情已经超越自然的意义，超越就事论事层面，想象极为新奇，议论起点甚高。大雁的生死至情深深地震撼了作者，他将自己的震惊、同情、感动，化为有力的诘问，问自己、问世人、问苍天，究竟"情是何物"？起句陡然发问似雷霆万钧，破空而来；如熔岩沸腾，奔涌而出。情至极处,具是何物,竟至于要生死相许?作者的诘问引起读者深深的思索,引发出对世间生死不渝真情的热情讴歌。在"生死相许"之前加上"直教"二字,寓惊叹之意,强调"情"之感人至深,更加突出了"情"的力量之奇伟。词的开篇用问句,突如其来,先声夺人,犹如盘马弯弓,为下文描写雁的殉情蓄足了笔势,也使大雁殉情的内在意义得以升华。下面以双飞雁为证,逐层写"生死相许"。"天南地北"二句写雁的感人生活情景。"双飞客"即为雁。大雁秋南下而春北归,双飞双宿,形影不离,经寒冬,历酷暑,恰似人间一对痴男怨女。作者称它们为"双飞客",赋予它们的比翼双飞以世间夫妻相爱的理想色彩。"天南地北"从空间落笔,"几回寒暑"从时间着墨,用高度的艺术概括,写出了大雁的相依为命,为下文的殉情作了必要的铺垫。"欢乐趣,别离苦",从聚散角度落墨。无论是团聚,还是离别都仿佛眼前,铭记在心。"趣"与"苦"显其情感强度。"就中更有痴儿女","痴"更进一层,显其情感深度(专一、深挚),为写大雁殉情层层铺垫。"痴儿女"三字包含着词人的哀婉与同情,也使人联想到人世间更有许多真心相爱的痴情男女。这几句是说大雁长期以来共同生活,既有团聚的快乐,也有离别的酸楚,在平平淡淡的生活中形成了难以割舍的深情。长期以来,这对"双飞客"早已心心相印,痴情热爱,矢志不渝。"君应有语","君"指殉情的大雁。"应"为揣度之词。"语"即内心独白。"渺万里层云,千山暮雪,只影为谁去","渺"明点空间迷茫,暗写心境迷惘。"万里""千山"呼应"天南地北",强调征途遥远,反衬"只影"孤飞无依。"层云""暮雪"呼应"几回寒暑",强调愁惨寒冷,反衬"只影"独栖难耐。此四句用烘托的手法,揭示了大雁心理活动的轨迹,交代了殉情的深层原因。当网罗惊破双栖梦之后,作者认为孤雁心中必然会进行生与死、殉情与偷生的矛盾斗争。但这种犹豫与抉择的过程并未影响大雁殉情的挚诚。相反,更足以表明以死殉情是大雁深入思索后的理性抉择,从而揭示了殉情的真正原因:相依相伴、形影不离的情侣已逝,自己形孤影单、前路渺茫,失去一生的至爱,苟活下去已毫无意义,于是痛下决心,"自投于地而死"。

  横汾路,寂寞当年箫鼓,荒烟依旧平楚。招魂楚些何嗟及,山鬼暗啼风
雨。天也妒,未信与、莺儿燕子俱黄土。千秋万古,为留待骚人,狂歌痛饮,
来访雁丘处。

  上片写雁"生相依",下片写雁"死相许"。"横汾"三句写葬雁的地方。"横汾路"点殉情之地,"寂寞"两句以虚衬实,写横汾路之今昔。"寂寞当年箫鼓"是倒装句,即"当年箫鼓寂寞"。"箫鼓",据《史记·封禅书》记载,汉武帝曾率文武百官至汾水边巡祭后土,武帝作《秋风辞》,有"箫鼓鸣兮发棹歌"之句,现在这里却箫鼓绝响。"荒烟依旧平楚"应读为"平楚荒烟依旧","楚"即丛莽,"平楚"就是平林。这里只余烟树,一派凄冷。当年本是帝王游幸欢乐的地方,当时是箫鼓喧天,棹歌四起,山鸣谷应,何等热闹。而今天却是平林漠漠,四处衰草,荒烟如织,一派荒凉冷落景象。古与今,盛与衰,喧嚣与冷落,形成了鲜明的对比。这几句借助对历史盛迹的追忆与对眼前自然景物的描绘,既衬托大雁殉情后的凄苦,又渲染了大雁殉情的不朽意义。当年武帝巡幸,煊赫一时,转瞬间烟消云散,反衬了真情的万古长存。"招魂楚些"意为用"楚些"招魂。语出《楚辞·招魂》,它的句尾用"些"字,故言"楚些"。"何嗟及"即"嗟何及"。《诗经·王风》中有"何嗟及矣",元词本此。死者不能复生,招魂无济于事。"山鬼""啼风雨"本自《楚辞·九歌·山鬼》"杳冥冥兮羌昼晦,东风飘兮

神灵雨"。"暗啼风雨"写"死相许","风雨"渲染背景凄凉。死者已矣,山鬼枉自悲啼。这里借《楚辞》之典反衬了殉情大雁真情的永垂不朽,作者把写景同抒情融为一体,用凄凉的景物衬托雁的悲苦生活,表达词人对殉情大雁的哀悼与惋惜。"天帝妒"二句为悬想之词,写雁的殉情将使它不像莺、燕那样死葬黄土,不为人知;而是"留得生前身后名",与世长存,它的声名会惹起上天的忌妒。殉情雁身可朽而情不朽,这是词人对殉情大雁的礼赞,"妒"实为称慕,言至情感天动地。这几句从反面衬托,更加突出了大雁殉情的崇高,为下文寻访雁丘作好铺垫。"千秋"四句承上具写不朽,由今推断未来,由己推及他人,写雁丘将永远受到骚人的凭吊。词人展开想象,千秋万古后,也会有像他和他的朋友们一样的"钟于情"的骚人墨客,来寻访这小小的雁丘,来祭奠这一对爱侣的亡灵。"狂歌痛饮"呼应"嗟",突出至情的巨大作用,生动地写出了人们的感动之深。"雁丘处"呼应"横汾路",结穴点题。全词结尾,寄寓了词人对殉情者的深切哀思,延伸了全词的历史跨度,使主题得以升华。

这首词在艺术上也值得称道:整体结构为总分递接,首尾圆合,相当完整而层次分明;表现手法为托物言志,缘情言理,以"情"为线,以"雁"拟人;艺术风格为清丽淳朴,温婉蕴藉。金庸《射雕英雄传》采用这首词做主题歌,足见它的感人。

元代爱情曲词多出自散曲作家、戏剧家之手。关汉卿散曲多写男女相思和离情别绪,[双调·沉醉东风]《别情》是描写男女爱情的名作,刻画了一个情深意笃的妇女形象。两首小令内容各有侧重,前一首侧重于外,写饯别时的依恋,极写"舍不得"情人离去;后一首侧重于内,写别离后的相思,极写"谁曾惯"一己孤苦。写法上也各有千秋,前一首以场景描写为主,辅以抒情;后一首以内心独白为主,寓含叙事。前一首以饯别情事发展为序,由"将别"而"饯别"而"祝别";后一首以感情潮汐演进为序,由"忧愁"而"幽怨"而"惧恨"。前一首有动态、表情、言语的客观描写,使人看到完整送别画面;后一首只有静态的肖像勾勒,赤裸裸的心理呈示,令人恍听心声怦响。前一首句法以对偶为主,如阵雨一阵紧似一阵;后一首以排比为主,如潮水一浪高过一浪。前一首传神细腻,缠绵悱恻;后一首摇曳多姿,脉脉含情。两首内外相映,珠联璧合。二曲的好处在于情感浓烈率真,构思精当巧妙,用语谐俗活泼,体现了其自然本色的风格。[南吕·一枝花]《赠朱帘秀》用真挚热烈的情感,酣畅奔放的笔调,秀丽华美的语言,写出了他对朱帘秀的爱恋之情、真诚之心。"富贵似侯家紫帐,风流如谢府红莲,锁春愁不放双飞燕""恰便似一池秋水通宵展,一片朝云尽日悬"等,若没有对朱帘秀爱的真情厚意,这样的散曲恐怕很难写出。[双调·大德歌]《夏》大胆泼辣地写相思之情:"俏冤家,在天涯,偏那里绿杨堪系马。困坐南窗下,数对清风想念他。蛾眉淡了教谁画?瘦岩岩羞戴石榴花。"一个"俏"字传神至极,把爱与恨交织在一起,表面上埋怨"绿杨",骨子里却怨恨爱人不知早归,不珍惜爱情。"偏""羞"等字精练传神,很好地表现了主人公躁动不安的苦思。

马致远[双调·寿阳曲]《春将暮》二十三支曲子大旨谈情,有的写得俏皮泼辣,如"从别后,音信杳,梦儿里也曾来到。问人知行到一万遭,不信你眼皮儿不跳";有的写得雅丽缠绵,如"思今日,想去年,依旧绿杨庭院。桃花嫣然三月天,只不见去年人面。"王实甫[中吕·十二月过尧民歌]《别情》描写了闺中女子思念远离家乡的心上人的情形。曲子借景抒情,山水、桃柳、内阁、重门无不紧系思念之情,最后描写伤心的泪痕重重:"新啼痕压旧啼痕,断肠人忆断肠人",以致身躯瘦损,衣带宽松。

哀婉动人、不容易捉摸的感情，经过具体的景物描写和形象描述表露无遗。张可久〔黄钟·人月圆〕《春晚次韵》写诗人在暮春傍晚来到昔日"送别佳人"的地方，而"佳人"早已不在，于是触景生情，忆昔感旧，一腔离恨和惆怅之情油然生出。此曲以写景见长，景语又是情语，而所写的眼前景物，多与故实相关而显得典雅工丽，倍能体现缠绵委婉的情味。在表达情感时注意分寸，描写景色时又注意前后映照，属散曲中的精品。

管道升《我侬词》以朴实直白的语言，描述了伉俪忠贞无间的关系和水乳交融的爱情。先总写两人爱情深浓炽烈如熊熊燃烧的火焰；继而以塑泥人设喻，叙写爱情不断更新的过程：捏塑、打破、调和、再塑，从"两心一体"到"两体同心"，难分彼此，无法离弃；最后表达对真挚爱情的誓死坚守：生死相依、矢志不渝。这首用吴侬软语填就的爱情的杰作，视角别致，入情入理，言浅意切，情深韵长。徐再思〔双调·蟾宫曲〕《春情》写初恋情怀，首三句切入题目，写少女情窦初开，陷入相思，不能自拔。次三句形容病状，"身似浮云"喻浑身绵软、飘飘忽忽；"心如飞絮"喻心神不定、胡思乱想；"气若游丝"喻相思成疾、气微力弱。后二句揭示心理，渴盼心爱的游子归来欢聚，魂牵梦萦乃至灵魂出窍。末四句渲染氛围：夜阑灯昏，月色朦胧，在别人欢爱情浓的时刻，闺中怀春少女更是孤独难捱。全曲明白率真，一气流走，平易简朴而不失风韵，自然天成而曲折尽致，极尽相思之状。元代其他爱情曲子如刘庭信〔中吕·朝天子〕《赴约》和无名氏〔仙侣·寄生草〕《相思》也很有名，均写怀春少女赴约的浪漫和候约的焦灼。汤式以散曲体裁表达悼念之情，开创悼亡散曲的肇端。

明代爱情诗词主要成就体现在三个方面：一是文人的爱情诗词，名篇有复社领袖张溥的五律《惜行》、云间词派盟主陈子龙《玉蝴蝶咏·美人》等二十四首爱情词。《惜行》描写多情男女依依惜别的场景，有四时概括，有景物点染，有细节传神，有往事追忆，质朴清新，含蓄蕴藉；《玉蝴蝶咏·美人》表达了词人对秦淮名妓柳如是发自肺腑的深爱，委婉绵缈，低回唱叹，婉约动人。二是女性诗人的悼亡诗，名篇有薄少君《悼亡诗》百首、商景兰《悼亡》，这些作品都表现了未亡人对亡夫的深切思念和沉痛哀悼。三是以《桂枝儿》为代表的明朝情歌，写得大胆泼辣，俏皮幽默。

清代写爱情诗词的好手当推黄景仁、纳兰性德、朱彝尊、顾贞观诸人。天才诗人黄景仁有不少叙述恋爱经历、抒发真挚爱情的绮怀之作，追忆少年时恋情的《绮怀》写得缠绵悱恻，引人悲泣，如第十五首：

> 几回花下坐吹箫，银汉红墙入望遥。
> 似此星辰非昨夜，为谁风露立中宵。
> 缠绵思尽抽残茧，宛转心伤剥后蕉。
> 三五年时三五月，可怜杯酒不曾消。

"绮怀"即美丽的情怀。诗人黄景仁年轻时曾同表妹两情相悦，但仅有温馨的开始，而无如愿的结局。因此《绮怀》表达的是"山盟虽在，锦书难托"的感伤。首联追忆往事，三五明月相伴，花下悠然吹箫，充满司马相如琴挑卓文君式的浪漫情调。"银汉红墙"化用"本来银汉是红墙"（李商隐《代应》）之意，意谓表妹居所虽然近在咫尺，却像银河阻隔那样不可逾越。颔联描写现实，上句化用"昨夜星辰昨夜风"（李商隐《无题》）之意，写花下吹箫的浪漫已经一去不复返，今夜星辰见证了恋情的幻灭；下句化用"满身风露立多时"（高启《芦雁图》）之意，写诗人不甘幻灭，直至半夜仍独立中庭久久望月，一任寒风冷露砭骨湿身。黄景仁独持性灵，自成一格，诗句中感情色彩非常浓郁。这两句堪称千古绝唱。颈联刻画心境，"缠绵"句化用"春蚕到死丝方尽"（李商隐《无题》）之意，明知等待毫无结果，但刻骨相思如残茧抽尽才能死心；"宛转"句化用"芭蕉不展丁香结，同向春风各自愁"之意，明知苦恋熬煎生命，但绝望感伤如芭蕉剥光方可休止。尾联倾诉愁苦，上句呼"几回"和"昨夜"，"三五年"指表妹正当豆蔻年华。"三五月"指花好月圆的良辰。风景依旧，境遇迥异，即令借酒麻醉自己，也无法消解那种苦恋带来的感伤。这首《绮怀》融往昔、现实为一体，由"花下坐吹箫"到"风露立中宵"再到"杯酒不曾消"，爱情的悲惋、思念的深切、绝望的痛楚，都得到了让人震撼的表现。

纳兰性德二十岁时，娶两广总督卢兴祖之女为妻，是年卢氏芳龄十八，"生而婉娈，性本端庄"。成婚后，二人夫妻恩爱，感情笃深，新婚美满生活激发他的诗词创作。但是仅三年，卢氏因产后受寒而亡。自此词人"悼亡之吟不少，知己之恨尤深"，悼亡诗词中一再流露出哀婉凄楚的相思之情和怅然若失的怀念心绪，名作有《蝶恋花》（"辛苦最怜天上月"）、《沁园春》（"瞬息浮生"）和《金缕曲·亡妇忌日有感》。后者堪称千古传唱的绝笔之作，纳兰词真情毕露，哀伤婉丽，缠绵凄绝的特色可见一斑。

> 此恨何时已。滴空阶、寒更雨歇，葬花天气。三载悠悠魂梦杳，是梦久应醒矣。料也觉、人间无味。不及夜台尘土隔，冷清清、一片埋愁地。钗钿约，竟抛弃。

本词以"恨"字贯穿全篇，起首"此恨何时已"化用李之仪《卜算子》词"此水几时休，此恨何时已"成句，一个呼天抢地的问句，道出词人心中对卢氏之死深切绵长、无穷无尽的哀思。这里的"恨"指的是失爱之痛、相思之苦。自卢氏死后，纳兰性德对她的思念一直没有停止。他既恨新婚三年竟成永诀，欢乐不终而哀思无限；又恨人天悬隔，相见无由，值此亡妇忌日，这种愁恨更有增无已。这首词因眼前自然之景——雨，触及自己的思绪，有感而发。"滴空阶、寒更雨歇，葬花天气"三句，道出了时间和天气情况，渲染出悼亡的环境氛围。"滴空阶"二句，化用温庭筠《更漏子》下阕词意，突出静寂；"寒更雨歇"突出夜深，夜雨从下到歇均了然，见人彻底失眠。明属夏夜（亡妇死于农历五月三十日），却称"寒更"，此非自然天气所致，乃寂寞凄凉之心境感受使然。"葬花天气"突出衰飒，春末夏初争奇斗艳的百花已大都凋谢，故称"葬花天气"，词人不用"暮春"或初夏，因为它是抽象的时间概念；也不用"落花"，因为它是一种客观状态，没有注入情感；而称"葬花"就把一种痛惜之情融入进去了，另外因花及人，暗示娇妻如春花一样美艳，又如落花一样猝然凋谢，增添"一宵冷雨葬名花"的哀感。空阶、寒更、冷雨、暮春……一切景物都融入了强烈的感情色彩，构成了亡妇忌日之夜的哀寂氛围，成功地烘托了词人的苍凉心境。"三载"回应"何时"，言"此恨"已绵延三年了，三年未"已"，足见难"已"。在三年漫漫时日里，词人感觉妻子像是沉睡中梦魂游向了远方。一想又不对，如果真是梦中远游，也早该醒转来了啊，然而，为什么不见人回来呢？词人猜想，她醒后觉得"人间无味"，就不打算回来了。"人间无味"意指美好的感情和姻缘无法持久，人生无常，不如意事常八九。人间比不上尘土隔开的墓穴，那儿冷冷清清的，是埋掉愁怨的地方。这样恍惚的感觉、矛盾的心理是很真实的，人情到深处必然会是这样，在一往情深的生者的意念中，亡者的不存在是不可思议的，她还活着！觉得妻子不曾物化是一转，应该早醒来归又是一转,料想亡人已经醒来再进,猜测嫌弃人间不归再转。词句起伏折叠,尽显词人柔肠百转。上片以"钗钿约,竟抛弃"六字感叹歇拍,"钗钿约",指夫妻白头偕老的盟誓,用"钗钿"作"约"的修饰语,让人从钗钿功用的一致、质地的坚硬、用料的名贵、式样的精美,想象两人"盟誓"的真诚、坚执、郑重和美好。"竟抛弃"突然转折,意谓妻子早逝,意外地了断了这份百年情缘,沉痛之情溢于言外。这六个字一提一顿,见落差之大。"竟"言超出想象,无尽遗憾、无限哀怨、无比痛心包容于一字之中。

> 重泉若有双鱼寄。好知他、年来苦乐,与谁相倚。我自中宵成转侧,忍听湘弦重理。待结个、他生知己。还怕两人俱薄命,再缘悭、剩月零风里。清泪尽,纸灰起。

下片又生出痴情的幻想。"重泉若有双鱼寄。好知他、年来苦乐,与谁相倚","重泉"即黄泉、九泉,俗称阴间。"双鱼"指书信。古乐府有"客从远方来,遗我双鲤鱼。呼儿烹鲤鱼,中有尺素书"之诗,后世故以双鲤鱼指书信。妻子不能重返人间,便退而求其次,设想如果阴阳两界能通信息,妻子能捎一封信来,也好让他知道这几年来妻子在另一世界是苦是乐,是否有谁能够依靠。此乃由生前之恩爱联想所及,由生前恩爱而关心爱人死后的生活,钟爱之情可谓深入骨髓。词人自己形单影只,却担忧着妻子在阴间孤苦无依,这样一些爱怜关切的话语,非情深至痴者不能道出。说了妻子再说自己,"终宵成转侧"就是夜不能寐,辗转反侧,谙尽孤眠滋味、相思之苦(呼应上文"滴空阶,寒更雨歇")。不过,词人已经习惯了(由"自"字可见)。接着词人用不忍听"湘弦重理",表明自己无心重新择偶,意谓亡妻是任何人不可替代的。"湘弦重理"可多角度理解,其一,卢氏善弹,而今物在人亡,不忍看;其二,湘灵鼓瑟,音清调苦,不忍听;其三,亡妻无人可代,续弦不忍为。最后一种意思是主要的。身为贵胄,又是天子近臣,年轻才大,而不动续弦之念,足见词人对爱情磐石般的坚贞。更感人的是,他痴情到愿与妻子来世再结良缘,重续此生旧梦。词人不停留于单纯的怀念,而是固执地期望不可能实现的重圆。而他刚存"他生有缘"的美好幻念,又马上意识到命运不可测,担忧此生的悲剧重演:复又"薄命""缘悭",美满的姻缘竟成寒天残月!"剩月零风"既是婚姻悲剧的象征,又是下文祭奠的背景,最后出现清泪滂沱的祭奠者、随风旋舞的纸灰,回放忌日祭奠亡妇的镜头。半空挂着冷冷的残月,山野刮着刺骨的寒风,孤零零的词人泪洒坟头,纷乱的纸灰在荒草上飘散……画面衰飒,情调凄婉,读来让人落泪。结尾告诉我们:词人哀思绵绵难尽,此恨永不可"已"!

整首词充满了孤独之感,格调低沉凄婉。它的写法不同于苏轼的《江城子》和贺铸的《鹧鸪天》,通过亡人生时"轩窗梳妆""挑灯补衣"的生活细节,来表现对方的美丽、贤惠和自己的耿耿不能忘情,这支《金缕曲》主要写失去妻子后作者悲伤欲绝、恍恍惚惚、九曲回肠的情感意识流动,可谓中国古代诗歌中最具意识流色彩的词作,作品用人去屋空、孤独凄凉的情感模式来表达死者长已矣、生者徒伤悲的慨叹,更显示出作者对妻子的恋情之深,也更加体现出哀感顽艳的感伤之美。

朱彝尊、顾贞观二人善写抒情短制。朱彝尊《桂殿秋》("思往事")从白天写到通宵,写尽微妙的心理活动:"青蛾低映越山看"(视觉),"共眠一舸听秋雨"(听觉),"小簟轻衾各自寒"(触觉),诸种感觉集中起来实皆心态感知而已。《一叶落》("泪眼注")描写一对夫妻楼头风雨之际洒泪相别的情景,将男女双方的神情动态、心理活动勾画得妙不可言。顾贞观《更漏子》("续残香")描写作者深夜思欢,追忆地下亡妻的孤寒寂寥的感情。作家注重白描,如话家常,如"续残香,留好梦""千里月,五更寒"……全词以情取胜,宛转反复,心迹如见。

其他抒写爱情的名作还有顾炎武、王夫之、屈大均等悼亡诗。顾炎武和妻子王氏离多聚少,早他两年去世。顾炎武在山西汾州闻死讯后,写了五首悼亡诗,追忆亡妻含辛茹苦独支寒门、深明大义协助军务等往事,将夫妻之爱、家国之恨、故园之思和丧妻之痛融入笔端,泪珠和笔墨齐下。学者黄瑞云认为:"自古悼亡无此沉痛,志节无此坚贞。"王夫之妻陶氏因其父兄在丧乱中亡故而悲痛至死,他的《悼亡四首》追忆亡妻典珠购书、添茶伴读的生活细节和善良贤淑、知书达理的秉性以及浮云富贵、甘守清贫的高尚人品,表达了自己的殷切思念和遗憾之情。屈大均悼亡词《梦江南》四首为娇妻早逝(年仅25岁)而写,前两首皆以"悲落叶"领起,以叶喻人,落错季节,没有归期;后两首分别以"清泪好""红茉莉"领起,追忆亡妻"多情""恩重"、姿容美好,各以问句作结,"怎得不相亲""肯忆故人姝",茹痛含爱,极尽凄婉。龚自珍《浪淘沙·寻梦》托梦写情,表达对昔日恋人的美好追忆和好梦难留的离愁别绪,摇曳多姿,朦胧迷离如镜花水月。

> 对中国古代两性恋歌的特征我们可以从下面几点看:其一,多为感伤诗歌,写得最动人的莫过于表现爱情悲剧(如《诗经·氓》《孔雀东南飞》《钗头凤》)、别离相思(如《长恨歌》《无题》《绮怀》)、哀悼亡人(如《悼亡》《遣悲怀》《江城子》《鹧鸪天》《金缕曲》)的作品。其二,悼亡诗词多用日常生活中的现实性意象,借柴米油盐的生活小事、平淡无奇的家庭琐事抒情,意象多是诗人妻子生前活动的闺阁庭院中的种种物象,诸如冷火残灯、沉香旧箧、孤帐空床、未完针线、娇儿索母之啼等。其三,以含蓄见长,那些表现两情欢洽的作品多见于民歌,民歌尚保留着自然、质朴、率真的风貌,而骚人墨客的爱情诗歌咏的大都为婚外恋情,多以女性的口吻,将情感融于追忆性叙事和今昔对比的写景之中,采用比兴、双关等方式委婉曲折地表现。著名美学家朱光潜认为,西方爱情诗最长于"慕",中国爱情诗最善于"怨",西诗以直率胜,中诗以委婉胜;西诗以深刻胜,中诗以微妙胜;西诗以铺陈胜,中诗以简隽胜。这是极有见地的观点,值得我们深思并铭记。

阅读·思考·研习

1. 阅读并背诵本章所提及的重点作品。
2. 以《诗经·关雎》和歌德《野玫瑰》为例,谈谈中西爱情诗的不同特点,准备课堂讨论。
3. 结合几首《无题》,谈谈李商隐诗歌的艺术特征,准备课堂讨论。
4. 阅读白居易《长恨歌》,并写一篇1000字左右的赏析文章。
5. 选择一首自己理解最深透的中国古代两性恋歌作品,编写欣赏讲义并制作课件,准备上台讲授。

第三章
自然赞歌欣赏

这一章主要讲授中国古代那些以山水自然景观和乡村田园风光为主要描写对象的诗歌，包括山水诗及田园诗、咏物诗的大部分作品。诗人们"仰观宇宙之大，俯察品类之盛"，师法造化，想落天外，"笼天地于形内，挫万物于笔端"，举凡朗日皓月、彩虹烟霞、霜晨雨夕、沧海长河、平湖飞瀑、名山大岳、草原大漠、雪域绝塞、雄关险道、深林古刹、都会楼台、乡野田园、飞禽走兽、奇葩异卉，都变成了令人目不暇接的案头山水，这些状难写之境如在目前，含不尽之意见于言外的美妙诗章，抒发了诗人对山水、田园、风物的惊奇、喜爱、沉醉、赞赏之情，可统称之为"自然赞歌"。

一、汉魏六朝赞歌

一般认为，先秦时代中国尚无专事描绘歌赞自然景色的诗歌。《诗经》中虽然已经有了对山岳河水的描写，但缺乏整体性，往往有句无篇，只是作为人事活动的一种背景而出现，只是诗人借以引发、陪衬、烘托、渲染或比喻诗人思想感情的片断，风景自身还不是一种独立的审美对象。如《周南·关雎》中的"关关雎鸠，在河之洲"，《秦风·蒹葭》中的"蒹葭苍苍，白露为霜"，《豳风·七月》中的"春日载阳，有鸣仓庚"……尽管如此，我们从中可以看出诗人们对于大自然，已经开始有了初步的审美意识和欣赏情趣，为后来山水诗的定型、成熟，打下了坚实的基础。楚辞把对山水的描写向前推进了一步，诗人已经开始关切山水在人们对大自然的审美过程中的精神价值。如《九歌·湘夫人》中所描写的"袅袅兮秋风，洞庭波兮木叶下""荒忽兮远望，观流水兮潺湲"等，已经开始借登山临水以抒发内心感情。楚辞中对山水自然景物的摹拟与刻画，已显示出诗人对山水之美具有很强的赏爱意识；楚辞中模山范水和状景写物的技巧，比《诗经》前进了一步。

两汉乐府五言诗已有了较多的自然风光描写，但仍未能出现专写山水之作。东汉末年建安时代曹操的组诗《步出夏门行》中的《观沧海》，可以说是中国诗歌史上第一首山水诗。诗歌由近（山岛）及远（海面），由静（"澹澹"）而动（"涌起"），由实

（日景）到虚（夜景），写出深秋季节大海气象万千的变化和吞吐天地的境界，抒发了建功立业的壮志雄图和昂扬奋发的进取精神。

中国古代诗人认真地审视自然，并从山水田园风光中获得美好的人生体验是从魏晋时代开始的。魏晋六朝既是一个干戈纷扰、政治混乱的时代，又是经学衰落、玄学盛行、思想开放、人性觉醒的时代，朝不保夕的恐怖和人命危浅的悲哀笼罩整个社会，许多具有觉醒意识的诗人为了全身远祸，便离开动荡不安的政治漩涡，藏身匿迹于山泉林木之间。诗人以隐逸为高，以山林为乐土，山水诗应运而生。魏末晋初诗坛，山水诗已逐渐增多。

最著名的山水诗人是谢灵运，他出身世家，门第高贵，二十岁时就出任琅琊大司马行参军，又任太尉参军、中书侍郎等职。但刘裕代晋立宋后，将谢灵运的封爵由康乐公降为康乐侯，食邑减少为五百户，他由此对刘宋王朝心怀不满。在受到排挤降为永嘉（即今温州）太守后，谢灵运心情更加烦闷，不理政务，纵情山水，以宣泄胸中块垒。谢诗最大的特点是富丽精工、清新自然。谢灵运在提炼诗意、感悟语言方面有过人的才气，山水诗句秀辞巧，往往一字而传山水情态，有很多名句流传千古，对后世的山水诗产生了极其深远的影响。如"野旷沙岸净，天高秋月明"（《初去郡》）写秋，"明月照积雪，朔风劲且哀"（《岁暮》）写冬，"林壑敛暝色，云霞收夕霏"（《石壁精舍还湖中作》）写暮。诗人不是立定一个空间静止地描写景物，而是不断变换景观，对山水景物的声、光、色作生动的描绘。谢灵运的山水诗，有个先叙游览经历，次绘山水风光，最后谈玄说理的模式。《石壁精舍还湖中作》叙写了一日游踪，描绘所见的奇山秀水，抒发游山玩水的乐趣和从中悟得的哲理。全诗以"还"为线索，用精美笔致着重描绘舟中所见湖山晚景："林壑敛暝色，云霞收夕霏。芰荷迭映蔚，蒲稗相因依"，远处的"林壑"渐渐隐没在苍茫暮色中，燃烧的晚霞也渐渐收敛。近处湖面上的芰荷郁郁葱葱，相映生辉，蒲稗等水草相互纠缠，交杂一起。诗人抓住这些处于瞬息变化中的景物作动态描绘，写得生动清新、明丽动人。《登池上楼》中间四句"初景革绪风，新阳改故阴。池塘生春草，园柳变鸣禽"，写登楼所见满园春色：新春的阳光正在革除残冬的余风，春代替了冬的统治。"初景""新阳"两句是整体的感受，是虚写。下面"池塘""园柳"两句，转为近景的具体描绘。"池塘生春草，园柳变鸣禽"，两句抓住了一般人不易觉察的细微变化，表现了久病初起突然发现自然界面目一新时的感觉，传神地表达了一种难以言喻的对生命的惊喜。"生"不仅陈述春草长出来这种事实，而且使池塘画面充满生气。"变"不仅说明园柳中的鸣禽由冬鸟换成春鸟，而且暗示出诗人侧耳倾听的神态。此二句妙在自然，不加雕饰，不用典故，却将宇宙的变化规律深刻地表现出来，被喻为"池塘春草谢家春，万古千秋五字新"。日本江户时代俳句诗人松尾芭蕉的《古池》（"古池塘呀，青蛙跳入水声响"）表现了一种静谧优雅而又静中有动的意境，画面生气和蕴涵显然不及《登池上楼》。

陶渊明开创了田园诗，以描写田园风光和隐逸生活为最著，表现恬美静谐的环境和悠然自得的心境。陶诗中的景物与场面描写，不仅善于抓住特征，形象真实，而且往往饱含诗人的感情，体露诗人的个性，表现生活的情趣，以形传神，物我合一，使读者在接触到田园生活画面的同时，进入到一种境界中去。《饮酒》其五从对大自然景色的观察中获得了人生的真意和恬静的心境。"采菊东篱下"四句（"采菊东篱下，悠然见南山。山气日夕佳，飞鸟相与还"）叙写诗人归隐之后精神世界与自然景物浑然契合的那种悠然自得的神态：东篱边随便采菊，偶然间抬头见到了南山（即庐山）。"东篱"上呼"结庐"之"庐"，"采菊"隐隐扣住了诗题，诗人到篱下采菊是为了泡酒的，自远古至晋，屡有喝菊酒以求健身延年的记载。诗人嗜酒，有篱边菊花随意采摘自然是十分惬意的。这一句写所为：采菊；下一句接写所见：南山。"悠然见南山"之"见"是无意中见到之意，不经意一抬头便不期而遇。与李白独坐敬亭山不一样，李白是着意相望，渊明是不经意间看见。无意而"见"山与此刻"无车马喧"之境完美和谐，若换成"望"便与此刻的"境"格格不入了，表现不出诗人此刻那种无心、无邪的"忘言"感情。"采菊东篱下，悠然见南山"这两句诗，好就好在貌似平淡，却蕴含深厚，不假雕饰，却诗意盎然，创造出一种清新淡泊、耐人寻味的意境。那么诗人从南山见到了什么呢？傍晚时分南山景致很美，雾气缭绕峰间，飞鸟结伴而还。对南山暮景仅用一"佳"字赞结，客观之美和主观评价都在其内了，简约平淡而浑然天成。目送飞鸟翩然归山之事，正逢诗人结庐隐居之时，这是一种契合，于是，诗人一瞬间从中悟出了返朴归真的哲理：飞鸟朝去夕回，山林是其归属，自己屡次离家出仕，最后还得回归田园，田园是自己的归属。宇宙万物莫不顺乎自然，人当然也应顺乎自然之理。"真意"实未明言，又以"忘言"表明真意不必言喻，含蓄蕴藉，耐人寻味。

《归园田居》组诗五首，分别从辞官场、聚亲朋、乐农事、访故旧、欢夜饮几个侧面，描写自己离开官场时的愉快心情，赞美躬耕生活和田园风光。作为组诗总纲的其一，以"归"为线索，依次叙述弃官归田的原因、归田之后的人境和重返自然的情怀。

> 少无适俗韵，性本爱丘山。
> 误落尘网中，一去三十年。
> 羁鸟恋旧林，池鱼思故渊。
> 开荒南野际，守拙归园田。

开头八句写"归"之因。开首两句点出诗人主观意识与客观现实的矛盾，旗帜鲜明地宣告了自己的本性：不适俗，爱丘山！对世俗社会的庸俗虚伪难以适应，对于山水田园的自然美好喜尚有加，亦即出山入仕本非素志，酷爱田园才是真情。作品起笔很远，"适俗韵"前缀加"少无"，"爱丘山"前饰以"性本"，只有从少年时代、人生之初写起，才能说明他厌弃世俗、喜爱自然的思想由来已久、根深蒂固。接着两句一转，痛悔自责前半生违逆本性入仕为官。"误落"表明诗人对过往人生道路的彻底否定，大有一失足成千古恨之慨。"尘网"见出诗人对庸俗险恶官场的鄙夷憎恶："尘"点其庸俗污浊，不得本真，"网"点其束缚严密，不得自由。"三十年"不是几次出仕时间的累计，而是着意夸言时间之长（官场居然耗去人生半辈子光阴），突出痛悔程度之深。接下来的"羁鸟""池鱼"之喻有两重意思，一是形容自己身在官场的痛苦处境，如同关进笼中的鸟，不能自由飞翔，如同禁锢小池的鱼，不能随性浮游，深受束缚，憋屈难忍。在官场中的种种束缚下的诗人，亦如"羁鸟""池鱼"痛苦不堪、失去生机。二是强化自己回归田园的迫切心情，"恋旧林""思故渊"是鸟和鱼的本性，"羁鸟"无时不在向往能自由飞翔的"旧林"，"池鱼"也无时不在憧憬能随性浮游的"故渊"，正像鸟恋旧林、鱼思故渊一样，诗人迫不及待地想挣脱"尘网"束缚，回到美好的大自然，透一透新鲜空气，放飞自由的心灵。正因为如此，下面顺理成章地写到回归园田。"开荒""守拙"点题，言从此回归园田。"开荒"即"躬耕"，让人想到"田园将芜胡不归"的感叹，诗人离家出仕多年，田园自然荒芜，"开荒"一词不仅具有农事意义，而且意味着久违的自由生活已重新开始。"南野际"点出园田所在——庐山之南广阔的田野，山南向阳，故此"南野际"给人的感觉不仅是宽广，而且是温暖。此层最后一句关合诗歌篇首两句，"守拙"上呼"少无适俗韵"，"归园田"上呼"性本爱丘山"。"守拙"表面看是谦辞，实际上却有倔强内涵，在玄学概念中，"拙"如同"真""淳""朴"一样，与"自然"是相通的，"守拙"是对自然之性的坚守，宁可贫穷挨饿，也不为五斗米折腰，这是对当时黑暗现实的抗争。"归园田"就是为了守住自己的本心，保持精神上的自由和独立。这两句伏应转接，承上启下，既收束了"误落尘网"思念田园之苦，又引出下文对田园生活的歌咏。

    方宅十余亩，草屋八九间。
    榆柳荫后檐，桃李罗堂前。
    暧暧远人村，依依墟里烟。
    狗吠深巷中，鸡鸣桑树颠。

  中间八句写"归"之地。"方宅"四句扣住"园田居"简述自家庭院的风光，是近景的静态描绘。那是真正的"园田居"：园在田中——住宅四周环拥十余亩农田，屋在园中——八九间草屋参差错落其间。"方宅"句言园田面积，写平面，暗示有宅有院；"草屋"言家宅形制，写立体，暗示整中有散。枯燥的数字一经诗人化入诗中，就被赋予无限活泼的生命力，计数不确透露出诗人散适淡泊的心境——对田宅这些身外之物皆不着意。"榆柳"为乡村习见之树，"榆""柳"连出，概言树密树多，"荫"不仅写了树枝繁叶茂，而且暗示了树的高度，否则是无法"荫后檐"的，这里暗写夏季，榆柳给人以清凉。"桃李"既写出果木之多，又暗示了桃之红、李之白，"罗"言桃李不是一棵两棵，而是连成一片，这里暗写春季，桃李给人芬芳。明黄文焕说此处写得"语俗而意愈雅"，乍看平淡无趣，细揣意味无穷。屋前桃李有花，竞艳争芳；屋后榆柳有荫，清凉爽心；院外禾稼茂盛，绿色片片，绚丽与素淡交掩成趣，无不显现出田园风光的淳美清新，房屋主人生活的简朴安详、情绪的快慰满足溢于其间。

  诗歌又由农家庭院的令人惬意写到山村环境的令人惬意，接下来四句从近景转到远景，而后落脚于中景，犹如电影镜头慢慢推拉，勾勒出悠远苍茫的乡野背景。"暧暧远人村"是诗境的横向展开，日落黄昏，远远望去村落显得若隐若现，模模糊糊；"依依墟里烟"是诗境的立体凸出，村落做晚饭的炊烟轻柔袅娜，徐徐飘升。"暧暧""依依"两个叠词运用尤见功夫，"暧暧"二字显现了日光逐渐昏暗的状态，还暗示了诗人透过暮霭遥望远村的神态；"依依"两字展现了炊烟徐徐飘散的动姿，与王维的"大漠孤烟直"完全不一样，有静缓优柔之美。"暧暧""依依"不可互换，"暧暧"是写黄昏中远处村庄的总体轮廓难以清晰呈露，着眼于模糊而安详的块面静态，"依依"是写夕阳下远村炊烟的飘浮之状率皆若隐若现，着眼于模糊而舒缓的线状动态。这两句远景写意，传神地勾画出黄昏乡景，晚霞静静地铺洒在田园大地，村落显得格外宁静，给人平静祥和之感，令人不觉神往陶醉。在这冲淡静谧之境中，诗人又添几声鸡鸣狗吠。"狗吠深巷"是远闻之声，深巷吠声受到阻隔曲线传递，给人悠远之感。"狗吠"暗写劳作的人暮归，"深巷"说明山村阔大古老，判定吠声出自"深巷"，见诗人聆听之状。"鸡鸣桑树"是近闻之声，树颠啼声畅达无碍直线传递，给人嘹亮之感。理解"鸡鸣桑树颠"要明确这样几点：第一，桑树的位置，在田野（中景），即田头路边，说明鸡们的活动范围很广；第二，桑树的高度，为了使桑树长出更多桑叶、为了便于女性采桑，蚕桑地区往往截断主干，让桑树长出很多旁枝，这也就使鸡飞到树颠成为可能；第三，鸡居然到田野觅食，且飞上树颠啼鸣，说明它们不受拘束、快活放肆。由鸡的活动自由、自得其乐，反衬人的自由自在、精神舒畅。这两句一"吠"一"鸣"远近相应，虚实结合，以声状静，更把日落后村庄的宁谧和谐衬托得淋漓尽致。狗与鸡是乡村中最常见的家禽家畜，鸡犬之声给作品增添了淳厚古朴的乡间风味，这与"蝉噪林愈静，鸟鸣山更幽"相似而有别，山林蝉鸟鸣叫是人迹罕至的虚寂，表达的是隐逸高士的情致，村落鸡鸣犬吠是人迹烟火的宁静，表达的是归田之人的趣味。以上八句捕捉住农村中司空见惯的事物，构成人与自然和睦相处、相与为一的诗意境界。

　　户庭无尘杂，虚室有余闲。
　　久在樊笼里，复得返自然。

　　结尾四句写"归"之乐。由绘景转入叙事，由状物转入写人。"虚室"与"户庭"对应，既指故园空闲寂静的居室，又指诗人悠然常闲的心境。"无尘杂"，是说户庭安静，无车马喧闹，无俗人打扰，无杂事烦心。"有余闲"，是说心宽意舒，空间任己支配，时间任己安排，行动任己自由。诗人虚静的生存态度和自由的生活目标，通过"无""有"的鲜明对照得到突出强调。最后两句总括全篇，"久"遥呼"三十年"，"樊笼"遥呼"尘网""羁鸟"，再比官场为"樊笼"，足见诗人痛恨之切、决裂之绝。"复得"照应"归"，"返自然"照应"爱丘山"，"自然"与上文"性"相映，"返"点明"魂兮归来"的乐趣。"返自然"既指归耕田园，回到大自然的怀抱，又指回到原来的自然本性，过上顺应本性、无所扭曲的生活。"返自然"——生命与心灵的回归——是点题之笔，有力地揭示了诗作主旨。黄文焕在《陶诗析义》中说，"返自然"是"诸篇之总纲"，也可以说"返自然"是诗人人生理想，是这一组田园诗的主旋律，是陶渊明一生的主旋律。

　　《归园田居》其一在艺术上典型地体现了陶诗的特征。一是章法拙而实巧。诗作的结构看起来径情直遂，从归之因写到归之地，再写到归之乐，以"归"字一线贯穿，但自然而不平板，整一而显工巧。写归之因揉直使曲，写归之地由近及远，写归之乐由境到心，每层富于变化；它的巧体现在题文高度和谐上，前面着重写"归"，中间着重写"园田"，最后着重写"居"，合起来就是"归园田居"。二是画面写意融情。诗中纯用白描，随意点染，方宅草屋、榆柳桃李、村落炊烟、狗吠鸡鸣看似偶然的排列组合，却构成远离尘世、宁静安谧、淳朴自然的和谐画面，其中融入淡泊恬静的生活情趣和归隐田园的舒畅快乐，自然与人生浑然一体，实境与心境水乳交融，画面见情见性，神韵品咂不尽。三是语言淡而有味。不见雕镂之工，毫无粉饰之词，仿佛信笔写来，句句明白如话，形象贴切生动，对偶自然天成，富于音韵之美，素淡中见绮丽，浅易中寓丰腴，质朴中藏深味。

　　在中国文学史上"陶谢"并称。不过，陶谢诗歌表现对象不同，陶诗中的田园风光，是日常的景象，表现的自然是人们生活于其中、劳作于其中的自然；谢诗中表现的奇山异水，非日常的景象，表现的自然是人们生活之外纯粹作为客体的自然。正因为如此，陶诗着重于人与自然的和谐，谢诗则着重于人对自然的观赏和体悟。陶谢诗歌的艺术表现是有不同追求的，陶诗虽然以自然为审美对象，并崇尚自然，但是追求的不是外物自身，而是心灵之趣。陶诗重写意，着重于整体的气氛和主观的感受，而忽略细部的刻画，犹如一幅淡水墨画，追求的是浑然一体的效果。谢诗重摹像，他不满足于陶诗那种浑然天成的境界,极力追求巧似,穷貌极物,逼真细致,将景物分解成一个个镜头显示给读者。陶谢诗歌的语言风格也是各有特色的。陶诗语言朴素自然,意味隽永,达到了平淡与醇美、情趣与理趣的统一,平淡的外表下含蓄着炽热的感情和浓郁的生活气息。谢诗语言精于锤炼,反复雕琢,以典雅华丽、精致工巧为特点,富于写实性,他发挥语言的表现力,增强了语言描写实景实物的效果。

继谢灵运之后,谢朓进一步发展了山水诗,在谢灵运刻意精细描摹的基础上,开始在景物描写中注入诗人自己的情感和意趣,并能将景的描写和情的抒发较好地结合起来(大谢诗则有结构平板、情景游离之憾)。作品充满了透明山水的细腻逼真的相态,巧妙地沟通了诗与画的境界,达到了诗中有画、融画于诗的艺术高度,具有艺术通感的魅力。谢朓的山水诗写景佳句很多,如"余霞散成绮,澄江静如练"(《晚登三山还望京邑》)、"天际识归舟,云中辨江树"(《之宣城郡出新林浦向板桥》)、"鱼戏新荷动,鸟散余花落"(《游东田》),都脍炙人口,大多像一幅幅清雅淡远的水墨画,与谢灵运诗歌的富丽精工很不相同。《晚登三山还望京邑》用六句诗具体展现"还望京邑"所见美景:明丽的阳光下("白日"是强调太阳光的强度),特别耀眼的是鳞次栉比、其势欲飞的屋脊("飞甍"突出高耸入云的飞拔之势),高高低低看得很清晰。"丽"形容词动用,意兼两样。这是远望壮丽宫室。称得上从大处入笔,写得气势宏大。城外金色的夕阳和澄静的春江也极美丽:斜阳依山("余"是落日衔山的形容),彩霞万道,仿佛散开的无数匹锦缎("散"是霞光四射的象征);长江清澈("澄"状长江明净无尘),静静流淌,宛如一条望不尽的白绸("静"貌水面纹丝不动)。"绮"喻晚霞,展现出绚丽多姿的色彩;"练"喻长江,描绘出春江的清澈秀美。而且,"霞"本静物,用一"散"字,变幻出满天云锦;江水奔流,下一"静"字,描绘出大江的澄明。想象奇妙,色彩明丽,动静结合,绘江天大景而运笔轻巧,境界全出,成为千古名句。"喧鸟覆春洲,杂英满芳甸",言俯视春洲芳甸。此二句妙就妙在有"动"感("喧"有声响,"覆"有动态),春天充满活力,生机勃勃,芳草鲜美("杂"言茂盛,"芳"言气清)。此等优美景致,实在令人流连忘返。在咏物诗写作上,南朝梁诗人何逊《咏早梅》比较著名,作品借物抒怀,景中寓情,情中蕴理。一、二句总写梅开早盛的感受,三、四句写其衔霜映雪的品格,五、六句写其枝横花绕的姿态,七、八句写其动人心旌的神韵,末两句写其逐春早发的心理,中心突出,脉络分明。全诗通过描写凌寒独放的梅花,歌颂了梅花傲雪凌霜的高洁品质,同时借咏梅来表现自己坚定的情操和高远的志向。

北朝民歌《敕勒歌》境界开阔,音调雄壮,信口而歌,风韵天然。"敕勒川,阴山下"破口而歌,点出特定的地域。"天似穹庐,笼盖四野"勾勒形象,着眼于"天",落脚于"地",天高地迥,取景雄阔。"天苍苍,野茫茫",分承"天""野",敷色渲染,愈见"天"之高远,"野"之广平。"风吹草低见牛羊"是点睛之笔,描写藏露有方、动静有致,颇富艺术功力。全诗由形而色,由静而动,其次第如一幅油画的形成,构图极有层次感。

二、隋唐五代赞歌

唐代由于田园经济的出现和边塞战争的不断,促成了王孟山水田园诗派和高岑边塞诗派的形成，"自然赞歌"的创作获得了长足的发展。把景与情结合得浑然一体，注重意境的营造，是唐人对自然赞歌发展的贡献。山水田园诗派的诗歌，将山水诗和田园诗融合为一，以描写自然风光、农村景物和安逸恬淡的隐居生活见长，借歌咏山水田园风光，表现隐逸情趣，抒发闲适情调，表达孤高人品。多采用五言诗体式，运用白描衬托，语言清丽洗练，风格恬静淡雅。

　　孟浩然是唐代第一个大量写作山水诗的诗人，开唐代山水田园诗派的先声。诗歌在他手中不再是专为咏物和歌功颂德的应制之作，而是用来表现自己的生活和思想感情。他变秾艳华丽的齐梁诗风为雅淡自然，给盛唐诗坛带来一股新鲜气息。

　　孟诗主要描写隐逸生活和漫游所见，表现悠然自得、洁身自好的情趣。多数山水诗表现故乡襄阳的名胜风光，描写山林隐逸者的幽居情景，往往在抒写孤高的情怀中夹杂着失意的情绪，在以景自娱中融入了旅愁乡思的情怀。如《夜归鹿门歌》以自然的结构、省净的笔墨、疏豁的渲染，将从汉江舟行到鹿门山路所见景色（山寺钟鸣、渔梁争渡、人归江村）和诗人脱离尘杂世俗而归，归于寂寞自然的情趣："鹿门月照开烟树，忽到庞公栖隐处。岩扉松径常寂寥，惟有幽人自来去"，毫不经意地叙述出来，显得平凡而亲切。他描绘巴蜀吴越等地山川风光的诗作，都以孤舟夜泊为背景，抒写客子羁旅之思，用笔雅淡，意境清峭。《宿建德江》是一首刻画秋江暮色的诗，诗作通过捕捉烟渚、日暮、旷野、清江这些意象表现直觉的感受，含蓄而生动地表达了漂泊的游子的旅思乡情。先写羁旅夜泊（"移舟泊烟渚"），再叙日暮添愁（"日暮客愁新"）；然后写到宇宙广袤宁静（"野旷天低树"），明月伴人更亲（"江清月近人"）。一隐一显，虚实相间，两相映衬，互为补充，构成一个特殊的意境。全诗淡而有味，含而不露；自然流出，风韵天成，颇有特色。

　　孟浩然有时能从大处落笔，描绘壮丽雄伟的山川景色。《临洞庭湖赠张丞相》描绘洞庭湖或水天一色或波浪排空的变化，声势磅礴，格调雄浑。前四句"八月湖水平，涵虚混太清。气蒸云梦泽，波撼岳阳城"写景，一、二句是总写，用宽广的平面衬托湖的浩阔，尽显高浑超拔。"八月"点明望洞庭湖的时间，暗示天空高阔秋水上涨。"平"字，写出了诗人的感受：湖水深（与岸齐平），水面广（波涛不显）。"混"字，准确地摹写了水天茫茫难以区分的景象，天空被涵容其内，宇宙上下都混成一片磅礴的大水。三、四句是分写，用有限的立体来反衬湖无限的声势，更见凌厉骇人。"气蒸云梦泽"，写湖水周围水气蒸腾氤氲万状的景象，是写空中。"波撼岳阳城"，写岳阳城在洞庭大波的起伏中、涛声的震荡中仿佛被摇撼了，是写水势。"蒸""撼"两种力的方向不同、速度不同、力度不同，一向上、缓慢、轻柔，一平推、疾快、猛烈。"云梦泽"，面积辽阔，历史久远，诗歌借这一意象突出了水气覆盖面的广远，显出洞庭湖的气势。一个"撼"字给人笔力千钧的感觉，极有气势，极有力量。短短四句就写尽了八月洞庭激天荡地、吞吐宇宙的浩大秋水，收到了摇魂撼魄的艺术效果。诗人借浩阔的湖景抒写自己浩阔的胸襟，借湖波喧腾的气势来抒写自己的勃勃雄心。古人评孟浩然的诗"冲澹中有壮逸之气"，这首《临洞庭湖赠张丞相》的确浑健得可以，比杜甫的"吴楚东南坼，乾坤日夜浮"更具声威气势。

　　孟浩然田园诗数量并不多，主要是写隐居生活的高雅情怀和闲情逸致。如《过故人庄》、《游精思观回，王白云在后》等，写得真实生动，生活气息浓厚。《过故人庄》淡笔勾勒，浑然天成。颔联两句写田园景物清新秀丽，上句写近景，"绿树"点明是夏木（佳木秀而繁荫），"合"不仅写出了时在夏令，绿树浓荫，而且表明了嘉木之多，幽雅恬静而富有神秘感；下句写远景，"青山"是田庄的背景，"斜"不仅写脉脉青山迤逦伸向远方，使境界显得开阔悠远，又表明这田庄与外界紧紧相连。"合"与"斜"远近相衬，"绿"与"青"和谐相配，呈现出清幽之美和旷远之美。一个坐落平畴而又遥接青山、清淡幽静而又不显孤寂的美丽山村就这样呈现于画面。

王维是多才多艺的诗人，其诗歌主要是描写田园山水的静穆景色及安逸闲适的情趣，并带有空虚寂寞的气氛。画家的眼光，音乐家的听觉，诗人的感觉，佛家的心态，赋予他一种不同凡响的艺术力量，他几乎把每一项景物都注入特有的灵性和感觉，又把自我消融在景物里，形成了物即是我、我即是物的庄禅境界，其诗歌成为中国诗歌史上的独特景观。"诗中有画"是王维诗歌创作的特色，作品力求勾勒一幅画面，表现一种空灵清幽的意境，给人总体的印象和感受。

王维山水诗，既有雄浑壮观的自然景象，更多见清逸雅致的山水画面，代表作有《汉江临眺》《山居秋暝》《终南山》等。《汉江临眺》给我们展现了一幅色彩素雅，格调清新，意境优美的水墨山水画。首联"楚塞三湘接，荆门九派通"为想象之语，将不可及之景予以概写综述，一笔勾勒出汉江雄浑壮阔的景色，作为画幅的背景。第二联上句"江流天地外"承"九派"，以天地为参照物，极写江水的流长邈远；下句"山色有无中"承"荆门"，以苍茫山色烘托出江势的浩瀚空阔，表现了南国水乡空气的湿润和光线的柔和。诗人着墨极淡，却给人以伟丽新奇之感，表现出诗人开阔的胸襟。第三联上句"郡邑浮前浦"承"山色"，远望沿江郡邑，下句"波澜动远空"承"江流"，近证眼前波澜，诗人运用动与静的错觉（"浮""动"两个词下得极妙，笔下之景都动起来），进一步渲染的磅礴水势。其实是水流波动，由于汉江浩瀚，满目汪洋，"郡邑""远空"就变得小了而不居主位，于是就产生"郡邑浮""远空动"的错觉，借错觉以写景，不露机巧，不显刻画，反而衬托出汉江的波澜壮阔，这是诗人艺术高超之处。朱自清的《威尼斯》就借用了此法。希腊当代诗人埃利蒂斯《爱琴海》也是这样写（"它那最轻快的波涛上／有个岛屿晃荡如童年的摇篮"）。《山居秋暝》是王维晚年隐居山林所作的五律，描绘了秋天傍晚新雨后的山村景象，表现了诗人热爱自然，陶醉于闲适恬淡生活的情趣。

空山新雨后，天气晚来秋。
明月松间照，清泉石上流。
竹喧归浣女，莲动下渔舟。
随意春芳歇，王孙自可留。

诗人首先为我们描写山间秋暝的整个画面：初秋傍晚的山村，经过一场新雨的洗涤，显得格外洁净秀美，为全诗的景物描写定下清新爽朗的基调。"空"字点出环境的空幽、心境的空明。"秋"字用如形容词，流露出诗人对山风略带秋凉的欣喜。这两句高度概括地点明了题目，对时空和色调作了总的限定，"空山"一词提挈全篇，其余各句皆由此生发。上两句是"起"，接下来两句是"承"，具体描写空山的幽静、清澈、洁净：皓月当空，松林沉寂，清泉流淌。"明月"句承"晚来秋"，写空中，是无声静景：皎洁的月光照着郁郁葱葱的松林，显示出了时光的推移。写法是由上而下，妙处在静中有动。"清泉"句承"新雨后"，写地面，是有声动景：清澈的泉流在黑黝黝的山石上潺潺流淌，反衬出意境的恬静。写法是由近而远，妙处在动中有静。"照"和

"流"两个动词用得好，两个字把四种意象连接成了一幅和谐完美的画面，是其一；两个字在推出景物后点出，不仅使"照"的状态与"流"的动态显得突出，而且使动作获得了持续性，是其二。这两句在色彩上浓淡映衬，鲜明和谐，在构图上动静互生，相映成趣，声与色、动与静的对立统一，使画面产生了强烈的美感。为了丰富和美化画面，诗人又在"空山"的背景上点缀了人物活动，继写了自然美之后，又表现了生活美：竹林那边传来一阵阵欢声笑语，原是天真无邪的村姑洗衣归来了；月下荷塘亭亭玉立的荷叶忽地纷纷向两边披分，原是顺流而下的渔舟解缆出发了。上句写岸上，是有声动景，笔法是由远而近，由隐而显；下句写水下，笔法是由近而远，由显而隐。这两句诗表述很特别，诗人先给人以声响、动态，继而才展开画面，这既符合人们观察事物过程的实情，又化平直为曲折，使画面富有层次感。我们在领悟之余，不禁要惊叹诗人用笔之妙了。这一联是"转"，转得巧妙：一是景物由"静"转"动"，幽静中见出生机；二是由写"物"转向写"人"，物芳中见出人和；三是由村人自在的生活引出诗人企羡的情怀，全诗的中心自然由写景转入抒情，遂有尾联之"结"。古人作诗，往往"卒章显志"，这首诗也是如此。"随意春芳歇，王孙自可留"宕开一笔，以"春芳"反扣"秋暝"作结。春芳虽然不再，秋光也很迷人。由写景转到抒情，由外物转到内心，表露出对山中秋色的喜爱和安于隐居生活的心情。"自可留"的言外之意是要远离恶浊的官场，归隐山林。这一"结"挑明了蕴含于前三联的画中之意、景中之情。

在《山居秋暝》中，宁静的青山，朗朗的明月，疏淡的山林，山涧的清泉，坡边的翠竹，嬉戏的村姑，摇动的荷叶，离岸的渔舟，构成一幅有声的水墨山水画。画的境和诗的情融为一体，恬静而不死寂，清新而又隽永，诗人澄澈空明的心境、闲适恬淡的心情从中流露出来。整个画面构图很和谐，因为是"空山"，所以格外空旷宁静，而泉流、竹喧的声响又恰恰衬托了这种宁静；因为是"新雨后"的秋夜，所以月色格外皎洁，浣女、渔郎可以乘月而动，而泉流、莲动的景象便可以清晰地观察到。

《终南山》以开阔的胸襟，劲健的笔力，刻画了终南山高大而雄丽的景象。这首诗的特点是交织画笔与诗笔两条明暗线索，明线是画笔，顺序写景，首联远景，勾勒轮廓（"太乙近天都，连山接海隅"）；颔联近景，具体细致（"白云回望合，青霭入看无"）；颈联全景，尽收眼底（"分野中峰变，阴晴众壑殊"）；尾联引出人物，以诗人与樵夫对话作结（"欲投人处宿，隔水问樵夫"）。暗线是诗人之笔，回望白云，入看"青霭"，感觉"分野变"、"阴晴殊"的，正是在终南山流连忘返，一路观赏风景，一路触景生情颇多感受的诗人自己。明暗双线结构，到尾联客樵问答，归于一统，句句有"景"有"我"，处处有"景"有"我"。作品没有运用"峥嵘""绵亘"这些字眼对山进行正面描写，而是从山的地理位置、山上的奇幻景象、星空分野和山地气候的特点以及诗人的活动等侧面来表现山的特点，避免了写法上的呆板，又给读者以想象和回味的余地。王维山水诗中更多是那些带有几分禅思玄意的清逸雅致的画面，象外有象，景外有景，意外有意，韵外有致，有一种悠远的意境。这些诗多出现"空""闲""静"等字样。"空"，并非指空无一物，而是诗人以虚静的心境观照山林时，所获得的那种空明洁净的总体印象，是"心静如空"时的一种空灵清静的审美体验。"闲"并不是指无所事事，而是诗人随遇而安、淡泊于名利的心情的生动写照。"静"也不是死寂无声，静中有动，静中有声，是禅宗推举的般若静观。王维有众多诗句描写了这种诗境，如《鹿柴》《鸟鸣涧》《辛夷坞》等，均营造出闲静空寂的境界。

《新晴野望》《渭川田家》《积雨辋川庄作》是王维田园诗的代表作。《新晴野望》描写初夏的农村，雨后新晴，诗人眺望原野所见到的景色。诗人对自然美有敏锐的感受，他善于抓住景物特征，注意动静结合，进行层次分明的描绘，取得了绘画的效果："新晴原野旷，极目无氛垢。郭门临渡头，村树连溪口。白水明田外，碧峰出山后"。这一组风景镜头，紧紧扣住了雨后新晴的景物特点，随着目之所及，由远而近，又由近及远，有层次，有格局，有色彩，有亮度，意境清幽秀丽，俨然构成了一幅天然绝妙的图画。《渭川田家》写了渭水农村薄暮的春深景色：夕阳斜照着旷野村落，牛羊回到了巷尾尽头（"斜阳照墟落，穷巷牛羊归"）。老农倚着拐杖，站在荆条编成的柴扉边等候着牧童的归来（"野老念牧童，倚杖候荆扉"）。麦秀之时，田野里随处响起了野鸡的叫声，春蚕已经长眠作茧，桑叶已经采摘稀疏了（"雉雊麦苗秀，蚕眠桑叶稀"）。农夫扛着锄头站在道边，互相亲热地谈论着农活（"田夫荷锄至，相见语依依"）……山村夕照和田家风情构成一幅多么恬静的田家景色，一幅田园牧歌式的和谐美景。《积雨辋川庄作》写辋川恬静优美的田园风光，在"漠漠水田飞白鹭，阴阴夏木啭黄鹂"两句里，"漠漠"形容水田广布、茫茫苍苍；"阴阴"形容夏木幽暗、阴阴森森。这两个叠字，把水田和夏木的具体气象生动形象地勾画出来了。

"王孟"并称于中国诗歌史，由于生活环境和性格气质的不同，在诗的写法和艺术风格方面，两人是有区别的。孟浩然主要受陶渊明的影响，山水诗恬静孤清，淡远而有意趣；田园诗清新淡远，简朴纯净。与王维的忘记自我，融入自然不同，孟浩然更多的是以旁观者的态度看待自然，总是由自然山水想到自身。孟诗的弱点是题材不够广阔，缺乏较丰富的社会内容和较深刻的现实意义。王维对谢灵运有更多的师承，山水诗恬静幽美，丰富而有生趣；田园诗淡雅优美，浑融静穆。他以佛老的心态和画家的眼光、绘画的笔调来描绘田园风光。王诗的弱点是作品中表露了佛家寂灭思想和消极出世的人生观。简言之，王诗是一个"静"字（静谧闲适）；孟诗是一个"清"字（平淡清雅）。

在盛唐边塞诗人之前，隋代杨素、薛道衡的边塞诗作中关于北方边塞风光的描写就很出色。杨素两首《出塞》记载其大破突厥事，薛道衡奉和两首《出塞》，这些诗作中写景的诗句苍凉雄浑，如杨诗的"荒塞空千里，孤城绝四邻；树寒偏易古，草衰恒不春"；薛诗的"尘沙塞下暗，风月陇头寒。转蓬随马足，飞霜落剑端。凝云迷代郡，流水冻桑干"，"绝漠三秋暮，穷阴万里生；塞夜哀笳曲，霜天断雁声"，既写出边塞的苦寒，又写出了风光的奇绝。薛道衡《渡北河诗》主要描写边地风物（桃花、竹剑、塞云、胡风），气势豪迈，雄健苍凉。

盛唐边塞诗人的创作真实形象地描绘了祖国雄奇壮丽的边塞风光。他们受国力强大的鼓舞，热烈向往建立边功事业，因而具有辽阔的视野，积极乐观的性格特征，作品表现出雄奇奔放的风格，极富浪漫主义特色。边塞诗人采用的诗体以七言歌行为主。这种长篇自由的形式，最能充分表现紧张艰苦的战斗生活，奇异变幻的塞外景象和奔腾跳跃的思想感情。

岑参《白雪歌送武判官归京》《热海行送崔侍御还京》《走马川行奉送封大夫出师西征》等，想象大胆，设色瑰丽，气势雄壮。它们充分写出了边地的艰苦，但并不使征人畏缩，相反显示出乐观昂扬的情绪，激起读者对边疆奇丽景色的向往，具有很高的美学价值。《热海行送崔侍御还京》视野开阔，上至广阔的天空，下至浩瀚的热海，给读者呈现出无比壮阔的热海图。在诗人笔下"水如煮""鸟不敢飞""白雪遥旋灭"的西域热海中，鲤鱼不但能存活而且又大又肥，而且可以燃烧云层的热海的四岸竟然"青草长不歇"，如此不可能同时存在于同一环境的几个意象以空间为序，巧妙地排列组合在一起：从海上的"鸟"到海中的"鲤鱼"再到岸旁的"青草"；又由近及远，从"虏云""汉月"到"月窟""太白"，将读者带入了一幅广阔而又清新奇异的颇带童话色彩的西域热海意境中，令人惊叹！《走马川行奉送封大夫出师西征》开篇围绕"风"字落笔，描写出征的自然环境，"平沙莽莽"句写天（白日所见绝域风沙景色），"石乱走"句写地（晚上所闻风吹石走之声），三言两语就把塞外狂风之状生动写出。《白雪歌送武判官归京》前四句写边疆绮丽的雪景。

    北风卷地白草折，胡天八月即飞雪。
    忽如一夜春风来，千树万树梨花开。

  开篇两句很奇突，一句写地，一句写天，点出题目中的"雪"字来。狂风暴雪铺天盖地而来，而论季节正值内地天高气爽的八月，这就使人顿入奇境，耳目一新，北风刮折坚韧的白草，足见其大。雪八月即飞，足见其寒。开篇两句一下子捕捉住边地风猛雪早的气候特点。接下来两句是对飞雪的形象描绘，诗人以春风使梨花怒放，来比喻北风使雪花飞舞，飘落在千树万树上，就将雪的晶莹、鲜润、明丽、飞动之状传神地描绘出来了。比喻巧妙新颖，给人以广阔而美丽的想象，同时字里行间又透露出蓬勃浓郁的春意，令人神远。这两句诗，其所以能成为咏雪的千古绝唱，还不单单是取譬新奇，深得体物赋形之妙，它的不同凡响之处，是传达出了一种积极进取、奋发向上的时代精神，也就是古代诗论家所说的"盛唐气象"。诗人以春景形容雪景，勾画出一派春意盎然、生机勃勃的景象，几乎使人忘记边地的苦寒而感受到春天的温暖和喜悦，没有从军赴远、建功立业的雄心壮志，没有傲雪斗寒、以身报国的勇气，没有热爱国家、热爱边塞奇异风光的激情，是写不出意境如此阔大、壮美，充满浪漫色彩的诗句的。此外，这两句诗超凡拔俗之处，还在于语言的自然流畅。它没有用典，没有雕琢，宛如清水芙蓉，天然生成，却别有一番风韵，一过目便给人留下深刻印象。

    散入珠帘湿罗幕，狐裘不暖锦衾薄。
    将军角弓不得控，都护铁衣冷犹著。
    瀚海阑干百丈冰，愁云惨淡万里凝。

  接六句写边疆雪后的奇寒。"散""湿"两字，很准确地表达了两种情况：雪花刚飞入珠帘的时候，是一朵朵的乘风飞散进来，所以是"散"，雪片粘在罗幕上慢慢融化了，并把罗幕湿透，所以是"湿"。作者具有敏锐的观察力，所以能用简单的词来表达复杂的意思。这一句由写雪景转入写军营中的奇寒，转换自然。狐裘不暖，锦衾显薄，角弓拉不开，铠甲难披挂，可见寒冷到什么程度。这是从帐外写到帐内，由景色写到人物，虽然表面是写人，实际仍是在咏雪。对军营中的奇寒作了真切可感的描绘后，又将诗笔移向帐外，对边地雄奇苦寒的风光作了进一步描绘。"瀚海"两句以夸张的笔墨表现出瑰奇壮阔的塞外风光的磅礴气势，其间蕴含着诗人内心的复杂感情：一方面为将士们在如此苦寒的环境中履行着戍守边疆的职责而感到钦佩；另一方面为武判官在如此恶劣的气候下行路迢遥返回京城的艰辛而感到关心。"愁"字隐然透露出与友人即将分手的消息。

　　　　　中军置酒饮归客，胡琴琵琶与羌笛。
　　　　　纷纷暮雪下辕门，风掣红旗冻不翻。
　　接下来四句写雪域饯行的热烈。"中军"两句写热烈的酒宴饯行场面，后一句以并列词组代句，句子显得很简练，同时，罗列三种乐器，使人由视觉上的联想，产生听觉上的急管繁弦之感。"纷纷"两句描写的场面带有连续性，由帐内转换到帐外，由饯别过渡到送行。一个"掣"字，把旗的重量与风的力量一齐表现出来，有质感，有量感，描绘得如浮雕似的。在银白色的背景上，染上一点耀眼的鲜红，冷色的基调中掺混着一星暖色，这是令人惊叹的神来之笔！作品情调则由欢快转为低沉，气氛也由热烈变得凄凉。这种肃穆沉滞的气氛深切地映现出主人深挚而凝重的惜别情意。
　　　　　轮台东门送君去，去时雪满天山路。
　　　　　山回路转不见君，雪上空留马行处。
　　"轮台"四句写客里送行的心情，通过对眼前景物的体察感受，真实而含蓄地反映了诗人的内心世界。"轮台""天山"两个地点相连，点出征途漫漫，极端遥远，"雪满"在长度上又增加了难度，积雪锁路，寸步难行！写景中融入了对行人的深深关心。"山回路转"两句写送行的人驻足眺望之久，这有一个过程：能见君背—不见君影—唯见蹄印，就像李白那句"孤帆远影碧空尽"一样。诗作以景结情（依恋、挂念、怅惘），使得情景交融，余味无穷。
　　《白雪歌送武判官归京》采用向心式的艺术构思，全诗以"雪"为中心，也以"雪"为线索，"雪"字四次出现（送别之前、饯别之时、临别之际、送归之后）。十八句诗中有十四句是写白雪、冰川、风雪严寒，最后四句才是送别。以雪景衬托送别，又在送别中描绘雪景。作者用错综的手法，使雪景、送别两者钩连成一个整体。诗中景物是前后关联的，首句写风，因风下雪，接下去便咏雪。下雪自然寒冷，故又写雪后奇寒。大雪大寒，因而才有"百丈冰"。以写雪开始，以写雪作结，形象完整统一。"白雪歌"想象奇特，画面奇瑰。殷璠评他"语奇体峻，意亦造奇"。在岑参前后，没有任何一个人能像他那样深入西部腹地，经历生与死、血与火的磨难，以激昂的音响、浓丽的色彩、奇特的画面，开拓出一个新异神秘诡奇的艺术天地。诗人用敏锐的观察力和感受捕捉住边地气候的奇异特点，驰骋奇思妙想，大笔挥洒，再现具有浓郁生活气息与异域情调的冰雪奇景，而在对自然景物的描绘中，又处处表现出诗人好奇的性格。郑振铎说岑参是开天时代"最富于异国情调的诗人"。他诗中的夸张，实际是西部生活、西部自然的特异性及其心灵感应的特异性所造成的艺术变形，富于生活实感，"奇而入理，奇而实确"（洪亮吉语）。"从体验中来，从阅历里出"，这正是岑参西部诗歌的生命之所在。
　　高适《塞上闻笛》《别董大》等，也有对边地风光的描绘。《塞上闻笛》前两句描写雪净月明、苍茫清澄的边关夜景，后两句将戍楼因风传送的"梅花落"笛声，虚拟为梅花飘落、洒满关山的虚景，虚景与实景配搭和谐，虚实交错，构成美妙阔远的意境，奇丽寥廓的画面中，不仅有壮阔关山、高天明月，还有悠扬笛声、梅花丽影，情思含蓄，意境深远，是一首既有独特风格，而又诸美同臻的诗作。《别董大》起笔便采用白描的手法写眼前景物：呼啸的北风，蔽日的黄沙，昏黄的阴云，南飞的大雁，纷扬的大雪，描绘出荒寒壮阔的北国雪景，诗人以浩阔胸襟叙眼前景色，故能在悲凉中见出豪迈气概。下面以雄壮豪迈的慰勉诗句，给友人以无穷的信心和力量，堪与王勃

"海内存知己,天涯若比邻"的情境相媲美。唐人边塞诗名作还有王之涣《凉州词》、王昌龄《出塞》、王维《使至塞上》等。

唐代有些不以山水诗著称的诗人,也写出了很美的"自然赞歌"。如张若虚《春江花月夜》,李白《蜀道难》《渡荆门送别》《秋登宣城谢朓北楼》,杜甫《望岳》《春夜喜雨》《七绝》,白居易《赋得古原草送别》《钱塘湖春行》《忆江南》都是写景佳作。

张若虚的《春江花月夜》是一曲自然美、人情美的赞歌。全诗以春夜为背景,春江为烘托,春月为线索(从月出东海,到月上中天,再到月落江潭),春花为点缀,表现着人生实感:对良辰美景的陶醉,对游子思妇的关情,对宇宙人生的探索。

> 春江潮水连海平,海上明月共潮生。
> 滟滟随波千万里,何处春江无月明。
> 江流宛转绕芳甸,月照花林皆似霰。
> 空里流霜不觉飞,汀上白沙看不见。

开头八句,涵盖了诗题的五个要素,写月洒江天(主要写对良辰美景的陶醉)——动态画面。起首两句遥想潮涨月出景象。"春江"二字点明季节、地点,由江畔见月(必是满月),进而想到海口奇观:海潮上涨,江海齐平;海潮翻涌,海月升腾。上句用一"连"字,把春江与大海收归一体,是平面展开;下句用一"共"字将明月与江潮的微妙关系点明,是立体凸出,诗意空间无比阔大。"平"和"生"分别描画江潮上涨和海月升起的动态,画面雄浑苍茫。三、四两句扣住春江描写月光普照。"滟滟"通过水波闪动反衬月光皎洁,暗示月亮已渐渐升上东天(否则不可能朗照大地)。绵延千里万里的江流,到处都有月光在江波上跳跃闪动,明月像是在紧随着江流一起流淌。"何处春江无月明",是诗人的推测和惊叹,"何处春江"既指长江的任何一段江流,又指大地上所有的河流(所谓"千江有水千江月"),如此一来,诗歌的平面空间进一步向西部、南北拓展。如果说,上面四句是全景镜头,那么下面则是中景镜头。五、六句扣住芳洲花林写月色美好。镜头是移动的,由"江流"而"芳甸",由"芳甸"而"花林",由"花林"而"月光",最后聚焦于晶亮的月光。"绕"字既富有动态感,又画出江流迂回曲折之美。诗人的观察很仔细,不仅描绘出花林筛月影的景致,而且注意到那不是略无断缺、固定不变的光"线",更不是婉曲变化、散乱飘忽的光"缕",而是时断时续、宛若流霰的光"点",暗示了晚风在轻轻吹拂、花枝在微微晃动。既是如此,诗人一定也嗅到了不绝如缕的花香。七、八句扣住江空、沙渚写月色美好。视角是变化的,上句是仰观,下句是俯视,诗人非常惊讶,那长空中的月光,仿佛流动的霜华,却又不觉飘飞之状,在如霜的月光下,俯视汀上如霜的白沙,已是纯然一白,分不清哪是月光哪是沙了。诗人以"霰"和"霜"喻月光,从视觉和触觉上写尽了月光的清丽、柔和、细腻,又使这个银白静谧的世界透出一丝寒意。这幅动态画面好像有景无人,但一个"看"字分明点出有"人"在。抒情主人公远眺"明月共潮生"的惊喜,遥想处处江月明的激动,细辨花林、江空、沙渚的诧异,无不从字里行间流露出来。

> 江天一色无纤尘,皎皎空中孤月轮。
> 江畔何人初见月?江月何年初照人?
> 人生代代无穷已,江月年年只相似。
> 不知江月待何人,但见长江送流水。

中间八句写月启天问（主要写对宇宙人生的探索）——静态画面。"江天一色无纤尘"，既是对上一幅月色图的总结，又是把读者的视线引向夜空孤月的巧妙过渡。"皎皎"总评月色莹澈，"空中"点明月上中天，"孤月轮"坐实月乃满月，"孤"突出月色亮度（明月四周的星光皆不可见），"轮"表明此夜江月确为满月，此句简洁而传神地表现出碧海青天的空阔，诗人注目沉思的情状。月亮的存在具有超时间性，月华的照射具有超空间性。面对它，诗人不禁浮想联翩：眼前这春月辉映、江流婉转的大地，经历了多少历史的变迁！"江畔何人初见月？江月何年初照人？"这是"天问"，问题无限玄奥，无法寻觅答案，这样一问就进入了哲学层次。这两问是从微观角度思考人与月的关系，潜台词是：江畔不论何人初见月，那人已不复存在了，江月不论何年初照人，而今依然照临人间。这是诗人的第一层感悟：人不如月，个体生命一何短暂！显而易见，这层感悟多少有些令人感伤。但诗人转而从宏观角度思考人与月的关系："人生代代无穷已，江月年年只相似"，意思是人类变中有不变——生命繁衍可无限延伸；江月不变中有变——形色依旧而岁月流逝，"代代无穷已"的人生能与"年年只相似"的明月共存，这是诗人的第二层感悟：人亦如月，人类生命无穷无尽。在微观和宏观地思考了人与月的关系之后，诗人在继续思考人的一生该如何度过。"不知江月待何人"上呼"江月何年初照人"，写江月有意，年年岁岁总是把它柔和的光华洒满人间。一个"待"字将明月拟人化，月亮的移动不是那么明显，月光又是那么含情脉脉，因此就给人"待"的感觉，这个"待"字隐含的信息是：月亮可以永恒地等待无穷无尽的新生命的诞生，而人却时不我待。"但见长江送流水"上呼"江畔何人初见月"，写流水无情，送走了光阴，送走了人生，送走了人的青春。在古人心目中，"流水"是时间的代名词，"子在川上曰：逝者如斯夫"，流水滔滔，一去不返，自然让人想到时光易逝。这是诗人的第三层感悟：人当惜月，良辰不驻流年似水。隐含的意思就是每个人当珍惜青春，珍惜人生。这八句诗是全诗的关键，它融入了诗人对宇宙人生的思考，这种思考的心理轨迹相当明显：人（个体生命）不如月－人（人类生命）亦如月－人（在世之人）当惜月。正是因为有了对宇宙人生的思考，此诗的境界得到了极大提升，远比单纯的写景之作厚重了许多，深刻了许多。

　　　　白云一片去悠悠，青枫浦上不胜愁。
　　　　谁家今夜扁舟子？何处相思明月楼？
　　　　可怜楼上月徘徊，应照离人妆镜台。
　　　　玉户帘中卷不去，捣衣砧上拂还来。
　　　　此时相望不相闻，愿逐月华流照君。
　　　　鸿雁长飞光不度，鱼龙潜跃水成文。
　　　　昨夜闲潭梦落花，可怜春半不还家。
　　　　江水流春去欲尽，江潭落月复西斜。

　　明月不仅象征着永恒，而且象征着圆满——人世的幸福与团圆。故下文由对大自然景色的歌咏转入对现实人生中男女间离愁别恨的描写。后面十六句写月照无眠（主要写对游子思妇的关情）——想象画面。"白云"四句中，一、三句写游子，"扁舟子"代游子，"白云"飘忽，隐喻"扁舟子"行踪不定；二、四句写思妇，"青枫浦""明月楼"暗写思妇送别难舍和相思难耐。"谁家""何处"互文见义。"青枫浦"不是专名，而是泛指渡口，古代渡口多枫树，因其树冠阔大，可遮烈阳，可挡微雨，古时送行多在渡口树下"祖道"（为出行者祭祀路神并饮宴送行的礼仪）。"明月楼"也不是专名，而是泛指闺阁，用"明月"作定语，是因为明月与相思有关。如曹植《七哀》："明月照高楼，流光正徘徊，上有愁思妇，悲叹有余哀"。青枫浦上情人一别，游子遂如白云飘忽，行踪不定，思妇则夜不成眠，寂寞凄凉。今夜的月光，在游子的扁舟中临照，在思妇的妆楼内徘徊，定然撩拨着旷夫怨女的相思之情。

下面，诗人紧扣"明月楼"悬想思妇月夜思夫的情状。在皎洁的月光中，闪动着一个柔情似水的思妇倩影。"可怜楼上月徘徊"化用了曹植诗句，明写月光似水默默流淌，暗写楼头思妇低回无定。下句特别提到"妆镜台"，明明是妇人的"妆镜台"，为什么说"离人妆镜台"呢？《诗经》有言："自伯之东，首如飞蓬"，女为悦己者容，悦己者不在身旁，妆镜台基本不用，妆镜台说到底是为悦己者而设。这一句既暗示了思妇忠于爱情，又暗示月已偏西（"转朱阁，低绮户"），否则何能透过窗户照着妆镜台？"玉户"句写思妇卷帘遥望，为什么卷帘？卷帘天自高，看得更遥远。"卷不去"并不是说思妇非要把月光卷去，而是说楼上一切都笼罩在月光之下，月光在这里是相思的代名词，月光卷不去，就是相思放不下。既是如此，思妇就想干点什么分散注意力，干什么呢？她想到捣衣。为游子捣衣多在深秋季节，春夜不当捣衣而捣衣，这充分说明思妇的整个心思都在游子身上。为了省灯油，"捣衣"自然在月下（"长安一片月，万户捣衣声"可参），"拂还来"表面上是说月光拂不走，实际上还是说相思放不下，与上句意思是一样的，不过，此句又引发了下文，下文即写思妇捣衣凝想。她想些什么呢？浪漫多情得可以。"此时"句，设想对方也如自己一样都在望月怀人，但苦于天各一方，想说上几句知心话儿绝不可能。情切如痴的思妇，宁愿将身子化作月光，游子漂泊到哪里，就跟着照到哪里，可惜这是无法实现的幻想。那么，怎样把温情的话儿传递给游子呢？她想到雁足传书，想到鱼腹传书，鱼雁在古诗中代书信，可惜能长途飞行的鸿雁不能传递月光般美好的情思，能潜游万里的鱼龙也只能弄出一点不能负载情感信息的波纹。思妇所有美好的愿望都不能实现，当她目送着月光中的鸿雁远去，江流中的波纹前伸，又想到丈夫一别，音信全无，心中的思念更深了，难免自怜迟暮，下面写她的忧虑。昨夜的梦境又浮现在眼前：闲潭花落，"落花"既表春色已晚，又喻美人迟暮。继而嗔怪游子：芳春已半，繁花将落，丈夫为什么还不回家呢？用"可怜"而不用"可恨"，足见思妇性格的温婉，不满中有理解，埋怨中有同情。就在这殷殷的思念与期待中，她望着江水东流，感受着春光消磨的惆怅，直到落月西斜。"江水流春"上呼"但见长江送流水"，一语双关，是本诗诗眼。在这些诗句中，诗人通过对思妇情态、心理的想象摹写，倾吐了自己对普天下受相思煎熬的人们真挚深切的同情。

斜月沉沉藏海雾，碣石潇湘无限路。
不知乘月几人归，落月摇情满江树。

诗的最后四句，思妇形象淡淡隐去，抒情主人公复出，由虚转实，以景结情。"斜月"表明夜已很深了，明月缓缓西沉，隐入茫茫海雾，一"藏"字与开篇的"生"字遥相呼应，月的轨迹相当完整，它贯串和统摄着整个艺术画面。"碣石"在地北，"潇湘"在天南，天涯无限，相见何艰！诗人不禁慨然长叹：当此春夜，几个人能乘月归来与佳人团聚呢？眼前的落月渐渐西斜，仍期盼为游子一照归程，行将坠落，还牵肠挂肚地用余晖轻笼江树。结句情意绵绵，余音袅袅。此诗将美好的景致、深沉的感情和隽永的哲理融为一体，意境清幽绚丽，音韵圆转动听，语言清浅流畅，艺术上达到了很高境界。全诗弥漫荡漾着一种春江般悠长、月光般柔美的情韵，清丽而不凄冷，哀婉而不感伤，令人百读而不厌。闻一多先生说它是"诗中的诗，顶峰上的顶峰"，不是过誉。

　　李白的山水诗意境壮阔，以气势取胜，最能让人感受到祖国山川的壮美，也最能开阔人的心胸。其山水诗的显著特征是自然山水景物的个性化。强烈的主体意识，使诗人"自我"不是消融隐没在自然山水画中，而是使自然画面积极地表现着诗人自我。成名作《蜀道难》按照描写古代蜀道险阻难行这一传统内容，依次写蜀道开辟之难、蜀道行路之难和蜀地久居之难。中间主体部分，诗人展开丰富的想象，着力描绘了由秦入蜀道路上惊险奇丽的自然风光。先强调山势的高峻与道路的崎岖。"上有六龙回日之高标，下有冲波逆折之回川。黄鹤之飞尚不得过，猿猱欲度愁攀援"，从鸟兽的感觉着笔，总写山势的险峻。这四句有蜀道高险的实描，又有鸟兽愁窘的烘托，形象鲜明突出，给人强烈印象。"青泥何盘盘，百步九折萦岩峦。扪参历井仰胁息，以手抚膺坐长叹"，从行人的感觉来写，把山川的盘曲、高峻写得惊心动魄，把行人惶恐战栗的心理和屏声敛气的神态，刻画得生动传神，同时点明自秦入蜀的路线。下文再悬想蜀道的难行和山水的奇险。"问君西游何时还"一问引出下文，"畏途巉岩不可攀"领起蜀道旅途的描述，悲鸟、古树、夜月、空山等，既突出了蜀地人迹罕至的特色，又渲染了蜀道空旷凄清的氛围，不仅令行人畏葸不前，听者也会谈之色变。"连峰去天不盈尺，枯松倒挂倚绝壁。飞湍瀑流争喧豗，砯崖转石万壑雷"，是对蜀道山水的具体描绘。前两句绘形，连绵的峰峦高与天齐，千年的枯松倒挂绝壁，呼应上文"六龙回日之高标"，写山险；后两句绘声，飞驰湍急的溪流和悬空直泻的瀑布，争相轰响，悬崖被撞击，巨石被掀动，万壑千山发出阵阵雷鸣，呼应上文"冲波逆折之回川"，写水奇。四句之中，有山有水，有点有面，动静相衬，声形兼备，造成了排山倒海的气势，达到了惊魂摄魄的效果，使"蜀道之难"的描写达到登峰造极的地步。当年李白携此诗去长安见贺知章，贺知章惊为"谪仙人"，解下官印上的金龟钮换钱买酒招待他。《庐山谣寄卢侍御虚舟》为咏叹庐山奇绝风景的绝顶之作，抒发了诗人不满现实、热爱自然、追求超脱的情怀。诗分三层：序曲自我介绍，为全诗张本，由自比楚狂而勾画行色而披露天性。诗人蔑视权威、疏离政治、热衷仙游的胸襟出焉。主体铺写胜景，先以仰视角度写庐山"云锦叠张""长峰挂瀑""翠影映日""鸟绝天长"的奇瑰风光；再以俯视角度，写长江"茫茫东去""万里云涛""九派波涌"的雄伟气势。尾声抒写意愿。"好为"两句承上启下，由"景"入"兴"。借谢灵运行迹苔深，言置身庐山心境清宁、如隐世外，进而萌发寻仙访道、遨游太清的幻想，与第一层"寻仙"照应。全诗境界开阔，豪放不羁，给人以雄奇壮美的艺术享受。

　　《渡荆门送别》这首诗是李白出蜀时所作，诗中并无送别朋友的离情别绪，表现的是"仗剑去国，辞亲远游"时的积极向上的心情。

<blockquote>
渡远荆门外，来从楚国游。
山随平野尽，江入大荒流。
月下飞天镜，云生结海楼。
仍怜故乡水，万里送行舟。
</blockquote>

　　首联交代诗人的一路游踪和出游目的。虽平叙事实，语气却兴奋乐观。李白往往不从事件开端写起，而是截取过程中关键的时段起笔，入题非常之快。不说"湘鄂游"

而说"楚国游",这就带上了古朴的文化韵味,"楚国"在这里不仅是个地域概念,还是个文化概念。接下来四句写景,视角各不相同。"山随平野尽"是回望,两岸连绵群山逐渐后移,被小船越抛越远,渐渐消失在身后,眼前突然跃出一望无际、坦荡开阔的大平原。"随"字化静为动(因是远镜头,故速度感不强烈),将群山与平野的位置逐渐变换、推移真切地表现出来,给人以青山挺立纷至沓来、舟行江上应接不暇之感,亦可看出诗人风神俊朗、心驰神往之态。"江入大荒流"是前望,从荆门往远处望去,只见万里长江茫茫滔滔纵贯荒寂辽远的原野,线条加块面,块面给线条运动以背景,线条运动给块面以生气。"入"字力透纸背,将江流奔腾直泻、一往无前的博大气势表现出来,给人天空寥廓、境界高远的感觉;又展现出诗人高亢激越、乐观开朗的情怀。颔联写的是远景,短短十个字画出一幅气势磅礴的万里长江图,确有"咫尺应须论万里"之妙,较之杜甫暮年所作略显沉郁的"星垂平野阔,月涌大江流"之句别有一番情境。"月下飞天镜"写俯视,夜半时分,俯瞰江面,月亮在水中的倒影好像天上飞来的一面明镜,"飞"字动感十足(因是近镜头,故速度感强烈),神韵完备,既反衬出舟行的快速和江水的平静,还写出月亮如影随形、相依相伴的美感。"云生结海楼"写仰观,白昼晴空,远眺天边,云蒸霞蔚,变幻无穷,如同海市蜃楼一般美丽。"生""结"动态过程相连续,"生"写云彩不断变化;"结"显示出云彩图案的人工之美,云仿佛是有意识的。此处拟人生情,引人联想,反衬了江岸的辽阔和天空的高远,突出了彩云绚烂瑰丽、天工巧织的奇妙。这四句描写极富地域特征,远景近景结合,真切如画,大江、平野、月影、彩云四个意象构成了天高地迥的博大境界,色彩斑斓,意境奇丽,充分表现出诗人与月同行、与云同飘的兴奋喜悦之情。尾联扣合题面"送别"。诗人初离故乡依恋不舍,但不说破,而从对方着笔说故乡水有情,不远万里依依不舍送远别的人到楚地,将一种客观的物理运动写成了主观的情感行为,言有尽而情无穷。

《秋登宣城谢朓北楼》是诗人于天宝十三载(754年)第二次到宣城登楼时所作。宣城处于山环水抱之中,陵阳山冈峦盘屈,三峰挺秀;句溪和宛溪的溪水,萦回映带着整个城郊。谢朓北楼是南齐诗人谢朓任宣城太守时所建,又名谢公楼,唐时改名叠嶂楼,是宣城的登览胜地。诗人笔下的秋景苍茫壮阔,意境深远。诗中丰富的想象与奔腾的气势令人叹为观止。

> 江城如画里,山晚望晴空。
> 两水夹明镜,双桥落彩虹。
> 人烟寒橘柚,秋色老梧桐。
> 谁念北楼上,临风怀谢公。

诗人首联点题,概写登楼总体印象:"江城",临江之城,即宣城;"山",指宣城南面的陵阳山,谢朓北楼建于其上,交代地点;"晚",傍晚、黄昏,点明时间;"晴空",晴明无云的天空,交代天气,同时,与"江城"构成一个足够宏阔的空间。诗人在黄昏时登上陵阳山上的北楼,望见晴空下的宣城就像是镶嵌在美丽的画图中。一般人写此类诗,先写登临,后写所见,如曹操《观沧海》"东临碣石,以观沧海",杜甫《登岳阳楼》,首联写登楼,次联写所见。李白不这样写,这样写入景太慢,难以摄人心魄。诗人将两句倒装而出,突如其来的"江城如画"给人以强烈的冲击感,印象鲜明,总领全篇之景。严羽《沧浪诗话》说:"太白发句,谓之开门见山。"指的就是这种表现手法。中间四句是具体的描写。这四句诗里所描绘的景象,都是从上面的一个"望"字生发出来的。从结构上看,上两句写"江城如画",下两句写"山晚晴空";四句是一个完整的统一体,而又是有层次的。颔联极写其秀丽明净。"两水",指绕城流过的宛溪和句溪,"夹",合流、环绕。宛溪源出峰山,在宣城的东北与句溪相汇,绕城合流,所以说"夹"。时值秋天,溪水更加澄清,它平静地流淌着,波面上泛出晶莹的光。以"明镜"来形容,是最恰当不过的。"双桥"指横跨溪水的上、下两座建于隋朝的古桥:上桥称为凤凰桥,在城的东南泰和门外;下桥称为济川桥,在城东阳德门外,都是隋文帝开皇年间(581—600)的建筑。这两条长长的大桥架在溪上,倒影水中,从高楼上远远望去,夕阳映照,波光明灭,桥影幻化出无限奇异的璀璨色彩。这哪里是桥呢?简直是天上两道彩虹,而这"彩虹"的影子落入"明镜"之中去了。两句比喻贴切,生动形象地写出了溪水的澄澈平静,双桥的姿态优美。"夹"和"落"两个动词,使"画"面充满了动感,静中有动,美意无限。

  颈联描写所望近景:"人烟",江边人家晚炊飘出的炊烟;"橘柚",橘树、柚树,树色深碧,终年不凋;"秋色",秋景、秋气,这里应该是指秋天的暮霭。这两句是互文,意思是在炊烟暮霭的笼罩下,橘柚梧桐这些树木更显得颜色深浓了。"寒"字、"老"字都是形容词当动词用,突出树木此时特有的色彩,更是诗人观景之时内心独特的感受。人烟使橘柚显得寒,秋色使梧桐显得冷。景中藏情,树木犹"寒老",人呢?岁月无情的沧桑感慨油然而生,凄清迟暮的人生秋意不言自明。尾联以问作结,抒所望感慨。这结尾两句,从表面看来只是和开头二句一呼一应,点明登览的地点是在"北楼上";这北楼是谢朓所建的,从登临必到怀古,值得注意是"谁念"两个字,"怀谢公"的"怀",是李白自指,"谁念"的"念",是指别人。两句的意思是慨叹自己"临风怀谢公"的心情没有谁能够理解,这就并非一般的怀古了。谢朓曾任宣城太守、尚书吏部郎等职。因他有意泄漏了始安王萧遥光欲谋废东昏侯自立的阴谋,为萧遥光诬陷,下狱而死,年仅三十六岁。可见,李白景仰谢朓的原因不仅是由于他的诗才,更因为他与自己相似的遭遇。"英才每被时人妒"的愤慨、举世无人语的寂寞、与古贤同调同流的安慰,全在"谁念"中矣!看似自然平淡,实则意蕴深远。

  全诗写登楼所见所感:所见之景由"望"字统领,所有景物又以"如画"概括,比喻贴切,用词精妙,有远有近,动静结合,给人以秋色动人之美;所感之情由"怀"字绾结,景中寓情,不言情而情感自现,给人以孤寂悲凉之凄。在景美情凄的意境之中,我们依稀感到:"清新俊朗"的李白还在,"飘逸豪放"的李白渐远。秋色无边的北楼之上、秋风萧瑟的暮霭之中,伫立着一个模糊的"沉郁顿挫"的李白的身影……

  李白山水诗写景名句俯拾皆是,如写长江,"登高壮观天地间,大江茫茫去不还"(《庐山谣寄卢侍御虚舟》);写黄河,"黄河落天走东海,万里写入胸怀间"(《赠裴十四》);写洞庭湖,"且就洞庭赊月色,将船买酒白云边"(《陪族叔刑部侍郎晔及中书贾舍人至游洞庭》);写华山,"西岳峥嵘何壮哉,黄河如丝天际来"(《西岳云台歌送丹丘子》);写庐山,"庐山秀出南斗旁,屏风九叠云锦张"(《庐山谣寄卢侍御虚舟》);写明月,"明月出天山,苍茫云海间"(《关山月》);写水桥,"两水夹明镜,双桥落彩虹"(《秋登宣城谢朓北楼》);写溪流,"人行明镜中,鸟度屏风里"(《清溪行》)……李白诗中自然山水,多带有流动飞扬、奔放不羁的特点,显示了一种动态美,与王维诗歌形成对照。

杜甫写景咏物诗多有名作：自然界的花飞雨落，祖国的山山水水，无不渗透着诗人热爱生活、热爱祖国和人民的深厚感情，同时充满着对人生苦难的体悟。《望岳》通过描绘仰望中的泰山雄伟高峻、神奇秀美的形象，抒发了诗人勇于攀登、奋发有为的壮志和热爱祖国河山的情怀。首联次句"齐鲁青未了"，"青"点色彩，"未了"点气势。从空间上说，泰山横跨齐鲁，无与伦比；从时间上说，泰山郁郁苍苍，千古长青。颔联"造化钟神秀，阴阳割昏晓"写近望，是静景，但静中孕动。"钟""割"这两个词是诗人精选的，"钟"字将大自然写得有情有意，使人们看到天地之间的灵秀之气正在不断地向着泰山凑聚，使泰山更加神奇秀丽，这样写，表现出泰山之美的无法形容。一个"割"字点铁成金，化死为活，化静为动，使静止的山峰有了向上跃动之势，充满了活力，这样写，表现了泰山横空出世的形象。"割"与前面的"未了"呼应，使泰山呈多向延伸的动势，对开端的提问作了深入一层的回答。颈联"荡胸生层云，决眦入归鸟"写细望，写动景。见山中云气层出不穷（面积大），起伏不定，故心胸亦为之荡漾；因长时间目不转睛地望着，故感到眼眶有似决裂。"层云"写人的心情，侧面写出泰山之高，用的是反衬法。"归鸟"二字暗示时间已届傍晚。时已薄暮，诗人犹望，其中蕴藏着对祖国河山的热爱之情。这几句给人留下了想象的余地，泰山究竟多么高呢？不知道，所见的只是云飘鸟飞，白云之上更不知有多高。结末言志，在预想的自然风景的客观观照中融入了对人生风景的美好憧憬。全诗既描写景物，又抒情言志，情景融为一体，达到水乳难分、炉火纯青的地步，被后人誉为写泰山的"绝唱"。《春夜喜雨》深情地赞美了一场知时节的好雨，生动地描绘了春夜的雨景和雨后繁花似锦的蜀都，流露出诗人难以抑制的喜悦之情。《七绝》（两个黄鹂鸣翠柳）描绘出四个独立的景色，此诗的写法是有声有色，由近及远，动静结合，时空交错。前两句连用"黄""翠""白""青"四种鲜明的颜色，织成一幅绚丽的图景，黄鹂鸟动听的歌唱使画面有了声音。由翠柳黄鹂而青天白鹭，而西岭雪峰，而东吴客船是由近及远。黄鹂的啼鸣和白鹭的飞翔是"动"，矗立的雪峰和停泊的航船是"静"。黄鹂、白鹭是眼前实景，"千秋雪"和"万里船"是时空想象，使看似平面的图画具备了更加丰富深远的内涵。《登岳阳楼》颔联两句"吴楚东南坼，乾坤日夜浮"，展示了洞庭湖浩瀚的气势、雄浑的景象。《五绝》（迟日江山丽）展示的自然画面粗细互补，动静相映，春光旖旎，和谐优美。《秋兴》八首、《登高》大都前半写景，后半抒情，诗人抓住三峡两岸的地域特征和深秋的时令特征来写景，写得高朗阔大，奔腾激荡，气象萧森。

李杜两人的写景特色不大一样。李白写景主观色彩浓，倾向于纵剖面，着重动态，主观地描写，多写胸中丘壑，不能当成真山真水看待。杜甫写景客观色彩浓，倾向于横断面，着重静态，客观地描写。李白写景大刀阔斧，奔腾回旋，杜甫写景体贴入微，精雕细刻。用绘画作比，李白是泼墨写意，杜甫是工笔细描。

白居易成名作《赋得古原草送别》写古原而暗寓别情，写送别而不离草色。全诗艺术结构严谨，刻画形象生动，用语自然流畅，意境浑然完整，是"赋得体"中的绝唱，得到长安诗人顾况的称道。《钱塘湖春行》以包含季节感和动态感的"春行"二字为主线，把早春的西湖描绘得生意盎然，表现了对充满生机的大自然的热爱之情。三、四句写莺与燕的动态：莺争暖树，显见向阳暖树还不多，春寒尚浓；新燕衔泥，显见筑巢才刚刚开始，仍是初春。"争"字既写出了黄莺竞相鸣叫、流利婉转的声音，也写出了黄莺为尽情领略阳光的温暖在枝头跳上跳下的动作。"啄"字表现出新归燕子忙于啄泥的兴奋动态,与初春所蕴含的无限活力和谐一致,又表明了燕子的所在——水边。早莺新燕活动的特殊性,充分显示了季节特征:万物复生,充满生机。"早莺"前面加"几处"二字,写出这里也在鸣,那里也在叫,此呼彼应的情景,流露出诗人极其喜悦的心情。"新燕"前加"谁家"二字,用一种疑问口气暗示了诗人由惊喜而猜想的心理流程。同时,"几处""谁家"又暗暗藏了一个"行"字。《暮江吟》选取红日西沉、新月东升两组景物进行描写,运用新颖巧妙的比喻,描画出安详的夕阳美景,创造出和谐宁静的意境。《忆江南》以如画之笔描绘出江南春景。"日出江花红胜火,春来江水绿如蓝",红的是江畔的野花,在鲜红的朝阳映照下更其艳丽,胜似团团火焰;绿的是莹碧的江水,在微微的春风吹拂下涟漪荡漾,犹如用蓝草染透一般。"绿如蓝"既写了水绿,又写了草青。这里,红与绿的色彩本身就是鲜明的对照,而词中又用初阳的辉映、火焰的比照,突出红色耀眼的亮度、跳荡的动感,与澄澈宁静的碧绿水色进一步形成明暗、动静的对比,从而使整幅画面活动起来,洋溢着无限的生机。

　　从初唐至五代,"自然赞歌"始终没有断歌。王绩《野望》描写了隐居之地的清幽秋景,是现存唐诗中最早的一首格律完整的五言律诗。贺知章《咏柳》通过赞美柳树的颜色美、轻柔美、形态美,进而赞美春天,讴歌春的无限创造力。张旭《桃花溪》描写桃花溪幽美的景色和对渔人的询问,抒写向往世外桃源,追求美好生活的心情。《山中留客》围绕着挽留到山中来访的客人,赞美了春山的美丽景色,语言质朴,意味深长。常建《题破山寺后禅院》抒写清晨游寺后禅院的观感,笔调古朴,描写省净,兴象深微,意境浑融。张继《枫桥夜泊》一诗织进残月、栖乌、霜天、江枫、渔火、客船、寺影、钟声这些物象,远近虚实相映,很好地表现了江南水乡秋夜的幽美。张志和《渔歌子》(西塞山前白鹭飞)描写江南水乡春汛时的情景(山青水绿、白鹭飞翔、桃花盛开、鳜鱼肥美),表现悠闲自得的生活情趣,笔墨洗练,形象鲜明,信手拈来,真切自然。韦应物《滁州西涧》中碧涧幽草、深树黄鹂、春潮晚雨、野渡横舟等一系列自然景物构成一幅水墨画,画面充满了大自然的气息,流露出恬静心境和高雅志趣。于良史《春山夜月》描绘出清幽淡远的春山夜月图,流露出悠然自得、纵情山水的畅快心情。韩愈《送桂州严大夫同用南字》用女性的服饰"青罗带"、首饰"碧玉簪"做比喻,极为概括地写出了桂林山水妩媚秀美的特点。《早春呈水部张十八员外》用清新自然、口语化的诗的语言摄早春之魂,那相当素淡、似有却无的草色给人以无穷的美感趣味。《山石》采用游记散文的写法,按黄昏到寺、山中夜宿、平明独出的游踪顺序,领引读者共同体悟寺中的生机、深夜的寂静和黎明的清新,流露出不愿为世俗羁绊的心情。刘禹锡《望洞庭》写出月下洞庭的静美景致,波平如镜的洞庭和青翠秀拔的君山组成精美绝伦的"银盘青螺艺术珍品"。写洞庭湖的名诗不少,雍陶《题君山》描画出君山涵映水中的深翠倒影,又将神话传说附会于君山倒影之中,以意取胜,写得活脱轻盈。方干《题君山》运用奇特想象,从题外落笔,神化君山来历,间接表现出君山的奇美。唐温如《题龙阳县青草湖》写出星光倒映洞庭湖中,飞舟翔入云天的迷离惝恍、缥缈幻丽的意境。杜牧《山行》中山路、白云、枫林等各种景物,构成一幅和谐统一、富于生气的画面,经霜红叶赛过"二月花",美艳至极。《江南春》以高度概括的笔法,描绘了江南明丽而迷蒙的春景,色彩鲜明,情味隽永。温庭筠《商山早行》选择代表山区典型特征的景物组合成六个意象,构成商山早行的生动画面。画面凄冷的情调,正暗合了旅人的悲愁情绪,使景与情浑然一体,互相渗透。皇甫嵩

《梦江南》("兰烬落")描绘梦里江南水乡梅雨季节的美丽风光,虚实相间,动静结合,小中见大,情味深长。韦庄的《菩萨蛮》("人人尽说江南好")以写意的笔法多角度绘出江南水乡风光人物的清朗明媚之美。司空曙《江村即事》、王建《雨过山村》、王驾《社日》、崔道融《溪居即事》、孙光宪《风流子》("茅舍槿篱溪曲")等,大都描绘农村美丽的风光和淳朴的人情,诗章流露出作者对农村生活的热爱和向往。

三、宋元明清赞歌

宋代自然赞歌题材有所扩大,多写湖光山色、都市美景、田园风光、自然风物。唐人借景抒情,宋人借景言理,宋代理学盛行,诗人们具有较强的理性思维能力,故普遍蕴含着丰富的人生经验和深邃的哲理;唐人诗境博大,宋人诗境狭小。往往从平淡无奇的自然小景和日常生活中捕捉诗意,写景新颖、奇巧、灵活、深透、亲切。宋代诗人比唐代诗人有更渊博的学识和多方面的文化艺术修养,故在诗中使事用典更精致隐秘,作品中穿插着人文意象,散发出浓厚的书卷气息。

诗人、词人们热衷于写湖光山色。欧阳修《采桑子》("轻舟短棹西湖好"),写颍州(今安徽阜阳)西湖,写得轻盈、优美、欢快,词作富有画面感,景物中透露出词人轻松欢快的情绪。另外两首《采桑子》一写湖水滢澈空灵之美和稳泛画船游宴之乐,一写平湖莲菱花好之美和词人寄情山水之趣。苏轼惯于歌颂大自然的壮阔美,歌颂祖国山河的壮丽多姿。他善于捕捉大自然瞬息变幻的奇妙景物,予以生动的刻绘。他的诗歌成为大好河山的奇伟画卷,成为豁达心胸的自然披露。名篇有《望海楼晚景》《望湖楼醉书》《饮湖上初晴后雨》。《饮湖上初晴后雨》描写西湖美景,略去细部,大笔写意,抓住西湖神韵,进行精练概括。首句描写晴天的湖光,"潋滟"形容波光荡漾,在晴日的阳光照射下,西湖水波荡漾,闪烁着粼粼的金光,风景秀丽。次句赞美雨天的山色,"空濛"形容烟雨迷蒙,在阴雨的天气里,山峦在细雨中迷蒙一片,别有一种奇特的美。这两句意境阔远,精妙传神,古人评论说,古来多少西湖诗全被这两句扫尽了。后面两句用新颖独特而又贴切的比喻,由实写转为虚写,写出了西湖在任何时候都不减丰姿的神韵。"淡妆浓抹"呼应"晴"和"雨","总相宜"呼应"方好"和"亦奇"。西施是淡妆美,浓抹亦美,西湖也是晴也美,雨也美。本体、喻体之间有许多契合点:其一,西子家乡离西湖不远,同属古越之地;其二,同有一"西"字,念起来自然天成;其三,同样具有婀娜多姿的阴柔之美;其四,同具有天赋的自然之美,不用借助外物,不需刻意装扮,随时都能展现独具风韵的美。以西施比喻西湖,美好的传说能勾起人的无限遐思。杭州西湖由此博得"西子湖"雅号而名扬中外。这首诗概括性很强,它不是描写西湖的一处之景、一时之景,而是对西湖美景的全面评价,全诗的意境于整体观照中透出一种空灵的美、含蓄的美和朦胧的美。宋代诗人武衍读完此诗后,不禁击节叫绝:"除去淡妆浓抹句,更将何语比西湖?"当代香港诗人犁青《桂林姑娘》把秀丽的桂林山水比作桂林姑娘,是模仿苏轼写西湖的笔法。杨万里《晓出净慈寺送林子方》写西湖夏日美景只抓住莲叶、荷花做文章,先虚(感受)后实(实景),以小见大,画面绚丽,明白晓畅。于恢弘之中点染出绚烂和生动,于无边辽阔中捕捉出情趣与风韵。黄庭坚《雨中登岳阳楼望君山》其二展现出一幅阔大的洞庭风雨图,表达了诗人劫后余生陶醉山水的欢悦之情。"绾结湘娥十二鬟"写湖中君山形象,因为烟雨迷蒙,君山影影绰绰,好像湘娥绾结的十二个发髻,化静为动,写出君山的动态的美;将娥皇女英的美丽神话引入诗境,以虚辅实,使读者从湘娥的美丽妩媚去联想君山的美丽妩媚,丰富了画面内涵。

潘阆、柳永善写都市美景。潘阆《酒泉子》("长忆观潮")以豪迈的气势和劲健的笔触,描绘了钱江潮涌的壮美风光。词的上片描写观潮盛况,表现大自然的壮观、奇伟:"来疑沧海尽成空。万面鼓声中";下片描写弄潮情景,表现弄潮健儿与大自然奋力搏斗的大无畏精神:"弄潮儿向涛头立。手把红旗旗不湿"。当时有人把它画成画,叫作《潘阆咏潮图》,到处印卖,风靡一时。柳永《迎新春》("嶰管变青律")、《木兰花慢》("拆桐花烂漫")、《倾杯乐》("禁漏花深")等描绘当时汴京、洛阳、扬州、金陵、杭州等繁荣景象和市民游乐情景,多方面展现繁华富裕的都市生活和丰富多彩的市井风情。《望海潮》("东南形胜")采用铺叙的艺术手法,全方位多角度地描绘了杭州的繁华美丽景象。

  东南形胜,三吴都会,钱塘自古繁华。烟柳画桥,风帘翠幕,参差十万人家。云树绕堤沙,怒涛卷霜雪,天堑无涯。市列珠玑,户盈罗绮,竞豪奢。

这首词开篇说,杭州是东南一带的形胜之地,又是著名的大都会,自古以来,风光优美,热闹繁华。"形胜"和"繁华"是词眼。"形胜",是自然环境的优美;"繁华",是经济的繁荣发达。下面就从这两个角度分别写杭州的形胜和繁华。"烟柳画桥",是写湖边的风景,写城市绿化得好,到处都是画桥,画桥旁边是杨柳依依。"风帘翠幕"是写市井风景,家家户户都悬挂着华丽的窗帘,一派富丽景象。"风帘",还写出了帘幕的动态,在秋风中轻轻晃动。"参差十万人家"完全是写实。千家万户,房屋楼台鳞次栉比,错错落落,大都会的气象就展示出来了。以上从市容上写"繁华",下面转写"形胜"。"云树绕堤沙"三句写得很有画面感,"云树"呼应前面的"烟柳画桥",绿树如云,形容树多(连成片了),树高(高及云天),还点明是远镜头,远望只见绿成一片。"绕堤沙"说明成排连线的树沿钱塘防波堤生长,"绕"显示了防波堤的曲线美,"沙"暗示了堤面铺沙净无泥的特征。随后描写钱塘江潮,"怒涛卷霜雪","怒涛"写潮水之盛,"卷霜雪"写潮水的动态、气势、色调,以及它给观潮者的感觉(凛然生寒)。苏轼《念奴娇》的"卷起千堆雪"就是借鉴的这一句。写了动态主体之后,接写动态空间——"天堑无涯",以空间的浩阔险要,衬托江潮的壮观雄奇。上面三句总体描绘"形胜",下面三句又从经贸上写"繁华",词人用笔灵活多变,形胜与繁华,分开穿插着写。"市列珠玑",市面上出售的都是高档饰物——珍珠宝贝;"户盈罗绮",家家铺面上堆积着高档衣料——绫罗绸缎;"竞豪奢",是说奢华富有的程度旗鼓相当,各不相让。用西门庆的话来说,这就叫"黄金铺地,泼天富贵"。

  重湖叠巘清嘉,有三秋桂子,十里荷花。羌管弄晴,菱歌泛夜,嬉嬉钓叟莲娃。千骑拥高牙,乘醉听箫鼓,吟赏烟霞。异日图将好景,归去凤池夸。

在上片中,通过空间镜头切换把杭州"形胜"和"繁华"的总貌给写出来了,下片重点来写杭州最美的去处——西湖,上片概写的疏阔与下片特写的细微完美结合。写西湖打破时空界限,既注意到水,也注意到山,既注意到季节变化,又注意到昼夜不同。"重湖叠巘"是对西湖山水自然措置的状貌描述,"清嘉"是对山水之美的总评价。清秀美丽体现在什么地方呢?"叠巘"上有"三秋桂子","重湖"中有"十里荷花",桂花和荷花,是杭州有代表性的名花,桂花暗香袭人,荷花艳丽夺目。下面没有去写"山寺月中寻桂子"（白居易《忆江南》）的文人雅事，而是着意写杭州人的惬意生活。"羌管弄晴，菱歌泛夜"，写"钓叟莲娃"的动态神情，"钓叟莲娃"是杭州底层民众的代表，正像陶渊明《桃花源记》中"怡然自乐"的"黄发垂髫"是桃花源中人的代表一样。"嬉嬉"写出他们的生活态度、精神状态，精神的愉悦建筑在生活富裕的基础上，一派升平气象由此显出。上面写杭州山水治理得好，民生经营得好，是暗写太守孙何治政有方。环境美好，经济繁荣，城市宜居，人民安乐，太守当然踌躇满志。他来游西湖排场大得很，是"千骑拥高牙"，下属、侍卫、仪仗等队伍浩浩荡荡，前呼后拥着太守。"乘醉听箫鼓，吟赏烟霞"，他在微醺中观看歌舞，听着乐奏（箫与鼓，泛指乐奏），赏着美景，不禁诗情涌动，有了吟诗的兴致。"异日图将好景，归去凤池夸"是恭维话，"图将好景"承上"吟赏"而来，"图"不一定就是请人画西湖美景，很可能就是风雅的太守所吟的风景诗（内容当然是风景如画的西湖），"归去凤池"意味着政绩卓著的太守必定要高升，"夸"有三意：夸美景，夸繁华，夸政绩。"夸"不是说太守自吹自擂，而是说杭州风景之美好、市井之繁华、人民之安乐必定让人惊叹。

这首词，最大的特点就是层层铺叙，铺叙手法的采用，完全是为了满足内容表达的需要，短小纤巧的小令无法负载这么壮阔的画面和丰富的内容，铺叙就把词的结构撑大了，变成了繁音纤节、局面开张的慢词，这是柳永的一大贡献。其次，大量使用对偶，百来字中，光四字一句的对语就有六对。全词二十三句中，除两片结尾三句和过片第一句单只无偶外，其他都存在着错综复杂的对偶关系，这种组句方式最适合于铺叙。再次，语言俊利疏快，以白描见长。它很少用典，多取景目前，而天然佳妙。如"三秋桂子，十里荷花"，毫无雕饰，如同白话。

田园风光仍是诗人、词人喜欢描写的对象。王禹偁《村行》记写诗人在商州郊外的一次出游，以村行为线索，以多彩之笔逼真地描绘了我国北方原野秋日的绚丽景色（"万壑有声含晚籁，数峰无语立斜阳"）和作者的感受。笔意淡雅，耐人寻味。张先《木兰花·乙卯吴兴寒食》勾绘清明时节江南水乡生机勃勃、春意盎然的风景画和风俗画，上片写白昼的"闹"——龙舟竞渡，秋千飞荡，芳洲踏青；下片写夜晚的"静"——远山青黛，月色清明，柳絮暗飘，动静相映，韵味隽永。梅尧臣《鲁山山行》漫游写河南鲁山所见明净秋光，从峰峦百态写到幽径迷途，从空林静谧写到深山鸡鸣，写出深山中的古朴野趣，情随景转，画中有声，平中见奇，淡而味浓。苏舜钦《夏意》写农家小院的清幽之境，寓流丽俊爽于清邃幽远之中，小巧别致，情趣盎然。南宋时期山水田园诗注意小景致，注意自然细节，写出某种境界、山水特征或季节特点，没有浑茫的气势，格局较小，景物较明晰。王安石《书湖阴先生壁》（茅檐长扫净无苔）写杨家庭院的清幽和门前山清水秀的美景，化静为动，有情有趣，充满生机，诗作流露出对屋主淡泊生活的叹赏。苏轼去徐州城东石潭谢雨途中所作的《浣溪沙》五首皆写初夏农村景色，以自然写实的手法和分镜头组合方式绘制了洋溢着泥土馨香和生活气息的农村风物画，体现了诗人对清新朴素的农村环境的爱悦。篇篇有景有人，有形有声有色，乡土气息浓郁，开前人农村词之未有，启后人农村词之良端。杨万里从"师法古人"迈进到"师法自然"，形成了自己独特的艺术风格，从大自然中取材，摄取生活中随时都可看到的平凡事物，用清新活泼、雅俗共赏的语言，融入自己真实的感受，创造了意境新颖、生趣盎然的"诚斋体"。他或写清幽的小池，或写夏日农村景象，善于捕捉形象，其诗充满了生活气息。《横塘》中眼前景物石桥、朱塔、垂杨、画船等被错落有致地安排在画面上，江南春雨的风情雨态让人感同身受。《小雨》赋予春雨以人的秉性，它们妒忌爱山的诗人，结成一张遮挡千峰的珠帘。《小池》中泉眼、细流、树阴、荷叶、蜻蜓，这些眼前景物经过诗人点化，构成小巧玲珑、充满生机、动静相生、情趣盎然的画面，表现了大自然中万物之间亲密和谐的关系。范成大是我国古代田园诗的集大成者（对农民而言，陶渊明是亲近者，王维是旁观者，范成大是融入者），晚年归隐石湖所写的组诗《四时田园杂兴》分《春日》《晚春》《夏日》《秋日》《冬日》五组，比较深刻全面地反映了江南农村的生活面貌。它们是风俗画和风情画的结合，具有强烈的现实感和浓厚的泥土气息，使以闲适隐逸为特征的传统田园诗的意境风貌大为改观，在我国诗歌史上占有特殊的地位。辛弃疾《清平乐·村居》以白描手法，有声有色、形象生动地描述了农家的日常场景（谈笑、锄豆、编鸡笼、剥莲蓬）、人情之美和生活之趣，表现出作者对农村和平宁静生活的喜爱。《鹧鸪天·陌上柔桑破嫩芽》从不同角度分镜头组接描绘乡村春色：陌上—东邻—平冈—寒林—山路—溪头，词人放目所见，一切充满生机：柔桑破牙，幼蚕蠕动，黄犊啃草，鸦噪斜阳，酒家旗飘，荠菜花盛，又用城中阴晦的虚景来映衬眼前明媚的实景，强调春在田园。《西江月·夜行黄沙道中》，只选用夏夜一晴一雨两个镜头，上片通过三种动物：鹊、蝉、蛙来写晴，写出乡村夏夜的生机与宁静。下片写雨，明月—疏星—小雨，变化相当迅速，突出了夏季气候特色，"七八个"星（不多），"两三点"雨（不大），成功地创造了一种高远空濛的境界。

宋人写自然风物，境界博大者不是很多。宋祁《玉楼春》从水、树、花三个方面歌咏春天，洋溢着珍惜青春和热爱生活的情感。"红杏枝头春意闹"的"闹"字，不仅形容出红杏花形的纷乱、色彩的闪烁、香气的四溢，而且透出了暖意，暗示了蜂鸣蝶舞的情景，把生机勃勃的大好春光全都点染出来了。曾公亮《宿甘露寺》从小处着笔写出了长江的宏伟气势，一句一景，景中寓情。苏舜钦《淮中晚泊犊头》描绘淮河流域春日的一幕阴雨景色，有声有色，意境极佳。王安石《泊船瓜洲》中"春风又绿江南岸"把江南描绘得生机勃勃，春意盎然，"绿"字是吹绿的意思，形容词动用，用得绝妙。黄庭坚《鄂州南楼书事》描写夏夜登楼眺望情景，以南楼为中心，构成高远、清空、富有立体感的艺术境界。秦观《春日》描写春雨初霁的晨景，情致蕴藉，运思绵密，体物入微，描摹传神，清新婉丽。"有情芍药含春泪，无力蔷薇卧晓枝"，寄情于物，堪称妙绝。史达祖《绮罗香·咏春雨》写江南烟雨极为工细，写雨中花柳，雨中蝶燕，雨中江景，雨中峰峦，雨中落红新绿、雨中旧日情事，处处写的是春雨，最后才见一个"雨"字。咏物诗词大都是借物比兴，写景兴怀，托物咏人。如林逋《山园小梅》虽是句句咏梅，但实为以梅的品性和风韵比喻自己孤高幽逸的生活情趣。王安石《孤桐》借"孤桐"以言志，孤桐即为其志存高远、正直不屈的人格写照。苏轼《海棠》用烘托手法赞美海棠花，表达诗人达观、潇洒的胸襟；《水龙吟·次韵章质夫》借飘荡不定的柳絮，写被蹂躏、被抛弃女子的身世之痛、哀怨之情；《卜算子》（"缺月挂疏桐"）借月夜孤鸿托物寓怀，展示词人孤高自许、蔑视流俗的心境。周邦彦《苏幕遮》出神入化地描写荷叶之美，倾诉对故乡杭州的深深眷念；《六丑·落花》借春归花谢的景象和人花相惜的情形，寄寓年华虚掷的感伤。陆游《卜算子·咏梅》借桥边寂寞开放、散发幽香的梅花，衬托自己高洁的气质，孤独寂寞的主体客体完全重合。姜夔《暗香》《疏影》写梅花疏影横斜的风韵和清雅宜人的幽香，隐隐透露积极入世的愿望和怀才不遇的苦闷,"寄意题外,包蕴无穷"。史达祖《双双燕·咏燕》刻画燕子双栖双宿的生动形象,隐含对人生的感慨,极妍尽态,神形毕肖,被称为咏燕的压卷之作。刘克庄《满江红》("赤日黄埃")以梅的迎风傲雪、孑然独立,写自己的傲然挺立、卓尔不群。

林逋一生独身,后半生隐居于杭州西湖孤山,喜欢梅、鹤,自称"以梅为妻,以鹤为子"。他在隐居生活中自得其乐,相传二十年足不入城市。林逋的诗,主要描写西湖优美的自然景色,表现隐居生活的情趣。诗风清冷幽静,闲淡深远。《点绛唇》("金谷年年")是咏草名篇,全词无一"草"字,只写残园、乱春、烟雨、落花、离情、日暮、阡陌,字字令人联想到芳草萋萋,被王国维赞为"咏草三绝调"之一(另两调为梅尧臣《苏幕遮》和欧阳修《少年游》)。《山园小梅》是咏梅名作,是诗人三首咏梅诗中最好的一首。另两首《梅花》均写梅花的风格,这首却重在写梅花的神情,写出了梅花的美和高洁。

  众芳摇落独暄妍,占尽风情向小园。
  疏影横斜水清浅,暗香浮动月黄昏。
  霜禽欲下先偷眼,粉蝶如知合断魂。
  幸有微吟可相狎,不须檀板共金樽。

诗人与梅精神上是契合的。开头两句直接抒发对梅花的赞美,它在百花凋零的严冬迎着寒风昂然盛开,那明丽的景色把小园的风光占尽了。第一句通过"独"与"众"的对照,"暄妍"与"摇落"的对照,写出梅花不畏严寒、不同流俗的个性。诗人是在写梅花,又何尝不是在写自己?第二句由梅花的形色写到梅花的神韵,"占尽风情",写出它独秀于小园的风采,意即它把小园所有的美集于一身,或者说小园所有的美集中体现在盛开的梅花上,一个"尽"字,正暗示了这一点。下面对梅花的气质风韵作具体的描绘,它神清骨秀,高洁端庄,幽独超逸。"疏影"写出了梅枝稀疏的特点,同时把镜头移向了月夜,因为白天或黑夜无所谓"影"(因"水""月"而有影)。"横斜"二字带有流动之势,描绘了梅枝旁逸斜出错落有致的风姿。花枝横斜,这种姿态在诗中的画面属于斜线构图。在绘画中讲究三角形、对角线、曲线的构图,就是因为斜线和曲线这种形式美带有流动感,这种形式能使不动的景物显示出动态。"水清浅"则交代山园小梅邻近水边,那当是泉水,因为泉水清澈,故月光能照彻水底,给人以浅的感觉。把这一句读完,就可知梅影不光指梅枝本身,还指梅在清浅的水上轻晃着的投影。"暗香"又写出了梅花清幽的芬芳(应"黄昏"而显暗)。"浮动"则直接写出了动感,写出了梅香随着晚风四处飘散的神韵。"月"的出现使梅使水全蒙上月色。"月黄昏"中的"黄昏"不是一个指时分的名词,而是一个描写月色的形容词,"黄昏"在这里就是朦胧的意思。朦胧的月色,清澈的流水,疏淡的梅影,缕缕的清香,构成了非常静美清雅的意境。因了淡月、清流的烘托,梅花清幽香逸的个性得到了突出。此联深得欧阳修赞赏,大凡咏物,以能够写出物的神态为上。这两句把梅花清秀高洁的体态风神写得流动跳脱,诗中景物流动有神,这就使人们从对象中看到了蓬勃的生气和旺盛的活力,因而极富感染力。五代诗人江为诗云:"竹影横斜水清浅,桂香浮动月黄昏",江诗未道出竹子和桂花不可替代的特点。林逋仅改动了两个字,却道出了梅花不可替代的特征:梅枝稀疏、横斜。

第三联又换成日间景象,通过禽鸟昆虫来烘托梅的美和高洁。前一句是实写,冬鸟想飞下梅枝栖止，以亲近梅花，在它将下未下的时候，偷偷地打量梅花几眼，"先偷眼"三字传神，这个拟人化的细节传达出鸟类对梅又爱又敬，不敢存丝毫的狎弄之意。后一句是虚写，用设想之词写粉蝶见梅的情状，"粉蝶"多为白翅蝴蝶，它们在春天遍采百花，但无论如何不会碰到像梅花那样高洁的花。如果粉蝶能活到冬天，知道世界上有这种与自己一样颜色的美丽花朵，并得以与梅花亲近，它大概会爱梅爱得死去活来。"合断魂"，把昆虫对梅的爱夸张到极点。这一联从侧面进行拟人化描写，从虫鸟爱梅而不敢立即亲近或不得亲近上，衬出梅花特有的高洁，也写出诗人对梅花的喜爱和幽居的快乐。

诗人对梅的喜爱和陶醉之情不能自抑，于是从借物抒怀一跃而为直抒胸臆。在恬静的山林里，一边忘情地赏梅，一边低声地吟诗，尽可以自得其乐，混迹于那种歌女演唱、推杯换盏的热闹场面是无法与之相比的。"可相狎"，比李白《独坐敬亭山》中的"相看两不厌"情感浓度还要高，完全把梅当成了能够互相亲近的知己，用林逋自己的话说就是"梅妻"。"檀板""金樽"代表红尘的享乐生活，诗人在前头着"不须"二字，表示了对这种生活的弃绝态度。整首诗既在咏梅，又在咏自己，借梅的高洁清逸的风韵，表现自己高洁的情操和恬淡的生活情趣，咏物和抒怀融为一体。

南宋中后期，以"永嘉四灵""江湖诗人"为代表的诗人写过一些写自然小景的山水诗，但大多模山范水、寄寓闲情逸趣。翁卷《乡村四月》以白描手法写江南农村初夏时节的景象，景人俱写，前呼后应，接近范成大田园诗风格。

金元两朝都是游牧民族建立的封建王朝，故田园诗中多牧歌式的作品。诗与绘画艺术的紧密结合，多反映牧民生活的作品，是金元时期自然赞歌的独具特色。

元好问山水诗作"清熟圆美，无山林枯槁之气"，《泛舟大明湖》把自己整个身心融入自然，写得分外感人："看山水底山更佳，一堆苍烟收不起"。画家赵孟頫、倪瓒（元代四大家之一）、高克恭（回族文学史上第一个山水田园诗人）等都写过情趣盎然、充满画意的山水田园诗作。陈孚《居庸叠翠》以刚劲苍凉的笔调，写出了居庸关的雄伟气势。马致远〔双调·寿阳曲〕《潇湘八景》八支曲子从不同角度描写洞庭湖一带的旖旎风光：平沙落雁、山市晴岚、远浦帆归、潇湘夜雨、烟寺晚钟、渔村夕照、江天暮雪、洞庭秋月，如同一组充满诗情画意的山水画。张养浩〔双调·雁儿落兼得胜令〕《退隐》不只是在描绘山景，更是带着强烈主观色彩赞美山景，评价山景，与山成了好朋友，交流感情，融为一体。〔中吕·朝天曲〕《柳堤》写游钓矶所见优美景象：柳堤清爽，竹溪潺潺，日影斑斓，恬静优美的田园风景画面极富立体感。张可久〔中吕·红绣鞋〕《天台山瀑布寺》形象描绘出高山冰瀑的奇观，描绘出天台山高峻险峭，瀑布阴冷凄厉，让人感到险峻可畏、阴森可怖。〔中吕·普天乐〕《西湖即事》吟咏西湖夜景，将瑰丽的想象——云锦遍布，银河倒映，仙女飞升，月下吹箫——糅合现实画面，写得迷离惝恍、柔媚动人。萨都剌《过嘉兴》既有江南如烟似画的开阔远景，又有近在眼前的风俗图画，更有特写式的镜头，色彩明艳而不失清新，描景清丽又不失典雅，读来一波三折，回肠荡气。周德清〔正宫·塞鸿秋〕《浔阳即景》按照由远及近、自下而上的空间顺序，铺排叠加了长江、淮山、江帆、山泉、晚云、新月、大雁七种意象，动静明暗，声光色态，无不咸备，千姿百态，各放异彩，相得益彰，构成一幅生动传神的浔阳江动态秋景图，使人感受到景物变化的动态美和意态形象的朦胧美。乔吉的

〔双调·水仙子〕《寻梅》〔双调·清江引〕《即景》均采取寓情于景的写法，前者写了梅花圣洁飘逸的神韵，后者写柳丝飘拂、落红满地的暮春景色，两曲皆清新淡雅，韵味深长。徐再思多写江南景致，以清丽工巧见长，善于学习俗谣俚曲，擅长白描，抒情深细，端谨秀丽，雍容平和，婉约工巧，清新自然，曲风被朱权评为"如桂林秋月"，〔中吕·普天乐〕《吴江八景》、〔中吕·阳春曲〕《皇亭晚泊》、〔越调·凭阑人〕《江行》以及写西湖的一些小令，都是秀美清丽的精品。贯云石〔中吕·粉蝶儿〕《西湖十景》描写西湖如诗如画的美景和忘却宦海风波的情怀。〔双调·清江引〕《咏梅》（"南枝夜来先破蕊"）描绘幽静孤高的雪月梅花，表达自己不流俗、不媚骨的人品。王冕画梅写梅，《白梅》《墨梅》借梅花的高洁来表达贞洁自守的情操，不与世俗同流合污的高格远志。杨维桢《庐山瀑布谣》运用奇特的想象、新丽的语言、巧妙的夸饰，组成一幅开宕、宏壮的庐山瀑布画图。瀑布使神话物化，神话使瀑布神化，达到了神与物交、物与神融的审美效果。

明代是我国诗歌史上成就平庸的时代，"自然赞歌"无论数量和质量，都难以超越唐宋时期。高启的山水诗颇有李白之风，如《登金陵雨花台望大江》，以奔放的笔力描绘山河的壮丽："大江来从万山中，山势尽与江流东。钟山如龙独西上，欲破巨浪乘长风"，抒发登临怀古的激情："我怀郁塞何由开，酒酣走上城南台；坐觉苍茫万古意，远自荒烟落日之中来"，气势豪放，音乐铿锵，舒卷自如，纵横随意，让人想到李白写黄河、长江的诗篇。王世贞的《登太白楼》写登太白楼所见（"白云海色曙，明月天门秋"）所感，写得颇有气魄，既有空间的广度，又有时间的深度。

到清代，历代诗中罕见乃至阙如的边陲塞外奇异景观亦大量出现，其范围北至白山黑水，南至天涯海角，西北至天山戈壁，西南至洱海灵山，甚至西藏高原、台岛风情，皆被纳入诗人们的视野，打开了人们的眼界。在山水诗创作上取得卓著成就，并形成特色的山水诗人名家大家数目亦超过前代，如钱谦益及其黄山诗、吴伟业及其太湖诗、顾炎武及其华山诗、朱彝尊及其鸳鸯湖诗、屈大均及其罗浮诗、王士禛及其山林诗、查慎行及其黔贵诗、厉鹗及其西湖诗、袁枚及其桂林诗、洪亮吉及其天山诗、黎简及其西江诗、宋湘及其滇中诗、魏源及其三湘诗等，难以尽举。

比较有名的山水田园诗有顾炎武《龙门》、施闰章《钱塘观潮》、屈大均《摄山秋夕》、王士禛《真州绝句》、曹贞吉《蝶恋花》、厉鹗《蒙阴》和高鼎《村居》等。《龙门》描写"开天此一门"的龙门峡控扼"万里下昆仑"的黄河的奇伟瑰丽。《钱塘观潮》描写钱塘江潮震天动地的涛声和不可抵挡的气势，又传弄潮儿之神，发诗人观潮之慨。《摄山秋夕》描写栖霞山秋夜的林木、归鸟、风雨、山月之美，自然清新、生动诱人。《真州绝句》描写斜日帆影、江花江草、滔滔江潮、柳陌红树、晓风残月，表现了真州景物的美丽和风俗人情的淳朴。《蝶恋花》以"黄云覆地""咿轧声起""野老讴歌""槐荫美睡""客至留醉"等典型画面，展示了丰收时节繁忙热闹情景和农民质朴贫寒的生活。《蒙阴》驰骋想象，凭虚构象，以青碧的天空为背景，把东蒙雪峰比喻为一簇簇皎洁如玉、冲天怒放的莲花，营造出壮丽高远的艺术意境。《村居》描写草长莺飞、杨柳拂堤的明媚景色和孩童兴致勃勃地放风筝的欢乐情景，勾画出充满生机、春意盎然的农村生活图画。

中国古代自然赞歌有这样几个特点。

其一，往往和忧国伤时、怀古咏史、羁旅行役、送行游宴、田园隐逸、求仙访道等题材内容结合，抒写并非单纯审美的丰富复杂的思想感情。

其二，山水诗多写自然之美，借景以抒怀；田园诗多写人情之美，缘事以寄趣；咏物诗多写风神之美，托物以言志。

其三，往往从绘画中汲取艺术表现的经验，注重写意，以形传神，虚实结合，动静相生，意境浑成。

 阅读·思考·研习

1. 阅读并背诵本章所提及的重点作品。
2. 结合《归园田居》其一和《登池上楼》，试比较陶渊明、谢灵运诗歌的不同特征，准备课堂讨论。
3. 结合具体作品，试比较孟浩然与王维山水田园诗的不同特征，准备课堂讨论。
4. 试分析唐代、宋代写景诗歌的不同风格，并写一篇1000字左右的小论文。
5. 选择一首自己理解最深透的中国古代自然赞歌作品，编写欣赏讲义并制作课件，准备上台讲授。

第四章
家国壮歌欣赏

爱国，是中华儿女心中永远的情结。中国几千年历史，太平时日少，外侮内乱多，出现过不少爱国诗人。著名的爱国诗人有战国屈原，汉魏曹植，唐岑参、杜甫，宋辛弃疾、陆游、岳飞、文天祥，明陈子龙、夏完淳，清顾炎武、秋瑾。

"国家不幸诗家幸"，一代代爱国诗人忧国忧民，写下彪炳千秋的诗作，抒发精忠报国的壮志和赴汤蹈火的赤诚。历代爱国诗篇数不胜数，其中的精品熠熠生辉，一篇篇让人读之热血扬沸、浩气荡胸，爱我中华之情永不衰绝。

一、先秦至唐壮歌

先秦时代，先民就创作过《诗经·无衣》这样的诗作，它反映了古代人民以爱国精神参加正义的卫国战争的思想感情，表现了同仇敌忾、同生死共甘苦的战斗友谊。诗的结构为重叠式，以一个"同"字为线索。首句"岂曰无衣，与子同袍"起得很妙，表示亲密团结、并肩向前之意。这两句开门见山，突兀而起，气势非凡，已酿出一种猛锐之气。二、三章的一、二句含义同此而含递进关系：同战袍—同衬衣—同下装。接下来两句"王于兴师，修我戈矛"，国家的号令与士兵的行动接得如此紧凑，给人一呼百应的强烈感受，使人们似乎看到了一声令下万马奔腾的情景。就在这种磅礴的气势中，充分展现出人民疾赴国难的崇高精神和英雄气概。

战国时期，七雄并立，三强鼎立。秦、楚、齐三国都有实力通过兼并战争，建立统一的中央集权的封建国家。屈原高瞻远瞩，主张联齐抗秦，最后由楚国完成统一大业。但楚怀王、楚顷襄王统治时期，楚国政治腐败，统治者在抗秦与亲秦的问题上摇摆不定，导致楚国日益衰弱。随着秦国日益强大，秦楚交战，楚国失败，将士死伤无数，《国殇》正是一首悼念阵亡将士的祭歌。《国殇》也是鼓舞士气的战歌、爱国主义的赞歌，它通过对激烈战斗场面的描写，热烈地赞颂了为国死难的英雄，作品前半部分写激烈战斗。

操吴戈兮被犀甲，车错毂兮短兵接。
旌蔽日兮敌若云，矢交坠兮士争先。
凌余阵兮躐余行，左骖殪兮右刃伤。
霾两轮兮絷四马，援玉枹兮击鸣鼓。
天时怼兮威灵怒，严杀尽兮弃原野。

  开头四句写交战之初，通过景物描写，渲染气氛，将紧张激烈的战斗场面绘声绘色地凸显出来。首句勾勒楚军将士的威武形象：手里拿着锐利的兵器，身上穿着坚韧的铠甲。很显然一场激战即将开始。楚军严阵以待，敌军来势凶猛。次句紧接着描写双方进入混战状态，表明战事相当紧张。"车错毂""短兵接"，说明双方投入的兵力不少，机械化部队与步兵一起上，"错""接"点出残酷的厮杀已经开始。第三句以夸张之笔写敌军人马众多，兵力强大，这不是长敌人志气，灭自己威风，而是强调这一战役双方力量过于悬殊，暗示楚军失败、敌军取胜的结局。这一句也被李贺借鉴去了，"黑云压城城欲摧"，不过不像原句一样具有电影镜头的真实感。第四句写楚军士兵在这种寡不敌众的情势下，仍然争先恐后地冒着交坠的箭雨奋勇冲锋，忘命杀敌。士兵们勇敢顽强的非凡气概，在敌强我弱的对照中表现出来。

  敌军的确是虎狼之师，他们凶猛进攻导致了楚军的严重失利，接下来四句写失利之后的情形。五、六句描写敌军猖狂进攻，楚军损失惨重：阵势被冲破，行列被打乱，战马被杀伤……过去打仗讲究阵势，《孙子兵法》也谈到如何排兵布阵，在吴王阖庐邀请下，孙子甚至亲自当教练，教宫女们如何摆出阵势，居然比正规军还整齐。相传三国时代，诸葛亮在长江边以乱石堆成"八阵图"，按遁甲分成八门，变化万端，可当十万精兵，吓得引兵西进的陆逊倒退十余里。但阵势一破必败无疑。诗中"凌""躐"两个字突出了敌军的穷凶极恶。正因为如此，楚军阵势完全被打破了，连将帅乘坐的战车也遭到了袭击，拉车的马一半遭到重创。这样一来，被淤泥陷住的车轮自然不能动了，四匹马也被缰绳绊住挣脱不开，情势万分危急。前面写到士卒如何冲锋陷阵，这里写主帅如何指挥若定：援枹，鸣鼓，他依然敲打战鼓鼓舞士气。中国语言很有意思，一个"鼓"字，左边是搁在鼓架上的鼓，右边是一只手拿着棒子敲，上古时代的战鼓，皆由鳄鱼皮制成，鼓皮选用鳄鱼皮，是取鳄鱼的凶猛习性以壮鼓声。《曹刿论战》里有"一鼓作气"的说法，这里的击鼓不仅有鼓舞士气的意思，更有指挥部队作战的意思，主帅不是打锣（鸣金收兵）而是击鼓，表明他要与敌军决一死战！这组特写镜头可使人联想到《齐晋鞌之战》中郤克"伤于矢，流血及屦，未绝鼓音"的情景，两者有异曲同工之妙，但屈原诗句之精练为《左传》所不及。李贺写"霜重鼓寒声不起"，写的是增援部队的鼓声，屈原的诗里没有出现增援部队。

  九、十句写激战尾声，上句写楚军将士殊死搏斗的精神感动鬼神，鬼神见敌军如此凶残怒不可遏，似乎也要来助战了（以此衬托战斗的残酷激烈）。《荷马史诗》中，奥林波斯神的众神真的在特洛伊战争中帮助想帮助的人，如智慧女神雅典娜帮助希腊联军，太阳神阿波罗、爱与美之神阿弗洛狄忒帮助特洛亚人。遗憾的是中国的神灵并没有化身为战士参战，否则说不定就可以反败为胜了。荷马的描写是纯然浪漫的，屈原的描写浪漫中更重写实，而这正是这首诗的特点。正因为敌强我弱且缺乏神力相助，楚军经过拼死顽强抵抗，结果全部抛尸原野，这一句扣住了"国殇"诗题。

> 出不入兮往不反，平原忽兮路超远。
> 带长剑兮挟秦弓，首身离兮心不惩。
> 诚既勇兮又以武，终刚强兮不可凌。
> 身既死兮神以灵，魂魄毅兮为鬼雄。

后半部分承上"严杀尽兮弃原野"礼赞国殇。这一部分分两大层次，前四句讴歌楚军将士生死不渝的报国意志。"出不入兮往不反"，追忆阵亡将士奋勇御敌、义无反顾的誓言，荆轲《易水歌》中"壮士一去兮不复还"，那是侠客的誓言，与爱国将士的精神世界还差着一个档次。"平原忽兮路超远"，感慨阵亡将士为国捐躯于远离家乡的荒野战场。"平原忽兮"借原野之旷阔迷茫，暗示楚军将士尸首遍地，为国捐躯的人数众多。"带长剑兮挟秦弓，首身离兮心不惩"两句勾画国殇形象：头颅和躯体虽然分离了（头颅被敌人割去，过去论战功凭首级领受，春秋战国时"驱农归战"就是凭收集多少首级赏赐土地），长剑和强弓依然牢牢握在手中，这个静态特写镜头与本诗首句遥相呼应，首句言其生为人杰，此句言其死为鬼雄。楚军将士死后武器都不放手，倒下的那一刹那没有丝毫的后悔，可见其以身报国甘心情愿。后四句赞美楚军将士殉身不恤的英雄品质。"诚既勇兮又以武，终刚强兮不可凌"两句，高度评价他们的战斗精神："勇武"针对他们的浴血奋战而言，"刚强"针对他们的壮烈殉国而言。最后两句"身既死兮神以灵，魂魄毅兮为鬼雄"，落实到为阵亡将士招魂的本旨上来，写他们虽死犹荣，精神不死，浩气长存。"神以灵"即精神已经显现灵异。李清照的诗句"生当作人杰，死亦为鬼雄"本此。

《国殇》以抒情为主，以叙事为辅，叙事中有强烈的抒情，抒情中有具体的描写，叙事为礼赞的坚实基础，礼赞为叙事的卓越升华，只有将前后两部分结合起来，死难将士们的英雄形象才显得完整高大。《国殇》以风格刚毅著称，它以写实手法再现激战场面，以凝重词句渲染悲壮气氛，以特写镜头塑绘将士英姿，以激昂语调赞美爱国精神，铿锵激越，浑浩沉雄，迥异于《九歌》中其他篇章。

《哀郢》抒发对危亡的祖国的深情眷恋。一开篇就把谴责的矛头指向变化无常的楚国君主，发泄了对楚国君主政令无常、祸害百姓的深深哀怨，同时表达了对人民的深切真挚的同情。中间数段，诗人虽已意识到处境艰难，预感到前途渺茫，然而他仍然心怀故都，不忍离开祖国，诗人的爱国精神在这里表现得深刻动人。后面诗人用飞鸟和狐狸作比喻，表明自己到死都想返回故乡，表达诗人对祖国终生不渝的挚爱。可贵的是，诗人不是悲叹个人的不幸，而是将自己的遭遇与国家的命运联系起来，把效忠被逐、九年不复的悲愤之情同念乱慨今忧国伤时的沉郁之情打成一片，使爱国感情的抒发带有更浓厚的政治色彩。

魏晋南北朝的爱国主义诗作，主要出自曹植、刘琨、鲍照三个诗人笔下。

建安诗人曹植的《白马篇》塑造了一个武艺精熟的少年英雄形象，热烈赞扬他应命杀敌、以身许国的英勇精神和忠贞品质，表现了青年诗人渴望建功立业的豪情壮志。全诗以"忠勇"二字为线索，采用赋的手法，展开铺叙、排比。先描绘少年英雄的"勇"，然后歌颂少年英雄的"忠"。

> 白马饰金羁，连翩西北驰。
> 借问谁家子，幽并游侠儿。
> 少小去乡邑，扬声沙漠垂。

> 宿昔秉良弓，楛矢何参差。
> 控弦破左的，右发摧月支。
> 仰手接飞猱，俯身散马蹄。
> 狡捷过猴猿，勇剽若豹螭。
> 边城多警急，虏骑数迁移。
> 羽檄从北来，厉马登高堤。
> 长驱蹈匈奴，左顾凌鲜卑。

开头两句气势壁立，如狂澜骤起。作者没有直接去描写少年英雄的英武之姿，而是采用了烘云托月的手法，以战马装饰的华美和奔驰的雄姿来衬托壮士的英俊、勇敢和善骑。接四句另起波澜，用一句设问宕开一笔，又用三句作答，从容裕如地介绍起勇士的不凡来历。

再写八句，诗人极尽铺陈排比之能事，以"破左的""摧月支""接飞猱""散马蹄"等一系列动作描写和"过猴猿""若豹螭"的形象比喻，把少年英雄的出众本领惟妙惟肖地勾画出来了。不论上下、左右、静的、动的，他莫不箭发中的。这一段"闪回"，丰厚了诗歌的内容，充实了人物形象，更重要的是为后面的少年英雄的勇敢善战、迅猛破敌做了铺垫，提供了根据。再接六句，诗人的视觉又回到了故事发展的主线上来，"镜头"对准了疆场，诗人一方面具体交代了少年心急似火、驭马如飞的原因，另一方面简略描写了他驰骋疆场、大败顽敌的概况。"长驱""左顾""蹈""凌"等表现锐不可当的细节刻画，如电影中的特写镜头，将少年英雄的勇敢善战的个性加以放大而又集中地表现。

> 弃身锋刃端，性命安可怀？
> 父母且不顾，何言子与妻！
> 名编壮士籍，不得中顾私。
> 捐躯赴国难，视死忽如归。

最后八句，诗人用饱蘸激情的笔触，深入到少年英雄的内心世界中去，从而揭示出人物崇高的精神品质。末两句是全诗的最高潮，也是诗眼之所在：既是对少年英雄思想品德的最高赞誉，同时，也是对他精神风貌的精彩描绘，一个"忽"字，把少年英雄为祖国的安宁置个人生命于不顾的献身精神、自豪心理和奔放感情展示得纤毫毕现。全诗就在这高潮中戛然而止，一个肝胆照天地、精神泣鬼神的少年英雄，栩栩如生地站在读者面前，我们不能不为之折服。由上分析可知，《白马篇》在艺术结构上充分借鉴了《国殇》，皆由表现外在英勇写到内在精神崇高。

西晋末年爱国诗人刘琨仅存三首诗，都是后期任职边疆、保卫中原战斗生活的反映，具有丰富的现实内容和深厚的爱国感情。《扶风歌》记述其赴任途中的困苦经历和浴血奋战的情形，尽管流露出疑虑和忧愤，但爱国情感渗透字里行间，表现了威武雄壮的英雄气概和百折不挠的报国意志，风格清拔悲壮，具有清新刚健、豪迈奔放的美。鲍照那些描写边塞、戎旅生活的乐府诗，将汉魏以来同类诗作中悲苦苍凉、豪迈雄壮两种截然不同的情调统一于诗作中，显得更深刻，更耐人咀嚼，也更符合生活真实。《代出自蓟北门行》语言明朗自然、自由奔放、形象生动，流荡着慷慨激昂之气。

唐代诗人尚武，到边塞建功立业是诗人的普遍愿望。初唐四杰之一的杨炯，其《从军行》描述了书生弃笔从戎、出塞参战的动人情景（"雪暗凋旗画，风多杂鼓声"），是洋溢着报效朝廷、捍卫国家激情的佳作。盛唐爱国诗作乐观豪迈，情调激昂。王翰《凉州词》写艰苦荒凉的边塞的一次盛宴，描摹了征人们开怀痛饮、尽情酣醉的场面（"醉卧沙场君莫笑，古来征战几人回？"）。征人互相斟酌劝饮，尽情尽致，心底深处的苍凉意绪被豪放旷达的豪饮高度稀释。王维的《使至塞上》满怀慷慨豪壮的感情，歌颂唐帝国疆域辽阔和国势强盛，同时抒发了不辞长途跋涉、奉命出使边塞的激动自豪。《少年行》其二写游侠出征边塞，表现了游侠明知边塞杀敌艰苦，也要勇敢奔赴疆场的壮志，歌颂其赴敌时从容沉毅的神情和义无反顾的决心，末句"纵死犹闻侠骨香"展示了以身许国的内心世界。其三写游侠勇武杀敌，以特写镜头凸显其勇冠三军的矫健身姿，以敌强我弱反衬生死度外的英雄气概，末句"纷纷射杀五单于"歌颂这位孤胆英雄卓著的战功。

　　作为盛唐时期"边塞诗派"的旗手，高适曾亲身三次奔赴塞外，长期从军，这在唐代边塞诗人中是很突出的。"安史之乱"中，高适怀着"因国难以捐躯"的壮志，走向沙场，直到临死前一年才解除边帅职守。他的边塞之作《燕歌行》《蓟门行五首》《塞上》《塞下曲》《蓟中作》《九曲词三首》是他豪壮的戎马生涯的反映。《燕歌行》以战事发展的前后顺序为线索，以非常浓缩的笔墨写了唐军出征、接战、失败的完整经过，艺术再现了沙场苦战的情景，塑造了爱国士兵的群像，揭露了苦乐悬殊的事实，指斥了荒淫误国的将帅。第一部分写奉命出师，是全诗的序幕。

　　　　汉家烟尘在东北，汉将辞家破残贼。
　　　　男儿本自重横行，天子非常赐颜色。
　　　　摐金伐鼓下榆关，旌旆逶迤碣石间。
　　　　校尉羽书飞瀚海，单于猎火照狼山。

　　一、二句交代出师缘由——"破残贼"，出征方向——"东北"。两个"汉"字造成连贯的气势，体现了汉家将士急纾国难、挺身破贼的英雄气概，渲染了战争紧张气氛，为描写激战做了铺垫。三、四句承上而来，为了保卫边疆，破除"残贼"，将士们慷慨赴边，扫荡敌寇，天子才破格嘉奖，以示鼓励。"本"和"重"字，突出了唐人的尚武精神，而"非常"又说明荣誉不同寻常。尚武者往往急功轻敌，殊誉易于滋生骄傲情绪，这就埋下了失败的因子，"骄兵必败"乃战争规律。下面四句，榆关—碣石—瀚海—狼山，地名串联而出，可见离前方越来越近，战争气氛越来越浓。我方"摐金伐鼓"，战旗飘扬，确乎军容严正，威武雄壮；敌人也日夜演习，积极行动，校猎火光直逼狼山！形势已到了一触即发的地步，即将展开的是一场惊心动魄的恶战。

　　　　山川萧条极边土，胡骑凭陵杂风雨。
　　　　战士军前半死生，美人帐下犹歌舞。
　　　　大漠穷秋塞草腓，孤城落日斗兵稀。
　　　　身当恩遇恒轻敌，力尽关山未解围。

　　第二部分写战事失利。前四句写苦战，诗人没有作兵刃交接、敌我厮杀的正面描写，只是从边地环境艰苦、敌骑来势凶猛、兵士伤亡惨重、主帅只知享乐四个方面各作点染，战斗的艰苦残酷和难以获胜便不言而喻了。"战士军前半死生，美人帐下犹歌舞"二句对比鲜明，揭露了军中将士苦乐悬殊的现象，既满怀对战士的歌颂和同情，又隐含对主帅的讽刺和斥责，更流露出对此战必败的沉痛和失望，笔力深刻，撼人肺腑。后四句写失败，诗人连用"大漠""穷秋""草腓""孤城""落日"五个有边塞特色的景语,来衬托身陷重围、力尽兵稀绝境中的残卒们的凄凉心情。本部分最后两句一写将帅骄傲轻敌,一写战士殊死战斗,两句一起一落,跌宕之中加深了对统帅的批判——正是他们造成了人亡地失的局面。

> 铁衣远戍辛勤久,玉箸应啼别离后。
> 少妇城南欲断肠,征人蓟北空回首。
> 边庭飘飖那可度,绝域苍茫更何有。
> 杀气三时作阵云,寒声一夜传刁斗。

第三部分写士卒心境。诗人在写两地相思时突出了征人,思妇的活动、心理成了辛勤远戍的征人悬想中的虚景。"空回首""那可度""更何有"三语,说明相去万里,可想而不可见,眼前可见者,唯战场杀气,可闻者,唯寒夜刁斗。后四句虽然没有直接描写士卒的思想活动,但景物的凄凉正衬托出他们心境的凄凉,战地生活的紧张劳苦。写士兵的痛苦,实际是对统帅更深的谴责,因为正是他们将士兵推到危亡绝境。

> 相看白刃血纷纷,死节从来岂顾勋。
> 君不见沙场征战苦,至今犹忆李将军。

第四部分写诗人感慨。承认战争的残酷,同情战士的命运,歌颂"死节"的烈士,讽刺"顾勋"的将帅。最后表明对战争的态度:渴望威慑强敌、爱护士卒的良将镇守边关!结穴点睛亮出题旨,意境更为雄浑深远。

《燕歌行》灵活运用叙事、写景、抒情、议论多种表达方式,错综采用对偶、借代、比喻等修辞手法,把荒凉绝漠的自然环境、可歌可泣的战斗场面、可叹可悯的戍卒心理、强烈鲜明的爱憎感情统统融合在一起,形成雄浑深广、悲壮激昂的艺术风格。此诗社会内容涵盖之广、军旅矛盾揭露之深、战士群像塑造之力,为历来边塞诗中所仅见,因此,被推为唐代边塞诗的"第一大篇"。

岑参的边塞诗不是一般的边塞诗,而是西部边塞诗,亦即最早的西部诗歌。他的西部诗歌最多,超过了盛唐主要边塞诗人边塞诗的总和。自中国这片土地上出现诗人以来,还没有一个诗人能像岑参一样满腔热情地从事西部诗歌的创作,并由此而成为文学史上一花独放的绝唱。

《轮台歌奉送封大夫出师西征》虽题为送行,却重在西征,描写一次平叛战役,全诗以激越雄浑的笔调,生动地描写出戍边将士慷慨赴敌、精忠报国的英雄气概。诗中白昼出师一段尤其写得好:"上将拥旄西出征,平明吹笛大军行。四边伐鼓雪海涌,三军大呼阴山动。"第一句点事件——"西出征","拥旄""出征"显示出正义之师阵容的严整。第二句写出征时间之早("平明"),在军笛声中平叛队伍浩浩荡荡地进发。战鼓咚咚,掀天揭地,冰冻的雪海亦为之汹涌;士卒呐喊,声震寰宇,巍巍阴山亦为之摇撼。高昂的士气、磅礴的声威,通过浪漫主义的笔触给予了出神入化的表现。

《走马川行奉送出师西征》一诗极写冒雪征战的艰苦恶劣,表现唐军将士的英勇无畏。开篇围绕"风"字落笔,描写出征环境险恶。"平沙"漫天句写白日所见,"碎石"乱走句写晚上所闻,三言两语就把风的猛烈写得历历在目。接着写将士出师西征:"烟尘飞"道西征缘起(匈奴人马汹汹而来),"西出师"言西征开始。"将军"三句写唐军的士气和寒风的肆虐,将军夜不脱甲,暗写战士枕戈待旦;战士衔枚夜奔,侧写将军治军严明;寒风如刀割面,反衬军阵一往无前。"马毛"三句写行军的急速和气候的奇寒。"汗气蒸""旋作冰""砚水凝"三个细节,渲染了天气的严寒、环境的艰苦和临战的紧张气氛，表现了唐军将士所向披靡的英雄气概、斗风傲雪的战斗豪情。最后写西征必然告捷。豪迈的推断和热切的祈愿中，融入对来犯之敌的蔑视，对卫国将士的敬慕。全篇节奏急促有力，情韵灵活流宕，声调激越豪壮。《白雪歌送武判官归京》抒情豪放奔腾，字里行间洋溢着爱国激情，热爱边塞风光的激情，对友人的深情。写雪景，不写边塞苦寒；写送别，不写黯然销魂。笔力矫健，境界阔大，格调昂扬，音调激越，"不论就音调或气魄说，都无异是战鼓，是铁的声音"（刘开扬语）。

高岑的诗歌都有边塞立功、慷慨报国的浩然英气，都有悲壮的风格色彩，都显示出边地异域的奇情异彩的艺术魅力，都是擅长歌行体，杰作差不多都是七言。就风格而言，高"悲壮而厚"，岑"奇逸而峭"。他们的共同点是悲壮，但高诗是现实主义多于浪漫主义，风格雄厚浑朴，笔势豪健。诗多夹叙夹议，直抒胸臆，相比之下写得比较朴素，摆脱了唐初绮靡艳丽的诗风，在豪迈奔放的感情中有苍凉悲壮之音，体现出一种悲壮的美，他是以深刻的思想、爽快的语言和苍劲的形象取胜的。岑诗则富于浪漫主义色彩，给人突出的印象是激情奔放，气势雄浑，是雄奇与悲壮的结合。他的诗想象之丰富，夸张比喻之新巧，常常出人意料，往往新颖奇特而又真实生动。诗作色彩瑰丽，奇峭洒脱，带有浓重的异域情调，显示出奇情异彩的特点。如果说高适有如边塞诗中的杜甫，那么岑参则有如边塞诗中的李白。

王昌龄《出塞二首》（其一）"秦时明月汉时关，万里长征人未还。但使龙城飞将在，不教胡马度阴山。"更被人们誉之为唐人七绝的压卷之作。全诗的主调，是最末一句表现出来的卫国豪情，悲壮浑成，给人以大气磅礴之感。《从军行》之四（"青海长云暗雪山"）和之五（"大漠风尘日色昏"），抒写的是战士们英勇杀敌、昂扬振奋的战斗豪情。他笔下爱国尚武和思念家园两种情调、两股旋律，不是截然分离的，而是通过组诗的形式，使之互为交融，共同突出了一个主题：出征战士思念故乡和立功报国两种心情的矛盾，并从矛盾心理的刻画中，展示战士的全部生活和精神面貌（他们的欢乐、追求、愁思和痛苦）。当然，作为主旋律，又始终是昂扬向上的，从而传达出盛唐精神的一个侧面。他的边塞诗虽然数量不多，但几乎篇篇皆佳。《从军行》（其五）写战争中迅速地、意外地取得全面胜利的喜悦。

　　　　大漠风尘日色昏，红旗半卷出辕门。
　　　　前军夜战洮河北，已报生擒吐谷浑。

前两句写增援前方的军队，不顾天气的恶劣奋勇开拔。由于我国西北的阿尔泰山、天山、昆仑山均呈自西向东或向东南走向，在河西走廊和青海东部形成一个大喇叭口，风力极大，狂风起时，飞沙走石，因此句中"日色昏"，并不是指天色已晚，而是风沙遮天蔽日。同时，联系下句可知"日色昏"的典型环境也有人为因素。"红旗"为军队的标志，"红旗半卷"即是写战士们开拔，"半卷"着"红旗"方可克服风沙的强大阻力而快速前进，正因为大批人马在沙漠中浩浩荡荡地挺进，一路风尘便直扬天际，加剧了"日色昏"。"日色昏"是夸张之词，但这么一写，就使读者在这景象的描绘中，很自然地想起千军万马的奔驰，因而不觉其"虚"，反而觉其"实"。这两句有声有色地描绘出当时西北边防的典型环境和紧张战斗气氛，也烘托出战士们不畏艰苦、英勇赴战的高昂士气。

后两句写增援部队正向前方挺进，而捷报传来，战争已胜利地结束了。这次战争史称"洮河大捷"。唐代流贯于甘肃的洮河是蛮荒之地，熙宁四年（1071年），王韶为洮河安抚使,开始对河湟一带(河湟本指湟水与黄河的合流处,黄河上游、湟水流域、大通河流域古称"三河间")用兵,次年击败吐蕃首领木征,收复熙州。诗人没有对战争作正面铺叙,而是从侧面进行烘托,这就把绝句的短处变成了长处。从描写上看,诗人所取的对象是未和敌军直接交手的后续部队,而让战果辉煌的"前军夜战"附带而出,这是一种打破常规的构思。由于全诗的头两句所写的大军出征时迅猛凌厉的攻势,已暗示了他们将在沙场上大显身手,读者的悬想便随之展开,接着诗人却笔锋一转,这支横行大漠的健儿,并没有经历一场惊心动魄的场面,行军途中捷报传来,前锋部队已在夜战中大获全胜,连敌酋也被生擒。"已"字含义极为丰富,前军的英勇、制胜的迅速、闻捷的喜悦,都透过它而生动地渲染了出来。敌酋被擒,溃败情景可知,此句是该战高潮,诗人正是通过这出色的一幕,画龙点睛地完成了对洮河大捷的艺术概括。这首诗写得风格雄浑,意境开阔。边疆大漠风沙蔽日的景象、红旗猎猎、队伍行进的情状,都使人感到胸怀开阔,给人以鼓舞。

  李白《塞下曲》除第四首外,另五首都表述诗人"横行负勇气,一战静妖氛"的慷慨从戎理想。疏宕放逸,豪气充溢,为盛唐边塞诗中的奇葩之一。如其一展示了士卒守边备战,人人奋勇,争为功先的心态("晓战随金鼓,宵眠抱玉鞍"),表现甘愿赴身疆场、为国杀敌的雄心壮志("愿将腰下剑,直为斩楼兰")。《古风》第十九首是用游仙体写的古诗,大约作于安禄山攻破洛阳之后。诗中表现了诗人独善兼济的思想矛盾和忧国忧民的沉痛心情。杜甫《前出塞》之六表达了强烈的爱国热情、激昂的杀敌斗志和以战去战的战略思想。《闻官军收河南河北》通过对得知失地收复喜讯后心境("初闻涕泪满衣裳")和情态("漫卷诗书喜欲狂")的描写,表达了热烈拥护平定叛乱、尽情欢庆重归统一的强烈爱国感情。李益、卢纶虽为中唐诗人,他们都写过《塞下曲》,笔下依然有盛唐豪放气象,字里行间充溢着英雄气概,读后令人振奋。李益《塞下曲》其二("伏波惟愿裹尸还")借歌颂汉将马援、班超,写将士舍身报国的豪情和人民安边定远的心愿。卢纶《塞下曲》其三(月黑雁飞高)写将军雪夜带领轻骑出征的情景。"月黑"怎能见到"雁飞高"?这是因为单于想趁黑夜遁逃,鸿雁惊起哀鸣。月黑风急,雁唳长空,渲染了激战前的厮杀环境,后两句画出雪夜追击图,追逐的结果未写出,神龙见首不见尾。

  李贺《南园》("男儿何不带吴钩")表达了诗人弃文就武、为国效力、驰骋沙场、建功立业的强烈愿望,情怀激越,清新畅达。《雁门太守行》写于元和九年,是年唐宪宗发兵大规模讨伐吴元济,节度使张煦出征前,李贺作此诗送行。雁门关位于山西代县雁门山中,是长城上的重要关隘,与宁武关、偏关合称"外三关",有"天下九塞,雁门为首"之称。诗沿用乐府旧题,浓墨重彩地描绘了平叛战争的氛围和画面,歌颂了将士英勇作战、不惜为国捐躯的精神,寄托自己建功立业的情怀。

      黑云压城城欲摧,甲光向日金鳞开。
      角声满天秋色里,塞上燕脂凝夜紫。
      半卷红旗临易水,霜重鼓寒声不起。
      报君黄金台上意,提携玉龙为君死。

  一、二句写战争形势的紧迫,交代了敌我双方的军力和士气。先写敌人大军压境,气焰嚣张,就好像天际突起的浓重黑云漫空而来,简直要把这座危城压垮。一个"压"字,非常传神地写出了敌军人马众多,来势凶猛,交战双方力量悬殊,守城将士处境艰难。再写守军斗志昂扬和严阵以待的情形。英勇的将士挺身阵前,岿然不动,云隙中射出的日光辉耀着他们的盔甲,如鳞闪光。一个"开"字形象地展示了将士们情绪的饱满、形象的英伟和阵容的严整。一场激烈的战斗即将爆发。三、四句写激烈的战斗场面。诗人没有正面描绘两军短兵相接、血刃纷纷的厮杀场景,而是从听觉和视觉两个方面来写战斗的激烈和悲壮。"角声满天"写白天的酣战,鼓角齐鸣,杀声震天。画角本来音色低沉,衬以"秋色里"三字,在秋风凛冽草木摇落的背景下更显得苍凉。"燕脂凝夜紫"写黄昏的战场,长城附近多紫色泥土,故称"紫塞","燕脂"即胭脂,深红色。黄昏的战场尸骨遍野,血流满地,那殷红的血迹在夜幕下,与土呈紫色的塞上凝成一片紫色。这为下面写友军增援做了铺垫。五、六句写友军驰援的情景。"半卷红旗"写风大,陷阵冲锋的将士手擎的红旗只能半卷;"霜重鼓寒"写天寒,此刻进军的鼓声,由于霜重气寒而显得沉郁凝滞。在艰苦卓绝的情况下,仍然击鼓进军,可见将士们英勇顽强。"临易水"点明战事发生的地点,暗示将士们已做好为国捐躯的准备。"声不起"写战局不利军势将颓,流露出浓烈的悲剧气氛。以上六句着重以气氛显示战争的情势。在前面叙述笔墨的铺垫下,七、八句着重写将士们捐躯报国的决心,转而用豪语作结:为了报答君王的恩德,甘愿以身许国。诗人为什么要用"黄金台"之典呢?黄金台是战国时期燕昭王在易水东南修筑的,传说他曾把大量黄金(铜钱)放在台上,表示不惜重金招揽天下贤才。燕昭王筑台求士,唐宪宗任将削藩,一个要报外侵之仇,一个要灭内乱之祸,都是为了保全国家,这是诗人用此典的最重要的原因。因为上面提到"易水",这里用"黄金台"之典顺理成章,将士们报效朝廷的决心有着历史的渊源和现实的依据。战争的结局如何,诗人没有交代,因为诗人本意不在描写战争本身,而是表现将士的英雄气概,抒发强烈的爱国精神。这样收结,健举有力。

此诗格调苍凉悲壮,恢宏深沉,诗句无论是状情还是造景,都蒙上一层悲慨的色调。一般说来,写悲壮惨烈的战斗场面,不宜用艳丽的色彩来描绘,但这首诗几乎句句有鲜明的色彩。作者巧妙地把金色、胭脂色、紫色、红色、黑色、白色等交织在一起,使之形成强烈的对比,构成色彩斑斓的画面,既奇诡又新颖,表现了作者丰富奇特的想象力。这样写,不仅准确地表现了特定时地的边塞风光和瞬息变幻的战争风云,而且强化了作品惨烈悲壮的战斗气氛,突出了作者鲜明的爱憎感情,使作品具有了浑融浓郁的意境。

二、两宋至元壮歌

岳飞终生坚持抗金,收复中原,这种情怀形诸笔墨,遂使作品有永不磨灭的光彩。岳飞流传下来的作品不多(两首《满江红》,一首《小重山》),但都是充满爱国激情的佳作。《满江红·写怀》是一首气壮山河、充满爱国激情的词,它表现了词人迫切要求报仇雪耻、收复河山的雄心壮志。通篇充满了豪情壮语,气势磅礴,音调激越,不同凡响。这首词的词眼是一个"怒"字,运笔顺序为:"怒"的情状—"怒"从何来—何时消"怒"。

　　怒发冲冠,凭栏处、潇潇雨歇。抬望眼、仰天长啸,壮怀激烈。三十功名尘与土,八千里路云和月。莫等闲、白了少年头,空悲切。

开头三句排列很有讲究，首先出现的是人物特写镜头，接着交代人物所在位置，最后渲染天气背景。"怒发冲冠"借用《史记》的现成词语，夸张怒不可遏的情态，形象感非常强烈。"怒发冲冠"的词人此时身在何处呢？"凭栏处"说明在江楼上，"凭栏"就是登高望远。往何处望？联系下文可知道是向北遥望。"潇潇雨歇"告诉我们是一场急雨过后，雨后能见度自然很高，加上立足于高楼，那就看得更远。越是看得远、看得清就越是痛彻心扉，越是仇恨夺我河山的强敌，痛恨卖国求荣的败类。"抬望眼"三句，继续抒写愤激之情。"抬望眼"呼应"凭栏处"，词人放眼北眺，包括自己故园在内的中原，被异族长期强占，可望而不可收，是可忍孰不可忍！"仰天长啸"呼应"怒发冲冠"，表明胸中怒气郁结已久，非"长啸"不足以发泄，"长啸"乃狮子吼，表明已悲愤到无以复加的程度。"壮怀激烈"点题且承上启下，外在情态是"怒发冲冠"和"仰天长啸"，内心世界是"壮怀激烈"。下面分写"壮怀激烈"。"三十功名"两句写任重道远：上句着眼于时间，回顾从军十年的战斗生涯，"尘与土"既说明曾经戎马倥偬、驰骋疆场、风尘仆仆，又表明过去建立的功业如灰尘浮土一样微不足道；下句着眼于空间，抒发抗金与收复失地的急切心情，"八千里路"概括北伐战争的遥远行程，"云和月"借形象写时间。"云"代表白昼，让人联想到叱咤风云，"月"代表夜晚，让人想象到披星戴月，"云和月"就是昼夜兼程、向北进军、长驱直入。"莫等闲"三句写时不我待：人生短暂，转眼白头，一定要趁年富力强时带兵收复失地，决不能蹉跎岁月、虚度年华，到时候马不能跨、枪不能提，再怎么痛不欲生也是枉然。任重道远的事业与时不我待的年华，使精忠报国的词人油然而生紧迫感、焦灼感，积极的人生态度和强烈的爱国热情，从这自警自勉的词句中自然流露出来。如果说，上片主要由外而内写"怒"的情状，那么下片则接着写"怒"从何来以及何时消"怒"。

靖康耻，犹未雪。臣子恨，何时灭。驾长车踏破、贺兰山缺。壮志饥餐胡虏肉，笑谈渴饮匈奴血。待从头、收拾旧山河，朝天阙。

"靖康耻"四句，明确交代"怒"的来源。北宋靖康年间（1126—1127），四月金军攻破开封，在城内搜刮数日，掳钦、徽二帝和后妃、皇子、宗室、贵卿等数千人后北撤，开封城被洗劫一空，北宋灭亡。"靖康耻"呼应"凭栏处""抬望眼"，由隐而显端出"怒"的缘由。多少年过去了，这奇耻大辱尚未洗雪。"犹未雪"反呼"莫等闲"，不满、愤懑、仇恨、自责，多重情感借"犹"字体现出来。"臣子恨"呼应"靖康耻"，两者在内容上存在着因果联系，"恨"比"怒"又进了一步，直如植物下根，更深固，更坚执，更持久。"何时灭"呼应"犹未雪"，两者在时间上存在着连续关系。亦即是说，国耻未雪，臣恨难消。十二个字，三字一顿，斩钉截铁，金刚怒目。"何时灭"以反诘语气出之，引出下面抗金与收复失地的"宏伟计划"。第一步攻克敌境，"驾长车"呼应"八千里路云和月"，显示出一往无前的气势。贺兰山自古以来就是游牧民族的根据地，岳飞拿来称女真人的大本营，具体可感，以"踏"山成"缺"说明压倒顽敌，形象生动。第二步剿灭敌人，"壮志饥餐胡虏肉，笑谈渴饮匈奴血"，也就是说将仇敌彻底消灭，用敌人的血解渴，当庆功宴的酒浆，用敌人的肉充饥，当庆功宴的菜肴，"饥餐""渴饮"以"餐饮"的狂猛急迫形容剿灭敌人的毫不留情、急切豪快。这两句运用夸张笔法，表示对金人的切齿痛恨和极端藐视，读来痛快淋漓。第三步重整山河，彻底收复失地，整顿破碎山河，"朝天阙"，不能理解为愚忠，历史上任何朝代，在民族矛盾严重的时刻，忠君与爱国是紧密相关而不可分的。可见，下片后面三大句群，紧承"何时灭"而来,表述非常有层次感、渐进感。臣子恨什么时候才能消呢?要到这样的时候:攻克敌境(驾长车,踏山缺)—剿灭敌人(餐其肉,饮其血)—重整山河(收失地,朝天阙),这就是词人抗金与收复失地的宏伟计划。可惜这样宏伟的计划最终化为泡影。绍兴六年(1136年),岳飞等率军北伐,收复中原大片地区。自绍兴十年(1140年)起,宋金又多次于江淮地区展开交战。绍兴十年七月初八日,金兀术率部在郾城与岳家军对阵,双方从下午激战到天黑,金军大败。接着岳家军又在颖昌府打得金兀术狼狈逃窜,并一直追击到距汴京仅45里之遥的朱仙镇。这时黄河南北许多坚持斗争的义兵,都打着岳家军的旗号响应岳飞的北伐,其他各路宋兵也转入局部反击。抗金斗争呈现一派蓬勃发展的大好形势,岳飞高兴地对部下说:"直抵黄龙府,与诸君痛饮耳!"金军惊呼"撼山易,撼岳家军难",准备撤离开封,到河北以避岳家军的兵锋。岳飞上书高宗提出宋军全线进攻,渡河以光复失地,然而宋高宗不仅不同意岳飞的请求,反而急忙下令各路宋军班师,使岳家军处于孤军无援的境地,接着又连发十二道金牌,急令岳飞"措置班师"。岳飞慨叹:"十年之功,废于一旦。……乾坤世界,无由再复。"然后无可奈何地下令班师。绍兴十一年除夕,高宗下令赐岳飞死于临安大理寺内,死前岳飞在供状上写下"天日昭昭,天日昭昭"!

这首词通篇感情激荡,言辞壮烈。词人不可压抑的爱国激情,像火山一样喷发而出,由怒而生壮志,由怒而驱车杀敌,由怒而获全胜,文辞不假雕饰而自然成章,句句感情饱满,字字掷地有声。在激情的倾泻中,词人壮怀激烈的伟岸形象跃然纸上。词作押的是入声韵,古韵四声中入声短促急昂,特别适合于表达慷慨、悲壮、激昂等情绪,文辞与音韵达到高度统一。《满江红》千百年来激荡人心,鼓舞壮气,在抗日战争时期,许多热血男儿就是吟诵着《满江红》走向杀敌战场的。

《满江红·登黄鹤楼有感》写于绍兴四年(1134年)出兵收复襄阳驻节鄂州(今湖北武昌)时,词人到黄鹤楼登高,北望中原,写下了这样一首词抒情感怀。本词既抒发了词人面对国土沦陷、山河残破的伤痛之情,也表达了渴望以身报国、收复中原的豪情壮志。上片先写东京开封当年花街柳陌、龙楼凤阙、处处笙歌的繁华气象,然后笔锋一转,慨叹汴京惨遭金人铁骑践踏,战乱频仍,形势十分险恶。往昔的升平繁华与目前的战乱险恶形成强烈反差,表露了词人忧国忧民的爱国感情和报国壮志难酬的悲愤心情。下片承接上片虏骑满郊野,接写千村尽寥落、人民填沟壑的惨痛情景。末了归结到请缨振旅,"一鞭直渡清河洛",收复中原、再造太平的宏大志愿,乐观必胜的精神与信念洋溢字里行间。全词以时为序,结构严谨,层次分明,大起大落,对比强烈,语言简练明快,意气激昂,感人肺腑,已具豪放词的特点。

《小重山》当作于奉旨退兵之后,抒发在投降势力压迫下所郁积的满腔抗战爱国忠愤。上片寓情于景,写思念中原、忧虑国事的心情。前三句写作者梦见自己率部转战千里,收复故土,胜利挺进,实现"还我河山"的伟大抱负,兴奋不已。后三句写梦醒后的失望和徘徊,反映了理想和现实的矛盾。以景物描写来烘托内心的孤寂,显得曲折委婉,寄寓壮志未酬的忧愤。下片直抒胸臆,写收复受阻、报国无门的苦闷。前三句感叹岁月流逝,归乡无望。"阻归程"表面指山高水深,道路阻隔,难以归去,实际暗喻着对赵构、秦桧等屈辱求和、阻挠抗金斗争的不满和谴责。后三句用俞伯牙与钟子期的典故,表达自己处境孤危,缺少知音,深感寂寞的心情。"心事"即北伐中原,光复旧物,"还我河山"。此词采用沉郁蕴藉的艺术手法,深得吞(有所保留)吐

（直言倾诉）顿挫之妙。

岳飞词虽然只留下来三首，但成就颇高。他与同时代的李纲（北宋末南宋初抗金名臣）一样，都上承苏轼豪放之风，并高扬抗战的时代主旋律，壮怀激烈，正气恢宏，为此后以辛弃疾为代表的爱国主义词人的崛起开了先河。

陆游是南宋杰出的诗人，收复失地，洗雪国耻，统一河山，是陆游诗作中最激昂高亢、坚定不移的强音，也是他一生为之追求的功业。陆游"位卑未敢忘忧国"，所写的诗"言恢复者十之五六"，不论在他生平创作的哪个时期，都可以听到这些激扬的歌。"战死士所有，耻复守妻孥"（《夜读兵书》），"早岁那知世事艰，中原北望气如山"（《书愤》），"楚虽三户能亡秦，岂有堂堂中国空无人"（《金错刀行》），这些诗句典型地反映了诗人不可动摇的抗金御侮的壮志。陆游恢复神州的爱国信念是终生不渝的："平生万里心，执戈王前驱"（早年）——"逆胡未灭心未平，孤剑床头铿有声"（中年）——"一闻战鼓意气生，犹能为国平燕赵"（老年）——"王师北定中原日，家祭毋忘告乃翁"（临终）。正是永不衰竭的爱国热情，使陆游唱出了那一时代最高亢的歌声。他所写的许多感情激昂、气概宏肆的诗篇，像黄钟大吕一般震荡人心。梁启超非常推崇陆游炽热感人的爱国诗篇，赋诗赞叹："诗界千年靡靡风，兵魂销尽国魂空。集中什九从军乐，亘古男儿一放翁。"

《书愤》《关山月》《长歌行》《诉衷情》（"当年万里觅封侯"）为陆游代表作。《书愤》以"愤"作为抒情线索，抒发胸中郁愤之情。首联追忆早岁抱负，慨叹世事。"艰"字集中概括了诗人奋斗的艰辛、经历的艰难和遭际的艰险。"气如山"三字生动地刻画出诗人伟岸高大、血气方刚的英雄形象。颔联概括战史时局，追忆抗战。两句六个名词不着虚字，把战时（一冬夜一秋昼）、战地（一东南一西北）、景象（一楼船夜渡一铁马迎战）和人物（一水师一骑兵）结合在一起，构成声势威武的场景，统合为完整壮阔的境界。颈联描摹暮年景况，叹息流年。"塞上长城"上呼"气如山"，"空"字表示一切成空。"镜中衰鬓"上呼"世事艰"，"斑"字形象具体地强化了"衰"。尾联抒发感叹，隐语刺世。总括前面所书之"愤"：朝中无人兴复宋室，收复大业终成泡影，雄才大略百无一用！此诗高度概括了诗人一生的志向、经历、遭遇、愤懑和希望，激昂雄健，悲愤沉郁。《关山月》批判统治集团和戎苟安的罪行，表现爱国将士报国无门的苦闷，申诉中原百姓渴望恢复的痛切。诗歌分三个层次，纵横开掘，大处落墨，对"和戎"背景下不同类型人物的行为方式和心理感受，作了鸟瞰式素描。第一层，突出"和戎"恶果之一：临边将军无所作为，武备废弛；朝中权贵寻欢作乐，醉生梦死。第二层，揭露"和戎"恶果之二：守边士卒欲战不能，欲归不得；边关戍楼形同虚设，无人问津。第三层，直抒痛恨"和戎"之情：民族败类昏庸无能，不图收复；中原百姓望眼欲穿，绝望痛苦。三层全凭浩气鼓荡，激情奔驰，形成冲波逆折、腾挪跃动的有机结构。两"空"字为全诗枢纽，种种令人心碎情景皆由此生发。本诗构思巧妙，合三为一。朱门歌舞、沙场白骨、遗民泪痕三幅画面，在月夜统摄下拼接为一幅长卷，形成交相映衬的整体，意境空阔悠远，格调苍凉深沉。

《长歌行》主要内容为：报国不遂的苦闷和杀敌立功的渴望，满腔悲愤倾注笔端。

> 人生不作安期生，醉入东海骑长鲸；
> 犹当出作李西平，手枭逆贼清旧京。
> 金印煌煌未入手，白发种种来无情。

> 成都古寺卧秋晚，落日偏傍僧窗明。
> 岂其马上破贼手，哦诗长作寒蛩鸣？
> 兴来买尽市桥酒，大车磊落堆长瓶。
> 哀丝豪竹助剧饮，如钜野受黄河倾。
> 平时一滴不入口，意气顿使万人惊。
> 国仇未报壮士老，匣中宝剑夜有声。
> 何当凯还宴将士，三更雪压飞狐城。

开始四句写人生志向。提出两种人生理想，要么像仙人安期生那样，醉骑长鲸在汪洋大海里纵横驰骋（这也曾是李白的梦想，李白曾自称"海上骑鲸客"），要么像名将李西平那样，消灭逆贼，收复旧京，使天下清平。前一种理想是出世的，后一种理想是入世的，诗人重在后者，但并非否定前者，"犹当"这个词不是表示转折，而是表示承接，上下句的关系是"如果不能……，那么也应当……"。"东海骑长鲸"是非常豪快浪漫的，但前面加"醉入"就表明这是人生在世不称意的选择。陆游难以作出这样的选择，因为他的入世精神太深，向往的是"手枭逆贼清旧京"，杀敌立功之意至此已很昭然。

接下来四句一转，写现实境遇。"金印煌煌"紧承上句（不说兵权而说"金印"，化虚为实），得到朝廷重用，肘悬金印，是实现"手枭逆贼清旧京"的前提，然而，这个前提对于诗人来说并不存在（"未入手"），结果使诗人岁月蹉跎、壮志成空，"白发种种"固然有岁月"无情"的因素，但更重要的因素是"忧"（国运衰竭）和"愁"（壮志难酬）。年刚半百的诗人居然只能像老僧一样打发迟暮时光，"成都古寺"（安福寺）点远离前线，且暗示环境寂寞。"秋晚"点季节时分，且暗示人生悲凉。一个"卧"字点身体情态（"卧"，在这里既非"睡"亦非"躺"，而是"闲居"），且暗示客居无奈。"落日"承"秋晚"，是时间流逝的象征。"僧窗"承"古寺"，表明诗人在窗下斜卧。"落日"本无知，夕照临窗远非有意，但"偏傍"二字透露出诗人见落日的焦灼情绪，"落日"似乎故意在提醒他时日无多，时不我待！现实境遇与人生志向的巨大落差，使诗人悲愤至极，于是发出愤愤不平的诘问，"岂其马上破贼手"呼应第一个四句，"哦诗长作寒蛩鸣"呼应第二个四句，难道我这个马上破贼的英雄，只能长期像寒蝉悲鸣般哦诗吗？"破贼"与"哦诗"构成悲剧性的对立，显示了诗人对目前处境的极度不满和不甘。陆游的素志在作名将而不是诗人。向往的是"楼船夜雪瓜洲渡，铁马秋风大散关"，而不是"细雨骑驴入剑门"，更不是"哦诗长作寒蛩鸣"。但是，命运就是这样会开玩笑，不让他驰骋疆场"手枭逆贼"，而让他蜷缩于寒窗下作寒蛩之鸣。但在"公卿有党排宗泽，帷幄无人用岳飞"的政治环境中，诗人无法实现自己命运的逆转，于是，借酒浇愁势在必然。

悲愤诘问而后，"兴来买尽市桥酒"六句写剧饮浇愁，抒发报国理想无由实现的悲愤。六句按"买酒"—"饮酒"—"人惊"的顺序来写，充分运用李白式的大胆夸张。买酒买到让市桥酒店瓶酒不剩，不是什么手拎篮提，而是用大车去装，酒瓶错错落落的把大车堆满。饮酒的场面非常豪壮，悲壮的管乐、弦乐在一旁助兴，诗人则鲸吞虹吸，如同黄河决口的洪流，波涛汹涌地奔注钜野泽。这足可称"天下第一饮"了，于是，这种豪饮的气概使围观者惊心骇目，不是百人千人"惊"，而是"万人惊"，人们之所以吃惊，不仅因为他吞吐黄河似的海量，更因为平日滴酒不尝，不喝则已，一喝惊人!不过,这并非对实际饮酒情景的描绘,而是一种浪漫想象,诗人的愁堆积得太多了,假如酒能浇愁的话,数量少了绝然不行,非得像黄河注泽那样巨量的酒,才能一消巨量的块垒,一泄巨量的悲愤。

结尾四句写寸心未死。"国仇未报"呼应上文"破贼","壮士老"呼应上文"白发",点明希图"剧饮"的缘故,感慨万端,颇含失望之情。"匣中宝剑夜有声"一句,侧面烘托誓报国仇的决心,又燃起希望之火,从而引出结句"何当凯还宴将士,三更雪压飞狐城"!这个想象中的带有写实性的欢庆胜利的场面写得非常感人,三更寒夜,大雪纷飞,我军在收复的失地上迫不及待地畅饮庆功酒,雪夜的寒冷难掩将士们沸腾的热情。句首"何当"二字,饱含着热切期盼。李白在任何穷愁潦倒的时候,也不放弃施展才华的希望;陆游在任何悲愤欲绝的时候,也不放弃国威重振的希望,这可能就是两位在精神气质上比较接近的诗人的区别。融进美好憧憬的结句把前面的愁苦意绪涤荡无遗,与本诗开头抒发人生壮志的诗句遥相呼应,可谓首尾皆工,通体完美。《长歌行》感情热烈充沛,气势豪迈奔放,一如长江出峡、骏马奔驰,是陆诗中独具风格的抒情佳作。

《诉衷情》是陆游爱国词的力作,作于晚年闲居山阴之时。

  当年万里觅封侯,匹马戍梁州。关河梦断何处?尘暗旧貂裘。 胡未灭,鬓先秋,泪空流。此生谁料,心在天山,身老沧洲。

词的上阕是早年意气与暮年惨景的对比。开头以"当年"二字楔入往日豪放军旅生活的回忆,暗用汉朝班超投笔从戎的典故,写当年壮志与戍守边防的情形。"万里觅封侯"的理想,总算有了一个实现的机会——"匹马戍梁州",词人四十八岁时前往南郑,在川陕宣抚史王炎手下任事,单枪匹马来往前线。由主观上的"觅"到事实上的"戍",表现出词人当年自许、自负、自信的神情和坚定执着的追求精神。同时"万里"展示了广远的活动空间,"匹马"则定格主体的英武形象,"匹马"与"万里"形成空间形象上的强烈对比,表现出词人横扫六合的豪情壮气。"关河梦断何处,尘暗旧貂裘"二句陡然一转,形成一个强烈的情感落差,慷慨化为悲凉。词人一梦醒来,不见了当年征战拒敌的边关要塞。自己年轻时候的凌云壮志和英雄气概只不过像是一场梦,一切都如过眼烟云,如今只落得被迫退隐山阴,无所作为。"关河"呼应上文"梁州","旧貂裘"呼应上文"戍","关河"只在梦中萦回,现实中的"旧貂裘"却早已为"尘"所"暗"。一个"暗"字将岁月的流逝、人事的消磨,化作灰尘堆积的暗淡画面,心情饱含惆怅不平。"尘暗旧貂裘"句,用战国时苏秦游说秦王未达目的的典故,以表明自己怀有雄图大略而未能得到当权者重用,不能施展抱负。

下阕进一步抒写理想与现实的矛盾,跌入更深沉的浩叹,悲凉化为沉郁。"胡未灭,鬓先秋,泪空流",南下中原的金兵还未赶走,而自己已时届晚年,鬓发斑白疏落,恰如那秋风秋霜中凋零的草木。面对这可悲可叹的现实,忧国忧民的陆放翁老泪纵横。"胡未灭"就国事而言,"鬓先秋"就形象而言,"泪空流"就心境而言,通过"未""先""空"的承接比照,流露出更为沉痛的感情。忧国之泪只是"空"流,一个"空"字,既写出报国无门、壮志未酬的失望痛苦,也表达了对一味苟安的南宋朝廷的不满和愤慨。最后三句总结一生,概括了词人晚年生活与思想的矛盾。没想到啊,自己竟落到这样的境地:梦魂月夜萦绕在抗金前线的边关要塞,而躯体只能退隐山阴镜湖之滨。"此生谁料"写出了人生巨大的不可承受的失望。"心在天山,身老沧洲",先扬后抑，形成一个大转折，爱国热血未冷，而生命灯烛将尽，结尾字字饱蘸一个爱国者的血泪。

宋代词人刘克庄《后村大全集·诗话续集》说："放翁长短句，其激昂慷慨者，稼轩不能过。"这首词可视为陆游对自己一生际遇的总结。写当年的英雄气概，确是意气风发，气吞万里；写到报国无门，壮志未酬，则又凄恻缠绵，令人叹惋。全词直抒胸臆，其忠肝义胆可见。虽多用典故，而使事贴切，融入词中，明白如话，毫无雕琢、晦涩之感。梁州、关河、天山、沧洲等地名的大跨度跳跃变换，既追溯了词人一生战斗的踪迹，又写出了词人平生理想抱负，可谓构思高妙，令人叹服。

辛弃疾出生时，北宋已灭亡十三年，其父死于金人之手，是祖父把他养大成人。祖父在世时曾嘱咐他：誓报君父之仇，"君之仇"就是徽钦二帝被掳北方的奇耻大辱；"父之仇"就是父亲被金人杀死。二十二岁时，辛弃疾揭竿而起，拉起一支2000人的起义队伍，后来带着队伍投奔了当时名气很大的起义军首领耿京。耿京不幸被叛徒张安国出卖杀害，辛弃疾带领50名骑兵独闯金营，活捉张安国，然后押着叛徒过江，归顺了南宋。而南宋政权对以身许国的壮士始终不予重任，任其壮志蹉跎。辛弃疾的词多抒发抗金复国之志，报国无门之悲，权奸误国之愤。《摸鱼儿》（"更能消几番风雨"）、《永遇乐·京口北固亭怀古》《贺新郎·别茂嘉十二弟》《水龙吟·登建康赏心亭》《破阵子·为陈同甫赋壮词以寄之》为辛词代表作。《摸鱼儿》最大特征是运用比兴手法，婉转、曲折、含蓄地表达壮志难酬、忧国伤时之情。全词的要旨为"闲愁最苦"（不被理解，无法诉说），从叹息自然之残春，到自悯生命之残春，再到哀感国势之残春。用春意阑珊来比喻英雄迟暮、国运衰微，用对春意阑珊的惋惜、哀怨来寄托自己政治上的愤激和忧虑。《贺新郎·别茂嘉十二弟》是一首寄寓着作者忧国深情的送别词。此词借用古典，以指陈靖康之耻、岳飞之死之当代史，从而亦寄托了词人自己遭受南宋政权排斥之悲愤，以及对南宋政权对金妥协投降政策之批判。《破阵子·为陈同甫赋壮词以寄之》将醉态、梦境、往事、理想和现实等多重意境融合为一，通过创造豪雄壮伟、声色可感的军旅生活画面，抒发杀敌报国、建立功名的壮怀。《水龙吟·登建康赏心亭》通过借景借典委婉地表达了深沉的爱国情感。

> 楚天千里清秋，水随天去秋无际。遥岑远目，献愁供恨，玉簪螺髻。落日楼头，断鸿声里，江南游子。把吴钩看了，栏杆拍遍，无人会，登临意。

作为一位爱国志士，登亭必然先北望被金人蹂躏的北方神州大地。开篇两句交代了登楼远眺的时令、地域和背景，用水天寥廓苍茫的空镜头来渲染气氛，隐隐流露出词人无限惆怅的愁怀。接下来三句点明"愁"和"恨"。"遥岑"三句移情及物，赋予山以生命与灵气，寄予深情厚爱。"玉簪""螺髻"喻峰峦的秀美，远山愈美，它引起作者的愁和恨也就愈深，词人采用"倒卷之笔"，意思由此深入一层，又显出遒劲风格。"落日"三句，前两句渲染一种苍凉、悲情的气氛，看似写景，实为抒情，以夕阳西下暗喻个人前景黯然，南宋日落西山；通过孤雁哀鸣暗喻自己乡音隔绝，北方生灵涂炭。在"落日""楼头"与"游子"的三重景深里，词人的自我形象淡入。"游子"之"游"有多层意蕴，既有国破家亡、流离失所之叹，又有屡遭排斥、壮志难酬之怨。这个层次在结构上承上启下，是悲情的转折。"把吴钩看了"三句直抒胸臆，但又不是直接用语言来渲染，而是选用有典型意义的动作来表现。看"吴钩"意味深长，吴钩本是战场上杀敌的锐利兵器，但现在却闲置身旁，无处用武，这一个动作把英雄无用武之地的苦闷全部表现出来。词人胸中那无处施展的急切悲愤之情、说不出来的抑郁苦闷之气，只好借"栏杆拍遍"来发泄。"无人会，登临意"六字，集中概括了词人没有知音的孤独寂寞和报国无门的英雄失路之悲。词至此，节奏愈来愈缓，感情愈来愈沉。

　　　　休说鲈鱼堪鲙，尽西风，季鹰归未？求田问舍，怕应羞见，刘郎才气。
　　　　可惜流年，忧愁风雨，树犹如此！倩何人唤取，红巾翠袖，揾英雄泪？

　　上片即地写景，由近到远，由景及人。下片述怀言志一波三折，三个典故叠用，表达了丰富复杂的情感内涵。先以"季鹰归未"，表示不愿归隐，"休说"是否定的语气，表达了即便处于逆境也不隐归的决心，此处从上片情绪低沉悲怆而振起，在逆境之中仍要奋斗，在凄绝之时依然振作。再以"羞见刘郎"一转，表示为国不谋私利，不能像许汜那样不顾家国而求田问舍，因为这意味着抛弃平生抗金的抱负。词人始终怀着杀敌立功以收复中原的雄心，张翰、许汜的做法都为他所鄙弃，可是，自南归以来，时光一年年地过去了，何曾有机会施展这一抱负呢？"可惜"三句转入第二层意思。借桓温伤逝，道出壮志未酬、美人迟暮的嗟叹。词人的这种伤叹，与一般封建文人感叹岁月流逝，哀鸣人生迟暮的情感有本质的区别，后者立足于享乐难继的基点，前者着眼于大业未成的目标。凡此，均体现了辛词擅长用典的特色。最后，词人感到极端忧愤，以致英雄流泪，这是第三层意思。"倩何人"三句自伤抱负不能实现，时无知己，得不到同情与慰藉。下片像写散文那样畅谈心曲，写得舒卷自如，层层递进，层层转折，越转越见词人内心感情的深沉。词的结尾十三字用一种慷慨呜咽的笔调收束住下片的议论，与上片"无人会，登临意"相呼应，使悲愤孤独更为浓重，感情更为深沉。

　　此词结构严谨曲折，即景寓情—写态显情—议古言情—直接抒情，符合感情发展的脉络；善用拟人法、双关语，长于收纵、转折、照应，尽显"以文为词"的特点；用多个历史掌故写抱负，贴切达意，尤善于熔铸前人成句而别出新意。

　　文天祥在宋文学史上以生命写出最壮丽的诗篇，《正气歌》《过零丁洋》《扬子江》《金陵驿》《念奴娇·驿中言别友人》都是永远彪炳史册的作品。

　　《过零丁洋》是一首准"绝命诗"。诗中叙述诗人从读书出仕到救亡报国所经历的艰危，抒写他被俘后为国牺牲的精神，表现了作者崇高的民族气节。

　　　　辛苦遭逢起一经，干戈寥落四周星。
　　　　山河破碎风飘絮，身世浮沉雨打萍。
　　　　惶恐滩头说惶恐，零丁洋上叹零丁。
　　　　人生自古谁无死？留取丹心照汗青。

　　诗的前四句追述往事。诗人面临生死关头，回忆一生，感慨万千，从何写起？首先写他平生无以为憾的事，写了两件：一是寒窗苦读，科举得名（关系个人前途的大事）；二是毁家纾难，起兵勤王（关系宋朝存亡的大事）。"辛苦遭逢起一经"，从文的方面写，着意突出"辛苦"二字，这不是什么自炫，其本意在于：一是表明朝廷对他有知遇之恩，一个读经报国的人理所当然地要尽心报答，这也是下面起兵勤王抗击元军的根本原因；二是表明诗人是从艰苦奋斗中锻炼出来的，暗示再大的艰危也不可能折损他的心志。"干戈寥落四周星"从武的方面写，着意突出"寥落"二字，南宋朝廷偏安江南，抵御外侮的军事力量寥寥无几，奄奄一息，在这样一种情势下，诗人高举义旗，为挽救民族危亡而整整坚持了四年抗战。这一句一方面表现了诗人的报国丹心，另一方面又为悲剧性的结局埋下了伏笔。接着还是从国家和个人两方面书写，从横的方面渲染。由于独木难支，遂使国运难振。诗人四年来艰苦奋战，结果仍是山河破碎，像狂风吹散了飞絮一样，而自己的一生也是动荡不定，像被雨打着的水上浮萍那样。这是"干戈寥落"、孤掌难鸣的必然结局。诗人用凄凉的自然景象作比，上句用"风飘絮"来比喻"山河破碎"，形象地表达出国运已处在缥缈破灭之中，极深切地表现了诗人的哀痛，这里的"山河破碎"并不是一般的感叹，每个字都融进了诗人的血和泪。下句用"雨打萍"来比喻"身世浮沉"，古诗中常用浮萍来比喻身世浮沉，诗人在前面加"雨打"二字，既不落俗套，又暗示了诗人屡遭的打击（一次被贬，一次被扣，两次被俘，老母被俘，妻妾被囚，大儿丧亡……），这里的"身世浮沉"不是一般所言的宦海浮沉，而是指诗人一生的种种遭遇。诗人个人的身世是和国家的存亡结合在一起的。

　　第三联又写了自己一生中两大痛事：一是江西兵败，仓皇撤退；二是战败被俘，押赴崖山。这两句诗因景生情，正好概括了他起兵始末和忠愤之心，并不是因地名而随意敷衍出来的。四年前临安危急，朝廷诏天下勤王，文天祥临危受命，起兵抗战，后在江西兵败，曾由惶恐滩一带撤往福建汀州，当时既有兵败之危，又有渡海之险，可说危急艰险之至。"惶恐"还包括逃俘后元军播谣追杀，南宋亦要杀之的"惶恐"，即所谓"时时可死，步步求生"的"惶恐"。而今军队溃散，自己战败被俘，被押送过零丁洋，元军胁迫诗人随船去追击在崖山的南宋最后一个皇帝，更大的艰险和考验将在后头。当年惶恐滩头"说惶恐"时，尚有无数帐下之兵同艰危共患难，而今零丁洋上"叹零丁"，却是战士尽死只影独存了。这两句诗很有艺术性，"惶恐滩"与"零丁洋"是巧对，地名对地名，"惶恐""零丁"又是语意双关，既表明了当地形势之险恶，又说明了诗人境况之危苦。以上六句，诗人把家国之恨、艰危困厄渲染到极致，哀怨之情汇聚为高潮。"人生自古谁无死？留取丹心照汗青。"直抒胸臆，表现出诗人舍生取义的生死观和正气凛然的民族气节。在诗的最后诗人何以提到死呢？因为当时已被拘囚，自度难再逃生，南宋趋于破灭，大势难以挽回（此时宋室已是风雨飘摇、独木难支，在元兵的一路追击下，宋室兵败崖山，陆秀夫忠不臣元、义无再辱，在滔滔激流中，背负宋帝昺慨然蹈海，壮烈殉国），摆在他面前只有两条路：要么投降，要么死，诗人的报国忠心是不可改变的（《扬子江》中有"臣心一片磁针石，不指南方不肯休"之句，其诗集《指南录》集名就得于这两句诗，诗人对宋朝的耿耿忠心早已坚如磐石），因而投降是不可能的，他准备一死，以死来殉故国，让碧血丹心辉映史册。诗人的确实践了自己的铁血誓言，被押送到元大都以后，整整坐了四年牢，任凭敌人如何威逼利诱，他始终坚贞不屈。慷慨就义前作《正气歌》以见志，歌中有"时穷节乃见，一一垂丹青"之句，表达了同样的意思。

　　《金陵驿》抒发黍离之悲、亡国之痛、报国之情，系有宋一代最具血性的诗篇。

　　　　草合离宫转夕晖，孤云漂泊复何依？
　　　　山河风景元无异，城郭人民半已非。
　　　　满地芦花和我老，旧家燕子傍谁飞？
　　　　从今别却江南路，化作啼鹃带血归。

　　首联夕阳残照，荒草颓垣，在开篇构合成特定的抒情场景，苍凉之气扑面而来。

当年富丽堂皇的离宫（南宋在金陵的外宫）如今已被丛生的野草掩盖了；西边余晖残照，越来越暗；空中孤云飘荡，无依无傍。何等的凄凉，何等的孤寂！这既是一幅自然景物的图画，也是一幅社会生活的图画。一个"合"字，不仅写出了杂草的丛密，而且把"草"和"离宫"绾合起来，展现出离宫的荒凉；"晖"而冠之以"夕"，谓之以"转"，则使人们看到那西边的一缕残阳正在逐渐沉落。这正是南宋王朝衰落沦亡景象的象征！接着由家国沦亡写到自身不幸，亡国孤臣的无限悲恨和怅惘，化作一声"复何依"的悲叹。"孤云"是诗人的自比。云已是飘泊无定，而又谓之曰"孤"，这绝不是虚设的浮辞，而是诗人身世的自况。诗人为实现复国宏愿，付出了重大的代价。他把全部家财捐作了军费，他的亲人在战乱中或被害，或被俘，或失散。文天祥一共育有二子六女，两个儿子一个早死，一个在战乱中失散。定娘、寿娘在战乱中病死，监娘、奉娘死于乱军之中，妻子欧阳夫人和柳娘、环娘被俘入宫为奴，两女均作公主婢女，一个去甘肃敦煌，一个去甘肃庆阳。他自己则万里飘零，孤军奋战，然而功业不遂。现在，无国无家，系颈絷足，万千感慨，涌于笔端。一个"孤"字，摹状了诗人飞絮漂泊的身世，凝聚了诗人国破家亡的沉痛。下面两句巧妙化用典故，对江山易主的悲恸，对百姓苦难的忧伤，借助山河依旧与人事苍黄的揪心对照加以突出。山河依旧，可短短的四年间，城郭面目全非，人民多已不见。"元无异""半已非"巨大反差的设置，揭露出战乱给人民群众带来的深重灾难，反映出诗人心系天下兴亡、情关百姓疾苦的赤子胸怀。

诗人痛感不能挽狂澜于既倒，救生民于涂炭，满腔愁恨凝聚于"芦花"放白的意象，深沉关切寄寓于"旧燕"无栖的悬思，切地，切景，切事，切情。诗人引芦花以伤老，芦荻开花，而且花落"满地"，正同自己一样，时到暮秋，势已衰老。"满地芦花"呼应上文"草合离宫"，"和我老"移情于物，似乎满地芦花不是因自然规律而放白，而是因痛感故国沉沦、同情诗人遭际而衰老，这样写更显出白发苍然的程度，强化了英雄末路的感伤。写这首诗的时候才四十四岁，为什么说"老"呢？这是因为他忧国忧民，万里征战，颠沛流离，受尽磨难，衰老过早地来到。再从诗人抗元兴国的斗争来说，已是"功业飘零五丈原"（《和中斋韵·过吉安》），"忠节风流落尘土"（《苍然亭》），自己已经力不从心，国势已经不可挽救。"旧家燕子"不是眼前景，提到这个意象意在表明个人遭遇与王朝兴衰是紧密联系的，随着王朝的灭亡，自己连寄身之所也没有了，所有的家门都无法进去了。旧时的燕子，无论是王谢之堂，还是百姓之家，毕竟有主可依，有家可归，而今日，国破家亡，自己无依无靠，连旧时的燕子也不如！真是感慨无穷、痛切骨髓。最后凛然自誓：此行必将以死报国，一片忠魂终返江南！诗人是多么不愿意离别故土，只是自己身不由己，不愿离别也得离别；但是诗人决心以死报国，即使死后灵魂也要南归。化鹃啼归的心愿是他对故国深切眷恋、思念之情的寄托，充分反映了他以身殉国的民族气节和忠贞不二的爱国精神。尾联在无限凄楚的情调中充溢着浩然正气，回应诗的开头，归结诗的本旨。在去元大都的路上，文天祥绝食八日不死。至大都后，元人先是逼其女写信，哀诉不幸命运，想以此胁迫文天祥投降，他不为所动。元世祖忽必烈派已归顺的南宋左丞相留梦炎、宋恭帝赵显劝降，均遭文天祥拒绝，后来阿和马、孛罗、忽必烈先后来劝降，文天祥均不下跪。忽必烈亲自劝降，文天祥只求一死。死前向南方跪拜，引颈就刑，时年四十七岁。诗人慷慨就义后，其妻欧阳氏收尸时，发现了文天祥写在衣带中的《绝命词》："孔曰成仁，孟曰取义；惟其义尽，所以仁至。读圣贤书，所学何事；从今而后，庶几无愧！"文天祥真正做到了富贵不能淫，贫贱不能移，威武不能屈。此诗融情入景，化典寄情，有屈子哀郢的沉痛，湘妃洒泪的悲凉，更有蹈死无悔的浩然，外柔内刚，沉挚悲壮。

　　南北宋的家国壮歌，还有陈与义、李清照、杨万里、范成大、林升等的诗作和范仲淹、苏轼、张元干、张孝祥、陈亮等的词作。陈与义《伤春》写于宋高宗建炎四年（1130年）春。这一年金兵继续南侵，直逼宁波，迫使宋高宗赵构又由温州入海逃亡。诗人当时正流寓湖南，他虽经战乱，饱受苦难，但仍心忧国家，眼前的大好春光勾起他忧国伤时的无限悲痛，而向子湮率兵抗击金兵的消息又使他稍感欣慰，于是，写下这首以"伤春"为题的爱国诗篇。作品并不是写一般断肠的春色，而是"天翻地覆伤春色"，也就是杜甫《春望》所写"国破山河在，城春草木深"的诗意。此诗具有高度的艺术概括力，写尽南北宋之交的衰败国势，诉尽诗人伤时忧国的深衷隐志。李清照《夏日绝句》借古讽今，痛斥苟且偷安的败类，礼赞宁死不屈的雄杰，爱国情怀刚烈，民族浩气凛然。杨万里的组诗《初入淮河四绝句》系诗人在宋孝宗淳熙十六年受派前往迎接金国来使北行途中所作，诗题中的淮河，是宋高宗时期"绍兴和议"所规定的宋金分界线，淮河以北的广大中原地区被全部割让给金国。组诗抒发亡国之恨和爱国之情，第一首抒写诗人初临"边界"的惨淡心境（"人到淮河意不佳"），第二首谴责拱让山河的南宋朝廷（"长淮咫尺分南北"），第三首慨叹南北分离的痛苦无奈（"波浪交涉亦难为"），第四首写中原遗民的怨诉怅恨（"逢着王人诉不堪"）。作品既不用有关事例，也不直抒胸臆，只从眼前自然景物入手，采用象征、对比手法，曲折地宣泄胸中抑郁，含不尽之意于言外。范成大《州桥》抒发饱受民族压迫的中原父老的痛苦处境和内心愿望，章法如同陆游《秋夜将晓出篱门迎凉有感》。林升《题临安邸》倾吐了郁结在广大人民心头的义愤，也表达了诗人对国家民族命运的深切忧虑（"暖风熏得游人醉，直把杭州作汴州"）。宇文虚中《在金日作》表达了久羁绝域、思念故国的情怀和视死如归、忠贞报国的壮志，愤激慷慨，爱憎分明。

　　范仲淹在西北军中所作《渔家傲》，表现了词人决心守边御敌的英雄气概，也流露了将士思乡忧国的情怀，苍凉悲壮，慷慨生哀。苏轼《江城子·密州出猎》塑造了一位"牵黄""擎苍"的太守形象，一股落拓不羁、虎虎生气扑面而来。词人以汉代魏尚自比，强烈地表达了平息边患的爱国热忱和建功立业的豪迈壮志。"会挽雕弓如满月，西北望，射天狼"，这样的词句直读得人血脉贲张。陈与义《临江仙·夜登小楼记洛中旧游》上片为洛中旧游回顾，下片为现时情感抒发，全词通过追忆昔日洛阳酣歌欢饮的生活，忆昔感今，充满了伤时感世的无限沧桑之感。词作对比强烈，动人心魄，节奏明快，浑成自然。张元干两首《贺新郎》为其爱国词姊妹篇。《贺新郎·送胡邦衡待制》上片慨叹国事（"底事昆仑倾砥柱，九地黄流乱注？聚万落千村狐兔"），下片抒写别情（"目尽青天怀今古，肯儿曹恩怨相尔汝"），表现了词人威武不屈、刚正不阿的坚贞品质和坚持正义、矢志抗金的爱国精神。《贺新郎·寄李伯纪丞相》借孤寂、冷落的秋夜景象抒情，倾吐抗金的雄心壮志和报国无路的悲愤，表达对李纲再为抗金事业建立功业的热切期待，激昂慷慨，风格沉郁。

　　张孝祥的《六州歌头》（"长淮望断"）作于绍兴二十二年（1162年），这时朝廷主和派得势，急于向金屈辱求和。张孝祥在建康留守、主战派大将张浚处做幕僚，张浚召集抗金志士上书反对和议，张孝祥即席赋此词。上片写"黯消凝"——宋金对峙形势危殆。一是南宋边备废弛,莽莽平野无塞可守,江淮之间征尘暗淡;二是文化荡然无存,礼乐之地任人糟践,文化之乡"弦歌"不再;三是金人紧张备战,营垒"纵横"防守严密,猎火照野"笳鼓"凄厉。下片写"气填膺"——收复中原希望渺茫。一是志士报国无门,快箭利刃尘封埃蠹,年华渐老壮志蹉跎;二是朝廷屈辱求和,苟安江左坐以待毙,纳贡拜祝觍颜示好;三是百姓空盼光复,北方父老被宋遗弃,南望王师久久不至。词以"长淮望断"起,以"有泪如倾"结,高歌慷慨,愈转愈深,繁音促节,声情激壮,撼人心魄。据南宋无名氏《朝野遗记》载,张浚很受感动,不忍卒听,罢席而去。陈廷焯《白雨斋词话》称赞这首词:淋漓痛快,笔饱墨酣,读之令人起舞。

在宋代词坛上,用词来议论国家大事,陈亮最为突出。代表作《念奴娇·登多景楼》表达坚决主张北伐、反对苟安江左的明确立场。这是一篇批判现实、鼓舞斗志的"政治、军事报告",词中盛赞京口的险要地形和战略意义,认为它"一水横陈,连岗三面"是"鬼设神施","凭却江山"足以"争雄"。故不要依循六朝,以长江为"南疆北界",以京口为苟安"门户";也不要仿效王谢,北望空洒英雄之泪,无意收复任敌嚣张。而要追步立誓北伐的祖逖、大败苻坚的谢玄,一旦"势成",毋须多虑,当长驱千里,扫清河洛,尽复故土!此词纵横议论,痛快淋漓,大气磅礴,雄视百代。《水调歌头·送章德茂大卿使虏》立意高远,赞许章德茂毅然使金的英勇,批判朝廷屈辱媚敌的昏庸,鞭挞金人目无南宋的丑恶,或放旷直言("且复穹庐拜,会向藁街逢"),或愤怒诘问("千古英灵安在,磅礴几时通?"),或自信展望("胡运何须问,赫日自当中!"),通篇洋溢充沛浩然的民族正气和灭虏复仇的必胜信念。

刘克庄是南宋后期独树一帜的重要词人。他的词继承辛派词人的爱国主义精神及其豪放风格,其主要内容是抒写家国之忧和揭露统治集团内部的矛盾。《贺新郎》词谴责朝廷轻视中原人民的抗金力量("今把作、握蛇骑虎"),讽刺南宋当权者的苟且偷安和软弱昏庸("多少新亭挥泪客,谁梦中原块土?"),渴望陈子华此去能完成恢复中原的大业("谈笑里,定齐鲁")。全篇情调激越,多为壮烈之词,读之令人鼓舞。刘辰翁《柳梢青·春感》写于临安沦陷后的元宵,词作表达了作者不忘抗元斗争的爱国心情。上片写陷后临安景象:"银花洒泪,春入愁城","笛里番腔,街头戏鼓",敌人骄横得意,人民洒泪忧愁;下片写自己亡国之忧:不堪"青灯""独坐",月下怀想故国,向往抗元斗争。情调沉痛,音节苍凉。总的说来,宋代爱国词作多沉痛悲壮,以写壮志难酬为主调。宋末元初爱国诗词名篇有宋遗民张炎《解连环·孤雁》和虞集七绝("江山信美非吾土")、倪瓒七绝("秋风兰蕙化为茅")等。

三、明至清末壮歌

戚继光《马上作》描写了作者为保卫国防而"南北驱驰"到处奔波的军旅生活,抒发了自己一生横戈跃马为国献身的自豪之情。《登舍身台》借叙登台事表达舍身为国的壮志,展示了一个"指点封疆""萧疏鬓发"的爱国将领形象。明前七子领袖李梦阳七言律诗《秋望》描写了秋日边塞的风光,从黄河远上、秋雁凌飞、古渡黄尘、战场白月,联想起守边战士,激切盼望名将御敌,抒发了强烈的忧国之情,风格"雄浑流丽"。明清易代之际,诗人顾炎武倡言"天下兴亡,匹夫有责",明亡后,顾炎武立志复国,《精卫》诗以冤禽精卫填海复仇为喻,运用人禽问答形式,有力地表现了矢志不渝抗清复明的坚强意志。岭南屈大均曾从桂王抗清,《壬戌清明作》表现了对故国江山的深切怀念,对抗清志士消沉的悲凉感慨。作品情志坚毅,不事雕琢,慷慨悲歌,凄怆动人。著名女词人徐灿以抒写家国兴亡之感慨拓宽了女性闺愁怀远的传统创作题材,《踏莎行·初春》寄托了沉痛的亡国之思,天崩地坼而春归如昔,剩水残山而身世浮沉,词人唱出"故国茫茫,扁舟何许,夕阳一片江流去"的凄婉挽歌;《永遇乐·舟中感旧》表达了深藏于心的黍离之悲,物是人非而江山依旧,故国沉沦而人生如寄,词人发出"世事流云,人生飞絮,都付断猿悲咽"的苍凉喟叹。

  复社、几社文人多有爱国主义诗作。陈子龙的诗歌创作被称为明代诗歌的"殿军",兴亡之感、家国之痛、黍离之悲溢满于字里行间。清兵陷南京,他和太湖民众武装组织联络,开展抗清活动。兵败而避居于嘉兴武塘一带时,他写了《秋日杂感》十首,倾吐眷怀故国的情思,剖析明朝亡国的原委,痛悼壮烈殉国的友人。《秋日杂感》其四流贯着诗人坚决复国而力殚势孤的哀愁,情感沉痛,感人至深。长于状物,妙于托意,这种特色在陈子龙的七古和七律中表现得比较突出。

> 行吟坐啸独悲秋,海雾江云引暮愁。
> 不信有天常是醉,最怜无地可埋忧。
> 荒荒葵井多新鬼,寂寂瓜田识故侯。
> 见说五湖供饮马,沧浪何处着渔舟。

  诗歌首联扣题,"秋""暮"切"秋日","悲""愁"切"杂感"。"行吟坐啸"是人的情态,表明情动于中难以抑制。接着写情:"独悲秋",孤独地领受秋的悲凉。这种悲凉的意绪,并非来自于季节,而是孤危的时世。"海雾江云"本为暮景,但另有托意。当时诗人与唐王朱聿键、鲁王朱以海分别在福建、浙东建立的抗清政权均有联系,"海云江雾"隐指他们,"海""江"指其地域,"云""雾"喻其状态:渺远迷茫。这就不能不使诗人生出力殚势孤的愁绪了,此种愁绪就是"悲"的核心内容。次联写愤恨沉痛。相传春秋时秦穆公梦朝天帝,天帝最终赐秦一块土。李商隐《咸阳》诗云:"自是当时天帝醉,不关秦地有山河。"陈诗用此典,既含有对昏聩天公的怨愤,"不信"从反面说明,天帝确实已醉——偏袒异族入侵者;又表达了对清朝命祚不长的渴盼,不信天帝长醉不醒,让如"虎狼之秦"一样的清军永远占有明朝的江山。"不信"说的是未然的情况,诗人现在必须面对的现实竟是"无地可埋忧",汉仲长统《见志》诗有"寄愁天上,埋忧地下"语,这里反用其意,言大好河山全部落入清军之手,连消愁解忧的地方也没有了!"无地可埋忧"前加"最怜"二字,更加剧了亡国之痛的分量。

  三联写明亡惨状。第一句写死者(包括百姓和为抗清而死难的亡友),"荒荒葵井",是说死者的故园已经极度荒凉冷落,荒芜的井台上野葵丛生,水井是与人的日常生活密切相关的,井台上长野菜可见有极长时间无人来担水了。人呢?都惨遭清兵杀害了!"荒荒"连用,有一种随着目光移动发现在在荒芜的意思,突出了清军掳掠屠戮后的荒凉程度。第二句写生者(主要指亡明的公侯贵族),这些因江山易主被抛向社会底层的前朝贵族,纷纷流落于草野之中。诗人对他们命运的遽变是非常同情的,但也杂有失望和悲哀,"寂寂"与前面的"荒荒"对应,渲染他们栖身的地方死一般的寂静。为什么这么静呢?他们不敢弄出声音,或者怕被抓去砍头,或者怕被强逼入仕,索性默无声息隐遁不出。尾联写隐遁无地。这是紧承上联而来的,贵族们一个个隐遁不出,诚然是一种与清政权不合作的态度,但这样的隐遁生活能够长久过下去吗?"五湖"之水"供饮马",意谓太湖一带全被清军占领了,"五湖"原本是遁世隐逸去处(事见越国大夫范蠡),现在却成了清军集结的地方。最后一句"沧浪""渔舟"都是高蹈隐逸的形象符号,意思是即使想隐遁,也没有可作藏身隐居的地方了。此联弦外有音:隐遁是没有出路的,唯一的出路是与敌人拼个鱼死网破。陈子龙的七律,前人多有好评,吴伟业说"高华雄浑,睥睨一世",胡应麟说"格高气逸,韵远思深"。

陈子龙的词《点绛唇·春日风雨有感》借感叹暮春花残,表达亡国哀痛。"满眼韶华"赞美春光美好,热爱故国山河之情融入其里。"东风惯是吹红去"猛然顿跌,风催花落,春意阑珊,"惯是"言自然规律无法抗逆,江山易主之意隐约其中。"几番烟雾,只有花难护"紧承上意,风雨频侵,春花难护,暗示明朝大势已去,复国之路艰难。然而,词人的故国情怀不可消磨,"王孙"路上芳草萋萋的梦中景象,寄寓着反清复明的朦胧希望。"春无主"突然一转,直是摧肝裂胆。"春无主"即"春易主"!清醒地意识到这一点,词人难免悲痛欲绝,乃如杜鹃啼血,泪倾如雨("杜鹃啼处,泪洒胭脂雨")。泪化"胭脂雨"的想象,蕴含了深沉的民族感情。全词巧妙用比兴,惜花之情与亡国之痛水乳交融,字字血泪交迸,风格缠绵婉丽。

夏完淳的父亲夏允彝和老师陈子龙都是明末抗清志士。他聪明早熟,天资极高,五岁知五经,九岁善诗文,幼受父亲影响,矢志忠义,崇尚名节。他跟随父亲、老师一起抗清,一败再败,父亲、老师也先后殉国。他流亡于江汉之间,继续进行抗清活动。后被人告发,在家乡被捕。在押往南京,途径细林山时,写下泣血而成的《细林夜哭》,哀悼不久前殉国的老师陈子龙。诗中抒发了师生之情与战友之谊("相逢对哭天下事,酒酣睥睨意气亲"),充溢着师殒国破的沉痛之感("肠断当年国士恩,剪纸招魂为公哭"),情辞悲凉,真挚感人。《南冠草》是诗人从被捕到就义之间两个多月中写下的,它是夏完淳一生创作的精华,也是他血泪凝结的绝笔。《南冠草》组诗的题材,有告别故乡和亲人的,有怀念师友的,有忧国伤时的,抗清复明是这些诗歌的主题。其中《别云间》是诗人被捕解往南京途经松江诀别故乡时所作,诗中流露出对故乡的无限依恋,抒发了国破家亡的满腔悲愤,表达了至死不渝的抗清意志。

> 三年羁旅客,今日又南冠。
> 无限河山泪,谁言天地宽!
> 已知泉路近,欲别故乡难。
> 毅魄归来日,灵旗空际看。

诗歌不事雕琢,直抒胸臆,思想感情表达得真实而深刻。一、二两句叙事,回顾经历,记述遭遇。为了抗清复明,颠沛流离,备尝艰辛。"客"是对故乡而言,自1645年起,诗人就参与抗清斗争,出没于太湖及周围地区,义军溃败后,又只身流离到湘鄂一带。"羁旅"二字见出诗人出生入死的战斗风貌,舍己忘家的高尚胸怀。而今与故乡最后一次见面,却是以一个囚徒的身份,"南冠"言不幸被捕。作了晋国囚徒的钟仪是楚大夫,范文子听了他和晋侯的一番对话后,称赞他是个"不背本""不忘旧""无私""尊君"的"君子",最后晋侯听从范文子的建议,放钟仪回楚。诗人借用"南冠"之典,意在表明自己对大明的耿耿忠心。这两句虽是叙事,但已经隐含了深沉的感情。

以下开始抒情。三、四两句无限悲愤,叹国破家亡,无处立足。上句应"三年"句,诗人在三年英勇斗争和只身逃亡的过程中,看到国土沦丧、满目凄凉,故痛洒英雄之泪。"无限"二字放在句首修饰"河山",加浓痛失之意,又为下句提供了反照。

下句应"今日"句，说天地虽然阔大，但竟无自己的容身之地，先被清军捕获，又继之以囚禁，之所以不能见容于世，是因为明的天下变成了清的天下！

五、六句缠绵婉转，写当下矛盾的心境。上句明至死不屈之志，"泉路"即赴黄泉之路，"泉路近"意即自己即将被害。投降当然就是另一回事了，诗人言即将被害就是已决意不降清。其父夏允彝、其师陈子龙皆已做出表率，兵败投水殉难。诗人解往南京后，汉奸洪承畴亲自审问他，他拒绝诱降，英勇就义。那时连钱谦益之流的大文人都纷纷向清朝俯首称臣，而一个少年竟能舍生取义，是多么难能可贵！下句表依恋故乡之情，不降清就意味着再不能生还，再也见不到生己养己的故乡了（故乡尚有白发的老母、怀孕的妻子），再也见不到谋图恢复的故国了，想到这些诗人又是多么不忍？降清不愿，诀别不忍，最终还是忍痛诀别，诗人的感情是相当悲伤的，这两句写得相当真实感人。

七、八句情调上扬，转而沉雄慷慨，写对死后的悬想，写得相当壮烈。上句言己，"毅魄"是坚强不屈的魂魄，诗人显然受屈原《国殇》结末二句（"身既死兮神以灵，魂魄毅兮为鬼雄"）和李清照《绝句》的头两句（"生当作人杰，死亦为鬼雄"）的启发，写自己的英灵不会泯灭。下句言人，寄希望于故乡父老乡亲继续高举抗清义旗，自己死后成了鬼魂，也要归来从空中看后继者率领部属起义。其爱国精神，其浩然之气，从充满浪漫主义想象的诗行中沛然溢出。

这首诗高出以前同类诗作的地方在于：别故乡和别祖国紧密相连，爱故乡和爱祖国水乳交融，故乡情升华为爱国情。全诗情调低回婉转，慨叹沉痛悲壮，读之催人泪下，而写出这样感天动地诗篇的诗人年仅十七岁！

在世界列强觊觎中国的晚清时代，又涌现出一批爱国主义诗作。鸦片战争爆发后，张维屏目睹英国侵略军的暴行，激发了爱国情绪，所写诗篇如《三元里》《三将军歌》等，激昂悲愤，辞情慷慨，歌颂了鸦片战争时期的反侵略战争，揭露了清王朝的腐败。

《三元里》是一首取材新颖的叙事诗，一曲人民抗敌御侮的爱国主义颂歌，饱含着一种凛然而不可犯的民族正气。作品如同"诗报告"，开始四句统领全篇，点明事件发生的地点、场景和声势，相当于"新闻导语"，突出表现了三元里乡民同仇敌忾、团结御侮的激情和伟力。"家室田庐"四句写乡民奋起，依次写奋起的缘由（保卫家园），奋起的形式（自发组织），奋起的队伍（不分男女），奋起的兵器（犁锄农具），显示出威武不屈的浩大声势和无坚不摧的昂扬斗志。"乡分远近"四句写乡民赴敌，前两句状写旌旗如云、乡民如潮的浩荡阵势和赫赫声威；后两句描写敌军惊慌失措的细节和胆怯虚弱的心理，反衬正义之师气贯长虹，声震天宇。"夷兵所恃"四句写双方交战。英军手持洋枪洋炮，在装备上远超犁锄刀矛，然而乡民决心殊死抗争，在士气上远胜怕死众夷。作为正义的一方，抗英乡民占尽了天时、地利、人和，势在必胜；作为非正义的一方，英军骚扰掳掠遭人怒（乡民围歼）而寡不敌众，遭天谴（暴雨倾盆）而火器失灵，不堪一击。"岂特火器"四句写英军溃败，枪炮统统变成哑巴，英军统统身陷泥淖，田埂边的步履维艰，踟蹰难行，冈阜上的进退维谷，瑟缩战栗。"中有夷酋"四句写惩治敌酋，前两句挖苦奚落夷酋面目可憎、衣着可笑，后两句用汉代陈汤等破康居、割郅支单于头悬十日示众之典，显示侵略者难逃被戮身亡、枭首示众的可耻下场。"纷然欲遁"四句写官府救敌。前两句写乡民鏖战正酣，声威大振，敌人闻风胆落，无可遁逃。后两句突转，写官府竟然网开一面，放走涸辙之鱼。在英军陷入重围之际，总督奕山应英军统帅义律之求,命广州知府余保纯用欺骗、威吓手段驱散三元里义军而纵敌逃离。诗人以冷峻的笔调、反诘的语气,给予卖国求荣者以辛辣的讽刺和深刻的揭露。最后四句借晋国大夫魏绛和戎之典和《诗经·无衣》之句,质问统治者何以在义军即将大获全胜的情势下非得靦颜事敌、屈膝乞和,表达了诗人的民族正气和难以遏制的愠怒之情。这首诗,通体七言,首尾贯注,一气呵成,语言质朴晓畅,简括劲健;四句一韵,有承有转,或句句相押,或隔句相押,平仄互用,抑扬浏亮,都随诗意发展变化而定。魏源、朱琦、梁信芳等也都写过反映三元里人民抗英斗争的诗篇。在同一题材的作品中,张维屏这首《三元里》叙事堪称上品。

黄遵宪《书愤》是一组充满忧愤感情的爱国主义诗篇。原诗共五首,"一自珠崖弃"是其中的第一首,诗人怀着十分悲愤的心情,描写了帝国主义列强瓜分中国的历史事实;继德国强迫租借胶州湾以后,俄国、法国等帝国主义国家纷纷效尤,强占中国的领土,同时对丧权辱国、腐败无能、任随帝国主义宰割瓜分的清政府,给予了尖锐的指责和批判。这首诗以极其强烈的思想性和现实性显示了黄遵宪"新诗派"的新风貌。艺术上使事用典,引古喻今,但语言通俗易懂,并不艰涩,在平实的风格中表现出诗人深广的忧愤。《哀旅顺》深刻地揭露了日本帝国主义强占我国东北旅顺口以及大连、安东等地区的侵略行径("一朝瓦解成劫灰,闻道敌军蹹背来"),并无情地挞伐了昏庸腐败的清王朝不战自溃的卖国罪行。1895 年,清政府把台湾割让给日本,台湾诗人丘逢甲写下了许多爱国诗篇。"四百万人同一哭,去年今日割台湾。"(《春愁》)"看到六鳌仙有泪,神山沦没已三年。"(《元夕无月》)"啼鹃唤起东都梦,沉郁风云已五年。"(《有感赠义军旧书记》)我们仿佛可见诗人在屈指计算故乡沦陷的年头,一数三叹,血泪交迸。

梁启超《金缕曲》(瀚海飘流燕)以瀚海飘流燕自喻,抒发对国事的感慨。

瀚海飘流燕。乍归来、依依难认,旧家庭院。惟有年时芳侣在,一例差池双剪。相对向、斜阳凄怨。欲诉奇愁无可诉,算兴亡、已惯司空见。忍抛得,泪如线。

上片写作者东渡归来时的心情。"瀚海"几句写燕归来,以"瀚海"之阔衬"归燕"之孤,"飘流"二字饱含游子的无限辛酸。"旧家庭院"指故国,"难认"伏笔,表明故国的变化,几有黍离之悲。"唯有"两句写见旧侣,昔日之友人战斗精神并未消泯,他们仍然奋发有为,以挽国家颓势。"相对"等几句写相泣诉,"斜阳"上呼"旧家庭院",扩展了词的境界,渲染了悲剧气氛,"欲诉奇愁无可诉"含一转折,见出忧愤之深。"奇愁"即国家之愁、时代苦闷,因为此愁太深重太广远,又无从说起,无法说清,真正的愁是难以用言语来表达的。"算兴亡,已惯司空见",交代"奇愁"的真正根源——国家积贫积弱,一蹶不振。此种天崩地解之危局长期莫之振救。"忍抛得,泪如线",面对如此黄昏残景,忧国忧民之士不能不涕泪涟涟。

故巢似与人留恋。最多情、欲黏还坠,落泥片片。我自殷勤衔来补,珍重断红犹软。又生恐、重帘不卷。十二曲阑春寂寂,隔蓬山、何处窥人面?休更问,恨深浅。

下片抒发感慨,含蓄蕴藉,语意双关。"故巢"几句写恋故巢,以燕啄新泥欲补旧窠来表达自己愿为祖国的复苏、民族的振兴而效力的款款深情和远大志向。"我自"几句写心之忧,意即自己寻求救国救民之真理,有心补苍天,但恐被人遮隔,无人知道自己的一腔衷肠而不能见用,因而难酬壮志。"十二曲阑"数句发感慨,承"重帘不卷"而来,突出阻隔之遥,最后两句运用朱庆馀《闺意呈张水部》诗意连人面都见不到,就更不消谈化妆浓淡时髦与否了,结尾悲愤的意绪是显见的。

这首词的最大特点是通篇用喻,词句的描叙既符合"燕"的物性,又与人的主观情感相吻合,句句写燕,又句句写人,借物之抒情,达到了非常和谐的境地。

秋瑾自幼仰慕英雄豪杰,立志做英雄豪杰,身带豪气,喜好习武。1904年夏,秋瑾自筹旅费去日本留学,寻求救国救民真理,在往返途中写过多首律诗,《日人石井君索和即用原韵》《黄海舟中日人索句并见日俄战争地图》两首最为有名,它们抒发的都是以身报国的慷慨激情。以下试析《日人石井君索和即用原韵》:

漫云女子不英雄,万里乘风独向东。
诗思一帆海空阔,梦魂三岛月玲珑。
铜驼已陷悲回首,汗马终惭未有功。
如许伤心家国恨,那堪客里度春风?

第一联写只身赴日。劈头一句就豪气干云,诗人《鹧鸪天》词有句"休言女子非英物",意思与这句没有什么不同,但不如这句豪健有力,气势高迈。诗人生性豪强,对男尊女卑的传统观念非常反感,对自己的人生充满高度的自信,如"身不得,男儿列,心却比,男儿烈""始信英雄亦有雌""红颜谁说不封侯"这些话,没有第二个女性说得出,写得出。次句叙述本事:"向东"——东渡日本。一个"独"字交代是只身独往,又见出一往无前的气概。"万里乘风"四字,既是对"向东"的情景的真实描写,展示出一个寥廓的诗意空间,衬出"独"往身影的伟岸,又寄寓了一腔报国的豪情。"乘风"语出《晋书·宗悫传》,"叔父问向所志,悫曰:愿乘长风,破万里浪。"后以乘风破浪喻抱负远大,不畏困难,奋勇前进,这句诗正含此意,是对上句的一个形象性补正,"万里乘风独向东"正是"英雄"风姿!第二联写海中情思。"诗思一帆海空阔",由外在的"独"往转而写内在的"诗思",抒发英雄的豪情。"海空阔"具写"万里","一帆"呼应"乘风",展现出一幅碧天无垠大海苍茫孤帆远逝的壮观画面。抽象的"诗思"因与"一帆"相连而具象化,使人想见诗人难以抑制的激情、壮思随着帆影的移动而潮涌,而飞扬。后一句是诗人在海船上的想象。"月玲珑"似言岛国因海天空阔,月轮小巧精致,月光分外皎洁。其意不在称扬日本风景幽美,而是隐喻此乃求学的胜境,于此求索灵府必然空明,思想必然升华。"梦魂"犹言魂牵梦萦,表明赴日求学急切心情。也可以把"月玲珑"视为对海上夜景的描写,诗人仰望海空明月,思绪早已乘着月光飞往"海上仙山"——那个她即将去"朝圣"的地方。

下半篇风格由豪放转向沉郁。第三联写忧国伤时。"铜驼已陷"用典,古代置铜铸的骆驼于宫门外。《晋书·索靖传》言,"靖有先识远量,知天下将乱,指洛阳宫门铜驼,叹曰:'会见汝在荆棘中耳!'"旧时因以"铜驼荆棘"形容亡国后残破的景象,这里比喻国家沦亡山河破碎的景象。"悲回首"非言在海船上频频回望,而是沉痛追忆往事,诗人《感时》中有"一腔热血愁回首,肠断难为五月花"可证。"汗马"有两解:古西域有骏马曰"汗血马",亦称"汗马";古时战功称"汗马功劳"。从与上句对仗看,这里似应作名词解,指包括诗人在内的革命志士、救世英才,也不排除有为推翻清政府,挽救危亡而辛苦奔走的意思。本该旋乾转坤的英杰却"未有功"——革命事业未成,国家依然残破,诗人为之而"惭"。一"悲"一"惭",真挚地表达了诗人以身许国、万死不辞、责己奋砺的爱国情怀。末联总收，写旅日抱负。情调由沉郁趋向愤激。"家国恨"概括清廷入主中原、列强瓜分中国的痛史和现状，"恨"既表达对凌虐中华的列强的仇怨，也表达了对腐败无能的清廷的愤慨。"伤心"与前面的"悲"和"惭"相连贯，隐写诗人为国事而悲歌涕泣，前加"如许"，使"家国恨"化无形为有形，给人以巨量的沉重感。这一句交代了只身赴日的背景，暗示了只身赴日的动机。最后一句从反面作笔，申说此行目的。"春风"犹言"春光"，诗人到异国，绝没有"春风秋月等闲度"的闲情逸致，那么究竟要干什么呢？她不明说，不说胜说，抓紧青春时光，寻求救国救民的真理，这就是结句的潜台词。在《感时》一诗中，诗人一再表达了这种时不我待的心境（"忍把光阴付逝波""白驹过隙感韶华"）。留日期间，秋瑾先后参与发起成立共爱会（中国妇女最早的组织）、十人会、洪门天地会等反清团体，在东京创办《白话报》。1905年先后加入光复会和同盟会。1906年初，为反对日本政府取缔中国留学生而归国。

这首诗，文思跌宕回环，感情波澜起伏，结构明显地呈现着起承转合的格局。诗中议论不失空泛，抒怀不事雕琢。风格雄浑豪放，语言明快清健。同《黄海舟中日人索句并见日俄战争地图》一样，是秋瑾的传世力作。

> 我国古代诗人们的爱国情结，主要表现为以下三个方面：其一，对锦绣河山的无限热爱。歌颂慷慨从戎、建功立业的壮志；歌颂视死如归、为国捐躯的英雄；抒发报仇雪耻、收复河山的意志；歌颂团结御侮、同仇敌忾的精神。其二，对国泰民安的真诚期盼。歌颂国家统一，反对分裂割据；描写战争给人民带来的深重灾难，表达对战乱频仍、生灵涂炭的忧患；歌颂平叛战争的胜利，表达早日结束兵荒马乱、鸡犬不宁的生活的愿望。其三，对异族入侵的强烈愤恨。揭露侵略者的残暴行径，鞭挞蹂躏华夏、瓜分中华的强盗；倾诉国破家亡、神州陆沉的悲痛；发泄对昏君苟安、权奸误国的不满；批判丧权辱国、觍颜事敌的汉奸。

阅读·思考·研习

1. 阅读并背诵本章所提及的重点作品。
2. 试论《国殇》对后世爱国主义诗歌的影响，准备课堂讨论。
3. 以岳飞、文天祥、陆游、辛弃疾等人作品为例，谈谈宋代爱国诗词的基本特征，准备课堂讨论。
4. 简谈晚清爱国主义诗歌的基本内容和艺术特征，并写一篇1000字左右的分析文章。
5. 选择一首自己理解最深透的中国古代家国壮歌作品，编写欣赏讲义并制作课件，准备上台讲授。

第五章
生命悲歌欣赏

中国古代诗人对生命存在的意义和价值有着独特的认知和感悟。历代诗人在宇宙万物的新陈代谢、变化中深省到时间的永恒和无限,并痛惜个体生命的短暂。古代生命之歌,主要表现为对人格理想的构想、对自我价值的追求、对时光流逝的怅惘和对生命悲剧的哀婉。中华民族作为一个源远流长的古老民族,早在春秋战国时期便从原始神话、宗教的崇拜中解脱出来。战乱频仍打破了人们宁静安定的生活,也打破了人们心中关于生命永恒的蒙昧观念。乱世中人们走出神话、宗教的世界,给予生命以更多的理性思考,试图寻找另一种使生命得以永恒的方式。

一、先秦汉魏悲歌

从先秦时期的诗歌开始,诗人就注意到时间飞逝与年命不永。"今者不乐,逝者其耋""今者不乐,逝者其亡"是《秦风·车邻》的诗句,意思是:今天不及时行乐,明日衰老空悲切;今天行乐不及时,明日死亡徒悲伤。"今我不乐,日月其除""今我不乐,日月其迈"是《唐风·蟋蟀》的诗句,意思是:今日我不及时行乐,时光将如流水逝去;今日我不及时行乐,岁月将要无情流过。《曹风·蜉蝣》借写朝生暮死的蜉蝣生命短暂,叹息光阴易逝、浮生若梦、生命短暂,表现了人类对死亡来临的困惑和对生命归宿的茫然。这些感叹流光不驻的诗句,在《诗经》中反复出现。不过,真正意义的生命之歌最早出现于屈原的诗作中。《离骚》是一曲人生理想失落的悲歌。"大开大阖的笔法,大起大落的对比,深刻有力地表现了屈原的政治悲剧:无论在天上地下,都找不到实现理想的机会,得不到支持和慰藉。"(袁行霈《中国诗歌艺术研究》)《离骚》首开"美人迟暮"(原意是有作为的人将逐渐衰老,比喻因日趋衰落而感到悲伤怨恨)主题的先河,"日月忽其不淹兮,春与秋其代序。惟草木之零落兮,恐美人之迟暮""老冉冉其将至兮,恐修名之不立",这些诗句昭示着当时人们对于时光不居、四时交替、岁月及生命流逝的明确意识。作品不仅仅注意到年华的短暂,更有着对生命意义的追寻,表现出了一种功业难成的紧迫感。诗人担心时间的流逝会使自己的政治理想和人生抱负化为泡影,因而自励:"路漫漫其修远兮,吾将上下而求索!"开始了他极为艰苦的追寻信仰之旅。诗中的自我形象是一个独立不迁、忠于祖国、追求"美政"、至死不渝的先秦进步政治家的形象。这个形象是先秦时代的时代精神的象征(儒家、法家的思想,进取、批判的精神),是中华民族心理的象征(忠君爱国的思想和气节、刚健的性格),是人类精神生活的悲壮历程的象征(追求—失败—再追求)。《离骚》对中国历代爱国知识分子的影响是巨大的,资产阶级革命家陈天华留学日本时,读两句《离骚》投大森海湾殉国。诗人苏曼殊说,一个人三十岁以前不读《离骚》是该死的。

　　把生命流逝的感叹、人生无常的悲伤作为主题在诗歌中着力抒写,是在汉代才开始的。公元前113年秋天,寒风飒飒,大雁南飞,汉武帝刘彻率领群臣到河东郡汾阳祭祀后土,乘坐楼船行驶于汾河时,他突然触景生情写下千古绝唱《秋风辞》,发出人生易老的悲叹。首二句点出季节时令特点,给人以物换星移的紧迫感。三、四句以春兰秋菊盛衰有时起兴,引发对佳人的怀念,融悲秋与怀人为一体。五、六、七句写泛舟中流、君臣饮宴的欢乐景象,暗示人生匆忙流逝。八、九两句写乐极生哀,以人生易老的慨叹作结,极尽曲折绵绵之情。末句即诗作主题句,草木易衰,盛年难再,与短暂的富贵相比,漫长的死亡不可逃脱、令人感伤。此诗虽是即兴之作,但构思巧妙,意境优美,缠绵流丽,音韵流畅。

　　在社会动乱的时代,人们往往感受到的是生命的脆弱。汉末战乱频繁,人口大量锐减,朝不保夕便成为诗歌中一个普遍的带有悲剧色彩的内容。人生的价值、人生的出路到底在哪里呢?眼见老之将至而功业无成,自然寄怨于生命苦短,人面临着巨大的痛苦和困惑。汉代人对这种人类逃脱不掉的悲剧宿命似乎比别代人感受更多,当时流行着这样两首丧歌,《薤露歌》云:"薤上露,何易晞,露晞明朝更复落,人死一去何时归?"《蒿里曲》云:"蒿里谁家地?聚敛魂魄无贤愚。鬼伯一何相催促,人命不得少踟蹰"。两首丧歌皆感叹生命苦短,表达对生命消亡的悲痛,人生犹如甚至不如早晨露珠,存留的时间非常短暂,死亡使生命有去无归,永远消失。"露"是无生命的自然物,但其又有随阳光迅速消失的特征,从有到无,瞬息之间,恰如生命之短暂。朝露意象代表着人生的短暂和珍贵,以及由二者所形成的无可奈何的生命情感。汉末文人对个体生存价值的关注,使他们与自己生活的社会环境、自然环境,建立起更为广泛而深刻的情感联系。

　　《古诗十九首》反复咏叹的是时间永恒与人生短暂的反差,非常集中地表现了人生如朝露("年命如朝露")的幻灭思想。如"人生忽如寄,寿无金石固"(《驱车上东门》),"人生非金石,岂能长寿考"(《回车驾言迈》),"人生寄一世,奄忽若飙尘"(《今夜良宴会》),"四时更变化,岁暮一何速"(《东城高且长》),"万岁更相送,圣贤莫能度"(《白杨何萧萧》)……这诸多的对于时光飘忽、生命短暂、人生无常的悲叹,说明汉末的人们已经开始体验生命觉醒的痛苦。人生的出路何在?他们的回答大都很悲郁:及时行乐!《生年不满百》以调侃的语调倡言及时行乐——"昼短苦夜长,何不秉烛游",曲折表达了人生毫无出路的痛苦;《东城高且长》主张"荡涤放情志,何为自结束";《驱车上东门》提倡"不如饮美酒,被服纨与素";《今夜良宴会》宣称"无为守贫贱,坎坷长苦辛"。这种态度,大抵是对于汉末社会动荡不安、人命危浅的苦闷生活的无力抗议。所谓"及时行乐",是以旷达狂放之思,表现人生毫无出路的痛苦。只要看一看文人稍有出路的建安时代，这种及时行乐的吟叹，很快又为悯伤民生疾苦、及时建功立业的慷慨之音所取代，就可以明白这一点。

　　建安文学使人生的感喟成为时代的普遍题材。士人对人生的留恋，对死亡的焦虑，导致人们对生命价值和意义的苦苦思索和追问："人生有何常？但患年岁暮"（孔融《杂诗》），"人生一世间，忽若暮春草"（徐干《室思》其三），"良时忽一过，身体为土灰""丁年难再遇，富贵不重来"（阮瑀《七哀诗》）。生命意识发展到"三曹"的阶段，已从对生命短促、人生无常的强烈感受与重视感性生命，上升到珍爱生命、追求生命价值的实现的理性自觉，这使生命精神成为中国艺术和审美的文化底蕴。与《古诗十九首》相比，曹操的态度要积极得多，他虽清醒地意识到生命短暂，但人生结论却是要努力奋斗。他的诗歌很多地方都悲剧式地展现了张扬个性的一面。它们都是一种崇高的、纯粹的责任悲剧意识，完全脱离了那种卿卿我我式的生离死别的悲伤。《短歌行》以人生感叹的悲凉情调开始，以重整乾坤的慷慨豪情告终。人生短暂，但决不悲观沉沦，而要振奋精神，抓紧时间建功立业；个人力量有限，但决不消极无为，而要招募贤才协助统一事业，这是诗歌内在的灵魂。《龟虽寿》不啻是诗化人生哲学论文，首先以神龟、腾蛇反衬人生命的短暂、能量的渺小，提出问题：短暂渺小的一生该如何度过？接着回答问题：以伏枥老骥心怀远道自警自比，即生命不息，奋斗不止。最后进而道出尽人力以延长建功立业时日的设想：物质上的保养（"养"）加精神上的调节（"怡"）。曹丕慨叹岁月无情、繁华难再，借诗歌更多地抒发他对自然社会、人生、历史的理性思考，面对当时社会现实，他深感个体生命的脆弱渺小与人生多悲，在那些别具一格的游子诗（《杂诗》）中，借浮云、飘蓬反复地抒写着"人生如寄""有似客游"（《善哉行·采薇》）的感叹。

　　曹植的一生都在寻找生命的依托，在现实灾难和生命警觉痛苦重压下的心灵对于时光飘忽、生命短暂的感受，比他的父兄都要来得强烈、深沉。他有感于生命短暂、岁月飞逝而不能及时建功立业，为之心忧如焚，又为天地永恒、人生渺小而感伤不已。反映对生命意义、人生价值的思考追求，表现拯时济世、昂扬进取的精神世界，抒发迁逝流变的忧生忧时之嗟，这就是曹植诗歌生命主题的基本构成。人生一世，草木一秋，转瞬即为凋零，已经充分觉醒的生命意识倍感痛苦与焦灼："日月不恒处，人生忽若寓。悲风来入怀，泪下如垂露"（《浮萍篇》），"惊风飘白日，光景驰西流，盛时不再来，百年忽我遒"（《箜篌引》），"惊风飘白日，忽然归西山"（《赠徐干》），"白日西南驰，光景不可攀"（《名都篇》），这些诗句饱含着诗人时光不再、无可作为的哀痛。《七哀》和《美女篇》，或借思妇作比，或借怨女作比，表达自己渴望报国却遭受冷落的心境，抒发壮年赋闲、孤寂难耐的悲哀。黄初四年正月，白马王曹彪、任城王曹彰与曹植一起去京城朝拜。到达洛阳后，曹彰身死。七月，曹植与曹彪返回封国。朝廷不允许他们返途中同歇宿，曹植非常忧愤地与曹彪告别，写作《赠白马王彪》。此诗首先体现出来的是一股震撼人心的"悲凉"之气。"人生处一世，去若朝露晞"，"变故在斯须，百年谁能持"这深长悲愤的叹息，融进了诗人对现实人生的深切体验，融进了诗人在残酷的政治斗争中所产生的人生无常、生命有如朝露和草芥，随时可能被践踏蹂躏的忧惧感伤心理，表达了对肆意践踏生命者的愤怒声讨和谴责批判，使悲愤哀伤的惜别之作，成为一曲热爱生命，歌颂生命，呼唤、追求生命自由的生命主题变奏，凄怆悲壮。

魏晋时代是一个文学自觉的时代，也是一个诗人们的生命意识普遍觉醒的时代。在玄学的启迪和解放下，中国古代文人第一次抛开尘世的牵累和浮躁认真地审视生命，他们痛感于生命的宝贵和短暂。

　　阮籍的八十多首《咏怀诗》是魏晋易代之际险恶的社会现实政治挤压出来的，以诗人血泪凝铸成的一曲社会人生的悲歌，"人生若尘露，天道邈悠悠"，"但恐须臾间，魂气随风飘"，是诗人痛苦心灵的回声，旨在通过主观的感受来反映人生，着重写嗟生、忧时、愤世、疾俗的思想感情。阮籍反对司马氏的暴政，为曹氏政权担忧，也不满它的昏庸，却又不敢明言，精神非常压抑，时时感到威胁："生命无期度，朝夕有不虞"（《咏怀》四十一），"终身履薄冰，谁知我心焦"（《咏怀》三十三）。自然界的日落使诗人惊悚："悬车在西南，羲和将欲倾。流光耀四海，忽忽至夕冥"（《咏怀》十八），"清露被皋兰，凝霜沾野草。朝为美少年，夕暮成丑老"（《咏怀》其四），"于心怀寸阴，羲阳将欲冥"（《咏怀》其二十一），人生也正是如此，盛衰只在须臾之间，如一日之短暂。越是无力使自己的生命实现其价值，人越会变得对于时间的流逝极度敏感，阮籍在自己违心苟全而无法有所作为的生活中，感到的正是时光匆匆催人老去的无情，无穷极的万事让他只恐在须臾间就灰飞烟灭。他在很多的诗中都表达出了对生命和生活的忧虑，而这些悲凉的意境与忧郁的心情交织在一起，形成了一种更深层次的精神上的痛苦。

　　《咏怀》其一写诗人半夜不寐、彷徨苦闷之情。此诗没有直笔抒怀，而是用白描的手法，勾勒出一个中夜不寐的诗人形象。全诗无一字不渗透着诗人面临险恶环境时那复杂的情感，又"无一字道著正事"，始终不将"独"的原因说破，开创了一种委婉含蓄、言近旨远的抒情风格。西晋诗人左思的《杂诗》以人生价值实现过程中的苦难为核心，以忧惧生命短暂为外在形式表达了生命悲剧意识。诗中秋的萧瑟唤起了诗人对生命流逝的伤感，秋的物象凋零与诗人生命的凋零相对应互溶。他满腹经纶且有远大抱负，但在西晋的门阀社会中他一直屈沉下僚，后来遭逢八王之乱，不得不退居家中。诗人一生不得志，倍感光阴虚掷老而无成的失落，所以发出了"壮齿不恒居，岁暮常慨慷"的慨叹。草木凋零，来年还可以再发，人的生命只有一次，一切的努力只能在一生中完成，这种壮志未酬就走向暮年的失落悲凉，怎不叫人焦虑忧伤呢？郭璞在对生命意义和人生价值的思考中，写下了著名的《游仙诗》，诗歌以游仙咏隐逸，借高蹈赞超脱，寄托对现实人生的悲哀，抒泄对门阀政治的无望："时变感人思，已秋复愿夏""临川哀年迈，抚心独悲咤""在世无千月，命如秋叶蒂"……十九首游仙诗中，诗人思想似乎陷入了一个怪圈，从现实人生到理想仙境游历了一番，最后竟回到隐逸的老路，依然是现实抉择的起点。这是两晋之际的时代特产：游仙方内、隐逸世外似乎是一种自觉清醒的明智抉择，实质饱含对现实政治的绝望和悲哀。

　　东晋诗人陶渊明和谢灵运诗歌中都流露出生命的悲剧意识。陶渊明不少作品诗意地表达了生命苦短的忧叹："盛年不重来，一日难再晨。及时当勉励，岁月不待人"（《杂诗》其一）；"流幻百年中，寒暑日相推。常恐大化尽，气力不及衰"（《还旧居》）；"岁月相催逼，鬓边早已白。若不委穷达，素抱深可惜"（《饮酒》十五）。《杂诗》其二写法与阮籍《咏怀》其一相类似，表达了人生抱负难以实现，一任时光徒然流逝的忧伤。

　　　　白日沦西阿，素月出东岭，
　　　　遥遥万里辉，荡荡空中景。

风来入房户，夜中枕席冷。
气变悟时易，不眠知夕永。
欲言无余和，挥杯劝孤影。

诗从夕阳落山、白月东升写起。首四句两两相对，描绘出无限廓大、光明皎洁、宁静肃然、充满动感的境界。日落月出，昼去夜来，显出光阴流逝，时间之迅忽，见人生短暂；西阿东岭，万里空中，极写四方上下，空间之旷阔，见人生孤独。"遥遥"句写其长远，"荡荡"句写其广阔，突出静和阔的境界，既是写实，又是为下面"有志不获骋"的哀思设境，用空阔孤寂的环境衬托自己理想不能实现的悲哀。魏晋士人往往从时空流转与人事变迁中体察物换星移、凋落无常，继而联想到人生倏忽、命运如寄，此诗的大体思路亦如此。接下来四句承上启下，由此转入伤感悲戚的格调。由凉风入户导致枕席变冷，由枕席变冷感知气候变异，由气候变异领悟季节推移，由身寒心惊导致夜不成眠，由夜不成眠更觉黑夜漫长，一切都顺理成章，平淡自然却饱含隽永亲切的滋味。种种敏锐感觉，皆暗示着诗人的深深悲怀。长夜难眠，见心事沉重，设下一个悬念：是何心事搅得人难以入眠呢？上四句，乃是从昼去夜来的特定时分，来暗示"日月掷人去"之意；此四句，则是从夏去秋来的特定时节，凸现此"夕"对生命的体验与感受，深化"日月掷人去"之意。七、八两句总括前六句描绘的景象，以"悟"和"知"引入到下面的抒怀，起承上启下的作用。

日月掷人去，有志不获骋。
念此怀悲凄，终晓不能静。

在这样的难眠之夜，诗人想起少年时的远大志向，中年的官场磨难，直到行将老矣的现在，能不感慨万千！诗人心里有无数的感慨需要述说，可话到嘴边才意识到身边无人，没有知音，于是只得转向自己的身影；借酒浇愁却没有共饮的伙伴，只得邀请自己孤独的身影来和自己共饮。这两句用不甘寂寞的行动，把自己的内心孤独寂寞的情状描绘得无以复加。"日月掷人去，有志不获骋"二句，直抒悲怀，揭示心事的内涵，为全诗之核心。光阴流逝不舍昼夜，并不为人停息片刻，生命渐渐感到有限，有志却得不到施展。诗中"掷"字和"骋"字，皆极具力度感。唯"骋"字，能见出志向之远大；唯"掷"字，能写出日月之飞逝。日月掷人去愈迅速，则有志不获骋之悲慨，愈加沉痛迫切。人生的好戏还未正式开场，时间的舞台已匆匆撤走，这是不可解脱的、刻骨铭心的痛苦，是诗人"不眠"的深层原因。生命的孤独与时间的无情的巨大冲突的体验，使作者的情感基调达到了不可解脱的悲凄、忧愁与焦虑的顶点。诗的结尾把悲伤推向了极致，想到自己坎坷的命运就只能暗自悲凄，到天亮的时候都不能平静下来。"欲言"两句写心事无法宣泄，"念此"两句写心事无法消释。本诗先言"夜中枕席冷"，又言"不眠知夜永"，再言"终晓不能静"，志士悲怀，深沉激烈，一篇之中，三致意焉，一纸苍凉无尽。

谢灵运的《豫章行》表达了面对黄昏日暮，感觉人生短暂的无奈心境（"短生履长世，恒觉白日欹"）。鲍照的《拟行路难》十八首抒发人生苦闷，字字浸愁怨，句句含愤懑，充分表达了庶族地主对当时士族专权的政治现状的强烈不满。"红颜零落岁将暮，寒光宛转时欲沉"（其一），窥见了秋天来临与红颜零落之间的联系；"丈夫生世会几时，安能蹀躞垂羽翼？"（其六）语调分外沉痛，分外愤激，对李白《行路难》的创作产生了直接影响。

二、唐及五代悲歌

即使在唐代,生命悲歌也不绝如缕。初唐诗人王勃《滕王阁诗》就有这样悲凉的诗句:"闲云潭影日悠悠,物换星移几度秋。阁中帝子今何在,槛外长江空自流",任何人,哪怕是皇室贵胄,也不过是历史的匆匆过客。骆宾王因上疏论事触忤武则天,遭受诬陷,以贪赃罪名下狱。在狱中某个秋日,他听到凄哀蝉鸣,写下五律《在狱咏蝉》,此诗以蝉喻己,顾影自怜,借咏唱寒蝉生命的短暂、处境的艰危和本性的高洁,来抒发"失路艰虞,遭时徽纆"的哀怨之情。前半部分概写季节、处境和心情,首联写秋蝉哀鸣,触耳惊心;颔联写孤忠被负,老大伤怀。后半部分着重描述生命的悲剧,颈联写入狱前的际遇,"露重""风多"比喻环境的压力,"飞难进"以蝉因翅膀被秋露打湿难以飞行喻仕途受阻,屈居下僚,"响易沉"以蝉因鸣叫被秋声淹没传之不远喻谗言良多,屡遭打压;尾联写入狱后的愁思,主观愿望是得到援救、平反昭雪,而客观现实是心志高洁无人相信,被诬系狱沉冤莫白,结尾问句蕴含着对短暂的生命被无端作践的深沉愤懑。

刘希夷在诗歌史上也是一位杰出诗人,他颇具才华而不幸早逝,长于七言歌行,辞藻婉丽,芊绵绮丽,清丽有骨,世人多看重他诗作的辞藻婉丽,而旨意悲苦却未被人重视。《白头吟》是汉乐府旧题,内容多写女子与负心男子的决绝,如传为卓文君写给司马相如的一首《白头吟》写道:"皑如山上雪,皎若云间月。闻君有两意,故来相决绝。"刘希夷另辟蹊径,表达了别样的诗旨,《代悲白头吟》这首诗以落花为典型意象,用优美流畅的语言表达对韶华易失、红颜易老、生命短暂的喟叹及对美好人生的依恋,这是一曲哀伤的生命之歌。

  洛阳城东桃李花,飞来飞去落谁家?
  幽闺儿女惜颜色,坐见落花长叹息。
  今年花落颜色改,明年花开复谁在?
  已见松柏摧为薪,更闻桑田变成海。
  古人无复洛城东,今人还对落花风。
  年年岁岁花相似,岁岁年年人不同。

诗的前半部分写洛阳女子感伤落花,抒发人生短促、红颜易老的感慨。"洛阳城东桃李花"四句写少女路见落花飘零而感叹青春易逝。娇媚的洛阳女子来到洛阳城东,适值春暮,见桃花飘落,残红遍地,无所归依,不知落向谁家庭院,引起伤春的叹息。"颜色",既指桃花李花的颜色,也指洛阳女儿的青春容颜。"今年花落颜色改"八句是作者由女子惜花、自伤而进一步引申的感慨。今年桃花李花改变了颜色,由枝头绽放而凋零飘落,尚有女子为之感伤,明年花开花谢之时,还有谁为它们的荣枯而叹息?到那时这位女子也许已经不在人世。无情的季节周而复始循环往复,连傲霜斗雪的松柏也被伐为柴火,("松柏"亦可解为墓地松柏,参见《古诗十九首》中其十四,"古墓犁为田,松柏摧为薪"诗句可知。)盛产粮棉的农田也会变成沧海,曾在洛阳城东生活过的那些古人已经不复存在,今天在洛阳城东面对着落花春风的这位女子,容颜也将如花一样凋谢。据刘肃《大唐新语》记载,刘希夷写作这首《代悲白头吟》,写到"今年花落颜色改,明年花开复谁在"的时候,突然后怕起来,想起潘岳的悲伤故事。潘岳曾经赠给石崇一首诗，诗中有"白首同所归"的句子，后来两人同被孙秀诬陷，又在同一天被处死，诗句所言不幸应验。刘希夷害怕自己"明年花开复谁在"的诗句也成了诗谶，就想变化诗意，谁知道越写越悲，"年年岁岁花相似，岁岁年年人不同"两句，更像是谶言。在光阴永不停歇的流逝中，只有自然界的花朵年年岁岁能够保持着相似的面貌，而世间的人们每年都改变着容颜，走向衰老和死亡。"花相似"与"人不同"比喻精当，对比鲜明，花卉盛衰有时而人生青春不再，"花"与"人"有着本质的不同。花可以重复生命，一样的形状，一样的颜色，一样的芬芳，故"相似"；人的生命不可重复，日复一日走向衰老，今日之我非昨日之我，故"不同"。诗句精警触目，发人深省。"年年岁岁""岁岁年年"的颠倒重复，不仅排沓回荡，音韵悠扬，而且强调了时光流逝的无情事实和听天由命的无奈情绪，真实动情。据刘禹锡《刘宾客嘉话录》、辛文房《唐才子传》记载，刘希夷的舅舅宋之问异常喜爱这两句诗，得知刘希夷的这首诗还没有给别人看过，于是便想让刘希夷把这两句诗让给他。刘希夷答应了舅舅，但后来却又食言了。于是宋之问大怒，便使人在其熟睡时"以土袋压杀之"。刘希夷死时还不到三十岁，诗人万万没想到这首诗居然真的成了诗谶。

　　　　寄言全盛红颜子，应怜半死白头翁。
　　　　此翁白头真可怜，伊昔红颜美少年。
　　　　公子王孙芳树下，清歌妙舞落花前。
　　　　光禄池台文锦绣，将军楼阁画神仙。
　　　　一朝卧病无相识，三春行乐在谁边？
　　　　宛转蛾眉能几时？须臾鹤发乱如丝。
　　　　但看古来歌舞地，唯有黄昏鸟雀悲。

　　"寄言全盛红颜子，应怜半死白头翁"二句是前后两部分的过渡，点出红颜女子的未来就是白头老翁的今日，白头老翁的往昔即是红颜女子的今天，语含悲慨。后半部分写白头老翁遭遇沦落，抒发世事变迁、富贵无常的感慨。这位白头翁出身高官显贵之家，也曾经是一位翩翩美少年，那时他与公子王孙们游春行乐，在花前树下痛饮美酒，欣赏着歌舞表演，过着锦衣玉食神仙般的生活。如同西汉光禄勋马防、东汉大将军梁冀一样，这伙官二代、富二代也曾挥金如土，大建豪宅，极尽奢华，恣意享乐。然而短暂的青春一晃而过，须臾之间，美少年白发丛生、卧病不起了，那些欢乐的时光早消失得无影无踪。女子的青春容颜能够延续到多久？转眼之间也会白发丛生如同一团乱丝。洛阳女儿的现在正是白头翁的过去，洛阳女儿的未来正是白头翁的现在。作者通过对白头翁一生昔盛今衰的描写，传达的是这样的几重感慨：生命短暂，转瞬之间就由翩翩少年变为鹤发老翁；人生无常，生老病死无从把握；世态炎凉，昔日花前树下同享欢乐，今朝卧病之时却故人难见踪影。"但看古来歌舞地，惟有黄昏鸟雀悲"总结全篇题旨，倾吐富贵无常、人生苦短的悲慨。昔日的舞榭歌台、金玉华堂已成为陈迹，只有黄昏时的鸟雀悲鸣，似在哀悼眼前的沧桑之变……

　　这首诗虽然写到了洛阳女儿对落花的怜惜、白头翁遭遇到的人情冷暖，但这些并非抒情重点，诗作重在表达这样的主题：在时间之河永不停歇的流淌中，人的青春年华转瞬即逝，整个一生也是极其短促；纵然可以轻歌曼舞行乐一时，却终将无可避免地走向衰老与死亡。作品表达出诗人对人生富贵无常的悲哀，有着浓厚的生命悲剧意识。这首拟古乐府诗的特色：其一，构思独特，抒情婉转。以落花起兴，由写落花引发洛阳女儿的感慨伤悲，再由洛阳女儿过渡写到白头翁。在诗中落花的意象是抒情的媒介，是全诗的线索。前写洛阳女儿"坐见落花长叹息"，后写白头翁"清歌妙舞落花前"，落花成了不可缺少的抒情媒介和线索隐隐贯穿全诗。其二，寄情于景，善用对比。暮春景物融入了诗人的感伤之情。对比有多重，有人与花的对比，有盛与衰的对比，有今与昔的对比，乐与哀的对比，相互关联生发，以今昔变化多端，揭示了人生有限、宇宙变化无穷的规律。其三，词句清丽，音节铿锵流宕。

陈子昂的《感遇》遇中有感，感中有遇。《感遇》其二以香兰、杜若自喻，抒写报国无门、壮志难酬的苦闷，表达芳华易失、时不我待的悲慨。诗的前四句极力赞美兰若幽雅清秀、压倒群芳的风采，以比喻自己孤标独秀、超群轶伦的才华。后四句描写在风刀霜剑的摧残下，兰若朱蕤紫茎的憔悴、凋零，悲叹自己徒有绝世才华、抱负无法施展、坐看年华流逝的无奈，充满美人迟暮之感。作品通篇比兴，寓意凄婉。《登幽州台歌》前两句"前不见古人，后不见来者"，展开了一条向往古和未来无限延伸的历史曲线，表现了时间的无限性；第三句"天地之悠悠"，又表现了空间的无限性。个人的存在被置于这时空交错、无限延长的巨大框架中下来表现，显得极度渺小、短暂而孤单，后世柳宗元的《江雪》正是借鉴这种构思，来表达悲剧意识和孤愤之情。张若虚《春江花月夜》"月下沉思"一段也隐含了时光易逝、人生短暂的生命意识。末尾"花落月斜"几句描写流水无情，花落无声，象征人的青春也如落花随流水般流逝，充满惆怅之情。

李白本有"济苍生""安社稷"的宏图大志，希望在短暂有限的生命中把握时间，实现个体生命价值。基于这一原因，他身上产生了强烈的个体生命的焦虑，而这一焦虑与他追求理想的目标大小是成正比的，因此，他比常人更强烈地感受到人生的短暂，对倏忽而过的时间屡屡发出悲叹。如《梦游天姥吟留别》《行路难》《梁甫吟》《悲歌行》《将进酒》皆是如此。《梦游天姥吟留别》是天宝四载（745年）秋离开鲁南往游吴越时写的，是李白长篇歌行中脍炙人口的名作。借梦境寄托思想感情，写不满现实，蔑视权贵，追求理想。全诗以"梦"为线，分为梦游的缘起、梦游的经过、梦后的感慨三个部分。写梦游缘起，隐含对现实的不满。正因不满俗世，才神往世外。天姥横天之态、卓拔之势、雄强之风、恣狂之气，正吻合诗人个性，梦游遂成必然。"我欲"引出绚烂梦境，抒发对理想的追求。诗人月夜飞抵，乘兴攀登，昼迷山色，暮闻异声，而后饱览仙境大观：日月双悬，宫阙壮丽，仙姝美艳，行仪神妙，结队乘云，隆重迎迓……虚拟仙界俊逸飘忽，梦游幻境达于高潮。下文陡然收笔，跌入现实。"忽""恍"写似醒非醒，似梦非梦；"惟""失"见留恋梦境，遗憾梦醒。人生如梦的慨叹，超脱尘世的意愿，不事权贵的决绝，乃梦醒后的心路历程。揭示主旨的结句是全诗感情的凝聚点。诗人描绘梦境之美，意在比照现实之丑，大胆的夸张、奇特的想象是其特色。"安能摧眉折腰事权贵"，已成为历代有骨气的知识分子冷眼向洋、傲岸处世的精神律则。《行路难》三首集中集中揭示了诗人在坎坷仕途上茫然失路的强烈痛苦，交织着追求和幻灭的思想斗争。诗人感叹"大道如青天，我独不得出"，把人生偃塞形象地描述为"欲渡黄河冰塞川，将登太行雪满山"，诗人在现实的绝望中仍然怀有浪漫的希望（"长风破浪会有时，直挂云帆济沧海"）。《行路难》其一，袭用了乐府古意，借鉴鲍照诗歌的艺术手法，加入新的内容，以激愤高昂的格调，唱出了雄才失意时的迷茫、痛苦、探索、希望，成为一篇流传千古的名作。《梁甫吟》（原为古代用作祭歌的民间曲调）大约写于"赐金还山"离开长安之后，诗中抒写遭受挫折以后的痛苦和对未来的期待。"阊阖九门不可通""白日不照吾精诚"，语气沉痛而悲壮，胸中愤懑不平撼人心魄。《将进酒》原是汉乐府短箫铙歌的曲调，题目意绎即"劝酒歌"，故古词有"将进酒，乘大白"云。诗人当时与友人岑勋在嵩山另一好友元丹丘的颍阳山居为客，三人尝登高饮宴。颍阳去黄河不远，登高纵目，故借以起兴。

　　君不见，黄河之水天上来，奔流到海不复回。
　　君不见，高堂明镜悲白发，朝如青丝暮成雪。

　　开头两个"君不见"领起的四句诗，突兀而起，黄河源远流长，落差极大，如从天而降，一泻千里，东走大海。上句写大河之来，势不可挡；下句写大河之去，势不可回。两句以黄河的伟大永恒（从空间角度写）反衬生命的渺小和脆弱。接着将人生由青春至衰老的全过程说成"朝""暮"之事，把本来短暂的说得更短暂，两句以头发的朝暮剧变（从时间角度写）凸显生命的易逝和短暂，一股苍凉之气破空而来。这个开端可谓悲感已极，却不堕纤弱，可说是巨人式的感伤，具有惊心动魄的艺术力量。这两声呼告构成第一抒情单元，在章法上就是"起"——摆出问题：生命如此渺小脆弱，如此易逝短暂，该如何度过？接下来自然是"承"——回答问题。

　　人生得意须尽欢，莫使金樽空对月。
　　天生我材必有用，千金散尽还复来。
　　烹羊宰牛且为乐，会须一饮三百杯。
　　岑夫子，丹丘生，将进酒，君莫停。
　　与君歌一曲，请君为我倾耳听。
　　钟鼓馔玉不足贵，但愿长醉不复醒。
　　古来圣贤皆寂寞，惟有饮者留其名。
　　陈王昔时宴平乐，斗酒十千恣欢谑。

　　诗人的回答是："人生得意须尽欢"，"须尽欢"就是李白的人生态度和人生信念，"人生得意"并不是"须尽欢"的状语，可念为"人生须得意尽欢"，"得意"也不是世俗所说的"得意"，而是适性快意，也就是"欢"。那么如何才能"尽欢"呢？无他，饮酒！"莫使金樽空对月"一句，把饮酒高度诗意化了，以"莫使""空"的双重否定句式代替直陈，语气更为强调。不过，李白的饮酒绝不是平常意义的饮酒，一般的饮酒是不能够"尽欢"的，必须"畅饮"或曰"痛饮"。那么怎样才能做到"畅饮"或"痛饮"呢？换句话说，"尽欢"的前提是什么呢？首先，对自己的人生价值要有高度的自信："天生我材必有用"。"有用"而"必"，非常自信，简直像是人生的价值宣言。其次，不要有一丝一毫经济上的忧虑："千金散尽还复来"。再次，下酒物要准备充足，肥美丰盛，那不是杀一只鸡杀一只鸭能算得了数的，必须是"烹羊宰牛"。还有，更重要的是不可惜量，不是三杯两盏的应酬，而要超常发挥："会须一饮三百杯"。如此心境，如此规格，如此海量，从主体到客体都已具备了"尽欢"的条件。最后，还得有"畅饮""痛饮"的气氛，快饮不停，纵情狂歌。诗人在这里当然只是静态地构想畅饮痛饮的条件，其实也动态地再现了当时与朋友们畅饮痛饮的境界，"杯莫停"的呼劝，见出气氛的热烈，"倾耳听"的诉求，暗点饮者的酣醉，诗句短促急快，不但使诗歌节奏富于变化，而且写来逼肖席上声口，全然还原为真实生活场景。诗人直接把劝酒歌放进诗里，既强化了畅饮痛饮的热烈氛围，又揭示了痛饮"尽欢"骨子里的原因。

下面六句深化主题。"钟鼓馔玉不足贵",表现出对过着富贵奢华生活的幸运儿不屑一顾的态度;"但愿长醉不复醒"貌似消极,实为不满现实的愤激之语。为何要喝到"长醉不复醒"的程度?自古以来,本应天下向慕的"圣贤"却孤独索寞、不为人知,只有其中一部分舍命痛饮的人才留下悲苦狂放之名,他们通过痛饮将满腔人生愁苦体现到了极致。"留名"不是"尽欢"的目的,真正的目的是"消愁",把"寂寞"换成"欢谑",借自我麻醉的生命高峰体验宣泄内心愁苦,以期超脱愁苦。曹植才高八斗而有志不遂,不也是以痛饮来"恣欢谑"进而忘却人生的愁苦吗?而偏举"陈王",这与李白一向自命不凡分不开。这样写便有气派,与前文极度自信的口吻一以贯之。再者,"陈王"曹植于丕、睿两朝备受猜忌,有志难展,亦激起诗人的同情。一提"古来圣贤",二提"陈王"曹植,满纸不平之气。此诗开始似只涉人生感慨,而不染政治色彩,其实全篇饱含一种深广的忧愤和对自我的信念。第二抒情单元到"恣欢谑"这里应该打住了,这三个字与"须尽欢"恰成绝好的呼应,圆满地回答了第一部分提出的问题。劝酒歌的最后两句,实质上已进入诗歌的第三抒情单元,即"结"——解决问题:如何把"尽欢"(或曰"欢谑")进行到底?这样切分,有人很可能认为没有道理,怎么能把一首完整的劝酒歌分成两截子呢?其实这正是李白高明的地方,哪怕是诗中独立的话语团块,也与整体密合无痕,令人扯而不断。

　　主人何为言少钱,径须沽取对君酌。
　　五花马,千金裘,将儿呼出换美酒。
　　与尔同销万古愁。

最后五句是把歌词所言的内容化为行动:既然必须通过痛饮达到"尽欢"境界,那么就应该效法陈王曹植不惜一切代价,哪怕罄尽家产也应该沽酒买醉了。"主人何为言少钱",既照应"千金散尽"句,又故作跌宕,引出最后一番豪言壮语。效法陈王,将"尽欢"进行到底。不要推说什么"少钱",即令"千金散尽"了,还可牵出"五花马",拿出"千金裘"换!这些不拘形迹反客为主的声口,活画出诗人不顾一切以求适情快意的狂豪醉态、洒脱性格。诗情至此狂放至极,令人嗟叹咏歌。诗歌以"与尔同销万古愁"为结穴句,"万古"以抽象的时间对应篇首具象的空间,两相融合,总赅万有;"愁"既关合了开篇的"悲"字,又囊括了古今贤才充天塞地的悲愤。人生无常,愁!圣贤寂寞,愁!壮志难酬,愁!这"万古愁"三字,"愁"得邈远,"愁"得博大,"愁"得深重,气概同此诗首句旗鼓相当,一下子把诗歌的思想境界提升到相当高的水平线上,这就远远不止是以古人的酒杯来浇自己心中的块垒了。这也是诗歌悲而不伤,悲而能壮,迥异于一般借酒浇愁的诗作的根本原因。这"白云从空,随风变灭"的结尾,显见诗人奔涌跌宕的感情激流。

　　《将进酒》篇幅不算长,却五音繁会,气象不凡。它笔酣墨饱,情极悲愤而作狂放,语极豪纵而又沉着。此诗艺术上有三点值得注意:一是对立统一的情感元素。在这首诗中,"欢"和"愁"两种情感是对立的,而"尽欢"与"销愁"又是统一的。全篇大起大落,诗情忽擒忽张,由悲转乐、转狂放、转愤激、再转狂放、最后结穴于"万古愁",回应篇首。二是组织严密的章法结构。与诗情的大起大落相应,诗篇呈大开大阖之势,表面看起来很狂放无羁,但其章法还是有迹可循的,由提出问题(由物触发),到回答问题(浪漫拟想),再到解决问题(付诸实践),有起、有承、有结,环环相扣,步步深入,异常缜密。三是率性随意的诗歌语言。通篇以七言为主,而以三、

五、十言句"破"之,极参差错综之致;诗句以散行为主,又以短小的对仗语点染,疾徐多变,不拘一格。劝酒歌入诗,有雅有俗,大雅大俗。

李白《古风》十一,用滔滔东流水比喻不断消逝的时间("黄河走东溟,白日落西海。逝川与流光,飘忽不相待"),带有时光不可挽回的无奈情绪。《秋浦歌》中的第十五首,以极夸张的笔触道出了自己因时间流逝而产生的浓重的悲愁心理,"不知明镜里,何处得秋霜",凸现了时间的悄无声息与快速。《把酒问月》写到古月、今月同为一月(千古不变),古人、今人却不同存(不断更迭),用"流水"之喻写生命流逝的迅忽("今人不见古时月,今月曾经照古人")。诗人敏锐地感觉到光阴飞逝、容颜衰变的势不可挡("容颜若飞电,时景如飘风""华鬓不耐秋,飒然成衰蓬"),深切体会到人生短暂不能像寒松那样年貌长在("春容舍我去,秋发已衰改。人生非寒松,年貌岂长在"),即使是"古来贤圣人"也是如此。在时间的无情流逝中,李白感到老之将至而功业未就,一边是执着不已地追逐时间,一边却又眼看着时间流逝无可挽回,不能不悲从中来。《宣州谢朓楼饯别校书叔云》劈头就说似箭光阴不可挽留,生不称意烦忧乱心:"弃我去者,昨日之日不可留;乱我心者,今日之日多烦忧",最后又流露出醉酒难销块垒的悲愤:"抽刀断水水更流,举杯消愁愁更愁"。晚年将死之前不久写的《悲歌行》,诗人只有对生命短暂的万般无奈和及时行乐的消极自解了:"富贵百年能几何,死生一度人皆有。孤猿坐啼坟上月,且须一尽杯中酒",表明人生梦想破碎后落入彻底的绝望。

李贺生不逢时,藩镇叛乱此起彼伏,朝廷极不重视人才,又因避父"晋肃"讳,不得参加科举考试,遂终生潦倒。尽管他明知"少年心事当拏云",但所面临的毕竟是不重视人才的冷酷现实,故其诗歌的中心内容是诉说自己怀才不遇的悲愤。李贺每每对宇宙无尽、时光飞逝、生命短促发出悲凉的感慨,这些诗作最具有强烈的生命悲剧意识。正所谓"日月飞逝于上,体貌日衰于下",病弱的身体与强大的灵魂构成了巨大的反差,他似乎常常感到死神的降临而对生命表现出焦虑、忧伤和渴望。《苦昼短》深沉慨叹时光流逝和生命短促。时间是无形的,也是无情的。诗人把它人格化了,不仅有形,而且有情,直呼"飞光飞光",照应"昼短"二字,以见时光流逝之快,也表现了诗人对"昼短"的感叹。诗人根本不关心天有多高,地有多厚,他感受最深的是时光短暂,"月寒日暖"的流转非常迅速,其使命就像是"来煎(消耗)人寿",一个"煎"字表现出诗人对生命短暂的惊恐和虚度光阴的痛苦。《官街鼓》渲染生命有涯、时光无限的矛盾,抒发生命虚掷的悲哀。官街鼓又称"咚咚鼓",是一种官家开闭城门的报时工具,李贺却将其作为时间的象征,那贯穿全诗始终的鼓点,正像是永不停息的时间的脚步声。

> 晓声隆隆催转日,暮声隆隆呼月出。
> 汉城黄柳映新帘,柏陵飞燕埋香骨。
> 磓碎千年日长白,孝武秦皇听不得。
> 从君翠发芦花色,独共南山守中国。
> 几回天上葬神仙,漏声相将无断绝。

开篇两句描述鼓声,展示了日月不停运转的惊人图景:官街鼓声在拂晓的时候,隆隆地催着太阳东升,黄昏之时,又是这隆隆的鼓声催着月亮出来。这样的描述,既夸张,又富于奇特的想象。"隆隆"上下句反复,突出声音的动人心魄和连续不断。

"催""呼"将官街鼓的声音与日转、月出的自然现象联系起来,仿佛具有必然联系。三、四句转入人居、鬼居的对照:宫墙内,春天的柳枝刚由枯转荣,吐出鹅黄的嫩芽,住户人家在春季到来的时候,又换去用了一冬的帘额,挂上新的布帘;宫中却传出美人死去的消息,像赵飞燕那样的人物已经身埋陵墓。上下句的联想很自然,由"柳"(生者屋旁树)而"柏"(死者墓旁树)。为何只提"飞燕",一是因为前面"汉城",飞燕乃汉代人。二是前面提到黄柳,春天是燕子归来的季节,由"黄柳"而"春燕"而"飞燕"是自然的巧合,"飞燕"两字构成虚实重叠的画面。春色满城而名妃埋香,年年的春光与不再的生命形成强烈的对比。时间摧毁一切,再受宠的妃子、再美丽的生命也难逃一死,死亡不因美的难得而罢手。这样,官街鼓给读者的印象就十分惊心动魄了。五、六句用对比手法再写鼓声:千年人事灰飞烟灭,就像是被鼓点"碰碎",而"日长白"——宇宙却永恒存在。可秦皇汉武再也听不到鼓声了,与永恒的时光比较,他们的生命多么短促可悲!古代那么多皇帝,诗中却专提"孝武(即汉武帝)秦皇",是因为这两位皇帝都曾热衷于追求长生。据说秦始皇派徐福领三千童男童女去海上仙山找不死之药,汉武帝在宫中立铜人承接露水以和长生药丸。然而他们未遂心愿,生命不免在鼓声中消灭。值得玩味的是,官街鼓乃唐制,本不关秦汉,"孝武秦皇"当然"听不得",而诗中却把鼓声写得自古已有之,而且永不消逝,秦皇汉武一度听过,只是眼前不能再听。可见诗人的用心,并非在讴咏官街鼓本身,而是着眼于这一艺术形象所象征的永恒的时光、不停的逝川。这两句承上写再威赫的帝王、再雄强的生命也难逃一死,死亡不以人的意志为转移。

　　七、八两句分咏人生和官街鼓,再一次对比:人们乌黑的头发又变成芦花一般的白色银丝,日趋衰老;只有官街鼓永远不老,这鼓声同终南山在一起,与京城长相守。"从君"可理解为伴随着官街鼓声。"翠发"借指人青春年少,"芦花色"借指人年老衰迈。人在鼓声中很快地衰老,如同李白诗中所写的"朝如青丝暮成雪"那样。"独共"的主语就是上一句的"君"(官街鼓)。"南山"就是终南山,古语言"寿比南山","南山"是长寿的象征。"中国"指都城"长安",因为长安在终南山脚下,故有"守"一说。最后两句说神仙也逃不过时间的劫难,不死的只有官街鼓。李贺的《浩歌》写过:"王母桃花千遍红,彭祖巫咸几回死",彭祖、巫咸都是神话传说中长寿的人,再长寿的人也难逃一死。《官街鼓》更进一步,连没有寿命极限的神仙也得死去,这就将时间与生死关系说到极致。"几回"说明神仙们死去不是个案,不是偶然事件,而是成批地死亡。在诗人看来,神仙也并非永恒存在,只有这官街鼓鼓声伴随着宫漏声永远存在,不会断绝,它才是永恒存在的!这里仍用对比,以神仙与鼓声比:天上神仙已死去几回而隆隆鼓声却始终如一。这一新奇的设想把诗人关于时间永恒、人生短促的思索与感叹表达得无以复加。这也正是诗人在隆隆的官街鼓中感到的烦恼。李贺怀才不遇,眼看生命虚掷,不免对此特别敏感,特别痛心。因此,《官街鼓》反复地、淋漓尽致地刻画和渲染生命有涯、时光无限的矛盾。时间,本来是看不见摸不着的东西,可是诗人刻画了官街鼓的鼓声这一艺术形象,把无形的变成了有形,把抽象的事物形象化,使人们感触到了时光这一无限存在的事物。让读者通过形象的画面,在强烈的审美活动中深深体味到诗人的思想感情。

　　李贺无法超越社会,无法超越时间,无法超越生死,因此也就无法超越哀愁,这是他诗歌的一个主题。《开愁歌》开头两句"秋风吹地百草干,华容碧影生晚寒",把自己的心理因素融合在外界的景物之中，使外在景物增添了生命的光彩，带有一种神秘的诱惑力。三、四两句"我当二十不得意，一心愁谢如枯兰"，直抒胸臆，表达了深沉的痛苦。诗人胸中的苦闷之情犹如决堤的洪水，滚滚而出，一泻千里。愁闷填塞于天地昼夜，化解不开，消释不去。李贺对自己的衰病反复吟咏："壮年抱羁恨，梦泣生白头"（《崇义里滞雨》）；"病骨犹能在，人间底事无"（《五律·示弟》）；"秋姿白发生，木叶啼风雨"（《乐府·伤心行》）；"咽咽学楚言，病骨伤幽素"（《乐府·伤心行》）；"吴霜点归鬓，身与蒲塘晚"（《还自会稽歌》）。死亡的意象在他的诗中密集而沉重："一方黑照三方紫，黄河冰合鱼龙死"（《北中寒》）；"桂叶刷风桂坠子，青狸哭血寒狐死"（《神弦曲》）；"津头送别唱流水，酒客背寒南山死"（《河南府试十二月乐词并闰月》）。这种浓重的生命悲剧意识，使任何一个思索生命的人为之惊悚。

在中晚唐诗作中，黄昏夕阳代表的时间意识与诗人的生命意识始终交结在一起，夕阳的陨落让多愁善感的诗人联想到个体生命的非永恒性。如"黄昏鼓角似边州，三十年前上此楼。今日山川对垂泪，伤心不独为悲秋"（李益《上汝州郡楼》），"向晚意不适，驱车登古园。夕阳无限好，只是近黄昏"（李商隐《登乐游园》），这种有感于黄昏日暮美景不长，岁月流逝、人生短暂的忧患意识长久地积淀在诗人的心中，成为中国古代诗人生命悲剧意识的一个重要体现。李商隐《锦瑟》寄托华年之思、身世之悲，朦胧、凄迷而感伤。首联总起，锦瑟繁弦，哀音怨曲，引起诗人无限悲感、难言怨愤。"无端"暗示往事千重，柔肠九曲。"思华年"点明主旨，统领全篇。中间两联化用典故，描绘出四幅迷离、凄清、幽旷、朦胧而略带感伤的画面，象征自己的遭际，暗寓自己的心境，让读者去揣测、寻味作者寄寓其中的心情意绪，去把握隐伏在画面深处的情感内涵。"庄生晓梦"传达出人生的恍惚和迷惘；"望帝春心"寓含着追求的执著和凄苦；"沧海月明"和"蓝田日暖"既有才德轶伦而不为世用的自怜和怨愤，又有珠玉沉埋而光气难掩的自慰和期待。尾联以抒情感叹作结，"此情"即不甘沉没而又无法解脱苦闷的心理意绪，既与首联的"华年"相呼应，又是颔联、颈联内容的概括。"惘然"言当年就已怅恨得无法自拔，于今回想更是痛切悲愤不已。"可待""追忆"就是说往事不堪回首！《锦瑟》写尽年华空逝、世路蹭蹬，往事千重，情肠九曲，形象概括了衰颓没落时代正直知识分子的悲剧心态：对环境压抑的不满，却又无力反抗；既有追求向往，又感到空虚幻灭；既有悲剧命运的悲伤，又对悲剧命运的原因的惘然。

李煜是亡国君主，又是填词圣手。写于被俘将死前夕的《虞美人》《浪淘沙》《相见欢》等为其代表作。它们均以"愁"为柱意，写故国之思和亡国之痛，以血泪唱出一曲曲生命的悲歌。

《虞美人》直抒胸臆，将家国悲剧与生命悲剧融合在一起写。

春花秋月何时了，往事知多少。小楼昨夜又东风，故国不堪回首月明中。
雕栏玉砌应犹在，只是朱颜改。问君能有几多愁？恰似一江春水向东流。

词的开头奇语突发，撼人心魄。"春花秋月"四字两景，赋予抽象的时间流转以形象的可感性和鲜明性。"春花秋月"乃良辰美景，岁月更替不可能停止，词人却问"何时了"。因"春花秋月"不关人事，兀自撩起人的愁苦，词人不堪其折磨，故有"何时了"之不合常理常情之问，这两句实乃怨天地之无情。"往事知多少"揭出起句情绪反常的原因：因了亡国之痛与囚居之苦，词人已沉溺于痛不欲生的境地，害怕"春花秋月"触动如烟"往事"（过往的荣华富贵，歌舞酒宴，春游行乐，山河壮丽，宫阙堂皇……)。"知多少"一声感叹语气沉痛，包含无穷的人生悔恨和无法弥补的懊恼。"小楼"为囚徒生活标志，与下片"雕栏玉砌"相对应，表明作者地位变化。"又东风"从时间角度讲，呼应首句，表明春天又来（"东风"呼应"春花秋月"），又熬过一年（"又"呼应"何时了"）；从空间角度讲，东风是从故国（南唐在汴京东南）吹来的风。因"风"从"故国"方向吹来，它不可抵御地揭开了记忆的伤口。"故国"上呼"往事"，坐实了往事的内涵，是全词的主旨所在。"不堪回首"上呼"知多少"，表现词人失去故国的沉痛心情，可谓一字一泪。"月明中"承"昨夜"，由虚转实，使故国之思的环境具象化，进一步深化和强化了故国之思的情感。

上阕描写忆昔伤今、痛不欲生的感情。下阕抒发物是人非、江山易主的愁苦。"雕栏"承上"往事""故国"两句，具写"故国不堪回首"。遥想的"应犹在"和现实的"朱颜改"形成强烈的反差，更深刻地表达了此情此景触动了内心的无限悲伤，暗含着对山河改属、人事皆非、国主为囚的痛苦感慨！巨大的悲痛、难忍的哀伤和难堪的屈辱，凝成最后的自问自答。这两句哀而且伤，直如杜鹃啼血，血泪交迸。"几多愁"呼应"知多少"，包含着词人的万千感慨：有对过去的怀恋和悔恨，有对目前处境的厌倦和不满，也有对未来黯淡前景的不幸预感。"愁"本抽象而难以捉摸，用滚滚东流的满江春水作比，就既具鲜明的画面感，又具磅礴的动态感。以"一江春水"来喻愁，从长度、深度、广度及容量等多个侧面写出了愁之多、愁之广、愁之深、愁之重。"向东流"化实为虚，又从时空二维角度勾画出一幅辽远开阔的画面，令人感到愁之无穷无尽，绵绵不断。这一形象性的概括收篇，使作品进入"语尽意不尽"的艺术境界而显出阔大的气象。同时，"一江春水"之喻亦融进了故国之思，因为长江乃"故国"的河流。词人对"故国"，可谓念念不忘！

这首词通篇使用问答体，由问天、问人到自问，以高亢快速的音调，将词人心灵上的波涛起伏和忧思难平一直贯注到结尾。词既无典故，又不事饰绘，纯以白描见长，只以淡朴的词语直抒胸臆，字字凝满血泪，具有震撼人心的巨大力量。

《浪淘沙》抒写亡国之痛和囚徒之恨，亦是两种悲剧（家国悲剧、生命悲剧）糅合为一来表现。

帘外雨潺潺，春意阑珊。罗衾不耐五更寒。梦里不知身是客，一晌贪欢。

独自莫凭栏，无限江山，别时容易见时难。流水落花春去也，天上人间。

《浪淘沙》整首调子缓慢低沉。开头采用倒叙的手法，先写梦醒，再写醒因，后写梦境。词人梦醒后听到"潺潺"雨声，感觉暮春季节已经来临。"春意阑珊"写大自然春意的零落，也暗示人生命春意的凋残。"五更"言醒来时分，"五更寒"交代梦醒的原因，同时以身寒写心寒，暗寓内心的无比痛楚。由于客观条件的限制，李煜在词中多是通过对梦境醉乡的描述，间接地反衬出幽囚生活的屈辱、凄楚。"梦里"两句写梦境，只有在梦中，才能忘记自己的囚房身份，忘记现实的屈辱处境，才能得到片刻虚幻的欢娱。词人借梦境抒写对故国的怀念，其中不仅弥漫着浮生若梦的低沉气氛，而且曲折地以梦境的可恋，反衬出目前囚徒生涯的可怕可憎，从而形象地抒发了不满于这种生活的心情。片刻欢娱之后是长久的梦醒，梦醒后面对惨淡的现实会加倍地感到痛苦，其心理效应类同"借酒浇愁愁更愁"，"梦里"就是李煜的"酒杯"。

过片之后，笔锋又转，从虚幻的梦境转到现实的生活，写凭栏慨叹家国仇恨。"独自莫凭栏"，是词人的自我提醒，词人并不是真的不想凭栏，而是感情上不能忍受凭栏的痛苦，因为"凭栏"势必回想往事，又将引起无限伤感。但事实上他还是控制不住自己，居然乖违主观意愿独"凭栏"，但望不见魂牵梦绕、轻易丢失而无法再回的故国江山。"无限"形容"江山"，饱含着怀念、赞美之情。"别时容易见时难"是无可奈何的苦语，包含了词人无比丰富的人生感受，将其丧失江山别离故国的悔恨无奈和绝望表露出来。词人"凭栏"，悲哀地看到落花随流水飘去。"落花流水"照应前面的"春意阑珊"，写残春的景象，也隐喻被囚的自我、曾经的生活、失去的江山，一切都已残或将残、已去或将去了，"春去也"满溢着留恋、惋惜和无可奈何的悲哀。对比今昔，天壤之别，"天上"指梦中天堂般的帝王生活，"人间"则指醒来后回到人间的现实。"天上"和"人间"两个词紧粘在一起，突出地说明了词人今昔生活境况、心态情感的迥异，传达出万千身世之感，由余恨不尽引入余意无穷境地，构成了沉痛高远的意境。

全词以春雨开篇，以春雨中落花结束，首尾照应，结构完整，意境浑然天成。它选择寒更梦醒、梦里贪欢、独自凭栏几个典型细节，表现了深沉的哀痛；同时寓情于景，连用阴雨、晚春、寒夜作烘托，用流水、落花作比方，用天上、人间做对照，十分自然地将自然界的风雨春寒、流水落花与自身凄凉的命运、家破国亡的惨景有机地衔接起来，使词人的哀痛越发显得深沉，收到颇为感人的艺术效果。

《相见欢》（"林花谢了春红"），表达人生无常、世事多变、年华易逝的"长恨"。有景有情，如泣如诉。

> 林花谢了春红，太匆匆，无奈朝来寒雨晚来风。胭脂泪，相留醉，几时重？自是人生长恨水长东。

上片惜花之意，实是自悲身世。一开始从"林花"着笔，但绝不只是写"林花"。"林花"——园林的花朵，春天最美好的事物，"春红"是春天最美丽、明媚、鲜艳的颜色。这样美好的事物、美好的颜色，突然间竟自"谢了"，多么令人惋惜感叹。"谢了"二字含有低回不尽的哀婉，让人感受到一种众芳芜秽、万象归空的苍茫。不仅林花是如此，自然界一切有生命的事物也是如此，社会人事也莫不如此。"谢了"二字中所表现的惋惜感叹之情本已十分强烈，然犹嫌言不尽意，复又于其后加上"太匆匆"三字着力形容，完全是大白话，却胜过所有精美的修辞，使为美之凋零的伤悼之情更加突出。"太匆匆"的感慨固然是为林花凋谢之速而发，但其中也糅合了人生苦短、来日无多的喟叹。林花凋谢，这本是有情之生命的必然结果，但如果没有凄风苦雨的摧残，也不至于像这样"太匆匆"。次句"无奈朝来寒雨晚来风"写晨昏的景致和处境的凄苦，"朝"与"晚"、"雨"与"风"的对举，用互文的形式写出了朝暮风雨肆虐摧残的情形，说明林花匆匆凋谢的原因，由对林花的惋惜感叹之情，转到对风雨的怨恨之情。人无回天之力，既不能常护花而不使之零落，也不能挡住风雨对花的摧残，这便是这个九字句中"无奈"二字的含义。

接着便由写花的零落，转到写人思想感情之痛苦。"胭脂泪"三字是由花转入写人的交接点。胭脂，是林花着雨的鲜艳颜色，它指代的是美好的花，象喻的是美好的人生和美好的事物。"相留醉"写人与花互相留恋到了如痴如醉的情境，将花的命运与词人身世紧密联系在一起，林花带雨如泪，对美好的人生留恋不忍离去，而人则泪流如雨，对花这样美好的事物难舍难分。人花对泣，既有对美好事物行将毁灭的伤感，更有"故国不堪回首"的无限绝望。人与花如此之多情，但又不能永日相守。"几时重"呼出了人与花共同的希冀和自知希冀无法实现的怅惘与迷茫。花落不能重开，人亡不可复生，花落人亡之后，"几时重"呢？那是永远不会重合了。"自是人生长恨水长东"。这一九字长句如江河决堤，满腹愁恨一下全倾泻了出来。前六字写"恨"，后三字写"水"，两个"长"字呼应关联，用江水滔滔滚滚无穷无尽，比喻人生长恨浩阔无边绵绵无期。"人生长恨"不仅仅是抒写失意情怀、去国之愁，而涵盖了整个人类所共有的生命的缺憾，包括对人生无常、世事多变、年华易逝的无可奈何的种种复杂情绪，是一种融汇和浓缩了无数痛苦的人生体验的浩叹。前面层层蓄势，似"不着一字，尽得风流"，叫人低回流连；末句骤然迸发，似"只着一字，境界全出"，令人魂动心惊。

三、宋元明清悲歌

宋代诗人、词人对韶光易逝，表现得更无可奈何。或苦吟"惆怅一年春又去，碧云芳草两依依"（韦庄《残花》），或悲叹"送春春去几时回，临晚镜，伤流景"（张先《天仙子》），或低唱"无可奈何花落去，似曾相识燕归来"（晏殊《浣溪沙》），或吁嗟"而今听雨僧庐下，鬓已星星也"（蒋捷《虞美人·听雨》）。

生命悲剧意识最浓烈的诗人是苏轼、辛弃疾和李清照。苏轼的悲剧意识以"人生如梦""人生如寄""古今如梦"的虚幻观为核心，它源于诗人与生俱来的"死亡意识"，而人生际遇使他的这种意识得到了更进一步强化。这种怀疑和否定的思维方式使苏轼逐渐确立和发展了"高风绝尘"的审美人格，最终实现了对悲剧性人生的超越。《阳关曲·中秋月》是他与弟弟苏辙同赏秋月时所作，后两句"此生此夜不长好，明月明年何处看"，流露出人生不可把捉、前景不可逆料的悲剧感。《寒食雨二首》中有这样的诗句："年年欲惜春，春春不容惜"，生命短暂，光阴匆匆，人无法阻断时光的流逝，只能徒然叹息。《临江仙·送钱穆夫》写道："人生如逆旅，我亦是行人"，这种悲剧意识与古诗十九首如出一辙。《西江月》开篇就感叹"世事一场大梦，人生几度秋凉"，作品充满难耐的孤独索寞和不被理解的苦痛悲凉。《念奴娇·赤壁怀古》中"大江"不只是眼前的长江，它还隐喻着历史的长河，流逝的时光。"早生华发"与"雄姿英发"形成鲜明对照，流露出虚度年华的自愧自惜心理。此词的深意是羡大江之无穷，慕明月之永在，哀人生之偃蹇，体现了词人对生命价值的终极关怀。苏轼病逝前两个月，遇赦北返游览金山寺。见到寺里住持冒着极大的危险保存下来的李公麟所画的东坡画像，心里百感交集，写下了《自题金山画像》："心似已灰之木，身如不系之舟。问汝平生功业，黄州惠州儋州。"壮士暮年、美人迟暮的悲怆迸发于字里行间。

辛弃疾是个悲剧英雄，一生壮志难酬，报国无门，他那些沉痛悲叹光阴虚掷的篇章充满了感伤和悲愤。"可惜流年，忧愁风雨，树犹如此"（《水龙吟·登建康赏心亭》）借桓温感叹，道出壮志未酬、美人迟暮的感叹。"追往事，叹今吾。春风不染白髭须"（《鹧鸪天·有客慨然谈功名，因追念少年事，戏作》），哀叹人生易老，盛年不再。"老来情味减，对酒别，怯流年。况屈指中秋，十分好月，不照人圆"（《木兰花慢·滁州送范倅》）中写出了一种对时间流逝的悲叹，永恒存在的客体反衬出个体人生的短促和微不足道。《摸鱼儿》中"风雨""落红""飞絮""斜阳"等意象共同构成了"春意阑珊"的意境，从叹息自然之残春，到自悯生命之残春，再到哀感国势之残春。正是由于情感内涵如此丰富，故"闲愁"——岁月掷人而去，报国又苦无路——非晏殊辈可比。这种生命之悲的感叹和伤痛，这种人之生存的悲剧性意蕴，就存在于这种时间的永恒无限与个体存在的渺小易逝双重体验之中。

李清照作为一名女性词人，其特有的纤细、敏感、细腻的女性心理在其诗词创作中表现得深切逼真。词人悲剧的一生（国破、家亡、乱离、漂泊、被诬、丧偶、失盗、病痛、再醮、诉讼、离异、系狱）造就了其词作浓郁的悲剧气氛，作品总是渗透出浓厚的悲剧意识。李清照词是在把其有价值的人生毁灭给我们看，在她的词里，悲剧生命、悲剧生涯、悲剧时代与诗情画意达到了完美的结合，构成了意蕴无穷感人至深的悲剧美境界。

《声声慢》（"寻寻觅觅"）全词通过对残秋景物、生活细节和凄苦心境的铺写，表现了作者晚年孤苦无依、悲凉哀愁的处境和心情，从而倾吐了词人家破人亡、凄苦绝望的内心痛苦。

　　寻寻觅觅，冷冷清清，凄凄惨惨戚戚。乍暖还寒时候，最难将息。三杯两盏淡酒，怎敌他、晚来风急？雁过也、正伤心，却是旧时相识。

词以十四叠字开头，读者尚不及领略词意，先就感受到一种冷寂凄苦气氛。"寻寻觅觅"，写举动的恍恍惚惚，通过动作神情来表现若有所失、百无聊赖的精神状态；"冷冷清清"，写环境的清冷，通过环境来写内心的孤独与凄凉；"凄凄惨惨戚戚"，写内心世界的悲剧体验——寂寞、凄惨，直接披露心灵的创痛。从动作到环境到内心逐层写来，由外渐渐潜入的愁情，在流动中表现得深刻而缠绵。三者回环往复互为因果，节奏短促、轻细、凄清，富于音乐感，造成了一种一气贯通、缠绵悱恻的抒情气氛，构成了全词的总纲。这里叠字的大量运用并非刻意为之，是词人情动于中不得不然，后来有不少人仿效，均画虎不成反类犬。如果说上面的"寻觅"是一种下意识的行动，那么下面的"饮酒"则是一种有意识的排遣了。"乍暖还寒"交代秋日气候特点：忽冷忽热，反复无常，这给前面写人物的情状补写了时间背景，又为下面的饮酒御寒、借酒浇愁提供了依据。"最难将息"不只是对身体调养而言，且是说焦虑不安的情绪无法平静下来。词人是怎样喝酒的呢？"三杯两盏"，意谓数目不定，见出心不在酒，也无心喝酒。"淡酒"，意谓酒无味，见出精神苦痛之深。这样喝酒自然是寒也御不了（敌不过"晚来风急"），愁也轻不了。"晚来风急"在词中作用不可小看，下面写雁阵南迁、黄花堆积、雨打梧桐与它都有关系。"雁过也"三句，紧扣前四句无以解愁的含意，写词人的愁苦更深一层，愁苦的内涵更深更广了，不仅仅是个人的愁苦了。词人酒未消愁正在悲伤的时候，急疾的晚风送来寒空雁声，遂举目遥看。过雁从北方归来，词人也是北人南来，故说"是旧时相识"。北雁刚从沦陷区飞来，对敏感的词人来说，这是很容易触动她国破家亡的苦痛的；另外，大雁象征着书信的往还，也会勾起词人的无限离愁别恨。

　　满地黄花堆积，憔悴损、如今有谁堪摘？守着窗儿，独自怎生得黑！梧桐更兼细雨，到黄昏、点点滴滴。这次第，怎一个愁字了得！

上片结尾是仰望苍天过雁，下片开头是俯视满地残花。因为秋意已深，加上晚风劲疾，菊花的花株欹斜倾侧挤挤密密，枝头枯萎干瘪的花层叠杂乱如堆似积。"憔悴损"、不"堪摘"，明写黄花憔悴残败，无人相共采摘，暗喻自己容颜与心境的衰老，其中含有今昔不堪对比的痛苦回忆，也有对凄凉晚景的自怜自叹。词写到"独自""守着窗儿"，已经非常绝望了，不管是清醒还是恍惚，"寻觅"还算是在行动；不管是否能够消愁，"饮酒"总还是在努力；而凭窗默坐，却是放弃任何解忧消愁的努力了。守窗独坐，是"寻觅"落空、"饮酒"无效的必然结果，这个特写镜头富于个性，很符合一位百无聊赖的女子的情态。"怎生得黑"，亟盼天黑反映了词人孤苦无望、度日如年的心理状态，时光是那样难熬，给人的感受是时间慢得就像蜗牛爬在荆棘上。词人眼巴巴盼到天黑，没料到的是，天黑之前却下起愁煞人的秋雨来。一阵秋雨一阵凉，人凉（寒凉），心更凉（悲凉）。孑然独坐的词人，雨打残桐的暮景，构成凄美感伤的画面。梧桐的叶片很大，枯焦之后，雨点（哪怕是细雨）洒上去特别响，响到让人心惊。细雨、败桐渲染了悲凉气氛，烘托出词人的茕独凄惶之感。秋老风寒，落叶飘零，冷雨绵绵，暗示出词人长夜难熬，愁苦更未有尽头。"这次第"三字总收上面的描写，最后结以一个"愁"字，将愁绪推向顶峰。这句话可以分成几层意思来理解，一是上面所描写的都是"愁"，二是一个"愁"字还不足以概括人生的悲苦，三是内心的"愁"是无法言说的。写了满纸的愁，结果却说整首词都不能表达出真正的"愁"，这种巧妙的"否定"，使词意更深进一层。想想吧，女词人的"愁"该有多深！

《永遇乐·元宵》是作者晚年流寓临安（今浙江杭州）时某一年元宵节所写，由今写入，由今而昔，由昔返今，立足现实，多层次的反复对比，抒发词人深沉凄怆的家国身世之感（故国之思、身世之感、寂寞之情）。

    落日熔金，暮云合璧，人在何处？染柳烟浓，吹梅笛怨，春意知几许？
  元宵佳节，融和天气，次第岂无风雨？来相召，香车宝马，谢他酒朋诗侣。

上片以节日气氛美好，反衬自己忧伤情怀。前三组句子组织结构基本相同。第一组"落日"两句着眼于天，写天气晴朗，着力描绘元夕绚丽的暮景，落日的光辉像熔解的金子，一片赤红璀璨；傍晚的云彩像围合的璧玉。两句对仗工整，高度凝练（有形象，有色彩，有动态），辞采鲜丽，形象飞动，意境开阔。俗语云，朝霞不出门，晚霞行千里，落霞如此美丽，说明不光元宵当晚，连第二天都不会有雨。碰上节日，天气又好，心情理应轻松愉快。但接下来是一声充满迷惘与痛苦的长叹："人在何处？"明明身在杭州，却发出这样的疑问，隐隐透露出人境不谐的心态和恍如隔世的怅惘，含蕴丰富，耐人咀嚼。晴朗天气是实写，是"扬"，是反衬；恍惚之情是虚写，是"抑"，是重心，由"扬"而"抑"，造成悬念。第二组"染柳"两句着眼于地，写春意盎然（扬），上句从视觉着眼，写早春时节柳条初绿被淡烟笼罩，"染"赋景以人工之美；下句视听兼用，借声写景，通过所闻的笛声托出梅花凋谢的景象，"梅"关合季节、音调，"怨"透出了幽哀之情。词人不直说梅花已谢，而说"吹梅笛怨"，借以抒写自己怀念旧都的哀思。虽然满眼皆是柳绿梅残的春意，末句又生一问（抑），"几许"是不定之词，意常侧重于少。客观情况是春意浓郁，主观感受是春意尚浅，悲情更深一层，悬念更重一分。"梅"前"吹"字，暗示元宵游乐活动已经开始，为下文"相召"伏笔。第三组呼应总收前面两组句群，先写佳节晴和（扬），呼应开头"落日""暮云"两句，收束写景，"佳""和"各强调良辰和美景。末句再抒杞忧之情（抑），忧愁风雨。词人担心转眼之间会不会有风雨袭来，这种吉日良辰"忧愁风雨"的心态，深刻地反映了词人多年颠沛流离的境遇和深重的国难家愁给词人心灵带来的严重影响。以上三组句子格局相同，先扬后抑，层层蓄势，埋下伏笔。后面呼应"吹梅"叙事："来相召，香车宝马，谢他酒朋诗侣。"这一组句子应读为"谢他酒朋诗侣来香车宝马相召"。前两句承接三层写景，归结本事：玩有游伴（"来相召"），游伴盛情（"香车宝马"）；后一句承接三次设问，突出乏兴：无心赏玩（"谢他酒朋诗侣"）。心事潜因终不说破酿足了悬念。

中州盛日，闺门多暇，记得偏重三五。铺翠冠儿、捻金雪柳，簇带争济楚。如今憔悴，风鬟霜鬓，怕见夜间出去。不如向，帘儿底下，听人笑语。

下片以昔盛反衬今衰，以人乐反衬己悲。前面三句的正常语序是"记得中州盛日，偏重三五，闺门多暇"。"盛日"言经济繁荣，天下太平；"偏重"言文化昌隆，风俗淳厚。当时宋王朝为了点缀太平，在元宵节极尽铺张之能事。据《大宋宣和遗事》记载，"从腊月初一直点灯到正月十六日"，"家家灯火，处处管弦"。宣和六年正月十四日夜，"京师民有似云浪，尽头上带着玉梅、雪柳、闹蛾儿，直到鳌山看灯"。"多暇"言游有空闲，无忧无虑。这几句从宏观上写，引出下文。"铺翠冠儿，捻金雪柳，簇带争济楚"，这几句从微观上写：写少女的无忧无虑，写市井的繁华热闹，全是写实，并非虚构。前二写首饰精美（呼"盛日"），末句写游赏兴致（呼"多暇"）。这几句集中写当年的着意穿戴打扮，既切合青春少女的特点，充分体现那时候无忧无虑的游赏兴致，同时也从侧面反映了汴京的繁华热闹。追叙汴京往昔元宵盛况，意在以盛况反照今宵，暗示自己忧伤原因。以上六句忆昔，语调轻松欢快，多用当时俗语，宛然少女心声。"如今憔悴"一转，与昔日争俏形成鲜明对照。陈述上片末句"谢他酒朋诗侣"的真正原因。"憔悴"，既指面容的衰老，又指精神的苍老。"风鬟霜鬓"具写"憔悴"，唐人小说《柳毅传》形容落难的龙女在风吹雨打之下头发纷披散乱，用"风鬟雾鬓"四字，词中改为"风鬟霜鬓"，增添了苍凉的意味（霜既有色彩，又有寒意）。"怕见夜间出去"，呼应"谢他酒朋诗侣"，为何懒得出门？浅层原因是人不如昔（"憔悴"），美丽天真的少女变成了蓬头霜鬓的老妇，深层原因是国不如昔，太平繁盛的北宋变成了苟安一隅的南宋；情不如昔，无忧无虑的过去变成了忧虑重重的现在。"盛日"与"如今"两种迥然不同的心境，从侧面反映了金兵南下前后两个截然不同的时代和词人相隔霄壤的生活境遇，以及它们在词人心灵上投下的巨大阴影。词人尽管没有兴致出门游赏，但元宵这样一个特定时日，毕竟使她心情无法平静，脑海中残存的对往昔元宵盛况的一丝眷念，使窗帘底下的她，静听街上游人笑语。"帘儿底下"意谓住所临街，人处室内。"听人笑语"分呼"吹梅""相召""多暇"等处。词人此时心境复杂：悲凉、孤苦、希冀、忧患交集。"听人笑语"并不能使她聊温旧梦，相反更加深了内心的痛苦，因为热闹欢乐是人家的，她什么也没有，这是何等的悲凉！南宋末年爱国词人刘辰翁读了这首词"为之涕下"，并按照它的调子填了一首具有强烈爱国情调的词，足见这首《永遇乐》的感人之深。

《永遇乐·元宵》艺术上有三点特色。其一，抒情：对比鲜明，含蓄委婉。这首词没有直接的语句写对国事的深忧和沉痛，而是以鲜明的对比，创造出一种昔盛今衰、人欢我悲的意境，处处反衬出自己深沉的痛苦。作者成功地运用了艺术辩证法，以往日的繁盛，写今日的衰败；以今日的憔悴，写往日的秀丽；以佳节的闹热，写人心的悲凉；以他人的欢笑，写自己的忧戚。这种委婉而含蓄的表现，是婉约派词人，尤其是李清照擅长的重要手法之一。运用这种手法表现思想内容，常常有"语尽意不尽，意尽而情不尽"之致，易于打动读者的心弦，令人心动情移，产生较好的艺术效果。其二，章法：今昔错叠，虚实相间。此词的上片全然写"今"，下片前半写"昔"，后半写"今"，由今到昔，又由昔到今，层层深入，首尾圆合。上片三组句子，每组前两句写景，后一句抒情，写景是"实"，是"扬"，是反衬；抒情是"虚"，是"抑"，是重点，情景交融，抑扬互间，跌宕有致，意境深远。其三，语言：典雅工致，朴素自然。典雅工致的如"落日熔金，暮云合璧"，"染柳烟浓，吹梅笛怨"，对仗极见功力，数字之中，形象、色彩、动态都得到生动的描画。朴素自然的如"簇戴争济楚""怕见夜间出去""不如向帘儿底下，听人笑语"，不但用口语，且将方言也写进词中。有意识地将浅显平易而富表现力的口语与锤炼工致的书面语交错融合，形成雅中有俗、俗中见雅的语言风格。

宋词的生命悲歌名篇还有贺铸《六州歌头》（"少年侠气"）、刘克庄《贺新郎》（"湛湛长黑空"）和蒋捷《虞美人·听雨》。《六州歌头》为一首自叙身世的长调，上片写"少年侠气"：肝胆照人，千金一诺，豪纵使酒，骁勇无比；下片写"似黄粱梦"：官品低微，才华埋没，报国无门，理想破灭。全词感情充沛，苍凉悲壮。《贺新郎》写回顾平生空怀壮志，上片写"乱愁如织"，自然界凄风苦雨引发愁思，"愁"的根本原因在于壮志难酬；胸怀"平生空四海"志向，落得"书生神州泪"结局。下片写"满怀萧瑟"，凌云健笔"春华落尽"，魏晋风流不堪仿效，国势危殆莫可奈何，唯一能做的是借酒浇愁！《虞美人·听雨》上片感怀已逝的岁月，下片慨叹目前的境况。作品以时为顺序，以听雨为触媒，串接起人生三个特殊时段的情景（少年风流、壮年飘零、晚年孤冷）和迥然不同的感受（无忧无虑、无依无托、无可奈何），将一生的悲欢歌哭渗透、融汇其中，透见一个历史时代由兴到衰、由衰到亡的嬗变轨迹。言淡而味永，语浅而情深，令人回味无穷。

金代元好问［越调·小圣乐］《骤雨打新荷》前半绘写夏日园亭的自然景色：嘉木繁荫，清凉无限；榴花绽放，香艳火红；莺燕相呼，鸣蝉相和；骤雨忽来，碧荷跳珠。写景，层次分明，有静有动。下半抒写及时行乐的落拓情怀：人生短暂，珍惜当下；乐天知命，毋须争竞；邀友玩赏，浅斟低唱；沉溺醉乡，忘怀世事。抒情，情景交融，旷达洒脱。不过，及时行乐的旷达是表象，骨子里其实是生不称意的苦闷。因为人生苦短而日月如梭，不想虚度时日的诗人自然感到碌碌无为、年华空掷的苦痛，但生逢浊世乱世又无可奈何，只好借流连风物、陷入"酩酊"，庶几可以忘怀光阴的飞逝，取得片刻的麻醉。尽管作者着意落脱与优游，仍难掩饰内心的无奈与怅惘。

源自庄子哲学中的人生虚幻感，在士大夫遭受打击、人生坎坷之际，最容易浮现和表达，在元代前期更为集中，它几乎成了元代前期所有有才华的、正直的士大夫文人共同的价值观和人生归趋。生命悲剧意识，在元人的词曲中则不是表现为郑重的诉说，而是近乎插科打诨，这其实是一种更深刻的怨愤。

马致远的［双调·夜行船］《秋思》表面上看是宣扬人生如梦、及时行乐，实质上是一篇愤世之作。第一支曲总写流光不驻，人生短暂。首句"百岁光阴一梦蝶"引用庄周梦蝶之典，烘托百年犹如一梦的迷惘之感；下句"重回首往事堪嗟"饱含历经世事、历尽坎坷的辛酸和对历史往事的感叹。在这声嗟叹背后，也隐藏着作者对世事的艰辛、现实的险恶以及历史风云的变幻莫测的激愤和不满。接下来两句"今日春来，明朝花谢"，以自然之春倒映人生之秋，夸张光阴流逝的急速感。末句"急罚盏夜阑灯灭"描写晚宴争相劝酒随即夜阑人散，寓及时行乐之意。第五支曲首句"眼前红日又西斜"写一日之内光阴的流逝，遥承"百岁光阴"而来，其中，还包含着对人生易老和"人生在世不称意"的无限感叹。二句"疾似下坡车"之喻从羲和御日的典故脱出，化雅为俗，生动有趣。"不争镜里添白雪"紧承上面岁月催人之意，头上新添的根根白发,就是人生易老的明证。"上床与鞋履相别"又进一步说明人生无常、富贵无常,貌似参透生死的俏皮话里隐藏着愤世嫉俗的深意。白朴的〔阳春曲〕《知机》的前三首都是对人生易老的慨叹,劝人们及时行乐,与马致远〔双调·夜行船〕《秋思》表达的内容基本一致。第二首倡言"今朝有酒今朝醉,且尽樽前有限杯",但人生一世能有多少个"今朝醉"呢?"回头沧海又尘飞。日月疾,白发故人稀",人世沧桑,岁月如飞(尘飞:时光如飞而逝),转眼白发满头,旧友稀少,已是垂暮之年了。马谦斋〔越调·柳营曲〕《叹世》表现抱负成空的悲愤和进退失路的绝望。起首两句写早年壮志满怀、意气风发;三句写如今岁月蹉跎、潦倒困顿。七八句慨叹入仕的艰难:贤愚不分、英雄失路,廉颇、萧何式英才也不能一展长才。后三句写入仕的危机:灾祸大难随时都会临头,故人才只能匆忙逃海滨、隐山阿。邓玉宾〔双调·雁儿落带过得胜令〕《闲适》抒发年华易逝、浮生若梦的感慨。一、二句落笔于时空,言光阴飞逝、瞬息万变;三、四句写人生如梦,祸福无常;五、六句以东汉班超和严光的故事说明富贵不足为凭,闲适唾手可得。七、八句写时代清明则仕宦容易;秋风板荡则为官万难。最后四句,奉劝士子以古为鉴,不要汲汲于求仕入宦,以免莫名地白了少年头,无端地断送英雄志。作品貌似看破世情、玩世不恭,实则宣泄英雄无用武之地、生命空耗于浊世的怨愤。吴西逸〔双调·雁儿落带过得胜令〕("一年老一年")连用二十一个含义各异的"一"字,层次分明地反映了对如梦人生的慨叹。无名氏〔双调·水仙子〕《遣怀》、〔仙侣·寄生草〕《闲评》也都是有感于生命虚度的牢骚之作。

与元人貌似消极实为愤激的生命悲剧意识的表达不同,唐寅对生命悲剧意识的表达貌似轻松其实沉痛。《花下酌酒歌》主要抒写人生易老、应及时行乐的主题,主题并不新鲜,但具有刘希夷《代悲白头吟》那种流转自然、声韵谐美的气象。

> 九十春光一掷梭,花前酌酒唱高歌。
> 枝上花开能几日,世上人生能几何?
> 昨朝花胜今朝好,今朝花落成秋草。
> 花前人是去年身,今年人比去年老。
> 今日花开又一枝,明日来看知是谁?
> 明年今日花开否?今日明年谁得知?
> 天时不测多风雨,人事难量多龃龉。
> 天时人事两不齐,莫把春光付流水。
> 好花难种不长开,少年易老不重来。
> 人生不向花前醉,花笑人生也是呆。

第一句寓含转折,"九十春光"在"七十古来稀"的时代已经是很高的寿命了,但是对宇宙而言,它短暂得很,不过是"一掷梭"的时间。第二句扣题,既是"花前酌酒"而歌,那么下面就要以花说事了。三、四两句以花比人,"枝上花开"时间短暂,"世上人生"更是如此,"能几日""能几何"都强调少得可怜,用反问出之更显时间短得不值一提。五、六句写花的变化,昨日开得很盛,今日凋落净尽。仅仅一日时间就由盛转衰,与枯草无异。七、八两句写人,人还是去年花下之人,表面看起来与去年没有什么区别,但无疑比去年衰老,一岁年纪一岁人,年年岁岁人不同。以上写人与花都无法抗逆自然规律,下面将花与人进行对比,人还有不如花的地方,就是人的生命只有一次,而花死了可以复生。同样一棵树上的花朵,今年的看花人不一定能活到明年，明年花事究竟如何，人不一定能够知道。为什么会这样呢？因为人除了受必然性的自然规律支配外，还受许多偶然性因素支配，天有不测风云，人有旦夕祸福（龃龉：不顺达）。"天时人事"句总结上文，意谓两者均不能够让人顺达，因此，人要珍惜有限的光阴，及时行乐。后面又用种花作比，人生极其短促，且不可能再来第二次。人生容易衰老不可能返老还童，如果不知道及时行乐，连花也要笑话你傻。诗歌通篇以花开花落写韶华易逝，喻体、本体结合得紧密自然，语言通俗流畅，因而赢得人们的喜爱。此诗与刘希夷《代悲白头吟》对短暂人生的悲吟，是红楼《葬花辞》的先声。

明清诗词乃至小说中的诗作，对生命的虚度和人生的失落都发出了苍凉的感喟和酸楚的涕泣。徐渭孤傲倔强，一生经历充满坎坷，他的许多抒发个人情怀的诗往往宣泄抑郁不平之气，表现了对社会压抑的反抗。

《题墨葡萄诗》可谓其人生的写照："半生落魄已成翁，独立书斋啸晚风。笔底明珠无处卖，闲抛闲掷野藤中"。诗作表现了人生蹉跎、寂寞孤苦的境遇与悲凉，抒发了珠玉沉埋、为世所遗的怅惘与不平。施绍莘《谒金门》（"春欲去"）上片写暮春情景——飞絮如梦，缭乱飘飞；下片写暮春心情——无计留春，销魂断肠，词中寄寓命运多蹇的身世悲凉和危颓末世的迷惘感伤。小说家蒲松龄《大江东去·寄王如水》描写憎恶科举考试而又不得不违心就范的人生痛苦。起笔怒斥主考官人老昏愦，埋没人才，继而写自己怀才不遇，伤心欲绝。"病鲤暴鳃，飞鸿铩羽"写科场失意，名落孙山，伫立寒江，痛苦郁闷。下片叹恨自己被科场折腾侮弄，一身傲骨消磨殆尽。接着痛骂主考官糊涂迂腐，肉眼无珠。"数卷残书，半窗寒烛，冷落荒斋里"数语写自己含辱忍垢、穷经备考的悲惨情状。结尾两句含泪苦笑、自我解愁：不能超凡脱俗，人生别无选择。满纸悲愤，字字是血！吴伟业《圆圆曲》描写了绝代风华陈圆圆悲剧性的人生，一个才貌过人的女性完全不能掌握自己的命运，居然像飘絮一样任人摆布、任人践踏，美丽的生命被残酷的政治所绑架，半世光阴被一个民族败类所套牢，犹如一朵美艳的鲜花葬身于腥臭不堪的烂泥潭。清诗人黄景仁十六岁应童子试，三千人中名列第一，但第二年却乡试未中，且从此屡应乡试都未曾通过，以致贫病终生。下面这首《杂诗》即其在首次乡试未中后所写，主要倾诉读书人的孤愤不平。

> 仙佛茫茫两未成，只知独夜不平鸣。
> 风蓬飘尽悲歌气，泥絮招来薄幸名。
> 十有九人堪白眼，百无一用是书生。
> 莫因诗卷愁成谶，春鸟秋虫自作声。

起句感叹既不能选择闲适的生活道路，也不能选择严修的生活道路（仙、佛在中国传统文化中，分别代表了闲适和严修两种人生态度），因为成仙、成佛都不太容易，太过渺茫。言外之意，作为一个读书人，命定了只能选择科举入仕的道路（亦即儒家积极用世的生活道路）。然而，没想到自己才华过人，初试锋芒竟铩羽而归，这样就有了下一句，"不平鸣"揭示诗歌题旨。"夜"，点明孤愤之深，夜不能寐。"独"，强化孤愤之情，有李白"大道如青天，我独不得出"之意。

颔联回顾人生经历，既是写实，也是借景抒怀。自己身为贫贱、四处奔波，一腔慷慨豪情消磨殆尽，如秋风中飘飞的蓬草，满腹才华只赢得命薄无福的名声，如暮春粘在泥上的柳絮。"风蓬""泥絮"总括了自己一年四季（深秋、暮春）奔波不停的情形，又借以自喻人生如风蓬奔波，如泥絮卑贱的孤苦失意，这两句虚实相济，值得玩索。

颈联跳出了个人的际遇抒发感慨。这里的"堪白眼"并不是说这世界上绝大部分人值得鄙视，不是屈原式的"世人皆醉我独醒"，而是恰好相反，是说这世界上绝大部分人（十个中有九个）瞧不起读书人，读书人才华再高也往往遭人白眼。"十有九人堪白眼"这样的句子，不是春风得意之人写得出来的，更不是流连风月之辈可成的。下句陈述为什么会这样，因为读书人既不能挣钱养家，也没机会充当干臣，既没有钱财，又没有功名，有谁会看得上呢？这句为读书人鸣不平的名句，成为后世读书人自嘲的口边语。自嘲中渗透着对世道不公的怨愤、对世俗眼光的不屑。

尾联表明自己的希望和态度。第一句的"愁"总收上面两联的意思，诗人谈言自己所创作的诗歌多为宣泄愁苦和不幸，但希望这些愁苦和不幸不因之而一一应验在自己身上。结句呼应本诗第二句"不平鸣"，宣告自己要继续在作品中鸣不平，鸟在春天叫，虫在秋天鸣，人在不平的时候怎么能够缄口不言呢！全诗以天才的笔墨，深刻入微地道出了千百年来中国读书人心灵深处的怅惘和孤独。黄景仁感叹生命悲剧的名作还有《癸巳除夕偶成》，其中"悄立市桥人不识，一星如月看多时"，将诗人的穷愁潦倒、寂寞无依以及世态的炎凉全表露无遗。郁达夫说："要想在乾、嘉两代诗人之中，求一些语语沉痛、字字辛酸的真正具有诗人气质的诗，自然非黄仲则莫属了。"

《红楼梦·葬花词》在风格上仿效初唐的歌行体，名为咏花，实则写人，充满着痛苦的哲学思索和深沉的文学感伤。这首"黛玉咏叹调"抒情如泣如诉，声声悲音，字字血泪，满篇无一字不是发自肺腑、无一字不是血泪凝成，把林黛玉对身世遭遇的感叹、对人生幻灭的感慨、对生命消亡的焦虑表现得入木三分。黛玉的观察点，始终集中在红颜易老、落花无情。诗中的核心意象就是"飘落"，"漂泊""飘飞"都是这一意象的变奏。

　　花谢花飞飞满天，红消香断有谁怜？
　　游丝软系飘春榭，落絮轻沾扑绣帘。

第一句写暮春之景，景中有情；第二句是惜春之情，情中有景，两句总领全诗。由此引出对残春景象和愁人动态的描绘。"花谢花飞"比《代悲白头吟》的"飞来飞去"有气势，"红消香断"诉诸人的视觉、嗅觉，更真切。"怜"比《代悲白头吟》"惜颜色"的"惜"好，既含惜意，又含爱意，感情更深。"游丝"两句呼应第一句，补足残春凋零的画面，在狂风的作用下，游丝到处乱飘，纷纷飘进亭阁之间，柳絮随风飘飞，团团粘在绣帘之上，春天正在不可挽回地迅速消逝。以上四句触景生情，写残春景象，见万花纷然凋零，哀时光迅速消逝。首两句总领全诗，"花"为线索。

　　闺中女儿惜春暮，愁绪满怀无着处；
　　手把花锄出绣帘，忍踏落花来复去？

闺中女儿对春秋代序至为敏感，多愁善感的黛玉由春的消逝，想到青春的易逝；由花的凋残，想到生命的夭亡，愁绪满怀又无可奈何，"春暮"是暮春之一日的尾声，人的心境因之更加黯淡悲凉。出于一种对美的毁灭的万分怜惜，林黛玉唯一能做到的，就是不教这些死亡的花朵遭受践踏和玷污，于是，有了葬花的冲动和行动。"手把花锄出绣帘"，写她已开始行动。"忍踏落花来复去"，暗含其他人却在落花上走过之意，呼应上文"有谁怜"，写她走在路上的心理，惜花之情得到生动表现。以上四句由景及人，写黛玉出门，因痛惜残红满地，起为花收葬之念。

柳丝榆荚自芳菲，不管桃飘与李飞；
桃李明年能再发，明年闺中知有谁？

"柳丝"两句写路上所见情景，进一步补充暮春画面，由花谢花飞全景镜头，转入桃花、李花纷飘的近景镜头，与花的凋零飘落相反的是，柳丝、榆荚却在悠然地搔首弄姿，"不管"透露出林黛玉对榆柳的怨怪，这显然是毫无道理的，柳丝、榆荚不可能怜香惜玉，但这没有道理的怨怪，更深刻地写出林黛玉对花的命运的痛惜。这里的画面比《代悲白头吟》丰富，草木本无情，敏感人观之，便附着了感情，《代悲白头吟》中的植物还纯然是客体。抒情主人公又自然地由花的命运和归宿联想到人的命运和归属。人生一世如花一春，是那么短暂，何其相似；但人又不如花，花朵的生命可以重复，人的生命却不具有重复性，"明年闺中知有谁"这一疑问，体现了浓重的生命悲剧意识。"明年闺中知有谁"比《代悲白头吟》"明年花开复谁在"指向性更明确。此节连用两层对比，前两句柳丝榆荚的芳菲与桃花李花的飘零对比，后两句将人与桃李对比，层层递进，环环相扣。以上四句因花及已，写初出幽怨，显痛惜百花之情，见生命悲剧意识。

三月香巢初垒成，梁间燕子太无情！
明年花发虽可啄，却不道人去梁空巢已倾。

沿着这一思路，"三月"四句扣住燕啄花泥设想明年的悲剧性情景。梁间的燕子，在林黛玉看来比榆柳还"无情"，它们居然用含有花的气息的泥丸筑巢，刚筑成燕巢便迁徙，弃香巢于不顾，全然不管香巢所在的房子的主人是死是活。明年这些燕子即使还可以回到老地方，但它们绝对意料不到随着房子主人的消失，梁柱已是空空，香巢已然破毁。虚写燕子，实写惜花。同样，这里怨怪燕子无情无知其实毫无道理，但只有这样写，才能突出燕子能如期归来，但人却难以存世的感伤。情由景发，景由情生，黛玉又想到了明年的自己，回答上节之问，重续前文之悲。以上因燕抒情，写途中悲慨，怨飞燕来去任性，惜芳年短暂易逝。

一年三百六十日，风刀霜剑严相逼。
明媚鲜妍能几时，一朝漂泊难寻觅。

"一年"四句紧接上意，说出美好生命短暂易逝的原因，因为无时无刻不有风刀霜剑的逼迫！这里的描写比刘希夷、唐寅深刻，刘希夷、唐寅只看到了自然规律的作用，没有看到社会环境对美好生命的摧残。这几句既是在写花的不幸，更是在写人的不幸，花朵"明媚鲜妍"的时间极为短暂，女儿生命如花的青春也极为短暂，花朵凋零飘飞无处寻觅，青春徒然消逝更是难以追回。"明媚鲜妍能几时，一朝漂泊难寻觅"，花的命运也就是女儿的命运；花的短暂，就是女儿青春的短暂，爱情的短暂；花的毁灭，就是女儿青春的毁灭，爱情的毁灭。一切有价值的东西都是保不住的，如花一般绽开的青春，如花一般绽开的爱情，这美的一切，统统都要被毁灭，甚至比花的毁灭还要无法弥补。时光的脚步是那般匆迫迅捷，人赖以生存的春天是那般短暂，人无计留春，也无法把握自己的命运。以上四句人花俱写，写寻花哀痛，怨摧残无法抗拒，叹命运不可把握。

花开易见落难寻，阶前愁杀葬花人；
独把花锄偷洒泪，洒上空枝见血痕。

黛玉葬花的过程写得相当简略：寻花—葬花—洒泪—归去。词的重点是塑造人物性格,故轻过程的描述,而着意写人的心情:忧愁。"花开易见落难寻"写寻花,突出其难,与上文"一朝漂泊难寻觅"是一致的,明知难寻而仍要寻,突出惜花的痴情。"阶前愁杀葬花人"写葬花,写葬花的痛苦心情。黛玉一边葬花一边洒泪,既是在哭花,也是在哭自己。"洒上空枝见血痕"这一句显然受到杜鹃啼血神话传说的影响,黛玉的泪花被狂风吹上空枝,点点泪水都化成血痕。这样写意在突出黛玉悲伤的程度。以上四句因情写事,写葬花过程,愁花朵不留痕迹,哭美好生命毁灭。

    杜鹃无语正黄昏,荷锄归去掩重门;
    青灯照壁人初睡,冷雨敲窗被未温。

  "杜鹃无语"暗示上一句意境的来源(下文"杜鹃"与上文"血痕"联系甚紧),又渲染了"黄昏"的静寂,隐喻人世的死寂。"荷锄归去掩重门"表明葬花结束,暗示花被葬在极其僻静的地方。如果说,黛玉葬花主要抒发怜花惜花之情,那么葬花归来后则主要是表达对自身命运的思考,生命的悲剧意识更趋强化。"青灯照壁人初睡"两句写夜不能寐,一是人心情太愁苦("满怀愁绪"),二是环境太凄清("冷雨敲窗")。以上四句由外而内,写归来不寐,一因心情愁苦,二因环境凄清。后面所有的诗句则承此写夜半情思。

    怪侬底事倍伤神?半为怜春半恼春:
    怜春忽至恼忽去,至又无言去不闻。

  黛玉自己问自己,何以如此痛苦不堪?半是怜(惜)春,半是恼(怨)春。为何既怜春又恼春?春天匆匆而来,又匆匆而去(极为短暂)。既来必去有何可恼?来时静默无语,去时不可挽留(无法控驭)。这几句字面上是说自然之春,实质是在说生命之春,美好的青春让人怜爱,但如此短暂又让人痛惜。短短四句,三问三答,十分精练,却用口语写出,清新自然,不加雕饰,平白如话,妙不可言。以上四句因事及情,写夜半叩问,明写自然之春不可挽留,暗痛生命之春不可把捉。

    昨宵庭外悲歌发,知是花魂与鸟魂?
    花魂鸟魂总难留,鸟自无言花自羞;

  黛玉正悲不自胜的时候,突然恍恍惚惚地记起曾在夜空飘忽的死亡的声音。"昨宵庭外悲歌发,知是花魂与鸟魂?"那带着死亡气息的悲歌,不管是花魂发出的,还是鸟魂发出的,反正,在林黛玉看来,一切美好的东西都在死亡,四周弥漫着死亡的气息,连花魂、鸟魂最终都要消失。所谓的悲歌只是自己的心在沉沉低吟而已,在庭外悲歌的只是自己的孤魂。花魂与鸟魂都难以挽留,自己的灵魂又怎能挽留呢?问鸟儿,鸟儿默默无语,问花儿,花儿低头含羞。无言的答案是:悲歌的是自己,无法挽留的亦是自己。以上四句由实转虚,写追忆幻听,惜花鸟招魂无效,伤自身性命难留。

    愿侬此日生双翼,随花飞到天尽头。
    天尽头!何处有香丘?

  于是她想到自己死亡的归宿,幻想一缕芳魂生出双翼,随花魂一起离开浊世,飞出禁锢自己的大观园,飞到那无愁的天尽头。在黑暗痛苦中的黛玉终于想到了逃避,转而又想,这是不现实的,欲逃离苦海飞向无忧怎么可能呢?故只能用云天尽头无香丘来否定这个浪漫的幻想:那天尽头哪有埋葬鲜花的坟丘?哪有埋葬自己的坟墓?黛玉别无选择……以上四句由生及死,写心生幻想,想死后远逃浊世,知彼岸难寻归宿。

> 未若锦囊收艳骨，一抔净土掩风流；
> 质本洁来还洁去，不教污淖陷渠沟。

黛玉否定了最初的幻想之后，想到最现实的归宿是就像自己处理过的那些花一样："未若锦囊收艳骨，一抔净土掩风流。""质本洁来还洁去"即保住自己的纯洁和气节，是黛玉的人生信念和死亡哲学。后来黛玉临终前对紫鹃说了三句话："没有亲人""身子干净""送我回去"，可知此句凸显了她灵魂的高洁（不愿受辱被污）和性格的坚强（不甘低头屈服）。也正因为这一点，她才有了让人"笑痴"的举动——葬花，葬花正是一种惺惺相惜的结果，她是花的知己，花是她的知己。以上四句承接上意，写归宿预想，效群花幽葬芳冢，捍卫人格的纯洁。

> 尔今死去侬收葬，未卜侬身何日丧？
> 侬今葬花人笑痴，他年葬侬知是谁？

此四句黛玉连续发问，不知在茫茫人世，谁是那个提着"锦囊"收她艳骨的人，她不能不黯然："侬今葬花人笑痴，他年葬侬知是谁？"她预感到自己的结局惨淡：连花也不如。把《葬花词》同荣府中所有青年女子的命运联系起来思索，我们会发现这不仅仅是黛玉一个人的诗谶，同时也是大观园群芳共同的诗谶。她们尽管未来的具体遭遇各不相同，但在"有命无运"这一点上却没有两样，都是在"薄命司"注册的人物。随着贾家的败落，所有的大观园内的女孩儿都要陷于污淖、沟渠之中，都没有好命运。这悲凉的挽歌，终究为悼花自悼，抑或葬花葬人？已是难能分辨。以上四句因死及葬，写预感结局，叹花有知己收葬，悲己无知音怜惜。

> 试看春残花渐落，便是红颜老死时，
> ——一朝春尽红颜老，花落人亡两不知！

最后四句呼应开头，人花俱写："春残花落""红颜老死"几乎同时，说明百花凋零给主人公带来的精神创痛之深；"一朝春尽红颜老，花落人亡两不知"，到那个时候，已没有人像她那样怜花，惜花，悼花了，这个结尾含有不尽的余哀。以上四句呼应文首，写伤心至极，悼香魂瞬间尽散，哭世间万事皆空。

《葬花词》中诚然表达了对恶浊现实的抗争和对高洁个性的守护，但更重要的是抒写了对生存无赖的感伤和对生命归宿的观照。黛玉葬花其实是对短暂易逝的美好生命，对逝去的美丽纯真的爱情的伤怀、追忆和思索，表达了爱情难求、知音难觅的感伤和人生无常、转瞬即逝的悲哀。生命的开始是从大地得来，而生命的结束也应归于大地。在黛玉的心中，花落入土、随土而化才是人生的最后结局。黛玉葬花不仅潜在地预言了大观园有始必有终、有盛必有衰的惨淡结局，含蓄地传达了红楼女儿"千红一哭，万艳同悲"的命运悲剧，而且传达了作者对生命归宿的看法，传达了人类整体的生命悲剧意识。

《葬花词》想象丰富而奇特，画面缤纷而暗淡，情调浓烈而忧伤，诗句如九曲回肠，字字如杜鹃啼血，故二百年来喜爱这首诗的不唯"怨女"，更多"痴男"。清人明义《题红楼梦》绝句云："伤心一首葬花词，似谶成真自不知。安得返魂香一缕，起卿沉痼续红丝？"真希望有起死回生的返魂香，能救活黛玉，让宝、黛两个有情人成为眷属，把已断绝的月下老人所牵的红丝绳再接续起来。

中国古代生命悲歌有这样几点值得注意：其一，对生命短暂的无奈，对疾病痛苦的无助，二者构成古代诗人的生命悲歌图。面对生命有限与自然永恒的矛盾，诗人自然发出"命如朝露"的短暂感、"人生如梦"的虚幻感和"人生如寄"的焦虑感，人类对自身渺小和生命无常的哀叹贯穿整个中国诗歌史。其二，古代诗人惯于从自然时节的更替中去解读时间，从山川草木的变化中去体味生命。中国诗人感受最强烈的时间阶段是春天、秋天、黄昏和夜晚，见春荣秋凋之变化而生春恨秋悲暮愁夜怨之情怀，"春日偏能惹恨长"（贾至《春思》二首），"自古逢秋悲寂寥"（刘禹锡《秋词》），"最难消遣是黄昏"（清许瑶光《雪门诗钞》）。伤春悲秋、美人迟暮为古代诗人的集体无意识。其三，与上一点密切相关，最常见的意象是寒蝉、落叶、白露、落日、流水、月亮……月有圆缺，由月照古今，想到了生命短促，人生如梦；由月照天下，千古如斯，又会联想到生命渺小，人生如寄。

阅读·思考·研习

1. 阅读并背诵本章所提及的重点作品。
2. 浅论中国古代诗歌的生命悲剧意识，准备课堂讨论。
3. 试谈中国古代悼亡诗的发展及其特征，准备课堂讨论。
4. 从《葬花词》看刘希夷、唐寅作品的影响，并写一篇1000字左右的分析文章。
5. 选择一首自己理解最深透的中国古代生命悲歌作品，编写欣赏讲义并制作课件，准备上台讲授。

第六章
怀古幽歌欣赏

中国是一个极重视历史的国家，中国古代文化源起于"史官文化"，先秦时期的各个思想流派都很重视从历史中吸取思想营养。这种重史的传统，使历代诗人习惯于以诗咏史怀古。怀古幽歌包括两个类别：咏史诗词和怀古诗词。它们既有共性，又有区别。其共性在于：都以历史为题材，都以古代的人物、故事、地点为描写对象，借此发表对历史人物的功过是非、历史事件的成败、以往朝代的兴衰等的议论评价或者感慨，并且往往有借古讽今的深层含义。这是咏史和怀古的共性，也是它们能够合为一类的原因。二者的区别在于，咏史以人事为中心，怀古以地处为中心。怀古幽歌是典型的士大夫文学，鲜明地体现着中国传统知识分子的历史观、人生观及价值观。

一、唐代以前幽歌

怀古幽歌从先秦时代就已开始吟唱，《诗经》中《大雅·文王》《大雅·公刘》《大雅·大明》等叙及周人祖先的事迹，《楚辞》如《离骚》前半段叙及先王的治国之路，这些历史叙事给后来怀古咏史诗类的产生开启了先声。《诗经》中怀古诗篇最著名的是《王风·黍离》，诗人过访西周旧京，眼前的西周宗庙宫室一片废墟，悲凄之感油然而生，遂借诗篇抒发感伤之情，后世凡歌咏同类内容的作品，皆目之为"黍离之悲"。汉代班固的《咏史》被认为是中国诗歌史上第一首真正意义上的咏史诗（也是第一篇文人五言诗）。此诗写的是汉文帝时期缇萦舍身救父的故事，汉文帝时，太仓令淳于意有罪，诏命解送长安受刑。淳于意生有五女，临行时骂道："生子不生男，缓急无可使者！"小女儿缇萦"伤父之言"，便随父亲到长安，上书给皇帝，表示愿意卖身为官婢来赎父罪。汉文帝怜悯她，赦免了淳于意，还下令废除肉刑。整首诗写得"质木无文"，其真正价值在于为先秦时期延续下来的"重史"文化传统的"诗化"首开先河。

汉代以后"重史"的民族文化传统继续得到有力的发展，自汉至魏晋著名的怀古咏史诗有汉乐府《梁甫吟》、王粲《咏史诗》、曹植《豫章行》和阮籍《咏怀》。阮籍《咏怀》第三十一首是一首很特殊的怀古咏史之作。它借咏战国时期魏王荒淫亡国的史实,暗指曹魏集团的荒淫腐朽和摇摇欲坠。魏明帝曹睿即位后,自比秦皇汉武,大修宫殿、苑囿,掠夺民间美女,淫佚无度;齐王曹芳也游宴后宫,歌舞淫逸,终于为司马师发动的政变所废弃,这些和战国时魏国被秦灭亡的历史事件有其相似之处。"战士食糟糠,贤者处蒿莱"二句,高度概括了魏国覆灭的根本原因,说得非常深刻,非常形象。真正开拓了"咏史"艺术领域,把咏史、述怀二者水乳交融地结合起来,写成规模宏大的组诗,对后代诗歌发生深广影响的,是左思的"咏史"。《咏史》八首都是借咏史来抒写个人怀抱,共同主题是抒写自己在门阀世族社会里才能得不到施展、理想无法实现的痛苦和愤懑。在左思笔下,咏史诗真正实现了"诗"和"史"的结合,使得史事的叙述和咏怀较好地结合在一起,也使得咏史诗自此以后体格一新。《咏史》第二首矛头直指"上品无寒门,下品无世族"现实,揭露门阀制度压抑埋没人才,发泄雄才不骋的怨怒和憎恨丑恶现实的愤激。

> 郁郁涧底松,离离山上苗。
> 以彼径寸茎,荫此百尺条。
> 世胄蹑高位,英俊沉下僚。
> 地势使之然,由来非一朝。
> 金张藉旧业,七叶珥汉貂。
> 冯公岂不伟,白首不见招。

开头四句,显示了比兴手法的卓越。苍松为百尺之材,灌木为径寸之木,两者完全不是一个档次,在正常情况下,灌木永远高不过乔木。然而,几乎是造化有意捉弄,苍松处于"涧底",灌木高踞山上,地势如此高低悬殊,造成了两种截然不同的境况,涧底松憋屈无奈地长在阳光照不到的地方,山上苗茂盛得意,垄断了雨露和阳光,伟丈夫永远比不过小侏儒。地势的一高一低,造成命运的一贱一贵。第一层自然现象的描写,要告诉读者的是:高下地势造成了不合理的现象,为下文类比提供了对应物,为正面评说积蓄了充分气势。中间四句承上而来,由自然界的不合理,写到社会的不合理。"世胄"对应"山上苗""径寸茎","英俊"对应"涧底松""百尺条","地势"呼应"山上""涧底",暗指门阀制度。人世不合理的情形类似于自然界:纨绔子弟无论多么愚蠢庸碌,能够凭借门第阀阅,坐享高官厚禄,率意作威作福;平民后代无论多么才德超群,不能施展人生抱负,沉埋社会底层,终生不得出头,用俗话说,这就是龙生龙,凤生凤,老鼠的儿子打地洞。人世的荒诞有甚于自然界,因为它不仅成为一种常态,而且由来已久,根深蒂固。"非一朝"从时间维度上渲染了不合理的社会制度的极端顽固。前一层的比兴描写,在这里化为明朗揭露,直截了当地指斥世族对仕途的垄断。如果说第一层是"引论",那么第二层是"本论",为了证实不合理的用人制度由来已久,第三层列举了正反两方面的论据。举出见于《汉书》和《史记》,尽人皆知的汉代金、张七世高官和"冯唐白首,屈于郎署"的史实,证实了"世胄蹑高位,英俊沉下僚"已是几百年的积弊了。"七叶"呼应"世胄","冯公"呼应"英俊","珥汉貂"呼应"蹑高位","不见招"呼应"沉下僚"。一边是赫赫洋洋的金、张后代,一边是才伟官微的暮年冯唐,无才者因门阀之高而数代显赫,有才者因门阀之低而终生坎坷。作者借古人说事,不仅为自己抒发了雄才不骋的怨愤,也为数百年来屈沉下僚的才人鸣冤叫屈。按照惯例,"本论"之后应该有一个"结论",但作品端出铁证如山的史实后不再多言,"结论"让读者去领悟:颠倒贤愚、戕贼人才的门阀制度不彻底打破,草根一族的雄杰永无出头之日!

这首诗不仅思想性强,艺术性也高,全诗紧凑缜密,史论结合,比喻确切,又极有气势。总的说来,全诗主要运用对比手法,对当时不合理的社会进行无情的揭露和抨击,但揭露、抨击的描绘,最终仍归结为愤愤不平的抒发,亦即整篇组诗的基调。对比手法的运用在前后层次中是有变化的。第一层对比采取比拟方式,由于隐而未显,所以情感抒发以凝练见长,寓讽刺于含蓄之中。第二层对比因为化隐为显,故能情感迸发。如果说前二句中的一"蹑"一"沉"还属于冷眼观察,那么后二句转入"地势"和"由来"的揭示,就表现为诗人的痛心疾首和大声疾呼了。第三层对比是第二层对比的具体化,而全诗结尾两句,则更是通篇穴眼。金、张显贵不过是作为反衬,目的在于突出冯唐之悲。对于用以自况的老冯唐,诗人不仅称其伟大,更值得注意的是运用强有力的反问语气,表明"冯公"不受重用,已足痛心,何况他又是一直被冷遇到暮年!这首诗的内容始终围绕着"地势"悬殊这一中心,表现为作者的冷眼谛视和深沉慨叹,风格以沉着顿挫见长。

《咏史》第五首抒发了诗人高蹈遗世、睥睨四海的豪情壮志,奔放高逸,气宇轩昂,历来被视为西晋五言诗的扛鼎之作。

> 皓天舒白日,灵景耀神州。
> 列宅紫宫里,飞宇若云浮。
> 峨峨高门内,蔼蔼皆王侯。
> 自非攀龙客,何为欻来游?
> 被褐出闾阖,高步追许由。
> 振衣千仞冈,濯足万里流。

前半写皇都壮丽、侯门深邃。诗歌一开始即以"皓天舒白日,灵景耀神州"起兴,经营出一片壮丽开阔的意境:蓝天如洗的万里长空,一轮红日光芒四射,照耀着广袤无垠的神州大地,"皓天""白日""灵影"从仰视角度,写出了天宇明净高朗、阳光普照的阔大景象。后面的"神州"则循日光的落点,由仰视转为俯视。"列宅"两句承"神州"而来,写都城宫宇的富丽:在洛阳皇都中一排排高耸入云的建筑中,壮丽雄伟的房檐凌空高悬,有如飘动的浮云。上句言宫宇之多(建筑群如队列横陈)和气派,下句言宫宇之美(非常富有民族风格)和高峻。下面"峨峨"两句由建筑物写到人,"峨峨"乘上"若云浮"而来,"高门内"由外观写到内观,写王侯贵族的尊贵:在高峻的大门和深宅大院里,居住着许许多多雍容华贵的王侯将相。王侯贵族峨冠博带的形象并没有具体描写,只是通过建筑物的壮丽来烘托他们的尊贵。以上四句完全是俯视的写法,没有流露出丝毫欣羡之情。

后半写远离京华、高蹈遗世。"自非"两句猛然一转,将前面的渲染一笔抹倒,对功名富贵表示了极度的鄙弃。"攀龙客"上呼"王侯";"欻来游"暗示自己遭遇,不是在京城施展才干,而被门阀制度排斥在外。自知不是一位攀龙附凤的人,为什么忽然要到京都洛阳这种地方来呢?语气间大有今是而昨非的感慨,离开这个不属于自己的城市势在必然。"被褐"两句写自己的打算和志向,决心穿着粗布衣裳迈步走出皇都大门,昂首前行,去追随尧时高士许由,过着远离尘俗的隐居生活。"被褐"四句将一个飘然出世、神超志旷的隐士形象刻画得栩栩如生。"被褐"明确点出自己的平民身份,"出闾阖"见出诗人离京义无反顾。"高步"勾画了气宇轩昂、拂袖而去的神态,"追"

显示了离开浊地、隐居遁世的急切心情。作品完全没有通常"归隐"之作那种言不由衷的矫情和无可奈何和哀怨,他带着对权贵们的蔑视,高歌而去。最后又以千仞高岗、万里长流衬托和象征自己的情怀,远离都城龌龊的环境,站在千丈高峰,抖尽衣衫上的尘埃,投足于万里溪流,涤除世俗之中的一切尘杂污秽。为什么要"振衣""濯足"?因为曾在万丈红尘的地方"游"过,要把身上粘的俗尘抖干净,把脚上粘的污垢洗干净,如此才能干干净净地活在这个世界上。在"千仞冈"上"振衣",在"万里流"上"濯足","振"与"濯",活脱脱勾画出诗人恃才傲物的风仪,这两句为千古传诵之佳句,所塑造的诗人的自我形象是何其高大,这一对峙性形象的高大伟岸远远超出诗前半所写宫殿,适足表现了诗人蔑视权贵的豪迈气概。

左思的诗歌以其苍凉雄迈、不事雕琢的艺术风格在当时独树一帜,被后人誉为"左思风力"。这种艺术风格的形成,根本因素并不在于它的政治批判性质,而在于作者始终自居于很高的精神地位来展开他的政治批判。有这种自傲的精神,才足以与社会的压迫相抗,从而使诗中的感情表现得激荡有力。本篇即充分表现了"左思风力"的特色,它意象开阔雄浑,情调高亢激越,气势磅礴充沛,塑造了一个志高才雄、胸怀磊落、感情强烈的诗人形象。它造语劲拔,不重辞采,更无累赘的铺写,虽亦多用对偶,但出语自然而不求工巧,这都是和诗歌的抒情要求相一致的。繁缛和过于雕琢的语言,必然造成表达上的阻隔,难以呈露强烈的情绪,表达雄愤的激情,故为左思所不取。

二、有唐一代幽歌

唐代是怀古幽歌发展的重要时期,它完成了自身的成熟与发展,超越前代,垂范后世。初唐怀古幽歌两类主题有二:以史为鉴、借史咏怀。前者咏写故去朝代的兴亡,上自春秋吴越旧事,下到隋炀帝荒淫无道,都成为诗人们吟咏的对象,以告诫当世君主,此类诗作多隐括史事,兴寄的成分较少;后者借史来抒发建功立业的怀抱。

卢照邻《长安古意》借历史题材反映社会现实,描绘了长安的热闹繁华,揭露了贵族的骄奢淫逸,发抒了寒士的抑郁不平。

> 长安大道连狭斜,青牛白马七香车;
> 玉辇纵横过主第,金鞭络绎向侯家。
> 龙衔宝盖承朝日,凤吐流苏带晚霞。
> 百丈游丝争绕树,一群娇鸟共啼花。
> 游蜂戏蝶千门侧,碧树银台万种色。
> 复道交窗作合欢,双阙连甍垂凤翼。
> 梁家画阁中天起,汉帝金茎云外直。
> 楼前相望不相知,陌上相逢讵相识?
> 借问吹箫向紫烟,曾经学舞度芳年。
> 得成比目何辞死,愿作鸳鸯不羡仙。
> 比目鸳鸯真可羡,双去双来君不见?
> 生憎帐额绣孤鸾,好取门帘帖双燕。
> 双燕双飞绕画梁,罗帷翠被郁金香。

　　　　片片行云着蝉鬓，纤纤初月上鸦黄。
　　　　鸦黄粉白车中出，含娇含态情非一。
　　　　妖童宝马铁连钱，娼妇盘龙金屈膝。

　　第一部分描写长安的万丈红尘，由市街而宫阙，由宫阙而佳人。开篇点题，用八句描绘市街车水马龙盛况。这幅画面的中心是"车驾"，着意突出它们的华美："玉辇""金鞭"见质地之美，"宝盖""流苏"见车饰之美。又突出它们的繁忙："纵横""络绎"从动态上写，"朝日""晚霞"从时间上写。"朝日""晚霞"又暗示了天气晴和，"游丝"、绿"树"、"娇鸟"、鲜"花"，这些春日景物构成车流的背景，使一幅长安鸟瞰图显得分外美丽。"过主第""向侯家"暗示了车主身份，交代了车的流向，由此引出对宫阙的描写。楼台掩映在繁花碧树之中，幽美可知；阁道繁复、雕窗精致、甍垂凤翼，壮丽可知；"中天起""云外直"，高峻可知。读者可从"门""台""道""窗""阙""甍"等细部特写，想见宫阙恢宏伟丽的全貌。"楼前""陌上"两句承启，接写豪门情事。先写痴男情状，"相望"惊艳—寻思"相识"—"借问"身世—盼作"鸳鸯"，神情、动作、心理一一写来。"吹箫""学舞"见佳人身份才艺，"芳年"见佳人正当妙龄。如此佳人自是让人一见钟情。再叙佳人心语，豪门歌姬舞女的身份，决定了佳人只能以色艺娱人，而得不到真正的爱情。她们何尝不想摆脱"孤鸾"命运，向往"比目""鸳鸯""双燕"般的幸福生活？却注定得不到爱情和自由。尽管居处高华，打扮入时，千娇百媚，也不过是身不由己的玩物，必须随时听命于主人去卖艺卖笑。

　　　　御史府中乌夜啼，廷尉门前雀欲栖。
　　　　隐隐朱城临玉道，遥遥翠幰没金堤。
　　　　挟弹飞鹰杜陵北，探丸借客渭桥西。
　　　　俱邀侠客芙蓉剑，共宿娼家桃李蹊。
　　　　娼家日暮紫罗裙，清歌一啭口氛氲。
　　　　北堂夜夜人如月，南陌朝朝骑似云。
　　　　南陌北堂连北里，五剧三条控三市。
　　　　弱柳青槐拂地垂，佳气红尘暗天起。
　　　　汉代金吾千骑来，翡翠屠苏鹦鹉杯。
　　　　罗襦宝带为君解，燕歌赵舞为君开。

　　第二部分描写了长安的混乱不堪。长安的夜晚是不穿紧身衣的夜晚：有司法禁废弛——御史、廷尉无法无能执行治安公务；市民放荡无忌——皇陵夜猎者比比，受雇行刺者比比，宿娼狎妓者无数，出卖色艺者无数；军人放弃职守——结队入娼家饮酒，酒后纵情荒淫逸乐。这一部分描写的中心是娼家，"红灯区"地处繁华地带，蛛网似的道路通向那里，由"俱邀""朝朝骑似云""千骑""红尘暗天起"等，可见嫖妓的人之众多和癫狂。色情业如此发达，整个长安夜生活的奢靡到什么地步！

　　　　别有豪华称将相，转日回天不相让。
　　　　意气由来排灌夫，专权判不容萧相。
　　　　专权意气本豪雄，青虬紫燕坐春风。
　　　　自言歌舞长千载，自谓骄奢凌五公。
　　　　节物风光不相待，桑田碧海须臾改。
　　　　昔时金阶白玉堂，即今唯见青松在。

第三部分由市井的奢靡写到官场的险恶,权臣排斥异己,固宠专权,骄横得意,俨然睥睨万物,雄视千古。殊不知世事变化迅速,功名利禄、荣华富贵顷刻间灰飞烟灭,昔日锦绣华堂变成了累累荒冢。"节物风光"四句把前面所写的繁华、奢靡、得意一笔扫空。

> 寂寂寥寥扬子居,年年岁岁一床书。
> 独有南山桂花发,飞来飞去袭人裾。

最后四句,以穷居著述的扬雄和骄奢专横的权贵对照,以寂寥清宁的终南和热闹喧嚣的长安对照,表达了寒士不遇于时的悲慨、读书砺节的自慰和对王公贵族的鄙视。

这首诗突破了宫体诗的狭小藩篱,将描写重点由宫廷带入市井,在歌行体发展史上堪为可喜新声。它以体物铺张开始,以抒情议论作结;以骈为主、以散行骈;用韵多四句一转,且平仄相间,形成跳荡起伏的明快节奏;词采华艳富赡而不流于浮艳。因之明人胡应麟感叹:"七言长体,极于此矣!"

在陈子昂的笔下,出现了最早标题为"怀古"的诗作(《白帝城怀古》与《岘山怀古》),最具代表性的是《蓟丘览古》七首中的《燕昭王》和《登幽州台歌》。"幽州台"就是蓟北楼,故址在北京之北;与此有关的古人,指战国时期的燕昭王和乐毅等。《登幽州台歌》开篇两句俯仰古今,写出时间绵长。能任贤用能的"古人"(往古明君)往而不返,追之莫及;能知人善任的"来者"(未来明君)犹未诞生,等之不得。这两句感叹自己生不逢时。第三句登台眺望,写出空间辽阔,以空间的苍茫辽阔衬诗人的渺小孤独,以天地生命的万古长存衬诗人的生命短暂。前三句通过时空的呼应对照,构成了一个广阔无垠的背景。第四句"独怆然而涕下"突出诗人独立高台、慷慨悲歌的动人形象。雄视千古,知音难觅,故感孤独;无所作为,命同草木,能不"怆然"?"涕下"哭怀才不遇的身世,哭葬送英杰的社会,哭贤君成空的历史!作品通过悠久的时间与旷远的空间相结合来表现诗人丰富的思想感情和内心世界,手法相当高明。《白帝城怀古》前面六句述事怀古,后面六句写景抒情。开头"日落""苍江"布景中巧妙点出时间和地域;"城""台"直接写白帝城,"巴子国""汉王宫"点出白帝城悠远的历史文化底蕴;"荒服""深山"句既突出了白帝城地僻,又暗示它很早就进入了人类文明的发展轨道。写景扣住白帝城山水形胜的特点,画面富于色彩感和动态感:悬崖、古木、晚云,是山景,一"断"一"生"是纵向的动;碧流、孤帆、白雾,是江景,一"通"一"出"是横向的动。两幅画面的色调以青(青壁、青树、碧流)白(晚云、孤帆、白雾)为主,又隐隐抹上落照之色。入川水路是那样遥远,诗人自然生出无穷的旅思。

盛唐咏史、怀古诗濡染着鲜明的时代特征,其中充满了对建功立业的直接渴望、对自身价值的无比自信和肯定,表现出一种积极进取的热切心态。代表诗人主要有王维、崔颢、李白、杜甫。王维的咏史诗主要有《李陵咏》《西施咏》《夷门歌》等。其中《西施咏》("艳色天下重,西施宁久微。朝为越溪女,暮作吴宫妃。……")咏用比兴的手法,借着对西施美貌的赞颂,表达了对自身才能的肯定,寄托了被君王赏识的愿望。而《夷门歌》("亥为屠肆鼓刀人,嬴乃夷门抱关者。非但慷慨献奇谋,意气兼将生命酬")则通过对仗义任侠的侯嬴的礼赞,寄寓了作者渴望有人赏识的心理和建功立业的热望。崔颢《黄鹤楼》一诗以"愁"为"眼",假借黄鹤飞逝,人世空空,寄寓了自己的无法排遣的忧愁情思。这种感情既包含着怀古思乡的哀叹,又饱含着诗人心灵深处的寂寞孤独。

> 昔人已乘黄鹤去，此地空余黄鹤楼。
> 黄鹤一去不复返，白云千载空悠悠。
> 晴川历历汉阳树，芳草萋萋鹦鹉洲。
> 日暮乡关何处是，烟波江上使人愁。

诗的前四句主要写怀古之思。这两联不守平仄，三"黄鹤"、二"空"字重复，第三句用六仄声，第四句用三平声收尾，在这种语言变幻中表现出流转不已的悲凉感慨。诗的高明之处在于：舍弃黄鹤楼位置、形制等这些外在特征，而紧紧围绕它的得名大做文章。首联即题叙事，"昔人"指传说的骑鹤仙人，传说此地原为辛氏开的酒店，有一天，来了一位衣着褴褛的道士，神色从容地问辛氏："可以给我一杯酒喝吗？"辛氏忙斟了一大杯酒奉上。如此经过半年，辛氏并不因为道士付不出酒钱而显露厌倦的神色，依然每天请道士喝酒。道士为了感谢辛氏千杯之恩，从篮子里拿出橘子皮，画了一只黄色的鹤在墙上，接着以手打节拍，一边唱着歌，墙上的黄鹤也随着歌声，合着节拍，蹁跹起舞。从此酒店宾客盈门，生意兴隆。过了十年道士复来，取出笛子吹了几首曲子，片刻之后，朵朵白云自空而下，画鹤随着白云飞到客人面前，客人便跨上鹤背，乘白云飞上天去了，辛先生为了感谢及纪念这位客人，便在此盖了一栋楼，取名黄鹤楼。"昔人"两字一出，则表明下文是怀古。上句切传说，下句切地处。"此地"即黄鹤楼所在的黄鹤矶。"已乘"和"空余"，"昔人"与"此地"，两相映衬，寄寓了古今变化、物是人非的感慨。上下句是因果关系，因人去故地"空"，此联写地面。颔联即事抒怀，这两句进一步表现了世事无常、岁月不再的怅恨。"黄鹤"句仍写传说，"白云"句写天空，因鹤去而天"空"，此联写空中。"千载"与"一去"对比着历史的短暂与宇宙的永恒，因而"空"字再以"悠悠"渲染，就充满了世事迷惘的感慨。悠悠白云这个意象，一方面关联着美丽的传说（云浮黄鹤），衬托乘鹤飞去的仙人的超逸；另一方面拓展了诗意境界，成为黄鹤楼高远苍茫的背景，隐隐暗示了黄鹤楼临江高耸的雄姿，展示了黄鹤楼凌空欲飞的风貌。地也空，天也空，地上只有古楼，空中只有白云，极写人世空空，衬托自己漂泊无依。前四句律中带古，不重平仄，在悠远广袤的时空中创造出一种令人迷惘若失的氛围，为下文的抒情做了准备。

诗的后四句主要写思乡之叹。颈联异峰突起，诗意出现转折，格调由散变正。既是登楼，必写登楼所见，因楼在江南，楼又临江，故所见必为江北之景。"晴川"：阳光照耀下的平川，这里指汉水平原。"鹦鹉洲"：唐时在汉阳西南长江中，后渐被江水冲没。东汉末年，作过《鹦鹉赋》的祢衡被黄祖杀于此洲，后因此得名。祢衡少有辩才，性格刚毅，好侮慢权贵，因拒绝曹操召见，曹操怀怒，因祢衡有文名，不杀而罚作鼓史。祢衡裸身击鼓骂操。曹操想借刀杀人，将其遣送与荆州刘表，祢衡因与刘表不合又被送与江夏太守黄祖，祢衡终因冒犯黄祖被杀。《鹦鹉赋》托物言志，描写具有"奇姿""殊智"的鹦鹉，不幸被"闭以雕笼，剪其翅羽"，失去自由，抒写才智之士生于乱世的愤懑之情。晴空里，隔江相望的汉阳城树木清晰可见，鹦鹉洲上的春草生长得十分茂盛。这里的景物描写明快欢畅，充满活力，为点缀名胜古迹，这些描写必不可少，并十分切合。诗人宦游失意，为什么笔下出现如此空明悠远的美好景色呢？其写景的用意与王粲《登楼赋》类似，"虽信美而非吾土兮，曾何足以少留"，他乡风景再好，也不能长久驻留；同时"芳草萋萋"巧妙地引出浓烈的乡思，《楚辞·招隐士》

中有"王孙游兮不归,春草生兮萋萋"之句,这里暗用其意。这样,就很自然地转入下面的抒情。尾联寄寓乡思。"日暮"暗示了在黄鹤楼远眺时间之长,汉阳草树历历在目,且能感受到勃勃生气,这不是暮色中所能观察到的,前面所写景色是日暮之前所见。"日暮"是最容易触动乡愁的时分,很自然地带出乡愁。"烟波"再现了水波渺茫、暮霭沉沉的景象。烟波江上不仅写出隔着天涯、回乡困难,而且将乡愁具象化为江上烟波迷茫无际。诗人的故乡远在汴州,隔着长江万里烟波,不说归家极其不易,就是遥望也难辨方向。一个"愁"字作结,点出了全篇的主旨。这两句用日暮时的浩渺烟波,衬出诗人不见乡关的怅惘情怀。景中寓情,情景融成一片。此诗前后不论写怀古之思,还是写思乡之叹,都以忽明忽暗的孤独感作主线并贯穿始终。全篇起、承、转、合自然流畅,没有一丝斧凿痕迹。一、二句破题,叙仙人乘鹤传说,看似普通叙述,实际别有会心。三、四句承题,给人渺不可知之感,与破题相接相抱,浑然一体。五、六句"转",忽而一变为晴川草树、萋萋芳洲的眼前景象,这一对比不但烘染出登楼远眺者的愁绪,也使文势波澜起伏,七、八句写烟波江上日暮怀归之情作结,使诗意重归于开头那种渺不可见的境界。"愁"字将通篇收拾干净,无限苍凉尽收笔底。结局虽略含惆怅,但境界开阔,没有中唐以后羁旅行役的衰飒气息。清人沈德潜《唐诗别裁》评此诗为"意得象先,神行语外,遂擅千古之奇"。

崔颢《黄鹤楼》高华空阔,潇洒清丽。在构思上避实就虚,以古衬今;在章法上起承转合,自然流畅;在手法上率意复叠,盘旋顿挫,历来被尊为唐诗七律之首。相传,有一次李白来到黄鹤楼想要题诗,结果看到这首诗后十分佩服。珠玉在前,不得不暂时搁笔。当然,这只是传闻,但却足以说明这首诗渲染的感情真实丰富,影响深远。

李白的怀古名篇有《古风》十、《古风》十八、《梁园吟》《乌栖曲》《越中览古》《金陵三首》《登金陵凤凰台》等。《登金陵凤凰台》写于唐玄宗天宝年间,为李白奉命"赐金还山",南游金陵时所作。表达的是对江山社稷的关注,抒发了忧国伤时的感怀。

> 凤凰台上凤凰游,凤去台空江自流。
> 吴宫花草埋幽径,晋代衣冠成古丘。
> 三山半落青天外,二水中分白鹭洲。
> 总为浮云能蔽日,长安不见使人愁。

首联点题,寓兴亡之感。上句写古,下句写今。以凤凰台的传说起笔落墨,以表达对时空变幻的感慨。凤凰台在今南京城,相传南朝刘宋元嘉年间有五色大鸟三只翔集于此山,时人认为是凤凰,就筑台于山上,山和台由此得名。从远古时代开始,凤凰便一直被认为有祥瑞的意义,并且与社会的发展有关:美好的时代,凤凰鸟则从天而降,一片天籁之声。因此,凤凰鸟的出现,多半显示着称颂的意义。当年凤凰来游象征着王朝的兴盛(太平盛世),如今凤去台空象征着王朝的衰落(繁华消歇)。"去"字实写凤凰消失,"空"字则在实写之外,有一种人生空虚的悲凉感,"江自流"三字则把这种空虚衬托得更为形象浓郁。繁华终会消逝,盛世不能永恒,永恒的只有大自然,"江自流"写出大自然不因世事变迁而有丝毫改变。这一句化用王勃《滕王阁序》中的诗句"槛外长江空自流",巧妙自然地转入对历史、人事的描写。这两句有双重对照,一是盛与衰即昔日繁华与今日荒凉的对照,一是变与不变即人世沧桑与江山万古的对照,浓重的兴亡之感在对比之下扑面而来,给全诗奠定了感伤忧悒的情感基调。

这两句将崔颢四句意凝于两句中，精致而自然，明快畅顺；虽然十四个字中连用了三个"凤"字，但丝毫不使人嫌其重复，更没有常见咏史诗的那种刻板、生硬的毛病。

颔联写登台所见，含悼古之慨。从"凤去台空"的变化时空入手，继续深入开掘其中的启示意义。"吴宫"，三国时吴国建都金陵，故称；"晋代"，东晋亦建都于金陵；"衣冠"，指豪门贵族（风流倜傥的六朝人物，以及众多的统治者）；"丘"，坟墓。这里用的是互文手法，即吴国和东晋昔日繁华的宫廷已经杂草丛生、一片荒芜，一代风流人物也早已进入坟墓，而今只剩下一片荒径、几座古坟而已。"吴""晋"给人以悠远的时间感，"埋""成"给人以无奈的沧桑感。当年一派豪华繁荣的六朝盛况，如今音貌全无。历史无情、物非人非的悼古之情顿生胸臆。这两句不是前后对照，而是句中对照（虚实对照）。在精巧细致的描写中，浮现壮丽的气象，声律工整的偶句，使得兴亡感慨更为沉重浑厚。李白对这些帝王的消逝，除去引起一些感慨之外，没有丝毫惋惜。当他把历史眼光聚焦在那些帝王身上的时候，蔑视的态度是显而易见。情思邈远，语意悠长。

颈联写远眺之景，衬伤今之悲。李白没有让自己的思想完全沉浸在对历史的凭吊当中，而把深邃的目光投向大自然。"三山"，在金陵西南长江边上，三峰并列，南北相连。极目远眺，三山高耸入云，像是在空中坠落，一个"落"字，既写出山峰云遮雾绕、若有若无的情状，又突出其兀然而立、倚天高耸的姿态和气势。据《景定建康志》载："其山积石森郁，滨于大江，三峰并列，南北相连，故号三山"。又据陆游的《入蜀记》载："三山自石头及凤凰台望之，杳杳有无中耳，及过其下，则距金陵才五十余里。"陆游所说的"杳杳有无中"，恰好笺注说明了"三山半落"那若隐若现的景象描写。此处写三山为云所遮，已暗挑下文。上句写远望，"山"呼应"凤凰台"。"白鹭洲"，古代长江中的沙洲，在今南京市水西门外。洲上有很多白鹭，故名。秦淮河流经南京后西入长江，被横截其间的白鹭洲分为二支，所以说"二水中分白鹭洲"。一个"分"字，既写出水遇洲阻而分流的图景，又写出水、洲相击的力量和气势。下句写俯视，"水"呼应"江自流"。"三山半落"之混茫与"二水中分"之辽阔，形成雄浑阔大的境界，把历史的变迁（即时间的改变）与形胜的依旧（即空间的不改）整体地表现出来。自然力的巨大、恢廓，赋予人以强健的气势、宽广的胸怀，也把人从历史的遐想中拉回现实，重新感受大自然的永恒无限。上面两联，前一联是虚拟，后一联则是实写。人文景观与自然景致一隐一现，一虚一实，两相对照。

李白虽然具有超脱尘俗的理想愿望，但他的心却始终关切着现实政治与社会生活，尾联把自己的眼光转向现实政治，写登台所感，以比兴作结。长安城远在千里之外，在金陵当然无法望见，更何况还是浮云蔽日的时候？使诗人愁思郁结的不是自然之"浮云""白日""长安城"，而是它们象征的深意："浮云"比喻奸邪小人，"白日"象征帝王，"长安城"象征朝廷。此句化用了陆贾《新论·慎微篇》中的"邪臣之蔽贤，犹浮云之障日月也"的说法，用来寄予自己的内心怀抱。"长安不见"内含远望之"登"字义，既与题目遥相呼应，更把无限的情思涂抹到水天一色的大江、巍峨峥嵘的青山与澄澈无际的天空当中。一个"愁"字，既含有诗人对历史无情的感慨，又饱含对自身现实遭际的悲愤，更充满对国家前途命运的深深忧虑。诗人一方面对奸臣当道、忠良被斥的现象极度不满，另一方面，又心恋朝廷，为国家的前途命运非常担忧。诗人正是怀着这样复杂矛盾的心情登台访古的。因此，诗虽名为登临之作，重点却不在饱览胜景上,而是借吊古以伤今,抒发对朝政的不满和愤慨,吐露对国家的隐忧和担心。《登金陵凤凰台》把天荒地老的历史变迁与悠远飘忽的传说故事结合起来,用以表达深沉的历史感喟与清醒的现实思索,意旨深远,大气磅礴。李白这首诗与崔颢《黄鹤楼》基本格局一致,即上半怀古,下半抒情,怀古由虚到实,抒情由景到情,但是境界比崔颢要高,崔颢诗中的情是思乡之情,李白诗中的情为忧国之情。绝句《越中览古》鬼斧神工,前三怀古,写"归"之盛;后一讽今,写"飞"之衰,诗笔由纵马狂奔而勒马回旋,峰回路转,绝处逢生,清人沈德潜赞为"其格独创"。

杜甫的咏史、怀古诗借咏史抒发自己对社会的感慨,名篇是《蜀相》《八阵图》《古柏行》《咏怀古迹五首》。《蜀相》标志着唐时怀古作品的典则,是凭吊武侯诗歌的极致,塑出诸葛全人的气度风神,诉尽武侯毕生的深衷隐志。

> 丞相祠堂何处寻,锦官城外柏森森。
> 映阶碧草自春色,隔叶黄鹂空好音。
> 三顾频烦天下计,两朝开济老臣心。
> 出师未捷身先死,长使英雄泪满襟。

诗的前四句侧重描写眼前之"实",写景与抒情谐调一致。首联为"起",前后自为问答,点出祠堂所在。前一句自问,不称"蜀相"而用"丞相",以显其正统地位,寓崇敬之情。"寻"字明客观上因初到成都、路径不熟,主观上为专程来访,绝非信步而至,此字妙笔天成,使得一问一答两相连属,且有力地表现出强烈的景仰和缅怀之情。后一句自答,"锦官城"呼应上句,点明祠堂所在地域,"柏森森"写祠堂外部景色,柏树如此高大茂密,暗示了祠堂历史的悠久,渲染了祠堂气氛的肃穆,还隐约着某种象征意味:用"柏"这一岁寒不凋的形象暗示诸葛亮坚贞、不朽的精神。颔联为"承",有如特写镜头移动,由外而内,写祠内景况。"映阶"句呼应首句"丞相祠堂",碧草深深,遮掩台阶,表明祠堂年久失修,游人罕至。"自春色"点出寻访季节,强调此地无人关注。"隔叶"句呼应次句"古柏森森"。黄鹂鸣叫,隔叶难见,表明祠堂一片空寂,荒凉冷落。"空好音"与"自春色"对应,渲染时令特征,强调鸟鸣无人赏听。"自春色""空好音"的叹息,流露出英雄长逝、遗迹荒落的无限遗憾和深沉悲痛,诗人感物思人、追怀先哲的情味蕴含其中。

后四句侧重论叙历史之"虚",咏古与抒怀高度契合。颈联为"转",高度概括诸葛亮一生行藏出处,是全诗的重点和核心。上句赞其"匡时雄略","三顾",即刘备三次登门拜访诸葛亮茅庐;"频烦"即多次烦劳,也可理解为"郑重";"天下计"即统一天下的伟大谋略。下句赞其"报国苦衷","两朝",指先主刘备和后主刘禅两代;"开济",指帮助刘备开创基业,辅佐刘禅匡济艰危;"老臣心"即鞠躬尽瘁的报国忠忱。两句议论从精到的写景中自然地引发出来,既切合吟咏对象的丰功伟绩和精神品格,又道出追寻凭吊的强烈动因和深笃感情,两相融合,厚重凝练。尾联为"合",承接五、六句集中抒发对武侯献身蜀汉的崇敬和对武例赍志以殁的痛惜,是全诗的点睛之笔。与颔联一样,此联属对工致,沉郁顿挫,辞不藻丽,行文壮阔,潇洒飘逸。"出师"句写诸葛亮为了"兴复汉室"曾经六出祁山,最后竟然病逝军中的憾事,"未捷"意谓可望奏凯而尚未奏凯;"英雄"概括了千古以来具有同等爱国深情的无数志士,也包括到此凭吊的诗人。这两句道出千古失意英雄的同感,已经超出一般的凭吊和拜谒之辞,落笔沉挚,力透纸背,苍凉悲壮,催人下泪。唐代政治家王叔文,在自己革新企图遭到挫败时,就曾反复吟诵此诗,为之流涕不已;南宋爱国将领宗泽临终时,"诵此二语""三呼渡河"而卒,足见《蜀相》感人至深,影响之远。

《咏怀古迹五首》第三首借悼念昭君的人生不幸来抒写自己壮志难酬的悲怀。杜甫"咏昭君"格局与上两首诗不同,一上来就写景、点地、点人;接着怀古,写人事,写人物命运,最后以感叹作结。

群山万壑赴荆门,生长明妃尚有村。
一去紫台连朔漠,独留青冢向黄昏。
画图省识春风面,环佩空归月夜魂。
千载琵琶作胡语,分明怨恨曲中论。

首联描写昭君故园奇丽。"群山万壑赴荆门",写山水逶迤,钟灵毓秀。"赴"化死为活,写出千山万壑飞动之势、变幻之姿。"生长明妃尚有村"(应读为"尚有明妃生长村"),写倾国红颜,脱颖而出。"尚"遥接今古,写出明妃故园数代长存、名扬天下。杜甫写作这首诗时,正住在夔州白帝城,距荆门山附近的昭君村遥遥数百里,起首两句,就把从白帝城到数百里外的昭君村这一段不平凡的水路写得波澜壮阔。作品从咏江山之奇绝引出咏佳人之奇美,在引出昭君之前特意用首句作如此内涵厚重的铺垫,也说明了在作者的心目中,生长地灵之处的昭君绝不只是倾国红颜,且是一位性格奇伟的女中人杰(昭君墓碑碑文曰:"一身归朔漠,数代靖兵戎。若以功名论,几与卫霍同")。所以,画面的底色用的不是阴柔的秀丽而是阳刚的伟岸。次联感叹昭君人生悲剧。"一去紫台连朔漠",写去国离乡、生前寥落。"一""连"相呼,凸显出塞万里的艰辛、身处异域的悲苦。"紫台"和"朔漠",令人联想到离别汉宫、远嫁匈奴的昭君在万里之外,在满地腥膻的环境中,一辈子所过的生活:异国殊俗,度日如年。"独留青冢向黄昏",写客死他乡、无限孤寂。"独""向"照应,强化埋香幽草的孤凄、至死未泯的乡愁。汉朝京城长安,在青冢的西南,"向黄昏"含有死后仍向汉朝之意。"青冢"和"黄昏",令人想象荒旷无边的茫茫大漠和笼罩四野的黄昏天幕之间,一座孤坟显得何其孤独,感受到一种天地无情、青冢有恨的沉重之感。"紫台"对"青冢",一个富丽繁华,一个荒凉冷落,上下句构成天壤悬殊的对比。

三联陈述昭君生死遗恨。"画图省识春风面"承前第三句,点出生前出塞的悲剧原因:昏君不察铸成大错。由于汉元帝的昏庸,对后妃宫人们,只看图画不看人,把她们的命运完全交给画工们来摆布。"春风面",是青春的美貌。"省识",是略识之意。说元帝从图画里略识昭君,实际上就是根本不识昭君,所以就造成了昭君身陷殊方的悲剧。"环佩空归月夜魂"(应读为"月夜环佩魂空归"),承前第四句,点出骨留塞外的万般无奈:游魂空归,不足慰心。月夜,最容易望月思乡,诗人设想,昭君若是地下有知,魂魄当乘月色皎洁之时飞返故乡。诗中用"环佩"借代昭君,使空寒博大的画面生出环佩摇碰的叮当声,突出境之静、魂之幽。这两句进一步写昭君的家国身世之感。尾联点明诗作咏怀主题。"千载琵琶作胡语"(应读为"琵琶千载作胡语")中的"千载琵琶"曲,囊括尽相传为昭君所作的《昭君怨》以及历代以昭君为题材的琵琶乐曲。"作胡语",琵琶本是由胡地传入中原的乐器,经常弹奏的是胡音胡调的塞外之曲,这里暗含了转折之意,即使是异域殊方的曲调,人们也能感受到"分明怨恨曲中论"(应读为"曲中分明论怨恨")。"怨恨"的内容甚多,怨君王昏庸,致使自己无辜被迫流落他乡;怨身陷蛮荒,致使漫长一生饱受悲凉孤苦;怨胡俗野蛮,致使接二连三蒙受奇耻大辱（囿于当时民族观念的局限，当时人对周边少数民族是耻于同类的，更何况远嫁匈奴。昭君侍奉的匈奴王死了，她还要按照当地的习俗再嫁给匈奴王的儿子，直至最后身死异国）；怨关河阻隔，致使思乡至极难以回返故园，据《后汉书》记载：昭君远嫁匈奴以后，非常思念故乡，然而多次上书希望回故乡看看，都未能如愿……姑且不论这种回乡无望的绝望对她的打击有多大，就是那种与华夏伦理纲常相悖的习俗使其无法接受的痛苦，也足以摧折人心！这怨思、这哀愁千百年来一直打动着人们的心，昭君故事被后人谱写成各种曲目传唱至今。昭君的"怨思"是华夏民族千百年中世代积累和巩固起来的对故土和祖国的最深厚的共同的感情。"昭君怨"是远嫁塞外的女子的乡土之思，也是飘零西南的诗人的故园之情。杜甫写昭君怨，寄托了自己的身世家国之情，他身怀安邦定国之才，胸负兼济天下之志，照理应该得以一展抱负，然而却郁郁不得志，流离失所，贫病交加，只有忧国忧民之心依旧深切。昭君风华绝代而身世悲凉的遭遇正与他类似。这首诗自始至终，全从形象落笔，不着半句抽象的议论，而"独留青冢向黄昏""环佩空归月夜魂"的昭君的悲剧形象，却在读者的心上留下了难以磨灭的深刻印象。

咏史怀古诗辉煌的顶峰是中晚唐。随着唐帝国迅速由盛转衰，安史之乱的现实和六朝朝兴夕败，隋帝国短暂的辉煌等旧事，犹如巨大的阴影时时笼罩在诗人们头上，给他们的咏史怀古留下了更宽阔的天地。诗人们通过怀古咏史，或借古鉴今（警策当朝统治者），或借古伤今（感叹唐帝国江河日下），或借古抒怀（抒发自身在覆巢之下的忧畏之情）。成就最突出的诗人是刘禹锡、刘长卿、杜牧、李商隐，还有韦应物、李贺、许浑、罗隐、韦庄等。

刘禹锡堪称此时段咏史诗人之冠，他的咏史诗名篇有《西塞山怀古》《金陵怀古》《乌衣巷》《石头城》《蜀先主庙》等。《金陵怀古》揭示了"兴废由人事，山川空地形"的朴素唯物史观。《石头城》通篇写景，勾画出山、水、月三种景物，借以烘托石头城的冷落衰败，寄寓兴亡之感与哲理沉思，所谓"叙事有意，不落议论"，堪为怀古诗类之艺术经典。《乌衣巷》以燕栖旧巢唤起人们去想象昔日的繁华，再与今日寻常百姓之家成一对照，以此抒发人生多变之感慨。《西塞山怀古》以洗练流畅的笔触，将山川形胜与历史情事融为一体，勾勒了一幅六朝兴亡的历史画卷，寄寓了诗人对人生哲理的体认，对历史和现实的感伤与忧虑。结构格局与《黄鹤楼》《登金陵凤凰台》基本一致，也是先怀古，后伤今。

> 王濬楼船下益州，金陵王气黯然收。
> 千寻铁锁沉江底，一片降幡出石头。
> 人世几回伤往事，山形依旧枕寒流。
> 今逢四海为家日，故垒萧萧芦荻秋。

前四句对历史事件——西晋灭吴——进行了高度的艺术概括。晋武帝司马炎计划讨伐吴国，命王濬在益州（益州是中国古地名，其范围包括今天的四川盆地和汉中盆地一带）督造战船。这种战船有多层结构，可容纳两千人，甲板宽可策马，堪称水上城堡。王濬率船队扬帆直指石头城的门户重镇秣陵（今江苏省江宁县境），大获全胜。吴国末代君主孙皓慑于晋军声威，自缚枷锁，率众臣开城投降。一、二句以简练的语言概括写出王濬率水师灭吴的史实。"益州""金陵"两个地名交代了相距之遥和进军路线。一个"下"字，写出了王濬楼船浩浩荡荡、摧枯拉朽、锐不可当的气势；金陵自古有王气。《金陵图经》上解释说:"昔楚威王见此有王气,埋金以镇之。故曰金陵。"秦时,据说这风水宝地曾被秦始皇注意过,他听风水先生说此地有王气,为此困扰,于是开凿了一条运河——秦淮河,以排除这种有危险的气,从而保护他的帝国免遭南方的叛乱。诗中一个"收"字,绘出了金陵政权混乱衰败、士气低落、迅速瓦解的惨状,两字对举,造成因果呼应和强烈比照,显示胜之必然和败之迅速。三、四句用铁锁沉江、降幡出城来形象具体地写"金陵王气黯然收"。东吴为抵御晋军战船的进发,在西塞山一段江中暗置铁锥,再以几千尺长的铁链横锁江面,而王濬则用数十只大筏,冲走了铁锥,又在船前置巨大火炬,铁链都被烧毁。上句用"沉"字,"沉"字有重量感,不光交代被烧断的铁链的沉落,且使人隐约感到铁链的沉重;下句用"出"字,"出"字有渐次感,不光写出降幡仓皇升起的情状,还使人感到投降的不甘和无奈。"沉"与"出"呼应,动作主体一重一轻,动作方向一下一上,动作先后一因一果,形成一种幽默的喜剧效果,包含辛辣的讽刺意味。前半二十八字,行文流畅,一气贯注,交代了大战起始、攻守方式和最终结局。诗人于此一兴一亡的历史描述中,寄寓了歌颂统一、批判分裂的思想感情,隐含了天险不足恃,"兴废由人事"的人生哲理。为下面"人世几回伤往事"做了铺垫与伏笔。

第五句笔锋一转,由历史引向现实,点明了"怀古"的题意。这里的"往事",指的是三百多年的南朝没落史,以"几回"囊括古今,抒发了人世沧桑的无限感慨,含义广泛而深刻,感情浓郁而沉痛。"伤"既承上,悲伤历史教训之不被记取,又启下,表达了作者对当时社会现实的忧伤。第六句触及眼前景物,西塞山依然危峭奇险,长江滚滚流向天际。用"山形依旧",以显六朝之短促;以江"流"不息,象征时光之流逝。静态名词的意象生动地传达了流逝的意义。"山"扣住诗题,"枕"拟人化地写出西塞山与长江的地理联系。"寒"与结句的"秋"照应,既写客观实感秋寒、水寒,又体现了诗人缅怀历史、面对现实的"心寒",世事沧桑,能不伤怀?最后两句,从凭吊古迹中又自然地回到现实中来,现在是四海一家的统一局面,只剩下荒废的营垒隐伏在飒飒秋风下的萧萧芦荻中。诗人肯定当时的"四海为家",又着力渲染"故垒萧萧"的悲凉陈迹,以衰微萧条场景作结,本身含有一种寓意:唐代虽是天下一统了,但藩镇割据确实存在,如果养痈遗患,任其坐大,任何险阻雄关是保不住政权的,这残存的营垒遗迹,便是"天险不足恃"的见证。诗人希望天下统一太平,反对藩镇用兵自雄,对中唐社会现实不无忧患之情。在艺术上,这首诗体现了刘禹锡精练含蓄的艺术风格。短短五十六字,概写了漫长的时间和广阔的空间,将特定的历史故事和自然的山川形胜和谐地组合在一起,将历史的兴亡与哲理的沉思,融进开阔苍莽的景象之中,不可谓不精练。诗歌寓警诫之意于全篇,却始终不予点穿,直到末尾也只是给了人们一幅带有哑谜色彩的画面,不可谓不含蓄。

李贺《金铜仙人辞汉歌》咏魏人迁移汉宫铜人事,汉武帝沉迷长生不老的仙术,建高二十丈、合十围的铜人,手捧铜盘,盘上置玉碗,承接晚上的露水,到第二天清晨,令宦官取下玉碗,合碗中玉屑吞服,以求长生不老。曹丕称帝后,派宦官到长安拆除铜人,试图将它运往洛阳。传说铜人在临载时流下眼泪,因为铜像太重,载到半路被扔在了霸城,只象征性地把那个铜盘带了回去。这首诗抒写兴亡盛衰的苍凉感慨,寄寓生不称意的落寞情怀。

茂陵刘郎秋风客,夜闻马嘶晓无迹。

画栏桂树悬秋香,三十六宫土花碧。
　　魏官牵车指千里,东关酸风射眸子。
　　空将汉月出宫门,忆君清泪如铅水。
　　衰兰送客咸阳道,天若有情天亦老。
　　携盘独出月荒凉,渭城已远波声小。

　　诗歌先写汉宫荒废。入题拎出汉宫故主,煊赫一时的"刘郎"曾经服用仙丹,以求长生不老,结果却未能长居汉宫,而永远躺进了"茂陵"。"秋风客"一笔两用,既点明自然时令,又比喻人物命如秋叶忽焉飘落。下句叙述一个传闻,人们夜晚听到汉宫左近有马嘶声,那是"刘郎"的英魂在跨马驰骋,而一到清晓,就什么痕迹也没有了。这传闻给描写空间平添了神秘恐怖色彩,既暗示了汉宫的空寂荒凉,也强调了人生世事无常。接下来由写人转向写宫,正面描写山河易主后宫室的荒芜不堪。富有宫廷建筑特征的"画栏"引出宫殿,桂树在秋风中散发着芳香,这个向上的镜头是"扬";"三十六宫"言建筑之多,那么多离宫别馆已经苔藓满目,这个向下的镜头是"抑"。先扬后抑凸显了人去殿空的伤心惨目。下面四句写铜人辞宫。诗人赋予铜人以人的感情,以铜人自述的方式叙述辞宫的情景和心情。"魏官"点出迁移铜人的执行者。"指千里"意谓路途遥远,强化距离感意在渲染伤离感。"东关"指明所去的方向。"射眸子"写霜风强劲难以忍受,写眼睛的强烈不适,为下文"清泪如铅水"预垫一笔,同时托出此时心灵的痛苦。"汉月"点明出宫时分,又与前句"千里"共同构成广漠空寒的诗境,反衬出铜人的孤独索寞。同时,"汉月"与"魏官"对照,表现了铜人对汉的依恋。铜人一路只有高空明月陪伴,这样孤独悲凉地离去,自然要追忆汉之盛时,"君"在这里是一代繁华的象征,作为汉王朝盛衰的见证人,铜人抚今追昔,忧伤别离,不由清泪滂沱。"清泪如铅水"这样的比喻,在前人作品中实为罕见。"泪"如"铅",一是与铜人物性有关,二是显示出泪的色彩和重量,泪水之沉重正显示了愁情的沉重。最后四句写途中情景。"衰兰"关合秋风,渲染萧瑟悲凉氛围,又点明业已上路。"咸阳道"上呼"千里",见征途迢迢。忽作远客的铜人,只有路旁衰老枯谢的兰草相送。"天若有情天亦老"是铜人的悬想和感叹:此种悲凉景象,茫茫苍天若有感情,亦将为之唏嘘不已,感伤衰老!借天"老"来衬托铜人的悲苦,语重而有力,把铜人的悲凉凄苦推到了极致。"携盘独出"总括铜人离别汉宫的行状,什么也没有带走,除了旧相识——掌上托举的承露盘。"月荒凉"是铜人的感觉,因为已进入荒野,所以连月也染上了荒凉色彩。"渭城已远"应该是回望所见,故都已见不到了。"波声小"与"已远"相应,铜人渐渐远去,波声渐渐渺茫。这个结尾有悠然不尽之妙。在这首画面怪异、色彩凄清的诗作中,李贺借铜人说事、抒情,把自己的偃蹇孤愤、人生寂寞统统注入铜人形象,铜人遂有了人的意态、心理和情感,历史和现实、主体和客体融合无间,铜人就是李贺,李贺就是铜人。幻化史事的酒杯,巧浇心中的块垒,怨愤而不露骨,怪特而合情理,李贺端的是"鬼才"!

　　杜牧的咏史绝句被人称为"二十八字史论",出语警拔,含意深远,讽刺委婉,耐人寻味,艺术造诣极高,千百年来脍炙人口。名篇有《赤壁》《泊秦淮》《过华清宫绝句》《登乐游原》《题乌江亭》等。《赤壁》故作翻案文章,以示自己的兵家眼光及军略才气,诗篇开头借一件从江底泥沙中掘出的折戟来起兴,引发对前朝人物事迹的慨叹,说明历史有时只是一种偶然。《泊秦淮》是诗人夜泊秦淮的感慨之作,指桑骂槐,借古讽今，传达出诗人对征歌逐舞的贵族的含蓄嘲讽，对江河日下的晚唐的悲悯。全诗感情深沉，意蕴深邃，笼罩着一种悲凉的气氛，被誉为唐人绝句中的精品。《登乐游原》寓情于景，情景交融，抒发物是人非、夕盛今衰的感慨，表达对执政者的劝勉忠告。《题乌江亭》就项羽不肯过江东事发论，认为胜败乃兵家常事，大丈夫应能屈能伸，如是则他日必有所作为。《过华清宫绝句》其一通过送荔枝这一典型事件，鞭挞了玄宗与杨贵妃骄奢淫逸的生活，总结了李杨荒淫误国的历史教训，有着以微见著的艺术效果。全诗以"回望"起笔，用"绣成堆"写"一骑"遥望中的骊山总貌，次句承"绣成堆"写骊山华清宫的建筑群，三句写"一骑"急驰华清宫千门，从山下到山顶一重重为他敞开，谁都会认为那是飞送关于军国大事的紧急情报，谁都没有想到那居然是为贵妃送荔枝！前三句根本不提荔枝的事情，层层设置悬念，最后以"无人知"揭示谜底。"无人知"三字画龙点睛，蕴含深广，把全诗的思想境界提升到惊人的高度。这不仅揭露了唐明皇为讨好宠妃的欢心而无所不为的荒唐，同时与前面渲染的不寻常气氛相呼应，造成强烈的喜剧效果。全诗无一难字，不事雕琢，清丽俊俏，活泼自然，而又寓意精深，含蓄有力，确是唐人绝句中的上乘之作。

　　李商隐咏史鉴今的作品，名篇是《隋宫》《贾生》《马嵬》《北齐》《齐宫词》等，其主题可用李商隐两句诗来概括："历览前朝国与家，成由勤俭败由奢"。在这些为晚唐最高统治者提供"殷鉴"的诗里，李商隐的感情是沉痛感伤的，他的谴责和讽刺是严峻而犀利的。

　　《贾生》以史为鉴，照亮现实，有讽有慨，寓慨于讽，明讽汉文所问非当的可笑，实刺唐帝荒怠政事的愚庸，明怜贾生抱负难展的悲剧，实悯自身怀才不遇的命运。结构巧妙，欲抑先扬，层层推进，突然跌落，言不尽意。《马嵬》两首咏史诗，一为七绝，一为七律，都以李隆基（唐玄宗）、杨玉环（杨贵妃）的故事为抒情对象，借古讽今，启发世人记取玄宗沉迷情色，荒废国政，致使国家动乱，人民备受祸乱的历史教训。《北齐》通过北齐后主和宠妃冯小怜纵情荒淫、乐极生悲的历史，严厉警告和提醒晚唐最高统治者：一旦惑于女色，国家必亡于顷刻。《隋宫》借隋炀帝穷奢极欲、荒淫亡国的教训，为唐末帝王敲起警钟。首联直写隋事。隋炀不理朝政，致使巍峨宫殿空锁烟霞；贪恋逸乐，游乐之地反被当成帝王之家。"紫泉"与"芜城"对照鲜明，凸显昏君隋炀选择的极端荒谬。颔联承上推断。若非改朝换代，隋炀的荒淫逸乐将愈演愈烈，无有止境。"锦帆"是游乐无度的象征，"天涯"是空间极限的象征，两个意象组合隐含深婉的讽意。颈联抚今追昔。暗用隋炀广征萤火夜放、命植运河杨柳两件旧事以作今昔比照，上句言今"无"（萤火）暗示昔"有"，下句言今"有"（暮鸦）暗示昔"无"，对仗工整，含蓄蕴藉。萤火绝种与暮鸦聒噪渲染了炀帝亡国后的凄凉景象，虽无直接鞭挞，但批判力度甚强。尾联反问假设，换一种方式，改一个角度来写，揭示出炀帝至死不悟、不改荒逸，终于重蹈历史覆辙的主旨。用严肃认真的口气描绘荒谬的事，是辛辣的讽刺。诗作者没有直接鞭挞隋炀帝，除了第一联，其余都没有直接写隋事。但作者从唐朝的角度，用回顾的方式，糅合隋"锦帆天涯"的昨天和"垂杨暮鸦"的今天，以完整而又巧妙的构思，概括出隋朝灭亡的原因。虚处着笔，善于对比，用典自如，婉转讥讽，为本诗特色。

　　许浑的《金陵怀古》和《途经秦始皇墓》都是名篇。《金陵怀古》首联以追述隋兵灭陈的史实发端，写南朝最后一个朝廷在《玉树后庭花》的乐曲中覆灭。中间两联，都以自然景象反映社会的变化,颔联采取赋的写法对金陵的衰败景象进行直观的描述,六代以来豪华的人物已成为松楸茂郁的坟墓,而豪华的宫殿已成为禾黍高低的田野。颈联借助比兴概括世间的风云变幻,岁月匆匆,朝代更迭,人事浮沉无常,不变的只是大自然的风光景物。尾联照应开头,"豪华尽"呼应"王气终",金陵繁华一去不返,人间权势终归于尽,抒发了诗人对于繁华易逝的慨叹。《途经秦始皇墓》是一首史评,就途经秦始皇墓所见进行历史评价,虽评断历史,但观照现实。据《史记·秦始皇本纪》载,秦始皇陵墓极宏大,由七十余万人"穿治骊山"修成,墓内藏满奇珍异宝,以水银为江河大海,还种满草木,筑成山形。如此豪奢高峻,诗人不由得发出"龙盘虎踞树层层"之叹。汉文帝墓与秦始皇墓相去不远,其墓"去坟薄葬,以俭安神","皆以瓦器"(《史记·孝文本纪》),建得很简朴,完全无法与秦皇墓相比。但秦皇费时多年,劳民伤财所建"势入浮云"的高大陵墓,到头来仍不免"亦是崩"。如今,秦皇、汉文两墓都在"青山秋草里",但过往的"路人"却不拜高大显赫的秦皇陵,而只敬拜矮小简陋的汉文墓。两帝陵墓的高大与矮小,豪奢与简陋的鲜明对比,却引来了"唯拜汉文陵"而不拜秦皇墓的更强烈对比,在这对比中显现出作者犀利的史评。诗以秦皇、汉文对比,不仅批判了秦皇的死后厚葬,更批判了其生前的暴政,诗中的"亦是崩"既是明写其陵墓崩坏,也是暗写威赫一时的秦帝国仅十五年即亡,成为短命王朝。而汉文帝继刘邦事业,与民休息,发展为"文景之治",为汉朝四百年帝业打下了基础。评价如此丰富深刻的历史内容,诗仅以"路人唯拜汉文陵"一语出之,确实简练精核,深刻透辟。

唐代较有名的咏史、怀古诗篇还可枚举一些。如贾岛、马戴到易水,先后写下同名作《易水怀古》,表达了对古代勇士荆轲刺秦王壮举的追思和怀念。贾作感叹荆轲壮举义薄云天,刺秦虽败身死犹荣,侠义精神万古流芳;戴作歌颂荆轲蹈死不顾的侠气,感叹勇士英名与易水同存,悲惋世无英雄匡救时局。温庭筠《经五丈原》是诗人路过五丈原旧营废址时有感而作。此诗前半写景,以虚拟景象再现历史画面,跌宕起伏。春秋昼夜兼顾,画面典型概括,气势急迫悲壮;后半议论,借历史事实说明褒贬之意,悲切中肯。论人古今对照,论事客观公允,结论爱憎分明。感情沉郁,含蕴深厚,笔力遒劲,慷慨悲壮。罗隐《西施》推倒"红颜祸水"的历史陈说,"西施若解倾吴国,越国亡来又是谁?"这一反问掷地有声,不仅使那些"女祸亡国"论者瞠目结舌,而且还昭示了"国家兴亡自有时"的道理。他的《马嵬坡》和《华清池》两诗,也用同样的手法表达了这一主题,这在当时是需要勇气和卓尔不凡的识见的。章碣《焚书坑》,针对秦始皇焚书坑儒,发为议论,四句诗就秦末动乱的局面,来辛辣地嘲讽和谴责秦始皇焚书的暴虐行径;诗采用了近乎喜剧的表现手法,既揭示矛盾,令秦始皇处于自我否定的地位。表面似乎很委婉,很冷静,其实憎恶的感情十分鲜明。韦庄《金陵图》首句("江雨霏霏江草齐")写金陵雨景,渲染氛围;二句("六朝如梦鸟空啼")写六朝往事如梦,台城早已破败;三、四句"无情最是台城柳,依旧烟笼十里堤"写风景依旧,人世沧桑。触景生情,借景寄慨,暗寓伤今。语言含蓄蕴藉,情绪无限感伤。

三、宋元明清幽歌

咏史、怀古也是宋词中的重要内容。北宋更多的怀古、咏史之作已少见唐人怀古、咏史诗精辟的见解、深刻的嘲讽。重要作品有王安石《桂枝香·金陵怀古》《明妃曲》，苏轼《念奴娇·赤壁怀古》，贺铸《将进酒》（"城下路"），周邦彦《西河·金陵怀古》……

　　王安石注意反思历史的经验教训，为现实提供殷鉴。《桂枝香·金陵怀古》上阕围绕"秋"字展开，写金陵晚秋之美景。"登临送目"四字笼罩全篇，"故国""晚秋""初肃"，寥寥数语即交代清楚地点、时令、天气。接着写远景，"澄江似练"写水，"翠峰如簇"写山，从总体上写金陵的山川形势，给全词描绘出广阔的背景。再写近景，"彩舟云淡"写江天日落，"星河鹭起"写洲渚夜景，"酒旗斜矗"写水边人事。以风物为导引，以人事为着落。景物有实有虚，色彩有浓有淡，远近交错，虚实结合，浓淡相宜。金陵秋暮，景色清丽，画面开阔，气象恢弘。最后以"画图难足"收住，抒赞美嗟赏之怀，自然地转入下片议论。下阕切入怀古题旨，抒故国登临之忧愤。"念往昔"三字拉开时空距离，"繁华竞逐"表明对六朝兴亡的态度，感叹六朝皆以荒淫而相继覆亡的史实。寓谴责之意，含伤时之慨。"千古凭高"二句写出了对历来凭吊金陵之作的看法：千古以来人们登高凭吊，不过都是空发兴亡感慨。全词重点在结句，六朝亡国的教训已被人们忘记，人们仍沉浸醉生梦死的繁华影中。结句"至今商女，时时犹唱，后庭遗曲"，表达了对北宋社会现实的不满与谴责，透露出居安思危的忧患意识。较之一般怀古伤今的诗词，立意较高较新。这首词把壮丽景色和历史内容和谐地融合在一起，用典贴切，笔力清遒，境界朗肃，沉雄悲壮，寄慨尤深，被推为绝唱。《明妃曲》咏怀昭君的哀怨，不落窠臼，独出机杼，对昭君出塞的史事和传说，成功地作了令人耳目一新的艺术翻案。

　　贺铸《将进酒》（"城下路"）嘲讽功名利禄之徒，肯定超然世外之士。上片写沧海桑田，笑世人皆醉，笔墨由眼前而往古，由自然而人事，古墓变耕田，河流变民居，以此说明古今变化、世事无常；然而，芸芸众生冥顽不灵，或劳苦奔波不畏人渴马饥，或你争我夺不怕富贵不保，到头来不见"闲"换来一场"空"。下片讥四皓不终，赞酒徒高节。采用对比手法谈人生如何看破，如何脱俗，商山四皓深山归隐，名心未死，利心未尽，改变初衷，徒留笑柄；刘伶之伦安处醉乡，生而忘形，死而忘名，超然物外，才是高人。作品表达了对功名富贵的厌憎，对淡泊闲适人生的崇尚。全词笔调幽默，节奏高亢，风格豪放而疏朗旷达，嘲讽幽默而富于哲理。

　　周邦彦《西河·金陵怀古》抒发了人间沧桑和物是人非的感叹。上阕侧重写景，开头两句为全词"总纲"，"佳丽地"点"金陵"，"南朝盛事谁记"点"怀古"。接着借"山围故国""怒涛"打城、"风樯遥度"，描写金陵山川名胜。中阕侧重怀古，借"崖树""倒倚"、"旧迹""苍苍"、"雾沉半垒"、"女墙"夜月，写凭吊古城所见，遗迹仍在，人事已非。下阕侧重伤情，紧承上意写古城幽寂荒凉，不见"酒旗"，不闻"戏鼓"，只见"寻常巷陌"、燕语"斜阳"。这首词点化刘禹锡《石头城》《乌衣巷》和古乐府《莫愁乐》诗意，浑然天成，今昔比照，笔力遒劲，感慨沉郁，苍凉悲壮。

　　苏轼的《念奴娇·赤壁怀古》主旨并不在于追述赤壁之战的历史，而是借怀古以表示对祖国山河的热爱，对建功立业的英雄的仰慕，抒发壮志难酬的苦闷。全词两线交织：一条明线，即对壮丽山河和英雄人物的热情礼赞；一条暗线，即对人生和历史的深沉思考。上片即景写实，极豪放之致。

　　大江东去，浪淘尽、千古风流人物。故垒西边，人道是、三国周郎赤壁。

乱石穿空，惊涛拍岸，卷起千堆雪。江山如画，一时多少豪杰！

起笔突兀而起，高唱入云，由眼前滚滚东流的大江联想到亘古不息的历史长河，词的境界通过空间上横向拓展（"大江"）时间上纵向延伸（"千古"）一下子撑开了。"江"着一"大"字，"流"拟人化为"去"，显得大气磅礴。"浪淘尽"三字语意双关，既指滔滔江水淘尽沙泥沉渣，也指历史巨浪卷走千古英豪的生命。其中隐含的意思是："风流人物"的肉体虽已属过去，但它们的事功是不会磨灭的。这三个字，把壮丽江山和风流人物联系起来，为怀古伏笔。"故垒西边"三句紧扣题旨，由赤壁遗址进而缅怀赤壁之战中的英雄人物。"故垒西边"确定赤壁所在，"人道是"极有分寸，表明借物抒情而已，词以这七字来增强艺术的真实感。"赤壁"之前冠以"三国"，点明怀古的具体时代，"周郎"又冠于"赤壁"之前，是暗赞周瑜英名与千古赤壁共存，为下片专咏周瑜埋下伏笔。"乱石穿空"三句，逼真如画地描绘了赤壁山前壮阔而险峻的地形。"乱石"句是仰视石壁的高峭形象，侧重于写姿态；"惊涛"句是俯视江岸奇险景象，侧重于写声音；"卷起"句是描绘远望近看的狂澜汹涌起伏的异景，侧重于写色彩。一"穿"、一"拍"、一"卷"如神杖点物，静者（石和岸）得动势，动者（涛和浪）得声威，恰似崩山轰雷，奔云驰电，令人惊心骇目。黝黑石壁峥嵘，雪白江涛怒卷，景观如此壮观，词人不由感叹："江山如画，一时多少豪杰"。这两句承前作结，"江山"回应"赤壁"，"一时"回应"千古"，"多少豪杰"回应"风流人物"，且又为下片的抒情做好了铺垫和过渡。

遥想公瑾当年，小乔初嫁了，雄姿英发。羽扇纶巾，谈笑间，樯橹灰飞烟灭。故国神游，多情应笑我，早生华发。人生如梦，一尊还酹江月。

过片"遥想"二字领起，点明怀古。"公瑾当年"三句紧扣"豪杰"总写周瑜。采用游龙绕宝珠的方式从三个角度描写：先写年龄，年少英俊，风华正茂。"小乔"句用美人作陪衬，突出其青春年少，风神俊逸。"小乔"史书中称小乔，是中国汉末三国时期的女性，庐江皖县即今安徽潜山人，乔公的次女，东吴名将周瑜的妻子。小乔既是"初嫁"，周瑜理当年少。接写风度，风流蕴藉，温文尔雅。"羽扇"句从服饰打扮方面描摹其姿态潇洒。三国时期正是魏晋风度大肆流行的时期，士人均以峨冠博带、羽扇纶巾为时尚。羽扇，用鸟羽制成的扇子；纶巾，古代用青丝带编的头巾，周瑜外号叫"周郎"，"郎"在古代是指年轻英俊的男子。书载"曲有误，周郎顾"，就是说乐队演奏有了一点错误，周瑜都能分辨得出来。所以，周瑜应该是一位很风雅的儒将，他顺应时尚应该是很正常的。词中写周瑜戴着青色的头巾，微微摇着扇子，更能显示出他面对曹操八十万雄兵时镇定自若的大将风度。再写战功，运筹帷幄，指挥若定。"谈笑"句从音容气度方面刻画其从容闲雅，短短十四个字，将周瑜形象写得鲜明饱满，精彩动人，他在赤壁之战中的统帅作用和辉煌战绩得到强烈集中体现。"樯橹"代船，当时周瑜指挥吴军用轻便战舰装满燥荻枯柴，诈称请降驶向曹军。一时间火烈风猛，烧尽北船。词中只用"灰飞烟灭"四字，就将曹军的惨败情景形容殆尽。在滚滚奔流的大江之上，卓异不凡的青年将军周瑜，谈笑自若地指挥，抗御横江而来不可一世的强敌，使对方的万艘战船顿时化为灰烬，这是何等的气势！

"故国神游"两句由怀古转入伤今，抒发功业未就的苦闷。"早生华发"，是作者自我形象的写照，与上文"雄姿英发"形成鲜明对照，对照中流露出虚度年华的自愧、自惜心理，以及作者建功立业理想和现实政治处境的尖锐对立，并由此发出"人生如梦"的凄凉感喟。"人生如梦"不仅意味着人生短暂，而且意味着人无法主宰自己的命运，它与前面对山河亘古、生命短促的泛泛感喟不同，时不我待的焦迫、壮志未泯的忧愤、身处逆境的无奈隐含其中，这是词人身处逆境而壮志未泯的一种深沉的忧愤和无奈的感叹。苏轼是因"乌台诗案"贬到黄州的，诗案是一场文字狱，李定、舒亶、何正臣等人摘取苏轼《湖州谢上表》中语句"知其生不逢时，难以追陪新进；查其老不生事，或可牧养小民"和此前所作诗句，以谤讪新政的罪名逮捕了苏轼，牵涉苏轼三十九位亲友，一时风雨凄凄，人心惶惶。"一尊还酹江月"，词人持尊酹月与英雄大破强虏亦成对照，又故作旷达自我慰解：既然自己生不逢时，不能像周瑜一样建立不朽的功业，就只能洒酒酬月了。"酹江月"是词眼，一以祭奠隔千古兮共明月的英灵（明月是历史的见证），二以表达对生命价值恒久的祈望（明月又是永恒的象征）。同时，明月多情相照，以酒浇江中明月，表示感激之情。明月意象反照全篇。

这首词结构谨严：上片写景，咏赤壁，"大江"为线，"赤壁"为点；"千古"为线，"三国"为点，明赞"江山如画"，实恋"风流人物"，写景是为了抒怀。下片怀古，怀周瑜，想周瑜的"雄姿英发"，笑自己的"早生华发"，明叹"人生如梦"，暗写壮志难酬，比照是为了寄慨。词把写景（江天月色，赤壁胜景）、咏史（三国周郎，赤壁之战）、议论（彼建功立业，我有志不骋）、抒情（江山如画，人生如梦）融为一体，境界博大，雄浑苍凉，寄托遥深。故此，此词被推为苏轼豪放词代表作，"大江东去"亦成为豪放词的代名词。

南宋咏史怀古词多借古说今，抒发北伐抗金的志向，风格慷慨悲壮。陆游和辛弃疾生活的时代，正值宋金对峙最激烈之时，北宋覆亡不久，创痛仍在，南宋仍有收复失地之心。值此际，辛、陆及其侪辈登高临远，怀古感今之作便应运而生。代表作有陆游《入瞿塘登白帝庙》《游诸葛武侯书台》，辛弃疾《南乡子·登京口北固亭有怀》《永遇乐·京口北固亭怀古》《水龙吟·过南剑双溪桥》，刘过《六州歌头》（"镇长淮"），戴复古《满江红·赤壁怀古》和吴文英《齐天乐·与冯深居登禹陵》。

京口（今江苏镇江）地处长江下游，北临大江，南据峻岭，形势险要，为兵家所重。南宋时镇江为长江下游防御金兵的国防前线，开禧元年（1205年）春初，辛弃疾受命知镇江府，到任之时，镇江已是一派防务废弛、市井萧条的景象。每登北固亭（北固亭又名北固楼，在镇江东北的北固山上），不禁触景生情，感慨寄之于词。《永遇乐》和《南乡子》都是同期登临北固亭的作品，词的意旨大体相似，借古喻今，怀贤叹世。《永遇乐》有怀古、忧世、抒志的多重主题。

词的上片怀念孙权、刘裕，感叹江山依旧，英雄难觅。写江之南，辉煌往昔荡然无存：

千古江山，英雄无觅、孙仲谋处。舞榭歌台，风流总被、雨打风吹去。
斜阳草树，寻常巷陌，人道寄奴曾住。想当年、金戈铁马，气吞万里如虎。

"千古江山"指京口这个千古兴盛之地。写得很有气势，与苏东坡"大江东去"相类。"江山"冠以"千古"，一入手便勾起了人们绵绵不断的今古兴亡之思：物换星移，沧桑屡变，神州大地上几番分合，几番易主。"英雄无觅、孙仲谋处"应读为"无处觅英雄孙仲谋"，江山千古长存，却无处寻觅英雄孙仲谋辉煌的痕迹。孙权是三国时吴国的君主，他在建都南京以前曾建都京口，曾经在这里据长江之险，抗拒了曹操数十万大军，干出了一番轰轰烈烈的事业。这一切竟然没有留下一丝痕迹。为什么会这样呢？

下面接写原因。"舞榭歌台"是太平盛世的存在物,体现的是东吴歌舞升平的气象。"风流"是指孙仲谋他们开创的丰功伟绩。当年繁华一时的歌台舞榭、英雄人物的流风余韵,都在年复一年的"雨打风吹"(此四字突出消歇时的萧瑟凄凉之象)中磨灭掉了。"雨打风吹"形象地写出了时间流逝、岁月消磨的情状,也隐含了改朝换代、人事变迁的因素。如今金人对南宋虎视眈眈,京口成了南宋的边陲,时世消沉,风光不再。一个"觅"和一个"总"字,饱含了抑郁愤慨的情感,这种情感贯穿于全篇。

　　京口也是南朝宋武帝刘裕生长的地方,下面接着写刘裕的踪迹。总算有人知道他的故居("人道寄奴曾住"),"寄奴"就是南朝宋武帝刘裕的小字,但其故居一派冷落荒凉:"斜阳草树,寻常巷陌",夕阳的余晖,洒在草木丛生的普通街巷里,这表明英雄故居根本就无人问津,人们早已将他忘记了。"斜阳草树"与"舞榭歌台"形成虚实对照,突出市井萧条、衰飒苍凉。"人道寄奴曾住"一句带过,语气中仍包括对风流云散的惋惜。刘裕崛起孤寒,以京口为基地,削平内乱,取代了积弱不振的东晋政权。他曾两度挥戈北伐,先后灭掉南燕、后秦,光复洛阳、长安等地,百余年长期沦陷于异族的黄河以南广大地区,曾一度归入汉族的版图。"想当年,金戈铁马,气吞万里如虎"三句,形象地概括了这些振奋人心的历史事实。"金戈铁马"指驰骋疆场带兵作战。"万里"指被敌人占据的中原地区,"气吞万里"形容气势磅礴,所向披靡。"如虎"写其猛虎般的英雄豪气。尽管刘裕那么英武非凡,军队那么威猛、武器那么精良,扫平了北方,建立了刘宋,但是直到今天,他当年丰功伟绩也都如当初的舞榭歌台都化作了破败的荒园,一样随着历史的风雨飘摇而去。词的上片联系京口歌颂孙权和刘裕,除了表现对人物的倾慕之外,还包含了两层意思:第一是借古讽今,指斥屈辱求和的南宋投降集团。孙权不怕强敌,敢同曹操较量;刘裕则渡江收复大江南北,成就北伐大业,他们不愧为英雄。而南宋统治集团则不敢与金人决一雌雄,他们畏敌如虎,妥协投降苟且偷安,不要说中原故土未能收复,就是半壁河山也朝不保夕。第二层意思,是怀古抒愤,感慨自己空怀收复故土的壮志,而倍受打击压抑,眼看北伐无望,统一大业难以实现,对照孙权、刘裕有所建树,自己只有登临感叹而已。词人倾慕孙权、刘裕这样的英雄人物,同时感慨南宋集团中,没有孙权、刘裕这样的人物。

　　下片追忆元嘉痛史,隐射当前时局,深化意境。写江之北,屈辱情景令人羞愤:

　　　　元嘉草草,封狼居胥。赢得仓皇北顾。四十三年,望中犹记、烽火扬州
　　路。可堪回首,佛狸祠下,一片神鸦社鼓!凭谁问:廉颇老矣,尚能饭否?

　　"元嘉草草"三句,写元嘉惨败。宋文帝刘义隆(刘裕第三子)好大喜功,听信彭城太守王玄谟北伐之策,想赢得像汉朝霍去病那样大败匈奴、封土筑坛的大功。"封狼居胥":公元前119年西汉大将军霍去病远征匈奴,歼敌七万余,登狼居胥山筑坛祭天以告成功。刘义隆草率出兵,仓促北伐,结果不仅没有取得预期的事功,反而招致北魏太武帝拓跋焘大举南侵,使得两淮残破,胡马饮江,国势从此一蹶不振。"仓皇北顾"描述了因强敌北来,刘义隆仓皇溃退,国势危在旦夕的情景。刘义隆在仓皇败退中,回头北望追兵,有"北顾涕交流"诗句记此次失败。"赢得"二字沉痛万分,悲愤之至。这一史实对当时的现实所提供的鉴戒,是发人深省的。宋宁宗朝宰相韩侂胄力主抗金,在嘉泰四年决定出兵伐金。词人希望准备大举北伐的韩侂胄能吸取历史教训,绝莫因武力和思想准备不充分而重蹈宋文帝覆辙!南宋仓促北伐的结局果然被辛弃疾言中,因主和派极力干扰,叛将投降助敌,加上准备不足,北伐遭到挫折。第二年韩

侂胄大败而还,以史弥远为首的主和派刺杀了韩侂胄,并应金人要求,将其首级装在盒子里送与金人,向金人称臣求和。元嘉惨败带来了灾难性后果,下面词人用亲身经历加以说明。"四十三年,望中犹记、烽火扬州路"应读为"望中犹记,四十三年(前)扬州路烽火"。"望中"指登楼眺望之中。"犹记"即记忆犹新。"四十三年",当年词人率金占领区的耿京义军残部南归,到写这首词的时候,已经四十三年了。"扬州路"指江苏扬州一带,词人南归时曾经经过,金主完颜亮其时发动南侵,曾以扬州作为渡江基地,驻扎在瓜步山上,严督金兵抢渡长江,扬州几经金兵焚掠,所以说"烽火扬州路"。在"扬州路"词人不仅看到烽火漫天,还看到了更令人心酸的场面:"佛狸祠下,一片神鸦社鼓"。"可堪",不堪,哪里能够忍受。"佛狸"是北魏太武帝拓跋焘的小名。"神鸦"指吃庙里供品的乌鸦。"社鼓"指古代社日里迎神祭祀的鼓声。这三句仍然是借刘宋的旧事来暗喻南宋的现实。宋文帝元嘉北伐失败之后(距南宋已七百余年),北魏太武帝率军追击大败王玄谟的军队后,在长江北岸的瓜步山上修建一座行宫,后成了魏太武庙。当时流传有"虏马饮江水,佛狸明年死"的童谣,所以民间把它称为佛狸祠。佛狸祠是侵略者武功的象征,而瓜步山下的同胞早已忘掉这一切,竟在佛狸祠下迎神祭祀,香火很盛,这情景着实令人不堪回首。词人借历史影射现实,说南宋的失败、金人的南侵、国家的耻辱随着时光的流逝,而渐渐地被人们淡忘了。明责北方民众麻木,实斥卖国权奸懦弱。词人对这样的现实表示深深的忧虑。

最后词人以廉颇自况:"凭谁问:廉颇老矣,尚能饭否?""凭谁问",即凭借谁、靠谁来问的意思。廉颇是战国时赵国的名将,善于用兵,晚年被排挤到魏国,当时赵国屡受秦国的进攻,赵王想再用廉颇,就派人去探问。廉颇在来使面前"一饭斗米肉十斤",并且披甲上马表示自己不老,而廉颇的仇人郭开买通了使者,在赵王面前诽谤廉颇,使者报告赵王说:廉颇"一饭三遗矢"。赵王信以为真,认为廉颇真的老了,就没起用他。辛弃疾的军事才能(屡建战功)、身世遭遇(受到排斥)和暮年心境(渴望重用),与战国名将廉颇非常相似,故以廉颇自比绝非狂妄。这几句包含了两层意思:一是自己虽然年纪大了,但壮心不已,仍然热切地期待着有杀敌报国的机会;二是空怀壮志,长期被弃置不用,甚至像当年去询问、观察廉颇的人都没有一个。这三句豪壮中透出激愤,是全词的总结,也是感情发展的高峰。

这首词最大的艺术特色在于用典使事,贴切自然,既切合北固亭之地,又切合渴望北伐的思想内容,更切合作者主张北伐而又反对轻率北伐的复杂的思想感情。借古喻今,融古于今,历史和现实,古人和自己,融合为不可分割的整体,而不见生硬堆砌的痕迹。

南宋灭亡前后,咏史诗坛上还有一次冲击波,汪元量(《莺啼序》"金陵故都最好")、刘辰翁(《永遇乐》"璧月初晴")、文天祥(《平原》)、张炎(《春从天上来》)诸人,或为挽狂澜于既倒而尽最后之力,或面对破碎山河、异族横行而默洒遗民之泪。他们的咏史之作多写国破家亡的忧伤与无奈。与两宋同时的辽、金诗坛,诗作本是不多,咏史诗更少,其中萧瑟瑟的《咏史》、元好问的《过晋阳故城书事》《西园》《赤壁图》等可称佳品。

元代怀古咏史诗一方面时时流露出故国之思、沧桑之感;另一方面(主要表现在元曲上)感叹世道无常、叹世刺时、弃世归隐的作品明显增多,语言调侃,表露出作者看破红尘、消极灰暗的心态。代表作为耶律楚材《过沁园有感》、方回《白沟》、卢挚〔蟾宫曲〕《武昌怀古》、〔折桂令〕《长沙怀古》、赵孟頫《岳鄂王墓》《钱塘怀古》、马致远〔双调·夜行船〕《秋思》("乔木查""庆宣和"两支曲)、张养浩〔中吕·山坡羊〕《潼关怀古》和〔中吕·普天乐〕("楚离骚")、张可久〔中吕·卖花声〕《怀古》、睢景臣〔般涉调·哨遍〕《高祖还乡》、萨都剌《念奴娇·登石头城》《满江红·金陵怀古》、阿鲁威〔双调·蟾宫曲〕("问人间谁是英雄")、贯云石〔双调·殿前欢〕("楚怀王")。

〔中吕·山坡羊〕《潼关怀古》是张养浩在赴陕西救灾途中,当"关中大旱,饥民相食"之际,登临潼关古塞时写的咏史怀古之作。散曲分三层下笔。先起笔于潼关景象,开头起势突兀,气势磅礴,一"聚"化静为动,一"怒"赋物以情,写出了潼关地势之险:"内山"("里")重峦叠嶂,"外河"("表")波涌浪翻。再落笔于实地怀古,"望西都"四句由实写转入虚写,由写景转入抒情,由现实转入怀古。作品将有限的山河实境与广阔的历史变迁联系起来,怀古采用以典型(秦汉两朝)概全般(自秦至唐)的手法,概括封建王朝的兴亡更替,拓宽了登临的内容。最后收笔于历史结论,由潼关的险要联想到秦汉的盛衰,揭示了带有普遍性的历史规律:"兴,百姓苦!亡,百姓苦!"造语精警,立意深刻,郭沫若称此曲结句为"响彻千古的名句"。

张可久〔中吕·卖花声〕《怀古》在对历代战乱给百姓带来的灾难寄予深切同情中,也有对元代黑暗社会现实的抨击。这支曲的结构完整,前后两部分紧密相连。前三句怀古——对所怀古代事实的描写,用一组七言排句,一句一典,一典包括一个复杂的史实,造成充沛气势。后三句寄慨——对史实所含意义的揭示,用两个四言和一个七言散行句歌咏之,在怀古的基础上展开,对"生民涂炭"的伤心和慨叹,也是对全曲主题的概括。题旨显露,文辞慷慨,寄意幽深,耐人诵读。

睢景臣〔般涉调·哨遍〕《高祖还乡》写汉高祖刘邦衣锦还乡的故事,以庄稼人的口吻揭露刘邦的无赖行径,对封建帝王的神圣尊严极尽揶揄嘲讽之能事。作品取材于历史,意在借古讽今。整套散曲可分为两部分,前五曲着力描述高祖还乡的"隆重"场面,后三曲尽情抒发乡民旁观高祖还乡的感触。散曲采取虚实相生的艺术手法,虚写刘邦荣归的"盛况",实则揭露其"败絮"的本质。作品构思巧妙,形象鲜明,语言本色生动,粗犷朴野,诙谐泼辣。

萨都剌词情深辞苦,感慨良深,"多感慨苍莽之音"。《满江红·金陵怀古》通过山川风物依旧而六朝繁华不再的对比,抒发了作者深沉的怀古感慨。上片写六朝豪华无消息,带有沉重的怀古情绪,定下全篇感伤的基调。下片写故国往事空陈迹,深刻地揭示了忧劳兴国、逸豫亡身的哲理。《念奴娇·登石头城》步和苏轼《念奴娇·赤壁怀古》原韵。在发怀古幽情的同时,寄寓"兴废由人事,山川空地形"的慨叹和对世事的感伤。

石头城上,望天低吴楚,眼空无物。指点六朝形胜地,惟有青山如壁。
旌旗蔽日,连云樯橹,白骨纷如雪。一江南北,消磨多少豪杰。

上片写金陵形势壮阔险要,并勾出当年战争的情况,慨叹繁华易逝。开头三句写作者站在南京城头上眺望,觉得天边连着吴楚广大地区,眼前空荡荡的什么也没有。"天低"写远望天地相接,天显得很低。"天低吴楚"写出了天幕的低垂和压抑之感;"眼空无物"突出了环境的荒索和空寂之感。"指点六朝形胜地"两句,说这形势险要的兵家必争之地,如今却只有孤寂的青山像墙壁一般耸在那里。"指点"写在高处遥指辨认的情形,"惟"字呼应上面的"眼空无物","青山如壁"注解"六朝形胜",强调了江山依旧,人事皆非,一种惆怅之感蕴于文字之中。"旌旗蔽日"三句写出六朝时战争频繁而又残酷的情况:飘扬的军旗遮天蔽日,高张的舰帆结队连云,一场恶战的结果是:战死者的白骨纷纷如满地白雪。"蔽日""连云"是运用夸张手法形象地勾画出当年激战的情况。"白骨纷如雪",深刻揭示了统治阶级争夺的政权,是用千万人的生命换来的,暗含了对不义战争的谴责。后两句直抒胸臆,继续感慨战争的残酷:一将功成万骨枯,长江两岸的争夺战,有多少英雄消耗了精力和生命!"消磨多少豪杰"呼应上面的"白骨纷如雪",含有对将士殒命的无限痛惜。

> 寂寞避暑离宫,东风辇路,芳草年年发。落日无人松径里,鬼火高低明灭。歌舞尊前,繁华镜里,暗换青青发。伤心千古,秦淮一片明月。

下片转入怀古伤今。先写离宫的荒寂:当年皇帝避暑的行宫,现在已经寂无人声了;当年车辇经过的道路,春风一年年地吹绿满径的春草,风景依旧而繁华不再。"寂寞"本是谓语,提前以示强调,且在某种程度上带了定语的性质,给读者造成强烈印象。"寂寞"到什么程度呢?辇路无人,只有荒草!这是白天的景象,下面接写傍晚的情景,写周围环境的恐怖:夕阳西下,松径没有一个人影,一派阴森;而一到晚上,便有鬼火忽高忽低,忽隐忽现,悚然可怕。"鬼火"句照应上片"白骨"句。这些描写指出六朝帝王争权战争的徒劳及其灾难性。"歌舞尊前"三句,由实到虚,想象六朝皇室当年征歌逐舞,纸醉金迷的奢华,生命在醉生梦死中渐渐老去。表面上看,"繁华镜里,暗换青青发"写时光荏苒,岁月无情,殆同李白《将进酒》里的"君不见高堂明镜悲白发,朝如青丝暮成雪",但一个是"悲",一个是"暗",对于人生的短暂,"悲"是警觉的,"暗"则是麻木。"繁华镜里"还暗含这样的意思:繁华如镜花水月,是非常空幻的东西。"暗换青青发"是另一种形式的"消磨",与"消磨多少豪杰"呼应。结句用刘禹锡《石头城》"淮水东边旧时月,夜深还过女墙来"诗意,点出词人怀古的主旨,残酷的战争虽能赢得片刻的奢华,但这一切都会很快消逝,只有秦淮河的明月长在,只有它在伤心千古兴衰。"伤心"一词,将秦淮河上的明月人格化了,以它作为历史兴衰的见证,繁华易逝的主旨从而得到艺术化的表现。

明代咏史诗作前接宋元、后启清朝,诗歌大家中不乏咏史高手。如明初的刘基(《梁甫吟》)、高启(《吊岳王墓》),中期的李梦阳(《观灯行》)、何景明(《易水行》)、杨慎(《临江仙》),晚期的文徵明(《满江红》)、陈子龙(《扬州》)。明代咏史诗题材更加广泛,从先秦到宋元都是吟咏的对象,其中明末诸家之诗,感情尤为深沉。明代咏史诗词中两首涉及岳飞被害史实的作品分量尤重。高启的《吊岳王墓》突出批评宋高宗自毁长城。首联写景,由岳王墓旁的风物起兴,触动对历史的感怀,简洁传神而寓意深刻。中间两联紧扣"千年遗憾"着墨,回顾南宋卖国苟安、自毁长城的痛史。尾联又切题回到墓上来,再次写景,意境悲凉,寄慨深沉,既有对岳飞的崇敬怀念之情,也有对南宋朝廷杀害岳飞的痛恨。全诗以景开篇,又以景结尾,中间穿插叙说与抒情,结构严整,对仗工稳,语言简练,意境浑厚,情感真挚。文徵明《满江红》是"题宋高宗赐岳武穆手诏石刻"之作,与高启《吊岳王庙》遥相呼应,揭示了秦桧之所以会害岳飞、能害岳飞的根本原因,矛头直指心地阴暗、虚伪阴险的宋高宗。

> 拂拭残碑,敕飞字、依稀堪读。慨当初、倚飞何重,后来何酷。果是功高身合死,可怜事去言难赎。最无辜、堪恨又堪悲,风波狱。

上片指出宋高宗对岳飞先倚重、后残杀的事实。"拂拭残碑"三句说石碑上当初赵构为岳飞题写的"精忠岳飞"四个字仍隐约可见。下以"慨"领起三句，说高宗称帝后，北有金兵压境，南有群盗骚扰，岳飞尽忠报国，深为高宗倚重（诏书有"朕非卿到，终不安心"之语）；但在岳飞节节取胜，直逼金军后退，不日即可渡河收复中原时，高宗一天之内连发十二道金牌，把他从前线召回，继而下狱，拷掠，赐死，残酷到匪夷所思的程度。句中两"何"对比鲜明，语极愤愤不平。"果是"句以史上鸟尽弓藏、兔死狗烹的教训，推测岳飞也是功高盖主难免一死，只是事过境迁，忠臣良将已然被杀害，再说什么话也难以挽回。"最无辜"三句为岳飞风波冤狱抱不平，大理寺官员都认为岳飞无罪，韩世忠质问秦桧时，后者以"其事体莫须有"回应。不久，岳飞父子未经审理，即被暗杀于杭州附近的风波亭处。"堪恨"对昏君奸相而言，"堪悲"对功臣良将而言，爱憎态度极为鲜明。

　　岂不念，中原麋；岂不恤，徽钦辱。但徽钦既返，此身何属？千古休谈
南渡错，当时自怕中原复。笑区区、一桧亦何能，逢其欲。

　　下片分析宋高宗先重后酷，岳飞屈死的根本原因。"岂不念"四句笔锋直刺高宗内心深处。难道忘记了失去半壁河山，疆土日益缩小？难道不痛惜都城被人端掉，徽钦饱受屈辱？"但徽钦"两句回应"岂不恤"，徽宗、钦宗若回来，高宗又将归属哪里？言外之意是不能继续当皇帝了。这句话切中要害，徽宗被俘时四十五岁，钦宗仅二十七岁，如果真的打败金人，请回父兄，那么高宗的宝座势必难以再保。"千古休谈"回应"岂不念"，进一步申述高宗必杀岳飞的原因，岳飞想的是国仇帝恨、复国兴邦；而赵构却只想屈辱求和、保住半壁，当时的南渡也是因为怕中原恢复之后帝位皇权重落他人之手。收复失地、迎回二帝曾经是高宗继位的堂皇宣言，现在则是他唯恐成真的心腹大患，这几句把宋高宗内心深处最阴暗、最龌龊的算计暴露于光天化日之下，揭开风波亭千古奇冤的隐秘。"笑区区"三句论"始则唱邪谋以误国，中则挟虏势以要君"的秦桧，之所以翻云覆雨，陷害忠良，力主苟安，只不过是"逢其欲"，刚好迎合宋高宗的心意罢了。咏史词贵在一针见血地戳破本质。此词仅用九十三个字说破岳飞风波亭冤案的事实真相，观点鲜明尖刻，语言透辟犀利，情感激切悲愤，堪称论史之妙笔、诛心之绝判。清人李璠（巴金曾祖）《醉墨山房诗话》评："诛心之论，痛快淋漓，使高宗读之，亦当汗下。"

　　清代是继晚唐之后的咏史诗的又一高峰。清初顾炎武、屈大均等，都写了不少咏史名篇。如顾之《京口》《海上》，屈之《鲁连台》；一度屈节仕清的大诗人钱谦益、吴伟业，由于特殊的遭际，其咏史怀古之作（如钱之《西湖杂感》、吴之《过淮阳有感》等），曲折地反映了对故国的思念和内心的痛楚。清中黄景仁、袁枚等都写出咏史力作，如黄之《秦淮》、袁之《马嵬》。鸦片战争前后林则徐《汤阴谒岳忠武祠》、龚自珍《咏史》，清末变法维新时期的黄遵宪《田横岛》《京师》、康有为《秋登越王台》、梁启超等人的咏史之作，更是借历史而发忧国之思与强国之愿。

　　对明王朝的忠诚，强烈的反清意识，坚贞的民族气节，是顾炎武诗歌基本的思想感情。《京口》是顾炎武重游京口之作，时在1864年。山河易主，历史已经朝着诗人不愿想到的方向逆转，旧地重游，自然更是一番感慨和悲哀。

　　东胡北翟战争还，天府神州百二关。
　　末代弃江因靖卤，当年开土是中山。

云浮鹳鹤春空远，水拥蛟龙夜月闲。
相对新亭无限泪，几时重得破愁颜。

诗的前四句为历史回顾。首联诗境开阔，节奏明快。首句从时间上写异族入侵。"东胡北翟"泛称历代异族入侵者。"战争还"三字概括了漫长的侵略与反侵略战争史：从西汉、隋唐、两宋等许多朝代北方边境的战争，到明清易代之际的清兵入关南下，汉族人民的反抗。次句从地理上写防守之利。"百二关"语出《史记》"持戟百万，秦得百二"，"百二"就是百分之二，意谓即使诸侯用百万的兵力合力来攻，秦国只要用二万兵员，就足以固守。后世用"百二关"来形容可以据险扼守的军事要地，这里指"京口"。意谓大明北方领土即使不幸沦陷，但凭借京口这样的江防要地也足以固守半壁河山。颔联一转，点出发生在京口的历史事件："靖卤"（"卤"实为"虏"）"弃江"，靖卤伯郑鸣逵据险不守、弃地而逃，致使清兵渡江南下；"中山""开土"，中山王徐达在京口率部激战，获得胜利，为明代开疆拓土。两个事件，一在明初，一在明末，代表了有明一代的兴亡历史。诗人从这两件似乎是巧合的事件的对比中，表达了自己的爱憎感情。"当年"与"末代"时间上始末照应，"中山"与"靖卤"形象上正反对照，"开土"与"弃江"效果上功罪对比，词语对称，褒贬鲜明，徐达创业维艰的可敬，郑鸣逵贪生怕死的无耻，由此得到了强调。诗句倒置"弃江""开土"的顺序，凸显江山不保的痛惜之情，顺势引出对自然美景的描绘。

颈联紧承"当年"句，追忆大明时代的太平祥和景象，诗人充分发挥浪漫主义想象，通过对自然美景的描绘，来暗示国泰民安的和平景象。上句写仰视之日景：寥廓的春空中，鹳鹤在白云之上快活地翔鸣；下句写俯视之夜景，皎洁的月光下，蛟龙在碧水之中欢畅地潜游。"春空"对"夜月"从时间上涵盖日夜，"云浮"对"水拥"从空间上囊括天地，分别构成两幅完整画面，营造了明丽的意境。鹳鹤被云所"浮"，蛟龙被水所"拥"，不仅使"云""水"产生动感，而且给人万物和谐的印象。"浮""远""拥""闲"四个字，点活了自然景物和诗意境界，给人的感觉是悠远澄净、生机盎然！尾联呼应"末代"句，由壮丽感人的遐想转入风景不殊的悲愁，诗人借用"新亭对泣"的典故，表达他此时此地同样触景生情的感慨："风景不殊，正自山河有异！"南明和东晋虽说相距一千余年，但历史似乎偏爱重演，因了郑鸣逵的"弃江"之举，导致南明一败涂地，偏安江南的弘光小朝廷也难逃覆亡的命运。末句用问句表明痛定思痛之余，对抗清复明、收复河山的热切期待。顾炎武《京口》咏史，总结的历史教训殆同刘禹锡的《金陵怀古》：兴废由人事，山川空地形，同样是固若金汤的京口，徐达因之而胜，郑鸣逵弃之而败。全诗深厚沉郁，笔力雄健，境界开阔，在沉雄中现出悲壮，在悲壮中见风霜之气。在艺术表现上，格律严整，对仗工稳，熔铸历史和典故入诗而不着痕迹，读来熨帖自如，形象鲜明。

道光初年，帝国主义势力的入侵，加剧了国内的民族矛盾和阶级斗争。龚自珍寓居昆山，目睹政治的腐败、现实的黑暗和"士气"的"凌替"，为国家的前途感到忧虑和不安，于是便写下了《咏史》这首抒愤之作。此诗咏南明史事，以古喻今，针砭时弊，感慨清代江南名士就像当年南明的"牢盆狎客""团扇才人"，慑服于朝廷淫威，苟安畏死，无所作为。"金粉"两句，写东南半壁、地区虽然富庶，浮华奢靡之风也在盛行，但这些却都是社会的表象。那些在声色和名利场中的文人名流，彼此征名逐利，恩怨重重。"牢盆"两句，是说总揽十五州盐务的官僚和同他们一起优游的帮闲清客掌握着实权,那些流连声色的轻薄文人只知道歌咏风花雪月,全然不问国计民生,却能占据着文坛。一"操"一"踞"凝结诗人鄙视之意、憎恶之情。"避席"两句,一方面揭露清末统治阶级对文人才士采取高压政策,大兴文字狱的罪恶;一方面批评那些为高压政策所震慑的读书人,不敢正视现实,针砭时弊,而求苟安自保,为谋取衣食俸禄而从事著述。"田横"两句,是说田横五百壮士哪里去了,难道他们归顺汉朝就能人人得到封侯吗?这是借用汉初田横门客的故事,讽刺清统治者的欺骗,规讽那些惯于趋炎附势,醉心功名利禄的士大夫,并为缺乏像田横那样坚持志节的人而深表哀婉。全篇法度谨严,词句警拔犀利,深沉的愤慨之情溢于言表。

关于中国古代怀古咏史诗的研读,最后补充几点:其一,古代怀古咏史诗发达,除了"史官文化"背景外,政治环境也是一个重要原因。在封建专制政治环境底下,古代文人经常性的政治失意,往往借缅怀古人,而一解胸中郁闷;当"环境"变得险恶之时,为了避免身遭谪放之苦,甚或斧钺之灾,诗人只好以迂回巧妙的手法来托古以怨。其二,怀古诗分故都怀古、遗迹怀古、人物怀古三大类。"故都"作为怀古对象主要指历代帝王建都之地;"遗迹"如历代名人故居、陵墓、祠庙、古亭等,尤其是发生过重大历史事件的遗址;"人物"特指作品标题所明示的怀古对象。就怀古之作而言,一要所怀之古乃本地风光,有景物,有故事,景事相连才有着落,虽然浮想联翩,而仍能脚踏实地。二要有所寄托,立意高超,思想新颖,情感真挚,使所抒之情既切所咏之古,又不同凡响,才能给人启示,引人共鸣。其三,中国古代咏史诗的基本特色是"诗"与"史"的结合、"咏史"与"言志"的结合、"古"与"今"的结合。以诗咏史,必须浓缩意象、精炼文字,融述史与抒怀于一炉。精言警句的背后,往往蕴涵着作者阅尽沧桑的睿智,体现着诗人悲天悯人的情怀。其四,咏史、怀古、咏怀三者在主要内容、基本写法和形式标志上有着共同性。欣赏怀古幽歌,对咏史、怀古、咏怀尽量不做严格区分,事实上,这三者也很难明确地区别。因为相当多的史实内容都连带着历史的遗迹,而后者又脱离不开特定的史实内容。

阅读·思考·研习

1. 阅读并背诵本章所提及的重点作品。
2. 浅论古代咏史诗和怀古诗的联系与区别,准备课堂讨论。
3. 试比较苏轼《念奴娇·赤壁怀古》和萨都剌《念奴娇·赤壁怀古》,准备课堂讨论。
4. 试比较唐宋两代怀古幽歌的不同特点,并写一篇1000字左右的分析文章。
5. 选择一首自己理解最深透的中国古代怀古幽歌作品,编写欣赏讲义并制作课件,准备上台讲授。

第七章
尘世怨歌欣赏

"正声何微茫,哀怨起骚人"。欣赏古诗,如果不能把握古诗的"怨",就无从理解古代诗人的忧患意识。中国古代诗歌中的"怨歌"大体可以分为这样几种类型:劳役、盘剥之怨,征战、战乱之怨,迁谪、羁旅之怨,空闺、深宫之怨。劳役、盘剥之怨主要抒发劳动人民对统治阶级徭役不断、横征暴敛的怨愤之情。征战、战乱之怨主要诉说戍边和战乱给人民所带来的流离失所、家破人亡的苦难。迁谪、羁旅之怨主要描写被贬谪蛮荒的官吏和浪迹他乡的士人的沦落境遇和痛苦心声。闺怨诗主要抒写古代民间弃妇和思妇(包括征妇、商妇、游子妇等)的忧伤,或者少女怀春、思念情人的感情。宫怨诗专写古代帝王宫中宫女以及失宠后妃的怨情,抒写后宫女子冷落孤寂、哀怨悲伤的情绪,表达她们对可望而不可即的爱情和幸福的渴望。

一、唐代以前怨歌

(一)

《诗经》中的许多篇章,表达了人民对劳役、盘剥的不满、怨愤和反抗情绪。《豳风·七月》具体描写了周代的农业奴隶们集体生产劳动情况和生活苦况,在一定程度上反映了当时黑暗腐朽的社会制度与阶级对立的情况。《魏风·硕鼠》被人誉作《诗经》中反剥削最强烈的诗作,它将以怨报德、贪得无厌的剥削者比成形象丑恶、令人生厌的大老鼠,高度概括地反映了不合理、不平等的阶级关系,抒发了奴隶阶级对剥削者的憎恶之情,对现实的决绝之情和对理想的向往之情。《小雅·黄鸟》表达的是一种不堪忍受剥削和压榨的愤怒和对世道人心的彻底绝望。它与《魏风·硕鼠》有异曲同工之妙,即以"啄我之粟"的黄鸟发端,类比起兴,以此影射"不可与处"的"此邦之人",既含蓄生动,又表现了强烈的爱憎感情。《齐风·东方未明》写尚未天明,虎狼之吏就堵门抓人,使得人民日夜悬心,不得安生,而被迫在外当差的人更是饥寒劳累,过着非人的生活。《小雅·何草不黄》以枯黄的秋草比喻征夫的憔悴劳损,以咒虎的旷野奔波比喻征夫服役的"朝夕不暇",愤怒地责问统治者"哀我征夫,独为匪民"！《小雅·北山》主要内容是怨刺役使不均，前三章陈述士的工作繁重、朝夕勤劳、四方奔波的劳苦情状，后三章具体描写士和大夫劳役不均的不合理现象，不平之鸣、沉重怨愤隐含在鲜明的对比之中。

《魏风·伐檀》是一首嘲骂剥削者不劳而食的诗。

> 坎坎伐檀兮，置之河之干兮，河水清且涟猗。不稼不穑，胡取禾三百廛兮？不狩不猎，胡瞻尔庭有县貆兮？彼君子兮，不素餐兮！

全诗每章均可分为三层，第一层是开头三句，勾勒了一幅奴隶们伐木造车的劳动场景，借景起"兴"，不仅自然地引出正文，而且跟下文所斥责的对象构成鲜明的对比，有力地突出了作品的主题。其中首二写事，是奴隶们怨愤情绪的"积蕴"。因为檀木坚硬，古人用以造车。砍伐檀树是相当困难的事情，不知要砍多少斧才能够把一棵树砍断。那单调、沉浊、连续的"坎坎"声，不仅显示出劳作的乏味、繁重、苦辛，更透露出劳者的寂寞、压抑、难耐。在深山里将树砍断以后，怎么运回做车的工场去呢？肩扛显然太费事，因为从深山到工场距离一定很远。于是，奴隶们将砍下来的树搬到河边，河是古代天然的运输线。在由深山到河岸的往返运木途中，他们的怨愤情绪必定步步加深。第三句对景感叹，在感情上起催化作用，在篇章上起过渡作用。"河水清且涟"之景是奴隶们怨愤情绪由潜累暗积到汹涌喷发的触媒，面对自由而快活地流淌的河水，处于生活重扼下的奴隶自然要感叹活生生的人不如无生命的水！第二层为中间四句，奴隶们也许坐在木排上顺流而下，上岸时路过奴隶主贵族的住地，看到奴隶主仓库中囤积的粮食和庭院中悬挂的野味，不禁发出愤怒的质问："你不种庄稼不收割，为什么家中粮食堆成山？你既不上山去打猎，为什么满院挂着猪獾？""稼穑"，春耕为"稼"，秋收为"穑"，即播种与收获，泛指农业劳动，即奴隶主贵族从未参与农事。"狩猎"为捕杀或猎取野生动物，夏天打猎曰"猎"，冬天打猎曰"狩"，即奴隶主贵族从未参与野猎。"稼""穑""狩""猎"将一年四季都包括进去了，也就是说，奴隶主贵族一年到头从来没有干过活。粮食堆着，野味挂着，表明奴隶主贵族享用不尽，两个"胡"字，问得十分有力，鲜明地揭露了劳者不获、获者不劳的不合理现象，深刻地揭示了阶级剥削和阶级压迫的不合理制度，明确地反映了奴隶们的反抗思想。第三层为最后两句，借标榜"不素餐"的"君子"来讽刺斥责不劳而获的奴隶主。这里是以答案的形式，对剥削者的寄生生活给予揭发、讽刺和嘲笑。一针见血地揭穿了剥削阶级的反动本质。原来那些自称为"君子"的大人先生们，都是一群把自己的享乐建筑在广大劳动者的痛苦之上的寄生虫，是一批依靠奴隶们的汗水和鲜血来养肥的衣冠禽兽。诗写到这里，反对剥削压榨的主题也就非常鲜明地表现出来了。

> 坎坎伐辐兮，置之河之侧兮，河水清且直猗。不稼不穑，胡取禾三百亿兮？不狩不猎，胡瞻尔庭有县特兮？彼君子兮，不素食兮！

> 坎坎伐轮兮，置之河之漘兮，河水清且沦猗。不稼不穑，胡取禾三百囷兮？不狩不猎，胡瞻尔庭有县鹑兮？彼君子兮，不素飧兮！

诗的第二章和第三章，与第一章在内容上是基本相同的，只是改换了几个字。可是，几个字的更换，却进一步充实了诗歌的内容，深化了诗歌的主题。"伐檀""伐辐""伐轮"，说明奴隶的劳动是长年累月的，是无休无止的，做了一件又一件，做完了一桩又一桩，剥削者是不会让劳动者得到喘息机会的，奴隶们所受的痛苦与折磨是没有尽头的。而"三百廛""三百亿""三百囷"（由少到多），以及"县貆""县特"（由小到大）"县鹑"（由兽到鸟），更进一步说明奴隶主贵族剥削的惨重，从田中的粮食，到山上的走兽，以至空中的飞禽，凡是能取得的一切，他们丝毫也不放过，"不素餐""不素食""不素飧"，充分地揭露了剥削阶级的本性和不劳而食的丑恶嘴脸。诗的后面两章，虽然只是更换了几个字，但是诗的反抗意味更加强化了。

《诗经》中劳役、盘剥之怨的主题在秦汉时代诗歌得到延续。有一首秦代名谣，"生男慎勿举，生女哺用脯。不见长城下，尸骸相支拄。"这是我们现在能看到的最早的五言歌谣，这首歌谣对秦始皇修筑长城、不顾百姓死活，表示了极大的不满。汉乐府不少作品揭露官僚贵族的腐朽与残暴，反映人民的悲惨遭遇。如《平陵东》控诉了官吏的贪暴，他们压榨百姓，甚至用劫持的手段对人民进行残害。《东门行》贫民描写在封建统治阶级残酷的剥削和压迫下，无衣无食，不得不铤而走险。《妇病行》生动地描绘出汉代末年劳动人民在残酷的重压和剥削之下，苦苦徘徊在死亡边缘线上的生活惨剧。

（二）

《诗经》中反映征夫厌战思归的诗歌有《小雅·采薇》《豳风·东山》等。《采薇》被称为"千古厌战诗之祖"。诗歌写的是一位久戍之卒在归途中的追忆唱叹，前三章写远别家室，历久不归，饥渴劳苦；后面又分别描写戍卒不敢定居之劳，归途雨雪饥渴的苦楚和痛定思痛的心情。《东山》是"国风"中最好的抒情诗和叙事诗之一，写出了被奴隶主阶级强迫出征的人还乡途中的复杂心情：对长期服役的怨愤，对摆脱战争的兴奋，对归途孤苦的感伤，对家园寥落的恐惧，对结发妻子的怀念。全诗用丰富的想象，铺叙着色的描写，真挚复杂的感情，生动真实的刻画，成功地塑造了一个退役回家的农民士兵的形象，反映了广大人民的愿望和历史的真实，是我国较早的浪漫主义和现实主义相结合的完美诗篇。《周南·汝坟》也是战乱怨歌，在社会混乱、战祸不断的背景下，官府惨苛的政令和繁重的徭役，危及每一个家庭的生存，丈夫被迫参加征伐、久戍不归，夫妇之爱已被无情的徭役毁灭，濒临饥饿绝境的父母也无依无靠，清晨忍饥挨饿采樵伐薪的思妇内心怨愤，愁肠百结。

《诗经》以后各历史时期的征戍诗基本上沿着上述作品所开拓的路子发展。汉末战乱纷起：董卓专权、匈奴入侵、黄巾起义、三国逐鹿。战争给百姓带来的苦难在这一时期的诗歌中得到了反映。汉乐府《十五从军征》通过一个"十五从军征，八十始得归"的老兵的不幸遭遇揭露了当时兵役制度的黑暗。曹操《苦寒行》《却东西门行》写行军的艰苦和征夫怀乡之情。《蒿里行》完整地反映了汉平帝初平元年（190年）军阀混战，人民遭受荼毒的社会现实。诗作以事件的因果关系为线索来结构全篇。第一部分是"扬"，概括联军讨董的浩大声势。"义士""群凶"之指称褒贬鲜明，维护国家统一之情毕现。第二部分是"抑"，叙写联军行动的让人失望：各怀异志，互相观望，自相残杀，袁术称帝，袁绍刻玺。"雁行"喻诸军貌合神离尤为生动，"势利"揭诸将包藏私心一针见血，"称号""刻玺"斥二袁称孤逆施义正词严。此段如层层剥笋，步步深入，为后半震撼人心的描述作了坚实铺垫。第三部分是"结"，描述军阀混战的严重后果。"铠甲"四句采用白描手法，概括而形象地反映了长期战乱给社会带来的深重苦难。"生民"两句感伤生灵涂炭，直抒悲怆情怀，就此愤然作结。全诗气度雄阔，笔力简劲，展示了诗人怜世悯人的仁者胸襟、疾恶如仇的英雄意气和古直悲凉的艺术风格。"白骨露於野，千里无鸡鸣"的悲惨景象，千载之下令人读之心惊。

王粲《七哀》其一是初离长安往荆州时所作，写诗人在兵乱中离开长安向荆州避难的流亡情景，表达了诗人谴责军阀作乱，同情人民痛苦，希望国家安定的进步思想。"七哀"（表示哀思之多）这首诗写得悲凉沉痛，真切动人，运用了白描的手法，既有白骨蔽野的荒凉景象概述（"出门无所见，白骨蔽平原"），又有饥妇弃子的典型事例的刻画（"路有饥妇人，抱子弃草间。顾闻号泣声，挥涕独不还"），这样忠于现实的抒写，使全诗的悲剧气氛更加浓厚。

曹植《送应氏》写洛阳遭董卓之乱后的荒凉景象，表达了忧世伤时的无限感慨。作品立意深远，手法新颖，它未从送行入手，而是从对方角度抒发怀乡别土之情。始两句写登高远望，"登""望"二字提挈全诗。接下来描写望中所见，由一声感叹领起。洛阳残破：宫室焚毁，垣墙崩塌，荆棘参天（"垣墙皆顿擗，荆棘上参天"）；原野萧条：杳无人烟，田畴荒芜，草莽塞途（"中野何萧条，千里无人烟"）。城中景象是主体，城郊景象是陪衬，远近相连，虚实相生，画面赢得了广度，情思赢得了深度。"何萧条"呼应"何寂寞"，完成了对悲惨现实的白描。末二句（"念我平生亲，气结不能言"）为全诗结穴，抒发登望感慨：满腔悲愁，沉痛郁结。诗歌情感真挚，对于人祸的惨烈、家园的败落、民生的凋敝有着痛切的感受，描写真切细微，感叹苍凉深沉，笔调遒劲自然，堪称曹植佳作。

陈琳《饮马长城窟行》写征戍者与其妇思念之苦及征战者劳役之艰。"饮马长城窟、水寒伤马骨"，开头两句缘事而发，进入凄怆悲凉的境界，马尚如此，人何以堪？"寒"字为全篇"诗眼"。全诗并非写长城窟饮马事，而是借此表现民工们对苦不堪言的徭役的沉痛控诉。诗人采用对比的手法，通过"太原卒"和"长城吏"的生动对话，塑造了两个栩栩如生的人物形象。"长城何连连，连连三千里"，直接叙写"太原卒"对竣工无期、生还无望而产生的痛苦心理。"边城多健少，内舍多寡妇"，既是对推行徭役制度的封建统治阶级的鞭挞，又为下文转入对亲人的思念作了过渡，结构细针密缝。写"太原卒"和妻子的书信往来，诗人不断转换审美的视角，用"两地书"作媒介，顿时缩短了千里阻隔的"边城"和"内舍"的距离，似乎两人在当面倾诉衷肠。男言："生男慎莫举，生女哺用脯。君独不见长城下，死人骸骨相撑拄？"女言："结发行事君，慊慊心意关，明知边地苦，贱妾何能久自全？"真切质朴地刻画了两人愁思茫茫、怅恨绵绵的深情，艺术地概括了徭役制度下无数家庭的悲剧。

蔡琰的《悲愤诗》将个人的惨痛经历置于广阔的社会空间，置于社会大动乱年代千千万万个妇女群体之中；将动荡乱离的社会现实以自己的所见所闻出之，又把千万妇女的悲苦经历，她们惨淡的人生以一己之遭遇概之，两者紧密结合、交织，有个体的点，又有群体的面，从而揭示其深刻而又富有典型意义的主题。篇首四句交代历史背景——也即社会大动乱的根源："汉季失权柄，董卓乱天常。志欲图篡弑，先害诸贤良"。然后作具体描绘：胡兵恃强施暴，城邑破亡，人无孑遗，横尸狼藉，男子被杀尽，妇女被掳掠，"斩截无孑遗，尸骸相撑拒。马边悬男头，马后载妇女"。诗人和众多妇女一样被掳入关，离乡万里，忍受着胡兵们的奴役和鞭挞，欲生不能，求死不得，身心受到极大的侮辱和摧残。乱兵横行，生灵涂炭，这就是当时黑暗现实的真实写照。蔡琰的《悲愤诗》作为诗史上第一篇文人制作的五言长篇叙事诗，真实而又深刻地实录时代，抒发悲愤之情，影响到后世诗歌的发展，其功不可没。

晋代社会动荡有甚于汉代：皇室内乱、八王纷争、五胡乱华、桓玄篡政、刘裕讨玄。陶渊明的部分田园诗反映了在动乱时局影响下农村的凋敝。《归园田居》其四，描写了凋零残破的农村景象，抒发出凭吊故墟的深沉感慨（"井灶有遗处，桑竹残朽株"）。《和刘柴桑》写当时在战乱和灾害之中农民们的悲惨生活情景（"荒途无归人，时时见废墟"）。他的《桃花源诗》也曲折地表现了诗人厌恶战乱的思想。北方长期的战乱，致使人民流离失所，甚或转死沟壑。《企喻歌》描写兵士偷生于锋刃之际，喘息于马蹄之下："男儿可怜虫，出门怀死忧。尸丧狭谷中，白骨无人收。"《紫骝马歌》描写战争导致人无家可归、悲惨流亡："高高山上树，风吹叶落去。一去数千里，何当还故处。"情调悲苦，苍凉深切。

（三）

屈原是我国古代迁谪诗歌的真正奠基者，主要作品有《涉江》《哀郢》等。《涉江》着重抒写诗人在弃逐途中的困苦遭遇及其思想感情。第一层实写被弃逐的原因，抒发了诗人虽始终坚持美德而仍遭弃逐的愤慨不平；第二层写南行的路线和心情（长江—鄂渚—洞庭—枉渚—辰阳）；第三层叙述溆浦的恶劣环境，表明毫不犹豫坚持正道的决心；第四层为结束语，深化感情。《哀郢》在第五章已提到过，它既是爱国诗篇，又是迁谪诗篇，作品基本上以离开郢都的远近为序：郢门舟发—夏首西浮—行经夏浦—将达洞庭，将行踪、见闻、情感融合在一起，直抒胸臆。始四句略述东行的缘由、背景，以笼罩全篇；接着写开始流亡的时间、路线，抒发远别故乡的不忍之情；再写经过一段旅程之后，在途中登高望远涌起对故园的思恋；又再写窜逐南荒，前途渺茫，郢路辽远，内心郁结，无限感叹；最后在记写行踪的基础上，转入对奸佞小人和昏聩国君的控诉；"乱"集中表现思返郢都的强烈愿望。全诗渗透一个"哀"字，通过心理行动的描写，烘托渲染的手法，反复咏叹的方式，来抒写哀怨之情。南北朝时期的谢灵运、江淹等为代表的迁谪诗人，在遭受贬谪后所创作的大量诗歌中，如谢灵运《初发石首城》《道路忆山中》《过白岸亭》等，江淹《赤亭渚》《渡泉峤出诸山之顶》等，借助模山范水抒写愤懑哀怨（"迢迢万里帆，茫茫终何之！"），借助佛老之学排解内心郁闷（"未若常疏散，万事恒抱朴"），在迁谪诗歌中开辟了一方特殊园地。

《魏风·陟岵》曾被推为"千古羁旅行役诗之祖"。此诗重章叠唱，构思别致，在外行役歌者不直言思念家乡亲人，而反宾为主设想幻境：父亲、母亲、兄弟遥望远方，依次对役者殷切叮咛，表达思念和担忧，笔以曲而愈达，情以婉而愈深，将远望当归之意、长歌当哭之情，抒发得痛切感人。这种从对方落笔的抒情模式委婉曲达，为后世同题材的诗歌创作提供了有益借鉴。《唐风·杕杜》《王风·葛藟》都是写流浪异乡无兄弟相助的孤单和哀伤。汉魏羁旅诗作既有文人创作，又有民间歌谣。汉乐府《悲歌》是一首彻头彻尾的悲愤之作，表达了远游在外的人思念故乡但是不得还归的悲哀心情，悲歌当泣，悲伤难言。陆机在中国诗史上首兴拟古之风，他的《拟古诗》中的《拟明月何皎皎》《拟涉江采芙蓉》以及《赴洛阳道中作诗》，皆抒发游子羁旅苦况，或宦游过久，倦而无成，乡愁难遣；或故园迢遥，有家难归，踯躅吟叹；或一路风尘，前路茫茫，孤枕难眠。其他如潘岳的《河阳县作诗二首》《在怀县作诗二首》都是叙述自己的羁旅经历，通过季节的变化和景物的描写，表达对家乡亲人的怀念。在梁陈诗人的笔下，像《关山月》《胡笳曲》《雨雪曲》《陇头水》等乐府题目几乎成为专写边塞乡恋的固定题目。徐陵《关山月》即是写北方边塞征人对故园、家室的思念，"战气今如此，从军复几年？"结句暗示了回归家园渺渺无期。魏晋乐府《陇头歌辞》形象地描绘出北方旅人艰苦的生活,行人的孤独飘零,山路的险峻难行,北地的刺骨严寒以及思念家乡的悲痛情绪。陇头流水引领全诗,羁旅远行之情随流水走势不定、由高而低而逐渐加浓,行程茫然无定和命运无法自主的无言悲痛汩汩流淌出来。

(四)

中国古代闺怨诗滥觞于《诗经》的《魏风·伯兮》《王风·君子于役》《周南·卷耳》等。《魏风·伯兮》堪称千古"闺怨诗之祖",四章写军人妻子思念出征丈夫,依次写思之人("邦桀""前驱")、思之状("首如飞蓬")、思之切("甘心首疾")、思之苦("思伯""心痗"),层层深入地展示了思妇的痛苦心曲,委婉曲折地刻画出动人的思妇形象。《王风·君子于役》写傍晚时分,鸡已归笼,牛羊归圈,戍守边疆的丈夫却不知何时才能回家,思妇心神不宁、望眼欲穿,不停地深情呼唤。《周南·卷耳》写一位思妇在采集苍耳的时候,眼前浮现起行役在外、归家无期的丈夫历经险阻、疲惫不堪的一幕幕场景,再也无心采摘了。汉魏晋南北朝时,闺怨诗又获长足发展,比较著名的有汉乐府《饮马长城窟行》《怨歌行》《白头吟》,古诗十九首《青青河畔草》。《饮马长城窟行》以细腻委婉的笔调,描写了空闺念远的无限深情。它以叙事方式写内在情思,"思"字贯通全篇。第一层(始八句)写思妇昼思夜想:因"思"而"梦",因"梦"而喜,因"觉"而悲。思妇种种意想,似梦非梦,似真非真,念远的苦涩、情感的缠绵、神思的恍惚宛然可见。青草意象和相思主题因"思"而巧妙粘合。顶针连用,牵思缀情,乐感天成。第二层(中四句)写思妇寒门独居,时入深秋,倍感寒凉;人我对比,难耐孤独;音耗全无,忧伤至极。此层实为情感上的积蕴和结构上的过渡。第三层(后八句)写思妇意外得书,接书之惊喜、开书之急切、读书之虔敬、读后之怅惘——道来,思妇复杂而微妙的心底微澜得到了真切的描画。诗歌在含蓄得近乎平淡的意象中结束,暗示思妇对夫君的思念绵绵无尽。首尾遥相呼应,全诗浑然一体。作品笔法委曲多致,多用比兴顶针,文字质朴自然。

《青青河畔草》写少妇春日怀人的忧伤,诗人对女主人公寄予了深切的同情。

> 青青河畔草,郁郁园中柳。
> 盈盈楼上女,皎皎当窗牖。
> 娥娥红粉妆,纤纤出素手。
> 昔为娼家女,今为荡子妇。
> 荡子行不归,空床难独守。

首二句写景色。景色非常美好:河畔碧草连绵,一直延伸到天边;园中垂柳青绿,在春风中摇荡。这两句诗所描绘的姹紫嫣红的明媚春光,本该是让人心旷神怡的,但要看登楼望景的是什么人。对某些特殊的人如空闺思妇来说,无边春色不是"怡人",而是"撩人""恼人"。春景越美,越易触发久久郁积心头的离怀别绪,撩动年华似水、青春易逝的哀感,产生"王孙游兮不归"的怅恨。值得指出的是,"青青河畔草"还不只是景物描写,它潜在的文字信息是"路",河是"水路",岸上是"陆路"("草"是"路"的伴生物),主人公登楼,实质上就是"望路(人)",望尽天涯路!"青青""郁郁"暗示思远人的主题,暗示蓬勃的春天,暗示蓬勃萌动的春情。

接着四句写主人公的姿容仪态。在一派生意盎然的春光中,园林中的楼头,隐隐出现了一位风姿"盈盈"、仪态万方的少妇倩影,"盈盈"准确地描写了少妇迷人的体态和雍容的风度。少妇凭轩而立,临窗遥望,在春日照耀下风采明艳,由"皎皎"我们可以想象女子的肤色洁白和容光焕发。下面进一步写少妇的姿容，"娥娥"（美好的样子，形容女子姿态美好）是抽象的赞叹，一个"红"字见出涂抹的深浓和妆饰的艳丽；"纤纤"是精细的刻画，一个"素"字显出手指的纤柔和肌肤的莹洁，红素两相照映，就更加从色彩上给人以饱满的美的感受。通过红妆、纤手，诗歌也暗示了主人公是一位不事稼穑的女性。这个少妇天生丽质，盛颜如花，有着娴静温雅之美，她几乎没有什么动作，只有"当"和"出"两个字显示了她的动态，但这几乎是没有变化的动作，她久久地呆立楼头，手抚窗栏，默默远望，给人以心事重重似有所待的感觉。那么她究竟是个什么人？她在想些什么，期待着什么呢？下面作了解说。

后面四句写少妇的身世和愁思。原来她有着特殊的经历：由见惯繁华的歌伎变成独守空闺的人妇。这位"倡家女"渴望着过正常人的生活，从良嫁了人，本希望夫唱妇随，安居乐业，然而面对的却是空房独守的又一种不正常的境遇。多年的歌笑生涯以及对音乐的敏感，使她特别易于感受明媚春光的撩拨，更强烈地感到夫妻远别、寂寞寡欢生活的难熬，自然要哀怨丈夫的远行，期盼游子的归来，渴望爱情的抚慰！然而，任凭她望穿双眼，结果依然是"荡子行不归"。于是，她很自然地发出"空床难独守"的心声，一个"难"字点出少妇痛苦的心理感受，又暗示了无数难堪的客观生活内容，一个年轻貌美的女子独守空闺是不太容易的，时时潜伏着危险。诗中少妇对美好生活的渴望与其实际的不能实现，这一矛盾反映了东汉末年畸形的社会形态对人的感情的摧残。

《古诗十九首》长于抒情，风格平易淡远，语言浅近自然（连用六叠字，极其自然，读起来音节琅琅，看起来形象优美），却往往表达出复杂曲折的思想感情，这首诗充分体现了这一共性特点。从个性特点看，它表述非常自然巧妙，就像拍摄电影镜头一样由远及近，由景及人，先是"河畔"（远景），继而"园中"（中景），再"楼窗"（近景），然后"红粉妆""纤纤手"（特写），一系列画面构成一个有机的整体。最后是少妇呼号（画外音），内情外物有机融合，少妇形象刻画得极为丰满。

建安时期确立了闺怨诗表现女性的视角和方式。曹植《七哀》借吟写闺怨，寄托了诗人君臣不偶和怀才不遇的感情。前四句是"起"，头两句托物起兴，构成一个宁静空幽的抒情境界，渲染出彷徨惆怅的孤清气氛。一个"愁"字统贯全篇。中八句是"承"，五六句设问承上启下。"君行逾十年"六句赋中有比，以符合少妇口吻、浅俗而贴切的比喻倾诉不堪孤寂的悲哀，表达了盼望团聚的心情，同时流露了愿望难以实现的隐忧。清尘、浊泥作为浮沉异势的两相比照，使得全诗的情感愈加曲折凄婉、含蓄意深。末四句，结尾收得十分缠绵，既渴盼相见，又恐遭到拒绝，与上面的矛盾心理是一致的。全诗意旨含蓄，笔致深婉，处处从思妇的哀怨着笔，句句暗寓诗人的遭际，托讽自然得体，天衣无缝。语言清新流丽，杂有汉乐府民歌风味和《古诗十九首》情调。《美女篇》以美女盛年不嫁，隐喻自己有才能没有施展的机会，慨叹怀才不遇。这两首诗为准"闺怨诗"。徐幹《室思》六章、傅玄的《豫章行苦相篇》《西长安行》《车遥遥篇》都描写了与爱人分别后的女子深沉真挚的思念。南北朝时期的闺怨诗创作是唐前闺怨诗创作中的一个高峰期。南朝时已可以直接从题识上看出诗歌的"闺怨"性质，如"闺怨""春怨""怨情"等。如汤惠休《怨诗行》、苏伯玉妻《盘中诗》、吴均《闺怨篇》、何逊《闺怨诗二首》、刘令娴《答外》二首、庾信《闺怨诗》、江总《闺怨篇》。南北朝乐府《子夜歌》《懊侬歌》里的部分作品也是闺怨之作。

《诗经·小雅·白华》，据朱熹《诗集传》载，周幽王得褒姒，黜申后，"申后作此诗"以自伤，此诗委曲细腻地抒发了女子失宠后的哀怨和失落感，是为古代宫怨诗之滥觞。古代有三宫六院七十二妃之说，实际上皇帝占有的女子远远不止此数，皇宫中的宫女往往有数千甚至上万人，比如西晋的司马炎一次就选五千名女子，他选美的时候，天下人一律不准婚嫁，也不得藏匿，否则就是犯罪。平定东吴后，他又把孙皓后宫的数千美女占为己有。后宫的美女一下子激增近万人。这些宫女绝大多数一生连皇帝的面都见不到，就这样在等待和盼望中青丝熬成白发。正因为如此，中国古代多宫怨诗。汉代无名氏《怨歌行》（一说为班婕妤作），以干净如雪、美丽如月的团扇秋节见捐比喻女子遭弃，道出人世间翻云覆雨的变幻，反映了封建社会中妇女被玩弄被遗弃的普遍悲剧命运，想象优美贴切，尤为新奇警策，是前无古人的创造。此诗影响极为深远，在后代"宫怨"诗词中，团扇几乎成为红颜薄命、佳人失时的象征。甄皇后甄洛《塘上行》反复诉说"念君去我时，独愁常苦悲""念君常苦悲，夜夜不能寐"，表达了蒙受巨大冤屈的痛苦心声。宫怨诗从晋以后逐渐增多，名篇有石崇《王明君辞》、陆机《班婕妤》、谢朓《玉阶怨》、柳恽《长门怨》和庾信《王昭君》等。

二、隋唐五代怨歌

（一）

唐代尤其是中晚唐抒发劳役、盘剥之怨的作品较多。

高适早年贫困潦倒，有机会接近社会底层，体察民间疾苦。《自淇涉黄河途中作》共十三首，其中第九首写农村凋敝、人民破产。诗歌对社会现实的描述，步步深入，层层展开。首先交代行踪，与人搭话，"深觉农夫苦"领起下文，一苦久旱不雨，二苦赋税繁重，三苦土地贫瘠，即使"耕耘日勤劳"，结果仍是"园蔬空寥落，产业不足数"。诗作风格平易，浅近自然。李白《丁都护歌》作于天宝六载（747年）六月游丹阳横山时，描绘了纤夫拖船的劳苦情景，揭露了统治阶级穷奢极欲、不顾人民死活的罪行，对劳动人民的苦难命运寄予了深切的同情："吴牛喘月时，拖船一何苦！"元结《春陵行》反映了当时苦难的现实，表现了他对人民的同情。先概括叙述了赋税繁多，官吏严刑催逼的情况，再具体描述百姓困苦不堪的处境。前面从大处着笔，勾画出广阔的社会背景，下面又从细处落墨，抽出具体的催租场景进行细致的描写。

唐代长安附近的蓝田县以产玉著名，县西三十里有蓝田山，又名玉山，它的溪水中出产一种名贵的碧玉，叫蓝田碧。由于山势险峻，开采这种玉石十分困难，民工常常遇到生命危险。中唐时期，许多老百姓离乡背井，忍饥挨饿，冒着生命危险到蓝溪去开采碧玉，不少被溺死在溪中。这已经成为一个严重的社会问题，因此引起了诗人们的反映。李贺《老夫采玉歌》写采玉工人苦难生活和痛苦心情，表达了对剥削者的谴责和对被压迫者的同情。这首诗每四句可划分一个段落，一共三个段落，层层递进。

采玉采玉须水碧，琢作步摇徒好色。
老夫饥寒龙为愁，蓝溪水气无清白。

诗一开首揭露统治阶级强征碧玉的混账意图和频催紧逼的严苛态度。"采"字包含锤、凿、掘、削、运等复杂艰巨的劳动过程。"采玉"二字重复言之，起了加强语气的作用，揭示了尖锐的阶级对立：一方声声催逼刻不容缓，一方被迫采玉苦役无期，饱含着对统治阶级不断苛索的极度憎恶,对采玉劳作无休无止的极端厌烦。"须"指官家索要。"水碧"是产在深水中类似水晶的贵重玉石。"须水碧",显示了索玉者要求的苛刻。第二句写名贵的"水碧"的用途——雕琢成贵妇的首饰,用金银丝织成花枝形状,把碧玉嵌在花枝中间,珠子垂下来,妇女插在头发上,走路摇动,因名"步摇"。"徒"字既感叹宝贵人力的无谓消耗,又讥讽统治阶级的荒淫无耻。接下来开始描写老夫采玉的艰辛,但诗人先不直接写老夫如何艰辛,而是用"龙为愁"、"蓝溪水气无清白"加以烘托,连蓝溪的龙都不堪其扰,蓝溪的水气都为之浑浊,老夫潜水凿玉、起玉搬运的艰辛则不言自明,而老夫饥寒正表明他虽冒死终身采玉,到头来仍是食不果腹,潦倒穷愁。

夜雨冈头食蓁子,杜鹃口血老夫泪。
蓝溪之水厌生人,身死千年恨溪水。

接写采玉民工饥寒交迫的生存状态和难免一死的悲惨结局。"夜雨"承上文"饥寒"二字予以生发,从饥寒之苦的概括说明进入食宿苦况的具体描写,夜雨之中留宿山头,采玉人的寒冷可想而知;以蓁子充饥果腹,采玉人的饥饿可想而知,这一句把老夫的悲惨境遇像图画似的展现在读者面前,具有高度的艺术概括力。"杜鹃口血老夫泪",是用杜鹃啼血来衬托和比喻老夫悲痛的泪水(哭得眼中出血),形象地表现了老夫悲伤和凄苦的心境。同时,杜鹃那"不如归去"的哀鸣,势必会撩拨老夫对家乡和亲人的深切思念。"蓝溪"两句写蓝溪不知吞噬了多少采玉民工的生命,被溺死的民工的冤魂即使千年之后也会对蓝溪恨恨不已。这是委婉含蓄的说法。"水厌生人"实为"水厌官府",因为是官府强令民工来采此玉的,"恨溪水"实为"恨官府",因为正是官府断送了他们宝贵的生命,对官府的恨含蓄在字里行间。

斜山柏风雨如啸,泉脚挂绳青袅袅。
村寒白屋念娇婴,古台石磴悬肠草。

再写采玉民工生命危殆的恶劣环境和思念儿女的愁苦心情。"斜山"两句写老夫采玉环境的恶劣,山崖陡峭,柏树斜生,风雨呼啸,长绳(采玉人攀援时用的绳索)摇曳,用山间景物衬托采玉老夫的心情,并以惊险情景暴露统治阶级的罪恶。"村寒"两句是倒装句,先看到后想到,写老夫在风雨如啸之时,系住从山崖垂挂的长绳,打从古台沿人工凿出的石阶下坠蓝溪泉脚,忽然瞥见石阶旁爬满了思子蔓,不禁触物神伤,想起寒村茅屋中的娇弱的幼儿。"悬肠草"(思子蔓)的出现就像特写镜头一样,凸显了老夫最悲惨的精神状态,把诗情推向高潮。一旦自己惨遭不测,家中的孤儿寡妻又将如何维持生计?这种难言之苦,诗中虽未点明,但读者却完全能够合乎逻辑地思而得之。

早于李贺的唐代诗人韦应物也是取材于蓝溪采玉的民工生活,写过一首《采玉行》:"官府征白丁,言采蓝溪玉。绝岭夜无家,深榛雨中宿。独妇饷粮还,哀哀舍南哭。"两相对比,李诗立意更深,用笔也更犀利,对老夫的心理刻画很细致。《老夫采玉歌》既以现实生活为素材,又富有浪漫主义奇想。如"龙为愁""杜鹃口血",是奇特的艺术联想。"蓝溪"二句更是超越常情的想象,这些诗句渲染了浓郁的感情色彩,增添了诗的浪漫情趣,体现了李贺特有的瑰奇艳丽的风格。与采玉者一样,淘金者的生活也进入诗人的视野,刘禹锡《浪淘沙》中多有对淘金者的记述。淘金者的生存环境相当恶劣:"浪淘风簸"、"涛声吼地"、风狂浪疾、"头高数丈"。就在这样险恶的境地,他们在"江隈"在"沙中浪底""千淘万漉",片刻不停地舍命劳作,其中甚至还有为数不少的"淘金女伴"。淘金者"吹尽黄沙"的辛勤果实,最后变成"美人首饰王侯印"。他们无不厌恶寒沙淘金的生活,亟欲逃离牛马不如的生涯。

新乐府运动中诞生了一大批哀民生多艰的诗篇。白居易《秦中吟》《新乐府》多为"惟歌生民病"之作,《秦中吟》中的作品往往以权贵的骄奢淫逸来对照百姓的困苦不堪,每每于篇末痛心疾首地呼号,如"是岁江南旱,衢州人食人!"(《轻肥》)"一丛深色花,十户中人赋!"(《买花》)"岂知阌乡狱,中有冻死囚!"(《歌舞》)。《卖炭翁》通过一个卖炭老人的故事,表现了劳动人民营生的困苦,并揭露了唐代宫市制度的罪恶。《观刈麦》通过刈麦和捡麦两个场景的描写,揭示了农民的辛苦和赋税的繁重。《杜陵叟》揭露了官吏为了政绩急征暴敛造成十室九空,而后朝廷制造免税骗局笼络人心的黑暗现实。此外还有张籍《野老歌》《促促词》,王建《水夫谣》《田家行》、李绅《悯农二首》和元稹《竹部》《织妇词》等。《野老歌》描写贫苦老农的悲惨生活遭遇,揭露了官府腐朽、赋税繁重、贾客奢靡、贫富悬殊的社会现实。《水夫谣》通过一个纤夫的内心独白,写出了不堪忍受水上服役的痛苦,控诉了当时不合理的劳役制度。《织妇词》以荆州首府江陵为背景,反映了织妇们在统治阶级追求花样新奇的苛刻要求下的苦难生活。与新乐府运动一样,晚唐诗人的作品广泛而敏锐地反映了时代的灾难和人民的痛苦。如罗隐《蜂》借咏蜂表达对劳动者一生辛苦,劳动果实却被不劳而获者所享用的痛恨和不满。聂夷中《田家》《咏田家》以农民父子艰辛劳动和官府贪吏无厌剥削的对比,以"绮罗筵"和"逃亡屋"对比,鲜明凸现出两个阶级的尖锐对立,刻画出晚唐后期劳动人民那种濒临绝地的悲惨境遇,给予统治阶级以辛辣的讽刺和无情的鞭挞。皮日休《橡媪叹》借橡媪的形象控诉了地主贪官对农民的高利贷盘剥和明目张胆的掠夺。杜荀鹤《山中寡妇》《乱后逢村叟》《题所居村舍》《再经胡城县》,一面尖锐指出,统治阶级对劳动者的压榨,已经遍及社会任何一个最小角落,甚至使居住在"鸡犬星散"荒残村落中的嶙峋衰翁和"深山更深处"的憔悴寡妇也难幸免;一面怀着极大憎恨揭露了贪官酷吏"杀民邀勋",以生灵鲜血染红朱绂的豺狼行径。

(二)

唐代盛产边塞诗,与此同时也产生了不少厌战诗。如李颀《古从军行》以汉喻唐,极写从军之苦。先写没日没夜的"忙",再写荒漠雨雪的"苦",末写命如草芥的"悲",借写汉武帝的开边,讽刺当时唐玄宗的开边,充满反战思想。全诗句句蓄意,步步逼紧,最后才画龙点睛,点破主题。李白《战城南》控诉连年不解的残酷战争给士兵、人民带来了深重灾难:战争过后,"乌鸢啄人肠,衔飞上挂枯树枝……",诗作讽刺唐王朝穷兵黩武,表达了长久和平的渴望。卢纶《逢病军人》描写一个伤病退伍的军人在还乡途中的悲惨情景:病症时发,饥肠辘辘,路遥难行,蓬毛垢面,伤口疼痛,将病军人的苦、愁、忧、痛刻画得详尽透彻,表达了诗人对国君驱民征战的深恶痛绝。柳中庸《征人怨》写征夫长期守边,东西辗转不能还乡的怨情。用叠字和名词,组成对偶反复,回肠荡气,虽无"怨"字,怨情自生。曹松《己亥岁二首》全诗概括地写出战争对人民造成的深重灾难和浩劫,其一,写举国成为战场,人民无以聊生,末句"一将功成万骨枯",揭示封建战争实质力透纸背;其二,写战事连绵不断,沧江血流成河,末句"近来长共血争流",描写生灵惨死情状触目惊心。两作明确表明了对现实的批判态度。陈陶《陇西行》四首中的第二首,诗中把残酷的现实与少妇的梦境交织在一起："可怜无定河边骨，犹是春闺梦里人"，揭示了唐代长期征战给人民带来的痛苦和灾难，对深闺少妇的遭遇给予了深深的同情。杜甫"三吏""三别"《羌村三首》《兵车行》《春望》《悲陈陶》《阁夜》《孤雁》皆是战乱怨歌。《兵车行》是杜甫第一首为人民的苦难而写作的诗歌，揭露穷兵黩武给人民造成的极大痛苦和深重灾难，对统治者的"开边"表示了强烈的抗议。

> 车辚辚，马萧萧，行人弓箭各在腰。
> 耶娘妻子走相送，尘埃不见咸阳桥。
> 牵衣顿足拦道哭，哭声直上干云霄。

诗歌从蓦然而起的客观描述开始，展现了一幅震人心魄的送别画面。先从听觉来写，兵车轧地，响声隆隆；战马奔腾，昂首嘶鸣。后从视觉来写，士兵开拔，弓箭插腰；亲人相送，尘埃飞腾。"耶娘妻子"见不幸家庭众多，征夫年龄不等；"走相送"见分离的不忍，军行的匆迫。"牵衣"一句描述了四种连续动作，细致刻画了送行者眷恋、悲怆、愤恨、绝望的神情意态。第一段的人哭马嘶、尘烟滚滚的喧嚣气氛，给第二段的倾诉苦衷作了渲染铺垫。记事之后是记言，借用汉乐府常用的对话形式，写士卒对不义战争的直接倾诉。

> 道旁过者问行人，行人但云点行频。
> 或从十五北防河，便至四十西营田。
> 去时里正与裹头，归来头白还戍边。
> 边庭流血成海水，武皇开边意未已。

被问的"行人"心怀疑虑，不敢直言，只闪烁其词地说"点行频"（频繁地征兵），接着以一个十五岁出征、四十岁还在戍边的"行人"作例，具体陈述"点行频"，以示情况的真实可信。"边庭流血成海水"，极言士卒伤亡惨重，战死沙场者不计其数；"武皇开边意未已"，是全诗的点睛之笔，揭示造成百姓妻离子散万民无辜牺牲、全国田亩荒芜的罪恶根源。下面笔锋陡转，开拓出另一个惊心动魄的境界。

> 君不闻汉家山东二百州，千村万落生荆杞。
> 纵有健妇把锄犁，禾生陇亩无东西。
> 况复秦兵耐苦战，被驱不异犬与鸡。

"君不闻"三字转换话题，由流血成海的边庭转到满目疮痍的内地，沃野千里、人烟繁密的华山之东，村落萧条，几为废墟，田园荒芜，荆棘丛生。皇帝的拓边政策，彻底毁掉了男耕女织的生活秩序，即使家有健妇代耕，农事也势必一塌糊涂。"山东"尚且如此凋敝荒凉，被频繁征调的关中（"兵耐苦战"）就更是万户萧疏了。这个典型材料，有力地揭露了开边的危害性，从而由点到面地开拓了诗篇的广度和深度。

> 长者虽有问，役夫敢申恨？
> 且如今年冬，未休关西卒。
> 县官急索租，租税从何出？
> 信知生男恶，反是生女好。
> 生女犹得嫁比邻，生男埋没随百草。

征夫敢怒而不敢言，而后又终于说出来。他从抓兵、逼租两个方面，揭露了统治者的穷兵黩武加给人民的双重灾难。征夫长年在外征战不息，家中屡遭官府催租之苦。据史载，天宝年间租庸调税法已遭破坏，造成了丁去田亡而赋税犹存的不合理现象。

兵役、赋税的严重迫害，使得人们的心理起了反常的变化：生男不如生女好，战争给人们带来的精神上的苦难可见一斑。这里连用几个短促的五言句，不仅表达了戍卒们沉痛哀怨的心情，也表现出那种倾吐苦衷的急切情态。

　　君不见青海头，古来白骨无人收。
　　新鬼烦冤旧鬼哭，天阴雨湿声啾啾。

　　结尾四句是全诗的高潮，用战场的悲惨景象诅咒战争。"白骨""天阴""雨湿""鬼哭"这些词语，生动地渲染了战场的恐怖气氛。以人哭始，以鬼哭终，不但是前后照应，同时也暗示了这些人的哭声，也许过不久便会化做鬼哭。唐人李华《吊古战场文》有类似描述："此古战场也，常覆三军，往往鬼哭，天阴则闻。"《兵车行》如同一页"诗史"，说它是"史"，因为它寓主观之情于客观叙事之中，具有"春秋"史家纪事的客观性和真实性。

　　卢纶《晚次鄂州》系战乱漂泊之作，抒发孤苦哀伤之情。此诗截取了漂泊生涯中的一个片断，反映了广阔的社会背景，把一己的思乡之情与对国家的战乱之忧结合起来，把人民背井离乡的困苦归结为战乱所致。一、二句（"云开远见汉阳城，犹是孤帆一日程"）隐括题目，点夜泊地傍晚所见，"云开""犹是"显示了诗人心理变化。接着写船上情况（"估客昼眠知浪静，舟人夜语觉潮生"），"估客"句是补写白天的情况——风平浪静；"舟人"句描写夜泊的情况——江潮暴涨，对船上"昼眠""夜语"细节的关注，表明诗人精神高度紧张。五、六句（"三湘衰鬓逢秋色，万里归心对明月"）转而写自己的心事：时值寒秋，远徙湖南，故乡的路越来越远。结尾又一转（"旧业已随征战尽，更堪江上鼓鼙声"），言故乡饱受战乱已一无所有，没有回家的路；但漂泊异乡，还是摆脱不了战争的阴影。思乡之情和忧国之情在诗中融为一体。

　　唐武宗会昌二年（842年）八月，乌介可汗率兵南侵，引起边民纷纷逃亡。杜牧时任黄州刺史，闻此而忧之。八月正是大雁南飞的季节，触景生情，写了《早雁》一诗。此诗借雁抒怀，对边地百姓的同情、对侵略战争的憎恶、对没落朝廷的不满，诸种感情相交织，表现了强烈的现实批判性。

　　金河秋半虏弦开，云外惊飞四散哀。
　　仙掌月明孤影过，长门灯暗数声来。
　　须知胡骑纷纷在，岂逐春风一一回？
　　莫厌潇湘少人处，水多菰米岸莓苔。

　　诗起句叙事领篇，交代了地点、时间、鸿雁惊飞的原因和受惊的程度。"金河"，泛指北方边地。"秋半"，表明雁尚未到南迁之时，扣住诗题中的"早"字。"虏"是对敌人的蔑称，有强烈的感情色彩。"虏弦开"，写出了箭上弦、刀出鞘的紧张气氛，语意双关，既指胡人挽弓射猎，也指胡人军事骚扰边地人民生活。"云外惊飞"即"惊飞云外"的倒置。"惊飞"就是上句"虏弦开"的结果。"惊"字写出了鸿雁的震恐，也反衬了敌人的嚣张，隐而不晦，含而不露。"云外"表明逃逸得相当遥远。"四散"紧接"惊飞云外"而来，写孤雁零落（实指人民家破人亡、流离失所）的状态。"惊飞四散哀"五个字，从情态、动作到声音，写出一时间连续发生的情景，层次分明而又贯串一气，是非常真切凝练的动态描写。"哀"字透露了惊飞鸿雁的心理状态，这个字点明了全诗的情感基调。"惊飞"写过，接下来写"南迁"。"长安"在"金河"之南，点明了逃逸的方向。"仙掌""长门"将鸿雁飞掠地点具体化。诗人把飞窜的鸿雁与国都皇宫联系起来,暗示了百姓的悲惨境遇与宫廷腐败无能密切相关。"月明""灯暗"是对客观环境的静态描写,构成空寒冷落、阴暗凄凉的诗意空间,既暗示唐王朝的衰朽颓落,又表明宫廷对离散者漠不关心。"孤影过""数声来"是对主体鸿雁的动态描写,前者诉诸视觉,后者诉诸听觉,"孤影过"呼应上文"四散",突出失群零落,有限的"孤影"在广漠的夜空反衬下,显得更其孤独可怜。"数声来"意味着南逃的鸿雁接连不断,虽然没有队列可言,但一只又一只先后掠过长安上空,飞雁的哀鸣更增添了悲剧性的气氛。月明灯暗,影孤啼哀,整个境界,正透出一种无言的冷漠。诗歌通过这些景物、气氛的烘托,可以生动地表现了边地人民流离失所,飘零孤苦的境遇。

再往下写"推断",由南征而想到北返,设想鸿雁什么时候才能飞返故地。诗人想到这一层是非常悲观的:鸿雁有家归不得!"须知""岂逐"为前呼后应的推断因果句,前者是原因,"胡骑纷纷在"上呼"房弦开",表明入侵者兵马众多、横行肆虐,"纷纷在"透露出他们的骄横和得意;后者是结果,这个结果虽不是已然的,但用"岂逐"加以反问,表现了推断的毋庸置疑。"春风"表面指自然界的春风,实则有政治含意,就是说你腐朽败落的封建王朝什么时候才有"春回大地"的政治转机,含有对朝廷的军事努力效果的怀疑和微讽。"须知""岂逐"一意贯串,语调轻柔,强化了诗歌的叮咛语气,体现了诗人对逃难百姓的哀怜和关切,这种深切的同情,正与上联透露的无言的冷漠形成鲜明的对照。最后写"劝告",诗人也无可奈何,于是退而求其次,劝告逃亡者:既是北返无家可归,倒不如在南方寻找归宿。"莫厌"二字见出担心和细心,潇湘荒凉孤寂("潇湘"写飞雁南迁的终点,与"回雁峰"的故实相吻合),南来的征雁也许不习惯,但至少没有被射杀的危险,况且还有"菰米""莓苔"之类可以果腹充饥。两害相权取其轻,这是没有办法的办法!

诗歌托物言志,诗人的忧国忧民之情全借"雁"这一形象表达出来,意蕴隐含而又不晦涩,情感深沉而又不直白。全诗虚实交错,写大雁的情状与活动是虚,写人民的苦难才是实;写对大雁的同情与劝慰是虚,写对百姓漂泊无依、无家可回的同情是实。这样以虚写实,虚实交错,增加了诗的意蕴与内涵,也给人们留下了想象的空间。

(三)

唐代是迁谪诗歌获得长足进步和大丰收的时期,此时期的迁谪诗歌很好地体现出了迁谪诗歌的本质特点。唐代迁谪诗歌有三类:一是因负罪而遭流贬者所创作的迁谪诗歌,二是因革除弊政、斗争失败而被流贬者的诗歌,三是因直言进谏、触怒龙颜或权贵而被贬黜者的诗歌。

沈佺期和宋之问早期是宫廷诗人,在长安便已赢得了较高的诗名,但他们作为初唐名家的创作生涯,实际上是从被贬岭南开始的。他们在流贬期间大量创作了以贬谪为题材的诗作,以诗纪行,真实展现了诗人的贬谪生活和复杂的内心世界。沈佺期在流放期间的许多诗作,多抒写凄凉境遇,诗风为之大变。如《岭表逢寒食》(名句"帝乡遥可念,肠断报亲情")、《入鬼门关》《题椰子树》等诗篇,思念京华和家室,情调凄苦,感情真实,与应制之作迥异。宋之问的迁谪怨歌极好地反映出诗人被贬后彷徨哀伤、愁闷凄楚的思想感情。如《度大庾岭》(名句"魂随南翥鸟,泪尽北枝花")、《夜泊湘江》《题大庾岭北驿》等,都是流迁途中所写的佳作。王勃《山中》大概作于被废斥后作客巴蜀期间,抒发了作者久滞异地,渴望早日回乡的思想感情。作品巧妙地借景抒情,表现出悲凉浑壮的气势,创造出寥廓萧瑟的意境。"悲""念"二字为全篇之"眼"。前半写久客思归之情,首句"长江悲已滞"即景起兴,江流万里、归路迢迢,次句"万里念将归"直接抒情,身在他乡,久滞难归。"万里"对"长江",突出离家之遥,"将归"对"已滞"突出归情之切。万里长江为下面的具体写景留下了极为旷阔的空间。后半"况属高风晚,山山黄叶飞"写风吹叶落之景,"高风"点季节,"晚"(日暮)点时间,"黄叶飞"呼应"高风",因是深秋,所以叶黄;因为风吹,所以叶飞。这样的季节,这样的时分,这样的景象,会使一个长期羁旅的人思乡之念更强烈,并产生无限人生感慨。秋风萧瑟、黄叶纷飞的画面,渗透了诗人浓厚的感情,深化了诗的意境。值得注意的是,诗歌意境虽然苍凉,但没有绝望丧气的成分。

第二类遭贬怨歌突出的代表是刘禹锡、柳宗元等。唐敬宗宝历二年(826年),刘禹锡罢和州刺史任返洛阳,同时白居易从苏州归洛,两位诗人在扬州相逢。白居易在筵席上写了一首诗相赠,刘禹锡遂写《酬乐天扬州初逢席上见赠》,这是一首感叹身世之作。

巴山楚水凄凉地,二十三年弃置身。
怀旧空吟闻笛赋,到乡翻似烂柯人。
沉舟侧畔千帆过,病树前头万木春。
今日听君歌一曲,暂凭杯酒长精神。

首联根据白诗末二句("亦知合被才名折,二十三年折太多")发意,概括地写出自己多年的贬谪境况。上句点明贬谪的地点以及贬地的荒远,下句是表示贬官生活的漫长,不被朝廷重用,言下不免有些感伤,感伤的背后则是对自己所受的不公平待遇的愤懑。三、四句借用历史故事和传说,表示了对同遭贬谪的旧友柳宗元、韩泰等人的思念,抒发人世沧桑、世事蹉跎的感慨。上句说怀念故人,只能空吟"思旧赋"。向秀的好友嵇康、吕安,因得罪了西晋的统治者司马昭而被杀害,有次向秀路过嵇康故居山阳(即今河南焦作),听到邻人吹笛,想起嵇康和吕安,心情十分悲痛,便写了《思旧赋》。刘禹锡借用此典,"空吟""思旧赋",表明徒然哀悼,无可奈何。下句说回到乡里,就像恍若隔世的烂柯人。据《述异记》记载:晋人王质入山采樵,看见两个童子下棋,他在旁观看,看完一局棋后,发现他的斧头木柄已经烂掉。回到家乡,时间已过了一百年,同时代的人早已死了。诗中"翻似"暗示世态变迁,人事全非;"烂柯人"又回应了首句的诗意。两个典故的连用,寄寓了丰富的含义。"闻笛赋"一句委婉地道出"永贞革新"失败后的政治环境,颇类魏晋之际;向秀悼念嵇康不便明说,刘禹锡怀想旧友也有难言之隐。五、六句应和白诗中"举眼风光常寂寥,满朝官职独蹉跎",揭露黄钟毁弃、瓦釜雷鸣的社会现实:参与永贞革新的"二王八司马"遭到沉重的政治打击,或被赐死,或被外贬,如同"沉舟"湮灭、"病树"萎枯;而反对革新的宦官集团俱文珍者流,却得意显荣、不可一世,如同竞发"千帆"、争春"万木"。这冷与热、枯与荣的鲜明对比,饱含着对人妖颠倒的世事的强烈愤慨。七八句回扣题面,表示对白居易赠诗设酒一番盛情的谢意。人生蹉跎失意之时,总算碰到一个理解自己、赏识自己、同情自己的人,诗人不能不感到欣慰。"听君歌一曲"点题目中"见赠","暂凭杯酒"点题目中"席上","长精神"言白居易赠诗、赐酒的感激和打算:振奋精神,走出低谷!

柳宗元曾积极参加王叔文集团革新政治,永贞革新失败后,被贬为永州司马,后迁为柳州刺史。《登柳州城楼寄漳汀封连四州》通过登柳州城楼所见所感,抒发了诗人被贬后的郁愤苦闷心情,表达了对朋友的深切怀念。首尾叙事抒怀,中间写景寓情,以"愁思"贯穿。首联写登高望远,引出愁思。"城上高楼接大荒"实写,着眼于地;"海天愁思正茫茫"虚写,着眼于天。登楼所见的广漠空间,显出荒僻之意、孤独之感。中间两联承接上文,按照由近及远的空间顺序,托物言志,借景抒怀。颔联描写风雨交加的近景:"惊风乱飐芙蓉水,密雨斜侵薜荔墙",用自然物象暗喻世间人事,曲折婉转、含蓄蕴藉。颈联深化描写山水远景:"岭树重遮千里目"实写直说,表自己对四州刺史想望之切;"江流曲似九回肠"虚处取神,表达自己对四州刺史思念之苦。实虚妙对,景中寄情,物我合一,自然贴切。尾联"共来百粤文身地,犹自音书滞一乡"直抒胸臆,沉郁顿挫,慨叹相同的宦海遭遇,卒章显志,点明寄书寓意,照应收束上文。

韩愈、白居易乃至杜甫是第三类遭贬怨歌的突出代表。《琵琶行》是白居易被贬为江州司马后所写,作品记叙的是一个从京师流落到江州的琵琶妓出身的商妇,在荒凉的秋江上为人弹奏琵琶,并且自述凄凉身世,惹得诗人为自己的遭遇而感伤,大发其牢骚感慨的故事。作品的艺术构思是:通过慨叹歌女的身世来表现自己的迁谪之感,而歌女的身世又通过琵琶的弹奏来表现。这首叙事诗有明暗两条线索,明线是歌女的身世(从现象反映主题),暗线是诗人的感受(从本质上揭示主题)。作品布局非常完整:诗人送客闻琴—歌女弹奏琵琶—歌女自述身世—诗人感慨万端—歌女重弹琵琶。"同是天涯沦落人,相逢何必曾相识"两句诗是理解这首诗的钥匙,它有三重深意:一是流露了诗人遭贬后的愤懑与不平;二是寄寓了诗人对商妇的怜惜与同情;三是表达了失意者的同病相怜。

中唐官府民间均重佛事,凤翔县法门寺有一座护国真身塔,塔内收藏着一节指骨化石,僧人们纷纷传说是释迦牟尼的遗骨,称之为"佛骨"。唐宪宗派人到法门寺迎佛骨进宫供奉,又在长安城内各寺院轮流展示,一时间闹得沸反盈天。韩愈一生以辟佛为己任,于是上《谏迎佛骨表》,攻击佛为"夷狄之一法",反对朝廷推助佛教在中原流传,因此触怒宪宗。韩愈差点被定为死罪,经裴度等人说情,才由刑部侍郎贬为潮州刺史,在被贬去潮州的路上写了《左迁至蓝关示侄孙湘》。

  一封朝奏九重天,夕贬潮阳路八千。
  欲为圣明除弊事,肯将衰朽惜残年!
  云横秦岭家何在?雪拥蓝关马不前。
  知汝远来应有意,好收吾骨瘴江边。

首联开门见山地陈述"获罪贬黜"的缘由。"一封""九重天""路八千"的"一""九""八",数字性的依次呈现,霎时于纸上形成鲜明对比。"朝奏"而"夕贬",处罚何其迅急!一贬就贬到"八千"里以外,处罚又何其严厉!叙事中渗透了诗人的情感。颔联直接陈述此次上书诤谏的缘由,"弊事"从表面看,特指"迎佛骨事件",实质上概括了中唐社会的种种弊端。上句言自己上书完全出于一片为国忠心,下句言自己为国除弊已将生死置之度外。在不惜残年直行事主的忠心的表白中,满含着对"九重天"高而不明的怨愤。颈联叙写途中情景。"云横秦岭"写回望云断视线不见乡关,"横"状广度,仿佛是"云"故意横贯秦岭,阻隔望家的视线;"雪拥蓝关"写前望雪压山道马难前行,"拥"状高度,仿佛是"雪"故意拥聚到蓝关,加剧路途的艰难程度。这些自然景物的描写,烘托了诗人离开长安时心情的悲凉和抑郁,流露出英雄失路之悲。

"云横""雪拥",既是实景,又不无象征意义。这一联,景阔情悲,蕴涵深广,遂成千古名句。结语沉痛而稳重,直接抒发了忧虑前途之情。岭南道潮阳郡远在"八千里"之遥的"瘴疠之地",道路艰难漫长,强盗土匪叛军猖獗,随时都可能面临生命的危险,而且这次获罪贬谪,不知何日能得到皇帝的赦免,归期甚是难测!在章法上,此联又照应第二联,故语虽悲酸,却悲中有壮,表现了"为除弊事"而"不惜残年"的坚强意志。贬谪对士人来说绝对是一场政治悲剧,心难免被莫名的悲凉哀伤笼罩。著名文人上官仪、李峤、苏味道、宋之问、柳宗元、李德裕等都是经不起生活和心灵的双重磨难,在南方贬所赍志而殁的。

在经历了汉魏六朝的发展衍化后,到唐宋时期,羁旅诗发展达到高峰。唐人写羁旅漂泊的诗作较多,如孟浩然《早寒江上有怀》、杜甫《秋兴八首》《旅夜书怀》《江汉》、岑参《巴南舟中夜市》、刘长卿《余干旅舍》、韦应物《闻雁》、贾岛《暮过山村》、崔涂《除夜有怀》等。由唐入蜀的诗人韦庄《菩萨蛮》("人人尽说江南好")也是抒写漂泊难归凄凉心境的名篇。

孟浩然《早寒江上有怀》写深秋漂泊、欲归不得的愁怨。这首诗当作于诗人离开长安东游吴越留滞长江下游时期的一个秋天。首联扣住"早寒江上"借景起兴,落木萧萧,鸿雁南翔,北风呼啸,江天寒冷,客居异地的诗人触景生情,归家之念油然而生。颔联承上萧瑟秋景透露归情,"襄水曲"点故乡所在,"楚云端"点故乡地势。"遥隔"说明回乡的路遥远而难归。颈联承回乡不易抒发愁怨,"乡泪客中尽"写欲归不得的苦痛,"孤帆天际看"写回返故乡的渴望。中间两联自然成对,毫无雕琢之痕。尾联借子路问津的典故,写羡慕田园、不甘归隐的内在冲突;借黄昏茫茫的江景,烘托仕途失意、前路暗昧的彷徨心境。思乡之情和写景之句浑然一体,深沉含蓄。

杜甫《秋兴八首》(其一)抒写羁旅之愁、故园之思和家国之慨。首联主要写秋山。上句点时令、风物,下句点地域、总貌,凸现了秋景的浓重感伤色彩和萧瑟衰残氛围。颔联主要写秋江。上句写近景、实景,主要意象"波浪"由下("江间")及上(天空),垂直撑开了诗歌的境界。下句写远景、虚景,主要意象"风云"由远(塞上)到近(夔州),横向拓展了诗歌境界。峡谷的深秋、动荡的时局、飘零的身世、阴郁的心情,都涵在其中。颈联主要写乡思。"两开""一系"语涉双关,使得心象("泪""心")与物象("丛菊""孤舟")两相融合,新颖奇特,意在言外。读之感觉沉稳铿锵,苍凉悲壮。尾联主要写秋声,以声结情。描写暮色秋风里人们赶制寒衣的场景,"刀尺"之"催"、"暮砧"之"急",使忧国伤时的诗人更添一份孤独与悲凉。本诗所"悲",不仅是自然之秋,且是人生之秋和国运之秋。《旅夜书怀》约作于舟行渝州、忠州途中,抒发政治失意、漂泊无依的感伤。起二句写客夜舟泊所见的近景,"细""微""危""独"四个字,包举水陆情形,非"细草"不见"微风",非"大江"不见"危樯"。三、四句写远景,平野辽阔,远星遥挂如垂;大江奔流,月影随波涌动。"垂"反衬出平野的广阔,"涌"烘托出江流的气势。诗人笔下的景象如此雄浑阔大,意在反衬自身的孤苦伶仃和漂泊无依。后面即景抒情,切题中"怀"字,上句故作问语,以见跌宕,政治失意是诗人孤独漂泊的根本原因。最后承上直下,"飘飘何所似?天地一沙鸥",以当地风光——水天空阔、沙鸥飘零——自喻,写人似沙鸥,转徙江湖,以天地之空旷阔大,映衬"一沙鸥"之孤单渺小,自比孤独漂泊,这一形象比喻寄寓了无限感伤。表现了孤苦伶仃颠沛流离的凄怆之情,字字是泪,声声哀叹,感人至深。《江汉》前四句诗（"江汉思归客，乾坤一腐儒。片云天共远，永夜月同孤"）写景言"悲"，首联以自嘲的语气给自己带两顶帽子："思归客""一腐儒"，前者明漂泊，后者明落魄，但"一腐儒"前用"乾坤"又含人虽落魄心忧天下之意。颔联承"思归客"，写自己与浮云齐飘远天，与孤月共度长夜。江海余生、思归无望的愁苦、孤独落寞、穷愁潦倒的困窘、辗转漂泊、颠沛流离的辛酸，都包含在这诗句中。颈联"落日心犹壮，秋风病欲苏"承"一腐儒"，写自己生命已到暮年，雄心壮志依然存在；面对飒飒秋风，反觉病情逐渐好转。中间两联用"共""同""犹""欲"四字，把客观景物和诗人的思想感情自然融合在一起。尾联"古来存老马，不必取长途"，又以识途老马自居，言"不老之志"，抒"难酬之情"，表达孤忠长存、秉性不移的坚强和效命君王、许身国家的忠诚。

岑参《巴南舟中夜市》抒发羁旅乡愁。题为"夜市"，实写"夜泊"。先写入暮情景："渡口欲黄昏，归人争渡喧"。"争"见归家情急，"喧"为静夜反衬。接着写夜："近钟清野寺，远火点江村"，分别从听觉和视觉着笔，近处野寺钟声传来清响，远处江村灯火忽暗忽明。前四句写景，带有明显的地域特征。后四句抒情（"见雁思乡信，闻猿积泪痕。孤舟万里外，秋月不堪论"），突出游子难耐的孤独。见空中旅雁，更添一段乡愁，表明漂泊的日子已经不短了；闻峡中猿啼，泪水累积成痕，表明思乡的泪已经流过多次。在江清月冷的夜晚，在离家万里的渡口，孤舟夜泊，心乱如麻，哪堪言说！

崔涂《除夜有怀》抒发远离家园的漂泊之感。开头四句（"迢递三巴路，羁危万里身。乱山残雪夜，孤烛夜归人"）是漂泊的具象化描写，漫长崎岖的路，离家万里的人，这两个意象构成了寥廓苍茫的行役图景。"乱山残雪夜"补写第一句，扣住了题目的"岁除夜"，"乱山"点荒僻，"残雪"点寒冷；"孤烛夜归人"补写第二句，"孤烛"点冷落，"夜归"点苦辛，阔大而带压抑感的空间与人的孤独形成强烈比照。有了这两句，漂泊就写得神完气足了。后面四句（"渐与骨肉远，转于僮仆亲。那堪正漂泊，来日岁华新"）扣住"有感"来写，抒发孤栖之情：一天天与亲人远离了，转而与僮仆相亲。"哪堪正漂泊"是这首诗的主题句，正赶上旧年与新年交替的时刻，有家不能回，亲人难相见，这种滋味怎能忍受！

（四）

隋代诗人薛道衡的闺怨诗包括《昔昔盐》和《豫章行》两首。《昔昔盐》很有名，昔昔盐为隋唐乐府名，"昔昔"即夜夜。"盐"即艳，曲的别名。诗中着重描绘春末夏初的萧瑟景象，以衬托思念远征丈夫的女子的内心感受，将思妇的内心完全形象化。前四句以垂柳、蘼芜、芙蓉和飞花融入一幅画面，暗示思妇悬念征夫的情感；接着四句用"采桑""织锦"等旧事喻思妇守空闺，无心观赏大自然的风月美景；再用八句写思妇的悲苦情状，"夜鹊"和"晨鸡"啼唤声的不断更替，使思妇深深感受到光阴流逝、沧桑嬗变；"暗牖悬蛛网，空梁落燕泥"的环境细节描写，刻画出门庭冷落的情况和思妇孤独寂寞的心境；最后以问句"一去无消息，那能惜马蹄"作结，埋怨夫君久戍不归的情感表露无遗。铺排中有起伏，工稳中有流动，轻靡中有超逸，绮丽中有清俊，是这首诗的特色。传说忌才的隋炀帝因故处死他之前问："更能作空梁落燕泥语否？"后世用"暗牖悬蛛网，空梁落燕泥"这两句来形容人去楼空、好景不长的境况。

唐代闺怨诗的一大开拓，是赋予前代缠绵悱恻的闺怨诗以更广阔的时空背景。名作有沈佺期《杂诗三首》《独不见》、王昌龄《闺怨》、李白《秋思》《忆秦娥》《玉阶怨》《子夜吴歌》、李季兰《相思怨》、岑参《春梦》、沈如筠《雁尽书难寄》、皇甫冉《春思》、袁晖《三月闺情》、李益《江南曲》、张仲素《春闺思》、晁采《子夜歌》、刘采春《啰唝曲》、张潮《江南行》（"茨菰叶烂别西湾"）、白居易《伤春词》、张祜《捉搦歌》、陆龟蒙《孤烛怨》、刘得仁《贾妇怨》、金昌绪《春怨》、陈陶《水调词十首》其七、陈玉兰《寄夫》和敦煌曲子词《风云归》（"征夫数载"）《鹊踏枝》（"叵耐灵鹊多谩语"）等。

相传为李白所作的《忆秦娥》（"箫声咽"）是一首闺怨词，写一位思妇自春至秋对夫君的思念。上片写春夜之愁。起句悲凉，"箫声咽"化用吹箫引凤的典故，暗示曾经的两情相悦和梦中的鱼水欢会。呜咽幽怨的箫声将梦境打断，只见高天寒月照着秦楼。秦娥望月怀人，怀想起灞陵送别的感伤情景，于是画面镜头由"秦楼"跃向"灞陵"。"年年"暗示夫妇离别旷日持久，"伤别"含蕴无数人的悲伤与哀痛！下片写秋暮之怨。秦娥重阳节登高远望，希望看到夫君佳节归来，然而咸阳古道上不见夫君踪影。"音尘绝"凸显秦娥的失望，情真语挚，动人心魄。眼前"西风"之中、"残照"之下的"汉家陵阙"，更引起她内心的强烈震撼：韶华易逝，人生几何，此生将要等到何时才能与夫君团聚！此词声情悲壮，气象博大，以"伤别"为关纽，以"秦楼月""音尘绝"为眼目，以"灞陵伤别""汉家陵阙"为结穴，相续映照，浑然一体。

金昌绪《春怨》构思巧妙，立意新颖。它设计了一个极富戏剧性场面的特写镜头，一个意蕴丰富的动作性细节——驱赶啼莺，表达女主人公思夫之情的深切与缠绵，思夫而不得的种种懊恼与惆怅。它虽然通篇只说一事，四句只有一意，却不是一语道破，一目了然，而是层次重叠，极尽曲折之妙。首句似平地奇峰，突然而起："打起黄莺儿"，黄莺是讨人欢喜的鸟，思妇为什么却要"打起黄莺儿"呢？第二句诗对第一句作了解释，原来"打起黄莺儿"的目的是"莫教枝上啼"。但鸟语与花香本都是春天的美好事物，而在鸟语中，黄莺的啼声又是特别清脆动听的，为什么不让莺啼呢？第三句"啼时惊妾梦"把前文悖谬行为的原因揭示出来：原来思妇是被黄莺吵醒的，她的一片梦境被黄莺儿打乱了。黄莺啼晓，说明本该是梦醒的时候了，思妇为何这样怕惊醒她的梦呢？她做的是什么梦呢？最后一句诗的答复是："不得到辽西"。思妇怕惊破的不是一般的梦，而是去辽西会见丈夫的梦，黄莺儿的啼叫把她梦到辽西与丈夫会面这一线可怜的希望也给无情地打破了。如此连绵反复，句句相承，层层递进，一气呵成，韵味无穷。诗中似乎不近情理的驱莺行动，生动形象刻画了思妇在此时此刻内心的强烈情感。

王昌龄《闺怨》为闺怨七绝的代表之作。此诗描写了上流贵妇赏春时触景生悔的心理变化。

闺中少妇不知愁，春日凝妆上翠楼。
忽见陌头杨柳色，悔教夫婿觅封侯。

首句是"起"，写少妇无忧无虑。"闺中少妇"点出主人公的生活空间，"不知愁"点出她优裕的生活条件和轻松的精神状态。诗题为"怨"，却从无愁起句，相反的笔调埋下很深的伏笔。次句是"承"，写少妇登楼赏春。笔墨由内（闺中）而外（翠楼），"登楼"而要郑重其事地化妆，可见不差脂粉钱，不缺闲工夫，没有烦心事，凝妆登楼肯定不是为了排遣愁闷（遣愁何必凝妆），而是为了观赏春色以自娱。写少妇青春的欢乐,正是为下段青春的虚度、青春的怨旷蓄势。一、二两句通过活动场景("深闺""翠楼")和人物心情("不知愁")动态("凝妆")的描写,一个清纯少妇的美丽身影就闪动在读者面前。三句是"转",写少妇见柳动情。"忽见"是不经意地流目瞩望而适有所遇,"忽"字透露出少妇乍见柳含翠烟的阳春美景的刹那间的惊异、欣喜和陶醉。很自然会想到,如此良辰美景,若能与夫君共赏该是多么惬意?或许她还会联想到,柳树又绿,时光流逝,红颜易老,青春难再……四句是"合",写少妇油然悔恨。她幡然醒悟:"杨柳色"比"觅封侯"更值得留恋,更有追求的价值,而自己却稀里糊涂地怂恿夫婿远戍边关觅取功名,彼此辜负了青春,辜负了韶华!悔不当初,思极怨极。这首七绝叙事曲折,抒情含蓄,通篇叙别情而不着别字,言离愁而无愁字,写法极经济,意韵极深婉。作品生动地显示了少妇心理的迅速变化,却不说出变化的具体原因与具体过程,留下充分的想象余地让读者去仔细寻味。

唐以后的闺怨作品以词为主。花间词鼻祖温庭筠《梦江南》写思妇的离愁别恨。第一首("千万恨,恨极在天涯")写思妇深夜不寐,望月伤情;第二首("梳洗罢,独倚望江楼")写思妇白日倚楼,愁肠欲断,情调含蓄凄婉,笔致清新流丽。《更漏子》("玉炉香")抒写思妇秋思。上阕由室内物象写到人物。"玉炉""红蜡""画堂",写居室华丽,陈设精美。"香""泪"皆名词动用,与"照"相应,玉炉之香袅袅升腾,红蜡之泪暗暗垂下,夜晚的寂静可见。"偏照"句点明季节和人的情思,暗示"秋思"深切。"眉翠薄,鬓云残"两句写人,"薄""残"是思妇辗转难眠的具体写照。"夜长衾枕寒"写其独处无眠的感受:长夜漫漫,衾枕生寒。下阕由室外雨声写到心境。"梧桐树,三更雨"点明夜已深沉,思妇仍未睡着。"不道"呼应"偏照",强调长夜难眠的原因。"叶叶""声声"两两相叠,表现繁叶促音,将声音拉长,从声音角度将"长""苦"具象化,且实现雨声由夜至晓的绵延。"空阶"意谓台阶空设,无人归来,思妇秋思无有尽头。全词从室内物象到室外雨声,这种虚实过渡由外而内地塑造了完整的思妇形象。空灵疏淡,语浅情深。《菩萨蛮》("小山重叠金明灭")描写思妇晓起的情景,表现其娇慵、惆怅、百无聊赖之情。上片写其慵懒。首句以绣屏掩映、阳光明灭,写少妇居室富丽,暗示思妇起身很迟。次句写思妇容貌之美,"香腮雪"构词极为新颖,她两腮雪白柔嫩,散发缕缕芳香,乌黑柔软的鬓发垂掠其上,"欲度"将无生命的"鬓云"写活,色泽、气味、体态连同神情都生动地描绘出来,一副娇慵万分模样。"迟"与"懒起"相呼应,言其本无心打扮但又不得不妆扮,"弄"字言其梳妆虽是例行公事也颇费心思。下片写其落寞。"照花"二句承上启下,写出梳洗已毕对镜簪花,镜中人面花朵交相辉映,愈增其容色艳丽,难免孤芳自赏。然而,待她更换新绣罗襦,见到衣上金线绣的成双作对的鹧鸪鸟,无限孤独的感觉便油然而生。至此,前面关于思妇慵懒情状的描写,便有了足够的心理依据。全词以浓丽的色彩、香软的笔调、含蓄的手法、深密的意境写人物,意在言外,耐人玩味。

韦庄《女冠子》("四月十七")写女子追忆情人,先写去年今日,离别时节黯然情伤,疑真却梦;次写别后魂牵梦萦,无法遏止又无人理解,似梦还真。构思布局别具匠心,语言浅白不假雕饰,女子内心情感描写细腻生动。薛绍蕴《谒金门·春满院》前六句写思妇梦醒情形,"晶帘未卷"见睡觉未起,"金线叠损"见无心打扮,"斜掩金铺"见期待人归,帘外双燕呢喃,满院落花千片,无疑使她孤独感、迟暮感越积越浓。后两句写思妇内心独白,本就"相思肠欲断",怎敢频频梦中相逢?梦中欢聚次数愈多,梦后重谙离别更苦!冯延巳《鹊踏枝》("梅落繁枝千万片")写思妇春日登楼凭栏,不见归人,珠泪暗流。残梅、寒山、征鸿、暮烟,烘托了空落清寒的氛围,思妇从白天到日暮"凭栏",写出凝望之久与瞻望之远,见出相思之浓和不甘迟暮,最后的特写镜头"鲛绡掩泪"表现了绝望之后的悲苦痛切。《清平乐》("雨晴烟晚")写暮春之景,上片写景由远及近,下片写景景中有人,借暮春黄昏之景烘托"阁中人"寂寞、孤独、惆怅之情。李璟《浣溪沙》("菡萏香销翠叶残")亦以女性口吻写闺愁。写思妇悲秋念远之情,充满了感伤和哀怨,反映了封建时代夫妻远离给妇女带来的痛苦。"细雨梦回鸡塞远,小楼吹彻玉笙寒"两句朦胧渺远,刻画人生离恨的凄迷极为动人。

唐代宫怨诗甚多,著名诗人如王昌龄、白居易、元稹、杜牧等都写下了不少宫怨诗,揭露了封建制度广选妃嫔的罪恶和残酷,表示了对广大妇女的深切同情。王昌龄以写宫怨诗著称,其宫怨诗细腻真切,以情取胜。组诗《长信秋词》以哀怨的笔调揭示宫女思妇的幽愁暗恨和对青春美好生活的珍惜,刻画深刻婉转,细致入微。名篇《长信秋词》"奉帚平明"借汉代才女班婕妤失宠后的境遇,写宫廷妇女的苦闷生活和幽怨心情。

　　奉帚平明金殿开,且将团扇暂徘徊。
　　玉颜不及寒鸦色,犹带昭阳日影来。

诗的前两句描写失宠宫女的苦闷生活。先写劳作:天色方晓,打开宫门,拿起扫帚,洒扫庭除。"奉帚"写劳役的恭敬和心情的忧虑。"平明"写起身的绝早和日程的刻板。再写休憩:扫完金殿,别无他事,手执团扇,且共徘徊。此句用语双关,用典贴切。"团扇"喻失宠之可悲。"徘徊"写心神之不定,愁情无法排遣。"且将"突出她们的孤寂无聊,竟日得不到任何慰藉,唯有同样具有悲剧色彩的团扇与己相伴。后两句描写失宠宫女的幽怨心情。自己虽有洁白如玉的美色,失宠之后反而不如丑陋的乌鸦。寒鸦(时当秋日故称"寒鸦")尚能从昭阳殿(汉殿,指宠妃所居)上飞过,它们身上还带有昭阳日影(古代以日喻帝王,故"日影"即指君恩),而自己深居长信(泛指冷宫),君王从不一顾。玉颜不但不如同类之人,甚至不如异类之鸟。这两句委婉含蓄地表达了深沉的怨愤:君王不仅分不清美丑,而且分不清好恶(乌鸦之鸣不吉利)。这首诗不仅是在抒发宫人之怨,也是在抒发不遇于时的才人之怨。王昌龄宫怨诗名作还有《春宫怨》等。

白居易《后宫词》写一个失宠宫人彻夜难眠、无限哀怨。

　　泪湿罗巾梦不成,夜深前殿按歌声。
　　红颜未老恩先断,斜倚熏笼坐天明。

小诗虽仅二十八字,而"怨"却写出五层。盼君临幸未得,致使"泪湿罗巾"为"一怨";退求梦中慰藉,无奈好梦难成为"二怨";深夜辗转难眠,但闻他人欢乐为"三怨";青春风韵犹在,君恩居然断绝为"四怨";"斜倚熏笼"苦待,坐到天明无果为"五怨"。一种情思,五层写来,尽缠绵往复之能事。而全诗却一气浑成,如笋破土,苞节虽在而不露;如茧抽丝,幽怨似缕而不绝。短短四句,细腻地表现了一个失宠宫女复杂矛盾的内心世界。夜来不寐,等候君王临幸,写其希望;听到前殿歌声,君王正在寻欢作乐,写其失望;君恩已断,仍斜倚熏笼坐等,写其苦望;天色大明,君王未来,写其绝望。小诗虽写短短一夜,而情境却多重交错。泪湿罗巾,写宫女的现实;求宠于梦境,写其幻想;恩断而仍坐等,写其痴想;坐到天明仍不见君王,再写其可悲的现实。此诗情感由希望到失望，再由痴念到绝望，层层写来，含思婉转，对失宠女子的内心变化刻画得丝丝入扣，余韵如缕。白居易宫怨诗名作还有《上阳白发人》等。

元稹《行宫》勾画了在寥落古行宫中白发宫女的无奈人生。

>　　寥落古行宫，宫花寂寞红。
>　　白头宫女在，闲坐说玄宗。

四句诗将地点、时间、人物、动作全都表现出来，构成非常生动的画面。首句交代描述地点，"行宫"是皇帝出行的驿馆，可视为社会兴衰的缩影。前着一"古"字，把读者目光引向历史，唤起"宫女如花满春殿"的想象。"寥落"写眼前的行宫繁华不再、荒寂冷落。在"繁华"历史与"寥落"现实的对比中，隐含了世事沧桑、盛衰无常的慨叹。次句暗示环境氛围，"宫花"已"红"可见是春季，诗句以热衬冷，"红"为热，"寂寞"为冷；以实写虚，"红"为实，"寂寞"为虚；以乐衬哀，"红"为乐，"寂寞"为哀，在多重渲染映衬中，为人物出场酿足浓郁氛围。三句由景及人，从末句中"玄宗"二字可知，宫女们乃是天宝年间幸存下来的老妪。宫女的"白头"和宫花的"红"形成反面映衬，又和宫花的"寂寞"行宫的"寥落"形成正面映衬。这种映衬，增强了形象的立体感。"在"字以"在"写不在，以有写无，在对白头宫女的反复映衬中将今与昔作对比。末句转到对人物语言神态的描写，几十年来禁闭冷宫、与世隔绝的宫女百无聊赖地"闲坐"，她们别无话题，只能回忆天宝遗事，说玄宗却不论玄宗的是非对错，笔轻意重，句绝意长，对宫女从月容花貌到白发皤然的青春消逝，对玄宗从治政巨人到世乱侏儒的人生演变，任凭读者根据开元盛世、安史之乱的认识去驰骋想象。《行宫》短短二十个字，倾诉了宫女无穷的哀怨之情，寄托了诗人深沉的盛衰之感。

杜牧《秋夕》写一个失意宫女的孤独生活和凄凉心情。

>　　银烛秋光冷画屏，轻罗小扇扑流萤。
>　　天阶夜色凉如水，坐看牵牛织女星。

前两句描绘出一幅深宫生活的图景。首句描绘环境，"银烛"表明是在晚上，与题面的"夕"字相照应；"秋光"是在写时令，关合题面的"秋"字；"冷"指烛光带有寒意，给人一种清冷之感，衬出主人公内心的孤凄。"画屏"暗示是宫女的内室。次句出现人物，从人物动作描写中，可见是个尚未成婚的，还保持着少女的天真与稚气，更见出她的孤寂与无聊。流萤竟然飞动于宫苑的某个角落，显见她的生活环境的荒凉与凄冷。"轻罗小扇"含有象征意味，象征着持扇宫女终有一日被遗弃的命运。后面两句中，"天阶"表明是皇宫中的石阶。"凉如水"是用通感的写法，以触觉喻视觉，不仅有色彩感，而且有温度感，暗示时间推移，夜已深沉。宫女因感庭院之"凉"，只好百无聊赖地再回寝宫，但仍然难以入睡。末句"卧看"写出宫女独处时寂寥孤单的心境，也写出她对爱情的萌动和向往，尽管牛郎织女是一年一度相逢，宫女也是无比羡慕的。全诗没有明说怨情，但通过对宫女秋夜踱出寝宫和步入寝宫的两次行动的描写，便揭示了她哀怨与期望相交织的复杂的内心世界。杜牧宫怨诗名篇还有《宫人冢》等。

除此之外，还有杜审言《赋得妾薄命》、王维《秋夜曲》、王建《古宫怨》、李白《妾薄命》、皇甫冉《婕妤怨》、薛蓬《宫词》、顾况《宫词》、刘禹锡《阿娇怨》、李益《宫怨》、张籍《白头吟》《吴宫怨》、朱庆余《宫词》、武衍《宫词》、张祜《宫词》《何满子》、刘皂《长门怨》、李贺《宫娃歌》《三月过行宫》、李商隐《宫词》、司马札《宫怨》、杜荀鹤《春宫怨》、和凝《宫词》。女人自己写的宫怨诗以梅妃江采苹《谢赐珍珠》最为有名。当年,因多情善妒的杨贵妃固宠希恩,梅妃被玄宗打发往上阳宫居住。梅妃和其他被打入冷宫的宫女一样孤独索寞、懒于画眉梳妆。相传,梅妃写一首《楼东赋》给玄宗。玄宗阅后怜悯之心油然而生,正巧外国使者来进贡珍珠,玄宗派人偷偷地送给梅妃以示安慰。梅妃大失所望,退还珍珠并附诗一首:"柳叶双眉久不描,残妆红泪污红绡。长门尽日无梳洗,何必珍珠慰寂寥。"玄宗读后怅然不乐,令乐府为诗谱上新曲,曲名叫《一斛珠》。

三、宋元明清怨歌

(一)

梅尧臣《田家语》反映了北宋田家生活的痛苦,是继杜甫、元结、白居易等诗人之后产生的深刻地揭示民生痛苦的诗篇。开篇就写租税之重和逼租之急:"谁道田家乐?春税秋未足!"作品以设问开头,引发读者思索,为什么"春税秋未足"呢?接下来写灾害侵袭,秋收无望:"盛夏流潦多,白水高于屋。水既害我菽,蝗又食我粟"。洪水泛滥之后是蝗灾肆虐,灾害接踵而来。田家处于如此悲惨境地,统治者不顾人民死活,还一个劲地催租逼税。不仅如此,官府还强迫广大农民服兵役,弄得家破人亡,造成田家都无壮丁在室,情况倍加凄惨:"州符今又严,老吏持鞭朴。搜索稚与艾,惟存跛无目"。在兵役、租税、水灾等灾难的煎逼下,田家生活艰难,欲诉无门,走投无路:"愁气变久雨,铛缶空无粥;盲跛不能耕,死亡在迟速"。作品通过田家之口,倾诉无尽灾难:既受天灾——洪水泛滥、蝗虫为害,又受统治者的残酷压榨——租税与抽丁,摧残尤甚。听完田家悲酸的诉说,诗人倍感惭愧,意欲弃官归隐,用今天的话来说,做官难为民做主,不如回家卖红薯。梅尧臣《陶者》控诉了劳动者一无所有、剥削者不劳而获的不平等的社会现象。同样,张俞《蚕妇》通过勾画蚕妇的行动、状态及心理活动,揭示了剥削者不劳而获、劳动者无衣无食的社会现实,表达了对社会不公的讽刺和批判。无名氏《赤日炎炎似火烧》以一场罕见的亢旱为背景,展示了两类人的生活场景和心境,挥汗如雨的劳动人民忧心如焚,轻摇凉扇的公子王孙快乐逍遥,尖锐的阶级对立被揭露得无以复加。

王安石古风《河北民》生动真切地反映了河北人民在天灾人祸双重折磨下的痛苦生活,透露出诗人内心无比的沉痛和人溺己溺的焦虑。起首两句开门见山点明"边民苦辛"题意,下文紧扣"长苦辛"三字,选取一组典型材料,分三层具体描写河北边民的苦难:一是苛敛搜刮之苦,家家户户勤耕苦织的劳动成果,被朝廷勒索去供奉辽和西夏的贵族;二是饥馑徭役之苦,遭逢大旱,颗粒无收,哀鸿遍野,仍被官府急如星火地催逼去做河工;三是流亡无地之苦,扶老携幼长途跋涉向南逃荒,但灾荒之年无处求生,走投无路,逃亡者面无血色,悲痛欲绝。篇末两句采用古今对比的手法寄托批判时政的深意,深化了诗的主题。此诗采用转折累益、渐层深入、对比寄慨等表现手法,造成文势的跌宕之美。

范成大《后催租行》题为"催租",却并不直接表现如何"催",而全写如何"纳","纳"的悲惨,从反面凸显了"催"的严酷,这种构思甚为巧妙。开始写"纳"

的背景：遭受水灾（秋雨淹田，江洪泛滥）而无力缴租（"佣耕犹自抱长饥"），在这样的情况下，官府依然不顾人民死活横征暴敛（"黄纸放尽白纸催"），逼得老农卖衣完租（"卖衣得钱都纳却，病骨虽寒聊免缚"）。尽管忍饥挨饿，尽管多病畏寒，但总比缚送衙门、受鞭笞之苦强得多，官府比饥寒、病痛更可怕。物已卖尽，就轮到卖"家口"。下面写老农卖女完租。去年卖掉大女，今年卖掉次女，明年只有三女可卖了（"室中更有第三女，明年不怕催租苦"），"更有""不怕"貌似达观，实为沉痛，再现了老农饱尝痛苦、积愤在心的语气声口。女儿卖尽之后，老农还能卖什么可以抵偿租税呢？诗歌留下一个顺势即可补足的想象空间。这位老农的悲惨结局，也正是当时广大劳动人民的共同命运。诗人长于冷嘲，极力不露声色，在一种平静的、客观的叙述中表现沉痛的揭露、冷峻的嘲讽，在更广泛的背景上揭露了官府催租的残暴。《四时田园杂兴》（"采菱辛苦费犁锄"）写穷苦农民因无力买田耕种，只好靠种菱过日子，可是统治者连湖水也要收租，残酷的封建剥削可谓无孔不入。

　　元代怨歌中有一篇很独特的作品无名氏《醉太平》，这首小令是元代社会现实的真实写照，也是讨伐昏君暴吏的战斗檄文。作品展示的是一个病态社会，富于人民性和批判性。它的曲牌用"醉太平"就颇显幽默，曲词更是嬉笑怒骂。一开始就是反语，所谓"大元"虚有其表，外强中干。其病根子就在于"奸佞专权"，后面解剖"奸佞专权"带来的种种恶果：其一，劳民伤财，社会动荡；其二，苛政酷刑，民怨沸腾；其三，怪事迭出，民不聊生；其四，官贼不分，贤愚混同。作者以大胆直露的笔调，一层层写出施政的悖谬、吏治的残酷、经济的衰败和官场的贪虐。像这样一个百孔千疮、病入膏肓的黑暗社会，最终的结局必然是走向灭亡。"哀哉可怜"呼应曲首，无情嘲笑。格调质朴自然，句式短小灵活，语言辛辣明快，是这支曲子的特色。刘时中〔正宫·端正好〕《上高监司》中的〔叨叨令〕揭露元代大饥荒流民骨肉分离的惨状，〔滚绣球〕描写官吏横征暴敛、贪污受贿的嘴脸。曾瑞〔般涉调·哨遍〕《羊诉冤》揭露政局动荡导致吏治混乱，官员如同生剥活羊的屠夫一样盘剥平民。

　　明代王磐〔朝天子〕《咏喇叭》借咏喇叭，嬉笑怒骂，揭露宦官鱼肉百姓的罪行。明武宗朱厚照正德年间宦官擅权，倚势欺民，作威作福，他们每到一处便大吹喇叭以征兵役。这篇针砭时弊的曲文，便是作者因官船到高邮骚扰，百姓不堪其苦而作。"喇叭，唢呐，曲儿小，腔儿大"，这几句表面看是就喇叭、唢呐的吹奏特点发意，实际是隐喻宦官权要们并不具备什么真本领，只不过是装腔作势，表现出嚣张的气焰而已。接着写官船众多，往来频繁，全靠喇叭、唢呐助威，以壮声势，借以吓人，致使军愁民怕，他们无从知晓这一批批官船的前来是秉承皇帝的旨意，还是宦官矫诏横行。结尾三句借喇叭、唢呐的吹奏后果，隐指宦官们强征丁壮，横征暴敛，使得千家万户妻离子散，财产荡尽方肯罢休。这首小令根据咏物要求，处处在咏喇叭、唢呐，而又处处有所隐喻和寄托，曲文全用白描，语含讥讽，似不经意，却写得十分工练。江盈科《雪涛诗话》评价王磐的散曲时曾说："材料取诸眼前，句调得诸口头，朗诵一过，殊足解颐。"此曲可谓体现了这种特点。

　　清代诗人吴伟业《捉船行》愤怒地揭露了暴官污吏的罪行，对在苛捐杂税沉重压榨下的贫苦船民寄予了深切的同情。第一层言"差官捉船"，写了三种情况：大船买脱，中船潜避，小船不知，意即遭受灾难的只是下层贫苦的老实船民。"买脱"二字透露出捉船不过借军运之名横加勒索罢了。第二层写捉船情形，正面揭露官差们的横暴，前二句言郡吏之"凶"（凶狠——"如虎"；火速——"快桨追风"），后二句言村人之"苦"（猝不及防——"露肘捉头"，被抓；万般无奈——"耐鞭苦"，挨打），这些村人是小船之主，大船买脱了，中船逃避了，只有小船倒霉。第三层写勒索场面，"无知"者苦苦哀求，"晓事"者敛钱相送，官差肆意抓人打人，目的并不在于征用民船，而是借此掠夺民财，这是具体描写。第四层写勒索无已，是概括叙述，船捉去，"家家坏十千"；船发回，"仍索常行费"，此外还要摊派雇船费。这四句生动而尖锐地揭露了官差贪婪的嘴脸。诗歌的最后两句写"官舫巍峨""打鼓插旗"，这是特写镜头，与上面所写的形成强烈对比，揭露出"官差捉船为载兵"是一种谎言，目的在于掠夺百姓，暗示了民不聊生的社会根源，含意深永地揭示出全诗的主题。陈维崧《贺新郎·纤夫词》描写清统治者为巩固政权，平定藩乱，强征民夫服役，使人民深遭苦难。词的上片，重点揭露朝廷征召纤夫，强行抓走百姓的罪行："征发棹船郎十万，列郡风驰雨骤。叹间左、骚然鸡狗。里正前团催后保，尽垒垒锁系空仓后"。词的下片，以特写镜头写"丁男"与"草间病妇"临歧诀绝的惨景，夫妻临别之语，凄怆之极："此去三江牵百丈，雪浪排樯夜吼。背耐得、土牛鞭否？好倚后园枫树下，向丛祠、亟倩巫浇酒。神佑我，归田亩"。词中的叙事方法，是从乐府和元曲中化用而来，此作可写成一篇相当字数的小说，也可以拍成一部电影，因为它有过程，有情节，有人物的形象，也有映衬和对比的场景。此外，周弘《道旁叹》揭露赈荒之弊，查慎行《村家四月词》写农民以人拉犁的苦况。曹寅《浣溪沙》（"曲曲蚕池数里香"）是以词的形式写织女生活的杰作，其意与杜甫"彤庭所分帛，本自寒女出"一脉相承。蒋楛《河堤曲》以民谣形式，写黄河泛滥给人民造成的灾难。

（二）

宋代反映战乱灾难的作品名气大的应数姜夔《扬州慢》。小序以洗练的语言、凄婉的音节，为读者交代了词作的时间（淳熙丙申至日，即1176年）、写作的缘由（感慨今昔）和千岩老人的评论。作品用昔日扬州城的繁荣兴盛景象对比现时扬州城的凋残破败惨状，写出了金兵入侵带给扬州城的万劫不复的灾难。

  淮左名都，竹西佳处，解鞍少驻初程。过春风十里，尽荠麦青青。自胡马窥江去后，废池乔木，犹厌言兵。渐黄昏、清角吹寒，都在空城。

词的上片纪行。"淮左名都"三句，镜头逐渐聚焦：淮左—名都—竹西，这个开头仿佛柳永《望海潮》的开头，境界由大到小。"淮左名都"说明位于淮水之南的扬州是令人神往的大都会，淮左，宋代设置的淮南东路称为"淮左"。"竹西佳处"从杜牧《题扬州禅智寺》"谁知竹西路，歌吹是扬州"化出，竹西亭是环境清幽、景色迷人的名胜。点出"名都""佳处"，概写了想象中昔日扬州的繁华，为下文写扬州今日破败荒凉反面铺垫。"解鞍少驻初程"言第一次到扬州的词人下马驻足停留，"初程"即刚开始的旅程，这既突出了对名城风华的仰慕，又表明忆旧是为了伤今。"过春风十里，尽荠麦青青"两句笔锋一转，上句以虚拟之笔，巧用小杜诗句（"春风十里扬州路"），尽写往日扬州的无限风光（画面感强烈，垂柳夹道、楼阁参差、珠帘掩映……），渲染出大都会富丽豪华气派；下句实写眼中所见，"荠麦"是野生的麦子，"青青"不仅说明野麦长得茂盛，而且说明放眼望去无处不是，"荠麦青青"自然使人联想到古代诗人反复咏叹的"彼黍离离"。城池荒芜、人烟稀少、屋宇倾颓的凄凉情景不言自明，这与杜甫的"城春草木深"（《春望》）用笔相似。这两幅虚实对比鲜明的图景中自然寄寓着词人昔盛今衰的感慨。"自胡马窥江去后"揭示灾难性后果的原因，"胡马"指金朝的骑兵。"窥江"指多次打到长江北岸：高宗建炎三年（1129年）、绍兴四十年（1160年）、绍兴四十一年（1161年）和孝宗隆兴二年（1164年）金兵屡次南侵，其中一次，金人十万铁骑破扬州，大肆掳掠，"横尸二十里"，破坏极其惨重，扬州变得残破不堪。"废池乔木，犹厌言兵"八字写战乱的惨状，"废池"即废毁的池台，"乔木"乃残存的古树。二者都是乱后余物，表明城中荒芜，人烟萧条。金兵的劫掠虽然早已成为过去，而"废池乔木"依然厌憎谈论战事，可知当年带来的战祸兵燹有多么酷烈！废池、乔木本是没有知觉的东西，词人将它们人格化，作为一次次浩劫的目击者，战争的恐怖、敌人的凶残，种种景象仍然留在它们心中，连它们都在痛恨金人发动的侵略战争，物犹如此，何况于人！这样写，深刻地反映了人民对侵略战争的极端痛恨。"渐黄昏、清角吹寒，都在空城"几句，更加深入地渲染了战争阴云仍笼罩扬州的紧张恐怖气氛。"渐"字，表明词人伫立良久，陷入悲凉之中，不知不觉就到了黄昏，而黄昏又格外地令人惆怅。"清"修饰"角"，有很特别的味道，跟"寒""空"用在一起，表现扬州的荒凉冷落。"吹寒"交融听觉与触觉两种感受，听觉所闻是清角悲吟，触觉所感是寒气逼人，使人从听觉、触觉上感到无限的悲凉、彻骨的寒意。"都"字写出号角声回荡不绝。"空城"是高度概括，以上所写全部的荒凉冷落都凝结在这两个字上。从词的章法看，"空城"二字实为全词关眼，词人在写过"荠麦""废池""清角"之后，用它来结住上片。

> 杜郎俊赏，算而今、重到须惊。纵豆蔻词工，青楼梦好，难赋深情。二十四桥仍在，波心荡，冷月无声。念桥边红药，年年知为谁生。

词的下片志感。分为两个层次，上半（"杜郎俊赏……难赋深情"）是虚写。"杜郎俊赏"，意为杜牧对景物有出色欣赏能力，四字照应上片"竹西佳处""春风十里"并开启下文。"算而今、重到须惊"，"算"是料想的意思，料想杜牧重来扬州一定会大吃一惊，一惊变化如此之大，二惊城池如此之空，借设想突出今日扬州荒凉残破的程度，用杜牧的惊讶来衬托自己的悲哀情怀。"豆蔻词工，青楼梦好"分别化用杜牧《赠别》"豆蔻梢头二月初"、《遣怀》"十年一觉扬州梦，赢得青楼薄幸名"之句，一则借美人如花、文人风流怀念扬州往昔繁华，"豆蔻词""青楼梦"在唐宋文人心目中，是都市繁华的象征；二则强调杜牧锦心绣口、诗才横溢，为下面"难赋深情"作反面铺垫（由句前的"纵"字可知），杜牧纵然能写"豆蔻词""青楼梦"那样的春风词笔，也无法写出面对扬州残破景象时无限悲怆的深情。比起前面"重到须惊"，"难赋深情"又进一层。"难赋深情"一句点明了一切皆空，扫荡了全部的繁华。下半是实写。"二十四桥仍在，波心荡，冷月无声"，二十四桥在唐代曾是游人荟萃之地，传说有二十四美人吹箫于此。杜牧曾用"二十四桥明月夜，玉人何处教吹箫"（《寄扬州韩绰判官》）来形容那里的欢乐图景，这里化用杜牧诗句，从"桥""水""月"三个方面说明今昔的不同。"桥仍在"意谓"人不在"，"玉人吹箫"的风月繁华已不复存在了。昔日菱歌泛夜的瘦西湖如今空空如也，只有清冷的圆月孤零零地倒映在湖心。扬州别称"月城"，唐代徐凝诗云："天下三分明月夜，二分无赖是扬州"，而今见证过扬州繁华的月亮似乎也很伤情，默默无语。这里用名桥空荡、波荡冷月的无声无息、冷幽凄绝的画面，透出繁华衰歇、触目伤怀的悲凉情绪。二十四桥又名红药桥，桥边生红芍药，扬州芍药向来以"甲天下"著称。"念桥边红药，年年知为谁生"，词人想象芍药年复一年自开自谢，将不会有任何人光顾游赏、采摘佩戴，花的寂寞也是城的寂寞，感伤的问句蕴含着词人对今日扬州残破的悲痛，给读者留下深沉的思考和回味。

从感情容量来看，《扬州慢》如同一篇浓缩的《芜城赋》。它既表现出金兵入侵造成的灾难，又抒发了时人对战争的恐惧与厌恶的心理，有很深广的社会历史意义，曾传诵一时。全词最显著的特点是大量化用杜牧诗意，回忆扬州昔日的繁华，把杜郎俊赏、豆蔻词工和青楼梦好，与风流散尽、好景难觅、深情难赋作了鲜明的对比。昔日的扬州是"淮左名都""春风十里"，眼前扬州是"荠麦青青""清角吹寒"；昔日扬州"青楼梦好""玉人吹箫"，眼前扬州"波心荡""冷月无声"。昔日扬州芍药观者如山，今日扬州花开无人问津，皆虚实对比。

两宋反映战争灾难的名作还有蒋兴祖女《减字木兰花·题雄州驿》、戴复古《淮村兵后》。前者是凄婉词篇，写靖康初年金兵南侵，作者亡国丧家、被掳北行的深哀剧痛。上片写北去途中的凄凉景象，下片抒回首乡关的万结愁肠，化典自如，用语精当，如泣如诉，字字生悲。后者描写金兵南侵给江淮一带造成的巨大破坏：荒村寥落，断壁残垣，荒草茫茫，晚鸦聒噪，只有不知人间悲欢的小桃兀自开放，农家和平安宁的生活场景荡然无存。对遭受兵乱之苦百姓的同情和对入侵敌人的仇恨寄托在荒凉的景象之中。

元好问的"丧乱诗"反映了蒙古侵略军抓役夫，催军租，掳掠妇女，使广大人民流离死亡的种种惨状，其艺术的概括力和真挚深厚的感情，为杜甫以后所少有。《岐阳曲三首》其二（"百二关河草不横"）描写蒙军破城、生灵涂炭的惨景，揭示了厌恶战争、悲悯战乱的主题。1233年，蒙古贵族军队攻陷汴京，诗人元好问成了阶下囚，被驱逐至聊城，沿途目睹了侵略者的暴行，激起了他满腔义愤，就写下了七绝《癸巳五月三日北渡三首》，反映了这一现实情况。其中第三首极写中原、河朔地区遭遇浩劫后凄惨景象。

　　　　白骨纵横似乱麻，几年桑梓变龙沙。
　　　　只知河朔生灵尽，破屋疏烟却数家。

"白骨纵横"是写沿途所见累累白骨横横竖竖，到处都是，触目可见，"乱似麻"，是写露于野外的白骨给人的感觉，如乱麻似的，又多又密，重叠交错，乱七八糟。诗歌一开始就用令人毛骨悚然的悲惨画面，愤怒控诉了元蒙侵略者滥杀无辜百姓的滔天罪行。由于入侵者杀人如割草，千村万落在极短的时间内发生了骇人的变化。人都被杀光了，没人劳作了，往昔美好的田园，如今一片荒芜，如同塞外的沙漠。"龙沙"本指玉门关以西隆起如龙的沙漠地带，这里借指荒凉的地方。绿树环合的"桑梓"（家乡）与寸草不生的"龙沙"是有着天渊之别的两种地域，但仅仅"几年"这种区别就彻底消失了。倏忽之间山河变色，可见侵略者烧杀掳掠残害人民酷烈凶暴到什么程度！金王朝不堪一击崩溃迅速到什么程度！中原地区是如此，那么北方呢？诗人继续被驱北上，他推想：河朔地区生存环境恶劣人烟本就稀少，更加上这片金朝的边地早已沦陷于敌手，肯定是见不到一个生灵（老百姓）了，第三句写的就是这种心态。但诗人到那里却看到：劫后幸存的几户人家，散布于这片广袤而荒寒的地方，房子东倒西歪破破烂烂，几缕若有若无时断时续的炊烟在飘散……这两句是一种特殊的写法——用现代话来说，就是带点"黑色幽默"意味的写法——你元蒙侵略者还总算没有把人斩尽杀绝，在这气候极其恶劣、环境极其荒寂、鬼打得死人的去处，还有几个"漏网之鱼"苟且偷生！诗歌以有限之"有"衬出无限之"无"，让人想见河朔地区同中原地区没有根本区别，同样是略无孑遗，其实并没有超出诗人原先的想象。全诗抓住"白骨""龙沙""破屋""疏烟"等几个丧乱世界的特定意象，寥寥几笔勾勒，就形象逼真地描绘出国破家亡的惨景，从而表现了元蒙侵略者的凶残和人民的苦难，给人留下深刻的印象。

明初诗人刘基《古戍》描写战争给社会带来的破坏：烽火不断，遍地号角（"古戍连山火，新城殷地笳"）；时局动荡，农事败坏（"九州犹虎豹，四海未桑麻"），表达了诗人对时局的忧虑和关注。生活在明清易代的诗人韩洽，抛家别井，万里投荒，漂泊无归，他在《闻雁》中所抒写的情感不仅有普通的客子羁旅乡愁，还深寓着自己的故国之思和离乱之感。开头两句描绘江畔深秋月夜的特定环境，渲染出一派凄清岑寂的氛围："朔风吹雁渡江干，月白霜清响尚寒"。表现了诗人惨淡凄怆的情绪，折射出当时社会动乱、民生凋敝的苦难现实。此诗与杜牧《早雁》同样表现乱离，但角度全然不同。

清代浙西词派领袖朱彝尊《卖花声·雨花台》描写了清初战乱之后金陵破败荒凉景象，以此来表达自己满腔的伤感之情。上片描写故都衰败凋零。词以"衰"字领起，化用刘禹锡《石头城》诗意，把读者带入衰败、空寂、凄凉的氛围之中。接着三句写城南景象，原本热闹非凡、繁华尽显的"大长干""小长干"，"歌板"不歇、"酒旗"连片的游览胜地秦淮河，都已恍如隔世，凄清冷落，只剩下几个钓者。下片抒发人世沧桑之感。先写雨花台，突出"寒"和"空"，"六朝"暗示名城历史悠久，从前天花降落的地方，如今空空荡荡，只有"秋草"萧萧。"更无人处一凭栏"切入登台吊古伤今本事，"无人处"呼应"零落尽"，强化荒凉冷落意境。结尾用不知人间兴亡盛衰、在斜阳飞掠的燕子，反衬词人满腹的惆怅、哀伤与无奈，"如此江山"含蓄地指出江山依旧，人事已非。全词从头至尾都渗透着浓重的悲凉与伤感，饱含着兴亡之慨，风格沉郁凄清，语言清丽自然。

（三）

宋代迁谪诗人、迁谪诗歌众多，如王禹偁《谪居感事》、欧阳修《戏答元珍》《黄溪夜泊》、苏轼《沁园春》（"孤馆灯青"）《南乡子》《寒食雨》、黄庭坚《谪居黔南十首》、秦观《踏莎行·郴州旅舍》等。宋代迁谪诗词的精神内容与唐代相比较，也有了很大的变化。随着封建社会由顶峰走向衰落，统治者日渐腐朽，正直之士遭贬谪者已是司空见惯。又由于儒、释、道教的融合，诗人们亦能见怪不怪，即使仕途有升有降，也能做到宠辱不惊，旷达看待。

王禹偁一生性格刚直，多次遭贬，先贬商州，继贬滁州，再贬扬州，又贬黄州，后贬蕲州，在贬谪期间，诗人并不消沉于哀怨愁绝之中，而是尽可能地调整心态，力求把谪居看成一件平平常常的事甚至是乐事。《谪居感事》为五言长律，一百六十韵，诗中虽然描述了生存的艰辛："坏舍床铺月，寒窗砚结澌""瘦妻容惨戚，稚子泪涟洏"；但也表达了心态的坦然："迁谪独熙熙，襟怀自坦夷""穷通皆有数，得丧又奚悲"。在《听泉》中写道："平生诗句多山水，谪宦谁知是胜游。"

欧阳修上书痛责守旧官吏，被贬为夷陵（今湖北宜昌）县令。《戏答元珍》表达政治失意之后的心情。"春风疑不到天涯，二月山城未见花"前问后答，点出作诗时地和山城早春气象，流露出山居寂寞的情怀。"残雪压枝犹有橘，冻雷惊笋欲抽芽"描写夷陵最典型、最奇特的自然景象：残雪压枝，枝头却有红橘；惊雷挟寒，竹笋却在抽芽，两句展示出料峭春寒中生机勃发的画面，暗喻了自己身处僻远危苦之境仍怀奋发向上之意。"夜闻归雁生乡思，病入新年感物华"转入对处境和心情的直接描写，"夜闻归雁"表明夜深不寐，"病入新年"表明身体欠佳，二者皆因远谪苦闷所致。"曾是洛阳花下客，野芳虽晚不须嗟"在情调上对应三四两句写景文字，转而以自我宽慰终篇。《黄溪夜泊》前半（"楚人自古登临恨，暂到愁肠已九回。万树苍烟三峡暗，满川明月一猿哀"）借景抒情，因贬楚地，自然想到"楚人"，不思其它楚人，只想起宋玉，不仅引出一"恨"字，且明夜泊季节。次句承古"恨"而写今"愁"，"暂到"与"九回"构成极大反差，强调愁的程度。接下来是写景名句，入暮——林木葱茏，苍烟凝聚，峡中幽暗；夜半——明月当空，满川银白，孤猿哀啼。可见夜泊黄溪，诗人难以成眠。后半（"非乡况复惊残岁，慰客偏宜把酒杯。行见江山且吟咏，不因迁谪岂能来"）写情绪上的变化，先承"愁"写"愁"的原因，贬谪不好说，就说漂泊异乡和时逢岁暮；后写"慰"愁方式。一是借助于酒了，二是行诸吟咏。不因迁谪哪能见到这般江山胜境！诗人终于自我解脱。

苏轼自"乌台诗案"后几乎未走好运，先贬黄州，再贬惠州，又贬儋州，其贬谪诗发泄牢骚而出以自嘲诙谐，逆境中多能苦中作乐。《初到黄州》平实清浅，颇有打油风味。下笔"自笑平生为口忙，老来事业转荒唐"两句是反话：自己无政治抱负，只知"为口忙"乃至毫无建树，越混越差，既暗示自己以诗托讽得罪朝廷，以致被贬黄州；也透露了对美食的爱好。"自笑"之后是"自喜"，坏事却变成了好事："长江绕郭知鱼美，好竹连山觉笋香"，长江很近，江中鱼美，竹林很多，山中笋香，水产山蔬丰富，正可饱享口福。"自喜"之后是"自慰"："逐客不妨员外置，诗人例作水曹郎"，贬谪之人当然只能做编外散官，诗人作水槽郎古代多有先例，这没什么埋怨和委屈的。"自慰"之后是"自愧"："只惭无补丝毫事，尚费官家压酒囊"，这也是反话，我太清闲了，无所事事，还要费官府一些抵付薪水的酒袋，真是受之有愧！"笑""喜""慰""愧"实为怀才不遇之"怨"。《沁园春》（"孤馆灯青"）记写赴密州途中"孤馆灯青，野店鸡号，旅枕梦残"的苦况，寄寓"世路无穷，劳生有限"的愁怀，最后却以"身长健，但优游卒岁，且斗尊前"的达语收结。其他如《惠州一绝》以"日啖荔枝三百颗，不辞长作岭南人"收结，《六月二十日夜渡海》以"九死南荒吾不恨，兹游奇绝冠平生"收结，《儋耳山》以"君看道旁石，尽是补天余"收结，皆能将满腹苦水唱成自嘲自慰的欢歌。

宋代诗家迁谪作品写得比较哀怨的是秦观。1097年春他被贬谪郴州，《踏莎行·郴州旅舍》一词以委婉曲折的笔法，抒写了谪居的凄苦与幽怨。

  雾失楼台，月迷津渡，桃源望断无寻处。可堪孤馆闭春寒，杜鹃声里斜阳暮。

开始三句写楼台在朦胧雾气中消失，渡口在昏黄月色下隐匿，想望中的桃花源也无处可寻。"失""迷""无"三个否定词，接连写出三种曾经存在过或在人们的想象中存在过的事物的消失，表现了一个屡遭贬谪的失意者的怅惘之情和对前途的渺茫之感，同时四望的搜索中流露出若有所求、摆脱困境的欲望。"适彼乐土"之不能，旨在引出现实之不堪。"可堪"两句以景衬情，情景交融，多方面地烘托出一个迁人的悲苦心情。"可堪"是不堪，怎堪。"孤馆"点题目"郴州旅舍"。"馆"而曰"孤"，意在突出天涯沦落、孤独愁苦的况味。"春寒"点词作写作时间，"寒"字渲染贬所的凄清冷寞，映射心境的不寒而栗。一个"闭"字传达出备受禁锢、不得解脱的难耐，"闭"既有自然因素，又有政治因素。下句由内而外，写杜鹃哀啼，勾起旅人愁思；夕阳西沉，触动身世之感。"孤馆""春寒""杜鹃""斜阳"，从视觉、感觉、听觉上具写环境的极度难堪，使人倍觉作者悲凄肠断。上片写贬所寂寞的环境，下片写孤苦无告的苦闷。

　　驿寄梅花，鱼传尺素，砌成此恨无重数。郴江幸自绕郴山，为谁流下潇湘去。

　　"驿寄梅花"三句续写离愁别恨。"驿寄梅花"用《荆州记》典，陆凯自江南托驿使把梅花寄给北方的范晔，附诗云："折梅逢驿使，寄与陇头人。江南无所有，聊寄一枝春"。"鱼传尺素"用古乐府《饮马长城窟行》典（"客从远方来，遗我双鲤鱼。呼儿烹鲤鱼，中有尺素书"），古时舟车劳顿，信件很容易损坏，古人便将信件放入匣子中，再将信匣刻成鱼形，美观而又方便携带。这两句言不断接到来自远方亲友的往来书信。然而，亲友慰藉游子的不断寄赠，恰如抽刀断水，反倒愈增词人的痛苦愁恨。"此恨"既是远离京华亲故的离愁别恨，更是不幸遭贬带来的怨愤愁苦。这种愁恨伴随着寄件，越积越多，越积越厚。一个"砌"字化不可言传的抽象情感为具体形象，写出一种堆叠感、沉重感、坚固感和压抑感，"恨"层层叠叠，犹如恨山怨墙沉重坚实而又无法消解。想到自己无罪遭贬，于是由愁苦转而引起心中无限的怨恨，最后直逼出两声苦闷的呼喊、无理的发问，曲折委婉地发泄了郁积的怨恨，更深刻地表现了愁苦的无穷无尽。"郴江"，发源于郴州东面的黄岑山，北流至郴口，与耒水会合后注入湘江。"幸自"，即本自；"为谁"，意犹为什么；"潇湘"，是潇水与湘水的合称。在作者看来，郴江本当始终环绕着郴山而流，如今它却北入湘江，一去不返。埋怨江水无情，毫无道理可言，也正因为问得无理，才益见心情沉痛、极度苦闷。与秦观悲剧性一生"同升而并黜"的苏轼，非常喜欢结尾这两句，听到秦观死讯后悲叹："少游已矣，虽万人何赎！"将这两句词写在扇面上以志不忘。清代诗人王士祯《花草蒙拾》称："高山流水之悲，千古而下，令人腹痛！"

　　明清时期，遭受贬谪的诗人也不少。明代诗人杨慎曾获罪谪戍云南，投荒三十余年，最后死于贬所。他生前往返川滇途中所作《宿金沙江》发泄的就是谪戍边陲的一腔哀怨。作品以嘉陵客寓为立足点，对比遭贬之前和遭贬之后出川夜宿嘉陵的不同感受，往昔夜宿，"江声""月色"使人平添"离愁"、倍感"幽独"；而今夜宿，"江声""月色"使人不堪忍受，使人悲苦"肠断"，因为如今是失去自由的戴罪之身，所去是远离家乡的边地云南，"嘉陵"还是那"嘉陵"，"江声"还是那"江声"，"月色"还是那"月色"，但心境的悲苦是雪上加霜。清代的诗人还常常被流放到新疆、东北极寒之地，如林则徐（流放新疆伊犁）、吴兆骞（流放黑龙江宁古塔）等就是这样。林则徐《赴戍登程口占示家人》豪迈乐观中蕴含怨愤（"苟利国家生死以，岂因祸福避趋之"）。吴兆骞《出关》抒思乡之情、亡国之痛和故国之思（"敢望余生还故国，独怜多难累衰亲"），出语悲凉沉痛。

　　宋人写羁旅行役的名篇有寇准《春日登楼怀归》、徐昌图《临江仙》（"饮散离亭西去"）、柳永《八声甘州》（"对潇潇暮雨洒江天"）、欧阳修《踏莎行》（"候馆梅残"）、陆游《临安春雨初霁》、周密《夜归》等。《踏莎行》（"候馆梅残"）写的是行人春日触景怀人的羁旅情思。上片写行者的离愁，以春色为背景来展开对离情的描写，"溪桥""春水""梅残""柳细""草熏"，画面中弥漫着离人伤别的愁绪；下片写行者的遥想，遥想闺中人相思相望的苦况,"柔肠"寸寸、"粉泪"盈盈见女子思念的深切,遥想是离愁的深化,它使整个词境更加深远。词的上下片的结尾很妙,均以有限的画面来展示无限的情境,言有尽而意无穷。"平芜"两句语浅情长,被前人誉为"不厌百回读"的结句。《临安春雨初霁》开篇直抒胸臆,表达世态炎凉的无奈和客籍京华的蹉跎。接下来四句具体描写"无奈"与"蹉跎":深夜卧听春雨,心事浩茫、惜花伤春、有志难申、远游思家多重愁思伴着绵绵春雨涌上心头;白昼"作草""分茶",百无聊赖,写颇费工夫的草书、品茶鉴别其等级,都是为了消磨时光。结尾自我解嘲,羁旅风霜,壮志蹉跎,不如归乡避世。颔联"小楼一夜听春雨,深巷明朝卖杏花",对仗工稳,清丽疏朗,余韵不绝。宋人善写羁旅的当推柳永,《八声甘州》通篇贯串一个"望"字,满腔羁旅之愁、漂泊之恨,尽从"望"中透出。

> 对潇潇、暮雨洒江天,一番洗清秋。渐霜风凄紧,关河冷落,残照当楼。
> 是处红衰翠减,苒苒物华休。惟有长江水,无语东流。

上片集中笔墨写景,渗透的是悲秋情怀。秋景描绘以"对"字领起,依次写出秋江暮雨、关河夕照、众芳凋零、江流东逝的画面,写出登临纵目、望极天涯的境界。"暮雨"上用"潇潇",下用"洒"字来形容,就使人仿佛听到秋雨萧疏的声音,看到秋雨飘洒的动态,觉出秋雨狂猛的气势。"江天"点明傍晚秋雨覆盖的特定地域,既展示了辽阔的空间,又暗示了萍踪漂泊。经过这番暮雨洗刷,"秋"就变得更"清"了,景物更加明净,能见度更高。"秋"本不可"洗"的,抽象与具象关联,化抽象为具象,境界生动、真切起来。"渐霜凄风紧"三句,从不同角度描述了秋天的凄清、寒冷、萧瑟、肃杀。"霜风"即秋风,如庾信诗句"霜风乱飘叶,寒水细登沙",陆游诗句"一夜霜风吼屋边",宋无名氏诗句"霜风渐紧寒侵被",皆可为证。"凄紧"既形容自然界的霜风袭人,又暗示游子的情绪凄紧。"关河冷落""残照当楼",进一步扩展了词的表现空间,渲染了秋天傍晚的暗淡凄清,既交代了"对"(纵目远望)的具体位置,又强调了人的孤独索寞,暗寓人的思归之意。六、七两句扣住"关"接写楼头所见的"冷落"景象:昔日美丽的花木纷纷凋零,"是处"着眼于空间,表明无一例外,词人视线的移动隐含其间;"苒苒"着眼于时间,上呼"渐"字,显示"衰""减""休"的变化在不断加深。秋景萧瑟肃杀的特点,得到了概括而精确的描绘。八、九两句扣住"河"写楼头所见的"冷落"景象:一江横陈,东流无声。"惟有"是说眼底景物只有"长江"还算呈现出动态,但是江水也像有满腹惆怅似的默默无语,古人常用"流水"来比喻美好事物的消逝,这里用"无语东流"暗示出青春不再、人生如寄的感伤。通过层层铺叙,渲染肃杀凄清、苍凉暗淡的秋暮氛围,构成苍茫辽阔、高远雄浑的诗意境界,蹉跎岁月的苦闷、人生如寄的感伤寓于其中,为下片抒情作了充分蓄势。

> 不忍登高临远,望故乡渺邈,归思难收。叹年来踪迹,何事苦淹留。想
> 佳人妆楼颙望,误几回天际识归舟。争知我、倚阑干处,正恁凝愁。

下片重笔抒情,写怀乡思人之情愁。"不忍"领起下片,文势转折翻腾。"望"(思归心切)——"叹"(无奈淹留)——"想"(妆楼遥盼)——"愁"(归计成空),由己及人,复由人及己,由实到虚,复化虚为实,回环往复地写出了离愁、恋情的深婉和细腻。为什么"不忍登高临远"?下面逐一道来:一是遥望故乡,触发"归思难收";二是羁旅萍踪,深感游宦淹留;三是"佳人颙望",惜其相思太苦。因为故乡太过渺茫遥远,闯入眼帘的只有凄凉景物,它们更加逗引起游子渴望归家团聚的心思。而乡思一发,

便不可阻遏，难于收拾。怀乡之情既是如此强烈和迫切，那为什么又长期羁旅他乡呢？四、五两句半吞半吐地说明缘由，词人以自责的语气检点自己：为什么总是落拓江湖，长期浪迹他乡？"淹留"前着一"苦"字，透露出长期羁旅的不愿、难耐和无奈。那么，究竟为什么"淹留"呢？个中原因词人心知肚明（无非乎人生不称意，无颜回故乡），但却明知故问，可见含有许多难言之隐，这样写也显得含蓄动人。从"望"到"叹"是一个镜头转换，从"叹"到"想"又是一镜头转换。由于自己的思归心切，因而联想佳人盼归心切，"颙望"说明"望"的神情之美，"误几回"说明"望"的次数之多，"天际识归舟"说明"望"的时间之长，用具体的细节来写佳人的虚拟形象，显得非常生动真切。这个想象之景显然受到《诗经·陟岵》、杜甫《月夜》写法的启示。写佳人望眼欲穿的情景，更加衬托了词人"归思"的深挚和"淹留"的痛苦。由佳人"颙望"到自己"凝愁"又是一个镜头转换。"争知我"从写佳人过渡到写自己，"倚栏杆处"上呼"残照当楼"，与"对""当楼""登高临远""望""叹""想"密切关联，"正恁凝愁"将倚栏望乡之愁与佳人的妆楼颙望之愁重叠辉映，使愁更深沉广阔。"愁"前加"凝"字，见"愁"愈积愈多，愈积愈重。这首词章法结构细密，以铺叙见长。词中用白描手法和通俗语言将思乡怀人的复杂意绪展衍尽致，明白如话，境界绮丽悲壮，声响尤其动人，异于柳永的其他羁旅之作，被王国维誉为"格高千古，不能以常调论也"。

元人马致远的［越调·天净沙］《秋思》借苍凉迟暮的客观景物，巧妙地反映出浓重的天涯漂泊的情怀，是他"二十年漂泊"生涯的真实感受的艺术浓缩。元代周德清誉之为"秋思之祖"，近人王国维赞之为"纯是天籁"。

  枯藤老树昏鸦，小桥流水人家，古道西风瘦马。夕阳西下，断肠人在天涯。

作者把一组组景物构成色彩浓郁的画面来传达感情，写景贯穿着游子思乡的情感线索，注意突出事物的衰落感。西风萧瑟的深秋季节，地下没有红花，树上不见绿叶，也没有芳草，有的是枯萎的蔓藤和僵老的古树，显示了毫无生机的萧瑟气象，这时几只暮鸦聒噪着飞入了画面，跌落在光秃秃的树枝上。昏鸦栖落于枯枝，与作者寻觅宿处的处境何其相似！随着画面的延伸，却出现了"小桥流水人家"这样极为明净的景色，一座纤巧的小桥、一湾潺潺的流水，几户温暖的茅屋，给人以幽静、闲适、温暖之感。正是这温暖的情调，才使作者更加思念有温馨、有亲人的故乡，同时它又与自己颠沛流离的凄凉处境形成鲜明的对照。这正反两组景物从相反的角度，都触动了游子的乡思之情。再看，冒着凛冽的西风，一匹精疲力尽的瘦马在荒郊古道上踯躅而行。透过瘦马蹒跚的形影，可以想见马上游子旅途的艰辛和心境的凄苦。一、三两句，作者精选了具有暗淡凄凉色彩的修饰词"枯""老""昏""古""西""瘦"，使景物呈现了孤寂、荒凉、迟暮的情感色调。前三句句法结构完全相同（由九个名词、九种景物排列而成，既无动词，也无关联词语，每组景物的重心落在最后），构成所谓"鼎足对"，其实第三句"古道西风瘦马"才是曲意的重心所在。"瘦马"意象在诗中尤为重要。秋高草长的时日刚刚过去，按理马是不该"瘦"的，但作者这里是以马自况，马都难再忍受背井离乡的漂泊之苦，骑在马背上有思想、重感情的人就更无法坚持了。由此，逼出下面的"断肠"。

"夕阳西下"是前三句写景与结句抒情之间的过渡，它点出时间，既为前面各个具体的景物提供了一个苍凉的大背景,为那些分散的景物涂抹上了一层夕阳的余晖,把九种景物联结成完整和谐的意境,同时为结句的抒情做了铺垫。落日残照,本易引人惆怅感伤,作者又偏偏拈出"西下"这一最令人无可奈何的时态,就给本应被落日抹上几笔暖色的景物更平添了一层凄神寒骨的迷离之意。末句"断肠人在天涯",直接抒发羁思旅愁。这一句犹如画龙点睛,点明这支曲的主题。"断肠"二字,揭示了上面各个景物之间的内在联系——皆为"断肠人"眼中所见,这就使"在天涯"之感分外突出而浓烈了。"天涯"是对前面典型环境的补续,与前面并列的诸种景观构成了一个完整的典型环境。末句写人,写"思",使前三句写景有了中心,增加了感情色彩;前三句写景,写"秋",则为末句写人提供了典型环境,更加衬托出"断肠人"沦落天涯的悲苦凄楚。景为情设,而情由景出,前面描写的景、物本身带有浓厚的感情色彩,而通过最后一句的点醒,情感色彩又反传给前面的各种景、物,渗透到字里行间,使得整首小令都流动着强烈的主观情绪色彩,产生了一种使人荡气回肠的艺术效果。[双调·寿阳曲]《潇湘夜雨》("渔灯暗,客梦回")由江西至湖南的亲身感受,写羁旅思乡之愁,与[越调·天净沙]《秋思》所抒发的苦旅之思非常近似。乔吉[越调·凭阑人]《金陵道中》是一首描写行役羁旅苦情的佳作。前半借李贺自比身世,借倦鸟说自己思乡情切。后半从萍踪逆旅的主题,引申到时光易逝的感叹,青春迟暮,白发如霜。汤式两首[正宫·小梁州]《九日渡江》抒写了作者落魄江湖间的羁旅情愁,首曲怀人,后曲伤己,皆从秋江孤舟写起。烟水苍茫,漂泊异乡,思王粲登楼,自感怀才不遇,故交零落;羡东篱载酒,自叹黄菊重开,有家难归。两曲伤悲沉痛,情调凄迷。

清词人陈维崧少负才名,却屡试不中,于是落魄漫游,《点绛唇·夜宿临洺驿》为自北京南游汴、洛途中所写。开始两句写极目远眺,巍巍太行居然如同发髻、"势如蝌蚪",体量渺小;接下两句写近视左右,秫花充满稻田,如同厚厚的白霜铺地,这些夸张变形的景物描写,表达了作者怀才不遇的身世之感和对科场良莠不分的愤慨。过片两句"赵魏燕韩,历历堪回首",不只是对萍飘行踪的回顾,更是对赵魏燕韩地区诸多慷慨悲歌志士的缅怀,其中寄寓了词人怀才不遇、报国无路的隐痛。结尾三句"悲风吼"点节届深秋,"临洺驿口"点地兼点题,"黄叶中原走"写劲风呼啸、落叶狂飞的寒秋景象,以自喻科举不中,身如黄叶异地飘零,不知路在何方。此词意境开阔,尺幅千里,情景交融,萧瑟苍凉。彭孙遹《生查子·旅夜》写羁旅漂泊之情形,按梦前、梦中、梦后的顺序行文。上片写词人薄醉孤眠难以入梦的寒、愁之感;下片写梦中境况和醒后情状,梦境如真而往事如梦,梦醒后遥望残月悄立无言。意境幽清,情致婉然。

(四)

宋以后闺怨诗逐渐减少,难成气候。严羽闺怨诗语言顺畅,风格多样,情景交融,意象独特。《闺怨》("昨夜中秋月")写思妇在中秋月下,形单影只,思念远人,顾影自怜。《闺怨》("欲作辽阳梦")写思妇夜不成寐,无法进入寻夫梦境,怪罪于"半夜隔窗鸣"的乌桕鸟。胡仲弓《闺情》("宝镜愁看泪脸红")、《闺怨》("君居楚尾妾吴头")、《闺怨》("别后妆台镜懒开"),或写思妇对镜泪流满面,欲与夫君梦中幽会;或写思妇夜深怅望江月,悲叹双方咫尺天涯;或写思妇倚门盼望家书,深秋雁归不见郎归。

闺怨词在风格上虽继承了五代以小令为主的文本体式和以柔婉为尚的审美规范,但已过滤了"花间词"所包含的轻佻艳冶的杂质,显得纯净雅致。如寇准《踏莎行》

（"春色将阑"）、晏殊《蝶恋花》（"槛菊愁烟兰泣露"）和《玉楼春·春恨》、欧阳修《玉楼春》、柳永《定风波》（"自春来，愁红惨绿"）、晏几道《蝶恋花》（"碧草池塘眷又晚"）、秦观《浣溪沙》（"漠漠轻寒上小楼"）、贺铸《古捣练子》（"斜月下，北风前"）和《捣练子》（"砧面莹，杵声齐"）、晁补之《虞美人·代内》、周邦彦《醉桃源》（"冬衣初染远山青"）和《浣溪沙》（"雨过残红湿未飞"）、蔡伸《飞雪满群山》（"冰结金壶"）、陈克《谒金门》（"花满院，飞去飞来双燕"）、邓肃《临江仙》（"楼北楼南青不断"）。晏殊《蝶恋花》以"妇人语"写闺怨之情。《蝶恋花》写少妇对远人的凝想，上片描绘思妇处境，下片描写思妇行动。槛菊、庭兰点出时令的清寒和深院的优雅，"菊愁""兰泣"暗示了思妇心境的凄楚落寞，七字写出了地点、季节、景物、时间和人物的情绪、感受。"罗幕"句由外而内，"罗幕轻寒"写出思妇对节候的敏感，暗示其心境寒凉；"燕子双飞"反衬思妇的孤独，暗示其对双栖的羡慕；"朱户"呼应"槛菊""罗幕"点出居室的奢华，"斜光到晓"动态概括月出、月落过程，含蓄暗示思妇彻夜未眠。嗔怪"明月"不通人情，突出了思妇离愁纠结难去。"昨夜"紧承上文，"西风凋碧树"呼应上片"露""寒"，加浓萧瑟冷落氛围，为思妇登高望夫铺垫，秋风吹掉树枝密叶，正好扫除远眺障碍。"独上高楼"反照"燕子双飞"，凸显思妇形单影只、孤寂感伤。"望尽"写出望时之久、望之竭力，可见思妇恋夫深切。"天涯路"即远到天涯的漫漫长路，思妇渴望见到长路上有夫君归来的身影，然而"望尽"不见天涯归人。于是，满腔相思之苦只有书面倾诉了，"彩笺"谓题诗，"尺素"谓情书，既有诗又有信，可见情深意长、郑重执着。不过，思妇此念刚起，又顿感茫然，"山长水阔知何处？"结句含蓄有力地写出了难于说、说不清、不愿说的离愁别恨。词作将主观感情熔于景物描写之中，词中景物带有凄楚、含蓄、荒远之气，极好地渲染了离愁别恨，在章法上以时间变化为经线，以空间转移为纬线，步步深入，层次井然，格局阔大，含意悠远。

亦有女词人的自道心声，其中最有名的要算朱淑真。其词笔触轻柔细腻，语言婉丽自然，情调幽怨悲凉。朱淑真婚姻不幸，所嫁丈夫为市井庸人，所思佳偶又不得相聚，幽怨之作死后被编入《断肠词》。《蝶恋花》（"楼外垂杨千万缕"）写伤春情感，以时为序，由试图"系春"写到无奈"随春"再写到把酒"送春"。先写垂杨有意（欲"系春少住"），春光无情（"还去"），令人痛惜；再写柳絮飘零，春归匆匆，使人无奈；后写杜鹃啼鸣，春去无语，教人感伤。结句"黄昏却下潇潇雨"，将薄命红颜的伤逝意绪和悱恻闺情淋得一塌糊涂。《眼儿媚》（"迟迟春日弄轻柔"）也是写春愁，上片通过视觉形象写愁绪万端，清明过后，明媚春阳、飘拂柔柳、扑鼻花香不再，代之而起的是愁云惨雾环绕朱楼，令人压抑郁闷，不堪回首；下片通过听觉形象写愁绪迷茫，午睡醒来，只听见窗外莺声巧啭，一声声唤醒人的春愁，不知黄莺是在"绿杨影里"，还是在"海棠枝畔"或"红杏梢头"。词人的愁怨也纷茫无定，就像忽东忽西的流莺，不知究竟何在。《谒金门》还是写惜春伤怀，佳偶不得，孤独苦闷；年华消逝，郁结难解。上片触景生情，前二句点明时令，设下悬念："此情无限"；接二句写百无聊赖，愁情愈浓，"愁来天不管"写得新颖奇特，无理而妙，是怨到极点的绝望心声。下片以景衬情，前两句借成双的莺燕反衬人的孤独；接两句写所思的人远在天涯，不忍掀开帘幕看残花飘零景象。《减字木兰花·春怨》《菩萨蛮》（"山亭水榭春方半"）均写闺中孤独寂寞、无人理解、难以排遣的煎熬和愁怨。

南宋初期，闺怨词的创作倍增，长调的运用渐趋繁多，情感书写愈发周细，如赵善扛《重叠金·春思》（"玉关芳草黏天碧"）、石孝友《望江南》（"山又水，云巘带风湾"）、辛弃疾《满江红·暮春》、程垓《玉漏迟》（"一春浑不见"）、刘过《贺新郎·春思》等。南宋末期，描写别后相思尤其是征妇念远的作品则大量涌现，且格调趋于压抑低沉，如许玠（"西风又转芦花雪"）、李莱老《清平乐》（"禹思天下有溺者"）、陈允平《少年游》（"画楼深映小屏山"）、严仁的《玉楼春·春思》。

元明清闺怨诗名篇较少。元人姚燧〔凭阑人〕《寄征衣》用女性口吻写出闺中少妇为远戍丈夫寄寒衣时的矛盾心情，张可久〔中吕·迎仙客〕《秋夜》（"雨乍晴"）通过幽静月夜的捣衣声音，揭示了思妇的离愁别恨。刘庭信〔南吕·一枝花〕《春日送别》以杨柳随风、梨花带雨的春景烘托依依别情，末句将女子怨别情态写得惟妙惟肖。无名氏〔中吕·红绣鞋〕将枕边泪点与窗外雨声融合在一起，渲染泪催枕湿的闺怨之情。清人佟世南《阮郎归》（"杏花疏雨洒香堤"）、黄焕中《闺怨》（"尺楼台万丈溪"）均抒写思妇思念远戍征夫、远游夫君或情人的愁苦心情。中国古代闺怨诗词以"思妇"的口吻代言了她们的心声，也让"思妇"作为女性的典型形象进入了中国文学史。但这些作品中缺少男人直面女人的声音，也较少女人自己真正的声音。

北宋西昆派诗人刘筠《柳絮》是一首有名的宫怨诗，替宫柳传神，代幽居的宫人感叹身世。首联以春日柳絮比秋日断蓬，迷茫中暗寓迟暮之感。颔联写城外柳絮满地覆盖、漫天飞舞，以城郊明媚春光反面铺垫。颈联"北斗城"之高由城外写到城内，"甘泉树"之密由城内写到宫苑。尾联写闭锁于高城禁苑的宫柳失其本色而不知、韶光已去而不察，抒发长闭幽宫的宫人韶华虚度的断肠之叹。表面说柳，实则写人，出语平淡，立意高妙，前人评此诗"包蕴密致，演绎平畅"。黄升《清平乐·宫怨》反映的是宫廷女子失宠后寂寞无助的生活，词风哀婉，不乏韵味。辽皇后萧观音因人陷害，被君王处死，临死前所作《绝命词》其实也算是宫怨诗，这首骚体绝命诗淋漓尽致地表现了萧皇后临死前悲痛矛盾的心理活动，感情强烈，直抒胸臆。最后四句"呼天地兮惨悴，恨今古兮安极。知吾生兮必死，又焉爱兮旦夕"，显示了蒙受不白之冤的诗人痛苦绝望的心境和豁达坚毅的个性。在文学史上，萧皇后的宫怨诗也许是女性本人写作此题材的绝响。古代宫怨诗的价值在于：它们充分地体现了作为弱势群体的女性，在一定程度上受到了世人的关注。

> 由上面的回顾和分析，可以看出中国古代尘世怨歌的基本特征：一、写劳役、盘剥之怨的作品，多从劳役的漫长和盘剥的深重落笔，不单单表现被役方的艰难困苦，同时表现役使方的残酷无情，显示了尖锐的阶级对立。二、写征戍、战乱的作品多通过主人公直接叙事抒情或主客对话的方式展开描述，突出征戍和战乱给人民和国家带来的灾难性后果，表达作者忧国忧民的情怀。三、写迁谪、羁旅之怨的作品，多着意描写遭贬途中或漂泊之地荒凉萧索的自然风景，借以烘托抒情主人公愁惨的处境和悲苦的心境以及焦迫的归思。四、写空闺、深宫之怨的作品着重捕捉生动传神的细节，表现女性百无聊赖的生活和寂寞孤苦的心境，对女性命运寄予深切同情。五、中国古代怨歌尽管内容各不相同，大体风格一致，这就是"怨而不怒"，这与中国几千年来的儒家诗教关系颇大。

阅读·思考·研习

1. 阅读并背诵本章所提及的重点作品。
2. 浅论中国古代战乱怨歌的基本特点，准备课堂讨论。
3. 试比较唐宋两代迁谪怨歌的不同特征，准备课堂讨论。
4. 浅析中国古代闺怨诗与宫怨诗的联系与区别，并写一篇 1000 字左右的分析文章。
5. 选择一首自己理解最深透的中国古代尘世怨歌作品，编写欣赏讲义并制作课件，准备上台讲授。

第八章
人情醉歌欣赏

中国古代描写和歌颂人与人之间情感的诗歌大体可以分为亲情之歌、友情之歌、乡情之歌三类。中国自古以来就是一个重视人伦亲情的国度，亲情诗在中国诗歌中是一个重要的题材领域。自《诗经》以来，亲情诗不绝如缕，蔚为大观，凝结其中的丰富深厚美好淳真的亲情，构成中国文学、中华文化的华彩乐章。友情之歌往往在送别时吟唱，我国古代以送别为题材的诗作数不胜数，或缠绵感伤，或哀怨愁苦，或慷慨凄凉。古代因为地广不便，音息难通，往往一别经年，甚至终生无法相见，尤其在动乱年代旅途无依，再加上流光易逝，使得好友离别、故友重聚，值得格外眷恋和珍惜。"乡情"大抵包括远离家山之人对故乡的感情和梓里乡野之人淳朴的感情。前者分征人思乡、贬者思乡和游子思乡三类，内容多与尘世怨歌交叉；后者也分邻里相处和睦、乡民待客热诚和风土民俗醇厚三类，多数出现于田园诗中，魏晋至唐宋代有人作。

一、唐前人情醉歌

（一）

《诗经》是中国诗歌的源头，自然也是中国古代亲情诗的源头。"诗三百"中有关人伦亲情的篇目和诗句随处可见。《诗经》以形象而质朴的语言写出了上古时代的浓浓亲情，体现出父慈子孝、兄友弟恭、夫妇和睦的人伦理想。因为爱情之歌已经在《两性恋歌》一讲中已作了介绍，所以本讲谈亲情只涉及母子之情、兄弟之情。

古人言：树欲静而风不止，子欲养而亲不待！《邶风·凯风》表现母亲抚育子女的辛劳和子女的感激之情，为不能回报母亲养育深恩和期望而自愧自责。全诗用的是《诗经》中常见的比兴手法，以凯风、棘树、寒泉、黄鸟起兴，兴中有比。凯风即南风，比喻母亲的仁厚养育之恩，南风的温暖象征母亲；"棘"比喻儿子，"多刺、难长"的酸枣喻子的难养。在有声有色的夏日图景中蕴含无限温暖的母爱亲情，在重章叠句的复沓中，贴切地表达了对母爱的深情赞美和反躬自责的愧疚。《唐风·鸨羽》写服役在外的庄稼汉，内心仍抛不下对父母的挂念。《小雅·四牡》写外出为官的儿子思念父母却不能相见的苦闷。《小雅·蓼莪》表达的就是这样一种痛悔的感情。这首诗大概是在坟前祭奠时所唱的。

> 蓼蓼者莪，匪莪伊蒿。
> 哀哀父母，生我劬劳。
> 蓼蓼者莪，匪莪伊蔚。
> 哀哀父母，生我劳瘁。

首两章是第一层，写触物生情，悲从中来。前两句为坟地所见场景，所写镜头由模糊到清晰。歌者由于内心悲痛，泪眼婆娑，一开始并没有看清父母坟头长的究竟是什么植物，本来是丛丛蒿草、蔚草在山风中摇曳，他神思恍惚中错当成莪蒿。莪蒿为多年生草本植物，抱根丛生，很像几岁的孩童粘着连着父母的情状，故俗名"抱娘蒿"。他定一定神后才看清是蒿草和蔚草。虚的意象莪蒿香美可食用，并且环根丛生，喻人成材且孝顺；而实的意象蒿草、蔚草皆散生，蒿草粗恶、蔚草结籽均不可食用，喻不成材且不能尽孝。歌者感觉自己如蒿草、蔚草。后两句承此念及父母养大自己费心劳力，吃尽苦头。"哀哀"叠用，表示悲伤不止之意。"劬劳""劳瘁"同语反复，但是"劳"的程度有别，前者言父母为养儿勤劳不息，后者言父母为养儿劳累致病，这也是父母未尽天年的原因。诗歌以重章叠句的形式反复申说，表达了孝子对父母的深切悼念之情。

> 瓶之罄矣，维罍之耻。
> 鲜民之生，不如死之久矣。
> 无父何怙，无母何恃。
> 出则衔恤，入则靡至。

中间两章是第二层，写失亲之痛、父母恩德。第三章头两句"瓶之罄矣，维罍之耻"，"瓶"古代汲水的器具，"罍"古代盛酒的器皿，也可用来盛水。瓶取水以贮之罍中，喻父母抚养孩子；复从罍中取水食用，喻孩子赡养父母。瓶罍相资隐含着父母与子女之间相养的关系。"罄"是器皿中空的意思。瓶空意味着罍无贮水可汲，比喻父母没有得到赡养，儿女没有尽到孝道，歌者为自己没有尽到应有的孝心而感到羞耻。"鲜民"以下六句诉述失去父母后的孤身生活与感情折磨。"鲜"是寡、独的意思，"鲜民"是指自己失去父母成了孤独之人。这两句的意思是孤独无依的"我"偷生不如早一点死去。"怙"和"恃"都是依靠、依赖的意思。"何怙""何恃"同义，呼应"鲜民"，强调生不如死的原因。诗人与父母相依为命，失去父母，没有了家庭的温暖，以至于有家好像无家，没有归属感。古代孝子出门必禀告父母，归家必告慰父母，而现在出而无所告，因此满怀忧愁（"衔恤"）；归家而无所报，因此感觉没有到家（"靡至"），即无所归依。

> 父兮生我，母兮鞠我。
> 拊我畜我，长我育我。
> 顾我复我，出入腹我。
> 欲报之德，昊天罔极。

第四章前六句絮絮叨叨地叙述父母对"我"的养育抚爱，首两章说的"劬劳""劳瘁"在这里具体化为日常生活情景。"生（生下）我""鞠（养育）我""拊（抚爱）我""畜（疼爱）我""长（养大）我""育（教育）我""顾（关心）我""复（保护）

我""腹（搂抱）我"，九个动词和九个"我"字，情痛语拙，急不择言，声促调急，如同哭诉。现代诗人艾青《大堰河——我的保姆》中有类似的描述。"昊天"即苍天，"昊天罔极"原指天空广大无边，后比喻父母恩德深重广大。"欲报之德，昊天罔极"，两句运用比喻以总结对父母感恩的赤诚和不能报恩的愧疚。

南山烈烈，飘风发发。
民莫不穀，我独何害。
南山律律，飘风弗弗。
民莫不穀，我独不卒。

末两章又是祭奠景象描绘。写沉痛至极、无奈嗟叹。头两句，以眼见的南山高峻难越，耳闻的飘风呼啸扑来起兴，象征自己遭遇父母双亡的巨痛与凄凉，也是诗人悲怆伤痛心情的外化。"烈烈"：高峻艰阻。"飘风"：旋风、暴风。"发发"：迅疾的状态，亦像疾风的声音。"穀"：赡养，终养。"民莫"两句意即别人都能奉养双亲，为什么偏偏我蒙受解难（即不能奉养双亲）？"律律"同上文"烈烈"，"弗弗"同上文"发发"，四个入声字重叠，加重了哀思，读来如呜咽一般。后两句是无可奈何的怨嗟。"穀"同上文"穀"。"卒"：终养双亲。"民莫不穀，我独不卒"重复上意，加浓了痛心疾首的情绪。这两章情与景交融，虚与实相衬，充分表达了诗人一片至真至性的情感，却又给人无比想象的空间。清人方玉润誉此诗为"千古孝思绝作"。2014年台湾佛光山庆典，马英九致辞说：人生两件事不能等，一是行孝，二是行善，这是对所有父母健在的人的最好忠告！

有一种花叫常棣，常棣花开成双，在长长的下垂着的细茎上，往往两三朵为一缀。初民有感于常棣花彼此相依的特点，借以起兴创作《小雅·常棣》，抒发对兄弟天伦的无限崇尚，常棣也因此成为兄弟的代名词，常被用来寓意和睦友爱的兄弟情义。全诗共八章，从多个角度和层次来表现兄弟之情。首章先兴后议："常棣之华，鄂不韡韡"，两句倡明主题："凡今之人，莫如兄弟"，谁也不能比兄弟更加亲近。二、三、四章通过三个典型情境，对"莫如兄弟"作具体深入的阐释，即遭死丧则兄弟相收，遇急难则兄弟相救，御外侮则兄弟相助，正面赞颂理想的兄弟之情。第五章由赞叹"丧乱"时的"莫如兄弟"，转而叹惜"安宁"时的"不如友生"（生：助词，无实义），批评某些人与兄弟共患难容易同享乐难。六、七章直接描写举家宴饮时兄弟齐集，妻子好合，亲情和睦，琴瑟和谐的欢乐场面。末章直接告诫人们：兄弟和睦是家族和睦、家庭幸福的基础。《诗经》中表现手足之情的还有《小雅·頍弁》，该诗展现了一幅宴请兄弟亲戚们的和乐场面。先秦亲情诗传承和记载了中华民族独特的民族精神和民族性格，同时也奠定了我国古代亲情诗的优良传统。

西汉留下来的诗作很少，亲情诗也很罕见。汉高帝刘邦的《鸿鹄歌》是这一时期流传下来最早的亲情诗。此诗是出于对戚夫人、刘如意两母子的担忧而作。刘邦暮年曾拟以戚夫人之子如意取代吕雉之子刘盈为太子，因吕雉依张良之计，邀集商山四皓辅佐刘盈，其废立计划于是流产。刘邦作此歌安慰戚夫人，"鸿鹄高飞，一举千里。羽翼已就，横绝四海。"言刘盈得人拥戴羽翼已丰，有如大雁雄飞天下；"横绝四海，又可奈何？虽有矰缴，尚安所施？"言自己对此莫可奈何，如同矰缴在手无法射击。作品忧心忡忡，情意绵绵，颇有楚辞遗风。

戚夫人亦有一首感人肺腑的《舂歌诗》留了下来。刘邦去世后，吕雉成为皇太后，她将戚夫人囚禁在永巷，让戚夫人整日舂米，不得与外界有任何联系，《舂歌诗》就是戚夫人在舂米时自编自唱的伴歌。"子为王，母为虏"，以母子地位的鲜明对比哭诉怨愤和不平；"终日舂薄暮，常与死为伍"，泣诉自朝至暮舂作不息的痛苦境遇，哀叹死亡阴影相伴左右的悲凉预感；最后"相离三千里，当谁使告汝"十字绝望的呼号，将心中无限的悲苦和对远方儿子的思念倾吐而出。歌辞朴实，明白如话，却哀怨感愤、摄人心魄。此外，琴曲歌辞中亦有许多优秀作品，如由先秦流传至汉的《思亲操》（相传为舜怀念父母之曲）、《归耕操》（相传为曾子所作孝亲之曲）都抒发了无法侍奉双亲的无奈与感伤。随着东汉文人五言诗的兴起，亲情诗也多起来。张衡的《四愁诗》运用复沓叠章的形式，抒发对远方亲人的思念。李陵的《与苏武三首》和苏武的《诗四首》，是东汉无名氏所作的一组五言诗歌。这七首诗是苏李诗的代表作。这些古诗都是送别诗，有的写骨肉兄弟之别，如《诗四首》其一"骨肉缘枝叶"；有的写征夫辞家别妻，如《诗四首》其二"结发为夫妻"，情意缠绵，思致凄婉，真挚动人。两汉亲情诗无论从诗歌的内容还是艺术特色来看都有着十分明显的儒家孝亲色彩。

  魏晋亲情诗较前代而言，在题材方面最大的变化即是出现了大量描写手足之情的诗歌。曹植早期诗歌中多有描写和睦的兄弟之情，《七步诗》从相反的角度表现兄弟之间的关系和感情，后期《赠白马王彪》依然传递出对于和谐亲情的渴望与追求。曹彪《答东阿王诗》将异母兄弟之间那种离别时依依不舍之情及前路未知、愿君珍重的祝福表达出来。王粲的《为潘文则作思亲诗》是较早的以思念双亲为主题的优秀亲情诗作品。嵇康的长兄与母亲都先于嵇康去世，《思亲诗》表达了自己深深的悲痛；另有《四言赠兄秀才入军诗》表达对人生追求不同的次兄竭力劝勉的良苦用心。陆机的《与弟清河云诗》《赠弟士龙诗》《于承明作与弟士龙诗》和陆云《答兄平原诗》《答兄平原诗》是兄弟两人之间的亲情赠答诗。刘桢《赠送从弟》诗三首，分别用苹藻、松树、凤凰为喻，抒写坚贞高洁的性格，既是对其从弟的赞美，也是诗人的自我写照。左思《悼离赠妹诗二首》抒发送妹妹左芬入宫时生离之痛更胜死别之伤的兄妹之情。潘尼赠潘岳的《献长安君安仁诗》《献司空掾安仁诗》《赠河阳诗》，虽然多为对潘岳的赞美和称颂，也杂有推心置腹的互诉衷肠，真挚的浓浓亲情。陶渊明《命子诗》从历数祖德落笔，借此激励儿子继承家风，期望儿子有所作为，光宗耀祖，诗歌言辞恳切，感情厚重，表现出诗人对儿子的希冀之切。他与从兄弟敬远、仲德感情深厚，《癸卯岁十二月中作与从弟敬远》描写了两人甘苦并济，饥寒相共的经历，展现了两人志趣相投的亲密情感。

（二）

  《邶风·燕燕》是《诗经》中抒发别情和友情的著名诗篇。送行者是卫庄公之妻庄姜，远行者是庄公之妾戴妫。庄公死后，戴妫的儿子完继位不久，就在州吁之乱中被杀。为了摆脱丧命的危险，戴妫必须逃归陈国。庄姜和戴妫人品都非常好，两人感情深厚、亲如姊妹，庄姜一直把戴妫送至郊外，才忍痛离别。这首被称为"万古送别之祖"的诗作，诗歌采用重章复唱的手法，通过"瞻望弗及""泣涕如雨""伫立以泣"的细节，且以紫燕双飞的乐景反衬哀情，将无限感伤的送别场景和深婉沉痛的送别之情写得如在目前。汉代托名"苏李"的送别诗中《诗四首》其三"黄鹄一远别"、其四"烛烛晨明月"和《与苏武诗三首》全然是写朋友之间的惜别之情和慰别之意。特点是注重对比，善于用典，感染力强。汉魏时代抒发友情的诗篇比较有名的是刘桢的《赠徐幹》和王粲的《杂诗》。《赠徐幹》是诗人服刑期间写给徐幹的，作品抒发了对徐幹的思念之情，并抱怨现实的不公。《杂诗》从游园写起，借景抒情。起首两句写游园缘由："冀写忧思情"。三、四句写景色明丽，反衬自己的悲凉心境。五、六句写孤鸟呼唤，用"特栖鸟"求偶象征好友的相思。七、八句写欲从无路，"路险"暗喻社会动乱、难以前行。九、十句写欲罢不能，徘徊树下，长久注视那孤独的鸟影。接下来写环境恶劣，风云突变，狂飙骤起，尘土飞扬，天昏地暗；写回舍托梦，担心自己难与朋友再度重逢，只有通过梦境暗送去自己的一片深情。全诗直抒胸臆，哀婉动人，将对友人的深情抒发得曲折有致。

（三）

中国古代诗词，有不少思乡曲，散发着浓浓的乡愁。《卫风·竹竿》《邶风·泉水》相传为许穆夫人所作，前者写她远嫁许国之后，追忆自己淇水边垂钓荡舟、城郊外骑马射箭的美好少女时代，表达了对欲归不能的家乡的怀念；后者述说对故国"靡日不思"，继而悬想祭祀钱别、途中宿处、归途路线和历经险阻等，其思乡之情切、归意之坚挚由字里行间表现出来。屈原的《哀郢》既是抒发遭贬之怨，又表达了思乡之情。他把在流放途中对国事的忧虑和对家乡的思念熔铸在一起，发出了"鸟飞反故乡兮，狐死必首丘"的哀叹。《古诗十九首》中多有抒发游子思乡之情的篇什。汉武帝时期，刘细君因朝廷和亲远嫁乌孙，远离故国亲人，生活又难如愿，思乡怀归之情不可遏止，发而为诗《悲愁歌》："吾家嫁我兮天一方，远托异国兮乌孙王。穹庐为室兮旃为墙，以肉为食兮酪为浆。居常土思兮心内伤，愿为黄鹄兮归故乡。"诗歌采用白描手法，直抒胸臆，抒发出自己远离家乡，思念亲人的悲切之情，质朴无华，俗白如话。无名氏《古歌》（"秋风萧萧愁煞人"）用质朴的语言抒发了游子浓厚的思乡之情，他对故乡爱得那样深沉，以至于乡愁如同车轱辘一样，在心中碾来碾去！曹操《却东西门行》以沉郁悲凉之笔抒发思乡念根的情感，结句"狐死归首丘，故乡安可忘"让人想到屈原《哀郢》中的诗句"鸟飞反故乡兮，狐死必首丘"，作品虽充满悲凉凄切情调，但也回荡着刚健爽朗之气。另外，湛方生的《怀归谣》、陆冲的《杂诗二首》等都是这一时期比较好的乡愁诗。

晋代表现乡邻之间亲密无间和待客情谊的诗歌，以陶渊明《移居》二首最为著名，诗作描述了陶渊明迁居南村（因柴桑旧宅遇火）后与南村邻人交往过从的生活情景。第一首主要表现和村民共度晨夕、谈古论今之乐。且看最后四句："邻曲时时来，抗言谈在昔。奇文共欣赏，疑义相与析"。"邻曲"即邻居；"抗言"即高谈阔论；"谈在昔"即谈论古事。这两句是说邻居经常来访，来后便高谈阔论往事。"析"即剖析文义。所谓析义主要是一种哲学理趣，与一般分析句子的含义不同。这两句是说他们一起回忆往事，无拘无束，毫无保留地交心，一起欣赏奇文，共同分析疑难文义的理趣，追求精神上的交流。诗人写和谐坦诚的邻里友谊，仅以"时时来"出之，可谓笔墨省净，引人遐想。欣赏奇文，状以"共"字，分析疑义，状以"相与"，均是传神笔墨。"共"与"相与"前后相续则热烈讨论的情态呼之欲出，使"奇文共欣赏，疑义相与析"成为绝妙的诗句，赢得千古读者的激赏。第二首描写和村民融洽相处、随意往来之乐。"过门更相呼，有酒斟酌之"两句写互相招饮，过门辄呼，无须士大夫之间拜会邀请的虚礼，态度村野，更觉来往的随便。大呼小叫，毫不顾忌言谈举止的风度，语气粗朴，反见情意的直率。"相呼"之意可能是指邻人有酒，特意过门招饮诗人；也可能是诗人有酒招饮邻人，或邻人时来串门，恰遇诗人有酒便一起斟酌。"斟酌"这个词不仅可以看作是斟酒欢饮，而且可以看作是饮酒品诗。"农务各自归，闲暇辄相思。相思辄披衣，言笑无厌时"四句写往来谈笑。前两句写农忙时节和闲暇间歇的不同情况。农忙时各人在自己的田地里忙于耕作，闲暇时则相互思念期待着一次次欢聚（或赋诗，或饮酒）。前一句与上句饮酒之事字面相连，给人以酒后散去自忙农务的印象，又引出下句相思之情，人们一有机会空下来就想在一起坐一坐，聊一聊，可见人与人的关系何等实在，人与人的情谊何等真挚。"相思则披衣"两句的"相思"有意用民歌的顶针格，使笔调由于音节的复沓而更加流畅自如。"披衣"而起，可见即使已经睡下，也无碍于随时相招。一起"言笑"，表明大家见面心情很畅快，"无厌时"表明大家谈笑起来没完没了。前面过门则呼、把酒共饮表明诗人与村人来往不受虚礼的限制，这里披衣而起、言笑无厌表明诗人与村人相聚不受时间的约束。诗人与邻人之间纯朴的情谊已写到极致，一种没有任何虚伪和矫饰成分的自然之乐被充分表现出来。

二、隋唐人情醉歌

（一）

唐人孟郊《游子吟》是一首家喻户晓的母爱颂歌。孟郊多年的游学在外，苦苦求进，不知有过多少次的母子离别，也品尝过不少人世间的世态炎凉，集多年的生活体验，写出了这首乐府诗，诗人捕捉住生活中的"一瞬"，用简括的语言勾勒出慈母为游子缝制衣裳的场景，抒发了游子思乡念亲的至深情感。

　　　　慈母手中线，游子身上衣。
　　　　临行密密缝，意恐迟迟归。
　　　　谁言寸草心，报得三春晖。

诗的开头两句，所写的人是母与子，所写的物是线与衣，然而却点出了母子相依为命的骨肉之情。头一句是写"线"，第二句是写"衣"，"线"是慈母手中的线，"衣"是游子身上的衣，从"衣"和"线"的关系中，表现了"母"与"子"不可分割的关系，更融进了"母"对"子"的深情。游子身上的"衣"是母亲手中的"线"缝出来的，暗示着母亲的劳作为儿子换来了温暖，从而表现出母爱的真挚与无私。中间两句把笔墨集中在慈母上。前句呼应第一句，写慈母动作"密密缝"，密密匝匝地飞针走线，由"密密"可以想见慈母动作的快速不断、下针的认真仔细、针脚的均匀细密，一针一线缝进的是丝丝缕缕爱子情思。后句呼应第二句，写慈母心理。诗人从那细针密线中，体会出慈母此时的心意：有爱抚，有担忧，有祝愿，有希望，但担忧是主要的，儿行千里母担忧，因此着一"恐"字，担心儿子身不由己迟迟不能回家，担心儿子衣服破了没人补，于是，尽可能地把衣服缝得结实一些，耐穿一些。诗人选取最平常的生活细节，从亲身体验入手，描述母爱的细致入微和体贴；把母亲的动作和心理描写结合起来，不但拓开诗歌的审美空间，而且以小见大地表现出母爱的真挚。虽无言语，也无泪水，却充溢着爱的纯情，扣人心弦，催人泪下。慈母为游子缝衣，游子在一旁静观默想，当他体会出老母的心意之时，便被那博大、深厚、温馨的母爱所打动，心潮汹涌，终于化为最后两句感恩心语。"寸草心"比喻儿子的报恩之心，"寸"强调小（不足还报万一）；"三春晖"比喻慈母的温暖母爱。这二者的关系是：没

"春晖"的普照,"寸草"就不能成长,而"寸草"之"心"又无以报答"春晖"的恩情。这两句用通俗而形象的比喻,赞颂了春晖般普博温厚的母爱,寄托了区区小草般的儿女欲报母爱于万一的炽热深情。诗中"寸草"字和"三春"形成鲜明的对比,也形成了强烈的反差,更形成了开阔的审美空间,从而表达了母爱的无私与伟大,也表现出诗人内心的感激。诗人用一种反问的语气出之,不仅强化了感人的力量,而且以景结尾,寓情于中,给读者以丰富的想象空间,唐诗选评中说:"写母子恋恋心情,极真。极隐、极痛、极尽,一字一呜咽。"全诗无华丽的辞藻,亦无巧琢雕饰,于清新流畅、淳朴素淡的语言中,饱含着浓郁醇美的诗味,情真意切,千百年来拨动多少读者的心弦,引起万千游子的共鸣。

唐诗中歌咏手足之情的作品不少。如王维《九月九日忆山东兄弟》写游子的思乡怀亲之情。

独在异乡为异客,每逢佳节倍思亲。
遥知兄弟登高处,遍插茱萸少一人。

少年王维为振家声,离开华山以东的家乡,独自到长安求取功名。这首写于重阳的小诗,首句披露漂泊京城的感受。一个"独"字,强调了形单影只的孤独感。两个"异"字,渲染了背井离乡的不适感,一切(生存环境、风土人情、生活习惯)都陌生、不习惯,一切(社会交往、前途命运、个人生活)都不顺、不如意。两个"异"字加上一个"独"字,非常准确地道出了人们漂泊异地的独特处境与心理感受。次句直写节日倍增的乡愁,以最朴实无华的语言,高度概括并准确表达了古往今来游子思亲的共同心理。这句话有几层意思:平常日子"思亲"之念未尝断过,遇到佳节"思亲"之念更加强烈,在异乡所经历的每个佳节莫不如此。后两句想象家人团聚的情景,想象延伸了艺术境界,加深了乡愁的容量。"遥知"从抒情的主体转换到客体,以自己思亲之心揣度家人思亲之心。"兄弟"在诗中是个代称,代表了所有家人。"登高"紧扣诗题,点明重阳"佳节"。《易经》中把"六"定为阴数,把"九"定为阳数,九月九日,日月并阳,两九相重,故而叫"重阳"。在民俗观念中,九九重阳,因为与"久久"同音,包含有生命长久、健康长寿的寓意。旧时重阳节有登高的风俗,登高时佩带茱萸囊,据说可以辟邪避灾。诗人用全家登高遍插茱萸而遗憾缺一的悬想("少"呼应"独"),将家人和游子的互相遥望,互相牵挂,互相祈福,互相思念融合为一,使得抒发的情感更加深厚和凝重。

杜甫《月夜忆舍弟》抒发在安史之乱中对不在身边的弟弟的思念。

戍鼓断人行,边秋一雁声。
露从今夜白,月是故乡明。
有弟皆分散,无家问死生。
寄书长不达,况乃未休兵。

首联交代背景,渲染气氛,从视觉、听觉的角度写出忆弟之情,又揭出忆弟之由。"戍鼓"点明时分(深更静夜)和社会环境(战乱频仍),"断人行"说明战乱造成的严重后果:道路为之阻隔,音信自然断绝。"边秋"点明地域(荒远边地)和时令(冷落清秋),"一雁声"渲染孤雁失群的凄凉悲切。古人常用"雁行""雁序"喻兄弟,孤雁失群则使人联想到兄弟分散。首联十字可谓一字一咽,字字血泪。颔联描写月夜,点明主旨。扣住题目"忆",紧承"秋"和"月"着笔,上句写"秋露",下句写"秋月"。这两句采用移情手法,本来一样洁白的霜露,可在今晚更加苍白;本来一样明亮的月亮,可偏在故乡最为明亮,这完全是诗人在自然景物描写中融注的主观想象,是诗人思念家乡和亲人情感的自然流露。这两句在炼句上很见功力,将寻常语"今夜露白"("白露"的某个夜晚)、"故乡月明"词序颠倒,顿使语峻体健,意亦深稳,遂成妙绝古今之名句。颈联承上启下,自然过渡。月光本容易勾起思乡之念,诗人又恰恰遭逢离乱之苦,孑然置身这样清寒的月夜,绵绵乡愁中必然夹杂着生离死别的焦虑不安。人间世事与月明露白极不相应,弟兄离散,天各一方;家已不存,生死难卜,互相之间无从得到死生的消息。诗人写得伤心折肠,令人不忍卒读。尾联流露不满,深化主题。诗人进一步抒发自己内心的忧虑和惆怅之情,同时含蓄地表现出安史之乱给人民带来的痛苦和灾难。亲人们四处流散,平时寄书尚且老是不达,更何况战事频仍,生死茫茫当更难逆料。用笔含蓄蕴藉,郁结无限深情,将个人遭遇和社会动乱联系在一起,实乃杜甫抒情常式。

白居易《望月有感》所抒发的感情类同杜甫《月夜忆舍弟》。

    时难年荒世业空,弟兄羁旅各西东。
    田园寥落干戈后,骨肉流离道路中。
    吊影分为千里雁,辞根散作九秋蓬。
    共看明月应垂泪,一夜乡心五处同。

诗的组织结构很严密,首联为因果句,对现实苦难作了高度概括:因了时难年荒,遂使手足离散。次联三、四两句分承一、二句,对战乱引起的后果作了进一步描述,"寥落"强化"荒""空","流离"(行)补足"羁旅"(止)。第三联以雁分吊影与辞根飘蓬的比喻性描述,着重写离散之苦,"吊影"上呼"羁旅",突出客居的孤零,"辞根"上呼"流离",突出分离的凄惶。尾联切题,侧重倾泻思亲之情,"共""同"逆收"各""分""辞""散","五处"总绾"西东""千里",以异地望月、同生乡愁的图景收结全诗,境界浑朴真淳。诗全用白描,毫不雕琢,造语寻常,但含义深挚,堪称"用常得奇"的佳作。白居易还有一首《除夜寄弟妹》:"感时思弟妹,不寐百忧生。万里经年别,孤灯此夜情。病容非旧日,归思逼新正。早晚重欢会,羁离各长成。"作品的情感内容与《望月有感》类似,也是将世事艰难和别离之念融合在一起来写,"万里经年别,孤灯此夜情",俨然一幅孤灯夜坐图,十分传神。

(二)

隋朝民歌《送别》是一首自然晓畅的送别诗,它紧扣柳来抒情,首句"杨柳青青着地垂"由上而下写柳色("青青")及其静态("垂"),次句"杨花漫漫搅天飞"由下而上写柳絮("杨花")及其动态("飞")。上下两句不经意地暗示了时间的推移,离愁别绪蕴含在景物描写之中。诗歌"起""承"之后是"转","柳条折尽花飞尽"言因为折柳送别的人之多,"柳条折尽",随着时光的流逝,"花飞尽"。末句"借问行人归不归"是"合",柳条尽了,柳花没了,但是思念却永远难尽,盼了许久,等了许久,不见行人归来,于是,心里老是在问:行人究竟何时才能归来,最后一问,将对友人的关切和思念表现得相当充分。

唐代抒发友情的送别诗数不胜数,初、盛、中、晚皆有佳作。王勃《送杜少府之任蜀川》写得雄健豪放,自成风格。

> 城阙辅三秦，风烟望五津。
> 与君离别意，同是宦游人。
> 海内存知己，天涯若比邻。
> 无为在歧路，儿女共沾巾。

这首诗充分流露了诗人旷达的胸襟与对友情的诚挚。先用环境描写衬托惜别心情。"城阙"指唐代都城长安。"辅"：护持、拱卫。"三秦"：现在陕西省一带，"辅三秦"即以三秦为护卫。"五津"：四川境内长江的五个渡口，泛指"蜀川"。一个"望"字将相距千里的秦、蜀两地自然而巧妙地联系起来。"风烟"意谓自长安遥望蜀川，视线为迷蒙的风烟所遮。这样写既显得天宇寥廓、地域广远，又流露出对友人前路茫茫的关切。颔联写惜别之感，"离别意"：离别的滋味。"宦游人"：为求官漂流在外的人。"与""同"两字绾住双方，用相同的感受和身份慰藉对方的孤身远行，因为"同是宦游人"，故最能理解朋友那种离开京都远出求仕的心情。妙在欲吐还吞，不明说"离别意"，以激起对方情感共鸣。颈联写慰别之意，化用曹植"丈夫志四海，天涯若比邻"，写出彼此友情的深厚，又表现出超脱和理智的态度：山高水远并不能阻隔知己的朋友在精神上和感情上的沟通。尾联又回到眼前，顺承五六句而来，"歧路"关锁题面的"送"字，"共"字则照应双方。杜少府这次赴蜀，虽然与朋友分别了，但朋友的友情长在，会伴随他跋山涉水到达住所，会伴随他经冬历春度过宦海生涯。这里壮语叮咛，情意殷殷，以补足劝慰友人和自慰之意。此诗惜别之情深切、真挚、体贴，劝慰之意开朗、旷达、豪放，写出了作者理想感情上的层层波澜，因而显得真切感人，被人称为初唐五律的压卷之作。

《送元二使安西》是王维送朋友去西北边疆时作的诗。

> 渭城朝雨浥轻尘，客舍青青柳色新。
> 劝君更尽一杯酒，西出阳关无故人。

前两句从眼前的渭城景物写起，烘托了送别时的气氛，并蕴含着深切的离情。起句点明了送行地点、时间、天气。"浥"字是湿润的意思，表明这场雨是濛濛细雨，道路因此轻尘不扬、洁净清爽，如此正好赶路。次句点明客中送客。"客舍"，本是羁旅者的伴侣，杨柳，更是离别的象征，选取这两件事物，自然有意关合送别。"柳色新"描绘雨后树色青翠，点出送别时令节候，点染送别场景的清新，映现离情别绪的深切，用乐景以慰别情。客中送客，更容易引起离别的不舍心情，后两句由写景转入抒情。此诗精于剪裁，如何设宴饯别，如何殷勤话别，如何骋目送别一概舍去，只剪取一刹那的情景——临行劝酒，最集中地表达惜别的深情和无尽的情思。阳关是出使安西即今新疆库车的必经之地，它在新疆维吾尔自治区中西部，天山中段南麓，塔里木盆地北缘。在当时，朋友"西出阳关"虽是壮举，但要经历荒漠绝域的长途跋涉，要承受独行瀚海的艰辛寂寞，离别在即，百感交集，无法用语言表达，劝酒便成了最好方式，同时，劝酒也是拖延离别时间的方式。"劝""更""尽"三字，把诗人对朋友的依依不舍、无限关爱、由衷敬意和深情祝福尽然写出。诗人不说朋友远去的忧伤，也不写分别的哀愁，而是用"西出阳关无故人"（一路寂寞，无人相伴；于今一别，何日重逢？）这含蓄委婉、浓郁深沉的感叹来抒写离情别绪，令人越品越觉得余韵不绝。这首诗在当时就被配上乐曲，广为传唱。诗作配曲传唱后曾先后被命名为《渭城曲》《阳关曲》《阳关三叠》，成了历代送别诗词曲的代名词。

李白抒写友情的诗篇有送别，有留别，有寄别。《黄鹤楼送孟浩然之广陵》（另外还有《送友人》）写送别：

　　　　　　故人西辞黄鹤楼，烟花三月下扬州。
　　　　　　孤帆远影碧空尽，唯见长江天际流。

"故人"两句叙事，信手拈来，毫不雕琢。"故人"点明两人友情深挚。"黄鹤楼""扬州"交代送行和到达地点，说明是一次远别。"烟花"点染景物的绮丽。"三月"点明离别的季节。"烟花三月"绘景寓情，既有淡淡的惆怅，也有暗暗的欣羡。"下"字用在舟行上，含顺利畅适意味。此句意境优美，文字绮丽，清人孙洙誉为"千古丽句"。"孤帆"两句绘景。"孤帆""远影""碧空"，都是并列的偏正词组，用形容词加强帆、影、空的感情色彩。"孤"字既表现出孟浩然此行的孤单、寂寞，也体现出诗人对孟浩然此去的关切体贴。三个独立的意象随诗人视线的移动而形成近、中、远的递进关系。这是一幅富于流动感的送别图，细腻写出风帆渐驶渐远、最终消逝的行驶过程，也曲折反映了诗人翘首遥望、注视风帆，竟而不见帆影的目送过程。"孤帆远影碧空尽"的妙处，在于拉开了诗人与孤帆的距离，在诗人的极目远眺中，充分表现出诗人的惜别之情。最后一句异峰突起，目光久久停留在蓝天尽头帆影消失处滚滚不息的大江上。流水无尽，深情无限。此诗每句分别各用一个动词："辞""下""尽""流"，从不同角度（行者与相送者）表现了时间上的顺承关系，给人以流动之感，加上动词自身给诗句带来的动势，使全诗雄浑壮阔，呈现出一种幽深高远的意境。全诗无一字言惜别、说伤怀，而伤怀惜别之情有如大江悠悠无尽。

《赠汪伦》写留别。诗前半叙事："乘舟"表明循水道离开，"将欲"点明行舟即将出发，脱口而出的诗句表现出乘兴而来、兴尽而返的潇洒神态。"忽闻"说明出于意料之外，"踏歌"，即用脚踏地做节拍，边走边唱。"忽闻"与"将欲"相照应，写出了诗人惊喜的情态。汪伦送行到岸边，知道从此和李白难以再见，言不足以达其情，语不足以尽其意，突然忘乎所以，近于颠狂，踏地为拍，引吭高歌，至真至诚，尽情宣泄。"忽闻"真实记录下了李白在突起的歌声之中所受到的震撼。情起突兀，歌起突兀，前半写出两人之间不拘形迹、不拘俗礼的友谊。诗后半抒情。第三句遥接起句，进一步说明放船地点在桃花潭。"深千尺"既描绘了潭的特点，又为结句预伏一笔。"不及"二字将两件不相干的事物——桃花潭水、汪伦情意——联系在一起，以比物手法形象性地表达了真挚纯洁的深情，有了"深千尺"的桃花潭水作参照物，就把无形的情谊化为有形、生动的形象，空灵而有余味，自然而又情真。口头语，眼前景，自有一种天真自然之趣，隐隐使人看到大诗人豪放不羁的个性。清沈德潜说："若说汪伦之情比于潭水千尺，便是凡语。妙境只在一转换间。"（《唐诗别裁》）李白即兴赋诗，出口成章，显得毫不费力。他感情奔放，直抒胸臆，天真自然，全无矫饰，至真之情由性灵肺腑中流出，因而很有艺术感染力。

《闻王昌龄左迁龙标遥有此寄》写寄别。首句写景，以杨花飘零和子规悲鸣起兴，从听觉、视觉两个角度写暮春景象，以悲景衬托离情。"杨花"（即柳絮）含飘零之感，唤起读者对王昌龄流落远方的担忧；"子规"含离别之恨，触发宦游异乡的人们的心头的悲情，两者渲染出黯淡、凄楚、感伤的氛围。次句叙事，"闻道"表示惊悉，"龙标"在这里指王昌龄，以官名作为称呼是唐以来文人中的一种风气。"五溪"即湘黔交界处的辰溪、酉溪、巫溪、武溪、沅溪，本已是极偏远的地区；而"龙标"（今湖南黔阳），却还在更荒僻的远方……"过五溪"见迁谪之荒远，道路之艰难，跋涉之艰苦，表现出作者对好友旅途艰辛、贬所荒远的深切同情。后两句抒情，"愁心"即对好友身遭贬谪的同情和长途跋涉的担忧。诗人想象非常奇特，"愁心"能够寄是一奇，"愁心"寄给"明月"二奇，"明月"带着"愁心"陪伴友人三奇。通过诗人丰富的想象，本来无知无情的明月，竟变成了一个值得信赖、能够托情转意的信使，伴随着不幸的友人一直去到那夜郎以西边远荒凉的所在。唐夜郎在今贵州桐梓县，这里泛指湖南西部和贵州一带。两句有三层意思：一是说自己满腔愁思（思念、关切和担忧）无人理解，只有明月能够理解；二是说自己满腔愁思无法传递，只有明月能够传递；三是说自己思念朋友无法见面，只有明月做替身一路陪伴。这两句中，承"闻道"而来，"寄愁心""直到"紧紧相接，中间没有任何考虑，反映出诗人心情无限迫切。

唐人写友情的名篇还有王昌龄《送柴侍御》《芙蓉楼送辛渐》、高适《人日寄杜二拾遗》《别董大》、刘长卿《饯别王十一南游》《重送裴郎中贬吉州》、杜甫《梦李白二首》《天末怀李白》、贾至《巴陵夜别王八员外》《送李侍郎赴常州》、韦应物《赋得暮雨送李胄》、卢纶《送李端》、皇甫曾《淮口寄赵员外》、薛涛《送友人》、白居易《别元九后咏所怀》《蓝桥驿见元九诗》《七律》（"览卢子蒙侍御旧诗，多与微之唱和。感今伤昔，因赠子蒙，题于卷后"）、元稹《闻乐天授江州司马》《得乐天书》、贾岛《忆江上吴处士》、赵嘏《江楼感旧》、许浑《谢亭送别》、郑谷《淮上与友人别》等。在艺术表现上，格调或豪放或含蓄，或旷达或深婉，抒情或直露或蕴藉，或借景或托物，用语浅近，不事雕琢，真正体现了"境近意远，词浅情深"的艺术特点。

著名才女薛涛常与元稹、白居易、刘禹锡、杜牧等人唱和。晚年曾居浣花溪，创制"深红小笺"写诗，人称"薛涛笺"，而诗作多为赠人之作。其诗歌"工绝句，无雌声"，《送友人》可见一斑，短幅中有无限蕴藉，藏无数曲折。

　　　　水国蒹葭夜有霜，月寒山色共苍苍。
　　　　谁言千里自今夕，离梦杳如关塞长。

首两句描绘秋晚送别的环境。"水国"是指水乡，这里指的是成都。"蒹葭"点明秋深，暗用《秦风·蒹葭》诗意，寓含友人远去、思而不见的情绪。"夜"点明时分。"夜有霜"突出秋深，且暗示有月，无月难以见霜。"月寒"呼应"霜"，且点明月色皎洁。"苍苍"既显色调清冷，又见空间阔远。这两句都突出了一个"寒"字。前者写霜，是在水中，强调送别乃在深秋，触目皆感衰飒；后者写月，是在山中，表现月色笼罩山野，到处充满寒气。这样两句关联，一山一水，一霜一色，不但有视觉感，也有触觉感。这样的描写，营造了送别时凄凉的环境气氛，且从时空上拓展了诗歌的审美境界。诗人并没有停留于眼前的分离，而是一笔转入别后的想象，集中情感力量突出要表达的思想情感。从表面看来第三句好似在安慰自己，实则隐含着对离别之后相见无期的伤感之情。此句与前句隐含的离伤构成一个曲折，这一转通过一个反问句转得干净利落，表现出相思情意的执着。末句陈述别后思念的悠长。"杳"意谓远而不见踪影。"关塞"，本指边塞，这里作为天各一方的符号，强调友人所至之远。暗用李白《长相思》中"梦魂不到关山难"和张仲素《春闺怨》中"梦里分明见关塞"两句，表达在离梦中紧随友人而去的强烈愿望，即使远隔千山万水也无妨，梦中永不分离的愿望，源于诗人对友人不尽的情谊和任何时空距离都无法阻隔的思念。诗歌暗用古代诗歌意境，不但扩大丰富诗歌内涵，而且也提高诗歌的审美品格。

《闻乐天授江州司马》是元稹在贬所通州听到白居易被贬的消息时写的。作品以景衬情，以景写情，叙事抒情，语平情真，意味深长。

残灯无焰影幢幢，此夕闻君谪九江。
垂死病中惊坐起，暗风吹雨入寒窗。

一、二句意在渲染诗人周遭环境的惨淡凄凉。诗人贬谪异地，更兼身染沉疴，面对残灯摇曳、风雨凄凄之苦状，其内心的郁闷烦忧无处排遣，无以复加。首句渲染悲凉氛围，"残灯"（夜深之灯）、"无焰"（失去光焰）、"影幢幢"（灯影摇曳不定）是三个具体的形象，"残灯无焰"说明诗人夜深不寐，枯思已久；"影幢幢"既是现实环境的昏暗不明，又是诗人内心凄苦黯淡的写照，有力地渲染了悲哀凄凉的氛围。次句叙述所闻消息："此夕"承接上句所写之景点明时间，"君"照应诗题点明人物，"谪九江"引出下句所写心情点明事件。三、四句描绘诗人闻听好友贬谪的情绪反应。三句摹写震惊之状，有"病""病死""垂死""坐起""惊坐起"五层表意。"惊"写出了"情"——当时震惊的感情；其中的"坐起"，则写出了"状"——当时震惊的模样。"惊坐起"三字，生动传神地摹写出作者当时陡然一惊的神态，此三字紧接在"垂死病中"之后，分量极重，好友被贬对他的刺激实在是太深太重了。诗人对挚友的关切同情，以及由此产生的愤激不平，就都被强烈地表现出来了。四句再写雨夜凄凉。风而曰"暗"，应"残灯"；窗而曰"寒"，对"长夜"，残灯、阴影、暗风、秋雨、寒窗等凄凉的景物与凄凉的心境融洽为一，情调悲怆。"惊"的具体内涵蕴含于景语之中，深藏不露、含蓄不尽。全诗感情真挚，语言朴素，清晰地表达出了元、白二人深厚的情谊。

晚唐郑谷《淮上与友人别》也是写送别的名篇。

扬子江头杨柳春，杨花愁杀渡江人。
数声风笛离亭晚，君向潇湘我向秦。

诗的前半即景抒情，点明别离。这两句，"扬子江"点地，"春"点时，"杨柳"点景，"愁杀"点情。扬子江头的渡口，江柳（"杨柳"在这里泛指柳树）青枝绿叶，翠色连成一片，显现出浓郁的春意。在阵阵晚风中，柔长的柳丝轻轻地飘拂，一团团柳絮随风飞舞。岸边停着待发的小船，友人即将渡江南下，诗人揣想友人心情必然格外愁苦。其实揣想对方心情的愁苦，也就是写自己心情的愁苦。这两句在意象的铺排上很巧妙，长江—江柳—柳絮—离人，就像移动的电影镜头似的，由远而近，由物而人，万里长江的出现，是诗歌意境中"线"的拓展，春云一般依依袅袅的柳丛，是诗歌意境中"面"的巧设，因为柳这个意象在中国古典诗词中总是与依依惜别的深情相联系的。在蒙蒙飘荡的柳絮中出现的人，定格为诗歌意境的主体意象，可以说是"点"了，前面的江也好，柳也好，花也好，都是离人的特定背景。开头两句先扬后抑，"扬子江头杨柳春"，一点衰杀之气也没有，而是一派富于江南地域色彩的大好春光，给人的感觉是春风骀荡、满地春意。"杨花愁杀渡江人"却来了个情绪的急转弯，面对如此阳春美景，"渡江人"却发愁，而且愁得无法解脱——"愁杀"。这"扬"后的突然一"抑"，就给读者造成一种悬念，急欲了解这"愁杀"的根由，因为一般的离别，即使有离情别绪的触媒——柳树，也是不至于"愁"到如此地步的。王维的《送元二使安西》，同样是客中送客，同样以"柳"作为离别的背景（"客舍青青柳色新"），诗中也有离愁，却不如郑谷写的愁那么严重。这前两句还有一个妙处，表面看出语相当自然，但自然中有匠心,浏亮飘逸的"杨"("扬")字有意三次重出,构成了一种轻婉曼妙的声韵,同柳丝袅袅飞絮迷蒙的诗境和别绪茫茫愁思满怀的情调正相适应。音调韵律的清爽流利、复沓悠扬,使人读来悦耳动心,既感到感情的深永,又不显得过于沉重与伤感。

下面诗人却不急于揭开谜底——"君向潇湘我向秦",而是极力渲染临歧握别的凄清场景。第三句骤起笛声,那清悠的笛声随风远扬,飘在苍茫的暮色中,也飘在离人怆楚的心头。"风笛"二字甚精,涉及两种事物,又写出了它们之间的关系,"风"字还暗呼了上面的"杨柳春"。上两句已说到杨柳,所以笛中所奏恐为伤离之《折柳曲》,李白就写过"玉笛暗飞声""曲中闻折柳"的诗句。"离亭"不只是交代了握别的地点,更暗示了人的活动——喝酒以慰别情。"晚"也不只是交代握别的时间,同时暗示了饯别时间之长(联系前面的"数声"自可想见),诗人与友人在离亭一边喝酒,一边听笛子的鸣奏,彼此流连光景,到日暮还不忍分手。结句极有韵致,送别诗有以情语结的,如"劝君更进一杯酒,西出阳关无故人",有以景语结的,如"山长不见秋城色,日暮蒹葭空水云",这首诗却以点明各自的行程作结,落实上文"愁杀"的缘由,即友人南下,而自己北上。乍看是直陈别后各自行程,平静得不着一丝感情色彩,但一向"潇湘"一向"秦"的天各一方的离别,意味着自此一别,天涯遥隔,旅途漫长,风波难测,后会无期,只有深长的思念,种种离愁别绪和人生慨叹,尽含在结局的欲言还休之中。这种意蕴又同"君""我"对举,"向"字重出("向潇湘""向秦"并列)所形成的复沓式的咏叹情调相吻合。

这首绝句在句法安排上,一、三为实写(景),二、四为虚写(情和事),虚实交错,疏密相间,音律美与情韵美和谐统一,从而成为王维《渭城曲》盛唐之音的回响,实属可贵。

(三)

隋唐表达乡情的名作不胜枚举。隋薛道衡《人日思归》("入春才七日,离家已二年。人归落雁后,思发在花前")是诗人出使陈时在江南创作的,作品以平淡自然的语言,道出人在异地度日如年的心情,表现出对家乡的思念却又身不由己的苦恼。著名电影《雁南飞》的主题曲中"雁南飞,雁南飞,雁叫声声心欲碎。不等今日去,已盼春来归"显受本诗启发。唐代有宋之问《渡汉江》、贺知章《回乡偶书》、孟浩然《早寒江上有怀》、李白《静夜思》《菩萨蛮》《春夜洛城闻笛》、王维《杂诗》、高适《除夜作》、王湾《次北固山下》、岑参《逢入京使》、戴叔伦《除夜宿石头驿》《调笑令》、卢纶《长安春望》、李益《夜上受降城闻笛》、顾况《忆故园》、张籍《秋思》、白居易《邯郸冬至夜思家》《江楼望归》、柳宗元《与浩初上人同看山寄京华亲故》、刘皂《旅次朔方》、赵嘏《长安秋望》、方干《思江南》、司空图《漫书》等。

柳宗元从永州司马改任柳州刺史后,一直怀友望乡,愁思郁结。为了排遣愁思,在一个秋高气爽的日子,他与朋友浩初和尚一同登山望景,触动愁怀,写下了《与浩初上人同看山寄京华亲故》这首七言绝句。

> 海畔尖山似剑芒,秋来处处割愁肠。
> 若为化得身千亿,散向峰头望故乡。

诗的前两句用比喻来描述思乡的感受:海边的尖山像一把把锋利的剑在一点一点割着诗人愁苦的心肠。"海畔"点地域,柳州地处西南滨海,此词强调离故乡之遥远。

"尖山"为实写，符合柳州的地貌特征，柳州四周皆为尖山。"似剑芒"运用艺术夸张，突出柳州山之陡立、突兀，为下句"处处割愁肠"伏笔。"秋来"点时令，秋天万木凋零，一片衰飒，使人触目伤怀。处在这样的环境之中，柳宗元的内心又是如何呢？"愁肠"极度渲染了作者彷徨、困惑、凄苦的心情。本是"愁肠"，竟然用"剑"来割，而且是"处处"，频率之高，范围之广，使人不禁感觉到诗人内心的愁苦是多么的深重。上半借助景物描写和夸张比喻来突出主人公个性，烘托意境。是什么使诗人如此柔肠百结、肝肠寸断呢？下面两句通过奇异的想象和独特的艺术构思道出了原委。原来作者在深深怀念故乡，怀念那里的人情风俗，怀念那里的一草一木，怀念家乡的所有事物。如果真的有分身术，使自己能分成千万个"身体"的话，那么这些"身体"一定会遍布峰头，站在最高处，尽情地远眺自己的家乡，"望"字形象生动地表现出了家乡的遥不可及，将作者的思乡之情和欲归却不能归的心情表现得非常到位。按佛经的说法，佛的本身为法身，世间俗人无法看见。佛为了普度众生，在世上现身说法，这时所现之身是佛的化身。因佛力广大，"化身"能遍布一切，如虚空、大地、禽鸟、花树等均能成为"化身"。柳宗元将佛教中的"化身"说用在本诗中，是巧用佛事借以表达思乡主旨。与他同观柳州山景的是僧人好友浩初上人，将佛经中的典实随手拈来，落笔成文，是顺理成章的事情。整首诗没有用一个"思"字，没用一个"忆"字，没有用一切能直接表达"思乡之情"的字词。丰富瑰丽的想象，众彩纷呈的比喻，朴质明朗的语言，使的这首凄苦的思乡诗富有浓郁的浪漫主义气质。

王维《渭川田家》则以旁观者的眼光表现了乡民之间纯朴真挚的感情。诗中以田园风光为背景，勾画了两个生活镜头，一是"野老念牧童，倚杖候荆扉"（村内），一位慈祥的老人拄着拐杖站在柴门外，等待放牧归来的牧童。一"念"一"候"见出老人对孙儿的喜爱，见出真挚的人伦之情。一是"田夫荷锄至，相见语依依"（野外），三三两两扛锄归来的农夫，在田间小道上偶然相遇，于是站在夕阳下亲切絮语，一"立"一"语"见乡邻投缘，人与人之间没有利益争斗，只有聊不完的话题。"依依"不但表现出田家之间的亲切无间，而且语柔声细，反衬了乡村夕暮的宁静。储光羲《田家杂兴八首》则反映出苦寒的农家相濡以沫。

孟浩然《过故人庄》，李白《宿五松山下荀媪家》，杜甫《赠卫八处士》《遭田父泥饮美严中丞》《南邻》《客至》等，描写了古代村人的古道热肠。李白参加永王璘的起兵失败从流放夜郎的途中返回，借宿五松山（在今安徽铜陵县南）一户农家，受到主人公诚挚的款待，《宿五松山下荀媪家》表达了诗人对劳动人民深情厚谊的衷心感激。

我宿五松下，寂寥无所欢。
田家秋作苦，邻女夜舂寒。
跪进雕胡饭，月光明素盘。
令人惭漂母，三谢不能餐。

诗歌前半部分侧重写秋作夜舂的田家之苦。首联流露出诗人孤寂落寞的凄清情怀。次联由面及点，写尽田家的酸辛悲苦。"秋作苦"既指农民秋日劳作的艰辛困苦，又指他们心境的悲凉辛苦。"邻女夜舂寒"着一"寒"字，尽显神韵。一指邻女夜舂，寒声阵阵，触耳惊心；二指邻女衣衫单薄，寒凉逼人，可怜可叹。一"苦"一"寒"，还折射出诗人的悲悯情怀。诗歌后半部分侧重写田家荀媪的古道热情。三联以细节特写展示人物的心灵品性。"雕胡"，就是"菰"，俗称茭白，生在水中，秋天结实，称菰米，可以做饭,古人当作美餐。处在艰难困苦中的荀媪用"雕胡饭"来款待素不相识的客人,足见她的热情和善良。普通的雕胡饭因为渗进了荀媪的一片情谊而变得无比珍贵。盘子是白的,"雕胡饭"也是白的,在皎洁月光的照射下,荀媪手中端着的盘子闪闪发亮,格外耀眼,托出一片真诚和纯朴的温情。尾联直接抒发感恩愧疚之情。"漂母",在水中漂絮的妇人。这两用"漂母饭信"典故暗指荀媪,荀媪这样诚恳地款待李白,诗人很过意不去,自分无法像韩信那样报答恩情,更感到受之有愧,再三推辞致谢,实在不忍心吃下。这几句诗,让我们触摸到了李白性格中那很难得的柔软、感恩、朴素、收敛的一面。诗人用平铺直叙的写法,像在叙述夜宿山村的过程,谈他的亲切感受,语言清淡,不露雕琢痕迹而颇有情韵,是李白诗中别具一格之作。

孟浩然《过故人庄》是隐居鹿门时一次田家做客的生活记录,写农家乐,写故人情。这位朋友本是个农民,以"故人"称之,可见交情非同一般。果然如此,农民生活一般俭朴,吃鸡并不是常有的事,一打牙祭就想到诗人,可见朋友待人之真;从下文"绿树""重阳"来看,这次聚饮应该是夏秋之交一个普通的日子,并非过节,平常日子只要有酒有菜就想到与朋友共享,这是多美的人情!"具"的随意,见不讲排场;"邀"的随便,见不讲虚礼,俗言"人要好水也甜",更何况有"鸡"又"酒"有"黍",尽可满足晤谈之乐的需要。后面"把酒话桑麻",足以见得他们喝得痛快,聊得投机。最有意思的是,诗人告辞之际主动预约重阳还要来赏菊饮酒,虽然是淡淡两句诗,字里行间却流露出故人相待的热情,诗人做客的愉快,主客之间的亲切融洽。这首诗叙事自然,纯然照生活的本来顺序写出了从赴约到畅饮到告别的全过程,既不用典,也不生涩,笔调轻松,清朴如话,一种古道热肠的友情跃然诗中。

杜甫《赠卫八处士》再现了乡间待客场面。卫八的儿女们对陌生的客人态度非常友好("怡然敬父执,问我来何方"),一"敬"一"问"显示了孩童的乖巧有礼、亲切可爱。"敬"前加"怡然",表现了"敬"的真诚和自然。由"敬"而"问"表明孩童们在情感上对客人更加亲近,没有一丝一毫的畏怯。孩童们与诗人还没有说上几句话,就被父亲叫去张罗酒席了:端上酒壶,摆好酒杯("问答乃未已,驱儿罗酒浆")。餐桌上摆出的都是些家常饭菜,盘中的春韭,是主人刚才冒着夜雨从屋边的菜畦上剪回来的,那么嫩绿、那么新鲜;碗中的米饭,也是刚刚做好的,那是夹杂着黄粱颗粒、冒着腾腾热气的杂粮米饭("夜雨剪春韭,新炊间黄粱")。素菜淡饭,营造着热情温馨的家庭氛围,体现出不拘形迹的淳朴友情。好客的主人频频敬酒,理由是处于乱世,朋友离多聚少,能在一起饮酒话旧何等不易。于是,敬了一杯又一杯,干了一次又一次("主称会面难,一举累十觞"),主人深挚的友情、劝酒的热情,深深感动了诗人,酒逢知己千杯少,喝了那么多的酒他居然没有醉的感觉("十觞亦不醉,感子故意长")!卫八全家的热诚好客、殷勤款待被描绘得感人肺腑。

三、唐后人情醉歌

(一)

宋金元明歌颂母爱的诗作不多见。清代写子女对父母情感的名篇有黄景仁《别老母》《辛卯除夕》和蒋士铨《岁暮到家》、袁枚《伤心》。黄景仁幼年丧父,居家贫寒,常年奔波在外。乾隆三十六年(1771年),诗人到安徽学政朱筠手下当幕客,临行与寡母告别，作有《别老母》七绝一首。

    搴帏拜母河梁去，白发愁看泪眼枯。
    惨惨柴门风雪夜，此时有子不如无。

  首句写辞乡别母。"搴帏"，揭开室内帷幕。接着是"拜母"，禀告拜别慈母。"河梁"，河上的桥，古诗中常用来指代送别之地。"搴""别""去"等表示动态的词，含蓄地表示自己告别慈母的过程以及渐离渐远时难舍无奈的情景、难以言喻的感伤。次句写老母形象。"白发"言母老，白发苍苍，风烛残年。"愁看"言忧虑，愁容满面，眼神忧郁，母子好不容易团聚几日，诗人为生计所迫不得不背井离乡，儿子一路风尘，不知途中是否平安，不知他乡是否得意。"泪眼枯"言悲痛，儿子行前母亲伤心欲绝，流泪不止，现在那哭干了泪水的眼睛正忧郁地注视着诗人。诗人回过头来看到倚门而立的老母如此憔悴，如此悲切，内心该是何等痛苦和内疚！三句写作别节候。"惨惨"叠用突出生离死别的悲惨程度。"柴门"暗示家境贫寒，"风雪"描写环境寒冷。风雪因柴门更为肆虐，柴门因风雪更为难待。"柴门风雪"是人物形象的背景，在渐渐暗下来的夜色中，老母一任风吹雪打，依然伫立遥望，爱子之情、别子之痛尽在不言中。后面一个"夜"字，融入了想象的成分。从此一别，自己再也不能对老母嘘寒问暖，在这样孤独而寒冷的雪夜，老母将忍受怎样的人生煎熬？诗的最后一句是忧心如焚的自我谴责，十分真切地抒写出诗人内心无法抑制的内疚和伤痛。情感已然超出一般意义上的孝母之心和恋母之情，而升华为对所有无依无靠无助的老者的深切同情，对普天之下所有不孝子女的严厉谴责，也变成了对那个时代的正义控诉。字字如锤，敲击着读者的心，令人痛彻肝肠。

  诗人的好友洪亮吉评其诗"如咽露秋虫，舞风病鹤"，堪为的评。这首诗运用白描手法，将生活中的场景鲜明地再现出来，真切细腻地传达出与母亲分别时忧愁、无奈、痛苦与感伤动人心魄，荡气回肠。瞿秋白在《饿乡纪程》中写道："不由得想起我与父亲远别，重逢的时节也不知道在何年何月，家道又如此，真正叫人想起我们常州诗人黄仲则的名句来：'惨惨柴门风雪夜，此时有子不如无。'……"足见黄景仁诗句感人至深。

  蒋士铨《岁暮到家》专叙亲子之爱、爱亲之情，别具一格。开篇两句"爱子心无尽，归家喜及辰"，从父母一方写起，说父母疼爱儿子的情意是没有穷尽的，他们为我能及时返家而感到喜悦。"归家"二字应题面"还家"，"及辰"应题面"岁暮"，意即正赶上过旧历年。三、四句"寒衣针线密，家信墨痕新"转写自己，意思是母亲给缝制的棉衣，针脚细密，新近又收到双亲寄给的家信。这"寒衣"一针一线，都饱含着慈母关切的深情；这"家书"一字一句都凝聚着父母爱抚的厚意。此诗前几句写实，从中可见孟郊《游子吟》的影响。五、六句"见面怜清瘦，呼儿问苦辛"再写父母这一方，父母从上到下打量儿子，发现面容有些清瘦而产生无限疼爱之情，于是详细地询问起儿子在外的辛苦来。最后两句"低回愧人子，不敢叹风尘"写自己的心情，尽管出外谋生艰辛劳累，也不忍心告诉父母，以免他们担心，从侧面表现出对父母的体贴和深沉的爱。全诗情味浓郁，章法多变，语言质朴，笔触细腻，是一首富有人间真性情的好诗，因此能引起读者感情上的共鸣。

  袁枚的《伤心》是追念慈亲的伤心诗。袁枚是母亲晚子，母子感情非同一般。袁枚常以母亲高寿而自豪："一个诗人侬最羡，丘为八十有高堂"；"未贺宾朋先贺我，堂前九十四龄亲"。可惜嗣后一个月,老母亲一病不起,与世长辞了,袁枚写下了《伤心》。开始就点题:"伤心六十三除夕,都在慈亲膝下过","除夕"是一年中最重要的时刻,它联系着家庭的温馨团聚,诗人活到六十三岁,每年除夕都是陪伴着母亲度过,"膝下"即"膝下承欢"之意,指孝子孝顺父母博得父母欢心。"今日慈亲成永诀,又逢除夕恨如何"两句与上面两句形成对比,言母亲去世,在万家团圆的时刻再也不能承欢膝下了,诗人为此长恨不已。第三联"素琴将鼓光阴速,椒酒虚供涕泪多",写祭奠亡母的情景,"光阴速"是指母子俱在的时日非常短暂,在母亲灵前摆上供物泪水滂沱。最后两句"只觉当初欢侍日,千金一刻总蹉跎",是诉说痛悔之情,当初侍奉慈亲的欢乐日子,有如一刻千金般的珍贵,但是都蹉跎浪费过去了,再也追不回来。这首诗写得情深意切,声泪俱下。

以词来抒发怀念兄弟感情,最好的作品当推苏轼的《水调歌头》(明月几时有)。词系某年中秋苏轼在密州超然台饮酒赏月时所作,主旨是描写欢度佳节的情景及牵挂爱弟的的情怀。

明月几时有,把酒问青天。不知天上宫阙,今夕是何年?我欲乘风归去,又恐琼楼玉宇,高处不胜寒。起舞弄清影,何似在人间!

上片因月而生天上之奇想。见月而问天,追月而迟疑,在"天上"与"人间"徘徊不定。起句化用李白诗句"青天有月来几时?我今停杯一问之",以叹人之不能与月长存。这里有两点值得注意:问的方式——"把酒",见其豪放的性格;问的对象——"青天",见其不凡的气魄。这一"天问"把读者带进了广阔的境界,表达了对明月的赞美与向往。"天上宫阙"呼应上文"明月";"何年"呼应上文"几时有",这两句把对于明月的赞美与向往之情更推进了一层。面对这一轮明月,万里清空,词人进入飘然若仙的精神状态中,对月倾诉着自己的满腔衷肠。"乘风归去"说明词人对世间不满,"归"字有神仙自喻的味道。他在想入非非中,又渐渐产生了新的忧虑:"高处不胜寒"。这几句明写月宫的高寒,暗示月光的皎洁,把那种既向往天上又留恋人间的矛盾心理十分含蓄地写了出来。"我欲"—"又恐"—"何似"这中间的转折开阖,显示了苏轼感情的波澜起伏。既不能遁入"清虚之境",又不愿随俗与世浮沉,词人不知所措,为了排除因渴望获得永恒的生命与自由而带来的苦恼,他醉意朦胧地翩翩起舞,"起舞弄清影"既有暂得欢愉的惬意,又有伶仃孤独的悲哀,不这样理解,此词上下片在情感上就没有什么联系了。

转朱阁,低绮户,照无眠。不应有恨,何事长向别时圆?人有悲欢离合,月有阴晴圆缺,此事古难全。但愿人长久,千里共婵娟。

下片因月而感人间之离别。从出世与入世的矛盾中宕出,专写"人间"。"转""低""照"三字写足月光移动之神韵。"无眠"二字始直接涉及中秋人事,"怀"弟之意隐约而出。下面化用石曼卿诗句"月如无恨月长圆",埋怨明月故意与人过不去,偏偏在亲人不得团聚的时候团圆,这种埋怨当然毫无道理,但是越是怪得无理,越是显得有情,体现出离愁别恨之极,思弟感情之深。下面由情感的激越转入了理智的超脱,化悲怨为豁达,使词的境界陡然提升。词人不仅意识到自然与人事的难以同一和协调,而且意识到宇宙中的一切自远古到如今皆难得尽善和周全,人欢合时少,悲离时多;月晴圆时少,阴缺时多。"古难全"是谁也无法改变的客观事实,既是如此,天各一方的亲人将如何面对呢?共同的心愿就是"人长久""共婵娟"。"人长久",既有年寿的长久，也有感情的长久；"共婵娟"，既是共明月之美好，又是彼此感情的美好。"但愿人长久"，是要突破时间的局限；"千里共婵娟"是要打通空间的阻隔。只要健康常在，两心相照，可以千里共赏明月，共同寄托相思之情。全篇以月成景，由月生情，又以月明理，寄寓着词人的人生理想，也使得本篇显得境界高远，意味深长，情味厚重。这首《水调歌头》是历来中秋词中意境最高，流传最广的，历来推崇备至。胡仔说："此中秋词一出，余词尽废"。《水浒传》"血溅鸳鸯楼"一回中，也曾写到八月十五日妓女唱此词，可见当时传唱之盛，说其空前绝后，不为溢美之词。

宋神宗元丰二年（1079年）八月，苏轼被捕，押在汴京御史台狱中，自忖必死，《狱中寄子由二首》是诗人所作的"绝命诗"，第一首通篇都是写给弟弟苏辙的，吐露出浓浓的手足深情。首联陈述罹祸将亡，次联自愧累及家人，颈联遥想爱弟雨夜独自伤悼，尾联寄望来世再续此生兄弟未完的因缘："与君今世为兄弟，又结来生未了因"。苏轼兄弟的手足亲情，至老不衰。此诗出自肺腑，无暇雕琢，深挚感人。

（二）

宋代抒发友情的佳作中，欧阳修《浪淘沙》（"把酒祝东风"）、黄庭坚《寄黄几复》非常有名。《浪淘沙》是作者与友人梅尧臣在洛阳城东旧地重游有感而作，上片叙事，写欢聚洛阳，同游郊野；下片抒情，写人生漂泊，聚散无常。以惜花写惜别，含遗憾之情于其中，尤表现出对友谊的珍惜。后人赞此词"深情如水，行气如虹"。《寄黄几复》表达了作者对远方友人的深深思念之情，同时对其迟暮难用的处境深表惋惜。

> 我居北海君南海，寄雁传书谢不能。
> 桃李春风一杯酒，江湖夜雨十年灯。
> 持家但有四立壁，治病不蕲三折肱。
> 想得读书头已白，隔溪猿哭瘴烟滕。

首句用《左传·僖公四年》典，写自己与好友远隔天涯。一个在德州德平，一个在广州四会，一"北"一"南"已昭示距离遥远，两字后面又各缀一"海"字，更显得相隔辽远，海天茫茫。"海"诚然指两地皆为滨海之地，但这个具有广阔空间感的名词，极度强化了南北之间的距离。次句糅合雁足传书和衡阳回雁典，写邮路漫漫寄书难达。"寄雁传书"是主观愿望，然而客观上却难以送达，诗人将客观实情以"谢不能"三字出之，把大雁拟人化，相传大雁南飞，至衡阳而止，怎能到达岭南呢？拟人化的表现手法突出了诗人虽思友人但无可奈何之情状，更耐人寻味。以上两句虽化用典故，却能变陈熟为生新，用得生动新奇。颔联上句追忆京城相聚之乐，"桃李""春风""一杯酒"三个意象色彩明丽，节奏轻快，形成了一种知己相聚、意气风发的情状。"桃李""春风"点出欢会的季节。桃李盛开，春风吹拂，不仅给"一杯酒"以良辰美景的烘托，而且写出了相会的心境，"春风"暗寓春风得意的情绪。"一杯酒"又言明欢会极其短促。下句抒写别后相思之深，"江湖""夜雨""十年灯"三个意象显得比较暗淡、悲伤。"江湖"能使人想到流转和漂泊；"夜雨"能引起怀人之情，在"江湖"而听"夜雨"，就更增加萧索之感。"十年灯"和"江湖夜雨"相联缀，极易激发读者联想：十年来各自漂泊江湖，每逢夜雨，独对孤灯，互相思念，深宵不寐。"十年灯"突出漂泊极其漫长。有限的字数构成了丰富的画面，跨越时空，给读者留下很大的想象空间，展现了耐人寻味的艺术韵味。"桃李春风一杯酒"的明媚欢快与"江湖夜雨十年灯"的凄凉孤独对比，凸显了独对孤灯的难熬和思念友人的焦渴。

后面两联，从"持家""治病""读书"三个方面表现黄几复的为人和处境。颔联上句用《史记·司马相如传》成都"家徒四壁立"典写其为官清廉，将"四壁立"语序调整为"四立壁"，强调了"壁"字，家里只有立在那儿的四堵"墙壁"，说明友人是何等的清正廉洁，他把全部精力和心思用于治政和进取，无暇经营个人俗务，真正做到了"许国不复为身谋"，这是对黄几复官品的高度肯定和有种赞扬。下句糅合《国语·晋语》"上医医国，其次救人"和《左传·定公十三年》"三折肱，知为良医"典写其从政有方，"治病"就是"治国"，"三折肱"说明他有杰出的政治才能，"不蕲"说明这样的治国干才根本无须在边远之地忍受无谓的"磨炼"。这两句从"德"与"才"两个方面来夸赞友人。尾联上句夸赞黄几复是真正的读书之人，在作者的想象里，十年前在京城的"桃里春风"中把酒畅谈理想的朋友，如今已白发萧萧，却仍然像从前那样好学不倦、不断进取。下句形容黄几复住所环境之荒凉，诗人想象伴随着友人的读书声的，是那从隔着瘴气弥漫的溪水边野藤上传来的悲苦猿啼。前面三句写其德行、才干、精神是"扬"，末句写其困顿是"抑"。结句给整个作品所描绘的图景带来凄凉的氛围，不平之鸣、怜才之意都蕴含其中。此诗熔经铸史，语有气骨，形成了雄浑的艺术风格。诗中最成功的则是那些用常见的字词组成新奇意象的作品，字面较为平常，典故也是常见的，但经过巧妙的艺术构思，以故为新，在整体上取得了新奇的艺术效果。王观的《卜算子·送鲍浩然之浙东》是一首浸润着真挚友情的送别词。作品运用移情手法，化无情为有情，以眼喻水，以眉喻山，设喻巧妙、情趣盎然；又语带双关，把送春与送别交织在一起来写，惜春之情既溢于言表，对友人的祝福之意亦寓于句中。用笔灵动、造语新奇，妙趣横生，在送别词中独树一帜。

元明清以至近代歌颂友情的诗歌，沿袭了唐宋时代所开拓的题材传统，在体式、技巧以及艺术风格上没有多少新鲜的创造。明嘉靖年间，兵部给事中吴国伦因忤逆权奸严嵩被贬江西，诗友李攀龙写了《于郡城送明卿之江西》，首句以"飒飒""青枫"和"凄凄"秋雨两个意象渲染了送别的感伤氛围，次句"秋色"承上点明时令，"遥看"转换视角，展示的意象由近而远，楚天秋色，一片迷离，凸显贬地路途遥远。三句"怜逐客"言明诗作主旨，前加"谁向孤舟"设问，强化了对友人的怜悯和对权奸的怨愤之情，末句"相送"交代作品本事，前加"白云"暗点客中送客，又寓友人漂泊无依之意，"大江西"不仅呼应"入楚"进一步落实贬谪之地，又反呼"孤舟"，抒发对友人颠簸于沿途风波的关切和忧虑。顺治十四年八月，"江左三凤凰"之一（另两人是彭师度、陈维崧）的吴兆骞参加江南闱乡试（江南乡试），中式为举人。十一月南闱科场案起，因仇家诬陷，吴兆骞奉旨入京参加复试。复试时武士林立，持刀挟两旁，吴兆骞战栗不已，试卷没有做完，遭除名处分。籍没家产，流放宁古塔达二十三年之久。吴兆骞流放北上，吴伟业作为前辈诗人写歌行《悲歌赠吴季子》送无辜流放的吴兆骞上路。诗以"悲歌"命名，寓意遥深。以"悲"字统领，贯串前后。开篇点明送别主题，首句"人生千里与万里"写别路迢遥，次句"黯然销魂别而已"写别情沉痛。"君独何为至于此"愤然一问之后，总括流放地的可怕——"非山非水"，流放者的惨苦——"非生非死"。接着直诉吴季子的无辜受诬：慧早才雄，"词赋"超群，遭人"排诋"，沉冤莫白。诗作的主体是写宁古塔"非山非水"的骇人和流放者"非生非死"的悲凄，宁古塔冰雪肆虐、猛兽横行、白骨森森；流放者土穴偷生、半人半鬼、提心吊胆。诗人不由长叹"噫嘻乎悲哉"，而后悲愤作结，"聪明"带来灾难、"受患"皆由

"读书",吴季子就是前车之鉴!这首送行诗激情鼓荡,字字从胸臆中流出,动人肺腑,读之催人泪下。袁枚读后赋诗感叹:"就使吴儿心木石,也应一读一缠绵!"七绝《送友人出塞》为送受子株连的吴晋锡赴宁古塔而作。其一,"鱼海萧条万里霜,西风一哭断人肠。劝君休望零支塞,木叶山头是故乡。"运用想象手法,悬拟友人出塞途中的凄凉景象,表现友人肠断天涯之伤,表达了作者对朋友远谪的深切关怀、同情和慰藉。其二,"此去流人路几千,长虹亭外草连天。不知黑水西风雪,可有江南问渡船?"运用对比手法,在风雪肆虐的黑水与长亭渡船的江南的对比中,表达了诗人对远出塞外的友人的险恶莫测的流徙生涯的深切的牵念和忧惧。

康熙十五年(1676年),吴兆骞的好友顾贞观结识纳兰性德,求纳兰性德帮忙利用关系将吴兆骞救回来,纳兰性德没有马上答应。那年冬天,顾贞观寓居京师千佛寺,冰天雪地中忆及吴兆骞,赋《金缕曲》二阕,纳兰性德读之泣下,应允五载为期,营救兆骞入关。在写给顾贞观的信中说:"绝塞生还吴季子,算眼前,此外皆闲事。"后经纳兰性德的父亲明珠营救,吴兆骞终于得以回到京师,这在当时传为佳话。我们感受一下《金缕曲》其一。

词前小序云:"寄吴汉槎宁古塔,以词代书。丙辰冬,寓京师千佛寺,冰雪中作。"交代了作词的时间、地点、环境,暗示了写作时的心情。词的上片,抒发对朋友身世遭遇的同情。

> 季子平安否?便归来,平生万事,那堪回首?行路悠悠谁慰藉?母老家贫子幼。记不起,从前杯酒。魑魅搏人应见惯,总输他,覆雨翻云手。冰与雪,周旋久!

"季子",春秋时,吴王寿梦之子季札,有贤名,因封于延陵,遂号称"延陵季子",后来常用"季子"称呼姓吴的人,吴兆骞,字"汉槎",又恰好号"季子"。"季子平安否"不是一般寒暄客套,朋友的安危本是作者心中之重。"便归来"三句,慨叹朋友人生道路坎坷崎岖,几十年艰危困窘受尽折磨,有朝一日回到京师,这些令人心酸的经历,真是不堪回首。"平生万事,那堪回首?"八字蕴含不平之气、悲切之情。"行路",这里指与己无关的路人。"行路悠悠"紧承"那堪回首",直提朋友一生中所遭遇的最大打击,毁掉整个人的一生的冤枉流放,此四字一语双关,既是写吴兆骞被流放绝塞的遥遥长途中,无人给予生活的关照和精神的安慰;也是指世态炎凉,科场案发生以来,人心疏远,无人怜惜,无人关注。祸从天降,整个大家庭落入灾难深渊。"母老"意即使父母年迈,也要株连受罚,江南科场案判决,应考者的父母兄弟妻子都要流放宁古塔。虽经友人的周旋,吴兆骞的父母得免迁徙(后来由于奸人使坏,几年后其父吴晋锡也遭流放),但作为儿子,不但不能为父母尽孝,反倒让父母无尽担忧;"家贫"是说没有钱财打通关节,以使处罚减轻分毫,这就意味着要付出一生的代价,以致死在流放地。"子幼"是说本该在江南出生、在故乡成长的幼子,受父所累出生于流放地(吴子振臣,康熙三年生于宁古塔),没有童年的欢乐。"记不起,从前杯酒",是写自己和朋友都沉浸在目前巨大的悲伤中,俩人往日杯酒相娱的欢乐生活,已经无由再想。"魑魅搏人"三句意同俗言"明枪易躲暗箭难防"。"魑魅"即鬼怪,"魑魅搏人"司空见惯,容易提防;但那些"覆雨翻云"、反复无常的人,伪装不易识破。"总输他"三字,包含着无数痛苦的人生体验,老实人总是输在这些出尔反尔、翻手为云、覆手为雨的人身上。"冰与雪"二句,也是隐语,暗喻自己与朋友都是在清朝严酷的政治统治下、在复杂无情的人际关系中辗转反侧如餐冰饮雪,"冰与雪"呼应小序中"冰雪中作"。词的下片,表达对朋友全力相救的赤诚。

  泪痕莫滴牛衣透,数天涯,依然骨肉,几家能彀?比似红颜多命薄,更不如今还有。只绝塞,苦寒难受。廿载包胥承一诺,盼乌头马角终相救。置此札,君怀袖。

  "牛衣"是粗劣的衣服,这里指犯人服饰。过片这句意谓,事情既然发生了,就得坦然面对,痛哭流涕无济于事,不能沉浸于悲伤之中难以自拔。一劝朋友跟孤身流放的人相比,还算不幸中有万幸,毕竟妻子陪同前往宁古塔,骨肉尚且能够同聚一堂;再劝朋友跟性命不保的人相比,也算不幸中有万幸,在江南科场案中,不少人受迫害比吴更甚,早已丢掉性命。"红颜薄命"在这里用来比喻才华出众的人往往时运不济、性命难保,朋友还留得青山在,还有盼头。唯有如此劝慰,才能让朋友稍许获得心理平衡,从无尽痛苦中走出来。劝慰话语翻来覆去,见出情义之重、用心良苦。"只绝塞,苦寒难受"话又说回来,表达了对朋友身居"绝塞"的感同身受和体贴惦念。"廿载",自吴兆骞坐江南科场案至此整整二十年。"包胥承一诺"用典,春秋时,伍子胥避害从楚国逃吴国,对申包胥说:"我必覆楚"。申包胥答:"我必存之"。后伍子胥引吴兵攻陷楚国郢都,申包胥入秦求兵,终复楚国。"廿载包胥承一诺",表示自己搭救朋友的坚贞不移的信念,自己要像申包胥救楚那样拯救朋友。"乌头马角"再用典,战国末,燕太子丹在秦国做人质,请求回燕国。秦王说:除非乌鸦头上的毛变白,马头上长角,才允许你回国。太子丹仰天长叹,乌鸦头变白,马也长了角。"盼乌头马角终相救",是说要像燕太子丹质于秦盼归使"乌头白,马生角"那样,一定要把吴救回京师。"此札"即以此词代书信。"怀袖"古人衣中藏物之处——袖筒里面。"置此札,君怀袖"化用古诗"置书怀袖中",即希望朋友将它紧贴身心,随时取出观看,以获得安慰——人间还有真情在,生还关内还有希望!

  这首词,对患难之友"悲之深,慰之至",如道家常,叮咛告诫,婉转反复,痛快淋漓,无一字不从肺腑中流出,堪称凝结忠贞生死之谊的至情之作,被人传诵为"赎命词",成为清词中的压卷之作。后吴兆骞被释归来,到明珠府上拜谢,在一间屋内白壁上见到题字:"顾梁汾为松陵才子吴汉槎屈膝处",方知顾贞观为他的生还竭尽心力。

(三)

  宋代表达乡愁的佳作有范仲淹《苏幕遮·怀旧》、王安石《泊船瓜州》、苏轼《游金山寺》、贺铸《秦淮夜泊》、蒋捷《一剪梅·舟过吴江》和李觏《乡思》。李觏的《乡思》写出了远离家乡的天涯羁客、驿旅游子思念家乡的真实的感情。

  人言落日是天涯,望极天涯不见家。
  已恨碧山相阻隔,碧山还被暮云遮!

  全诗四句,无一不是游子泣泪思乡、惆怅无奈的心绪的生动写照。一、二句从远处着笔,写诗人极目天涯时的所见所感。首句转述他语,貌似随意,实则暗含苍凉落寞,借"人言"将"落日"与"天涯"并提,寓意"家在天涯"。同时告诉人们,下文遥望家山的情形发生在日暮时分。次句承转,"望极天涯"承上,写翘首西望之状;"不见家"转折,见无限失望之情,诗句前半上扬后半顿跌,有力地凸显了故乡异乎寻常的遥远。"望"字将诗人踮脚远眺、左右顾盼的焦急情态表现出来,"极"字写尽诗人极目远眺的艰苦尝试。诗人对空间距离的感受异乎常人,虽出乎常理之外,却在情理之中。三、四句从近处着墨，写诗人凝视碧山的所见所感。第三句"恨"字将诗人焦灼的怀乡之情与现实的矛盾突出了出来，"恨山"无理而妙。山作为无情的不动体，不可能故意与游子作对，"阻隔"住游子归乡的路。诗人明知"恨"之无理且无益，却仍将一腔怨愤投注于"碧山"，突出了亟欲回乡的焦灼情怀和有家难归的莫名苦痛。第四句更进一层，怨恨之情发展到了极点，所"恨"的"碧山"即使阻隔视线，它们尚可标示家乡的方向，而"暮云"更加可"恨"，它把"碧山"遮蔽得毫无踪影，故乡在哪一个方向都弄不清了。"暮云"呼应"落日"，暗示游子遥望家山的时间之长，突出了诗人归乡无计的无奈和痛苦，表达了诗人对故乡真挚浓厚的思念之情。四句话四层意思，层层递进，将诗人希望—努力实现希望—失望—彻底绝望、迷茫的悲痛情绪抽丝剥茧般呈现出来。作为理学家，其诗不谈理，不谈道，却谈人情通俗之情感，其诗歌呈现出来的主体形象并非一开口谈儒道的迂腐疏阔、无情无思之人，而体现出温情脉脉、贴近人情的一面。

　　元代游子思乡名作有王恽［越调］《平湖乐》和乔吉［水仙子］《若川秋夕闻砧》等。《平湖乐》用风光旖旎妩媚的水乡之景反衬苦闷思归的心情，前半描述美好场景，秋水如练，秋雾氤氲，美丽的采菱女影影绰绰，软语绵绵，笑声不断。"江山信美"承上启下，转而抒写身处异乡的孤寂和强烈的思归之情。《若川秋夕闻砧》首二句写闻砧所见：闺中女子勤动砧杵、赶制寒衣。接二句写萍踪苦况：流落异地，白发陡增。"露华"句写环境凄寂：秋露稀零、梧叶无声，以衬心境哀苦。末三句写对远方亲人的怀念。

　　明清思乡佳作有袁凯《京师得家书》、李攀龙《长相思》（"秋风清，秋月明"）、纳兰性德《长相思》（"山一程，水一程"）和郭嵩焘《秋蝉》等。纳兰性德《长相思》写于从京城（北京）赴关外盛京（沈阳）的途中，描写词人羁旅荒凉的塞外，思念故乡的孤寂情怀。

　　　　山一程，水一程。身向榆关那畔行，夜深千帐灯。
　　　　风一更，雪一更。聒碎乡心梦不成，故园无此声。

　　"山一程，水一程"，着眼于空间，写出旅程的艰难曲折、遥远漫长。"一程"二字间隔反复于"山""水"之间，"山""水"由概念变成实景，由单数变成多数，也就是说"山水"变成了"重山曲水"，跋涉的艰难曲折、路途的遥远漫长得到凸显。"身向榆关"，山水画面上出现了行人和关隘，"身向"大可玩味，潜台词是并非"心向"，也即暗示"心"向京师。"那畔"一词颇含疏远的感情色彩，表现了词人这次奉命出行"榆关"是无可奈何的。第二句使人想见词人留恋家园、频频回首、步履蹒跚的景况。上片主要写行军，最后一句写宿营。"夜深千帐灯"是承前启后的句子，经过日间长途跋涉，到了夜晚人们在旷野上搭起帐篷准备就寝，"千帐"透露出北行人数之多。夜深了，"千帐"内却灯光熠熠，为什么羁旅劳顿之后深夜不寝呢？

　　下片紧承上片，交代了"夜深千帐灯"，深夜不寐的原因。"风一更，雪一更"着眼于时间，描写荒寒的塞外暴风雪彻夜不停。"一更"二字间隔反复于"风""雪"之间，一方面写出千帐外狂风肆虐、暴雪纷飞、无休无止的情景，一方面写出千帐内愁听风吹雪打、苦熬寒更、辗转难寐的场景。"聒碎乡心梦不成"上呼"夜深千帐灯"，雪夜难眠的缘由至此直接点出。"聒"字用拟人化的手法，写出了风狂雪骤的气势，表现了词人对狂风暴雪极为厌恶的情感。"乡心"（"心"反呼上文"身"）被"聒碎"，可见词人思乡情切、心乱如麻。结句"故园无此声"表达了对京师的深情怀念,"故园"反呼"榆关那畔",正呼上句"梦","无此声"即没有风雪聒噪之声,在暖和宁静的京师,人才能进入甜蜜的梦乡。

这首词造语朴素,自然真切。毫无雕琢痕迹,民歌风味浓郁。轻巧排列,对应整齐。白描营造气氛,格调清淡衰婉。感情丰富,浅语深致。运用对比递进(榆关—故园—塞外风雪—梦中故园),情感逐渐深浓(不舍—孤独—失眠—思乡)。

宋代歌颂醇厚乡情的佳作当推陆游《游山西村》。乾道二年(1166年)陆游被罢官免职回乡后,和故乡淳朴的农民建立了真挚深厚的友谊。有一天,诗人信步出游,走到三山西面近处的一个村庄,看到了人们祭社前夕的活动,有感于村民们待客的真挚,生活习俗的淳朴,于是提笔写下了《游山西村》,作品写他们的美德、衣着、气质和生活,表达了诗人与农民之间的深厚的情感。

　　莫笑农家腊酒浑,丰年留客足鸡豚。
　　山重水复疑无路,柳暗花明又一村。
　　箫鼓追随春社近,衣冠简朴古风存。
　　从今若许闲乘月,拄杖无时夜叩门。

"莫笑"二字表明了诗人面对农家的盛情而产生的赞美之情,也融注了诗人平素与农民交往的真实体验,含有罢职后的自勉自劝自慰之意。情之深切与真挚,不在于酒的清澈,即使"浑浊"的酒也表现出农家朴实而真挚的情感。"腊酒":腊月酿制的米酒,在开春后饮用,外表显得有点浑浊,但是它有着名酒般的醇美。一个"足"字,表达了农家款客尽其所有的盛情。田家的酒菜虽不似都市酒楼的花哨,但货真价实,原汁原味,有真情待客之诚,充溢着田园风情。这是诗人游山西村感受最深、印象最深的,所以放在开头来写,表现了作者对这种诚挚淳朴习俗的热爱。

三、四两句以素描的手法,紧紧抓住"山""水"的不同特点,勾勒其形象。第三句中的"重""复"二字同义,再和"疑"字一起,写出了徐行山村所见山峦重叠、流水回环令人迷惑的景象;第四句中的"暗""明"相互陪衬,再和"又"字一起,描绘出山村道边所见绿树荫荫(柳色深绿,故曰"暗")、鲜花灼灼(花光红艳,故曰"明")令人惊喜的春景。

五、六两句从村外之景转写村内之情。写这里的民风民俗之美,出句通过描写热烈的场面,反映了山村人们的习俗。"箫鼓"即吹箫打鼓。"社"为土地神、五谷神。"春社",古代把立春后祭祀土地神的日子称为春社日。祭社用以表达人们祈求风调雨顺、五谷丰登的美好愿望。祭社时要有歌舞活动,以使神仙欢愉。赶上丰收年了,人们兴致格外高,在社日之前就开始排练节目。诗人看见人们列着长队吹吹打打地走过,后面跟着看热闹的人群,充满了欢乐的气氛。对句通过人们的衣着,表现山村人们的朴实。"衣冠",衣服头饰帽子等,代指衣着打扮。"古风存"即保留着淳朴古代风俗。从衣着打扮上看得出这个地方还保留着传统而又淳朴的良好的生活习俗。这里的热情招待、优美风光、淳朴民俗,使诗人兴致勃勃,但诗人没有直接叙述这种心情,而是通过另一种形式曲折地表现。

最后两句,言但愿从今而后,能不时拄杖乘月轻叩柴扉,与老农亲切絮语。说明白日游兴未尽,以后连晚上都想乘月夜重游。一个厌恶宦情、热爱家乡、与农民亲密无间的诗人形象跃然纸上。这一归结,点明了游村的诗题,而"夜叩门"与首句"农家"遥相呼应，不仅画面完整，而且更耐人寻味。这首诗主线突出，层次分明。不着一个"游"字，却处处切"游"，略无雕琢痕迹。心理刻画相当成功，也很细腻，读来亲切感人。

> 由以上回顾，对中国古代人情醉歌的基本特点应该有如下认识：一、从写作时间看，往往写作于特定时刻，如生离死别之际，异地佳节之时，亲人亡故忌辰，音耗不得时日。二、从主要内容看，主要表现生生离别的依依不舍，两地暌违的苦苦思念，欲报不得的绵绵孝思，断骨连筋的手足之情，坦诚相待的深厚情谊。三、从表现手法看，往往将写景与抒情结合起来，用环境描写渲染气氛、衬托心情；善于通过感人的生活细节来表现丰富复杂的感情。四、从语言特色看，摒弃华丽，崇尚白描，使用平淡质朴的日常生活语言，真切再现情感波澜，引起读者共鸣。

 阅读·思考·研习

1. 阅读并背诵本章所提及的重点作品。
2. 浅论中国古代亲情之歌的表现手法，准备课堂讨论。
3. 试分析中国古代送别诗的抒情特征，准备课堂讨论。
4. 试谈中国古代诗歌中的乡愁，并写一篇1000字左右的分析文章。
5. 选择一首自己理解最深透的中国古代人情醉歌作品，编写欣赏讲义并制作课件，准备上台讲授。

第九章
理趣清歌欣赏

"理趣"一语来源于佛典（见《成唯识论》卷四），它正式被用于诗歌评论则在宋代。"理"和"趣"是内容与形式的统一。所谓"理"，是针对诗歌的思想内容而说的，要求通过形象体现出作者对自然、人生、历史的深刻认识与把握，启发人们对未知领域探索和思考，在审美感受中带有理性的内容。所谓"趣"，是针对诗歌的艺术特征而说的，要求诗歌通过形象（借助叙事、描景和抒情）表现哲理的艺术趣味，感发读者的审美趣味。仅仅有"理"不能算诗，诗还必须有"趣"。宋代学者包恢在《敝帚稿略》里说："古人于诗不苟作，不多作，而或一诗之出，必极天下之至精，状理则理趣浑然，状事则事情昭然，状物则物态宛然。"其中"状理则理趣浑然"一语，即指说理要说得有趣味，既要把道理讲深讲透，又要防止枯燥无味和直截了当，必须符合诗歌本身所固有的艺术特征，把理和趣有机统一到水乳交融的境界，能够感发读者的审美趣味，也就是现在常说的"形象说理"。我国古代有许多文艺家都认为诗歌贵有"理趣"，而不能坠入"理障"或"理臼"。所谓"理障"和"理臼"，都是指说理诗中那些违背了艺术特殊规律、丧失了审美特性的作品而言的。

一、汉唐涉理诗篇

富有理趣的诗比"理趣"这一词语诞生得早得多，我国哲理性的诗歌有着悠久的历史。《诗经》中就有不少说理的诗，譬如《小雅·十月之交》有云："百川沸腾，山冢崒崩。高岸为谷，深谷为陵。"意思是江河湖泊翻滚涌动，山地和山上的坟墓崩裂开来；高岸变成深谷，深谷变成大土山，就是用诗歌形象说明事物都是发展变化的，而且这种变化有时甚至是非常巨大的。"高岸为谷，深谷为陵"成为历史上概括社会变动最有代表性的句子。屈原的《天问》由170多个问题组成，包括自然现象、神话传说、历史人物等方面，反映出深刻的探索精神，其中就孕育着哲理诗的萌芽。

汉乐府《长歌行》以"园中青葵"起喻，用了朝露易干、春叶秋凋、百川不归等一连串的比兴，形象地说明了"少壮不努力，老大徒伤悲"之理，劝勉人们努力珍惜青春年华，世间没有后悔药。曹操《龟虽寿》后面几句"盈缩之期，不但在天；养怡之福，可得永年"，说明人只要发挥主观能动性，生活上注意保养，精神上保持愉悦，可以最大限度地延续生命。

东晋出现了玄言诗，它是一种以阐释老庄和佛教哲理为主要内容的诗歌，代表作家有孙绰、许询、庾亮、桓温等。玄言诗特点是以直论玄理为要务，以诗为老庄哲学的说教和注解，严重脱离社会生活，谈不上有"趣"。如孙绰《赠温峤诗》中"大朴无象，钻之者鲜""谁谓道辽，得之无远"云云，直截了当地大谈哲理：知《易》者不言《易》，真正懂得的道理无须在口头上大讲特讲。钟嵘说玄言诗"理过其辞，淡乎寡味"（《诗品·总论》）。因此，一些诗人用写景的玄言诗来取代直论玄理的玄言诗。孙绰《兰亭诗》已开始转变（"流风拂枉渚，停云荫九皋。莺语吟修竹，游鳞戏澜涛。……"），通过对山水景物的描写来体悟玄学哲理。《世说新语·文学》引了郭璞的两句诗："林无静树，川无停流"。虽然完全在描摹自然景象，但其中包含了万物皆变、世事无常的哲理和诗人对人生的感慨，景、理、情三者和谐统一在八个字中，引起人们的由衷赞叹。这两句颇得玄对山水、澄怀观道的理趣，如同古希腊哲学家所说的：人不能两次踏入同一条河流。湛方生《还都帆诗》"……水无暂停流，木有千载贞。寡言赋新诗，忽忘羁客情"，将要言不烦的写景与深沉的哲理思考结合起来写，开辟了新的道路。谢灵运山水诗也谈玄，基本模式是先叙游览经历，次绘山水风光，最后谈玄说理。《石壁精舍还湖中作》末尾四句全写玄理："虑淡物自轻，意惬理无违。寄言摄生客，试用此道推。"个人得失考虑淡薄，就觉得外物无足轻重，若是心理满足就不违背养生之道，诗人希望那些注意保养生命的人，实践这一道理。这玄理是诗人从对傍晚的山水风光中感受和体会到的，它和"林壑敛暝色，云霞收夕霏，芰荷迭映蔚，蒲稗相因依"这样优美、秀丽的景色描写，不可分割地联系在一起。

晋宋以来，除陶渊明之外，诗歌尚不能达到浑然无迹地表现理趣的水平，即所谓"羚羊挂角，无迹可求"的境界。传说中，有一种野生的羊，名叫羚羊。它比绵羊要大一些，长着一对向前弯曲的角，这对角不但是它的武器，还有另一种奇妙的功用，夜晚，它跑到大树底下，找到一根横枝，就高高一跃，把角挂在枝上，就这么吊着睡觉了。凶猛的虎豹沿着它的足迹，嗅着它的气味追踪而来，追到树下，突然足迹没有了，气味也消失了……后人用"羚羊挂角，无迹可求"这个典故比喻诗的意境超脱玄妙。陶渊明有首《杂诗》："盛年不再来，一日难再晨。及时当勉励，岁月不等人。"这首诗直接揭示了这样一个道理：光阴易逝，时不我待，要惜时勤奋。诗歌直接说理，语言浅显，却寓意深刻。《饮酒》其一起笔便发出"衰荣无定在，彼此更共之""寒暑有代谢，人道每如兹"的议论，通过"衰""荣"的相互交替，"寒""暑"往来更换来揭示一个普遍的历史规律：任何事物都是不断变化发展的，没有一成不变的事物。《饮酒》其五咏歌隐居生活的安逸宁静，并从中体会到人生的真谛。"结庐在人境，而无车马喧。问君何能尔，心远地自偏"，这几句蕴含着这样的哲理：只要有高尚的精神境界，即使身居喧嚣人境也无"喧嚣"之感。《饮酒》其八"青松在东园，众草没其姿；凝霜殄异类，卓然见高枝"，就用形象化的语言讲了岁寒知松柏之后凋的道理。《饮酒》第十七后半亦纯是说理，"行行失故路，任道或能通。觉悟当念还，鸟尽废良弓"，讲的是应当急流勇退，脱离黑暗官场，隐居田园的道理。它使前四句形象描写的寓意更加鲜明，并且深化了。陶渊明诗歌说理，不论是直接告诉读者，还是借助写景叙事，都能做到不入"理障",而有"理趣"。

唐诗"主情",真正意义的哲理诗不诞生于唐代,但不少抒情、写景中也有机地涵容了哲理,哲理警句在唐诗中经常可以见到。如虞世南《咏蝉》"居高声自远,非是藉秋风",借蝉声自喻表达出的人生哲理是:自身品格高洁的人,并不需要某种外在的抬举,自能声名远播。一个人美名远播主要靠他自己的内因,而不是靠外因。王勃《送杜少府之任蜀川》"海内存知己,天涯若比邻",把对朋友的真挚感情升华为哲理,空间距离是相对的,没有感情,比邻犹若四海;有感情,四海如同比邻,知心朋友是声息相通的,诚挚的友谊可以超越时空的界限。王之涣《登鹳雀楼》"欲穷千里目,更上一层楼"两句即景生理,积极进取的精神、居高望远的哲思与雄浑壮阔的景色融合得天衣无缝,既与前句承接自然,又出人意料,且含意深远,令人回味无穷。诗的理趣可做两层理解:其一,一个人能力是有限的,必须借助外部条件,只有站得高才能望得远;其二,世界是无限的,天外有天,要达到更高的目标,必须发挥主观能动性,不畏艰险,勇于攀登,努力登上险峰才有无限风光。张若虚《春江花月夜》"人生代代无穷已,江月年年只相似",蕴含着变中有不变、不变中有变的真理:人类繁衍不息,绵延不断,"代代无穷已"的人生能与"年年只相似"明月一样永恒。

王维《桃源行》"行到水穷处,坐看云起时",这两句描写了一种闲雅超然的生活状态,同时借自然界水、云的变化象征着人生穷通之理:遇到逆境绝境时把得失放下,也许会有新的局面产生。王籍《入若耶溪》"蝉噪林愈静,鸟鸣山更幽"是以声衬静的名句,它告诉人们:动与静关系的是辩证的,事物的发展是绝对运动和相对静止的统一。李白《越中览古》既抒发了昔日宫女如花的"春殿"而今竟成一片废墟的沧桑之感,又说明了"祸兮福之所倚,福兮祸之所伏"的道理,失败者因为发愤图强而走向胜利,胜利者由于骄奢淫逸而走向灭亡。杜甫在诗中常以儒家义理入诗,写从具体的生活感受中所领悟出来的一些道理。《后游》的柱意在"江山如有待,花柳自无私"两句,壮丽秀美的山川好像等着诗人或游客去登临纵目,斗艳作姿的花柳无私地盼望着诗人或游客去领略欣赏,意即大自然的美对所有的人都一视同仁,但能否感悟到大自然的美,要看人有无一双审美的眼睛。《秋野》的题旨在"水深鱼极乐,林茂鸟知归"两句,由水域空阔鱼儿才能自由游走,森林繁茂鸟儿才会归林栖息的自然现象,说明治政之理:只有政治清明、环境宽松,百姓才能身心自由、安居乐业。《江亭》写景抒情的句子"水流心不竞,云在意俱迟",意思是看到水缓缓流动、云似乎停飞,人竞争的心思、飞驰的意念都停滞了,都自然消失了,暗含的人生哲理是:人当从"水流""云在"的自然现象中获得启示——不可为欲念所驱使而违背客观自然规律,一切随缘,让生命节律变得舒缓自在。《戏题王宰画山水图歌》写道:"能事不受相促迫,王宰始肯留真迹",借此论及艺术创作的规律:一是创作不是批量生产,如果没有灵感激发,就不能勉为其难;二是文艺创作要一张一弛,"弛"的蓄势是为了更好地"张",图快出不了精品。《论诗绝句》的价值并不全在于对初唐四杰诗诗史贡献的高度肯定,更在于其中闪现的理性光辉:人生价值也好,历史功业也好,靠的不是一时的吹捧和贬抑,历史价值和事实真相是无法欺瞒和掩盖的,"尔曹身与名俱灭,不废江河万古流"。杜甫诗歌所蕴含的道理,不是借助抽象的概念、理性的推理来传达的,而是与写景、叙事融合在一起,富有形象性和趣味性。"至近至远东西,至深至浅清溪。至高至明日月,至亲至疏夫妻"这是女诗人李季兰《八至》中的诗句,诗人用极平淡的语言道尽复杂的人性与人生，颇具辩证法意味。一位当代散文家写道：世界上最遥远的距离不是生与死，而是我站在你面前，你却不知道我爱你。这话与《八至》所言的哲理多少有些联系。

中唐时的一首流行歌词《金缕衣》前两句"劝君莫惜金缕衣，劝君惜取少年时"，告诫人们要珍惜青春岁月，不要沉迷外物空耗生命；后两句"花开堪折直须折，莫待无花空折枝"，命意同《古诗十九首·冉冉孤生竹》，告诫人们要及时抓住机遇，不要错过机遇留下悔恨。此诗含意很单纯，可以用"莫负好时光"一言以蔽之，其理其情其趣深得人们喜爱，据载元和时镇海节度使李锜酷爱此词，常命侍妾杜秋娘在酒宴上演唱。韦应物《听嘉陵江水声寄深上人》全然探寻哲理："水性自云静，石中本无声，如何两相激，雷转空山惊"，说明一切都是因缘和合而成，事物与事物之间只是由于发生了联系，才得以存在。他的《咏玉》也是蕴含哲理的佳作："乾坤有精物，至宝无文章。雕琢为世器，真性一朝伤"，以琢玉为器为例谈做人道理：天下最宝贵的宝物是朴实无华的，一旦追求华丽，便失去了本性，也就不是至宝了，做人也应该保持本性和率真。白居易《赋得古原草送别》名句"野火烧不尽，春风吹又生"，哲理意味显而易见：世界万物都是运动、变化、发展的，这种运动、变化和发展都有其基本秩序和客观规律，而不以人的意志为转移。刘禹锡诗歌以物象来象征哲理，寓哲理于物境，使意象与哲理融为一体，他的《竹枝词》都或多或少带有哲理性的色彩。如"东边日出西边雨，道是无晴却有晴"，写爱情，也是写哲理，说明世界上的事物是错综复杂、千变万化的，有时还往往交织在一起，因此看问题应以时间、地点、条件为转移，力争全面地观察分析，切忌以偏概全，这种道理借助自然场景、运用谐音来表达，就平添了几许趣味。另一首《竹枝词》借瞿塘峡的艰险（"瞿塘嘈嘈十二滩，人言道路古来难"），抒发对人世的感慨（"长恨人心不如水，等闲平地起波澜"）。诗歌妙在比兴的运用，用瞿塘之险象征人心之恶，并层层深入，揭示了社会中人与人之间的复杂关系。刘禹锡诗中诸如"请君莫奏前朝曲，听唱新翻《杨柳枝》""芳林新叶催陈叶，流水前波让后波""千淘万漉虽辛苦，吹尽寒沙始到金"等诗句，均是把深刻的哲理溶于诗句中的物象中，表达了新生事物必然代替旧事物的道理。

晚唐诗人《赤壁》对历史作了这样的假设："东风不与周郎便，铜雀春深锁二乔"，言外之意是要取得过人事功，既离不开内在主观的努力，又离不开外在机遇的促成，历史存在着极大的偶然性。杜荀鹤的《小松》与陶渊明《饮酒》其八写的是同一对象，感悟的却是另一番道理："时人不识凌云木，直待凌云始道高"，人才在尚未崭露头角以前，往往是被人轻视、忽视的，要成大才就得忍受世人的轻视和忽视。他的《泾溪》所揭示的事理如同《吕氏春秋·慎小》所言"人之情，不蹶于山，而蹶于垤"，提醒人们：生活中凡事务必"兢慎"（小心谨慎），不小心谨慎，"平流"会变成"石险"，就会导致"沉沦"结局；能小心谨慎，"石险"会变成"平流"，能够远离"倾覆"危险。

唐代佛教兴盛，特别是禅宗思想广泛流行。禅宗强调不立文字，即指禅家悟道，不涉文字不依经卷，唯以师徒心心相印，理解契合，传法授受，所谓"把口挂在壁上"。实际上禅宗的祖师们最能运用语言，把握机要，往往只用一句简单的话语，使听者豁然大悟，明心见性。明心见性，即是发现并彻底了解自己的本来面目，佛教指摒弃世俗一切杂念，彻悟因杂念而迷失了的本性（即佛性）。这类"机锋转语"用文字记录下来，便成了语录。"机"乃为机关、机用，同时也有机智、根机之意；"锋"则指锋芒，表示一种尖锐的状态、情境。按不同情况，机锋可以是言语机锋，即直接包含在言语问话之中，也可以是行为动作机锋。人们回答出一些很特殊的话语，或做一些特殊的动作，画一些特殊的符号，甚至设置某种特殊的事件，这些特殊的言语、符号、动作、事件便是所谓转语。语录多是散体，但也有少量诗体，慧能以下的禅宗僧人，皆强调在片言只语的偈颂讥讽中了悟无上智慧。故云"经诵三千部，曹溪一句亡"，意思是说佛法有三千部，许多人一辈子诵经不断，却始终不能参悟佛法的真谛。慧能在取得衣钵之前，凭"菩提本非树，明镜亦非台。本来无一物，何处惹尘埃"一偈，胜过神秀"身似菩提树，心如明镜台。时时勤拂拭，不使惹尘埃"之偈。他之所以能取得五祖宏忍的衣钵，原因在于神秀还承认"菩提树""明镜台"等客观事物的存在，还要对它们殷勤拂拭，以保持内心的洁净；慧能则根本不承认这些客观事物，认为"心外无物"，显然更接近禅宗的真谛。慧能成为禅宗六祖后在曹溪弘扬佛法，因此后人称"曹溪"即指六祖慧能。从此，简短的禅师语录遂逐渐替代了浩繁的佛教经典，此间也出现许多充满理学趣味的诗偈。如《五灯会元》中记载洞山和尚形容参学之初的精神状态是"客路如天远，侯门似海深"；匡悟禅师指出拜佛参禅的要诀是："学道如钻火，逢烟未可休。直待金星现，烧燃始到头"；《古尊宿语录》记载圆悟佛果禅师比喻众生拜佛，得道者寡是"白鹭下田千点雪，黄莺上树一枝花"；《五灯会元》记载奉先深禅师说自己对佛学的领悟无人知晓是："我有一只箭，曾经九磨炼。射时遍十方，落处无人见"；风穴禅师也作类似的比喻："洞山一句子，落处少人知"。这些禅学机锋，都充满理性的光辉。

唐代一些僧尼写的诗，注意到诗歌中的"理"应当有"趣"。我们读读无尽藏的《嗅梅》吧。"无尽藏"乃佛经词语，谓佛德广大无边，作用于万物，穷无尽。作者无尽藏，唐代比丘尼。此诗摘自《禅诗》三百首高僧篇，是一首用寻春咏梅来譬喻悟到本来面目的绝佳禅诗，历来为人们所称道。

尽日寻春不见春，芒鞋踏遍陇头云。
归来笑拈梅花嗅，春在枝头已十分。

首两句描绘诗人尽日寻春，踏破芒鞋，入岭穿云，但却一直找不到春天的踪迹。"尽日"从时间角度说明"寻"的坚持不懈。"春"，美好的春光，也象征着美、真理、幸福等。"不见春"是一个转折，为什么"不见"呢？原因可能很多，比如，缺少发现的眼光，结果视而不见；或被外表与假象所蒙蔽，感知不到事物的真相与实质；或只知道向心外去追求，而不知道向心内去寻找。第二句从空间角度说明"寻"的百折不挠，"芒鞋"呼应"寻"，交代了寻者的身份——僧尼，同时表明不是一般的"寻"，而是远行寻找。"踏遍"表明所行遥远，历经千辛万苦。"陇头"，在古诗中借指边塞，这里指千山万岭，"陇头"再加一个"云"字，既显示了山之高峻，又暗示了诗人不畏劳苦入岭穿云的行姿。此句是补充说明前句的，论时间，已经"寻"得很长久了；论空间，已经"寻"得很遥远了，然而，出人意料的是毫无所获。后两句一转，由"寻"而"归"，诗人寻春不得，兴尽而归，哪知道笑拈梅花而嗅，才发现春在自家庭院枝头。"归来"反呼"寻春"，"梅花"是冬尽春回的象征，诗人出门前对它熟视无睹，不以为然，回家之后才无意中发现梅花的枝头洋溢着春意。"笑""拈""嗅"三个动词写出诗人意外发现、豁然顿悟的愉快神情。"嗅"体现出对大自然的热爱，对美好春光的喜爱。"拈"写出对融满春意的梅枝爱不释手。"笑"既有对春光之美的赞赏，也有对自己本末倒置的自嘲。"春在枝头"反呼"不见春"，这是一个特写镜头，"十分"是圆满、极端的意思，"已十分"写出梅花的俏丽、春意的浓郁。后两句诗人自省：诸佛所证悟的真如法身原来人人具足，本自无缺，不假外求，须求于心，在身外寻求，则徒然费力；在自身中求，则能够顿悟。我们从中得到的启发应该是：美、真理、幸福无所不在，处处可以体会，甚至吃饭、睡觉、走路、行进之间都存在，但人的天性，往往对自己拥有的视而不见，不知珍惜，却努力去追求得不到的，结果徒劳无功。从这首诗中我们还可以领悟出其他道理：人们对事物、对客观规律的认识有一个从量变到质变的过程；任何追求功利性不能太强，太着意了反而事与愿违，而有意无意之间或许大有收获。

唐代以来，禅宗风靡一时，这种思维方式和表达方式也深深地渗入了世俗世界，尤其是士大夫头脑中。很多诗人自觉不自觉地接受了它，并用于诗歌创作构思、炼字造句中，因此，诗都有一种淡淡的"理趣"，既有禅宗哲理，又有诱人的美的形象，是两者的融合统一。不过，唐代文化的特点决定了唐人不大容易具有那种敏感恬淡、细腻缜密、理多于情的心理，而往往是恢弘阔大、开朗豪迈、情重于理的。因此，唐人的诗带有哲理性，但有"理趣"的诗并不占多大比重。

二、北宋理趣诗篇

宋人受理学影响，喜格物致知，深究事物之理。格物，就是接触事物；致知，就是获得知识。古人说，宋人"以才学为诗，以议论为诗，以文为诗"。国势的衰弱使士大夫心理变得狭小而敏感，人们既习惯于从宏观、整体上观察外部世界，又极容易由各种自然景物及其微妙变化引起内心的感触，着重捕捉心与物相遇时刹那间的感受，并立即升华为一种哲理思考，所以"理趣"作为诗歌一种重要特色便在宋人笔下出现了。宋人严羽《沧浪诗话·诗评》说："本朝人尚理。"李耆卿《文章精义》称朱熹诗从陶渊明、韦应物、柳宗元来而"理趣过之"，都说明"理趣"已经作为一种特色积淀于中国诗歌中了。许多宋诗在阐发道理时并非只是空洞枯燥、淡而无味的说教，而往往是寓之于形、伴之以趣，融形、理、趣于一体，从而使宋诗呈现出独特的理趣美。

大诗人如晏殊、欧阳修、王安石、苏轼、杨万里、陆游等都写有不少脍炙人口、发人深思的富有理趣的篇什。写景咏物中的理趣阐释，往往是先描绘客观景物，或是回忆某种人生经历，然后再阐释其中的哲理或是某种人生领悟。

晏殊《浣溪沙·一曲新词酒一杯》前面描绘客观景物（亭台、小园、花径），叙述人的活动（饮酒、吟词、徘徊），后面"无可奈何花落去，似曾相识燕归来"两句蕴含着人生感慨：一切必然要消逝的美好事物都无法阻止其消逝，但在消逝的同时，仍然有美好事物的再生，生活不会因消逝而变得一片虚无。

梅尧臣几首以花为题材的诗，都寓含理趣。《对花有感》明白如话："新花朝竞艳，故花色憔悴。明日花更开，新花何以异？"此诗寓意比俗语"花无百日红"更深，通过"新花"将不断变为"故花"的现象，形象具体地说明宇宙万物都是发展变化的，"新"没有理由嘲笑"旧"，今日之"旧"乃昨日之"新"，今日之"新"乃明日之"旧"。《凌霄花》借花喻人，说明为人处世不要攀龙附凤，依附于人，"一日摧作薪，此物当共委"，一旦所依对象垮台，自己也一败涂地。

欧阳修《画眉鸟》前两句"百啭千声随意移，山花红紫树高低"，先描绘林中的美景（繁花似锦、佳木葱茏）和画眉鸟在其中自由自在鸣叫的情形（鸟鸣优美婉转，飞行活跃灵巧）；接着两句"始知锁向金笼听，不及人间自在啼"阐发内心的感受：金笼生活不如山林生活自由自在，处于山林虽有风雨侵袭和鹰隼猎杀，但可以不受约束的"自在啼"，可以按照自己的意志"百啭千声随意移"，在金笼里一切不得自由。巧妙抨击禁锢思想、窒息生灵的社会现象，憧憬广开言路、广开才路的理想境界。一、二句作用于人的情感，三、四句则偏向于理智。全诗抑扬回环，自然整合。

王令《纸鸢》这首七律借物喻人，通过咏风筝，讽刺"凭风"而起的得势小人和"仰面"而观的"愚儿"，表达自己怀才不遇的愤懑。诗中描写飞筝迎风飞舞，巧伪多端赛过鸟儿："谁作轻鸢壮远观，似嫌飞鸟未多端"；又一针见血的指出它并不能真正飞入"碧霄"，能终日不栽下地便算万幸："未必碧霄因可道，偶能终日遂为安"。整首诗咏物抒怀，出语辛辣，颇富理趣：假的终究是假的，纵能得逞于一时，也不可能永远风光。

孔平仲《马上小睡》描写自己春日骑马行游的亲身经历："夹路桃花眼自醉，昏昏不觉据鞍眠。觉来已失初时景，流水青山忽眼前。"刚刚还是满眼桃花，在马背上打了个盹，眼前就是青山绿水了。这样一件再平常不过的生活小事，也可使人悟出一番道理：事物都是发展变化的，只要不断向前进发，人生的风景也会发生意想不到的变化。

陈师道《绝句》，前两句"书当快意读易尽，客有可人期不来"，说的是现实生活中常常遇到情形，一本令人快意的好书很容易一下子读完，一位受人欢迎的客人却每每难得盼到。后两句由生活实例（个性）上升到生活规律（共性）："世事相违每如此，好怀百岁几回开"，人生不如意事常八九，令人开怀的事一生难遇几回。故此，当达观地对待人生，不必为"世事相违"而忧伤懊恼。作品直抒胸臆，质直朴拙，诗意理趣非常浅易明白。

有"圣相"美誉的李沆，写了一首《题六和塔》，前两句写登高望远，这是人们的共同心愿、行动追求："经从塔下几春秋，每恨无因到上头"。后两句写所处位置越高，风险也就越大，安全系数也就越小："今日始知高处险，不如归卧旧林丘"。作者以登塔为喻，说明人人都希望自己身居高位，而真正身居高位之后，才深刻懂得"高处不胜险"，远不如"登高"之前安全。此诗实为不可多得的"官箴"。

王安石《登飞来峰》迥异于李沆《题六和塔》，作为当时一个进步的知识分子，他怀着要求变革现实的雄心壮志，希望有一天能施展他治国平天下的才能，所以他一登到山岭塔顶，就联想到鸡鸣日出时光明灿烂的奇景："飞来山上千寻塔，闻说鸡鸣见日升"，通过对这种景物的憧憬表示了对自己前途的展望："不畏浮云遮望眼，只缘身在最高层"，其中的理趣是显而易见的：只有立足高远，才能够排除种种迷雾，看到事物的本来面目。王之涣《登鹳雀楼》谈的是如何望得"远"，王安石在"望得远"的意义上又增加了"望得清"的意思。《午枕》写的是春日梦醒时分的感受，时间当在罢相闲居钟山之时。诗中对新旧事物的更迭、世事的沧桑变化，富贵荣华的兴废起落都有深刻的思考："旧蹊埋没开新径，朱户敧斜见画楼"，其中含蕴着深深的理趣：旧事物总是要被新事物取代的，即使一时的曲折反复，也改变不了这个历史发展的总趋势和总规律，与刘禹锡的名句"芳林新叶催陈叶，流水前波让后波"皆是表达同一人生哲理。

《江上》是王安石晚年辞官闲居于江宁在秋江帆影中获得精神启悟而作。在阴晴莫定的天气变化中，面对秋阴不散的江景，诗人的视野虽然遇到"青山缭绕疑无路"的阻塞，却又在"忽见千帆隐映来"中变得豁然畅通了。诗人由山光水色的变化体验到某种人生哲学：道路是曲折的，前途是光明的，只要在逆境中自强不息，最终就能由困境步入佳境。这种理趣给人以奋进不止的精神力量，鼓舞人们改变人生的际遇。王安石诗歌富于理趣的警句不少，如"岁老根弥壮，阳骄叶更阴"（《孤桐》）"看似寻常最奇崛，成如容易却艰辛"（《题张司业诗》）等。

北宋哲理诗篇成就最大的是苏轼。苏诗蕴含的理趣，是许多读者喜爱其诗歌的主要原因。苏轼的诗注重理趣，并非是呆板的论理、枯燥的说教。如《题西林壁》：

横看成岭侧成峰，远近高低各不同。

不识庐山真面目，只缘身在此山中。

开头两句写从横侧、远近、高低的不同视角去描绘庐山峰峦重叠、变化多姿的景色。"横看"即正面看，从山前山后看，山横在眼前，所以说"横看"。"岭"即顶端有道路可走的山，形状长而平。"侧"即侧看，从侧面看，从山的一端看。"峰"即山顶端，形状尖而高。"横看"是郁郁葱葱、群峰集聚的山岭，"侧看"乃是一座座插天而立、秀色迷人的险峰。"横看""侧看"描画了诗人贪赏庐山风景、观之不足的神情意态。"远近高低"呼应"横看""侧看"，这四个形容词后都省略了一个动词"看"。"各"既涵盖了庐山所有的山峰，也包括了诗人各种观照的角度。自远、从近，由高、及低，如按各个不同角度去欣赏，更是千姿百态、气象万千。庐山是座丘壑纵横、峰峦起伏的大山，游人所处的位置不同，看到的景物也各不相同。这两句概括而形象地写出了移步换形、千姿万态的庐山风景。苏轼为什么不对景物展开正面的描写而总是强调怎么看，那恰恰是因为他着眼的不是庐山的风景如何，而是想通过对庐山从不同角度观察会得出"成岭""成峰"和"各不同"的见地来说明一个道理。后两句紧承上两句而来，即景说理，谈游山的体会。从写作上说，是虚写。"不识"句一转，表明所见的诸多山峰各种各样的形象，还不是庐山的真实面貌，无论怎样横看、侧看、远看、近看、仰望、俯瞰，都不能说真正认识了庐山。这就设下一个悬念，诗人已经如此兴致勃勃地观赏了庐山风姿，为何还说不能辨认庐山的真实面目呢？下句解开这个悬念：因为身在庐山之中，视野为庐山的峰峦所局限，看到的只是庐山的一峰一岭一丘一壑局部而已，这必然带有片面性。言外之意就是：要识庐山真面目（即完整的面貌），就必须跳出庐山看庐山。这两句诗有着丰富的内涵，它启迪人们认识为人处事的一个哲理——由于人们所处的地位不同，看问题的出发点不同，对客观事物的认识难免有一定的片面性，诚所谓当局者迷，当事者迷，当时者迷；要认识事物的真相与全貌，必须超越狭小的范围，摆脱主观成见，保持一定的距离，只有这样才能看清事物的真相，乃至发现出美来。这种观点，与作者的散文《超然台记》近似。如果说"形"是一首诗的躯体，那么"理"便是这首诗的灵魂，"趣"便是这首诗的性格，《题西林壁》真正体现了诗趣和哲理的高度融和，讲的哲理亲切自然，读来又耐人寻味。它以景寓理，寓意深刻，作品耐人寻味的丰富内涵，从观察庐山自然地生发出来的深切感受，是与该山的形象和谐结合在一起的。它语言浅显，深入浅出，写的是极平常的日常生活现象，用的是简明易懂、近乎口语的诗句，不用典，不雕琢。

《饮湖上初晴后雨》这首诗的价值并不止于出色地描绘了西湖一带的山光水色以及

精当贴切的比喻，更在于它内蕴的理性思考，在于它的言外之意、弦外之音。它告诉人们，自然界也好，人类社会也好，都存在各种各样的美感，关键在于去发现它们，体悟它们。就以西湖为例，湖光美，山色也美；晴天美，雨天也美。晴天的湖面波光潋滟，雨天的山色空蒙奇幻，都能让人遐想联翩，身心得到极大的愉悦。诗中所阐明的道理绝不是概念的，也不作抽象的事理演绎，而是通过西湖美景和比喻等来表达的，是用诗的语言来说出来的，是形象的，是含蓄的，是有趣的，因此是真正的诗。

《和子由渑池怀旧》写的是诗人回忆当年与弟弟进京应举时路过渑池县，借宿寺庙内在寺壁题诗的往事。在这首诗中，自然现象上升为哲理，人生的感受也已转化为理性的反思。诗中前四句"人生到处知何似？应似飞鸿踏雪泥。雪上偶然留指爪，鸿飞那复计东西"，以雪泥鸿爪为喻（化实为虚，喻指往事所留痕迹），把人生比作一个悠悠的长途，所到之处，犹如鸿飞千里行程中暂时的歇脚。"飞鸿踏雪泥""泥上留指爪""鸿飞那复计东西"，三个连续性意象所组成的意象系列，很生动地表达耐人寻味的理趣：人生际遇中存在着许多偶然无定的变数，由于世事坎坷，沧海桑田，变幻多故，早年的经历、理想、抱负，有如雪泥鸿爪难留痕迹，因此，不必过分怀旧，而要珍惜现在，积极有为。诗中的哲理通过生动、鲜明的艺术意象自然而然地表达出来，这样的诗歌既优美动人，又饶有趣味，是名副其实的理趣诗。"雪泥鸿爪"一问世即流行为成语，说明苏轼的理趣诗受到读者的普遍喜爱。

《定风波》（"莫听穿林打叶声"）写行路时遇到一阵雨，其他人狼狈不堪，苏轼独不改其度，反而觉得草鞋竹杖、吟啸徐行别有其趣。作者超然物外，旷达乐观，进入一种超功利、超世俗的自由的精神境界，忘却了风雨和晴天的差别，忘却人生起落浮沉和仕途中的阴晴变化。词的结句"也无风雨也无晴"点明主旨，道出了词人在大自然微妙的一瞬所获得的顿悟和启示：自然界的雨晴本来毫无差别，怕雨喜晴其实没有必要，人生的雨晴又何尝不是如此？一生政治浮沉、荣辱得失何足挂齿？苏轼对自己坎坷人生的态度已上升到了哲学的境界，一种醒醉全无、无喜无悲、胜败两忘的人生哲学和处世态度呈现在读者面前。历来为人称道，好就好在说理警辟，气力圆足，写的是眼前景象，道的是人生哲理，既有诗情画意，又似乎带一点禅味。词作语言自然流畅，体现了东坡词于简朴中见深意、于寻常处生奇警独特的审美风格。

《琴诗》四句："若言琴上有琴声，放在匣中何不鸣？若言声在指头上，何不于君指上听？"就字面而言，此诗是写"指"和"琴"不可偏废的关系，作为主体的手指没有琴弦是奏不出音乐，而作为客体的琴弦离开了手也不能自鸣，只有主体与客体密切配合才能演奏出美妙的音乐来。美妙的乐曲是一个有机整体，而整体都是由若干相互影响、相互制约的部分、要素构成的。在乐曲、琴声中指头、琴、演奏者的思想感情、演奏技巧等部分、要素是相互依存、缺一不可的，它们之间是相互影响、相互制约的关系，存在着紧密的联系。佛家《楞严经》说："虽有妙音，若无妙指，终不能发。"苏轼可能受其启发，可是，他扣紧琴与指的条件谈声，既通俗易懂，又更为熨帖无隙，在睿智机锋中显示了客观真理：天下万物的完成，都有赖于主客体的密切配合。主观、客观是辩证统一的关系。二者分离，则万事无成；二者统一，则各事可为。

七绝《唐道人言天目山上俯视雷雨，每大雷电，但闻云中如婴儿声，殊不闻雷震也》，诗题居然比正文还多出两个字，既是题又是序，诗云："已外浮名更外身，区区雷电若为神。山头只作婴儿看，无限人间失箸人。"唐道人是天目山中的一个道士，这首诗是作者与他交谈后有感而作。诗句用在煮酒论英雄时，刘备被曹操识破韬晦之计而大吃一惊、杯筷落地，"巧借闻雷来掩饰"的典故，说明离放电的云层越远，听到的雷声就越低；身处雷电之下，雷电似有无穷威力，令英雄豪杰也惊怖失箸。归结出具有普遍意义的哲理："雷霆之威"对于把浮名乃至生命置之度外的人是不起丝毫作用的。雷电是常见的自然现象，众人熟视无睹，而诗人却独具慧眼，从人所共知的自然现象中开掘出令人耳目一新的哲理来，既给人以深刻的启迪，又别有趣味。

《如梦令》用近乎插科打诨的语句写出，"水垢何曾相受，细看两俱无有。寄语揩背人，尽日劳君挥肘。轻手，轻手，居士本来无垢。"作者将洗澡搓背这样凡俗的生活琐事引入词中，这些小事却有丰富的象征意味，被苏轼借来说明：无论政敌怎样颠倒黑白，罗织罪名，我苏轼都是清清白白、刚刚正正的。一番很难以言明的道理，就这样轻轻松松、自自然然地被阐发出来了。末句"居士本来无垢"让人自然联想到六祖慧能那有名的偈子中两句"本来无一物，何处惹尘埃"。

题画诗《书鄢陵王主簿所画折枝二首·其一》认为诗画同理，它们的最高境界皆是自然和创新："诗画本一律，天工与清新"，如果只强调就事论事，一味追求逼真，必定不是好诗和佳画，那种主张也像孩子一般幼稚。诗人举名画家边鸾的鸟雀和赵昌的花卉为例，证明鄢陵王主簿所画的折枝之所以能超越这两位名画家，就在于画面的疏淡和内在的情韵，就在于"一点红"包孕无限的春意："何如此两幅，疏淡含精匀。谁言一点红，解寄无边春"。诗人所强调的内在神韵和"一"与"无限"之间的关系，就是我们所欣赏的"理趣"。题画诗《惠崇春江晓景》中"春江水暖鸭先知"一句，意谓鸭子喜欢游水觅食，故而能最先体会到春天的来临、水温的上升，生动地写出一个很普通的客观真理：只有经常和某种事物相接触，也最熟悉它的人，才能最敏锐地发现事物的任何细微的变化。

类似这样充满哲学意蕴和人生思考的佳作，苏轼还很多，如《慈湖夹阻风》之五通过形象化的议论说明，在人生的道路上到处都有艰难险阻："且并水村欹侧过，人间何处不崚嶒"，我们应当用乐观的态度来对待它。《浣溪沙·山下兰芽短浸溪》反问："谁道人生无再少？门前流水尚能西"，说明任何事情都不是一成不变的，人虽处困境，只要心理健康，振作精神，主观努力，仍然能青春永驻，老当益壮。这与曹操的"老骥伏枥，志在千里；烈士暮年，壮心未已"（《步出夏门行·龟虽寿》）有异曲同工之妙，都是昂扬奋发的励志壮歌。《水调歌头·明月几时有》"人有悲欢离合，月有阴晴圆缺，此事古难全"三句，表达了作者的旷达胸襟和所感悟的人生哲理：世界上不可能有永远圆满的事情，也不可能有完全圆满的事情，就像月亮有时圆有时缺一样，本是事物本身的客观规律。人又何尝不是如此呢？欢聚、别离，都不是以人的意志为转移的。视别离为憾事是人们的常识，但苏轼《颍州初别子由二首》却说："人生无离别，谁知恩爱重？"正因为有了离别，才使人体验到相爱相守的弥足珍贵，别离亦具有积极的意义。俗语所言"小别胜新婚"，殆与此诗同意。苏轼善于从客观事物中发现规律，并将其与人生遭遇联系起来，从中总结出人生的经验，其诗词中的理趣可以使读者沉入到冷静的思辨境界，达到"在刹那间见终古，在微尘中显大千，在有限中寓无限"的艺术高度，给人以美的享受。正是"理趣"使苏轼这些诗中名句得到了家喻户晓的广泛传播。

三、南宋理趣诗篇

理趣化的现象是宋代诗歌的显著特点。因为宋代诗歌受理学影响，加上以文为诗的时代风气，所以注重说理。这是在宋代特定的文化环境和思想背景下形成，是多方面因素共同作用的结果。理趣化的特质使宋代诗歌既具有艺术的审美趣味，又具有哲理的思辨色彩，从而构成了宋诗独特的创作风格。南宋是理学盛行的时代，一些理学家也常常涉足于诗歌领域，对理趣诗歌做出了贡献，其中朱熹是成就最为突出的一位。朱熹十分讲求道德修养，在他的诗作中，不少谈的是如何提高道德修养的独特体会，对于我们今天仍有启发意义。如人们熟知的《观书有感》二首：

> 半亩方塘一鉴开，天光云影共徘徊。
> 问渠哪得清如许，为有源头活水来。

第一首侧重谈知识不断更新的意义。妙在写"观书"和"观塘"若即若离，不粘不脱。读书本是很理性的事体，在这里却形如美景，情趣盎然。首句把"半亩方塘"比作一本书，"方塘"形似书，因书为长方形，故有"半亩"之说。把书打开，就好像打开一面镜子，"鉴"比方塘之平，也喻书的光洁，既清雅又新颖。二句借用"天光""云影"这些为人们所喜爱、欣赏的自然美景，比喻书中丰富的内容（所讲的事物和道理），"共徘徊"比喻书中丰富的内容纷纷呈现在读者面前。前两句极富形象性，写景画面足以唤醒人们的生命体验，读起来给人以心清澄静、和谐优美的感受，使人心胸开朗。后两句紧承前两句，抓住"方塘"的特点，揭示其内在规律。"渠"是方言"它"，即半亩方塘。"清如许"突出清澈的程度，使"清"质感化。"方塘"的"清如许"的原因是什么呢？自问之后自答：小小方塘之所以能清净明澈，映照着来回闪动的天光云影，主要是它有一个永不枯竭的源头。"清如许"比喻道理讲得非常透彻，为什么讲得这样生动透彻呢？主要是因为不断吸收新的东西、鲜活的东西。诗的寓意很深，以源头活水比喻善于汲取，比喻知识从生活中来，知识能使人心澄如镜，心胸开阔，充满力量，只有不断吸取新知识，才能有日新月异的进步。这一深刻哲理的揭示，并不借助半句干巴巴的说教，没有半丝牵强附会，而是由塘而水，见水觉清，由清思源，自然天成。整篇诗歌无处不在写方塘，又无处不在讲读书的感受，言近旨远，意味深长，不但诗歌哲理思想人人能悟，运用自如，而且在阅读中，往往给人以无穷的"理趣"。在结构上，呈起承转合之势，相当严密完整。

> 昨夜江头春水生，艨艟巨舰一毛轻。
> 向来枉费推移力，此日中流自在行。

第二首侧重谈知识长期积累的意义。开头两句既有时令感（"昨夜""春"），又有动态感（"春水生""艨艟行"）。"艨艟"是古代防护装备良好的快艇，江涌春潮，巨舰飞下，画面具有勃勃生气。水涨舟轻是生活常景，朱熹以此常识内容入诗，意在借"泛舟"喻治学求理如何达到种豁然贯通的"顿悟"境界（顿悟：突然发现某种规律或道理）。"春水生"之前事倍功半，水太浅了船难以行进，再费劲推移也是枉然；"春水生"之后事半功倍，因为水变深了，再大的船也能"自在行"。"中流"呼应"春水生"，"自在行"呼应"一毛轻"，比喻达到随心所欲的境界。读书做学问要日积月累，厚积薄发，积累到一定程度，量变引起质变，才能够左右逢源，触类旁通，探骊得珠，体尝其乐无穷的妙趣，获致异乎寻常的功果，这正与江上泛舟同理。不仅读书做学问如此，做任何事情要想驾驭自如，收到事半功倍的效果，哪一样都需要不断地积累坚实的基础。只有这样，才能融会贯通，达到"春水生"的境界，才能从枉费力气的窘迫境地上升到举重若轻的自由境界。

这两首绝句正是凭借具体形象来说明道理的，理由形出，理不离形，故能发人深省，诗中说理是融理于诗，使理富有诗味，具有理趣，使读者能获得艺术形象美的享受。

朱熹常将治学之道与风光特点融而为一，形成亦此亦彼、亦虚亦实、亦景亦理的深邃意境。如《吴山高》《武夷棹歌十首》《偶题三首》等。《吴山高》诗云：

> 行尽吴山过越山，白云犹是几重关。
> 若寻汗漫相期处，更在孤鸿灭没间。

诗中吴山、越山均在今浙江境内。绍兴二十一年，诗人进京参加考试后授泉州同安县主簿，乃从吴山经越山归闽。此诗表面上写游山感触，言山外有山，山巅之上尚有重重白云，想为仙人所居之地，难得一览。实际上是劝勉青年人为学中要拓展视野，戒除自满，锲而不舍，立志攀登，臻于胜境。又如同年作于同安主簿任内的《涉涧水作》：

> 幽谷溅溅小水通，细穿涧水认行踪。
> 回头自爱晴岚好，却立滩头数乱峰。

语言生动传神，简直是一个绝妙的镜头，表现出诗人涉涧时的认真神态和过来后的高雅情趣。但细细体会，它却有弦外之音、味外之味，意思是学习时要聚精会神，认清目的；到了一定阶段，还要检查收获，总结经验，深化体会，提高兴趣。这样的作品有情有景有理，既是玲珑精致的小诗，又是治学的格言和箴言。《武夷棹歌十首》全面描绘武夷九曲的碧水丹山胜景，诗中有画，清丽动人。组诗的第一首总写九曲的神奇秀美，以下分述一曲至九曲的各自特色。其中咏五曲、八曲诗云：

> 五曲山高云气深，长时烟雨暗平林。
> 林间有客无人识，欸乃声中万古心。

> 八曲风烟势欲开，鼓楼岩下水萦洄。
> 莫言此处无佳景，自是游人不上来。

朱熹曾在武夷五曲的隐屏峰下、平林洲上筑"武夷精舍"（后改名紫阳书院），或独自来往林间，或与人泛舟游览。"有客"为诗人自谓，"万古心"即传薪求道之心。故前一首的"林间"二句隐含传道授业者应该耐得住孤独寂寞，清苦自守，好我所好之意。后一首有感于游人到了七曲，因滩险水急多至此而返，故而未能领略八曲山势渐开、碧水萦洄的美景，不免为之惋惜。"莫言"二句，颇似王安石《游褒禅山记》中"世之奇伟、瑰怪、非常之观，常在于险远，而人之所罕至焉，故非有志者不能至也……"一段议论。诗中所含哲理，对于鼓励人们不畏艰险，奋发图强，攀登事业高峰，是颇有积极意义的。他还有一些短诗是前面写景后面议论，不难发现哲理的重心所在。如《偶题三首》：

> 门外青山翠紫堆，幅巾终日面崔嵬。
> 只看云断或飞雨，不道云从底处来。

劈开苍峡吼奔雷，万斛飞泉涌出来。
断梗枯槎无泊处，一川寒碧自萦回。

步随流水觅溪源，行到源头却惘然。
始信真源行不到，倚筇随处弄潺湲。

  这三首诗所咏分别为青山雨云变化、峡泉奔涌注入平原和步随溪水寻觅真源，但每首各有象征意义。第一首说常人只见到翻云覆雨，却不知其成雨的原因，因而悟出凡事都有根源的道理，修身、齐家、治国、平天下，治学力行，亦有根底。理解根底之所在，则探理求知无往而不适，敦品励行无施而不安。第二首诗通过对水在山中的奔涌，最终形成一川江水的过程，启示人们持之以恒的奋斗才能最终获得成功。有毅力，有恒心，即使有千重阻力、万道难关也是可似攻破的。第三首诗通过"探寻水源，寻求真源"的事例，表明寻求真理之道，如探真源，需融会贯通，真理始能朗然在目。倘若执其一端，认定真理就在这里，必如管中窥豹，见不到真相。三首诗都是通过写闲适的生活而揭示做人治学的道理。

  此外，相传为朱熹所作的著名《劝学》诗："少年易老学难成，一寸光阴不可轻。未觉池塘春草梦，阶前梧叶已秋声"，提醒青年人认识到时光易逝，学问难成，轻易放纵，嗟悔无及。《春日偶作》："闻道西园春色深，急穿芒履去登临。千葩万蕊争红紫，谁识乾坤造化心"，欣喜于学术流派的争奇斗艳，有助于促进学界的切磋争鸣，这些诗作皆清新可读。朱熹在作品中谈论世界观和人生观，批评"异端邪说"，宣扬孔孟之道。《春日》从字面上看好像是写游春观感："胜日寻芳泗水滨，无边光景一时新。等闲识得东风面，万紫千红总是春。"寻芳的地点是泗水之滨，而此地在宋南渡时早被金人侵占。朱熹未曾北上，当然不可能在泗水之滨游春吟赏。其实诗中的"泗水"是暗指孔门，因为春秋时孔子曾在洙、泗之间弦歌讲学、教授弟子。因此所谓"寻芳"即是指追寻圣贤之道。首句点题，以下写"寻芳"的所见所想；二句言儒学之博大精深，新意无穷；三句以"东风面"喻孔孟学说之真髓；末句言探索中一旦掌握要领则豁然开朗，顿觉无处不有生意。"万紫千红"喻孔学的丰富多彩，将圣人之道比作催发生机、点染万物的春风。诗的句句不离说理，而通观全诗却有情景交融之妙。

  朱熹还有一些诗作是谈论宇宙、人生、宗教，讥刺佛老以及"存理去欲"等问题的，其中也有一些较好的作品。如《答袁机仲论〈启蒙〉》云："忽然半夜一声雷，万户千门次第开。"又如《送林熙之诗五首》其四云："十年灯火与君同，谁道年来西复东。不学世情云雨手，谁教人事马牛风。"此等诗作，或比喻生动，或感喟良深，均能给人启迪。

  陆九渊和朱熹虽皆是宋代理学的代表人物，但两人对客观世界的认知却大相径庭。陆九渊《仰首》这样写道："仰首攀南斗，翻身倚北辰，举头天外望，无我这般人。""南斗"是人马座的六颗恒星，在南方天际排成勺状。"北辰"即北极星。诗中所塑造的倚身天外、高度张扬的超人形象，并不同于李白等浪漫诗人的夸张想象，而是其哲学思想的形象化和诗意化诠释。"大人"形象即是强调所谓人人生而有之的"本心"。陆九渊认为圣人之所以为圣，就在于本心未尝流失；广大凡夫俗子由于禁不起物欲的诱惑而丧失本心，只要能够减灭私欲，"求放心"，时常保持本心的澄莹中立，德性即可养成，人人皆可成为"仰首攀南斗，翻身倚北辰"的大人。

宋代多数诗人,包括一些道学家、僧尼写的诗,也是注意到了诗歌中的"理"是应当有"趣"的。

陆游的《冬夜读书示子聿》:"古人学问无遗力,少壮功夫老始成。纸上得来终觉浅,绝知此事要躬行。"这首诗的意思是说,实践是认识的源泉和检验真理的标准。如果只是"闭门读书",而忽视社会实践,不去接触广阔的社会生活,那么他的认识始终停留于浅层次,而且无法得到检验和发展,只有通过"躬行"把书本知识变成实际知识,才能发挥对实践的指导作用。这首诗所总结的做学问、求知识的经验,即使在科技日新月异的现代,仍具有较强的启迪作用和借鉴意义。陆游有不少论诗歌创作的诗也值得我们重视,如其《题庐陵萧彦毓秀才诗卷后二首》之二:"法不孤生自古同,痴人乃欲镂虚空。君诗妙处吾能知,正在山程水驿中","法不孤生"出自古语"法不孤起,仗境方生",意思是说任何事情的发生,都是有因才有果的,万法虽然不离因果,但它一定需要缘的协助才能显现,愚昧的人脱离现实凭空虚构,而萧彦毓的作品来自于亲近山水、实地体验。此诗深刻地说明生活是创作的源泉,主张作家走出书斋,投身到大自然的怀抱中去,到实际生活中去体验,才能得到真法。陆游诗中有不少警句,《游山西村》是一首乡情之歌,其中"山重水复疑无路,柳暗花明又一村"两句,既是美丽村景的描绘,却又包含着很深刻的道理:人生的道路上有时会遇到这样的境界,当人感到无路可走时,会转而出现开朗通畅的局面。此诗传诵千古,盖因这两句饱含哲理的警句为诗篇生色不少。

杨万里《过松源晨炊漆公店》巧借景与事托寓哲思。一、二两句"莫言下岭便无难,赚得行人错喜欢",平白如话,先点题意:"下岭"有难,切莫"错喜欢"。三、四两句"正入万山圈子里,一山放出一山拦"集中作答:困难是一个接着一个,正如进入丛山峻岭,翻过一座山,还有一座山在那里等着呢!要有充分的思想准备,千万不可松懈。诗人借助翻山越岭的实际描写和生动形象的比喻,通过写山区行路的感受,说明一个常理:人们无论做什么事,都要对前进道路上的困难做好充分的估计,不要为一时一事的成功所陶醉。此诗理趣与诗味交融,深启心智。它使人感觉到人生的坎坷和奋斗的必要,但它并没有直说人生道路如何如何,而是从下岭一事隐约写来。可见,有理趣的诗首先是不能直接写理,而要借景写理,写得含蓄蕴藉。另一首《桂源铺》是这样写的:"万山不许一溪奔,拦得溪声日夜喧。到得前头山脚尽,堂堂溪水出前村。"读罢此诗,我们不仅能真切地感受到作者翻山越岭进入坦途后的快乐心情,而且能从溪水形象中领悟到这样的道理:只要具备冲破阻力的条件,又有冲破阻力的决心,就一定能够克服重重困难,获得光明的前途。《过沙头》明白晓畅而富有深意。"暗潮已到无人会,只有篙师识水痕",暗潮已然到来,而常人却不知道,因为他们没有水上的生活经验,对潮水涨落的规律不知晓;而篙师长年累月在江上撑船,水的深浅,流速的快慢等,都一清二楚,些微变化他们都能察觉。诗歌蕴含的道理简而言之就是:实践出真知。《下横山滩头望金华山四首》之二:"山思江情不负伊,雨姿晴态总成奇。闭门觅句非诗法,只是征行自有诗。"这与陆游《题庐陵萧彦毓秀才诗卷后二首》之二说的是同样的道理:生活是创作的源泉,脱离生活,闭门造车,写不出好的文学作品;只有深入生活,才能获得创作的素材,引出创作的情思,从而写出好作品来。

豪放词人辛弃疾,不少词作富于理趣。如《采桑子》:"少年不识愁滋味,爱上层楼。爱上层楼,为赋新词强说愁。而今识尽愁滋味,欲说还休。欲说还休,却道天凉好个秋。"词中所谈到的对"愁"的态度就充满人生哲理,整天说愁的时候愁并不深重或者根本就无愁,到了无言说愁或根本不愿提及愁之时,才是愁十分深重之时。诗人的本意也许包含自己的孤危身份和无人倾诉的孤独和愁苦,但客观上却道出人生或处事的真谛。《丑奴儿》中的"低首细看隙中尘,始觉人间何处不纷纷",透过缝隙,一缕日光照处,有万千尘埃飞舞。由自然现象联想到官场的纷纷扰扰,明争暗斗,又揭示了这种"纷纷"的可怜与可笑。《鹧鸪天·睡起即事》从个人遭际的感慨转向大千世界的思考,感到名利场中是非太多,小人的征名逐利,不过像蜗角触蛮为着蝇头微利,争逐不已,到头来不过是南柯一梦而已:"不知更有槐安国,梦觉南柯日未斜",这就带有人生的终极思考,有一种老庄哲学的意趣。《水调歌头·题永丰杨少游提点一枝堂》也作了类似的议论,只不过涵盖面更加广阔,是把人类放到整个自然宇宙之中思考。

"数日秋风欺病夫,尽吹黄叶下庭芜。林疏放得遥山出,又被云遮一半无。"这是"永嘉四灵"之一赵师秀《数日》中的诗句,这首诗说秋风一起,万木摇落,透过木叶尽脱的疏林刚能看到远山,却又被悠悠而过的秋云一下遮住了。"放"和"遮"这两个动词是经过遴选的,它们使整个画面活动起来。林放山出,云遮山没,尽管不是商量好的,却似乎有意给眺望中的诗人为难,表明一直深藏着的"遥山"还不愿轻易地一下子就给人看到其真面目。此情此景至启发读者:自然界和人类社会的种种奥秘,就像"遥山"一样,不会轻易让人了解。"永嘉四灵"另一位诗人翁卷《山雨》前两句"一夜满林星月白,亦无云气亦无霜",写星月交辉、夜空清朗的景象,与山雨似若无关。后两句"平明忽见溪流急,知是他山落雨来",写山雨过后小溪水大流急。无雨之处的溪何以水涨?咋见似乎费解,其实,本处无雨水涨是因为远处他山下雨所致。诗作告诉我们一个道理:事物是普遍联系的,尽管表面上看好像毫不相关。

叶绍翁的《游园不值》,前两句写出了作者由期望到失望:"应怜屐齿印苍苔,小扣柴扉久不开";后两句写他的期望意外得到满足:"春色满园关不住,一枝红杏出墙来"。诗人这种微妙的心理变化过程通过视觉图像的变化暗中展示,显得情趣盎然。在诗中,"春色"和"红杏"都被拟人化,不仅景中含情,而且景中寓理,能引起读者许多联想,受到哲理的启示:"春色"是关锁不住的,"红杏"必然要"出墙"来宣告春天的来临。同样,世间一切美好向上的、生机勃勃的新生事物也是封锁不住、禁锢不了的,它必能冲破束缚,蓬勃发展。同时此诗还道出了内容与形式、本质与现象之间的关系问题。内容或本质是一定会通过形式或现象反映出来的,春天到来了,我们即使没见到杏花,也会从桃花、李花、荠菜花、迎春花那儿获得春天到来的信息。诗人写景抒情,构成意境,本无意于说理,可是恰恰道出了哲理,使景语、情语、理语融为一体。

卢梅坡的哲理诗《雪梅》深得梅与雪的天然风韵,且在吟咏之间寄托了微妙的哲思与理趣。

梅雪争春未肯降,骚人阁笔费评章。
梅须逊雪三分白,雪却输梅一段香。

第一首《雪梅》,诗人通过对"梅""雪"的评论,在比较中巧妙地写出各自的特色,并寓理于其中。首句拟人,将冬天雪花飘飞、梅花怒放的动人情景,用"争春"(都认为自己是春天的使者,都认为自己装点了春色)紧密联系起来,一个"争"字赋予雪花、梅花一比高下的状态,"未肯降"(谁也不肯服输)赋予梅花、雪花争白斗艳的心理。因为梅花在冬末春初开放,暗香浮动,沁人心脾,预示着春天很快就要到来;而白雪纷纷扬扬、飘飘洒洒几经降落,也意味着春天的脚步越来越近了,所以都不肯认输。次句写实,紧承首句梅雪"争春"写骚人,他出神地望着那漫天飞舞的雪片和雪中俏立的梅花,不得不放下笔来,因为他实在"费评章",难以分出高下,难以评断究竟谁是春天的使者。这一句设下悬念,引出下文。诗的后两句巧妙地道出了原委:梅雪均佳,各有千秋。第三句从颜色角度来写,梅不如雪那样洁白。"逊",逊色、差一点。"三分"以实写虚,是"少许"的意思。梅不如雪的颜色洁白,这是梅的短处,恰是雪的长处。第四句从气味角度来写,雪当然不具备梅花的香味。"输",这里作"差"讲,"一段"也是以实写虚,是"少许"的意思。雪没有梅花的香气,这是雪的短处,恰是梅的长处。这两句一"色"一"香",一"长"一"短",托出梅、雪二者的长处与不足;回答了"骚人阁笔费评章"的原因,也道出了雪、梅各执一端的根据。宋人朱朝瑞也有类似的诗句:"梅比雪花多一出,雪如梅蕊少些香",但不如卢诗好。诗人借梅、雪的争春,告诫我们:事物各有短长,要有自知之明,应全面客观的评价自己或他人,既要看到自己的长处和他人的短处,更要看到自己的短处和他人的长处,要取人之长,补己之短。

有梅无雪不精神,有雪无诗俗了人。

日暮诗成天又雪,与梅并作十分春。

第二首《雪梅》也是出类拔萃的咏梅之作。此诗写法与上一首不同,上一首前半描写,后半议论,这一首恰好倒过来,前半议论,后半描写。第一句写光有梅花没有雪,梅花就显得没有神韵。因为梅花不同于其他花朵的特点就在于梅花傲雪凌霜,傲雪凌霜就是梅花的精神、品格,也就是神韵。如果不处在冰天雪地或雪花纷飞的境况中,梅花就难以尽显凌寒独开的俏丽。因为雪花的飘飞正是梅花怒放之时,雪因了梅花的装点才能透露出春天的气息,给人梅雪争春的诗意境界。第二句写即使有梅花也有雪花,观雪赏梅的人如果不会作诗吟咏,那他也还是一个没有情趣的俗人。这两句"有"和"无"隔离反复,不仅强调梅、雪双方相反相成,似乎它们是与生俱来,天设地造的一对自然界的最佳搭档,彼此依恋,相得益彰,雪使梅高洁,梅给雪增趣;而且强调除了自然美(客观的美)之外,还应该有艺术美(主观的美),单有自然美,还算不上完美。第三句写实,傍晚时分,诗人的《雪梅》诗作起来了,雪花又飘起来了。"日暮"不仅点明时间,而且暗示诗人已经观赏了一整天白絮飘飞、梅花灼灼的美景。"诗成"进一步坐实他眼中既有梅开,又有雪下,如果缺少其中任何一种,诗人就不会有作诗的雅兴,正是大自然相映成趣的美景,激发起他欣赏的兴致、作诗的激情。第四句写客观的美(梅、雪)与主观的美(诗)合在一起,构成了最浓最雅的春意。"十分春",意即完美无缺的境界。此诗阐述了梅、雪、诗三者的关系,三者缺一不可,只有三者结合在一起,才能组成最美丽的春色。只有梅花独放而无飞雪落梅,就显不出春色的气韵;只有白雪纷纷而无梅花朵朵,就显不出春光的意趣;只能欣赏梅雪美景而不能吟诗赞美,就显不出春意的浓郁。从这首诗中,可看出诗人赏雪、赏梅、吟诗的痴迷精神和高雅的审美情趣。

这两首诗既有情趣,也有理趣,既有宋诗工巧细密之所长,又兼得唐人诗虚处着墨、意象微茫之特色,被诗论界誉为宋人哲理诗的压卷之作。

自唐代以后，蜚声诗坛的僧人层出不穷，宋代禅僧更是出入宫廷，平交王侯，或浪迹江湖，与文人墨客结下不解之缘。他们的偈从形式上看更像诗。于是，禅僧一变而为诗僧，或引禅入诗，或借诗谈禅，不仅在语词上敲凿吟哦，而且用俚语、艳诗烘托开悟的境界。

释慧洪深得"不立文字"的旨意，也熟谙诗歌创作灵感的玄妙，因而他的诗总是深藏着一种禅趣，如《舟行书所见》："剩水残山惨淡间，白鸥无事小舟闲。个中着我添图画，便是华亭落照湾。"这首诗描写舟行所见江空景色，诗境清寒、淡静、悠远，禅味极浓。华亭落照湾，指禅宗古德华亭船子和尚摆渡的地方。慧洪在看到眼前闲静的禅境时，脑海中浮现出船子和尚的生活画面，他希望有一幅图画——一幅天然的有人物点缀的水墨图画——能记录自己这个浪游孤僧和如同华亭落照湾似的风景，将眼前这闲淡的一刻化为像船子和尚公案故事一样永恒，一刹那定格为永恒。融入自然，物我两忘，刹那即是永恒！黄庭坚读了此诗后，说慧洪前身就是一名沙门。

释克勤《开悟诗》："金鸭香销锦绣帏，笙歌丛里醉扶归。少年一段风流事，只许佳人独自知。"乍一看的确是一首风流倜傥的情诗，诗中描写那铺设着锦绣帷帐的闺房里，香气已慢慢消散，主人公畅听笙歌，恣意欢乐，尽醉而归。言外之意是他沉醉在爱情之中，尽情地体味了恋爱的欢乐。但这里面的种种情事，种种滋味，却不能也无法向外人言说，所以是"少年一段风流事，只许佳人独自知"。此处对悟道的比喻恰恰运用了恋情的感觉，悟道的美妙感觉只可意会不可言传，就好像少年一段风流事一样，是无法告诉别人的。这种禅理附着于才子佳人的温柔生活场景来体现，别具情趣。

释宗杲《赠别》云："桶底脱时大地阔，命根断处碧潭清。好将一点红炉雪，散作人间照夜灯。"诗中首句形容禅者明心见性、迥脱根尘的悟道境界，出语非凡。首句出于千代能尼师的一则公案。在一个月明之夜，千代以一个旧桶提水，因桶箍破裂使得桶底脱落，刹时豁然彻悟，作了一偈以记其事："扶持旧桶，桶底忽脱。桶里无水，水中无月！"失即是得，心得自在，因为卸却了桶中水与水中月的负担。禅宗用"桶底脱"表示智光透入、豁然大悟的境界。次句承上，"命根"指生命、生命之持续力，或众生与生俱来的生命机能或原理。如果那"命根"也如那桶箍一样断绝，生命将回归空无境界，写出禅者悟到生死的本来面目，譬如碧潭清澈，了无挂碍，一片空明。后两句点出禅者的广大菩提之心：化作红炉白雪，撒向人间，照亮众生的迷途。"红炉白雪"可以这样理解，一是在火炉般的红尘做一点清凉的白雪，二是清凉智慧就如同热烘烘的火炉上的一点白雪，在怨憎会、爱别离世界中，"红炉白雪"显得那么微弱，那么单薄，可是，那些痴心的人，那些有佛祖之心的人，还是愿意奉献出自己的一切，把自己体悟到的一点智慧分享给有情人间，成为照破无明黑夜，指引生命出路的一盏光明灯。

释慧开《颂古四十八首》之十九写道："春有百花秋有月，夏有凉风冬有雪。若无闲事挂心头，便是人间好时节"，这首诗即是说心无挂碍，才能欣赏当下的美好。如果一个人的心头，前尘往事同时瓦解冰消，似一片清朗干净的大地，面对当下的景物人事，那么春夏秋冬都是一样的美好。这里没有出现"佛""禅"等字眼，也没有"静坐""禅定"等概念，所写的只是春夏秋冬、风花雪月，但所表达的心境则是顿悟后的无上快乐，一种真正的解脱自在，因此，此偈历来受到禅门的推崇。

四、宋后理趣诗篇

元代文人在社会地位的下降与经济生活的困窘中，普遍创作以出世隐逸为主题的散曲小令。对功名仕途的鄙视，对隐居生活的赞美，在元代散曲中满目皆是。元人对宋词理趣创作传统继承不够，"理趣"感受弱化，少了深度，更带有市民文化的生活经验的味道。关汉卿《四块玉·闲适》写其历尽世态人情，跳出红尘，安于闲适，用俗语表达人生感慨，渗透与世无争的老庄哲学思想，幽默旷达中寓含对贤愚莫辨的现实的不满和愤激。马致远《夜行船·秋思》中〔离亭宴煞〕中两幅图画，两种生活，两种思想，两种情趣，形成鲜明对照，作者的褒贬爱憎、人生态度和处世哲学，通过鲜明的对照得到全面表现，在表达上也是寓愤激于幽默，理趣谐趣相融合。郑光祖〔正宫〕《塞鸿秋》通过金谷园难乎长久，铁门限不到千年，汨罗水照流不误，北邙山难分贵贱，把富、寿、忠君、显贵一股脑加以否定，而只有像陶渊明那样隐居山林、饮酒自娱，要贪杯贪到舍不得祭奠一下酒中豪客刘伶的地步，才是人生最大乐趣。白朴《沉醉东风·渔夫》借渔夫以自况，表现了蔑视功名富贵，甘于淡泊宁静的情怀。曲子先用"黄芦""白苹""绿杨""红蓼"等自然景物组成了一个远离尘嚣的自然环境，表现了无拘无束自由自在生活的渔夫情致，并将其与"万户侯"们作比，肯定乃至歌赞了前者的生活方式与品格情操。元散曲《山坡羊》皆以对偶句收结，往往凝练成蕴含哲理或理趣的警句，如"兴，百姓苦；亡，百姓苦"（张养浩）"白，也是眼；青，也是眼"（乔吉）"高，高处苦；低，低处苦。"（薛昂夫）。

中国的诗论、画论除了一些应酬之作外，有一个明显的特点：很少就诗论诗，就画论画，而多在其中抒发人生感慨或是阐释生活哲理。这样的诗评画论，除了给中国诗歌史、绘画史留下一笔珍贵的遗产外，本身就是一种很妙的美学享受，这种享受，往往与其中的理趣关系极大。在中国古代论诗诗中，金代诗人元好问《论诗绝句》三十首堪称冠冕。其所以广布人口，也不仅是独具慧眼，品评精到，很大程度上也因为其中散发着理性的光辉，如"之六"提出的文品与人品的关系，作者以晋代辞赋家潘安为例，指出两者之间并不一致。潘岳的《闲居赋》高蹈绝尘，一派隐士风度，但实际为人却趋炎附势，附身权臣贾谧，见到贾谧居然望风下拜！元好问此诗提出了一个不仅在诗人中、也是士大夫中普遍存在的一个现象：文品与人品的矛盾。所以阅读文学作品，听人出言谈吐，都不要偏听偏信，听其言还要观其行。"之七"的思想价值不仅在于从《敕勒歌》这首具体歌谣出发，得出诗歌的最高境界应该是"天然"，更重要的是揭示了中原文化与少数民族文化之间的渊源与联系，这无论是对胡汉一家、中华一统的国家政治，还是中华文化的一统性特征都具有十分重要的意义。"之八"前两句指出眼见的真实情景激发心头的真切感情，就能写出意境神妙的诗句；闭门造车，就像黑暗中摸索制作出的东西，总要失真。后两句说明那些不亲身去长安观察体验的画家，单靠临摹前人作品来画"秦川景色"，画作必然乏善可陈。本诗告诉我们：没有现实生活的感受，没有亲身体验，是不可能在事业上取得成功的。"之二十二"和"之二十九"尽管侧重点不同，前者是肯定以苏轼和黄庭坚为代表的宋诗价值，后者是批评缺少生活和创新精神的宋代诗人陈师道，但有一点是共同的，那就是肯定创新精神，这不仅是诗歌创作的要诀，也是人类进步、社会前进的关键。《论诗绝句》"之八"批评宋代诗人秦观诗风柔弱，不如韩愈《山石》等诗刚健："有情芍药含春泪，无力蔷薇卧晓枝。拈出退之《山石》句，始知渠是女郎诗"。清代诗人薛雪对此很不以为然，他在《戏咏》中写道："先生休讪女郎诗，《山石》拈来压晓枝。千古杜陵佳句在，云环玉璧也堪师"。薛雪举杜甫为例，他可以写出《秋兴八首》这样沉郁顿挫的诗篇，也写过《佳人》《赠内》等哀婉缠绵的诗章，后者也是后代的楷模——"云环玉璧也堪师"。这种驳难，更有利于我们发掘和理解诗中的理趣。

　　明清论诗最有名的是赵翼《论诗》，"李杜诗篇万口传，至今已觉不新鲜。江山代有才人出，各领风骚数百年"，强调与时俱进，肯定开拓创新。诗人告诉我们，千万不要迷信权威，千万不要沉溺于往古，人类历史就是在否定、创新中前进的，这也就是刘禹锡诗中所说的"劝君莫奏前朝曲，听唱新翻杨柳枝"。此诗深沉的理性意义，自然不限于诗歌创作，更不限于李杜的诗歌，已超越了诗论本身的界限，上升到关于社会、人生的哲理性分析，带有更为普遍的社会意义，给人以多方面的启示。张问陶《论诗绝句》言："敢为常语谈何易，百炼工纯始自然"。诗人敢于用普通明白的"常语"表达诗思诗情并不容易，写出优秀的诗更不容易，只有经过千锤百炼、功夫到家，才能写出自然天成的艺术作品。这与王安石"看似寻常最奇崛，成如容易却艰辛"的意思近似，很富于哲理意味。

　　题画诗中的理趣，在元明清许多名画家的笔下都能找到，如王冕《墨梅》："吾家洗砚池头树，朵朵花开淡墨痕，不要人夸颜色好，只留清气满乾坤。"墨梅就是水墨画的梅花，它由淡墨画成，外表虽然并不娇妍，但具有神清骨秀、高洁端庄、幽独超逸的内在气质。诗人赞美墨梅不求人夸，只愿给人间留下清香的美德，实际上是借梅自喻，表达自己对人生的态度以及不向世俗献媚的高尚情操。唐寅《题秋风纨扇图》："秋来纨扇合收藏，何事佳人重感伤？请把世情详细看，大都谁不逐炎凉。"《秋风纨扇图》用水墨画秋风中一女子执纨扇面露悲戚之情。题诗表面是谈女子对扇子恋恋不舍的不合时宜，而深义在说明世态炎凉是处皆然，追求实用是某些人的处世准则，寄寓了他饱经人世沧桑、一生不得志的感慨之情。黄媛介《为渔洋山人画山水》："懒登小阁望青山，愧我年来学闭关，淡墨遥传缥缈意，孤峰只在有无间。"淡色着墨，使山色虚无缥缈，以取得更好的审美效果。"孤峰"的有无可使人想见在雾漫云遮中，时有峻峭的山峰隐现。前面"懒望"青山，并非作者不爱青山，而是为了绘出自己心里的青山，而心里的青山是一座带有神秘色彩的"孤峰"。

　　郑板桥一生画竹、写竹，在《画竹》中诗人回顾自己的经历，感慨良深。

　　　　四十年来画竹枝，日间挥写夜间思。
　　　　冗繁削尽留清瘦，画到生时是熟时。

　　前两句是说绘画写作，要精进用心才能成功。"四十年来"告诉我们板桥画竹是付出了一生的心血的，画竹成了他展示生命的一种方式。任何一项技术或艺术都值得人去做一生的追求，也只有把一项技术或艺术作为一生的追求，才可能达到它精纯的状态，这项技术或艺术也才能成为自己生命的一部分。"画竹枝"似乎不是一项高深的技艺，但板桥却用一生的思想情感倾心于它，因此，他才对画竹有自己独特的体验，才画出独具一格的竹子。技艺的精进，不仅在于生命的投入，还在于生命投入的方式。做和思就是生命的投入方式，"日间挥写夜间思"就是板桥画竹的生命投入方式。有了日间的挥写，加上夜间的沉思，板桥才感悟到了画竹的真谛，才画出了竹枝的神韵。

这首诗写诗人画竹技巧由生到熟的过程，可以归属认识论的范畴，与"认识过程是由感性到理性、由现象到本质的过程"这一原理相应。"冗繁削尽留清瘦"，显示诗人对画竹技巧由简单的模仿、复杂混乱的竹子表象，经过四十年的摸索最终进入到抽象单一的"清瘦"本质，掌握了画竹的本质。"画到生时是熟时"，则寓含了一个更深的道理，其实就是艺术追求的三个阶段：生—熟—生。生，其实是对当前自我的否定，由生到熟，再由熟到生，不断否定自己，不断上升，以臻完美。第一个"生"是刚开始的真正的"生"，后一个"生"其实是"熟"，是在抛弃了绘画过程矫揉造作的人为添加后的回归淳朴，回归到竹子天然的"清瘦"，这才真正抓住了画竹的本质。艺术的创造的规律是：只有在一个阶段以后感觉到了"生"，才能进入另一个"熟"的天地。"清瘦"可以说是板桥对竹子意义特有的发现，这种发现的表现就成了一种艺术风格。这种风格既有属于竹子的天然素质，又倾注了作者的情思。郑板桥曾有画竹三境界的说法："眼中有竹，胸中有竹，胸中无竹。"这是借用了禅家"看山是山，看山不是山，看山还是山"的三境界说。另一首《题自家画册》："国破家亡鬓总皤，一囊诗画作头陀。横涂竖抹千千幅，墨点无多泪点多"。这是评价八大山人画作的画论诗，意即山人的艺术是以苦难为笔，蘸着眼泪书写而就的。所思所爱所恨尽赋于墨纸之上，看似简练吝啬，实则墨点无多泪点多。三笔两画，愈简愈远，愈淡愈真，背后的黑洞里藏着一个王朝的兴衰。

晚清诗人龚自珍《己亥杂诗》中也有蕴含理趣的。"浩荡离愁白日斜"写作者辞官南归，远离京都时的情景和心绪。首句言"离愁"如海如潮，"白日斜"渲染了悲愤、感伤的情绪。弃官南归的原因一是当权者不满，龚每好越位言事；二是被投降派陷害，龚拥护林则徐。次句"吟鞭东指即天涯"，诗人当时雇车二辆，一车自载，一车载文集百卷自北京外城东面广渠门出发，故曰"吟鞭东指"。"即天涯"，说一出都城，从此便与京都远离，如奔天涯，离开志同道合的朋友。结束政治的生涯，诗人是不忍的。最后两句，"落红不是无情物，化作春泥更护花"，作者以此比喻自己虽辞官归去，但仍愿本着一片赤诚之心为国家社会做一些有益的事情。读者于此可想见他的苦心和深情，也可想见高尚宽广的思想境界。这两句诗成了传世名句，因为这两句生动地揭示了一条很普通的真理：自然界的鲜花虽因时令的自然交替而凋落到泥土之中，但死去的落花并不是没有感情的东西，即使自己的生命消失了，也甘愿使春泥更肥沃，培育新出世的美丽春花更蓬勃地成长。这样的寓意使人（特别在失望时）看到人生的意义，鼓励人们在默默中把自己的生命贡献给人类社会。

> 中国古代理趣诗歌，大致具有如下特点：
> 其一是对于意象的依附性。意象，是融入了主观情意的客观物象，诗人将自己的人生体验与哲思融入物象，就创造出深蕴理趣的意象来。一个物象可以构成意趣不同的许多意象，不同的意象自然也就表达出不同的理趣。诗人笔下的理是用形象化的手段表现出来的，因而和作品中的景与情同样具有吸引力。有些诗歌则在创作之初本不想说理，只想描绘景象，以抒发自己的某种情感，可不经意间却产生一箭双雕的绝妙效果。
> 其二是发人深省的思辨性。就是说它具有具体形象的超越性。诗人表面上

所咏的事物为此，实际上其旨为彼。诗篇所概括、引申、升华的乃是一种带有普遍意义的人生哲理，具有含蓄隽永的启发性。就是说，它在诉诸人们的直觉、情感同时，还诉诸人们的悟性，使读者产生一种仔细思考后豁然贯通的喜悦。作品的意中之意，味外之味，使人"挹之而源不穷，咀之而味愈长"。

其三，哲理意味的潜隐性。理趣诗歌所要表达的哲理，不可能是赤裸裸的，否则，不仅无"趣"，而且非"诗"。理趣诗作者往往借助于生活琐事的铺陈、自然风景的描绘、身边事物的悬想、过往经历的反思、七情六欲的检视，将他们关于宇宙人生的思索，自然无痕地融入字里行间，营造为动人的意境，读者只有通过由此及彼、由浅入深、由表及里的思考才能领悟内在的妙谛。

阅读·思考·研习

1. 阅读并背诵本章所提及的重点作品。
2. 浅论苏轼理趣诗歌的基本特点，准备课堂讨论。
3. 试分析朱熹诗歌作品中的理趣，准备课堂讨论。
4. 古人说：唐诗主情、宋诗主理，请将你的认识写成一篇1000字左右的分析文章。
5. 选择一首自己理解最深透的中国古代理趣清歌作品，编写欣赏讲义并制作课件，准备上台讲授。

参考文献

[1] 刘大杰. 中国文学发展史 [M]. 上海：上海古籍出版社，1982.
[2] 游国恩等. 中国文学史 [M]. 北京：人民文学出版社，1963.
[3] 袁行霈等. 中国文学史 [M]. 北京：高等教育出版社，1999.
[4] 陆侃如，冯沅君. 中国诗史 [M]. 天津：百花文艺出版社，1999.
[5] （日）吉川幸次郎. 中国诗史 [M]. 章培恒，骆玉明，译. 上海：复旦大学出版社，2012.
[6] 王国维. 人间词话 [M]. 北京：中华书局，2009.
[7] 俞陛云. 唐五代两宋词选释 [M]. 上海：上海古籍出版社，2011.
[8] 龙榆生. 近三百年名家词选 [M]. 上海古籍出版社，2014.
[9] 王力. 诗词格律 [M]. 北京：中华书局，2009.
[10] 周振甫. 诗词例话 [M]. 北京：中国青年出版社，2007.
[11] 林庚，冯沅君. 中国历史诗歌选 [M]. 人民文学出版社，2001.
[12] 袁行霈. 中国诗歌艺术研究 [M]. 北京：北京大学出版社，2009.
[13] 萧涤非等. 唐诗欣赏辞典 [M]. 上海：上海辞书出版社，1983.
[14] 夏承焘等. 宋词欣赏辞典 [M]. 上海：上海辞书出版社，2003.
[15] 蒋星煜等. 元曲欣赏辞典 [M]. 上海：上海辞书出版社，2014.
[16] 沈祖棻. 宋词赏析 [M]. 北京：中华书局，2008.
[17] 沈祖棻. 唐人七绝诗浅释 [M]. 北京：中华书局，2008.
[18] 傅庚生. 中国文学欣赏举隅 [M]. 西安：陕西人民出版社，1983.
[19] 傅庚生. 杜甫诗论 [M]. 上海：上海古籍出版社，1985.
[20] 胥树人. 李白和他的诗歌 [M]. 上海：上海古籍出版社，1984.
[21] 姜亮夫. 屈原赋今译 [M]. 昆明：云南人民出版社，1999.
[22] 唐圭璋. 唐宋词简释 [M]. 北京：人民文学出版社，2010.
[23] 唐圭璋. 宋词三百首笺注 [M]. 北京：人民文学出版社，2013.
[24] 叶嘉莹. 迦陵论词丛稿 [M]. 石家庄：河北教育出版社，1997.
[25] 夏承焘. 唐宋词欣赏 [M]. 北京：北京出版社，2009.
[26] 刘永济. 唐五代两宋词简析 [M]. 上海：上海古籍出版社，1981.
[27] 王兆鹏. 唐宋词名篇演讲录 [M]. 桂林：广西师范大学出版社，2006.
[28] 袁梅. 诗经译注（国风部分）[M]. 济南：齐鲁书社，1980.
[29] 邱英生，高爽. 三曹诗译释 [M]. 哈尔滨：黑龙江人民出版社，1982.
[30] 黄瑞云. 诗苑英华 [M]. 武汉：湖北教育出版社，2002.
[31] 黄瑞云. 词苑英华 [M]. 武汉：湖北教育出版社，2003.
[32] 郭纪金，高楠，赵有声. 中国文学阅读与欣赏 [M]. 北京：首都师范大学出版

社，2008.
- [33] 人民文学出版社编辑部. 唐宋词欣赏集［M］. 北京：人民文学出版社，1983.
- [34] 人民文学出版社编辑部. 汉魏六朝诗歌欣赏集［M］. 北京：人民文学出版社，1985.
- [35] 华东师范大学中文系资料室. 古典文学名篇赏析［M］. 上海：上海教育出版社，1982.
- [36] 华东师范大学中文系资料室. 古典文学名篇赏析（续编）［M］. 上海：上海教育出版社，1985.
- [37] 艾治平. 诗词抉微［M］. 长沙：湖南人民出版社，1984.
- [38] 唐圭璋，潘君昭，曹济平. 唐宋词选注［M］. 北京：北京出版社，1982.
- [39] 张燕瑾. 唐诗选析［M］. 天津：天津人民出版社，1981.
- [40] 陶尔夫. 宋词百首译释［M］. 哈尔滨：黑龙江人民出版社，1984.
- [41] 徐应佩，周溶泉，吴功正. 中国古典文学名著赏析［M］. 太原：山西人民出版社，1982.
- [42] 徐育民，赵慧文. 历代名家词赏析［M］. 北京：北京出版社，1982.
- [43] 郑孟彤. 唐宋诗词赏析［M］. 广州：广东人民出版社，1981.
- [44] 张志岳. 诗词论析（续集）［M］. 哈尔滨：黑龙江人民出版社，1980.
- [45] 王起，洪柏昭，谢伯阳. 元明清散曲选［M］. 北京：人民文学出版社，1988.
- [46] 傅正谷，刘维俊. 元散曲选析［M］. 天津：天津人民出版社，1982.
- [47] 张培锋. 宋诗与禅［M］. 北京：中华书局，2009.
- [48] 张家英. 屈原赋译释［M］. 哈尔滨：黑龙江人民出版社，1982.
- [49] 禹克坤. 中国诗歌的审美境界［M］. 北京：中国广播电视出版社，1992.
- [50] 何其芳. 诗歌欣赏［M］. 北京：人民文学出版社，1978.